安娜·卡列尼娜

1877

Анна Каренина

上

Leo Tolstoy

列夫·托爾斯泰——著　高惠群 等——譯

譯本序

《安娜．卡列尼娜》（一八七三—一八七八）是俄國大文豪列夫．托爾斯泰的第二部長篇巨著。起初，托翁只打算把它寫成一部「一個不忠實的妻子以及由此而發生的全部悲劇」（貝奇科夫語），僅用了五十天他便粗略地完成了全書。五年多以後，在前後用過《年輕太太》、《兩段婚姻》、《兩對夫妻》等書名後，它以《安娜．卡列尼娜》的名字問世了。

這部小說的主要意義應該包括三方面，即安娜的個人悲劇；十九世紀六〇年代的俄國社會——沙龍、軍官俱樂部、舞會、戲院、賽馬……以及自傳的性質。

《安娜．卡列尼娜》開篇第一句話，對於中文讀者，甚至沒有讀過此書的華人來說，都不陌生：「幸福的家庭無不相似，不幸的家庭各有不幸。」安娜是一位穿著黑衣的最迷人少婦，她善良、聰慧、生命力旺盛，男人和女人都為她著迷。她身上迸發出的愛情「含有一種暴烈的、肉感的、專橫的性格」（羅曼．羅蘭語）。其實，作家對婚姻、家庭問題的思考可以追溯到動筆撰寫這部小說前的五年，即一八六八年，這一年，他在題為《論婚姻和婦女的天職》一文中說：「男人的天職是做人類社會蜂房的工蜂，那是無限多樣化的；而母親的天職呢，沒有她們便不可能繁衍後代，這是唯一確定無疑的。」托爾斯泰借列文和吉媞的戀愛婚姻表達出這一婦女觀、家庭觀。緊隨這段話托翁又說：「雖然如此，婦女還是常常看不到這一使命，而選擇虛假的，即其他的使命……這一使命的重要性和無限性，以及它只能在一夫一妻的形式（即過去和現在生活著的人稱之為家庭的形式）下才能實現……因而一個婦女為了獻身於母親的天職而拋棄個人的追求愈多，她就愈完美。」由此不難理解，托爾斯泰為何將安娜命運的結局安排為臥軌自殺——在小說接近尾聲的第七部第三十章，安娜還在想著「只要辦完離婚手續，阿列克謝・亞歷山德羅維奇把謝廖沙還給我，我就與渥倫斯基結婚」。既然還不犧牲個人的追求，在托翁看來，這樣的女子就完美不起來，那就讓她毀滅吧！可小說並沒有因為安娜的死亡而結束。整個第八部的十九個章節的內容，就如同《戰爭與和平》長長的「尾聲」，如果以西歐小說式的結局為標準，這已不像是「尾聲」。

可見，《安娜・卡列尼娜》不只是關注安娜的死，安娜的悲劇一直擴展到所有家庭的幸與不幸。在對安娜形象的塑造上，托爾斯泰傾注了他對人的肉體本能因素、人的倫理因素、人的「靈魂」因素、人的社會因素等的思考與體悟。在此部小說之後的《懺悔錄》（一八七九－一八八二）中，托翁還在進行著與上述內容相關的精神探索。

查曉燕

二〇〇六・三・廿二

伸冤在我，我必報應。[1]

1 語出《新約．羅馬書》第十二章第十九節，全句為：「親愛的弟兄，不要自己伸冤，寧可讓步，聽憑主怒，因為經上記著：『主說，伸冤在我，我必報應。』」

第一部

一

幸福的家庭無不相似，不幸的家庭各有不幸。

奧勃朗斯基家裡全亂了套。妻子得知丈夫和過去的法國女家庭教師有染，就對丈夫聲稱，不可能和他同住在一個家裡。這種局面僵持到第三天，夫妻雙方及全體家人都有痛切感受。大家覺得住在一起實在無聊，隨便哪家客店裡偶然相逢的人也會比他們，奧勃朗斯基家的人關係更好些。妻子不出房門，丈夫三日不歸。孩子們滿屋亂跑，無人照料。英國女家庭教師跟女管家吵了架，寫信請朋友重新找份工作。廚師昨天就離開了家，在午餐時走的。幫忙的廚娘，還有馬車夫也都要求辭工。

吵鬧的第三天，斯捷潘·阿爾卡季奇·奧勃朗斯基公爵（在社交場合他叫斯季瓦）在通常時間、即上午八時醒來，但不在妻子的臥室，而在書房裡的山羊皮長沙發上。他在彈簧上翻了一下保養得很好的豐滿身體，緊緊摟住枕頭，把臉埋進去，似乎還想好好睡一覺，可是他突然一骨碌爬起來，坐在沙發上，睜開了眼睛。

「哦，哦，夢見什麼了？」他想起做過一個夢。「哦，夢見什麼了？對了！阿拉賓在達姆施塔特[2]舉行宴會；不，不在達姆施塔特，而是美國的什麼地方。對，那個達姆施塔特在美國。對，阿拉賓在玻璃餐桌

2 德國西部城市。

上設宴，對的，大家都唱我的寶貝[3]，不是我的寶貝，比這更好聽的，還有那些細頸小玻璃瓶，原來都是一個個女人。」他回憶著。

斯捷潘・阿爾卡季奇眼睛裡閃出快樂的光，微笑著沉思起來。「哦，是個好夢，非常之好。夢裡還有許多美妙的東西，難以言傳，醒了連什麼情景也說不清楚了。」他看見一道亮光從呢絨窗幔的邊緣射進來，高興地把腿伸到沙發下面，用腳探到妻子為他繡上花的那雙金黃色羊皮便鞋（去年的生日禮物），按照九年來的老習慣，並不起身，把手伸向他在臥室裡掛睡衣的老地方。這當兒他才猛然想起，他怎麼和為什麼沒有睡在妻子的臥室而睡在書房裡。臉上的笑容不見了，他蹙起了額頭。

「唉，唉！……」他咕咕噥噥地說，回憶起事情的全部經過。腦海中又出現了與妻子口角的所有細節，想起他那進退維谷的處境，還有他犯下的最使人痛苦的過錯。

「是啊！她不肯寬恕我，不可能寬恕我。最糟糕的是一切皆由我而起，而又不能怪我。這是整個悲劇所在，」他這樣想，「唉，唉！」他悲觀失望，又想起了這場口角中最令他痛苦的那些情景。

最難堪的是起初的那一刻，當時他剛看完戲回家，高高興興，心滿意足，手裡還拿著一只大梨子準備送給妻子，可是在客廳裡沒見到她；奇怪的是，她也不在書房，最後在臥室裡找到她，她手裡正拿著那封使醜事敗露的倒楣信。

多莉是個操勞不停、他認為不大聰明的女人。這時她手裡拿著那封信，一動不動地坐在那裡，帶著恐懼、絕望而憤怒的神情注視著他。

「這是什麼？這？」她指著信問道。

每次回想到這裡，斯捷潘・阿爾卡季奇總是很苦惱，倒不是為了那件事本身，主要是他對妻子的質問竟然作出了那樣的回答。

當時他的處境，正像那些幹了十分丟臉的事突然被揭發的人一樣。妻子揭了他的醜，而他卻不能神色鎮定地應付他面臨的局面。他本可以表示委屈，可以否認、辯解、求饒，甚至哪怕是滿不在乎也好，可是他卻幹了什麼啊！在他的臉上，居然不由自主地（那是「大腦反射」——愛好生理學的斯捷潘·阿爾卡季奇這樣認為）露出了他平時那副憨厚的，而現在卻是愚蠢的微笑。

他不能自宥這愚蠢的一笑。多莉看到這副笑容，彷彿肉體疼痛似的顫慄了一下，接著就狠狠地發作起來，以她特有的急躁勁，滔滔不絕地噴吐了一通尖酸刻薄的話，然後奔出房間。打那以後，她再也不見丈夫的面了。

「都怪這愚蠢的一笑。」斯捷潘·阿爾卡季奇想。

「可是怎麼辦呢？怎麼辦呢？」他在絕望地自言自語，找不到答案。

3 原文為義大利文。

二

斯捷潘・阿爾卡季奇對自己倒也實事求是。他並不自我欺騙，相信自己對做過的事追悔莫及。他是一個三十四歲、漂亮而多情的男子。妻子只比他小一歲，是現有的五個孩子、還有兩個已夭折孩子的母親。他並不愛她，對此他至今倒也無悔。他所後悔的，只是沒有把那件事更好地瞞住她。不過，他仍然感到處境困難，妻子、孩子，還有自己都很可憐。要是他早先料到這個消息對妻子打擊如此之大，也許會對她緊緊掩蓋住自己的罪過。對於這個問題，他從來沒有認真考慮過，他只是模糊感到，妻子早已覺察到他的不忠，只不過睜隻眼閉隻眼罷了。他甚至覺得，她身體虛弱、人老珠黃、姿色平常，毫無出眾之處，僅僅是一位家庭慈母，平心而論，她應該是寬大為懷的。結果事情卻鬧得適得其反。

「唉，可怕！哎呀呀，真可怕！」斯捷潘・阿爾卡季奇不斷嘀咕著，卻想不出辦法。「這以前一切多麼美好，我們生活得多麼和睦！她有孩子們在身邊，感到滿足和幸福，我也從不干涉她，讓她忙孩子忙家務，遂了她的心意。說實在的，糟糕的就是她來當了我們的家庭教師。勾搭家庭教師確實有些庸俗下流。可她是個多麼漂亮的家庭教師啊！（他真切地回憶起羅朗小姐[4]那雙調皮的黑眼睛和她的微笑。）她在我家時，我絲毫也不曾放肆。最糟的是她現在已經……偏偏這就像故意作對似的！哎呀呀！這可怎麼辦，怎麼辦呢？」

答案沒有找到。只有生活能給他提供一個普通的解答，可以用它來應付所有無法解決的難題。這個解答是：去過日常生活，把煩惱丟在腦後。他想回到夢中去，這要等到夜晚才行。夢中的音樂，那些玻璃瓶女人的歌唱此刻不可能重溫。看來，他只能在糊裡糊塗的日子裡去忘憂解愁了。

「以後再說吧。」斯捷潘·阿爾卡季奇自語道，穿上那件淺藍絲綢襯裡的灰色睡衣、繫好條帶，往寬闊的胸腔裡足足地吸了口氣，邁開他豐滿身軀下面那雙輕快的外八字腳，像平時一樣精神抖擻地走到窗前、拉開窗簾，使勁地按了按鈴。應聲進來的是他的老僕馬特維，手裡拿著衣服、靴子和一封電報。隨後走進來的是帶著刮臉用具的理髮匠。

「機關裡有公文來嗎？」斯捷潘·阿爾卡季奇問，接過電報，在鏡子前坐下來。

「放在桌上了，」馬特維答道，帶著詢問和關切的神情瞥了主人一眼，停了一會兒，又狡黠地笑笑說：「車夫主人那邊有人來過。」

斯捷潘·阿爾卡季奇沒有搭腔，只是從鏡子裡瞥了馬特維一眼；兩人目光在鏡中相遇，可以看出，他們是心照不宣的。斯捷潘·阿爾卡季奇的眼色彷彿在問：「你幹麼說這個？難道你不知道嗎？」

馬特維把雙手插進外衣口袋，挪了挪腿，臉上帶著笑意，默默地、和善地看了主人一眼。

「我叫他們禮拜天來，何必來早了麻煩您又自找麻煩。」馬特維的這句話顯然是事先考慮好的。

斯捷潘·阿爾卡季奇明白，馬特維是想說句笑話逗引別人的注意。他拆開電報看了一遍，猜懂了譯電中常見的幾個錯別字，頓時喜形於色。

「馬特維，我妹妹安娜·阿爾卡季耶夫娜明天就到。」他說。這時理髮匠正在修剪他那又長又捲的落

4 原文為法文。本書法文使用較多，以後不再注明，僅以字體區別，其他外文仍加注文種。

腮鬍，使淡紅色的皮膚顯露出來，他示意那隻溜光的胖手暫停一下。

「謝天謝地。」馬特維說，表示他和主人同樣明白這次來訪的意義，也就是說，斯捷潘・阿爾卡季奇這位親愛的胞妹安娜・阿爾卡季耶夫娜，她可能促成兄嫂重新和好。

「一個人來，還是和她丈夫一道來？」馬特維問。

斯捷潘・阿爾卡季奇不能說話，理髮匠正在剃他上唇的鬍子。他豎起一根手指，馬特維在鏡子裡點點頭。

「一個人。要在樓上收拾房間嗎？」

「稟報達里雅[5]・亞歷山德羅夫娜，她自會吩咐的。」

「達里雅・亞歷山德羅夫娜？」馬特維有些懷疑地問。

「對，稟報她。把電報也拿去，然後告訴我她有何吩咐。」

「您想試探一下，」馬特維心裡明白，嘴上卻說：

「遵命。」

斯捷潘・阿爾卡季奇梳洗完畢，正準備穿戴，這時馬特維手裡拿著那份電報，慢吞吞地，把靴子踩得吱吱作響地回到房裡來。理髮匠已經走了。

「達里雅・亞歷山德羅夫娜叫我稟報您，她就要走了。說隨便他，也就是您，愛怎麼辦就怎麼辦吧。」馬特維說，眼睛裡含著笑意，把雙手插進衣袋，側著腦袋，凝視著主人。

斯捷潘・阿爾卡季奇沉默了一會兒，漂亮的臉上露出寬厚而又可憐的笑容。

「啊？馬特維？」他搖搖頭說。

「沒關係，老爺，會順利解決的。」馬特維說。

「會順利解決？」

「是的，老爺。」

「你這樣認為嗎？那是誰呀？」斯捷潘．阿爾卡季奇問，他聽見門外有女人衣裙的窸窣聲。

「是我。」一個穩重悅耳的女人聲音說，接著，奶媽馬特廖娜．菲利莫諾夫娜那張嚴肅的麻臉從門外探了進來。

「什麼事，馬特廖莎？」斯捷潘．阿爾卡季奇朝門口迎去。

雖然斯捷潘．阿爾卡季奇應該對妻子負全部罪責，他自己也覺得是這樣，但是家中幾乎所有的人，包括達里雅．亞歷山德羅夫娜的心腹奶媽在內，全都站在他這一邊。

「什麼事呀？」他悶悶不樂地問。

「您去一趟吧，老爺，去認個錯。也許上帝會幫助您。她痛苦極了，看著多可憐，家裡都鬧翻天了。老爺，可憐可憐孩子們吧。認個錯，老爺。沒有辦法呀！想圖快活也得要……」

「她不肯見我……」

「您只管去認錯。上帝會發慈悲的，您禱告上帝，老爺，禱告上帝吧。」

「那好，妳去吧，」斯捷潘．阿爾卡季奇說，突然漲紅了臉。「喂，現在穿衣服吧，」他對馬特維說，動作俐落地脫下了睡衣。

5 達里雅是多莉的本名，多莉是小名。

馬特維把襯衫張開伺候著，就像舉著一個馬軛，輕輕吹去上面的纖塵，帶著明顯滿意的神情把它套在主人嬌貴的身體上。

三

斯捷潘．阿爾卡季奇穿好衣服，往身上噴些香水、整理好襯衫的袖子，以習慣動作將香菸、皮夾、火柴和雙鏈條帶墜子的懷錶分別放進幾個口袋裡，然後抖了抖手帕。雖然他遇上了倒楣事，但覺得自己還是那麼清潔、芳香，身體健康而有朝氣。他微微顛著腿走進餐廳，那兒已經擺好了咖啡，旁邊是信件和機關裡來的公文。

他先看了信件。其中一個商人的來信很掃他的興。此人想買妻子田莊上那片森林。森林固然該賣，只是眼下沒有跟妻子和好前萬萬不可談這件事。尤其令他不快的是，這種事情很可能使他面臨的夫妻和解問題牽扯到金錢上的利害關係。難道他謀求與妻子和好就是出於這種利害關係，為了能賣掉那片森林嗎？想到這裡他感到受了侮辱。

看罷來信，斯捷潘．阿爾卡季奇把公文挪過來，匆匆翻閱了兩個案卷，用粗大的鉛筆做了些記號，然後推開公文，端起咖啡，打開油墨未乾的晨報，邊喝咖啡邊看起報來。

斯捷潘．阿爾卡季奇訂的是一份自由主義報紙，不是極端自由主義的，而是多數人贊成的那種自由主義。儘管他其實對科學、藝術和政治都不感興趣，但他堅決擁護多數人和他訂的報紙對這三類問題所持的觀點，並且隨著多數人觀點的改變而改變，或者毋寧說，他並不改變觀點，而是觀點本身在他頭腦中不知不覺地變化著。

斯捷潘・阿爾卡季奇並不選擇派別和觀點，倒是這些派別和觀點向他不招自來，就像他並不挑選禮帽或常禮服的樣式，別人穿戴什麼他就跟著買什麼。生活在上流社會的他，對於一個成年人通常要開展某些精神活動而言，持有一種觀點，就像戴一頂禮帽那樣必需。如果說，他更有理由喜歡自由派，而不像他圈子裡的許多人士那樣贊成保守派，那倒並不是他認為自由派更有道理些，而是因為自由主義更適合他的生活方式。自由黨常把俄國說得一無是處，說的倒不假，斯捷潘・阿爾卡季奇就是債臺高築，正缺錢花。自由黨說婚姻制度過時，必須加以改革，不錯，家庭生活對斯捷潘・阿爾卡季奇甚少樂趣，還迫使他違心地撒謊和裝模作樣。自由黨說，或者毋寧說是暗示，宗教不過是給野蠻人套上的籠頭，確實，斯捷潘・阿爾卡季奇只做一會兒祈禱兩腿就疼得要命；再說他也不明白，現世的生活本可以過得很快活，為什麼還要用恐怖誇張的語言談論來世呢。斯捷潘・阿爾卡季奇也愛開個玩笑，捉弄一下老實人，例如他說，既然要炫耀家族門第，就不該只算到留里克[6]為止，還應該承認最早的祖先——猿猴。就這樣，斯捷潘・阿爾卡季奇對自由主義已習以為常，他喜歡看自己訂的報紙，猶如飯後抽一支雪茄菸，使他頭腦中產生輕霧似的朦朧感。他看到社論裡說，有人叫嚷什麼激進主義要吞噬一切保守分子、政府必須採取措施阻擋革命禍水，這種叫嚷在當代實在大可不必，相反，「據我們看來，危險並不在於什麼假想的革命禍水，而在於傳統勢力之頑固不化、阻礙進步」云云。他又看到另一篇文章談到財政問題，其中提到邊沁[7]和米勒[8]，並對財政部語涉譏誚。憑著他特有的敏捷思路，他懂得各種譏誚的含義：誰譏誚誰以及因為何事而發；這種揣測常使他感受到一種樂趣。但是今天，想起了馬特廖娜・菲利莫諾夫娜出的主意，想到家中諸事不遂，樂趣就變成了掃興。報上還說，據聞，貝斯特伯爵已經到了威斯巴登。報上還有那些染頭髮、賣馬車、徵婚之類的廣告，這些消息都不能像往常那樣使他覺得滑稽有趣了。

看過報紙，喝完第二杯咖啡，吃了一塊奶油白麵包，他站起身，抖去西裝背心上的麵包屑，舒展一下寬闊的胸膛，愉快地笑了——倒不是他的心情特別愉快，而是因為他的消化功能良好。

不過，這愉快的一笑立刻勾起了全部往事，他又陷入了沉思。

門外傳來兩個孩子的說話聲（斯捷潘．阿爾卡季奇聽出來是小兒子格里沙和大女兒塔尼雅）。他倆在搬運什麼東西，弄翻在地上了。

「我說過，不能讓旅客坐在車頂上，」小姑娘用英語嚷道，「去撿起來呀！」

「全都亂了套，」斯捷潘．阿爾卡季奇心想，「讓孩子們自己到處亂跑。」他走到門口叫住了他們。姊弟倆扔下當作火車玩的小匣子，朝父親走來。

小姑娘是父親的寶貝，她大膽地跑了進來，摟住父親，笑著吊在他脖子上，像平時那樣喜歡聞他落腮鬍上熟悉的香水氣味。最後，小姑娘吻了吻父親因為彎下身體而漲紅了的那張慈愛的臉，鬆開雙手，待要跑出去，父親卻拉住了她。

「媽媽怎麼樣？」他問道，一邊撫摸著女兒柔嫩光滑的脖子。「你好，」他又朝向他問好的男孩子微笑說。

他意識到自己不太喜歡兒子，所以總是努力做得公平些；兒子感到了這一點，對父親冷淡的微笑並不報以笑容。

6 留里克王朝（八六九—一五九八）的奠基者，俄國王族及某些貴族被認為是其後裔。
7 邊沁（一七四八—一八三二），英國哲學家，功利主義哲學創始人。
8 米勒（一八〇六—一八七三），英國唯心主義哲學家、經濟學家。

「媽媽？她剛起床。」小姑娘說。

斯捷潘・阿爾卡季奇歎了口氣。「這麼說，她又是徹夜未眠。」他想。

「她高興嗎？」

小姑娘知道父母親吵過嘴，母親不可能高興，這一點父親該是知道的，現在他這麼隨便地問，就是在裝模作樣。女兒為父親臉紅了。父親立刻覺察到這一點，也臉紅了。

「不知道，」她說，「她沒叫我們讀書，叫我們跟古莉小姐到外祖母家去玩。」

「哦，去吧，我的坦丘羅奇卡[9]。哦，等一下。」他說，仍然拉住女兒不放，撫摸著她柔嫩的小手。

他從壁爐上取下昨天放在那裡的一小盒糖果，挑了兩塊女兒愛吃的巧克力和水果軟糖，遞給她。

「這一塊給格里沙嗎？」小姑娘指著巧克力糖說。

「好的，好的。」他又摸了一下女兒的肩膀，在她髮根和脖子上親了一下，才放她走。

「馬車備好了，」馬特維說，「可是有個女人求見，」他又補充道。

「等了很久嗎？」斯捷潘・阿爾卡季奇問。

「有半個小時了。」

「對你說過多少次了，這種事情要立即稟報！」

「總得讓您把咖啡喝完呀。」馬特維以一種粗率友好的口氣說，使人聽了也不好生氣。

「那就快請吧，」奧勃朗斯基掃興地皺起眉頭說。

求見者是一位上尉的妻子，叫加里寧娜。雖然她提出的請求無法滿足，而且講得前言不對後語，斯捷潘・阿爾卡季奇還是照例請她坐下來，毫不打斷地傾聽她的陳述，然後仔細替她出主意，叫她如何如何去找某某人，甚至用他那清晰、漂亮、又長又粗的字體，工整而流暢地寫下一封便函，讓她拿去見那個能夠周濟她的人。

打發走上尉的妻子，斯捷潘．阿爾卡季奇拿起禮帽，但他欲行又止，尋思是否忘記了什麼事。看來，除了他想忘卻的妻子之外，他並沒有忘記什麼。

「哎呀！」他垂下了頭，漂亮的臉上露出憂愁的表情。「去還是不去呢？」他自言自語，內心卻在說，不必去了，除了虛情假意不會有別的，他倆的關係已經不可修復，因為既不能使她重新具有魅力而激發愛情，也不能把他變成失去戀愛能力的老人。現在除了虛偽和謊言，不可能有別的結果，而虛偽和撒謊卻有違他的本性。

「可是遲早總得去，不能就這樣不了了之。」他想，盡量使自己鼓起勇氣。他挺起胸膛，掏出一支香菸，點燃後吸了兩口，把它扔在珍珠貝做的菸灰缸裡。他快步穿過光線陰暗的客廳，推開了另一扇門，那是通向妻子臥室的門。

9 塔尼雅的暱稱。

四

達里雅・亞歷山德羅夫娜的房間裡，到處是散亂的衣物，她站在雜物當中，從她面前一個打開的小櫃子裡挑揀什麼東西。她穿著短衫，往日一頭濃密的秀髮已經變得稀疏，編成辮子盤在後腦勺上。她容顏憔悴，兩隻大眼睛從消瘦的臉上凸顯出來，露出驚恐的神色。聽到丈夫的腳步聲，她停住手，轉眼望著門口，想在臉上裝出嚴厲和鄙夷的表情，卻怎麼也裝不像。她覺得自己害怕他，害怕眼下的會面。剛才她要做的事，這三天內已經嘗試過多次：收拾自己的和孩子們的東西，送到娘家去。但她還是下不了決心。和前幾次一樣，這一次她也對自己說，不能這樣就算完，一定得想辦法懲罰和羞辱他，用他帶給她的痛苦，哪怕只是一小部分，來報復他，讓他也嘗嘗痛苦的滋味。她反覆說要離開他，可是又覺得這不可能，因為她已經習慣了把他作為自己的丈夫並且愛他。另外她還覺得，在自己家照料五個兒女都快要忙不過來，帶到外婆家，他們的情況只會更糟。何況這三天裡，小兒子吃了不乾淨的肉湯已經生病了，其餘的孩子昨天幾乎就沒吃飯。她意識到走是不可能的，但為了騙騙自己，仍然拾掇東西，裝成要走的樣子。

看見丈夫進來，她把手伸到小櫃子的抽屜裡，像是在尋找什麼，丈夫走到她跟前，她才回過頭望望他。她原想裝出一副嚴厲而堅決的面孔，可是卻流露出慌亂和痛苦的神情。

「多莉！」他畏怯地小聲說，縮起腦袋，想裝出可憐而順從的樣子，但還是顯得那麼喜氣洋洋和氣色健康。

她很快地從頭到腳打量一眼他那紅光滿面的健康身體。「是啊，瞧他多麼稱心如意！」她想，「而我？……他這副和氣嘴臉真讓人討厭。大家因此喜歡他、誇他，我就恨他這副樣子。」她想道，緊緊抿起了嘴，她那容易抽搐的蒼白臉上，右頰的肌肉開始顫抖。

「您要幹什麼？」她用急促的、氣得變了腔調的低沉聲音問道。

「多莉！」他又說，聲音在打顫，「安娜今天要來了。」

「關我什麼事？我不接待她！」她叫喊道。

「可是，也應該，多莉……」

「走開，走開，走開！」她望也不望他，又喊道，像是肉體受了痛苦發出的叫喊。

當斯捷潘．阿爾卡季奇獨自想到妻子的時候，他還能夠保持鎮定，指望事情像馬特維所說的那樣，會順利解決，所以他能從容不迫地看報紙、喝咖啡。可是現在，當他目睹妻子這疲憊不堪的痛苦面容，聽見她聽天由命、充滿絕望的聲音時，他突然感到呼吸困難、喉頭哽咽，眼睛裡也閃起了淚花。

「天啊，我幹了什麼啊！多莉！看在上帝的分上！……要知道……」他說不下去了，一陣嗚咽堵住了他的喉嚨。

她啪的一聲關上櫃門，瞪了他一眼。

「多莉，我能說什麼呢？只有一句話：饒恕我，饒恕我吧……妳回想一下，難道九年的生活不能抵償一時的，一時的……」

她垂下眼睛在聽他說，等他把話說完，彷彿在哀求他，希望他能夠說服她。

「一時的忘情……」他終於說出口來，正想接著說下去，只見她又抿緊了嘴唇，像在忍受肉體的痛楚，右頰上的肌肉再度抽搐起來。

「走開，從這兒走開！」她叫起來，聲音更尖銳，「別對我說您的忘情，您的骯髒行為！」

她想要走出去，身子晃了一下，連忙扶住椅背。他鼓脹著臉，嘴唇噘起，眼裡含滿了淚水。

「多莉！」他嗚嗚咽咽地說，「看在上帝分上，想想孩子們吧，他們是無辜的。全是我的錯，妳懲罰我，讓我來贖罪吧。只要能辦到，我什麼都願意做！我罪過，真是罪過啊！可是多莉，妳饒恕我吧！」

她坐了下來。他聽著她沉重的大聲喘息，說不出對她有多麼的可憐。她幾次想說話卻開不了口。他等著她。

「你想到孩子，只是為了逗他們玩，而我想到他們，知道他們現在都給毀了，」她說出了顯然是這三天來心中反覆說過的一句話。

她稱他為「你」，他感激地看了她一眼，並想走過去拉她的手，她厭惡地避開了。

「我惦記著孩子們，為了救孩子我什麼都願意做，可是我不知道怎樣救他們：讓他們離開父親，還是留在傷風敗俗的父親——是的，傷風敗俗的父親身邊……您倒說說，發生了那種……事情之後，難道我們還能在一起生活嗎？難道這可能嗎？您說呀，難道這可能嗎？」她重複說，聲音愈來愈高。「我的丈夫，孩子的父親，跟自己孩子的女家庭教師發生了這種關係之後……」

「可是怎麼辦呢？怎麼辦呢？」他可憐巴巴地說，自己也不知道在說些什麼，把頭垂得愈來愈低了。

「您讓我噁心，討厭！」她喊叫起來，火氣愈來愈大。「您的眼淚像水一樣不值錢！您從來就不愛我。您既沒有心肝也不光明正大！您叫我厭惡、噁心，您是陌生人，完全是陌生人！」她痛苦地、惡狠狠地說出了她感到可怕的這個字眼——陌生人。

他望望她，她臉上的怒氣使他既害怕又吃驚。他不明白，他的憐憫反而激怒了她。她看出來，他對她只是可憐而不是愛。「不，她恨我。她不會寬恕我，」他想。

「這太可怕了！太可怕了！」他說。

這時，隔壁房間裡有個小孩哭叫起來，大概是跌倒了。達里雅．亞歷山德羅夫娜側耳細聽，臉色立刻緩和下來。

她定了定神，似乎不知道自己身在何處、該做什麼，隨後她一下子站起來，向門口走去。

「瞧，她愛我的孩子，」他看見她聽到孩子哭叫時臉色的變化，這樣想。「她愛我的孩子，又怎麼會恨我呢？」

「多莉，再聽我說一句，」他跟在她身後說。

「您要跟著我，我就叫人來，叫孩子們來！讓大家都知道您是個卑鄙的人！我今天就走，讓您跟您的情婦住在這裡吧！」

她砰的一聲帶上門，走了。

斯捷潘．阿爾卡季奇歎了口氣，擦了擦臉，輕手輕腳地往外走。「馬特維說會順利解決。結果怎麼樣呢？我看簡直沒有可能。唉，唉，太可怕了！她那樣叫喊真是俗氣，」他自語道，回想起她的喊聲和她的用詞：卑鄙的人和情婦。「也許女僕們都聽到了！真是俗不可耐。」斯捷潘．阿爾卡季奇獨自站了一會兒，揩揩眼睛，歎息一聲，然後挺起胸脯，走出了房間。

今天是禮拜五。德國鐘錶匠正在餐廳裡給鐘上發條。斯捷潘．阿爾卡季奇想起他曾拿這個認真的禿頭鐘錶匠開過玩笑，說德國人「為了給鐘錶上發條，自己一生上足了發條」。想到這裡不禁莞爾一笑。斯捷潘・阿爾卡季奇喜歡俏皮的笑話。「說不定真的會順利解決！這話真有趣：會順利解決，」他想，「要講講此話的來歷。」

「馬特維！」他喊道，「你和瑪麗亞把休息室收拾一下，迎接安娜・阿爾卡季耶夫娜。」他向走過來的馬特維說。

「遵命。」

斯捷潘・阿爾卡季奇穿上毛皮大衣，走到臺階上。

「您不回來吃飯嗎？」送他出來的馬特維說。

「看情況吧。這個拿去開銷，」他說，從錢夾裡掏出十盧布交給馬特維。「夠嗎？」

「夠不夠都得應付過去。」馬特維說，砰地關上車門，退回到臺階上。

這時，達里雅・亞歷山德羅夫娜已經哄好了孩子，聽馬車聲知道丈夫已走，就又回到自己的臥室。這裡是她唯一的避風港，可以躲一躲家務瑣事的煩擾。只要她一出房門，那些瑣事就纏得她不可開交。剛才就是這樣，她到兒童室只去了不大一會兒工夫，英國女家庭教師和馬特廖娜・菲利莫諾夫娜就向她提了好些個問題，而且都是迫不及待、唯有她才能答覆的問題，諸如：孩子們穿什麼衣服去散步？是否給他們喝牛奶？要不要派人另找一名廚師？等等。

「唉，別煩我，別煩我了！」她說。回到臥室後，她又坐到跟丈夫說話的那個位置，她緊握雙手，戒指從瘦削的手指上滑落下來，她開始回味整個談話的經過。「他走了！他和她結果怎樣了？」她心裡想道。「莫非還要去見她？我幹麼不問問他？不，不，和解是不可能的。即使我倆留在一個家裡，也只是陌生人，永遠是陌生人！」她意味深長地重複這個令她害怕的字眼。「可是我原先多麼愛他，天啊，多麼愛他！……我多麼愛他啊！即使是現在，難道我就不愛他？難道不比從前更加愛他嗎？最可怕的是……」她有了一個想法，但是沒來得及想完，因為這時候馬特廖娜．菲利莫諾夫娜從門外探進頭來。

「您派人去找我兄弟來吧，」她說，「他好歹會做個飯，要不又像昨天那樣，孩子們到六點鐘也吃不上飯。」

「好吧，我馬上出來安排。新鮮牛奶叫人去拿了嗎？」

於是，達里雅．亞歷山德羅夫娜重又投身於日常的瑣事中，並借此暫時排解一下她心裡的悲傷。

五

斯捷潘・阿爾卡季奇憑著他良好的天賦，在學校時成績不錯，可是他疏懶頑皮，結果落到了最後幾名。雖然他一向生活放縱，既無顯赫頭銜，也非年高德劭，卻能在莫斯科政府機關裡占據一個相當體面而又薪水豐厚的官職。這個職位是透過他妹妹安娜的丈夫阿列克謝・亞歷山德羅維奇・卡列寧謀得的。卡列寧在這個機關所屬的部裡擔任要職。不過，即使卡列寧不派內兄出任這個職位，斯季瓦・奧勃朗斯基也會通過上百個別的人，包括兄弟、姊妹、嫡親、表親、叔伯和七大姑八大姨的關係弄到這樣的或類似這樣的位置，年薪可以拿到六千盧布；他亟需這筆錢，因為，儘管他妻子有大宗財產，他自己的事業卻弄得很糟。

莫斯科和彼得堡幾乎有一半人是斯捷潘・阿爾卡季奇的親戚朋友。他所出生的那個環境中，所有的人或曾經是、或後來成了達官顯貴。三分之一是老一輩國家棟樑，是他的父執，從他孩提時代就認識他。另外三分之一是他的至交。還有三分之一是老熟人。因此，那些以授職、租賃、租讓等形式分配世間福祉的人皆是他的朋友，是決不會漏掉他這位同道的。奧勃朗斯基無需花大力氣就能弄到一個肥缺，只要他不拒絕，不忌妒，不爭吵，不抱怨就行，而他為人素稱隨和，也從來不會那樣做。假如有人對他說，他得不到他所需要的那種肥缺，他會覺得好笑，何況他的要求並不過分，他只想得到他的同齡人都能得到的東西，至於任職能力，他是不會比任何人遜色的。

所有認識斯捷潘・阿爾卡季奇的人，都喜歡他善良快樂的性格和毋庸置疑的誠實，而且，他那漂亮、開朗的外表，炯炯有神的眼睛，烏黑的眉毛、頭髮，還有白裡透紅的臉龐，都會對遇到他的人從生理上產生某種親切而愉快的感染力。「啊哈！斯季瓦！奧勃朗斯基！可不是他！」碰到他的人幾乎總是高興地笑著說。雖然有時跟他談談話也算不得什麼賞心樂事，但是過一、兩天後再見到他時，大夥兒還是照樣高興。

斯捷潘．阿爾卡季奇在莫斯科某機關任長官已有三年。他的同僚、下級、上司及所有跟他打過交道的人無不喜歡他，而且尊重他。斯捷潘．阿爾卡季奇能博得同事如此普遍的尊重，主要靠他的三大特質：第一，他知道自己的短處，故待人亦異常寬容；第二，他是徹底的自由主義，不是從報紙上看來的那種，而是浸透在他血液裡的自由主義，他以這種態度一視同仁地對待所有人而不論其頭銜大小、地位高低；第三，也是最主要的一點，他對職務上的事興趣不大，從不過分熱心，也就從不犯錯誤。

斯捷潘．阿爾卡季奇抵達職所後，由門房恭敬地陪著，手提公事包走進他自己的小辦公室，穿上制服後，再來到機關辦公室。錄事和職員們全都站起來，高興而恭敬地向他鞠躬。斯捷潘．阿爾卡季奇像平時那樣匆匆走向自己的座位，跟委員們一一握手，坐了下來。他很得體地說了兩句笑話，就開始辦公。誰都不及斯捷潘．阿爾卡季奇那樣善於掌握隨便、簡單和公事公辦之間的分寸，這種分寸是保持辦公愉快氛圍之所需。一位祕書拿著公文，像機關裡所有的人那樣高興而恭敬地走過來，用斯捷潘．阿爾卡季奇所提倡的自由主義親暱語調說：

「我們得到一份奔薩省府的報告。您是否要……」

「終於拿到了？」斯捷潘．阿爾卡季奇用手指按住一份公文說，「那麼，先生們……」於是辦公開始了。

「他們可知道，」他想，一面鄭重其事地低下頭聽著報告，「半小時前他們的主任就像做了錯事的小孩子！」別人唸報告時，他的眼睛始終是笑咪咪的。辦公一直持續到下午兩點，然後是休息和午餐。

兩點鐘不到，議事廳的玻璃門忽然打開，有個人走進來。委員們很高興有了輕鬆一下的機會，紛紛從沙皇肖像和守法鏡[10]下面朝門口轉過頭去，但是門邊的守衛立刻把那人趕了出去，隨後又把玻璃門關上了。

公文唸完之後，斯捷潘・阿爾卡季奇站起來、伸了個懶腰，為了順應自由主義時尚，他在機關辦公室裡拿起一根香菸，然後向他的主任室走去。他的兩位同事，老官吏尼基京和低級侍從官格里涅維奇，也隨他一起走出來。

「我們午飯後還來得及辦完。」斯捷潘・阿爾卡季奇說。

「當然來得及！」尼基京說。

「那個福明真是大滑頭，」格里涅維奇提到他們所審查案件的一位當事人說。

斯捷潘・阿爾卡季奇聽見此話皺了皺眉，示意不應該過早下判斷，但是沒有回答格里涅維奇。

「剛才進來的那人是誰？」他問門衛。

「大人，一個人趁我轉身的工夫溜進來，說是要見您。我告訴他，等委員們出來的時候……」

「他在哪兒？」

「大概到門廳去了，剛才一直在這兒走來走去。瞧，就是他，」門衛指著一個身板壯實、寬肩膀、捲鬍鬚的人說。只見那人還戴著一頂羊皮帽，正以輕快的步子踏著磨損的石階跑上來。下臺階的人中有個提公事包的瘦官員停了下來，不以為然地望望跑上臺階那人的一雙腳，又詢問似的瞥了奧勃朗斯基一眼。

斯捷潘・阿爾卡季奇站在臺階上面。他的臉襯著制服的繡金領子顯得和藹而有精神，當他認出闖進門的那個人是誰時，他更加容光煥發了。

「果然不錯！列文，你到底來了！」他帶著友好而嘲弄的微笑打量迎面走來的列文。「怎麼屈駕到這窮窩裡來找我呀？」斯捷潘．阿爾卡季奇說，嫌握手還不夠，又吻了吻朋友。「來好久了嗎？」

「剛到，我很想見你。」列文答道，靦腆而又有些氣惱不安地望望四周。

「走，上我辦公室去，」斯捷潘．阿爾卡季奇說，他瞭解他朋友的靦腆是由於自尊心強和易怒，便拉住列文的手，彷彿領他通過危險區，把他帶走了。

斯捷潘．阿爾卡季奇幾乎對所有的熟人都以「你」相稱，無論是六旬老翁、二十歲的青年、演員、部長、商人還是侍從將官都一視同仁，這樣一來，在社會的最高層和最底層都有許多跟他相稱爾汝的朋友，這些人一旦得知是奧勃朗斯基使他們也有某種共同之處，一定會驚訝莫名。凡是跟他喝過香檳的人，他都稱「你」，而他又是跟什麼人都可以一起喝香檳的，所以，萬一要當著下級的面會晤他那些厚臉皮的「你」們（他這樣戲稱他的許多朋友），憑著他特有的機靈，他懂得怎樣淡化在下級心目中留下的不快印象。列文不是厚臉皮的「你」，但是奧勃朗斯基也機靈地感到，列文一定認為他當著下級的面不願流露他倆的親密關係，所以連忙把他帶到他的小辦公室來了。

列文和奧勃朗斯基年齡相若，但不是只跟他喝香檳酒的那種「你」。列文是他少年時代的夥伴和朋友。他倆性格、愛好雖然不同，卻像一對從小就要好的朋友那樣互相喜愛。不過，儘管如此，他們也像選擇了不同行業的人所常有的那樣，彼此談論起來固然也肯定對方的職業，其實他們心裡是互相瞧不起的。他們各自覺得，唯有自己的生活才是真正的生活，而對方卻在想入非非。奧勃朗斯基見到列文時，禁不住露出嘲弄的微笑。他曾多次見列文從鄉下來到莫斯科，列文在鄉下做事，但究竟何事，斯捷潘．阿爾卡季

---

10 頂部有雙頭鷹的三稜鏡，為帝俄時官廳中陳設物。

奇向來不甚了了，也不感興趣。列文每次來莫斯科都是情緒激動、行色匆匆，還有點不好意思，他為這不好意思感到惱火，而且大抵還要帶來某種出人意料的嶄新觀點。斯捷潘・阿爾卡季奇既嘲笑他也喜歡他這一點。同樣，列文打心眼裡鄙視朋友的都市生活方式，還有他那些雞毛蒜皮的公務，並譏笑這一切。所不同者，奧勃朗斯基在做一般人都做的事情，所以他嘲笑人時顯得平心靜氣而有自信，而列文的譏笑則顯得自信心不足，有時還是氣呼呼的。

「我們早就盼望你來了，」斯捷潘・阿爾卡季奇說，走進自己的辦公室後，鬆開了列文的手，彷彿表示在這裡危險已經過去。「見到你非常、非常高興，」他接著說，「你怎麼樣？好嗎？什麼時候到的？」

列文沒有回答，他不時望望奧勃朗斯基兩位同事的陌生面孔，尤其是溫文爾雅的格里涅維奇的那隻手，手指又白又長，黃色的長指甲尖端朝裡彎曲，還有襯衫上那些閃閃發光的大鈕釦，而那雙手似乎已吸引了列文全副的注意力，弄得他不能自由地思考了。奧勃朗斯基馬上覺察到這一點，笑了笑。

「噢，讓我給你們介紹一下，」他說，「我的同事：菲力浦・伊萬內奇・尼基京，米哈伊爾・斯坦尼斯拉維奇・格里涅維奇，」然後轉向列文：「地方自治局代表、新派地方自治人士，一手能舉五普特[11]重的體操運動員，畜牧專家、獵手，我的朋友，康斯坦丁・德米特里奇・列文，謝爾蓋・伊萬內奇・科茲內舍夫的兄弟。」

「幸會。」那個小老頭說。

「我有幸認識令兄謝爾蓋・伊萬內奇。」格里涅維奇說，伸出他那留著長指甲的纖細的手。

列文皺起眉頭，冷淡地握握他的手，馬上向奧勃朗斯基轉過身去。雖然他很敬重他同母異父的兄長，那位全俄知名的作家，但是現在，當別人只把他看成是著名的科茲內舍夫的兄弟，而不是康斯坦丁・列文時，他簡直不能忍受。

「不，我已經不是地方自治局代表，我跟他們吵翻了，再也不去參加地方自治局代表會議了。」他對奧勃朗斯基說。

「這麼快？」奧勃朗斯基微笑說。「是怎麼回事？為什麼？」

「說來話長。以後我再告訴你，」列文說，可是他馬上開始講起來。「簡單地說，我確信沒有任何地方自治活動，也不可能有，」他開始說話的樣子，就像剛才有人欺侮了他，「一方面，那是個玩具，他們玩弄議會那一套，而我既不算小也不夠老，不想要弄這些玩具。另、另一方面（他口吃了一下），這是縣裡的一票人撈油水的工具。過去有監護機構、法院，現在有地方自治局，它們不是以受賄的形式，而是透過白拿薪水來撈錢，」他說得激昂慷慨，好像在座的人有誰會對他的意見提出異議。

「嘿！我看你又跨入了新階段，保守主義的新階段，」斯捷潘·阿爾卡季奇說。「不過這個以後再談吧。」

「好吧，以後再談。不過我有事找你。」列文說，憎惡地盯著格里涅維奇的那隻手。

斯捷潘·阿爾卡季奇難以覺察地微微一笑。

「你不是說過，再也不穿西裝了嗎？」他說，一面打量著列文那身顯然是法國裁縫做的新衣服。「原來如此！我看這也是新階段。」

列文刷地漲紅了臉，不是像成年人那樣微微地、不自覺地臉紅，而是像小男孩那樣，覺得自己靦腆得可笑，結果愈加害臊和臉紅，簡直要哭出來了。看著這張聰明而剛毅的臉變得如此孩子氣，真有些奇怪，

---

11 普特，俄國重量單位，一普特合十六·三八公斤。

所以奧勃朗斯基不再朝他看了。

「我們在哪兒見面呢？我非常、非常需要跟你談談。」列文說。

奧勃朗斯基像是考慮了一下，說：

「這樣吧，我們上古林去吃午飯，就在那裡談談。三點鐘以前我有空。」

「不必了，」列文想了想說，「我還得到別處去一趟。」

「也好，那就一起吃晚飯吧。」

「吃晚飯？其實我也沒有什麼特別的事，只要三言兩語問一下，以後再細談。」

「那麼現在先說說三言兩語，晚飯的時候再詳談。」

「三言兩語是這樣的，」列文說，「不過，也沒有什麼特別的事。」

列文在努力克服他的靦腆，所以臉上忽然又出現了惱火的表情。

「謝爾巴茨基一家都在做什麼？一切還如常嗎？」他說。

斯捷潘・阿爾卡季奇早就知道列文愛上了他的小姨子吉媞，他微微一笑，眼睛裡露出愉快的神色。

「你說了三言兩語，可是我無法用三言兩語答覆你，因為……對不起，稍等一下……」

祕書走了進來，一副親暱而恭敬的樣子，他像所有的祕書一樣，謙遜地意識到自己在辦公務方面比首長在行，拿著檔案走到奧勃朗斯基跟前，裝作請示的樣子，開始解釋某個棘手的問題。斯捷潘・阿爾卡季奇沒等他說完，就溫和地把手按在他的袖口上。

「不，您就照我說過的辦，」他說，一面用微笑緩和一下他的語氣，隨後簡短地表明了他的看法，就把文件推開：「請您據此辦理，就這樣吧，札哈爾・尼基季奇。」

祕書很尷尬地走了。列文在祕書說話的時候已經完全克服了靦腆。他站在那裡，把胳膊肘撐在椅背上，臉上帶著專注的、譏諷的表情。

「我真不懂，不懂，」他說。

「你不懂什麼？」奧勃朗斯基說，仍然愉快地笑著，拿起一支香菸，等列文說出什麼乖謬的話來。

「我不懂你在幹什麼，」列文聳聳肩膀說，「你怎麼能一本正經地做這個？」

「為什麼不能？」

「因為無事可做。」

「這是你的想法，我們可忙得不可開交呢。」

「埋頭案牘。是呀，你有這方面的才幹。」列文說。

「也就是說，你認為我還缺點什麼？」

「也許是的，」列文說，「不過我還是欣賞你的氣派，為我的朋友是如此偉大的人物而感到驕傲。不過你還沒有回答我的問題。」他說完後，竭力直視著奧勃朗斯基的眼睛。

「哦，好了，好了。等著瞧吧，你也會到這一步的。你在卡拉津縣有三千俄畝[12]土地，這該多好。你這麼肌肉發達，你容光煥發得像個十二歲的小姑娘，可是你也肯定會落到我們這一步的。至於你打聽的事情，告訴你：情況沒有變化，只可惜你好久都沒來了。」

「怎麼了？」列文驚恐地問道。

12 一俄畝等於一．〇九公頃。

「沒什麼，」奧勃朗斯基說，「這事我們再談吧。你這次來究竟為了什麼事？」

「唉，這個也以後再談吧，」列文說，他的臉又紅到了耳根。

「那好吧。我明白了，」斯捷潘．阿爾卡季奇說。「你瞧，本來我想叫你上我家去，可是妻子身體不大好。我看這樣吧，你若是想見他們，這會兒他們大概正在動物園，從四點待到五點。吉娓在溜冰。你先坐車去那兒，回頭我也去，帶你一道找個地方吃晚飯。」

「好極了，那就再見。」

「你可當心，我瞭解你，你會把說好的事情忘了，要不就突然跑回鄉下去！」斯捷潘．阿爾卡季奇笑著大聲說。

「決不會的。」

列文走出辦公室，到了門口才想起來，他忘了向奧勃朗斯基的兩位同事道別。

「看樣子，這位先生精力很充沛。」列文出去後，格里涅維奇說。

「是啊，老兄，」斯捷潘．阿爾卡季奇搖著頭說，「他真是個幸運兒！在卡拉津縣有三千俄畝土地，前程遠大，而且多麼有朝氣！可不像我們這班人。」

「怎麼您也抱怨起來了，斯捷潘．阿爾卡季奇？」

「糟糕啊，糟透了。」斯捷潘．阿爾卡季奇重重地歎了口氣說。

六

奧勃朗斯基問列文，他究竟為何事而來，他臉紅了，並且為臉紅生自己的氣。他不好意思對奧勃朗斯基說：「我是來向你小姨子求婚的，」雖然他正是專為此事而來。

列文和謝爾巴茨基兩個家族都是莫斯科古老的貴族世家，兩家關係一向親密。在列文上大學時這種交誼更加深厚了。列文曾與年輕的謝爾巴茨基公爵、即多莉和吉媞的哥哥，一起溫習功課並同時考進大學。他經常出入謝爾巴茨基家並愛上了這一家人。看似奇怪，可是康斯坦丁・列文確實愛上了這個家庭，愛上了這一家子，特別是這一家的女人們。列文已不記得自己的母親，他只有一個年長的姊姊，所以，他是在謝爾巴茨基家中，第一次領略到他因父母雙亡而失去的那種有教養而待人誠摯的貴族世家的生活氛圍。這一家所有的人，尤其是女人們，都讓他覺得是籠罩在一片神祕的詩意帷幕裡；他不但看不到她們有任何缺點，而且在這詩意帷幕的籠罩下，設想她們具有最崇高的情感和絕對完美的品質。為什麼這三位小姐要今天說法語、明天說英語？為什麼她們在一定的時間輪流彈鋼琴，琴聲傳到樓上她們哥哥的房間時，有兩位大學生正在這裡做功課？為什麼這些教師要到家裡來上法國文學、音樂、繪畫和舞蹈課？為什麼三位小姐要和林農小姐在一定的時間坐馬車去特維爾林蔭道，還要穿上綢緞面料的外套，多莉穿長的、娜塔莉穿半長的，吉媞的外套很短，把她那雙勻稱、給紅色長襪綳得緊緊的小腿都露在外邊？為什麼她們要在一個有金色帽徽的僕人的伴隨下，在特維爾林蔭道上來回漫步？所有這些，還有在她們的神祕世界中發生的許多別的事情，他都弄不明白，但是他知道這一切都是美好的，他就沉醉在這種神祕感之中。

列文上大學時差一點愛上大姐多莉，但不久多莉就嫁給了奧勃朗斯基。後來他開始鍾情於二姐。他似乎覺得，他應該愛上三姊妹中的一個，只是他弄不清楚究竟該愛哪一個。娜塔莉也是剛進入社交界不久，就嫁給了外交官利沃夫。列文大學畢業時吉媞還是個孩子。年輕的謝爾巴茨基投身海軍後，在波羅的海淹死了。雖然列文和奧勃朗斯基是朋友，但他與謝爾巴茨基家的關係就此變得疏遠了。今年初冬，列文在鄉下住了一年之後，再次來到莫斯科。他見到了謝爾巴茨基一家人，這時他終於明白了，三姊妹中他註定要愛的究竟是哪一個。

他這位出身名門、算得上富有的三十二歲男子，如果開口向謝爾巴茨基公爵小姐求婚，這事看起來最容易不過了，他很可能立即被認為是門當戶對的人選。然而，墮入情網的列文覺得，吉媞是個十全十美的女子，超過了一切世間之人，而自己則是個卑微的凡夫俗子，簡直難以想像，別人和她本人會認為他配得上她。

為了見到吉媞，他開始出入交際場合，幾乎每天在那裡和她照面，他就這樣神魂顛倒地在莫斯科過了兩個月，忽然斷定此事決無成功的可能，就回到鄉下去了。

列文確信這件事不可能的理由是，在女方親屬的心目中他配不上迷人的吉媞，這樣太委屈她了，而吉媞本人也不會愛他。

在親屬們看來，他在上流社會沒有熟練、固定的職業及地位；他今年三十二歲，而他的同學們現在有的是上校、侍從武官，有的是教授，有的擔任銀行、鐵路的經理，有的像奧勃朗斯基那樣當上了政府機關的主管。而他（他很清楚別人對他的印象）則不過是個地主，只會養養母牛，打打鴿鳥，搞搞建築，是個沒有出息的庸才，按照社會上的看法，他做的淨是些無能之輩所做的事。

神祕而迷人的吉媞不會愛上這種其貌不揚（他自認為如此），特別是這種普普通通、毫不出眾的人。此外，他覺得，過去他是吉媞哥哥的朋友，對她就像大人對待孩子一樣，這種關係會成為愛情的又一個障礙。他認為像他這樣其貌不揚的老好人，只可以作為朋友來愛，要獲得他愛吉媞那樣的愛情，則必須是個美男子，尤其必須是個不同凡響的人。

他聽說女人常常會愛上不漂亮的普通男人，他不相信，因為從他自己來判斷，他只愛漂亮、神祕而特別的女人。

他獨自在鄉下待了兩個月後，確信這一次的愛情與少年時代的那兩次不同。這一次的感情不給他片刻安寧。一天不解決她是否做他的妻子這個問題，他就無法生活下去。他的絕望只是他自己的想像所致，他沒有任何根據斷定他的求婚將遭到拒絕。所以，他此次到莫斯科來是下定了決心來求婚的，要是對方答應，他就結婚。要是……他簡直不敢設想，如果他遭到拒絕，他將會怎麼樣。

七

列文搭上午的火車到達莫斯科，在他異父同母的哥哥科茲內舍夫家裡落腳。他換好衣服就到書房來見哥哥，想立即告知他此行的目的並徵求他的意見，但是書房裡有客人。哥哥的客人是一位著名的哲學教授，他專程從哈爾科夫趕來，為的是解釋一下他倆在某個重大哲學問題上發生的誤會。教授在和唯物論者進行激烈的辯論，謝爾蓋・科茲內舍夫很關注這場論戰，他看了教授最近發表的一篇論文後，寫信給他表示不同意見，指責他對唯物論者作了太多的讓步。教授立即趕來和他統一看法。他們談的是一個時髦問題：在人類活動中有沒有心理現象和生理現象之間的界線，如果有，它在哪裡？

謝爾蓋・伊萬諾維奇見到弟弟，就像對所有人那樣，臉上露出親切然而冷淡的微笑。他為列文和教授作了介紹，然後繼續談話。臉色蠟黃、額頭狹窄、身材矮小、戴著副眼鏡的教授略微停了停，向列文道了聲好，又接著說下去，不再理會他。列文坐在一旁等教授走，可是不久他也對談話內容發生了興趣。

列文曾在雜誌上見過他們所談的那些論文，並饒有興趣地閱讀過。作為一名自然學科大學生，他想從中瞭解他所熟悉的自然科學原理的發展狀況。但是，他從來沒有把作為動物的人類的起源以及反射作用、生物學和社會學方面的科學結論，與生和死的意義問題聯繫起來，而這些問題近來愈來愈常引起他的思考。

從哥哥和教授的談話中他注意到，他們常常把科學問題與精神的問題聯繫在一起。好幾次他們幾乎要談到精神問題，可是每當他們接近他認為是最重要的內容時，兩人便匆匆避開，重新陷入到繁瑣分類、補充說明、暗示和引經據典中去，所以他很難弄懂他們究竟在討論什麼。

「我不能容許，」謝爾蓋．伊萬諾維奇以他素有的明確表達方式和悠揚悅耳的口音說，「我決不能同意凱斯的意見，也認為我對外部世界的概念完全來自印象。我並非通過感覺獲得關於存在的最基本概念，因為沒有專門的器官來傳達這個概念。」

「不錯，可是武爾斯特、克瑙斯特，還有普里帕索夫，他們能回答您，說您的存在意識是得自全部感覺的總和，這種存在意識就是感覺的結果。武爾斯特甚至直截了當地說，倘若沒有感覺，也就沒有存在的概念。」

「我的意見相反，」謝爾蓋．伊萬諾維奇又開始說。這時列文再次感到，他們在接觸到核心問題時又開始離題了，於是決定向教授提一個問題。

「如此說來，倘若我的感覺消滅了，倘若我的軀體死亡了，就不可能有存在了嗎？」

教授被人打斷了話頭，似乎有些惱火，掃興地望望這位奇怪的提問者，見他不像是研究哲學的，倒更像是個縴夫，便轉眼望著謝爾蓋．伊萬諾維奇，彷彿在問他：叫我可怎麼說呢？謝爾蓋．伊萬諾維奇決不像教授那樣偏激，而是有分寸地既回答教授的話，也考慮列文提問中那樸實自然的想法。他笑笑說：

「這個問題我們還無權回答……」

「我們沒有資料，」教授證實道，接著又闡述他上面提到的論據，「不，我要指出一點，既然如普里帕索夫直接說的，印象是感覺的基礎，那麼我們就要嚴格區分這兩個概念。」

列文不再聽下去，只等教授趕快離開。

八

教授走後，謝爾蓋・伊萬諾維奇對弟弟說：

「你來了我很高興。能待久嗎？農場怎麼樣？」

列文知道哥哥對農場興趣不大，只不過隨口問一句，所以他也只說了說賣麥子和錢財上的事。

列文原想把結婚的打算告訴哥哥，並聽聽他的意見，他甚至下定了決心就這麼做。可是當他見到哥哥、聽了他和教授的談話，又聽到他不自覺地用保護人的口氣詢問農場的情況（母親留給他倆的地產沒有分家，都由列文掌管）時，不知為什麼，他覺得結婚的事難以向哥哥啟齒。他感到哥哥對此事的看法不會符合自己的初衷。

「你們的地方自治局怎麼樣，情況如何？」謝爾蓋・伊萬諾維奇問道，他對地方自治局很感興趣，認為它意義重大。

「噢，其實，我也不清楚……」

「怎麼？你不是執行委員嗎？」

「不，現在不是，我退出了，」列文答道，「再也不去開會了。」

「多可惜！」謝爾蓋・伊萬諾維奇皺起眉頭說。

為了替自己辯解，列文開始講述縣地方自治代表會議上發生的情況。

「事情總是這樣！」謝爾蓋．伊萬諾維奇打斷他說。「我們俄國人永遠是這樣。或許這是我們的優點——能看到自己的缺點，但是往往做過了頭，專以冷嘲熱諷為樂，張口就是挖苦。我只告訴你，要是把我們這樣的地方自治權賦予別的歐洲民族，譬如德國人和英國人，他們就能從中培養出自由來，而我們卻只會挖苦嘲笑。」

「可是有什麼辦法呢？」列文歉疚地說。「這是我最後的嘗試。我真心實意地試過了。我不行。我沒有能力。」

「不是你沒有能力，」謝爾蓋．伊萬諾維奇說，「而是你對事情的看法不對頭。」

「也許吧。」列文沮喪地說。

「噢，你可知道，尼古拉弟弟又到這兒來了。」

尼古拉是康斯坦丁．列文的親哥哥、謝爾蓋．伊萬諾維奇的又一個異父同母的弟弟。此人已經完全墮落，他把自己的財產揮霍殆盡，成天在荒唐汙穢的圈子裡鬼混，跟兩個兄弟都鬧翻了。

「你說什麼？」列文驚懼地叫道。「你是怎麼知道的？」

「普羅科菲在街上見到過他。」

「在這裡、在莫斯科嗎？現在他在哪兒？你知道嗎？」列文從桌邊站起來，好像馬上就要走。

「我不該把這事告訴你，」謝爾蓋．伊萬諾維奇說，看見小弟弟不安的樣子，他不住地搖頭。「我派人打聽到他的住處，把借據送還給他，向那個特魯賓如數付了錢。這是他給我的回信。」

謝爾蓋．伊萬諾維奇從吸墨器下面抽出一張字條，遞給弟弟。

列文看見紙條上幾行怪異而親切的筆跡這樣寫道：「懇請別來打擾我。這是我對兩位賢兄弟的唯一要求。尼古拉・列文。」

列文看了這幾行字，仍然低著頭，兩手拿著紙條站在謝爾蓋・伊萬諾維奇的面前。他無法決定：他想現在就忘掉這個不幸的哥哥，又意識到這樣做很不好。

「他顯然是想侮辱我，」謝爾蓋・伊萬諾維奇說，「但是他侮辱不了我。本來我很想幫助他，現在我知道這是辦不到的。」

「是的，是的，」列文連連說，「我理解你也佩服你這樣對待他，不過我還是得去找他。」

「你實在想去就去一趟，但我還是勸你別去，」謝爾蓋・伊萬諾維奇說，「至於涉及我，我倒不用擔心，他不可能挑唆你來和我吵架。為你著想，勸你還是不去為好。他這個忙是幫不上的。但話又說回來，你想幹什麼就幹什麼吧。」

「也許是幫不了他，但我覺得，特別是眼下這種時候，哦，這是另外一碼事……總之我覺得，我於心不安。」

「這我就不懂了，」謝爾蓋・伊萬諾維奇說，「不過我明白一點，」他又補充道，「要學會克制自己。自從尼古拉弟弟變成現在這個樣子，我開始用不同的眼光，比較寬容地看待所謂的卑鄙了……你知道他都幹了些什麼……」

「唉，這真可怕，可怕！」列文連連說。

列文向謝爾蓋・伊萬諾維奇的僕人打聽到尼古拉的地址，準備馬上去見他，但考慮了一下，決定等到下午再去。為了使心情平靜下來，首先要解決他為之來到莫斯科的那件事。列文從哥哥家來到奧勃朗斯基的機關，在這裡打聽到謝爾巴茨基一家的情況，然後根據別人的指點，坐馬車前往他可能見到吉媞的地方。

九

下午四點，列文在動物園門口下了馬車，感到心跳得厲害。他順著小路向小山邊的溜冰場走去，知道在那裡準能找到她，因為他看見入口處停著謝爾巴茨基家的馬車。

天氣晴冷。溜冰場門口停放著一排排轎式馬車、雪橇、載客馬車，還站著不少憲兵。在入口處，打掃乾淨的小徑上、雕花屋脊的俄式小木屋之間，處處都是穿戴整潔的人群，禮帽在明麗的陽光下閃閃發亮。花園裡密匝匝的老白樺樹被雪壓彎了枝條，彷彿穿著節日的新裝。

他順著甬道走向溜冰場，一面自言自語道：「不能激動，要鎮靜。」「你說什麼？你怎麼了？住嘴，蠢東西！」他甚至這樣對自己的心靈說話。他愈是想鎮靜，愈是緊張得透不過氣來。一位熟人迎面而過，叫了他一聲，他也沒認出來是誰。快走到小山時，傳來了升降小雪橇鐵鍊的鏗鏘聲、雪橇滑行的刷刷聲和一陣陣的歡聲笑語。他又走了幾步，溜冰場就展現在面前，他立刻在溜冰的人群中認出了她。

他看見她就在這裡，感到既高興又害怕。她站在溜冰場的那一頭，在跟一位太太說話。她的衣著和姿態並無特別顯眼之處，但列文在人群中一眼就認出她來，好像在蕁麻叢中看見一朵玫瑰花那樣。一切都因她而大放光彩。她是給四周充滿歡愉的微笑。「難道我能走到冰上去，到她跟前嗎？」他想。她站著的那個地方，他覺得是無法到達的聖地，他害怕起來，差一點回頭走掉。他得控制自己，冷靜地想一想，既然她身邊什麼樣的人都有，他當然也可以到那邊去溜冰。他走上了溜冰場，卻不敢老盯著她，就像不能長時間地望著太陽，但即使不望她也能像看見陽光一樣看到她。

每星期的這一天，在這個時間聚集到溜冰場來的，都是同一個社交圈子裡的人，大家彼此相識。其中有喜歡當眾出出風頭的溜冰好手，有膽怯而笨拙地扶著椅子練習的初學者，有小孩子，也有為健身而溜冰的老人。列文覺得這些人都是難得的幸運兒，能在這裡待在她的左右。這些溜冰者顯然都很隨意地和她相互追逐，甚至跟她說說話，全然不受她的影響而盡情地自得其樂，享受這美妙的冰面和晴朗的天氣。

吉媞的堂弟尼古拉・謝爾巴茨基坐在長凳上。他穿著短上衣和緊身褲，腳上穿著溜冰鞋，看見列文便朝他喊起來：

「喂，俄國最棒的溜冰好手！來了好久了嗎？冰場挺不錯的，快穿上冰鞋吧！」

「我連冰鞋也沒有，」列文回答，在她面前竟這麼大膽放肆地說話，連他本人都感到驚訝。他眼睛不望她，卻絲毫沒有讓她離開過視線。他感到太陽在向他接近。她正滑到轉彎處，穿著長筒冰鞋的瘦小雙腳踩在冰面上，小心翼翼地朝他這邊滑過來。一個穿俄式衣衫的男孩子，把身體俯向冰面，拚命擺動著雙臂要超過她。她滑得不太平穩，把手從吊在帶子上的皮手筒裡抽出來，隨時預防摔倒。這時她看見了列文，認出了他，向他微笑，也笑自己這麼害怕跌跤。她完成了轉彎動作，富有彈性的小腿在冰面上一蹬，直直滑到堂弟面前，一把抓住了他，笑著向列文點點頭。她的美麗超過他的想像。每當他想念她時，他能生動地想像出她的全貌，尤其是那長著淡黃秀髮的可愛腦袋，在勻稱的少女肩上左顧右盼，讓人感到一種孩子般的清純。天真的臉部表情加上優美的體態，使她具有特殊的魅力，這一點他清楚地記得。而每每令人意外驚喜的，是她那溫柔、安詳而誠實的眼神。特別是她的微笑，總是把列文帶進奇幻的世界，令他如醉如癡，彷彿回到了童年時代難得的美妙時光。

「您來這兒好久了嗎？」她向他伸出手說。「多謝，」她又說，這時他撿起了從她手筒裡掉下來的手帕。

「我嗎？不久前，我是昨天……噢，是今天……才到的，」列文答道，由於激動他沒有馬上聽懂她的問話。「我本想上您家裡去，」說到這裡他立即想起了來找她的意圖，心裡一慌，臉就紅了。「我不知道您愛溜冰，還溜得這麼好。」

她凝視了他一會兒，似乎想弄明白他為何發窘。

「難得您的誇獎。這裡一直傳說您是位溜冰好手。」她說，一面用戴著黑手套的小手拂去手筒上的霜花。

「是的，我過去對溜冰很熱中，想達到盡善盡美的水準。」

「您似乎做什麼事情都很熱中，」她微笑著說，「我很想看看您溜冰。穿上冰鞋，我們一起溜吧。」

「跟她一起溜冰？難道這可能嗎？」列文望著她心裡想。

「我這就去穿，」他說。

列文去穿溜冰鞋。

「先生，您好久沒上我們這兒來了，」溜冰場工人對列文說，一面托著他的腿，幫他旋緊冰鞋的後跟。「您走了以後再也沒有好手了。看這樣行嗎？」工人抽緊冰鞋上的皮帶，問道。

「行，行，請您快一點，」列文說，勉強克制著臉上憋不住的幸福笑容。他想：「是啊，這就是生活，這就是幸福！她說了：讓我們一起溜冰吧。現在就對她說嗎？我害怕，因為現在我是幸福的，哪怕只是懷著幸福的希望也好……那麼以後呢？……應該說！應該，應該，應該！膽怯什麼！」

列文站起來，脫去外套，在小屋旁邊粗糙的冰面上助跑了一段，就馳到光滑的冰場上。他溜起來毫不費力，隨心所欲地忽快忽慢和改變方向。他溜到她跟前時心裡還在發虛，但她的微笑又使他放心了。

她向他伸出一隻手，他們並肩溜了起來，隨著速度加快，她把他的手握得愈來愈緊。

「和您一起我能學得快些，不知怎的，我很信賴您。」她對他說。

「您信賴我，也使我對自己有了信心，」這話一出口他就嚇壞了，臉也漲得通紅。果然，他剛說完這句話，她臉上的親切表情頓時完全消失，彷彿烏雲遮住了太陽。這時列文看到了他所熟悉的臉部變化：當她思考問題時，光潔的額頭上就出現一道皺紋。

「您沒有不高興的事吧？不過，我也無權過問。」他急忙說。

「為什麼？……不，我沒有任何不高興的事，」她冷淡地答道，馬上又說：「您沒有去看林農小姐嗎？」

「還沒有。」

「去見見她吧，她那麼喜歡您。」

「這是怎麼了？我得罪她了。上帝啊，幫助我！」列文這樣想，就向坐在長凳上一位鬢髮灰白的法國老婦溜過去。而她像遇見老朋友那樣向他微笑，露出了一口假牙。

「是啊，我們有的長大了，」她用眼睛示意吉媞，對他說，「有的變老了。小熊[13]長成大熊了！」法國女人笑著繼續說，向列文提起了他曾把三位小姐比作英國童話裡三隻熊的那個笑話。「還記得嗎，這是您說的？」

他全然不記得這件事了，而她十年來卻常常為了這個笑話發笑，覺得很有意思。

「好了，去吧，去溜冰吧。我們的吉媞已經溜得挺好了，不是嗎？」

列文又回到吉媞身邊時，她的臉色已不再嚴肅，目光又變得誠摯可親，但是列文覺得，在她的親切態度中有一種故作鎮靜的特別神情。他感到有些悵然。

吉媞談了談她年老的女家庭教師的種種怪癖，然後詢問列文的生活情況。

「冬天您待在鄉下難道不寂寞嗎？」她問。

「不，不寂寞。我很忙，」他說。他感到她在迫使他適應這種平靜的調子，而他又像初冬時那樣，無法從這種調子中掙脫出來。

「您這次來能多住些日子嗎？」吉媞問他。

「我不知道，」他心不在焉地回答。這時他有了一個想法：如果他屈服於她這種平靜友好的調子，他又將一事無成地回到鄉下去。他憤然地下定了決心。

「您怎麼會不知道呢？」

「不知道。這要取決於您。」他這樣說，立刻被自己的話嚇了一跳。

不知是沒有聽見他的話，還是不願意聽，她像要絆倒似的，用腳在冰上磕了兩下，連忙從他身邊溜開去。她溜到林農小姐那裡，對她說了幾句話就到女士們脫冰鞋的小屋裡去了。

「天啊，我幹的好事！我的上帝！幫幫我，教教我吧！」列文說，他祈禱著，這時他忽然想做一個猛烈的動作，就在冰場上疾馳起來，劃出了一道道的圓圈。

這時候，一個溜冰嫺熟的年輕人，嘴裡叼著香菸從咖啡室走出來。他穿著冰鞋直接跑向臺階，從上面急滑而下，冰鞋在階梯上不住地顛跳，碰出咚咚的響音。他飛馳而下時甚至沒有改變雙臂的自由姿勢，接著就在冰場上溜起來。

---

13 原文為英文。

「呵，這可是新招式！」列文立即跑上臺階去試試這個新溜法。

「當心摔著，您沒練習過！」尼古拉·謝爾巴茨基向他喊道。

列文站到臺階上，從那裡猛跑幾步疾馳而下，雙臂不習慣地盡力保持著平衡。滑到最後一級時他絆了一下，一隻手幾乎觸到了冰面，他立刻使勁穩住身體，笑著向前滑去。

「好厲害，親愛的，」吉媞心想，這時她和林農小姐從小屋裡走出來，帶著平靜親暱的微笑望著他，就像望著一位可愛的兄長。「莫非我有什麼過錯？我做了什麼不好的事嗎？別人說我賣弄風情。我知道他不是我的所愛，可是跟他在一起我仍然很愉快，他人又這樣好。但是，他為什麼說那種話呢？……」她在想。

列文由於急速的運動臉漲得通紅，這時他看見吉媞要走，她母親正到臺階上來接她，就停止了溜冰，沉吟起來。他脫下冰鞋，在動物園門口趕上了母女倆。

「很高興見到您，」公爵夫人說，「和往常一樣，我們每逢星期四接待客人。」

「也就是今天？」

「很高興在舍下見到您。」公爵夫人冷冷地說。

這種語氣令吉媞感到不快，她忍不住想緩和一下母親的冷淡態度，就轉過頭來微笑著說：

「再見吧。」

這時，斯捷潘·阿爾卡季奇斜戴著禮帽，目光炯炯、容光煥發地走進動物園來，就像個喜氣洋洋的勝利者。他走到岳母跟前，臉上露出憂愁和負疚的神情，回答了她關於多莉健康狀況的幾個問題。他沮喪地和岳母低語了一會兒，就挺起胸膛，挽住列文的胳膊。

「那麼，我們是不是就走？」他問。「我一直在想你的事，真高興你來了，」他意味深長地望著他的眼睛說。

「我們走，我們走。」列文說。他感到幸福，耳邊一直迴響著那聲「再見」，眼前浮現出說這句話時的笑容。

「上『英吉利』飯店，還是『埃爾米塔日』飯店？」

「我無所謂。」

「那就到『英吉利』吧，」斯捷潘·阿爾卡季奇說。他選擇「英吉利」是因為他在那邊比在「埃爾米塔日」欠的賬多些，覺得不去不大好。「你有馬車嗎？太好了，我的車打發回去了。」

兩個朋友一路無話。列文在捉摸吉娣臉上表情的變化是什麼意思。他忽而覺得大有希望，忽而又灰心喪氣，明白自己的指望是不理智的，但他又感到自己完全變了樣，跟看見那嫣然一笑、聽見那聲「再見」之前判若兩人。

斯捷潘·阿爾卡季奇一路上在考慮晚餐的菜單。

「你不是愛吃比目魚嗎？」車到飯店時，他對列文說。

「什麼？」列文反問道。「比目魚？對，比目魚我喜歡極了。」

十

列文跟著奧勃朗斯基走進飯店，注意到他的臉上乃至全身都有一種特別的神氣，像是喜滋滋按捺不住的樣子。奧勃朗斯基脫下外套，歪戴著禮帽走進餐廳，向幾個身穿燕尾服、手拿餐巾圍著他打轉的韃靼人吩咐些什麼。像在別處一樣，這裡也有熟人歡迎他。他不住地左右點頭，走到小吃櫃檯邊，就著魚肉喝了杯伏特加。櫃檯後面坐著個滿頭鬈髮、濃妝豔抹的法國女人，衣服上紮著許多帶子，鑲著許多花邊，他對她說了幾句什麼，逗得她開心地笑了。這個法國女人使列文惱火。看樣子，她整個兒是用別人的頭髮加上米粉調的香粉和化妝用的醋做成的。就為這個，他連伏特加也沒喝，像避開髒地方那樣，連忙從她那裡走開去。他的整顆心都充滿了對吉娣的回憶，眼睛裡流露出得意和幸福的微笑。

「大人，您這邊請，這裡沒有人打擾，大人，」花白頭髮的老韃靼人特別殷勤地說。由於盆骨寬大，燕尾服的後襟在他臀部上面就分岔了。「請吧，大人，」他對列文說。為了表示對斯捷潘・阿爾卡季奇的尊敬，他也殷勤招待他的客人。

一轉眼工夫，韃靼人在青銅燭吊架下面那張已經鋪有臺布的圓桌上又加了一塊臺布。他推過來幾張絲絨面的椅子，拿著餐巾和菜單站在斯捷潘・阿爾卡季奇面前，等候他的吩咐。

「大人，您想要單間的話，馬上就有空，戈利岑公爵和一位夫人已經用完。新鮮的牡蠣到貨了。」

「啊，牡蠣。」

斯捷潘．阿爾卡季奇在考慮。

「要不要改變計畫，列文？」他的手指停在菜單上，臉上露出煞有介事的猶豫神色。

「牡蠣是新鮮的嗎？你可得仔細了！」

「是弗倫斯堡[14]的牡蠣，大人，沒有奧斯坦德[15]的。」

「弗倫斯堡的也罷，新鮮嗎？」

「昨天剛到的貨。」

「那麼，就先來牡蠣；乾脆把整個計畫都改了吧？你看呢？」

「我隨便。最好給我來點菜湯和粥，可是這裡沒有。」

「您想要俄式粥嗎？」韃靼人像保姆俯在小孩身上那樣問列文。

「不，說正經的，你點的就好。我剛溜過冰，有點餓了。」他發現奧勃朗斯基臉色有些不快，就補充道：「別以為我不喜歡你點的菜。我很樂意好好吃一頓。」

「可不是！不管怎麼說，這也是一種生活樂趣，」斯捷潘．阿爾卡季奇說，「那麼，夥計，你就上二十個，不夠，上三十個牡蠣，再來個蔬菜湯吧……」

「新鮮菜，」韃靼人跟著用法語說。可是斯捷潘．阿爾卡季奇顯然不想讓他賣弄法語菜名。

「蔬菜湯，你知道嗎？然後就上濃汁比目魚，然後是……乾炸牛里脊，注意，要好的。再來個閹雞怎

14 德國城市。

15 比利時城市。

麼樣？還要些罐頭水果。」

韃靼人想起了斯捷潘・阿爾卡季奇不按法國菜單點菜的習慣，就不再跟著他一一核對菜名，而是把全部點好的菜最後用法語照單再唸一遍。接著，他像從彈簧上蹦起來似的，飛快地把這份菜單放下，又抓過一張酒單，呈到斯捷潘・阿爾卡季奇面前。

「喝什麼酒呢？」

「隨你的便，我只能喝一點兒；就來香檳吧。」列文說。

「怎麼？開始就喝香檳？不過，也許你是對的。你喜歡白商標的嗎？」

「白商標，」韃靼人跟著說。

「先上這種酒和牡蠣，其餘的再說。」

「遵命。葡萄酒您要哪一種？」

「上點紐伊葡萄酒。不，最好還是老牌沙勃利白葡萄酒。」

「遵命。再來點您愛吃的乾酪？」

「好的，帕爾馬乾酪。你喜歡另外一種嗎？」

「不，我都行，」列文說。他臉上忍不住又露出了微笑。

韃靼人擺動著燕尾服後襟飛快地走了。五分鐘後他又奔了進來，托著一盤貝殼張開的牡蠣，手指間夾著一瓶酒。

斯捷潘・阿爾卡季奇把漿過的餐巾揉揉軟，巾角塞在背心裡，把手擺得舒服些，就開始吃牡蠣。

「味道不錯，」他用銀餐叉把滑膩的牡蠣肉從貝殼裡挖出來，一個接一個吞下去。「味道不錯，」他又說，那雙濕潤發亮的眼睛看看列文，又看看韃靼人。

列文也吃牡蠣，不過他更喜歡白麵包夾乾酪。他在欣賞奧勃朗斯基的吃相。就連那個韃靼人也一面開瓶塞，把冒著泡的香檳酒倒進細長的高腳杯，一面帶著得意的微笑理理他的白領結，不時望一眼斯捷潘·阿爾卡季奇。

「你不大愛吃牡蠣吧？」斯捷潘·阿爾卡季奇邊喝酒邊說，「要不，你就有什麼顧慮，啊？」

他想讓列文高興些。列文也不是不高興，只是感到不自在。以他此時的心情，坐在這家飯店裡，前後都有人陪女士在包廂吃喝，周圍一片嘈雜和忙亂，使他覺得既難受又尷尬。這個淨是青銅器皿、鏡子、汽燈和韃靼人的環境使他十分惱火。他唯恐洋溢在他心頭的那一團情愫被玷汙了。

「我嗎？是的，我有顧慮，而且這裡的一切都讓我感到不自在，」他說，「你想像不出，我這個鄉下人對這些東西是多麼不習慣，就像看到你機關裡那位先生的手指甲……」

「是的，我看見你對可憐的格里涅維奇的指甲很感興趣。」斯捷潘·阿爾卡季奇笑著說。

「我受不了，」列文說，「你盡量設身處地從我的角度、一個鄉下人的立場想一想。我們在鄉下總是盡量讓雙手幹活方便些，所以把指甲剪短，有時還捋起袖子。可是這裡的人故意留指甲，盡量留得長長的，袖子上的鈕釦也大得像個小碟子，結果一雙手什麼事也不能做。」

斯捷潘·阿爾卡季奇愉快地微笑著。

「對，這就是標誌，表示此人不需要幹粗活兒。他是勞心的人……」

「也許吧。不過我還是不習慣，就像現在吧，我們鄉下人要快些填飽肚子，好去幹自己的活兒，可是我們倆卻在盡量磨蹭著不讓肚子飽，所以就來吃牡蠣……」

「理當如此，」斯捷潘・阿爾卡季奇接著說，「這正是文明的目的：從各種事情中獲得樂趣。」

「如果是這樣的目的，我寧可做個野蠻人。」

「你夠野蠻的了。你們列文家的人都野蠻。」

列文歎了口氣。他想起了尼古拉哥哥，感到羞愧和痛苦，不禁皺起了眉頭。但是奧勃朗斯基又談起別的話題，打斷了他的思路。

「今晚你上我們那邊去，也就是上謝爾巴茨基家去，怎麼樣？」他說，一面推開吃光了肉的粗糙空貝殼，拿過乾酪，閃閃的目光意味深長。

「好，我一定去，」列文回答，「雖然我覺得，公爵夫人叫我去有些勉強。」

「瞧你說的！胡扯！她那是搭架子……喂，夥計，上湯吧！……這是她貴婦的架子，」斯捷潘・阿爾卡季奇說。「我也去，不過我得上巴甯伯爵夫人家去排練合唱。你還不算野蠻嗎？你忽然從莫斯科消失了，又作何解釋呢？謝爾巴茨基家人不斷向我打聽你的消息，好像我一定知道似的。而我只知道一點：你總是做別人都不做的事。」

「是啊，」列文拖長聲音激動地說，「你說得對，我野蠻。不過，我的野蠻不在於上次我走了，而在於這次我來了。現在我來……」

「哦，你真是幸運兒！」斯捷潘・阿爾卡季奇望著列文的眼睛，接過來說。

「怎麼樣？」

「看烙印知道哪一匹是烈馬，看眼睛知道小夥子愛上她，」斯捷潘・阿爾卡季奇背誦了兩句詩，「你前程遠大啊。」

「難道你日暮途窮了？」

「不，雖說不至於日暮途窮，可是未來是屬於你的，而我卻只擁有現在，還弄得亂糟糟的。」

「是怎麼回事？」

「情況不妙。我不想談自己的事，有些事情也解釋不清，」斯捷潘·阿爾卡季奇說，「你究竟為了什麼事到莫斯科來？……喂，收拾一下！」他叫韃靼人。

「你猜到一點了？」列文說道，他那目光深邃的眼睛一直盯著斯捷潘·阿爾卡季奇。

「猜到一點，但這件事不能由我先開口。就憑這一點你能看出我猜得對不對。」斯捷潘·阿爾卡季奇帶著含蓄的微笑望著列文說。

「你到底要告訴我什麼？」列文聲音發顫地說，他感到臉上的肌肉都在哆嗦。「你對這事有什麼看法？」

斯捷潘·阿爾卡季奇慢慢喝乾杯子裡的沙勃利葡萄酒，眼睛一直望著列文。

「我嗎？」他說，「這符合我最好的願望，最好的。倘能如此，再好不過。」

「你不會搞錯吧？你知道我們在談什麼事嗎？」列文兩眼死死盯住對方說。「你認為這有可能嗎？」

「我想有可能。為什麼不可能呢？」

「不，你仔細想想，這是可能的嗎？不，你把你的想法全都告訴我！如果，如果我遭到拒絕呢？……我甚至確信……」

「為什麼你要這樣想？」見他如此激動，斯捷潘·阿爾卡季奇微笑著說。

「有時我有這種感覺。這對我對她都太可怕了。」

「至少對姑娘來說，這沒有什麼可怕。求婚會使任何一位姑娘感到驕傲。」

「是的，任何一位姑娘，但不是她。」

斯捷潘・阿爾卡季奇微微一笑。他很瞭解列文這種感情。現在對他來說，天下的姑娘分為兩類，一類是除她以外的所有姑娘，她們具有一切人類弱點，是極其平凡的姑娘；另一類只有她一個人，沒有任何弱點，勝過人間一切。

「等一下，你加點醬油。」他止住列文推開醬油瓶的手說。

列文順從地倒了點醬油，但他不讓斯捷潘・阿爾卡季奇吃菜。

「不，你等等，等等，」他說。「你要明白，這對我是生死攸關的問題。我從未和任何人談過這件事。除了你，我誰也不能說。雖然你我在各方面是完全不同的人，愛好、見解等等一切，毫無共同之處，但是我知道你喜歡我也理解我，所以我也非常喜歡你。看在上帝分上，你就對我開誠佈公吧。」

「我是在和你談我的想法，」斯捷潘・阿爾卡季奇微笑著說，「我還要告訴你：我妻子是個非凡的女人……」斯捷潘・阿爾卡季奇想起了和妻子的關係，歎了口氣。他沉默了一會兒，繼續說：「她有預見的天賦。她能洞察人，這還不算，她能未卜先知，特別是在婚姻方面。例如，她預言沙霍夫斯卡雅會嫁給布連捷林，當時誰也不相信，結果應驗了。她也是支持你的。」

「此話怎講？」

「就是說，她不只是喜歡你，她還說吉娣一定會成為你的妻子。」

一聽此言，列文頓時眉開眼笑，幾乎要流出感動的淚水。

「這是她說的！」列文喊了起來。「我一向就說，你妻子她是大好人。這就夠了，這件事不需要再說了。」他說著就站起來。

「好吧，可是你坐下。」

列文哪裡坐得住。他邁著堅定的步子在斗室裡走了兩圈，眨了幾下眼睛，以免別人看見他的淚水，然後又坐到桌邊來。

「你明白嗎，這不是一般的愛情。我曾經愛過，這回可不一樣。不是內心的情感，而是某種外部力量控制了我。上次我走了，因為我肯定事情沒有希望，你明白嗎，這是世間不可能有的幸福。但是，經過了一番掙扎我又看到，得不到這種幸福就無法活下去。所以必須下決心……」

「上次你為什麼要離開呢？」

「嘿，等等！嘿，我有多少想法啊！有多少事要問你啊！你聽我說。你無法想像，你剛才說的話幫了我多大忙。我太幸福了，甚至都變得卑劣了。我忘記了一切……我今天才知道尼古拉哥哥……你曉得吧，他也在這裡……我連他都忘記了。現在我覺得連他也是幸福的。這簡直是發瘋。但有一點很可怕……你是結了婚的人，懂得這種感情……可怕的是，我們都已年歲大了，有過一段往事，不是愛情，而是罪過的往事……而現在我們忽然要親近一個純潔無瑕的人，這是可惡的行為，所以我覺得自己實在配不上她。」

「哦，你的罪過並不多。」

「唉，畢竟是有的，」列文說，「畢竟是有的。『我厭惡地審視我的一生，我顫慄，我詛咒，我痛苦地抱怨……』是啊。」

「有什麼法子呢，世道如此。」斯捷潘·阿爾卡季奇說。

「我喜歡禱告中的這句話：別看我的功勞饒恕我，而憑你的仁慈寬恕我。這使我得到安慰。這樣一來，她也只好寬恕我了。」

十一

列文喝完了杯中的酒，兩人都沉默了一會兒。

「還有一點我要告訴你。你認識渥倫斯基嗎？」斯捷潘·阿爾卡季奇問列文。

「不，不認識。你幹麼問這個？」

「再來一瓶酒，」斯捷潘·阿爾卡季奇對正在斟酒的韃靼人說。那個韃靼侍者，客人不叫他的時候，他也在這裡不停地轉來轉去。

「我為什麼要認識渥倫斯基？」

「因為這個渥倫斯基是你的情敵之一，所以你必須認識他。」

「渥倫斯基是何許人？」列文問。奧勃朗斯基剛才還在欣賞的列文那張孩子般高興的臉，忽然變得凶狠難看了。

「渥倫斯基是基里爾·伊萬諾維奇·渥倫斯基伯爵的兒子。他是彼得堡紈褲子弟的一個典範。我在特維爾服役時見過他，當時他去那兒招募新兵。他十分富有，人長得漂亮，交遊也很廣，雖然是個侍從武官，卻很可愛，人很好。還不光人好，我在這裡聽說他既有教養又聰明。這可是個前程遠大的人。」

列文眉頭緊鎖，一言不發。

「你走後不久，他就到這裡來了。據我看，他對吉媞一往情深。你知道，做母親的……」

「對不起，我一點也不知道。」列文沉下臉來說。他立刻又想到了尼古拉哥哥，想到自己如此卑劣，竟把哥哥也忘了。

「你別急，別急，」斯捷潘．阿爾卡季奇笑著碰碰他的手說，「我把我瞭解的情況告訴了你。再說一遍，我看這件微妙的好事琢磨起來，希望還是在你這邊。」

列文往椅背上一靠，臉色蒼白。

「不過，我勸你盡快把事情定下來。」奧勃朗斯基一邊給他斟滿酒一邊說。

「不要了，謝謝你，我不能再喝了，」列文推開酒杯說，「我要醉了……那麼，你過得怎麼樣啊？」他問，顯然是想換個話題。

「我再說一句：無論如何你要快點解決問題。今天不必說了，」斯捷潘．阿爾卡季奇說，「明天上午你坐車去，堂堂正正去求婚。願上帝保佑你……」

「你不是總想上我那兒打獵嗎？等開春你就來吧。」列文說。

現在他十分後悔自己和斯捷潘．阿爾卡季奇說這番話。談什麼彼得堡軍官的情場競爭，還有斯捷潘．阿爾卡季奇的種種推測和勸告，這一切都玷汙了他心中那一份特別的情感。

斯捷潘．阿爾卡季奇微微一笑。他理解此時列文心中的感受。

「我會去的，」他說。「唉，老弟，女人好比螺旋槳，把什麼都帶得團團轉。我的情況不好，很不好。也都是因為女人。你坦率跟我講，」他拿起一根雪茄，一手扶著酒杯，繼續說，「給我出個主意吧。」

「究竟怎麼回事？」

「是這麼回事。比方說，你結了婚，愛自己的妻子，可是你又迷上了另一個女人……」

「對不起，我怎麼也弄不懂這碼事，就像……我還是不明白，就好像我現在吃飽了飯，在走過麵包房的時候還要偷一塊麵包。」

斯捷潘・阿爾卡季奇的眼睛比平時更亮了。

「為什麼不呢？麵包有時候香氣誘人，叫你克制不住。

我若戰勝世俗的情欲，
這是多麼壯美之舉；
我的努力一旦失敗，
也算嘗到了人間樂趣！[16]」

說這段話時，斯捷潘・阿爾卡季奇臉上露出微妙的笑容。列文也不禁一笑。

「好吧，說正經的，」奧勃朗斯基接著說，「你要明白，女人是可愛、溫柔而多情的人，她那麼可憐和孤獨，作出了一切犧牲。現在木已成舟，你明白吧，難道現在可以拋棄她嗎？假如為了不破壞家庭而分手，難道不應該憐憫她、撫慰她，減輕她的痛苦嗎？」

「對不起，你知道，我認為所有的女人分為兩類……不……確切些說，有一部分是女人，也有……我不曾見過墮落而又美好的女人，以後也不會見到的。像櫃檯邊那個塗脂抹粉、滿頭鬈髮的法國女人，我看她是敗類，一切墮落女人都是這樣的。」

「福音書上的那個女人[17]呢？」

「咳，你別說了！基督要是知道祂的話被如此濫用，就決不會說那些話了。有人只記住了整個福音書裡的這幾句。不過，我說的不是我的想法，而是我的感覺。我厭惡墮落的女人。你害怕蜘蛛，而我害怕那些敗類。你大概沒有研究過蜘蛛，不瞭解牠的習性。我對那種女人也是如此。」

「你樂得這樣說。就像狄更斯小說裡的那位先生，遇到難題就用左手把它扔到右肩膀後面去。但是，否認事實並不等於答案。應該怎麼辦，你告訴我，應該怎麼辦呢？妻子在一天天衰老，而你還充滿著活力。轉眼之間你就感到，無論你怎樣尊重妻子，已經不可能愛她。在這種時候突然有了愛情的際遇，你就毀了，毀了！」斯捷潘·阿爾卡季奇沮喪地說。

列文冷笑一聲。

「是啊，毀了，」奧勃朗斯基接著說，「可是有什麼辦法呀？」

「不去偷麵包唄。」

斯捷潘·阿爾卡季奇大笑起來。

「哦，你這道德家！你可明白，有兩個女人：一個堅持一定要得到自己的權利，這權利就是你不可能給她的愛情；另一個為你犧牲了一切卻沒有提出任何要求。你怎麼辦？如何行事？這是可怕的悲劇。」

「如果你想聽聽我對這種事的內心想法，我可以告訴你，我不相信這是什麼悲劇。因為據我看，愛情……有兩種愛，你記得吧，柏拉圖在《會飲篇》裡下過定義，這兩種愛都是人們的試金石。有些人懂得這一種愛，另一些人懂得那一種愛。對於只懂得非柏拉圖式愛的人，根本談不上什麼悲劇。這種愛決無悲劇可言。『由衷感謝您帶給我的享受，祝您好運。』這就是所謂悲劇的全部。至於柏拉圖式的愛，更不可

16 原文為德文。

17 指《聖經》中改過自新的妓女抹大拉的馬利亞。

能存在悲劇，因為這種愛完全純潔無瑕，因為……」

此刻列文想起了自己的過失和經歷過的內心掙扎，忽然又說：

「其實，也許你是對的。很有可能……不過我不知道，真的不知道。」

「你瞧，」斯捷潘・阿爾卡季奇說，「你是個純正的人。這是你的美德也是你的缺點。你自己有純正的品格，便希望全部生活都是由純正的現象組成，而這不可能。你看不起社會服務活動，希望凡事始終要有目的性，這也不可能。你還要求個人的活動總是目標明確、愛情與家庭生活永遠統一，這又是不可能的。生活的一切嫵媚多姿，一切的美都是由陰暗面和光明面組成的。」

列文歎了口氣，沒有回答。他在想自己的事，不再聽奧勃朗斯基說了。

兩人忽然都感到，雖說他們是朋友，在一起吃飯喝酒，酒又是使人親密的東西，但是他們卻在各想各的心事，彼此毫不相干。奧勃朗斯基多次經歷過他倆在飯後意見不是趨於一致而是更加分歧的情況，而他知道該怎麼辦。

「結帳！」他叫了一聲就走到隔壁大廳去了。在那裡他馬上遇到一個當副官的熟人，跟他聊起某某女演員和她的姘夫如何如何來。跟副官聊天頓使奧勃朗斯基鬆了口氣，他可以稍作休息，因為每次和列文談話，他在腦力上和精神上都繃得太緊了。

韃靼人拿來帳單，共計二十六個多盧布，外加小費。列文應付十四盧布，這個數目在平時會把他這鄉下人嚇一大跳，可是今天他毫不介意地付了錢。他決定馬上回家，換個衣服就上謝爾巴茨基家去，在那裡將要決定他的命運。

十二

吉媞・謝爾巴茨卡雅公爵小姐今年十八歲。這個冬天她首次進入社交界。她在上流社會的成功已經超過了兩位姊姊，甚至出乎公爵夫人的始料。在莫斯科舞會上跳舞的青年幾乎都愛上了吉媞，這還不算，在第一個冬季就出現兩名鄭重其事的追求者。一個是列文，另一個是他剛走後就出現的渥倫斯基伯爵。

入冬時列文的出現，他的頻繁造訪以及對吉媞明顯的愛慕之情，都促使吉媞的父母開始認真商量女兒的未來，也令公爵和公爵夫人為此發生爭執。公爵垂意列文，認為他是吉媞的最佳選擇。公爵夫人採用女人轉彎抹角的慣技，只說吉媞太年輕，列文尚未表現出誠意，吉媞也沒有屬意於他。她還找了種種理由，就是不肯說出主要的一點：她要等著給女兒擇一位佳婿，列文並不稱她的意，而且她也不瞭解他的為人。列文突然離去後，公爵夫人頗為高興，洋洋得意地對丈夫說：「看見了吧，我是對的。」後來渥倫斯基的出現使她更加高興，確信自己的想法沒錯：吉媞要找的不是一般的好配偶，而是一位乘龍佳婿。

在這位母親的眼裡，列文和渥倫斯基無法相比。她不喜歡列文那些古怪而激烈的議論，還有，她認為他在社交界可能是由於傲氣而表現出來的古板態度。她認為他在鄉下過著一種野蠻的生活，成天和牲畜、農夫打交道。使她很不以為然的是，他已經愛上她的女兒，在一個半月裡不斷上她家來，但他似乎還在等待和觀望，像是擔心求婚會丟了他的面子；而且他竟然不懂得，上女方家來打算求婚，總應該自我表白一下。他沒有表白，倒突然離去了。「幸虧他不討人喜歡，吉媞沒有愛上他。」做母親的這樣想。

渥倫斯基能使這位母親如願以償。他很富有，聰明、出身顯貴，又是步步高升的宮廷武官，人也很有魅力。真是再好不過了。

渥倫斯基在舞會上明顯地追求吉媞，和她跳舞，然後又上家裡來，他的鄭重其事看來無可懷疑。但儘管如此，整整一個冬天，吉媞母親的心一直忐忑不安。

公爵夫人自己出嫁是在三十年前，由姑母做的媒。未婚夫的情況事先已經瞭解。他上門來見未婚妻，也讓人家看看他。做大媒的姑母知道了見面的印象，將其轉告雙方。雙方印象良好。於是擇日向女方父母提親，女方的應允已在意料之中。一切進行得毫不費力，非常簡單。至少公爵夫人感覺如此。現在輪到了女兒這一輩，倒讓她覺得女大當嫁這件看來尋常之事，其實做起來並非簡單容易。為了兩個大女兒——達里雅和娜塔莉出嫁，她是那樣擔驚受怕，絞盡腦汁，花了多少錢、和丈夫吵了多少嘴啊！現在小女兒又要出嫁了，她同樣是擔驚受怕、疑慮重重，比前兩個女兒出嫁時跟丈夫吵得更凶了。老公爵像所有做父親的一樣，特別注重自家女兒的名譽和清白。他對女兒們，尤其對他最寵愛的吉媞的苛求，使他動不動就和公爵夫人吵鬧，怪她損害了女兒的名聲。公爵夫人在兩個大女兒出嫁時對此就已習慣，不過她現在倒覺得公爵的挑剔更有些道理了。她看到近來社會風氣多有變化，做母親的責任更加重大。她發現像吉媞那樣大的女孩子在組織什麼社團、到什麼地方去聽課。她們和男人自由交往、乘車出入於大街小巷，許多姑娘見人不行屈膝禮，而最主要的是，她們都確信選擇丈夫是自己的事，用不著父母操心。「如今嫁女兒可不比從前了，」不僅所有的年輕姑娘，就連老一輩的人也都這麼想和這麼說。但是今天究竟該怎樣嫁女兒，公爵夫人又無從打聽。按照法國風俗，女兒的命運得由父母決定，這種做法現已無人採用，還備受譴責。按照英國風俗，姑娘可以完全自主，這一做法也沒人實行，況且在俄國社會也行不通。俄國自己的風俗則是嫁娶憑媒妁之言，這又被認為不成體統，遭到了包括公爵夫人自己在內的眾人嘲笑。那麼到底應該怎樣出嫁和嫁女，誰也不知道。凡是跟公爵夫人談論過這事的人，都對她說同樣的話：「算了吧，如今該丟掉老規矩了。其實是年輕人結婚，又不是他們的父母。讓年輕人自己去做主吧。」說得倒輕巧，這些人又沒有女兒。公爵夫人心裡明白，女兒接近男人就可能產生愛情。她會愛上一個不想娶她的男人，或者愛上一個不適合當她丈夫的人。不管別人怎樣勸說、如今要讓年輕人自己安排自己的命運，公爵夫人就是不相信這一點，好比不相信如今五歲兒童的最佳玩具是上了真子彈的手槍一樣。所以，公爵夫人之擔心吉媞，超過了對她的兩個姊姊。

現在她擔心，渥倫斯基是不是只跟她女兒玩玩罷了。她看出女兒已經愛上他，就自我安慰地想，他是個正人君子，不會幹出那種事來。但她也知道，現在的女孩子容易被社交自由衝昏腦袋，而男人們對那種罪過卻看得輕描淡寫。上星期吉媞把她和渥倫斯基跳馬祖卡舞時的談話內容告訴了母親。這次談話使公爵夫人心中稍安，但也還不能完全放心。渥倫斯基對吉媞說，他和哥哥習慣於事事聽從母親，不跟母親商量是不敢採取重大行動的。「母親就要從彼得堡來了，現在我等她來，就是在等待一種特別的幸福。」他說。

說這些話時吉媞絲毫沒有在意，但母親的理解卻不同。她知道，這邊在眼巴巴盼望老太太來，老太太會對兒子的選擇感到高興。但是公爵夫人也覺得奇怪，渥倫斯基怎麼會怕惹母親生氣，就不來求婚呢？她很想結成這門親事，當然更想先消除掉心中的疑慮，願意相信事情正如吉媞所說的那樣。她看到長女多莉眼下遭逢不幸、打算離開丈夫，固然感到傷心，但是小女兒的命運也到了決定關頭，這更使她激動不安，把她整個的心思都占據了。今天列文的出現又增加了她幾分憂慮。她怕女兒因為曾一度屬意列文（她有這種感覺），出於過分的誠實而一口回絕渥倫斯基。總之，她不希望列文的到來，把快要大功告成的事情擾亂或耽誤了。

「他怎麼，來了好些日子嗎？」母女倆回到家後，公爵夫人問起列文。

「是今天到的，媽媽。」

「我想說一件事。」公爵夫人開始說。吉媞從她臉上嚴肅而興奮的神色就猜到她要說什麼。

「媽媽，」她羞紅了臉，忙回過頭來對母親說，「請您，請您別說這個了。我知道，我都知道。」

她的心願和母親是一樣的，但是母親的動機使她感到委屈。

「我只想告訴妳，既然妳已經讓一個人抱有希望……」

「媽媽，親愛的，看在上帝分上，您就別說了。真害怕說這件事。」

「不說了，不說了，」母親看見女兒的眼淚都流出來了，「可是有一點，我的寶貝，妳答應過對我不保密的。妳能做到嗎？」

「永遠不保密，決不，」吉媞漲紅了臉，正視著母親的臉說。「不過現在我沒有什麼可說。我……我……假如我想，我不知道說什麼，該怎麼說……我不知道……」

「是的，看這對眼睛，她不會說謊的。」母親見她這副激動和幸福的樣子，微笑著思忖。公爵夫人還覺得好笑，這可憐的孩子竟把自己此刻心中產生的情感看得如此意義重大深遠。

十三

從晚飯後直到家庭晚間聚會開始前，吉媞的心情就跟初上戰場的小夥子感受差不多。她心跳得厲害，思緒怎麼也集中不了。

今晚他們兩人第一次相遇，她覺得這將是決定她命運的一晚。她老是在想像他們兩個人，時而逐個地想，時而合起來想。當她回憶往事時，她懷著快慰和溫馨想起了與列文相處的日子。回憶童年，回憶列文和她已故哥哥的友誼，使她和列文的關係帶上了一種特別的詩意美。她確實知道列文愛她，這種愛使她得意和欣喜。所以回憶列文時她的心情是輕鬆的。渥倫斯基是個風度文雅、神態從容的人，吉媞想到他時感到有些侷促不安，似乎在他倆的關係裡摻進了某種做作的成分。這做作不是在他而在她自己，因為他是那樣樸實可愛。相比之下，和列文相處時她覺得自己非常單純而開朗。然而，當她把自己的未來和渥倫斯基放到一起時，她眼前就浮現出幸福光明的前景。而和列文連在一起時，她則感到前途迷茫。

她上樓更衣準備參加晚間聚會，對鏡時，欣喜地發現自己精神煥發、朝氣蓬勃。現在她就該是這樣。她覺得自己外表鎮靜，舉止嫻雅。

七點半鐘，她剛下樓來到客廳，就聽見僕人稟報：「康斯坦丁·德米特里奇·列文到。」這時公爵夫人還在自己房間裡，公爵也沒有出來。「果然是他，」吉媞想，頓時覺得全身血液一下子湧上心頭。她朝鏡子瞥了一眼，看見自己臉色蒼白，吃了一驚。

她很清楚，他提前來就是為了和她單獨見面並向她求婚。此刻她才第一次看到了事情的另外一面，不同的一面。此刻她才明白，問題不僅關係到她一個人：她跟誰在一起幸福，以及她愛誰。問題是她馬上就要使她喜愛的一個人受到屈辱。難堪的屈辱……因為什麼？就因為這個可愛的人喜歡她、愛上了她。但是毫無辦法，她必須這樣做，必須如此。

「天啊，難道要我親口對他說嗎？」她想。「對他說什麼呢？告訴他我不愛他？這不是真話。我對他說什麼呢？說我愛的是別人？不，這不可能。我離開，我走開。」

聽到他的腳步聲時她都快要走到門口了。「不能！這是不誠實。有什麼可害怕呢？我沒做過任何對不起他的事。聽其自然吧！我要說真話。和他在一起不會感到彆扭的。他來了，」她自語道。這時她看見了他那強壯而畏怯的身影，和一雙亮閃閃盯著她的眼睛。她直視他的臉，似乎在請求他寬恕，把手伸給他。

「我沒有按時，看樣子來早了。」他環顧一下空蕩蕩的客廳說。他看到情況正如所料，這裡沒有什麼會妨礙他向她開口，這時他的臉色陰沉下來。

「哦，等等。」吉媞說罷在桌邊坐下。

「我就是想單獨見您。」他開口說，並不坐下，眼睛也不看她，害怕失去勇氣。

「媽媽馬上就下來。昨天她累壞了。昨天……」

她說話時自己也不知道在說什麼，她那哀求、溫情的目光始終沒有離開他。

他望望她。她臉紅了，緘口不語。

「我對您說過，我不知道這次來能不能久留……這要取決於您……」

她的頭垂得愈來愈低。她不知道怎樣應付漸漸迫近的那件事。

「這要取決於您，」他重複說，「我是想說……我想說……我是為這件事來的……就是……要您做我的妻子！」他不知所云，說了這些話，但他知道最可怕的話已經說出口，就住了嘴，朝她望望。

她深深地喘息著，眼睛也不看他。她感到一陣欣喜，心中充滿了幸福。她怎麼也不曾料到，他的愛情表白竟會給她如此強烈的印象。但這種感覺瞬息即逝。她想起了渥倫斯基。她抬起那雙明亮誠實的眼睛望著列文，看見他臉上絕望的神色，就匆忙地答道：

「這是不可能的……請原諒我……」

一分鐘前她對他那樣親近，對他的生活那樣重要！可是現在，她變得多麼陌生，多麼疏遠啊！

「不會有別的結果。」他沒有看她，說。

他鞠了一躬，準備離去。

十四

就在這時，公爵夫人走了進來。看見他倆單獨在一起，一臉無精打采的樣子，公爵夫人臉上露出了驚恐的神色。列文向她鞠躬，沒有說話。吉媞默不作聲，沒有抬起眼睛。「謝天謝地，她拒絕了，」母親想，臉上頓時漾起了平素每週四迎接客人時的微笑。她坐下，問起列文在鄉下生活的情況。他只得又坐下來，打算等客人都到了再悄悄離開。

五分鐘後，吉媞的女友、去年冬天才出嫁的諾德斯頓伯爵夫人走了進來。

這是一個身材消瘦、臉色發黃的女人，長著一對閃閃發亮的黑眼睛，面帶病容而且神經質。她喜歡吉媞，就像大抵已婚的女子喜歡未婚的姑娘那樣。她想按照自己的幸福理想替吉媞物色如意郎君，唯其如此，她希望她嫁給渥倫斯基。冬季伊始，她常在這裡遇見列文。她對列文一向反感，每次看到他，她喜歡做的一件事就是揶揄他。

「我就喜歡他傲氣十足地看待我。要麼認為我愚蠢而不願和我做有智慧的交談，要麼只好降尊紆貴地遷就我。我喜歡他降尊紆貴的樣子！很高興他看見我就受不了。」她這樣談論列文。

她說得不錯。列文確實受不了她，鄙視她津津樂道、引以為榮的那些東西，例如她的神經質、她對一切粗樸平常事物的露骨蔑視和漠不關心。

像諾德斯頓伯爵夫人和列文這樣的關係在社交圈裡並不鮮見。兩個人表面上友好，內心卻相互鄙視，彼此不屑於認真交往，甚至沒有辦法使對方生氣。

諾德斯頓夫人立刻向列文發動攻勢。

「啊！康斯坦丁．德米特里奇！您又到我們道德敗壞的巴比倫來了，」她向他伸出皮膚發黃的小手，想起了他在冬初把莫斯科叫做巴比倫的那番話。「怎麼樣，是巴比倫變好了，還是您變壞了？」她加上一句，冷笑一聲，望望吉媞。

「伯爵夫人，您如此牢記我的話，我不勝榮幸，」列文回答。他已經恢復平靜，現在又按習慣對諾德斯頓夫人採取了那種半開玩笑的敵對態度。「那番話果然對您很刺激。」

「可不是嘛！我總是把您的話記錄下來。吉媞，妳又去溜冰了嗎？……」

她和吉媞聊了起來。列文覺得現在就走雖然不大方便，但總比整個晚上都待在這裡看見吉媞要好受些。吉媞不時望望他，卻避開他的目光。他剛想站起來，公爵夫人見他默默無言，就過來找他說話：

「您這次來莫斯科，能多住些日子嗎？您好像在忙地方自治局的事吧，那就不能在莫斯科久留了。」

「不，公爵夫人，我不再管地方自治局的事了，」他說，「我這次來只住幾天。」

「他有點不對勁，」諾德斯頓伯爵夫人盯著他神情嚴肅的臉，心想，「他似乎不大想高談闊論。我要逗他發表議論，極希望他在吉媞面前像個傻瓜；我定要逗逗他。」

「康斯坦丁．德米特里奇，」她對他說，「請您給我解釋一下，您都知道的，這到底是怎麼回事：我們卡盧加省鄉下的莊稼漢和婆娘們把什麼東西都拿去換酒喝了，現在他們一點租金都不繳；這是怎麼回事？您可是總在誇獎那班莊稼漢的。」

這時又有一位太太走進客廳。列文站起身。

「對不起，伯爵夫人，其實我對此一無所知，無可奉告。」說罷，他回頭望了望跟著那位太太進來的一位軍人。

「此人一定是渥倫斯基了，」列文想，為了證實這一點，他朝吉媞望了望。吉媞瞥了渥倫斯基一眼，又回頭睃了睃列文。就憑這情不自禁、喜形於色的一瞥，列文明白了，吉媞愛的正是此人，就好像她親口告訴了他一樣。這是一個什麼樣的人物呢？

現在列文好歹是不能走了。他要弄清楚，她所愛的究竟是怎樣的一個人。

有些人不管在什麼事情上碰到幸運的對手，馬上就鄙棄對方的一切長處而光看他身上的短處。還有一些人則相反，他們特別想在幸運者身上發現他藉以制勝的那些特質，並強忍住揪心的痛苦，特意去找對方的優點。列文屬於後一種人。他不費什麼勁就發現了渥倫斯基身上的優點和吸引人之處。這是一眼就能看出來的。渥倫斯基是個身材不高、體格結實的黑髮男子，有著一副和藹漂亮的面孔，顯得十分安詳而堅定。在他臉上和身上，從那剪得短短的黑髮、刮得精光的下巴，到那身寬鬆的嶄新軍服，一切都顯得那樣素雅。渥倫斯基讓那位太太先進去，然後走到公爵夫人面前，又向吉媞走過去。

當他向她走去時，他那漂亮的眼睛顯得炯炯有神，特別溫柔，臉上帶著難以覺察、謙遜而得意的幸福微笑（列文有此感覺）。他恭恭敬敬地向吉媞低頭行禮，把他那並不肥大然而寬厚的手伸向她。

他跟在場的所有人打過招呼，寒暄數語，就坐了下來，並未向始終盯著他的列文看上一眼。

「讓我介紹你們認識一下，」公爵夫人指著列文說，「這位是康斯坦丁・德米特里奇・列文。這位是阿列克謝・基里洛維奇・渥倫斯基伯爵。」

渥倫斯基站起身，友善地望著列文的眼睛，握握他的手。

「我覺得，今年冬天是早該有機會和您一起吃飯的，」他說著，露出他那樸實開朗的笑容，「不想您忽然回到鄉下去了。」

「康斯坦丁．德米特里奇鄙視和仇恨城市，還有我們這些城裡人。」諾德斯頓伯爵夫人說。

「看樣子，我說過的話對您影響很大，難怪您牢記不忘。」列文說罷，想起他已經這樣說過了，不覺臉上一紅。

渥倫斯基望望列文，又望望諾德斯頓伯爵夫人，微微一笑。

「您總是待在鄉下嗎？」他問。「我想冬天會感到寂寞吧？」

「有事做就不寂寞，自己一個人也不會寂寞。」列文語氣生硬地回答。

「我喜歡鄉村。」渥倫斯基說，覺察到列文的口氣，但佯作不知。

「伯爵，您不會永遠住到鄉下去吧。」諾德斯頓伯爵夫人說。

「不知道。我沒有長久住過。我有一個奇怪感覺，」他接著說。「我和母親在尼斯[18]過了一個冬天，打那以後我特別懷念鄉村，有樹皮鞋子和莊稼漢的俄國鄉村。你們知道，尼斯是個枯燥乏味的地方。那不勒斯和索倫托[19]的美妙也只維持了短暫時間。正是在那些地方，你會特別親切地想起俄國，想起俄國的鄉村。那些地方就像……」

他在對吉媞說，也在對列文說，他那安詳友好的目光時而望望她，時而又望望他。他顯然是想到哪裡

18 法國南方城市。
19 都是義大利南方城市。

聊到哪裡。

這時他見諾德斯頓伯爵夫人想開口，就打住話頭，注意聽她講。

談話一刻不停地進行著。一旦出現冷場，公爵夫人便推出早已備好了兩門「重炮」，一個話題是古典教育與現實教育，另一個是普遍兵役制。現在她無需推出「重炮」，而諾德斯頓夫人也沒有機會逗列文。

列文想加入大夥兒的談話，但是插不上嘴。他老在嘀咕：「現在就走。」可是他並沒有這麼做，像在等待著什麼。

談話扯到了扶乩和鬼神。諾德斯頓夫人相信招魂術，開始講她親眼看到過的奇蹟。

「啊，伯爵夫人，看在上帝分上，您務必帶我見見那些神靈！我到處找神奇的東西，可是從來也沒見過。」渥倫斯基笑著說。

「行，下禮拜六吧，」諾德斯頓伯爵夫人說，「您怎麼樣，康斯坦丁・德米特里奇，相信嗎？」她問列文。

「何必問我呢？您知道我會說什麼。」

「可是我想聽聽您的看法。」

「我的看法是，」列文答道，「那些轉動的桌子證明了，所謂有教養的人們並不比莊稼漢高明些。莊稼漢相信毒眼、中邪，還有蠱術，而我們……」

「這麼說，您不相信？」

「我不可能相信，伯爵夫人。」

「如果是我親眼目睹的呢？」

「農婦們也講，她們如何如何親眼看見了家神。」

「那麼您認為我是在說謊了？」

她很不自然地笑起來。

「哦，不，瑪莎[20]，康斯坦丁．德米特里奇是說，他不可能相信，」吉媞說。她為列文臉紅了。列文見狀更加惱火，他正要回答，這時渥倫斯基帶著開朗快樂的笑容連忙過來圓場，以免談話變成不快。

「您完全不承認這種可能性嗎？」他問。「為什麼呢？我們不懂電，但是承認它的存在。為什麼不可能有一種新的力，我們還不知道的力，它……」

「電被發現的時候，」列文很快打斷他的話，「當初只看到它的現象，並不知道它從何而來和有什麼作用，經過好幾個世紀之後人們才想到運用它。招魂者則相反，一開始就是什麼桌子寫字，神靈附體，然後再說這是一種未知的力。」

渥倫斯基照樣注意地聽列文說，顯然對他的話發生了興趣。

「可是招魂者說：我們現在還不知道這是一種什麼力，但力是存在的，它就在這樣的條件下發生作用。至於這種力的具體內容，還是讓科學家們去揭示吧。我不明白，為什麼就不能有一種新的力，既然它……」

「因為，」列文打斷他的話，「如果您做電的實驗，只要用松香摩擦毛皮，就會產生大家知道的現象。可是招魂術並非每一次都靈驗，可見這不是什麼自然現象。」

20 諾德斯頓伯爵夫人的名字。

大概渥倫斯基覺得這種談話對客廳氣氛來說顯得過於嚴肅，就不再爭辯，而想改變一下話題，於是臉上露出快樂的笑容，來找女士們說話。

「伯爵夫人，我們現在就來試試吧。」他說，可是列文還想證明一下自己的想法。

「我認為，」列文接著說，「招魂者試圖把他們的怪誕事情解釋為某種新的力，這完全是徒勞的嘗試。他們直言不諱地講的是一種精神力量，卻要拿它來進行物質試驗。」

大家都在等他說完，他也覺察到了這點。

「我想，您會成為一個出色的扶乩人，」諾德斯頓伯爵夫人說，「您身上有一種狂熱。」

列文張口想說什麼，可是他臉上一紅，又不作聲了。

「請吧，公爵小姐，我們用桌子來試驗一下吧，」渥倫斯基說，「公爵夫人，您允許嗎？」

渥倫斯基站起來，用眼睛四處搜尋小桌子。

吉娣走到小桌子邊站住。她從列文身旁經過時，兩人的目光相遇。她出自內心地憐憫他，特別是，造成他不幸的原因正是她自己。「如果能原諒我，就請您原諒吧，」她的目光在說，「我現在很幸福。」

「我恨所有的人，恨您，也恨我自己，」他的目光在回答。他伸手去拿禮帽，然而合該他走不掉。大夥兒忙著在小桌子邊坐下，而列文正想離開時，老公爵恰好走進客廳。他向太太們問過好，就來和列文說話。

「啊！」他樂呵呵地說。「來多日了嗎？我不知道你在這裡。見到您真高興。」

老公爵對列文時而稱「你」時而稱「您」。他擁抱了列文，只顧跟他說話，並沒有注意渥倫斯基站了起來，靜靜地等待他和自己打招呼。

吉娣覺得，發生了那件事以後，父親的殷勤一定會使列文不舒服。她還看到，父親終於冷冰冰地回答了渥倫斯基的鞠躬，而渥倫斯基帶著友好卻又莫名其妙的神情望了望她的父親，似乎想弄明白而始終弄不明白，公爵為什麼對他這樣不客氣。吉媞臉紅了。

「公爵，您讓康斯坦丁．德米特里奇到這邊來吧，」諾德斯頓伯爵夫人說，「我們要做個試驗。」

「什麼試驗？轉動桌子嗎？對不起，女士們先生們，我看還是玩套圈更有趣些，」老公爵看了一眼渥倫斯基說，猜想這是他出的主意。「套圈還有點意思。」

渥倫斯基用那雙神情堅定的眼睛驚奇地望望公爵，又微微一笑，馬上和諾德斯頓伯爵夫人談起下星期要舉行的大型舞會來。

「我想您會參加吧？」他對吉媞說。

列文趁老公爵轉身的工夫悄悄走出了客廳。這一晚留給他的最後印象，就是吉媞在回答渥倫斯基是否參加舞會時，她那張幸福的笑臉。

十五

晚會結束後，吉媞把她和列文的談話告訴了母親。儘管她很憐憫列文，但想到有人曾向她求婚，心中就充滿了喜悅。她毫不懷疑自己做對了。然而她上床後久久不能入睡。有一個印象緊緊追隨著她。那就是列文的那張臉，當時他站在那裡聽父親說話，不時望望她和渥倫斯基，眉頭緊鎖，一雙和善的眼睛裡充滿了憂鬱。她真是可憐他，不由得淚水盈眶。不過她馬上又想到了捨他而換得的另一個人。她真切地回憶起那人剛毅堅定的面容、高雅鎮定的風度和事事處處待人謙和的可貴品格。想起所愛之人對她的愛，她重又喜上心頭。她帶著幸福的微笑躺到枕上。「我憐憫他，憐憫他，又有什麼辦法？這不是我的錯，」她自語道，但在內心深處並不是這樣說。她不知道自己是否要後悔不該引起列文的愛慕，或者不該拒絕他。她的幸福感被這些疑慮攪壞了。「上帝保佑，上帝保佑，上帝保佑！」她嘟囔著，終於睡著了。

這時在樓下，在公爵的小書房裡，父母親經常為愛女而爭吵的一幕又在重演。

「什麼？原來如此！」公爵嚷道，使勁地揮動兩臂，又掩了掩他那灰鼠皮的睡衣。「原來您這麼不自尊、不自重，用這種下流愚蠢的做媒手段來羞辱女兒、坑害女兒！」

「哪有這種事！看在上帝分上，公爵，我做錯了什麼了？」公爵夫人帶著哭腔說。

公爵夫人和女兒談過話後，懷著幸福滿足的心情，像平時一樣來跟公爵道晚安。她不想把列文求婚和吉媞拒絕的事告訴他，但她暗示丈夫，女兒和渥倫斯基的事看來完全沒有問題，只等他母親一到就可以定下來了。公爵一聽此言就大發雷霆，嚷出些不體面的話來。

「您幹了什麼？聽著：首先，您引誘求婚者，全莫斯科的人都會這樣說，他們有理由這樣說。您要開晚會，那就把大家都叫來，而不光是叫您挑好的求婚者。把那班寶貝蛋（公爵這樣稱呼莫斯科的年輕人）統統叫來，再雇個鋼琴手，讓他們都跳舞，而不是像今天這樣只叫求婚者來，把他們跟女兒撮合到一起。讓我看著就討厭，討厭。您達到目的了，讓小姑娘沖昏了腦袋。列文比他們要好一千倍。那個彼得堡花花公子，在機器上都能成批做出來，他們全都一個樣，全是些廢物。就算他是真正的王子，我女兒也不需要這樣的人！」

「我究竟做了什麼了？」

「做了……」公爵怒吼道。

「我知道，要是聽你的話，」公爵夫人打斷他說，「我們的女兒永遠也嫁不出去。照這樣就得搬到鄉下去。」

「到鄉下去更好。」

「你聽著。難道我巴結誰了？我誰也沒有巴結。一個年輕人，他很不錯，愛上了吉媞，她似乎也……」

「哼，似乎！若是她真的愛上他，他卻像我似的不想結婚又怎麼辦？……咳！真不願看到這種事！……啊，招魂術！啊，尼斯！啊，舞會！……」公爵故意模仿妻子的樣子，說每句話時行一個屈膝禮。

「到那時候，我們給卡堅卡[21]造成了不幸，而她自己也真正明白過來……」

21 吉媞的小名。

「為什麼你要這樣想？」

「我不是想，而是知道。這種事情我們看得很準，不像婦道人家。我看出來有個人他是真心實意的，那就是列文。我還看到一個浮滑之徒，他像隻鶺鴒，不過是想尋歡作樂罷了。」

「唉，你一定要這樣認為的話……」

「等到日後回想起來就太晚了，就像達申卡[22]的事情那樣。」

「好吧，好吧，我們別再說了。」公爵夫人想起了不幸的多莉，沒讓丈夫說下去。

「那好吧，再見！」

夫婦倆互相畫了十字，接過吻，仍然各持己見地走開了。

一開始，公爵夫人確信今晚已經決定了吉媞的命運，而渥倫斯基的意圖也毋庸置疑。但丈夫的一番話使她倒沒了主意。回到房間後，她也像吉媞一樣對前途的未卜感到恐懼，在心裡連連祝願道：「上帝保佑，上帝保佑，上帝保佑！」

十六

渥倫斯基從未感受過家庭生活。他母親年輕時是社交界的名人，作為有夫之婦，特別在喪夫之後有過許多緋聞，社交界無人不曉。他幾乎不記得自己的父親，他是在貴冑軍官學校裡培養長大的。

從學校畢業時，作為一名非常年輕而出色的軍官，他立即步入了彼得堡軍界富人的生活軌道。他雖然偶爾涉足彼得堡上流社會，但他的所有風流愛好都在這個圈子之外。

經過一段奢侈而粗俗的彼得堡生活之後，他在莫斯科第一次嘗到了同一位屬意於他的、純潔可愛的上流社會姑娘親近的美妙滋味。他從來不曾想過，在他和吉媞的關係中有什麼不好的東西。在幾次舞會上他多半是跟她跳舞。他也常到她家裡去。他對她講的都是交際場合常講的那些無聊話，只是他不自覺地使這些無聊話對她具有某種特別的含義。儘管他不曾向她說過什麼不可以公開言談的內容，但他感到她對他的依戀愈來愈深。這種感覺愈是強烈，他心裡就愈高興，對她也就更加溫情脈脈了。他不知道，他對吉媞的作為可以名之曰勾引。勾引小姐卻不想娶她，這是像他這樣倜儻青年常見的一種惡行。可他覺得這是他首先發現的一種樂事，因而也就樂此不疲。

如果他聽見她父母今晚的談話，如果他設身處地考慮一下她的家庭，並且知道他若不娶吉媞就會使她

22 多莉的小名。

遭受不幸，他一定會十分驚訝，而且不相信事情真會如此。他無法相信能給自己、特別是給她帶來這麼大樂趣的事情，會是什麼壞事。他尤其不相信自己必須結婚成家。

結婚對他一直是不可思議的事。他非但不喜歡家庭生活，而且照他們那班單身漢的普遍看法，他認為丈夫的角色是陌生、可惡而且十分可笑的。渥倫斯基雖然不知道吉媞父母的談話，今晚他離開謝爾巴茨基家時，感到他和吉媞之間心有靈犀的狀態在今晚已經非常明確，他必須採取某種步驟，只是他還沒有想好，可以和應該採取什麼步驟。

「這太妙了，」他想。從謝爾巴茨基家回來時，他像平時那樣神清氣爽、滿心愉快，這和他整個晚上沒有抽菸也有關係，同時他也被她的愛情打動了。「這太妙了，我和她都沒有作任何表白，完全是弦外之音和眉目傳情，今天她比以前更明確地向我表示了愛。表示得如此可親、純真，特別是充滿了信任感！我感到自己也變得更好，更純潔了。我覺得自己也是有心肝的人，有不少優點。啊，那一對含情脈脈的眼睛多麼迷人！當她說：『我真的……』

「這又怎麼樣呢？這也沒什麼。我覺得愉快，她也同樣愉快。」他沉吟起來，盤算著到哪裡去消磨這一晚剩下的時光。

他想了所有他能去的地方。「上俱樂部？玩紙牌？和伊格納托夫一起喝香檳？不，不去。到花宮[23]去，在那裡能找到奧勃朗斯基，唱唱歌，跳康康舞。不，那也膩得慌。看來我是在學好，才會喜歡謝爾巴茨基家的人。還是回家吧。」他直接走回久索旅館，走進自己的房間，吩咐用晚餐；吃完飯，脫去了衣服，頭一挨枕頭就睡著了，像平時一樣睡得很熟，很安靜。

十七

翌日上午十一時，渥倫斯基乘車到彼得堡鐵路車站接他母親。他在站內寬敞的臺階上遇見的第一個人就是奧勃朗斯基。他在等同一班車，接他的妹妹。

「啊！閣下！」奧勃朗斯基大聲說。「你來接誰呀？」

「我來接母親，」渥倫斯基像所有見到奧勃朗斯基的人那樣笑著說，跟他握握手，兩人一起走上臺階。「她今天從彼得堡來。」

「昨晚我等你一直等到兩點鐘。你從謝爾巴茨基家出來後上哪兒去了？」

「回家了，」渥倫斯基答道，「說真的，昨晚去過謝爾巴茨基家之後，我心情很愉快，所以哪兒也不想去了。」

「看烙印知道哪一匹是烈馬，看眼神知道小夥子愛上了她。」斯捷潘·阿爾卡季奇把他對列文唸過的兩句詩照樣背了一遍。

渥倫斯基微微一笑，顯然不否認有這回事，但隨即把話岔開了。

「你是來接誰呀？」他問。

---

23 當時莫斯科的一家遊藝場。

「我嗎？來接一位漂亮女人。」奧勃朗斯基說。

「原來如此！」

「從壞處想的人可恥！是我妹妹安娜。」

「哦，是卡列尼娜吧？」渥倫斯基說。

「你也許認識她？」

「似是見過。也不一定……真的，我不記得了。」渥倫斯基心不在焉地答道，他聽到卡列寧這個姓氏時隱隱有些古板乏味的感覺。

「你大概認識我那位大名鼎鼎的妹夫：阿列克謝・亞歷山德羅維奇吧。全世界都知道他。」

「如雷貫耳。我見過他。聽說他是個聰明人，學者，無與倫比等等……說實在的，在這方面我不是……這不是我的專長[24]。」渥倫斯基說。

「是的，他極其出色。稍微有些保守，但是人很好，人很好。」斯捷潘・阿爾卡季奇說。

「是呀，這對他豈不更好，」渥倫斯基笑著說。「哦，你也來了，」他看見母親的高個子老僕人站在月臺入口處的門邊，就招呼說，「進來吧。」

渥倫斯基近來感到自己很想和斯捷潘・阿爾卡季奇親近，一方面是因為他人見人愛，另一方面他也使人聯想到吉媞。

「怎麼樣，這個星期天為女歌手舉辦一次晚宴好嗎？」他笑著挽起斯捷潘・阿爾卡季奇的手臂說。

「一言為定。我負責約請參加的人。啊，昨晚你和我的朋友列文認識了嗎？」斯捷潘・阿爾卡季奇問。

「是呀。可是他好像很早就走了。」

「他人挺不錯的，」奧勃朗斯基說，「不是嗎？」

「我弄不懂，」渥倫斯基答道，「為什麼莫斯科人個個都這樣厲害？當然囉，現在和我說話的這人例外，」他打趣地插一句。「莫斯科人老是張牙舞爪、怒氣沖沖的，似乎總想給人一點顏色看……」

「是這樣，不錯，是的……」斯捷潘·阿爾卡季奇笑呵呵地說。

「怎麼，車快到了嗎？」渥倫斯基問一個車站服務員。

「列車從前站發出了。」那人答道。

隨著火車即將到來，車站的準備工作忙碌起來。搬運工人跑來跑去，憲兵和鐵路職員出現在月臺上，接人的馬車也紛紛而至。濛濛的寒氣中，一些穿著短皮襖和軟氈靴的工人在曲折蜿蜒的路軌上往來穿行。從遠方的鐵軌傳來機車的呼嘯聲和沉重的隆隆聲。

「不，」斯捷潘·阿爾卡季奇說，他很想把列文對吉媞的意圖告訴渥倫斯基。「不，你對列文的評價不正確。確實，他這個人很神經質，常常使人不快，但有時候很可愛。他為人誠實正直，心地非常善良。不過昨天是有特殊緣故，」斯捷潘·阿爾卡季奇意味深長地笑著說，全然忘記了昨天對朋友的由衷同情，現在卻要對渥倫斯基抱同樣的態度了。「是呀，另有一種緣故，可以使他特別幸福，也可以使他特別不幸。」

渥倫斯基站住了，直截了當地問道：

「是怎麼回事？莫非他昨天向你的小姨子求婚了？……」

24 原文為英文。

「可能，」斯捷潘．阿爾卡季奇說。「昨天我就有這種感覺。是的，既然他早早的走了，而且心緒不佳，那準是……他早就愛上她了，我很為他遺憾。」

「原來如此！……我想，她可能要找個更好的伴侶，」渥倫斯基說，挺起了胸膛，又開始走動。「不過，我並不瞭解他，」他補充道。「是呀，處境很難堪！所以許多人寧願去逛窯子。那種地方只要你有錢就行，可是在這裡，人家可要掂掂你人品的分量。瞧，火車來了。」

果然，遠處已傳來機車的汽笛聲。數分鐘後月臺開始震顫。機車漸漸在嚴寒中駛近，哧哧地向下方噴著蒸汽，中輪的連桿緩慢而有節奏地一伸一縮，司機弓著身子，他那包裹得嚴實的腦袋上結滿了霜花。機車後面是煤水車，接著通過的是行李車廂，一隻狗在裡面尖聲吠叫。這時月臺震動的頻率減緩，但震得更厲害了。最後才是客車，車廂在停車前不住地顛簸著，徐徐開進了車站。

雄赳赳的列車員沒等車停就吹著哨子跳了下來，急不可耐的旅客們緊隨其後，一個接著一個下車。走在最前面的是個身子直挺挺的近衛軍軍官，他以嚴肅的眼光掃視著四周。他後面是拿著提包、面帶笑容、動作俐落的小商人。第三個是肩上扛著袋子的農夫。

渥倫斯基和奧勃朗斯基並排站著，眼睛望著車廂和下車的旅客，心裡卻全然不在想他的母親。剛才聽到有關吉媞的事，使他激動又高興。他不禁挺起胸膛，眼睛閃出光彩，感到自己是勝利者。

「渥倫斯基伯爵夫人坐在這節車廂。」雄赳赳的列車員走到渥倫斯基跟前對他說。

列車員的話提醒了他，使他想起母親，想起馬上就要跟她見面。他打心眼裡並不尊敬母親，而且不知為什麼，也不喜歡她。根據他那個階層人的觀念以及他所受過的教育，他只知道對母親恭敬如儀、唯命是從，不可能有別種態度，而且，愈是不敬愛她，就愈是對她保持表面上的順從和尊重。

十八

渥倫斯基跟著列車員踏上車廂，在入口處站住，給一位正朝外走的太太讓道。他以交際場上慣有的機敏，從這位太太的外表一眼就看出來她是上流社會的人。他道了聲歉，往車廂裡走，但又覺得想再看她一眼。倒不是因為她非常美麗、身姿優美素雅，而是因為她從身旁走過時，那漂亮的臉蛋上有一種特別溫柔親切的表情。他回眼望她時，恰好她也轉過頭來。她那雙在濃密睫毛下變得深暗、閃閃有神的灰色眸子，正親切地注視著他的臉，彷彿在辨認他似的，但立即又轉向月臺上走過來的人群，像在尋找什麼人。從這短暫的一瞥中渥倫斯基發現，在她臉上，在那閃亮的眼睛和微帶笑意的紅唇之間，有一股壓抑著的活潑生氣。似乎她身上充滿了過剩的精力，按捺不住要從她那閃亮的眼神和微笑中不時地洩露出來。她有意掩飾自己眼中的光彩，然而它禁不住在隱隱的笑意中閃現。

渥倫斯基走進車廂。他母親是個乾瘦的小老太婆，有一雙烏黑的眼睛和滿頭鬈髮。她瞇起眼睛盯住兒子看了一會兒，薄薄的唇上帶著笑意。她從沙發座上站起，把手拿包遞給女僕，向兒子伸出瘦小的手，待他吻過，再托起他的頭，在他臉上吻了一下。

「電報收到了？你身體好吧？謝天謝地。」

「一路上好嗎？」兒子說，挨著她坐下，情不自禁地傾聽門外傳來的女子說話聲。他知道這是在門口遇到的那位太太的聲音。

「我還是不同意您的看法。」那位太太說。

「這是彼得堡的觀點，夫人。」

「不是彼得堡的，純粹是女人的觀點。」她回答。

「那麼，讓我吻吻您的手吧。」

「再見，伊萬．彼得羅維奇。您看一下我哥哥來了沒有，讓他上我這邊來。」那位太太在門口說完又回到車廂裡。

「怎麼樣，找到哥哥了？」渥倫斯基母親對那位太太說。

這時渥倫斯基想起來了，她就是卡列尼娜。

「您哥哥他來了，」他站起身說，「請原諒，我沒有認出您，我們上次認識的時間很短，」渥倫斯基向她鞠躬說，「您一定不記得我了。」

「哦，不，」她說，「我本該能認出您的，因為您母親跟我好像一路上都在談您，」她說道，那勃勃生氣終於又在微笑中流露出來。「我哥哥他怎麼還不來？」

「阿廖沙，你去叫叫他吧。」老伯爵夫人說。

渥倫斯基走到月臺上，叫道：

「奧勃朗斯基！這邊！」

卡列尼娜等不及哥哥上車來，一看見他就邁著輕快而堅決的步子走出了車廂。哥哥剛一走到她跟前，她就用一種讓渥倫斯基充滿驚奇的、乾脆又優美的動作，左手摟住哥哥的脖子，將他一把拉到跟前，重重地吻了他一下。渥倫斯基目不轉睛地望著她，不知不覺微笑起來。他想起母親在等他，就回到車廂裡去。

「她很可愛，對不對？」伯爵夫人指著卡列尼娜說。「她丈夫讓她和我坐在一起，我很高興。我們一路上都在聊天。你怎麼樣，聽說……你還在追求理想的愛情。這樣更好，親愛的，這樣更好。」

「媽媽，我不知道您指的是什麼，」兒子冷淡地說，「好了，媽媽，我們走吧。」

卡列尼娜又回到車廂裡來和伯爵夫人告別。

「好了，伯爵夫人，您見到了兒子，我見到了哥哥，」她快活地說，「我的故事都講完了，下面沒有可講的了。」

「哦，不，」伯爵夫人握住她的手說，「我和您周遊世界都不會寂寞的。您是一位可愛的女人，和您這樣的人在一起無論是談話還是沉默都很愉快。請您別老想著兒子，總不能永遠不分離呀。」

卡列尼娜一動不動地站著，身子挺得筆直，眼睛笑盈盈的。

「安娜．阿爾卡季耶夫娜有個八歲的兒子，」伯爵夫人對兒子解釋道，「她好像從來沒離開過兒子，她很苦惱把他丟在家裡了。」

「是的，我和伯爵夫人一路上總在各自談各自的兒子。」卡列尼娜說。微笑又使她容光煥發，這可親的笑容是對著他的。

「這大概讓您感到很乏味吧。」他說。立刻把她拋來的賣弄風情接住。但是她顯然不想繼續用這種腔調談話，就對伯爵夫人說：

「非常感謝您。我都沒有發覺昨天一天是怎樣度過的。再見，伯爵夫人。」

「再見，我的朋友，」伯爵夫人說，「讓我吻吻您漂亮的臉。用我這老太婆的話老實說，我簡直愛上您了。」

儘管這只是一句老生常談，卡列尼娜卻顯然信以為真並為此高興。她漲紅了臉，微微彎下腰，把臉湊到伯爵夫人的唇邊，然後又挺直身體，嘴唇和眼睛之間再次漾起那樣的微笑，把手伸給渥倫斯基。他握了握伸過來的那隻嬌小的手。她大膽地緊握住他的手，抖動了一下。這有力的一握給他一種特別的感受，使他欣喜。她邁著急速的步子走出車廂，那相當豐滿的身體竟有如此輕盈的步態，真令人驚奇。

「她非常可愛。」老太婆說。

兒子的想法也一樣。他目送她離去，直到那優美的身姿消失在車廂外，微笑一直掛在他臉上。他又朝車窗外望去，看見她走到哥哥跟前，把手搭在他手上，興奮地同他說著什麼事情，但顯然和渥倫斯基毫不相干；這使他感到掃興。

「那麼，媽媽，您身體很好嗎？」他又一次對他母親說。

「一切都好，非常好。亞歷山大很可愛，瑪麗亞出落得很漂亮了。她真好玩。」

她又講起她最感興趣的事情。講到她專程到彼得堡去參加孫兒的洗禮宴，講到皇上對她的長子格外加恩。

「拉夫連季來了，」渥倫斯基望著窗外說，「現在我們走，您看好吧？」

和伯爵夫人同行的老管家走進車廂稟報，說諸事已齊備。伯爵夫人站起來準備走。

「我們走吧，趁現在人少。」渥倫斯基說。

女僕拿著提袋、牽著小狗，管家和一個搬運工提上其餘的袋子，渥倫斯基挽起母親的胳膊，他們正要走出車廂，忽然看見幾個人滿臉驚恐地從旁邊跑了過去。戴著顏色與眾不同制帽的站長也跑了過去。顯然發生了不尋常的事情。下車的人們又紛紛往回跑。

「什麼？……什麼？……在哪兒？……自己撲上去的！……軋死了！……」過往的人群中有人在說。

斯捷潘·阿爾卡季奇挽著妹妹，也是一臉驚恐地走了回來，他倆避開往來的人群，站在車廂門口。

兩位太太走進車廂，渥倫斯基和斯捷潘·阿爾卡季奇則跟著人群去打聽不幸事件的詳情。

軋死的是一名車站看守人。不知他是喝醉了，還是由於天太冷、把頭裹得太嚴實，沒聽見火車倒車，就給軋死了。

渥倫斯基和斯捷潘·阿爾卡季奇回來之前，太太們已經從管家嘴裡聽到了這些細節。

奧勃朗斯基和渥倫斯基都看到了那具血肉模糊的屍體。奧勃朗斯基一臉痛苦的樣子。他皺著眉，幾乎要哭出來。

「啊呀，太可怕了！啊呀，安娜，妳沒有看到！啊呀，太可怕了！」他連連地說。

渥倫斯基默不作聲，漂亮的臉顯得很嚴肅，但十分平靜。

「啊呀，您沒有看到，伯爵夫人，」斯捷潘·阿爾卡季奇說。「他妻子也來了……看著她真傷心……她撲到屍體上。聽說，全靠他養活一大家子呢。這太可怕了！」

「不能給她一點幫助嗎？」卡列尼娜激動地悄聲說。

渥倫斯基看了她一眼，馬上走出車廂。

「我就回來，媽媽。」他在門口回過頭來說。

幾分鐘後他回來了。這時斯捷潘·阿爾卡季奇已經在和伯爵夫人談論新來的女歌星。伯爵夫人不時望望門口，等兒子回來。

「現在我們走吧。」渥倫斯基走進來說。

他們一同走出車廂。渥倫斯基和母親走在前面，卡列尼娜和哥哥跟隨其後。走到出站口時，站長趕上來找渥倫斯基。

「您交給我的助手兩百盧布。勞駕明示一下，這錢是給誰的？」

「給那個寡婦，」渥倫斯基聳聳肩膀說，「我不明白，這個還用問。」

「是您給的？」奧勃朗斯基在後面大聲說，他攥了攥妹妹的手，又說：「太動人了，太動人了！真是個好人，對吧？再見，伯爵夫人。」

他和妹妹站在那裡找她的女僕。

他們出站後，渥倫斯基家的馬車已經離去。出站的人群還在紛紛議論剛才發生的事。

「真是死得太慘了！」從旁邊走過的一位先生說。「聽說軋成了兩段。」

「我的看法相反，這是最快最容易的死法。」另一個人說。

「像這種死法真不可取。」第三個人說。

卡列尼娜坐上了馬車，斯捷潘・阿爾卡季奇驚奇地發現，她嘴唇直打哆嗦，在強忍著眼淚。

「安娜，妳怎麼了？」馬車駛出數百公尺後，他問道。

「不祥之兆。」她說。

「別胡說了！」斯捷潘・阿爾卡季奇說。「妳來了，這是最要緊的。妳想像不出，我對妳寄有多大希望。」

「你早就認識渥倫斯基嗎？」她問。

「是的。告訴妳，我們希望他娶吉媞為妻。」

「是嗎？」安娜低聲說。「好了，現在來談談你吧，」她搖了搖頭，像是要擺脫掉身上什麼多餘和礙事的東西。「談談你的事情吧。我接到你的信就趕來了。」

「是呀，全要倚仗妳了。」斯捷潘・阿爾卡季奇說。

「哎，把全部經過對我說說。」

斯捷潘・阿爾卡季奇一五一十地講起來。

車到家門口，奧勃朗斯基扶妹妹下車，歎了口氣，握了握她的手，就驅車到機關上班去了。

十九

安娜走進屋時，多莉正和一個淺色頭髮的胖男孩坐在小客廳裡。男孩子長得已經很像父親了。多莉在聽他唸法語課本裡的課文。男孩子一邊念書，一邊在撚動衣服上一顆快要掉的鈕釦，想把它扯下來。母親一次次拉開他的手，但是那隻胖乎乎的小手還是要揪那顆釦子。母親乾脆扯下釦子，把它放進衣兜裡。

「手別亂動，格里沙。」說罷，她又拿起那條編織了好久的毯子。她總是在苦惱的時候織它，現在她織得很急躁，手指一挑一挑地數著針數。儘管她昨天已叫人告訴丈夫，他妹妹來或不來都與她無關，但她仍然做好了迎接她的一切準備，懷著不平靜的心情等待小姑的到來。

多莉被內心的悲哀摧垮了，她已完全不能自拔。不過她心裡明白，小姑安娜是彼得堡一位要人的妻子，是彼得堡的貴婦人。就因為這一點，她沒有履行對丈夫說過的話，也就是沒有忘記小姑要來這件事。「是的，說到底又不是安娜的過錯，」多莉心想。「我知道她為人非常好，對我又那麼親熱友善。」她想起了在彼得堡時對卡列寧一家人的印象，她確實並不喜歡他們的家庭，覺得他們整個家庭生活中有一種虛假的氣氛。「但是，我何必不接待她呢？不過她可甭想來安慰我！」多莉想。「什麼安慰呀，規勸呀，基督教的寬恕呀，這些我都想過一千遍了，全都不管用。」

這些天來多莉都是單獨和孩子們在一起。她既不願談自己的痛苦，而內心痛苦時她又不可能去談其他無關的事。多莉知道，反正自己會把一切都告訴安娜。想到自己能向她一吐為快，多莉感到高興。但是多莉必須向她、他的妹妹訴說自己所受的屈辱，並且聽她用現成的話來規勸和安慰自己，這又使多莉感到惱火。

正像生活中常有的那樣，她不住地看錶，每一分鐘都在等候安娜，可是恰恰就錯過了客人到達的那一瞬間。她沒有聽見門鈴聲。

她聽到一陣衣服的窸窣聲和輕輕的腳步聲時，安娜已經走到了房門口。她回頭一看，憔悴的臉上並沒有流露出喜悅，而是不由自主地出現了驚奇的表情。她站起來，擁抱了小姑。

「怎麼，妳已經到了？」她吻著安娜說。

「多莉，見到妳真高興！」

「我也很高興，」多莉勉強微笑著說，竭力想從安娜臉上看出她是否都知道了。「沒錯，她知道，」她發現安娜臉上有同情的神色，她這樣想。「走吧，我領妳去妳的房間，」她接著說，想盡量推遲說那件事的時間。

「這是格里沙嗎？天啊，他長得這麼高了！」安娜眼睛始終望著多莉，吻了吻孩子說。然後她站住了，漲紅了臉。「不，哪兒也別去了。」

安娜解下頭巾和帽子。帽子在她滿頭烏黑的鬈髮裡勾住了。她搖搖頭，把一綹頭髮解開。

「看妳滿面春風，身體多好！」多莉有點妒意地說。

「我嗎？……是的，」安娜說。「天啊，塔尼雅！你和我的謝廖沙同年，」她對跑進房間來的小姑娘說，把她抱起來親了親。「多可愛的小姑娘，真迷人！把妳的孩子們都叫來讓我看看吧。」

安娜能叫出所有這些孩子的名字，而且記得他們各人的出生年月、性格特點及生過什麼病，多莉不能不佩服她這點。

「那就去看看他們吧，」多莉說，「可惜瓦夏正在睡覺。」

她們看過了孩子，坐下來準備喝咖啡，這時客廳裡只剩下她倆。安娜拿起托盤，又把它推開了。

「多莉，」安娜說，「他都對我說了。」

多莉冷冷地看了她一眼，等她馬上來講那套故作同情的話，然而安娜沒有說一句那樣的話。

「多莉，親愛的！」她說，「我既不想替他說情，也不想安慰妳，我不能這樣做。親愛的，我只是感到難過，打心眼裡為妳難過！」

她那濃密睫毛下的閃亮眼睛裡頓時充滿了淚水。她坐到嫂嫂身邊，用她有力的小手握住嫂嫂的手。多莉沒有避開，但臉色依舊很冷淡。她說：

「安慰我是沒有用的。發生了那件事以後，一切都失去了，一切都完了！」

說完這句話，她的臉色立刻緩和下來。安娜托起她那隻乾瘦的手，吻了一下，說：

「可是多莉，有什麼辦法，有什麼辦法呢？倒是要想一想，在這種可怕的處境下怎樣做才更好。」

「一切都完了，沒有什麼可說了，」多莉說，「最糟糕的是我甩不開他，妳明白吧，有孩子，我被綁住了。但我不能跟他一起生活，看見他我就痛苦。」

「多莉，親愛的，他都對我說了，可是我想聽妳說說，妳把全部經過告訴我吧。」

多莉疑惑地望望她。

安娜臉上流露的關切和愛憐並無做作的痕跡。

「好吧，」多莉忽然說。「不過我要從頭說起。我怎樣出嫁妳是知道的。我受了媽媽的教育，不僅天真無邪，而且還蠢頭蠢腦。我什麼都不懂。人家說，做丈夫的都會把自己從前的生活對妻子講清楚，而斯季瓦……」她改口說，「斯捷潘·阿爾卡季奇卻什麼也沒告訴我。妳不會相信，我一直以為我是他唯一親近過的女人。我就這樣過了八年。妳知道吧，我非但沒想到過他會對我不忠，還認為這絕無可能。妳設想一下，我懷著這樣的想法，突然間知道了全部可怕的真相、全部卑鄙的勾當……妳為我想想吧。本來我滿以為自己很幸福，可是忽然……」多莉說著，差點要失聲痛哭，「看到了一封信……寫給他的情婦，我的家庭教師的信。這真是太可怕了！」她連忙掏出手帕蒙住了臉。「我對一時糊塗還能夠諒解，」她停了停繼續說，「但是有預謀地、狡猾地欺騙我……而且是跟誰一起呀？……跟她在一起還繼續當我的丈夫……這真可怕！妳不會明白……」

「哦，不，我明白！明白，親愛的多莉，明白。」安娜握握她的手說。

「妳以為他理解我的可怕處境嗎？」多莉接著說。「一點也不！他稱心如意得很呢。」

「哦，不！」安娜馬上打斷她。「他現在挺可憐，後悔得要死……」

「他還知道後悔嗎？」多莉又打斷她，凝視著小姑的臉。

「是的，我瞭解他。看著他我很難過。我倆都是瞭解他的。他為人善良，但很傲氣，可是現在他這麼低三下四。最使我感動的是（安娜猜到了什麼東西最能打動多莉）……他為兩件事苦惱不堪：一是他沒有臉見孩子，再就是，他愛妳……是的，是的，愛妳勝過世上的一切，」她急忙打斷想反駁的多莉，「但是他讓妳受了痛苦、傷透了妳的心。他總在說：『不，不，她不會寬恕我的。』」

多莉聽著她講，若有所思地望著別處。

「是的，我明白他處境很糟。犯錯的人比無辜的人更加痛苦，」多莉說，「倘若他知道全部不幸都是出自他的罪過。可是，我怎能原諒他、怎能在有了那個女人以後仍然當他的妻子呢？正因為我珍視往日對他的愛情，如今再和他共同生活就會是痛苦的折磨……」

她痛哭失聲，說不下去了。

但是，每當她情緒稍有緩和，她重又開始講那件令她氣憤的事，彷彿她故意要這樣做似的。

「她年輕，她漂亮，」她說，「妳要知道，安娜，是誰奪走了我的青春和美貌？是他和他的孩子們。我把他伺候夠了，這份差事把我都耗盡了，現在當然是那個新鮮的賤貨更合他的意了。他倆一定在背後議論我，或者更壞，壓根兒就不提我。妳明白嗎？」她眼睛裡又燃起了仇恨之火。「以後他可能會對我說……怎麼，難道我會相信他？決不！不，一切都結束了，一切安慰，一切操勞和痛苦的回報……妳相信嗎？剛才我給格里沙上課，過去這常常是我的樂趣，現在卻變成了痛苦。為什麼我要辛辛苦苦、裡外操勞？為什麼要這些孩子呀？可怕的是，我的方寸忽然全亂了，過去對他的情和愛，現在都變成了憎與恨，是的，憎恨。我恨不得殺了他，然後……」

「多莉，好人兒，我理解妳，妳不要折磨自己。妳太委屈太氣憤，對許多事情看不清楚了。」

多莉平靜下來，兩人沉默了一會兒。

「想想該怎麼辦，安娜，幫幫我吧。我左思右想，沒有一點辦法。」

安娜也想不出任何辦法，但是嫂嫂的每句話和臉上的每個表情都在她內心直接引起了迴響。

「我只說一點，」安娜開口道，「我是他妹妹，我瞭解他的性格。他這個人能忘記掉一切，一切（她在額頭邊做了個手勢），能完全徹底地忘乎所以，也能完全徹底地懺悔。他不相信，直到現在也弄不懂，他怎麼會幹出那種事來。」

「不對，他現在懂，他過去也懂！」多莉打斷她。「可是我呢……妳把我忘了……難道我好受些嗎？」

「妳聽我說。我承認，他告訴我那件事的時候，我還不理解妳全部的痛苦。我只看到他，只看到家庭破裂了，所以替他難過。可是跟妳談過話以後，作為一個女人，我看到了事情的另一面。看到了妳的痛苦，我心裡說不出有多麼的替妳難過！不過，多莉，好人兒，我完全明白妳的苦處，只是有一點我還不知道，我不知道……不知道妳心裡現在對他還有幾分愛。這個妳自己清楚，這一點愛夠不夠去寬恕他。要是還有的話，妳就寬恕他吧！」

「沒有。」多莉開口道，但是安娜打斷了她，又吻了吻她的手。

「我比妳更瞭解上流社會，」她說。「我瞭解像斯季瓦那樣的男人，知道他們對這種事情的看法。妳說他和那個女人背後議論妳，沒有這回事。這些男人儘管行為不端，但他們把家庭和妻子視為神聖。他們輕蔑那種女人，不會讓她們妨礙家庭。他們在家庭和這種事情之間劃了一條不可逾越的界線。我不明白這是何道理，但事實就是這樣。」

「是的，但是他吻過她……」

「多莉，聽我說，好人兒。我見過斯季瓦愛上妳的樣子。我記得那時候，他到我跟前哭著講到妳。他覺得妳是那樣崇高和充滿詩意。和妳生活得愈長久，妳在他心目中就愈崇高。我們不是常常取笑他在每句話後面都要加上一句『多莉是個奇妙的女人』嗎？妳一直是他崇拜的偶像，現在依然是。他這次做糊塗事也並非是出於本心……」

「要是再幹這種糊塗事呢？」

「依我看，這不可能……」

「好，那麼要是妳，能原諒他嗎？」

「不知道，說不準……不，我能原諒，」安娜想了想說，她審時度勢在心裡掂量了一下，又補充道：「是的，我能，我能，我能。對，我會原諒他。可能我現在的想法和最初有些不同，但我會原諒的，而且會完全原諒他，就像根本不曾有過那回事。」

「那是自然，」多莉立即插話說，好像她現在要說的話已經考慮過多次了，「否則就不叫做原諒了。既然原諒，就完全徹底地原諒。好了，我們走吧，我帶妳去看妳的房間，」多莉站起來說，一路上摟著安娜。「親愛的，妳來了我真高興。現在我好受些了，好受多了。」

二十

這一整天安娜都待在家裡，即待在奧勃朗斯基的家裡，沒有接見任何人，雖然有些熟人知道她來，當天就登門拜訪她。整個上午安娜和多莉及孩子們在一起。她只派人送了張字條給哥哥，叫他務必回家吃午飯。「你來吧，上帝是仁慈的。」她這樣寫道。

奧勃朗斯基在家裡吃午飯。談話的內容很一般。妻子對他說話時稱「你」，這在前些時候是沒有過的。夫妻關係仍然有些彆扭，不過已經不再提分手的事了。斯捷潘．阿爾卡季奇由此看到了解釋與和好的希望。

剛吃完飯，吉媞就來了。她認識安娜，但對她瞭解甚少。她到姊姊家來，不知道這位有口皆碑的彼得堡上流社會的貴婦會怎樣接待她，因此有點惶恐不安。安娜．阿爾卡季耶夫娜一見吉媞便很喜歡她，這一點吉媞自己馬上就看出來了。安娜顯然欣賞她的青春美貌。吉媞還沒有弄明白是怎麼回事，就感到自己已經處在安娜的影響力下，已經對她一往情深，就像許多年輕姑娘很容易愛慕年長的已婚女子那樣。安娜不像是一位上流社會太太，也不像有了一個八歲兒子的母親。看她那輕盈的動作、煥發的容光，以及不時地從微笑和顧盼中流露出來的勃勃生氣，她倒更像個二十歲的姑娘。只是她的眼睛裡有一種嚴肅的、時而憂鬱的神情，這使吉媞感到吃驚，也深深吸引著她。吉媞覺得安娜十分平易近人，毫不掩飾自己，但是卻另有一個崇高的內心世界，其中充滿著豐富多樣的詩意情趣，是她不可企及的。

飯後多莉回自己房間去了。安娜馬上站起來，走到正在點雪茄的哥哥跟前。

「斯季瓦，」她快活地使著眼色，在他身上畫十字，用眼睛示意房門說。「去吧，上帝保佑你。」

他扔下雪茄，心領神會地走了出去。

斯捷潘・阿爾卡季奇走後，安娜又回到沙發上，她在那裡被孩子們圍住了。不知道是孩子們看見媽媽喜歡這個姑姑呢，還是他們自己感到這個姑姑特別迷人，反正就像小孩子們常做的那樣，起先是兩個大孩子，接著幾個小的也跟上來，他們在吃午飯前就一齊寸步不離地纏上了新來的姑媽。孩子們像在玩遊戲似的，看誰和姑姑坐得更近、誰能摸到她、抓到她那隻小手、吻她、玩她的戒指，或者哪怕碰到她衣服的縐邊也好。

「好了，好了，我們還像剛才那樣坐。」安娜坐到自己的位置上說。

格里沙又把腦袋伸到她胳膊底下，偎在她的衣服上，顯出驕傲得意的樣子。

「那麼，舞會什麼時候舉行呢？」她問吉媞。

「下個禮拜。舞會很盛大。這種舞會上總是很快活。」

「總是很快活，有這樣的舞會嗎？」安娜以柔和的揶揄口吻說。

「聽起來奇怪，不過確實有的。博布里謝夫家的舞會總是很快活，尼基京家的也是，而梅日科夫家的就一直很乏味。難道妳沒有發覺嗎？」

「不，我的寶貝，對我來說不存在什麼快活的舞會，」安娜說。吉媞在安娜的眼睛裡窺見了那個不曾對她公開的特殊世界。「對我來說，只有那種比較不讓人難受和乏味的舞會……」

「您怎麼會在舞會上感到乏味呢？」

「為什麼我在舞會上就不會感到乏味呢？」安娜問。

吉媞覺察到，安娜已料到了她會作怎樣的回答。

「因為您總是最出色的。」

安娜很容易臉紅。她漲紅了臉，說：

「首先，我決不是您說的那樣。其次，即便是那樣，對我又有什麼好處？」

「您參加這次舞會嗎？」吉媞問。

「我想，也不能不去。妳把這個拿去吧。」她對塔尼雅說。

小姑娘正把她的戒指從雪白的尖尖手指上很容易地退下來。

「您能去我太高興了。我真的很想在舞會上看到您。」

「要是能去的話，至少不會掃妳的興，我也就安心了……格里沙，你別揪了，頭髮已經夠亂的了。」

她說罷，理了理格里沙在揪著玩的一綹耷拉的頭髮。

「我想像您在舞會上會穿紫色衣服。」

「為什麼一定是紫色呢？」安娜笑著問。「哎，孩子們，去吧，去吧。聽見沒有?古莉小姐在喊你們喝茶了，」她說罷，擺脫孩子們的糾纏，把他們打發到餐廳裡去。

「我知道您為什麼叫我參加舞會。您對這次舞會期望很大，您希望大家都到場，都參加。」

「您怎麼知道的？是這樣。」

「哦!您這般年華真好，」安娜接著說。「我記得，我知道這一片淡藍色的霧，就像在瑞士山上看到的那樣。在那段美妙的時光裡，一切都籠罩在這片霧中，童年即將結束，從這一大圈充滿幸福和歡樂的迷霧中漸漸現出一條愈來愈窄的路，雖然這條穿廊似的路看起來那麼光明美好，可是走進去時你的感覺是又喜又怕……誰不是這條路上過來的人呢？」

吉媞笑而不語。「她是怎樣走過來的？我真想知道她全部的羅曼史，」吉媞想，同時記起了她丈夫阿列克謝・亞歷山德羅維奇那副並不風雅的外表。

「您的事我知道一些。斯季瓦對我說了。恭喜您，他這人我很喜歡，」安娜說，「我在鐵路上遇到了渥倫斯基。」

「哎呀，他上那兒去了？」吉媞飛紅了臉說。「斯季瓦對您說了些什麼？」

「斯季瓦全都告訴我了。早知道我也會很高興的。昨天我和渥倫斯基的母親同一班火車，」她接著說，「一路上他母親不停地跟我談她兒子。她最寵這個兒子了。我知道做母親的會偏心，不過……」

「他母親跟您講什麼了？」

「哦，很多！我知道他是母親的愛子，不過，還是能看出來，他有騎士風度……比如，她告訴我，他願意把全部財產讓給他哥哥，他小時候就有非同尋常之舉，他把一位婦女從水裡救了上來。總之，他是個英雄，」安娜笑著說，想起了他在車站上送給人兩百盧布的事。

不過安娜沒提這件事。不知怎的，她想起這件事心裡有些不快，覺得這裡面跟她有一點牽涉，有著某種不該發生的情況。

「他母親再三請我上她家去，」安娜繼續說，「我也想見見老太太，打算明天去看她。謝天謝地，斯季瓦在多莉書房裡能待這麼久，」安娜改換話題，站了起來，吉媞覺得她好像有什麼事情不順心。

「不，我最先到！不，是我！」孩子們喝完了茶，叫喊著朝安娜姑姑奔過來。

「大家一齊來！」安娜笑著說，迎著孩子們跑過去，把這一堆亂擠亂鑽、快活得尖叫的小傢伙摟在懷裡，滾倒在地。

二十一

到了大人們喝茶的時候，多莉才走出房間。沒見斯捷潘・阿爾卡季奇出來。大概他從妻子房間的後門走了。

「我怕妳住在樓上會冷，」多莉對安娜說，「想讓妳搬下來，我們也可以離得近些。」

「啊，千萬別為我操心了。」安娜答道，注視著多莉的臉，竭力想看出是否已經和解。

「妳住這邊光線也好些。」嫂子說。

「告訴妳，我就像旱獺似的，無論何時何地都能睡著覺。」

「你們在談什麼呀？」斯捷潘・阿爾卡季奇從書房走出來，向妻子問道。

聽他的語氣，吉媞和安娜馬上明白他倆已經和好了。

「我想讓安娜搬到樓下來，不過要換副窗簾。誰也不會換，得我親自動手。」多莉回答他說。

「天曉得，他倆是不是完全和好了？」安娜聽出多莉的語氣冷冰冰的，這樣想。

「哎呀，多莉，別老是自找麻煩了，」丈夫說，「一切由我來辦好不好……」

「是的，看來確實和好了。」安娜想。

「我知道你會怎麼辦，」多莉答道，「把辦不了的事交給馬特維，自己一走了之，然後馬特維再把一切弄得亂七八糟。」多莉說這些話時，嘴角露出了她慣有的諷刺微笑。

「完全、徹底的和好，完全徹底，謝天謝地！」安娜想道，很高興自己促成了這件事，然後走到多莉跟前，吻了吻她。

「絕對不會，妳怎麼這樣看不起我和馬特維呢？」斯捷潘．阿爾卡季奇微笑著對妻子說。

整個晚上，多莉對丈夫的態度就像平時那樣略帶一點嘲諷，而斯捷潘．阿爾卡季奇則顯得心滿意足，不過他知道分寸，不致讓人覺得他好了傷疤忘了疼。

九點半鐘，奧勃朗斯基一家人飲茶夜話興味正濃時，卻被一樁看起來極普通的事給攪亂了，而且不知怎的，使所有在場的人都覺得奇怪。正當大家津津有味地談論彼得堡的共同熟人，這時安娜突然站起來。

「我的紀念冊裡有她的相片，」她說，「順便也給你們看看我的謝廖沙，」她帶著做母親的驕傲笑著說。

通常在晚上十點鐘前，她和兒子道別，在出門參加舞會前常常親自照料他睡下，現在兒子離得這麼遠，使她感到惆悵。不管人家談論什麼事，她不知不覺總要想到她那鬈髮的謝廖沙。她想看看他的相片，說說他的情況。剛才有了一個藉口，她馬上就站起來，邁著輕快有力的步子去拿相簿。到她房間去的樓梯，連著大門臺階上的平臺。平臺寬敞而暖和。

安娜剛剛走出客廳，前廳裡就傳來了門鈴聲。

「這會是誰呢？」多莉說。

「接我回家還不到時候；哪個人這麼晚還來。」吉媞說。

「一定是送公文的。」斯捷潘．阿爾卡季奇說。安娜經過臺階時，男僕正跑上來稟報有客，而那個來客已經站在燈光下了。安娜朝下面一望，立即認出是渥倫斯基，她心中突然萌生了一種混合著快慰與懼怕的奇怪感情。他站在那裡，沒有脫外套，從衣兜裡掏著什麼物件。當她經過臺階的當中時，他抬起眼睛，看見了她，臉上露出像是羞愧和驚恐的神色。她向他點點頭，走了過去，聽見身後傳來斯捷潘・阿爾卡季奇叫客人進來的大嗓門，還有渥倫斯基謝絕進屋、柔和而平靜的低聲。

安娜拿到相簿返回時，他已經走了。斯捷潘・阿爾卡季奇說，渥倫斯基是來問一下明天為一位新來的名流舉行宴會的事。

「他說什麼也不肯進來。他這人有點古怪。」斯捷潘・阿爾卡季奇說。

吉媞臉紅了。她想只有她清楚，他為何而來又為何不進來。「他到我家去過了，」她想，「沒見到我，想必我在這裡。他沒有進來，因為覺得時間太晚了，況且安娜在這裡。」

大家互相望望，什麼也沒有說，然後就開始看安娜的相簿。

一個人在晚上九點半、上朋友家打聽請客吃飯的詳情，卻沒有進屋。這本是稀鬆平常、毫不足怪之事。可這一回卻讓大家感到納悶。而安娜比所有的人更覺得奇怪，並有一種不祥之感。

二十二

吉媞和母親走上燈火通明的大臺階時，舞會才剛剛開始。臺階兩旁擺滿了鮮花，站著些身穿紅色長衫、頭臉撲了香粉的僕人。大廳裡傳來像蜂箱裡那樣均勻的嗡嗡聲。母女倆走到臺階上，在兩邊擺著盆樹的鏡子前整理頭髮和衣著，這時聽到大廳裡響起了一陣由弱而強的清亮小提琴聲：樂隊開始奏第一支華爾滋舞曲了。一個文官模樣的小老頭在另一面鏡子前整理他花白的鬢髮，身上散發出香水氣味，他在臺階上碰見母女倆，側身讓了路，顯然以欣賞的目光望著他不認識的吉媞。一個沒長鬍鬚的年輕人，就是謝爾巴茨基公爵叫做「寶貝蛋」的那種上流社會青年，穿著一件胸口開得很低的坎肩，邊走邊整理他那條白色領帶，向她倆鞠了個躬便跑過去——但馬上又回來說，他邀請吉媞跳卡德里爾舞。她已答應和渥倫斯基跳第一圈卡德里爾舞，第二圈就該和這個青年人跳了。一位軍官一邊扣手套釦子，在門口給她們讓了路，他摸摸小鬍子，欣賞著面如桃花的吉媞。

儘管吉媞在服裝、髮型及參加舞會的準備上花了許多工夫和心思，但是現在她穿著花樣繁雜的薄紗連衣裙和粉紅色襯裙瀟灑大方地步入舞會大廳時，彷彿這些花結、花邊和細小裝飾並不是她和她家人的刻意之作，彷彿她生下來就穿戴著這身輕紗和花邊、梳著高聳的髮式，頭上插著這朵有兩片葉子的玫瑰花。

走進大廳前，老公爵夫人想為吉媞整理一下捲纏的腰帶，她扭身避開。她覺得身上的一切都自然優美，用不著整理什麼了。

這是吉媞福星高照的一天。衣服不大不小正合身，花邊披肩沒有滑下來，蝴蝶結不皺也不脫落，粉紅色的高跟鞋不夾腳，穿著挺舒服。濃密的淡黃色假髮髻戴在她的小腦袋上，就像她自己的頭髮一樣。長手套的三個釦子都扣上了，沒有一個脫開，保持著好看的手形。肖像頸飾的黑絲絨帶子非常柔美地繞在她的脖子上。這條黑絲絨帶漂亮極了。吉媞在家裡對著鏡子看脖子時，覺得黑絲絨帶就像會說話似的。別的什麼都可能美中不足，唯獨這條黑絲絨帶完美無缺。現在吉媞從舞廳的鏡子裡看了它一眼，又微微一笑。吉媞感到裸露的肩膀和手臂像大理石一樣清涼光滑。這是她最喜歡的一種感覺。她的眼睛閃閃發亮。由於意識到自身的魅力，她那緋紅的嘴唇上不禁漾起了微笑。她剛剛進入大廳，走向花團錦簇的一群女士（她們在等人邀請跳舞，吉媞從不站在這一群人中），馬上就有人來請她跳華爾滋。邀請者是出色的舞伴、舞會主角、著名的舞蹈教練和舞會主持人、體格勻稱的已婚美男子，他叫戈魯什卡・科爾孫斯基。他剛才和巴尼娜伯爵夫人跳完了第一圈華爾滋，正在察看他的學生們，也就是幾對開始跳舞的人，這時他望見吉媞走進大廳，就邁著舞蹈教練特有的那種隨隨便便的步伐很快走到她面前、鞠了一躬，甚至也不問對方是否願意，就伸手去摟她的細腰。她回頭望望，想把扇子交給別人，女主人笑著把扇子接了過去。

「您能準時來真是太好了，」他摟住她的腰說，「遲到可不是好作風。」

她彎起左手搭在他肩上，穿著粉紅色皮鞋的一雙小腳輕快而均勻地移動步子，隨著音樂節拍在光滑的嵌木地板上翩翩起舞。

「同您跳華爾滋是一種休息，」他跳著華爾滋舞開始時並不很快的步子說。「您跳得好極了，這麼輕巧，準確，」他對她說，這話他幾乎對所有的熟人都說過。

她對他的誇獎報以一笑，越過他的肩膀繼續環視大廳。她不像初涉舞場的新手，把所有人的臉看成了光怪陸離的一片。她也不是那種跳舞跳膩了的姑娘，在舞會上遇到的全是熟人面孔，那反倒覺得無聊。她是介於這兩者之間：她很興奮，但能控制情緒，不致影響對整個舞會的觀察。她看見社會精英們都聚集在大廳的左角。在那裡的有科爾孫斯基的妻子、穿得過分袒露的美人兒莉季，有女主人，有永遠和精英們泡在一起、頭頂謝得發亮的克里溫。小夥子們不斷朝那邊張望，卻不敢走過去。她在那裡看到了斯季瓦，然後又看見身穿黑絲絨衣裳的安娜她那頭部和優美身姿。他也在那裡。從她拒絕列文的那個晚上起，就再也沒見過他。吉媞的好眼力一下子認出了他，甚至發現他在望著她。

「再來一圈怎麼樣？您累不累？」科爾孫斯基有些氣喘地說。

「不，謝謝。」

「把您送到哪兒去？」

「卡列尼娜好像在那邊……請把我帶到她那兒去。」

「遵命。」

科爾孫斯基調整好華爾滋舞步，直接向大廳的左角轉過去，嘴裡不住地說：「對不起，女士們，對不起，對不起，女士們。」他在花邊、輕紗和綢帶的海洋裡左拐右讓，沒有絆著任何人，最後帶著舞伴來了一個急旋——吉媞那雙穿著繡花長襪的秀美小腿都露了出來，停下來時長裙的後襟扇子似的覆在克里溫的膝蓋上。科爾孫斯基鞠了個躬，挺了挺敞開衣服的胸膛，伸出手送她到安娜·阿爾卡季耶夫娜那邊去。吉媞滿臉通紅，將裙襬從克里溫膝上拿開。她有些暈眩地環顧一下周圍，尋找安娜。安娜沒有照她認定的那樣穿紫色衣服，而是穿了一條領口開得很低的黑絲絨連衣裙，露出了象牙雕琢一般秀美的豐滿肩膀、胸部，圓圓的胳膊和纖細的小手。她的連衣裙整個鑲著威尼斯凸花邊。純黑的頭髮裡束著一條小小的三色堇花帶，黑腰帶上的白花邊之間也有一條這樣的花帶。她的髮式毫無出眾之處。只有腦後和兩鬢那些無拘無束的短髮卷時時垂搭下來，襯托出她的嫵媚。健美的脖子上戴著一條珍珠項鍊。

吉媞天天都見到安娜，對她懷著愛慕之心，想像她穿紫色衣服一定好看。現在見她這身黑色裝束，才感到原先沒有領會到她全部的美。這時她看見的安娜是全新的、全然出乎她意料的一個人。她明白了，安娜不能穿紫色，她的美就在於她永遠從服飾中凸顯出來，她的衣著毫不引人矚目。她身上飾有豪華花邊的黑色連衣裙並不引人矚目，那只是個畫框，人們所注意到的，只有一個樸素、自然、嫻雅、快樂而活潑潑的安娜。

安娜像平時一樣筆直地站著。吉媞走近這群人時，她正回頭和府邸的男主人說話。

「不，我不會譴責，」她就一件什麼事情回答他，「雖然我不明白，」她聳聳肩膀說，馬上露出親切關懷的微笑向吉媞轉過身來。她以女性的目光飛快打量了一下她的裝束，略微一點頭，吉媞明白自己的打扮和美豔得到了她的認可。「您是跳舞跳進大廳來的，」她說。

「她是我最忠實的助手之一，」科爾孫斯基向初次見面的安娜鞠躬說，「公爵小姐幫助我把舞會辦得歡快而美妙。安娜・阿爾卡季耶夫娜，賞光跳個華爾滋吧。」他躬身邀請道。

「你們是熟人？」主人問。

「我跟誰不熟？我和妻子就像白毛的狼，誰都認識我們，」科爾孫斯基說。「跳個華爾滋吧，安娜・阿爾卡季耶夫娜。」

「我是能不跳舞就不跳。」她說。

「可是今天不能不跳。」科爾孫斯基說。

這時候渥倫斯基走了過來。

「哦，既然今天非跳不可，那就跳吧。」她說話時沒有注意到渥倫斯基向她鞠躬，很快把手搭在科爾孫斯基的肩上。

「她為什麼對他不滿意呢？」吉媞發現安娜故意不理睬渥倫斯基的鞠躬，心裡想。渥倫斯基走到吉媞跟前，提起和她約好的第一圈卡德里爾舞，並歉意地說，這些日子總沒有機會去看她。吉媞一邊聽他說話，一邊欣賞安娜跳華爾滋舞。她等待著渥倫斯基請她跳華爾滋，但是他沒有。她驚奇地看了看他。他臉紅了，慌忙向她發出邀請，可是，他摟住她的纖腰剛剛踏出第一步，音樂聲就戛然而止。吉媞瞥了一眼他近在咫尺的臉。吉媞的眼光脈脈含情，卻沒有得到他的回應，後來過了許多年，吉媞想起當時的那一瞥，仍然感到羞愧難言，心如刀割。

「對不起，對不起！跳華爾滋，跳華爾滋吧！」科爾孫斯基從大廳另一頭叫喊道。他就近摟住一位小姐就跳了起來。

二十三

渥倫斯基和吉媞跳完了幾輪華爾滋。吉媞走到母親跟前，才和諾德斯頓夫人講了幾句話，渥倫斯基又過來請她跳第一圈卡德里爾舞。他倆跳卡德里爾時，沒交換什麼重要談話，只是斷斷續續地談到科爾孫斯基夫婦，渥倫斯基戲稱他倆是一對可愛的四十歲頑童。他倆還談到未來的公眾劇場。只有一次他觸到了她的痛處，問起列文是不是也來參加舞會了，並說他很喜歡列文。吉媞並不指望跳卡德里爾時能談什麼更重要的內容。她以萬分緊張的心情等待瑪祖卡舞的開始。她感到瑪祖卡就是決定她命運的時刻。他在跳卡德里爾時沒有邀請她跳瑪祖卡，這倒並不使她擔心。她相信一定會和他跳瑪祖卡，就像在以往的舞會上一樣，因此她謝絕了五位男士的邀請，說已經答應別人了。對吉媞來說，整個舞會直到最後一圈卡德里爾舞，都是華彩紛呈、熙攘喧闐的神奇夢境。她一直跳著，直到覺得實在太累了，她才要求休息一下。但是，當她同一個拒絕不掉的乏味小夥子跳最後一圈卡德里爾時，她恰恰跳到了渥倫斯基和安娜的對面。吉媞從她來到舞會到現在，沒有和安娜相聚過，這時她看見的安娜，又是一種出人意料、煥然一新的模樣。她在安娜身上看到了自己也曾體驗過的興奮得意情緒；她看見安娜已經陶醉在別人對她的傾倒之中。她熟悉這種感覺和它的特徵，並在安娜身上發現了它們；她看見她眼睛裡有熾烈的閃光在顫動，彎彎的嘴唇上不由自主地露出幸福而激動的微笑；她丰姿綽約，舞步穩健而輕盈。

「是誰令她這樣陶醉？」吉媞問自己。「是大家還是一個人？」這時和她跳舞的小夥子正無話可談，窘相畢露，吉媞也不去管他，表面上按照科爾孫斯基歡快響亮的口令聲，時而隨大夥一起走成大圓圈，時而又排成一排，一面卻在留神觀察動靜；她的心漸漸地揪緊了。「不，不是眾人的愛慕使她陶醉，而是某一個人的傾倒使她這樣陶醉。是那個人嗎？難道是他嗎？」每當他和安娜說話時，安娜的眼裡就閃出熱烈歡快的光彩，彎彎的紅唇上也漾起幸福的微笑。她似乎竭力不喜形於色，而臉上卻不由自主地流露出來。「他這是怎麼了？」吉媞望了一眼渥倫斯基，頓時大吃一驚。她在他的身上同樣看到了安娜臉上反映出來的情緒。他平時那種鎮靜穩健的風度和從容瀟灑的神情都到哪兒去了呢？現在他每次同她說話，總是稍稍低下腦袋，像要撲倒在她面前，眼神裡充滿了恭順和惶恐。「我不想冒犯您，但我要拯救自己，只是不知道怎樣救，」他的眼神彷彿在說。他臉上的表情是吉媞從未見過的。

他們談到共同的熟人，談話內容十分平常，但吉媞覺得他們的每一句話都在決定他倆和她吉媞的命運。奇怪的是，儘管他倆確實在談什麼伊萬·伊萬諾維奇法語講得可笑、什麼葉列茨卡雅本可找個更好的伴侶之類，可是這些話對他倆卻別有一種含義，而這一點他倆和吉媞都感覺到了。在吉媞心裡，整個舞會、整個世界，全都籠罩在一片迷霧中。幸虧她所受的嚴格教養使她尚能保持鎮定，勉強去做該做的事，也就是繼續跳舞、說話、答問，甚至微笑。但是，當瑪祖卡舞即將開始，人們在忙著搬動椅子，幾對舞伴已經從小廳裡進入大廳，令吉媞恐懼和絕望的時刻也突然到來了。她拒絕了五個約舞的男士之後，現在竟沒有人和她跳瑪祖卡舞。正因為她在交際界太出風頭，誰也不會想到此刻她竟會沒有舞伴，所以也不可能指望有人來邀請她了。應當對母親說她身體不舒服，然後就回家。但她沒有氣力這樣做。她感到自己完全垮了。

她走到小客廳最裡邊，坐在安樂椅上。鼓起的裙子雲朵似的圍繞著她苗條的身軀。一隻瘦小柔嫩的少女手臂裸露在外，無力地垂下，陷進粉色舞裙的褶皺裡。她另一隻手裡拿著扇子，急促地搧著她那燥熱的臉。她就像蝴蝶絆在一棵小草上，想要展開歡快的翅膀再飛起來，但可怕的絕望情緒鉗住了她的心。

「也許是我看錯了；也許沒有那麼回事？」

她回憶著自己所目睹的一切。

「吉媞，這是怎麼了？」諾德斯頓伯爵夫人在地毯上悄然無聲地走到她跟前。「我真不明白。」

吉媞的下嘴唇哆嗦了一下，她霍地站起來。

「吉媞，妳不跳瑪祖卡嗎？」

「不，不，」吉媞噙著淚，聲音顫抖地說。

「他當著我的面叫她跳瑪祖卡，」諾德斯頓夫人說，夫人知道吉媞明白她指的兩個人是誰。「她說：您怎麼不和謝爾巴茨卡雅公爵小姐跳呢？」

「啊，我無所謂！」吉媞答道。

除了她自己，誰也不明白她的處境，誰也不知道，她昨天拒絕了她可能愛著的一個人，就因為相信了另一個人而拒絕了他的求婚。

諾德斯頓伯爵夫人找到了跟她跳瑪祖卡的科爾孫斯基，叫他去邀請吉媞。

吉媞是同他跳的第一個舞伴，所幸她不必說話，因為科爾孫斯基一直要跑來跑去向跳舞的人發號施令。渥倫斯基和安娜幾乎就坐在她對面。她的好眼力遠遠就看見他們。後來他們結對相遇時，她在近處也看見他們。她愈是一次次看到他們，就愈相信自己的不幸已經鑄成。她發現他倆在這人頭攢動的大廳裡旁若無人。她在渥倫斯基那張總是神色堅定而自信的臉上，看到了使她吃驚的慌亂與馴順，就像一隻伶俐的狗犯了過失那樣。

安娜微笑時，笑容會傳染給他。安娜沉思時，他也嚴肅起來。一種超自然的力量促使吉媞目不轉睛地望著安娜的臉。她在普通的黑色衣裳裡顯得很美。戴鐲子的圓潤雙手也很美。圍著珍珠項鍊的脖子、髮式散亂的一頭鬈髮、嬌小的手腳優雅輕盈的動作，還有那張充滿生氣的漂亮臉蛋，她的一切都那麼美，只是這當中含有一種可怕與殘忍。

吉媞比以往更仔細地欣賞她，內心的痛苦也愈來愈強烈。吉媞感到自己被壓垮了，這從她的臉色可以看出。渥倫斯基跳瑪祖卡與她相遇時，竟沒有一眼認出她來——她的變化太大了。

「舞會真妙！」渥倫斯基在找話說。

「是的。」吉媞回答。

瑪祖卡跳到一半，安娜跟著大夥一遍遍跳著科爾孫斯基想出來的新花樣。她走到圓圈中央，拉住兩名男舞伴，又把一位女士和吉媞叫到跟前。吉媞走過來驚恐地望著她。安娜瞇起眼睛朝她笑笑，握了握她的手。她發現吉媞對她的微笑報以一臉的絕望和驚奇，就轉過身同另一位女士高興地說起話來。

「是呀，她身上有一種陌生的、鬼魅般迷人的東西。」吉媞自語道。

安娜不想留下來吃晚飯，主人挽留她。

「行了，安娜．阿爾卡季耶夫娜，」科爾孫斯基用燕尾服的袖子挽住了她裸露的手臂。「來一圈科季里昂舞，這主意怎麼樣？妙極了！」

他款移舞步，想拉她跳起來。主人贊許地微笑。

「不，我不能留下。」安娜笑著答道。她雖然在笑，但回答的語氣很堅決，科爾孫斯基和主人都明白她肯定不會留下來了。

「不了，我在莫斯科您家的舞會上跳舞，比我在彼得堡整個冬天跳的還要多，」安娜說話時轉眼望望站在旁邊的渥倫斯基。「上路之前需要休息一下。」

「明天您一定要走嗎？」渥倫斯基問。

「我想是的。」安娜回答，對他大膽的問題似乎感到驚奇，但是她說話時眼裡和微笑裡遏止不住的閃光，使他全身火辣辣的。

安娜・阿爾卡季耶夫娜沒有留下用晚飯就走了。

二十四

「是呀，我身上有一種令人嫌惡的東西，」列文從謝爾巴茨基家出來，徒步去找他哥哥，一路上這樣想。「我對別人毫無用處。人家說我傲氣。不，我連傲氣也沒有。要是我傲氣的話，也不會弄到這般田地。」他想像渥倫斯基那麼幸運，為人和善、聰明又沉著，大概從來不曾像他今晚這樣處境難堪。「是呀，她應該選擇他。這理所當然，我也不必怨天尤人。是我自己的錯。我有什麼權利認為她會想和我一起生活？我是什麼人？我算什麼？我微不足道，誰也不需要，對誰也沒有用處。」這時他想起了哥哥尼古拉，心裡倒高興起來。「他認為世上的一切都骯髒卑鄙，難道不對嗎？我們至今對尼古拉哥哥的評判也未必公正。普羅科菲看見他衣衫襤褸、喝得爛醉，當然認為他墮落了，但我知道他不是。我瞭解他的心，知道我和他很相像。而我沒有去找他，卻去吃晚飯，又跑到這裡來。」列文走到路燈下頭，從皮夾裡掏出哥哥的地址看了看，喊住一輛馬車。哥哥住的地方很遠，一路上，列文清晰地回憶起尼古拉哥哥生平中所有他熟知的事情。他想起哥哥在大學期間和畢業後一年裡，不顧同學們譏笑，過著修士般的生活，嚴格遵守宗教儀式，實行禮拜和齋戒，並回避一切享樂，尤其是女色。可是後來他忽然灰心喪氣，結交了一幫壞蛋，從此放蕩縱欲起來。列文又想起了哥哥從鄉下收養一個男孩，盛怒之下把他毒打一頓，被人以傷害致殘罪訴諸公堂的事。他還想到哥哥曾輸錢給一個賭棍，自己立了字據，又去告狀說受了那人的騙（就是謝爾蓋·伊萬內奇付的那筆錢）。接著又想起尼古拉因打架鬥毆在拘留所裡關過一夜。想起他無恥地要跟謝爾蓋哥哥打官司，說謝爾蓋沒有把母親財產中屬於他的一份支付給他。最後一件案子是他到西部邊疆區任職時，因為揍了一名主任而被送交法庭……所有這些行為都很惡劣，但列文對此不像別人想像的那麼可怕，因為別人不瞭解尼古拉，不瞭解他的全部經歷和他的心。

列文記得，在尼古拉篤信上帝、過修士生活，行齋戒和做禮拜的時候，在他求助宗教抑制情欲的時候，沒有人支持他，所有的人，包括他列文在內，都取笑他。大夥戲弄他，說他是挪亞[25]，是修士；而當他灰心喪氣時，誰也不曾幫助他，大家都害怕並嫌棄他。

列文覺得，尼古拉哥哥儘管生活放蕩，但是他的內心、他的心靈深處，並不比這些瞧不起他的人更糊塗。他的狂放性格和被束縛的才智都是與生俱來的，又不是他的錯。他一直想做個好人。「我要把一切都告訴他，要他也把一切都告訴我，讓他明白我愛他，也理解他。」列文暗自下定決心。這時已是晚上十點多鐘，馬車駛到了地址上寫的那家旅館。

「樓上十二號和十三號房間。」門房回答列文說。

「在家嗎？」

「應該在家。」

十二號房間的門半開著，一股劣質淡味菸草的濃煙在一道燈光中飄出來。列文聽見房裡有個陌生的聲音在說話，並立刻斷定哥哥就在裡面，因為他聽到了尼古拉的咳嗽聲。

列文進門時，那個陌生的聲音在說：

「一切要看怎樣合理而自覺地做這件事。」

列文朝門裡一望，看見說話的是個身穿緊腰長袍、頭髮蓬成一大圈的年輕人。沙發上還坐著個臉上有些麻子的年輕女人，穿一件無袖無領的毛料連衣裙。沒有看到尼古拉。列文想到哥哥就生活在這些陌生人中間，心疼得揪緊了。沒有人聽見他走進來。他脫下套鞋，側耳細聽穿長袍的先生在說什麼。原來那人在講一家企業的事。

「哼，特權階級，見他們的鬼！」是尼古拉的聲音在咳嗽著說。「瑪莎！給我們拿晚飯，有剩下的酒也拿來，沒有酒就叫人去買。」

那女人站起來，轉過間壁，看見了列文。

「尼古拉．德米特里奇，這兒有一位老爺。」她說。

「來找誰？」尼古拉生氣地說。

「是我呀。」列文走到亮處說。

「『我』是誰？」尼古拉的火氣更大了。只聽見他急急地站起身，在什麼東西上絆了一下。列文就在對面的門邊看見了哥哥高大瘦削、有點駝背的身影；這身影是多麼熟悉，但他的粗野和病態仍然讓人吃驚；哥哥的大眼睛裡帶著恐懼。

他比三年前列文最後一次見到時更瘦了。他穿著一件短常禮服，手和寬大的骨架顯得更大。頭髮比以前稀疏，嘴唇上仍然留著筆直的小鬍子，眼睛還是那樣古怪而天真地望著走進來的列文。

「啊，科斯佳[26]！」他忽然說，認出是弟弟後，眼睛裡閃出了欣喜的光亮。但他馬上轉眼望望那名年

25 挪亞是《聖經》神話中的義人，在洪水滅世時，他和全家登上奉上帝之命建造的方舟而獲救。

26 康斯坦丁的小名。

輕人，頭頸的動作列文非常熟悉，彷彿被領帶勒得難受那樣，消瘦的臉上露出全然不同的粗野、痛苦和殘忍表情。

「我給您和謝爾蓋・伊萬內奇寫過信，說我不認識你們，也不想認識。你，您有何貴幹？」

他完全不是列文想像的那個樣子。他性格中有一種最壞、最彆扭的東西，使人難以和他溝通，列文在想到他時把這一點給忘記了；現在看到他的臉，特別是看見了他頭部抽搐的動作，才回想起一切來。

「我不是找你有什麼事，」列文怯生生地說，「我只是來看看你。」

弟弟畏怯的樣子顯然軟化了尼古拉的心腸。他撇撇嘴唇。

「哦，你是嗎？」他說。「那就進來，坐下吧。想吃晚飯嗎？瑪莎，拿三份來吧。不，等一等。你知道他是誰嗎？」他指著穿長袍的先生對弟弟說，「這位是克里茨基先生，我在基輔時候的朋友，是個非常傑出的人。因為他不是卑鄙無恥之徒，員警自然要追捕他。」

他習慣地環視一下房間裡所有的人，見那女人站在門口正要走，又對她喝道：「我說叫妳等一等！」他又環視一下大夥，用列文熟悉的、不高明的談話方式，語無倫次地開始對弟弟講述克里茨基的經歷：他因為組建貧窮學生救助會和星期日業餘學校而遭大學校方開除，後來在一所民眾學校裡當教師，又被開除，此後又因什麼罪名吃上官司。

「您是基輔大學的嗎？」列文為了打破難堪的沉默，問克里茨基。

「是的，在基輔大學念過。」克里茨基皺起眉頭，氣惱地說。

「這個女人，」尼古拉指著那女人，插進來說，「是我的生活伴侶，瑪麗亞・尼古拉耶夫娜。我把她從窯子裡帶出來，」他說著，扭了扭脖子。「但是我愛她，尊重她，」他皺著眉頭提高嗓門說，「我請所有願意認識我的人都愛她並尊重她。總之她就是我的妻子，反正一樣。現在你知道在跟誰打交道了。要是你認為這有損你的身分，就給我滾蛋。」

他又詢問似的掃視了大家一眼。

「怎麼會有損我的身分呢，我不明白。」

「那好，瑪莎，叫人送晚飯來吧。要三份，再拿些伏特加和葡萄酒……不，等一下……不，不要了……妳去吧。」

二十五

「那麼，你看，」尼古拉使勁地蹙著額頭，抽搐了一下，接著說。看樣子他想不起來該說什麼或做什麼。「你看見吧……」他指著堆在房間角落裡的一捆鐵條。「看見這個吧？這是我們新事業的開端。這新事業就是生產合作社……」

列文似聽非聽。他諦視著尼古拉那張肺癆病的臉，愈來愈覺得哥哥可憐。他無法勉強自己去聽他講生產合作社的事。他看出，合作社不過是尼古拉不想自我鄙薄的救命稻草。尼古拉繼續說：

「你知道，工人受到資本壓榨。我們的工人和農夫擔負著所有繁重的勞動，結果，無論他們幹多少活，也擺脫不了牲畜一般的處境。工資中的利潤部分，本可以用來改善他們的生活狀況，讓他們得到閒暇，進而得到受教育的機會，但是全部的剩餘價值都給資本家剝奪了。社會變成這樣，他們勞動得愈多，商人和地主就愈賺錢，而他們就永遠做牛做馬。這種制度必須改變。」他說完了，用詢問的眼光望了望弟弟。

「是的，自然是如此。」列文凝視著哥哥凸出的顴骨下泛起的紅暈，回答。

「我們正在規劃一個鉗工合作社，所有的產品和利潤，主要是生產工具，皆為公有。」

「合作社辦在哪裡呢？」

「在喀山省的沃茲德列姆村。」

「為什麼辦在村裡？村莊裡本來就有許多事要做。合作社幹麼要辦在村裡？」

「因為農民現在還跟過去一樣在當奴隸，要有人把他們從受奴役的位置拯救出來——這讓你和謝爾蓋．伊萬內奇不高興了，」尼古拉因為列文頂嘴而惱火地說。

列文歎了口氣，環顧了一下陰暗骯髒的房間。這歎息聲似乎對尼古拉更是火上加油。

「我知道你和謝爾蓋．伊萬內奇的貴族觀點。我知道他把全部的聰明智慧都用來替現存的惡勢力辯護。」

「不，你為什麼要扯上謝爾蓋．伊萬內奇呢？」列文笑著說。

「謝爾蓋．伊萬內奇？就為這個！」一聽到謝爾蓋的名字，尼古拉頓時大吼道，「就為這個……還有什麼可說？只有一點……你為什麼要到我這裡來？你瞧不起這種事情，那好極了，你走吧，走呀！」他從椅子上站起來吼道，「走！走！」

「我絲毫沒有瞧不起，」列文膽怯地說，「我甚至沒有和你爭論。」

這時瑪麗亞．尼古拉耶夫娜回來了。尼古拉氣呼呼地瞥了她一眼。她快步走到他跟前，向他耳語了幾句。

「我身體不好，脾氣變壞了，」尼古拉安靜下來，重重地喘著氣說，「還有，你跟我講到謝爾蓋．伊萬內奇和他的文章。那都是胡說八道、謊話連篇和自欺欺人。一個不懂得什麼是正義的人，怎麼能寫文章談論正義呢？您看過他的文章嗎？」他問克里茨基，又到桌邊坐下，把亂糟糟擺了半桌子的香菸推開，騰出些地方來。

「我沒看過。」克里茨基神情陰鬱地說，顯然不想加入談話。

「為什麼不看？」尼古拉這次是對克里茨基冒火了。

「因為我認為沒有必要為此浪費時間。」

「那麼，為什麼您認為是浪費時間？那篇文章許多人看不懂，也就是說，他們水準不夠。可是我另當別論，他的心思我看透了，我知道他為什麼不行。」

大家都不吭聲了。克里茨基慢慢站起身，拿起帽子。

「不想吃晚飯了？那就再見。明天把鉗工帶來吧。」

克里茨基剛走出去，尼古拉就笑笑，使了個眼色。

「他這個人也不好，」他說，「其實我看見……」這時候克里茨基在門外喊了他一聲。

「還有什麼事？」他說著就到走廊上去了。房間裡只剩下列文和瑪麗亞・尼古拉耶夫娜，列文就找她說話。

「您跟我哥哥在一起好久了嗎？」他問她。

「有一年多了。他的身體弄得很糟。酒喝太多。」她說。

「他喝什麼酒？」

「喝伏特加，這對他有害。」

「喝得很多嗎？」列文悄聲問道。

「是的。」她說罷，怯生生地回頭望著門口，尼古拉正好走進來。

「你們在談什麼？」他皺起眉頭說，那雙神色恐懼的眼睛看看列文，又看看她。「在談什麼呀？」

「沒談什麼。」列文有些發窘地說。

「不想說就算了。其實你跟她沒有什麼好談的。她是窯姐，你是老爺。」他說完又扭了扭脖子。

「我看得出來，你全明白、全掂量過了，對我誤入歧途感到遺憾。」他嗓門又高起來。

「尼古拉．德米特里奇，尼古拉．德米特里奇。」瑪麗亞．尼古拉耶夫娜又走到他跟前低聲對他說。

「唉，好吧，好吧！……晚飯怎麼樣了？哦，拿來了，」他看見端著托盤的僕人，「過來，擺過來，」他生氣地說，伸手抓過酒瓶，倒了一杯伏特加，一飲而盡。「喝一杯吧，你要喝嗎？」一杯落肚他立刻高興起來，對弟弟說。「行了，先別談謝爾蓋．伊萬內奇了。看到你我畢竟很高興。不管怎麼說，我們到底不是外人。哎，你喝一點嘛。告訴我，你都在忙些什麼？」他貪婪地嚼著一塊麵包，又斟上一杯酒，繼續說。「你過得如何？」

「依舊一個人住在鄉下，忙我的農業。」列文回答，看著哥哥狼吞虎嚥地吃喝都覺得害怕，但竭力裝作沒在看他。

「怎麼不結婚呢？」

「沒有機會。」列文漲紅了臉說。

「為什麼沒有？我是完了！我把自己的一生毀了。我以前說過，現在我還要說，如果當年把我需要的那份財產還給我的話，我的生活就完全是另外一個樣子了。」

列文連忙把話題岔開。

「你知道嗎？你的瓦紐什卡在波克羅夫斯克給我當辦事員。」他說。

尼古拉扭動了一下脖子，沉思起來。

「跟我講講，現在波克羅夫斯克情況怎麼樣？老屋還在嗎？白樺樹呢？我們的教室怎麼樣？園丁菲力浦還活著嗎？那亭子和沙發我可記得很清楚！你要留心，老屋裡一切都得照舊，但是你得快些結婚，把過去的一切重新整治起來。要是你妻子好的話，到時候我會去找你。」

「你現在就跟我去吧，」列文說。「我們一定能安排得很好！」

「只要不在你那裡見到謝爾蓋·伊萬內奇，我就會去。」

「你不會見到他的。我完全獨立生活，不依靠他。」

「好的，但是不管怎麼說，你得在我和他之間作出選擇。」他有些靦腆地望著弟弟的眼睛說。這神情令列文感動了。

「如果在這件事情上你想聽聽我的心裡話，我可以告訴你：在你和謝爾蓋·伊萬內奇的爭吵中，我不偏袒任何一方。你們兩人都不對。你的不對比較外向，而他的不對比較內向。」

「啊！你明白了這一點，你明白了這一點，是嗎？」尼古拉高興地嚷起來。

「不過我個人，不瞞你說，我更珍重和你的友誼，因為……」

「因為什麼，因為什麼？」

列文不好說，他珍重與尼古拉的友誼，是因為他遭遇不幸，需要友情。尼古拉也明白他想說的正是這點，就皺起眉頭，又去拿酒。

「夠了，尼古拉·德米特里奇！」瑪麗亞·尼古拉耶夫娜說，一面伸出她那裸露的胖胳膊去奪酒瓶。

「放手！別來纏我！看我揍妳！」他喝道。

瑪麗亞·尼古拉耶夫娜和藹可親地一笑，這笑容感染了尼古拉；酒瓶被她拿走了。

「你以為她什麼都不懂嗎？」尼古拉說。「這些事情她比我們誰都明白。她身上也有好的、可愛的地方，不是嗎？」

「您以前沒到過莫斯科嗎？」列文沒話找話說。

「你別對她稱呼『您』。她害怕這個。除了她想離開窯子那陣，民事法官在審問她時稱她『您』，誰也沒有這樣稱呼過她。天啊，世上這些東西真是無聊！」他忽然叫喊道。「這些新機關，這些民事法官，地方自治局，真真豈有此理！」

接著他就講起他跟新機關發生的種種衝突。

列文聽尼古拉講述。他同意哥哥認為所有社會機構都無聊的觀點，自己也時常這樣講，不過現在從哥哥嘴裡說出來，他覺得不太順耳。

「這些東西怕要到來世才弄得明白。」列文開玩笑說。

「來世？喲，我可不喜歡來世！不喜歡，」他盯住弟弟的臉，眼睛裡露出恐懼和野性的光。「能拋開一切卑鄙齷齪和亂七八糟的東西，不管是別人的還是自己的，那倒是好；可是我怕死，怕得要命。」他打了個冷顫。「你喝點什麼吧。要香檳嗎？要不，我們出去走走吧。就到吉卜賽人那兒去！我很喜歡吉卜賽人和俄羅斯歌曲。」

他的舌頭已經不靈光了，說話顛三倒四。列文由瑪莎幫著，好不容易才勸住他別出門，並照料他睡下。他完全醉了。

瑪莎答應遇到難處時就給列文寫信，並答應勸尼古拉到他那裡去住。

二十六

列文早晨乘火車離開莫斯科，傍晚時回到家。一路上，他在車廂裡和鄰座的旅客們談論政治，談論新鋪的鐵路，他的心情仍像在莫斯科那樣亂糟糟的，對自己不滿意，而且還感到一種羞愧。但是，他在家鄉車站下了車，認出身穿長袍、豎起衣領的獨眼車夫伊格納特，在車站窗戶的朦朧燈光下看見自家那鋪著毛毯的扒犁和紮起尾巴、輓具上拴著鐵飾環與流蘇的馬匹，車夫伊格納特一面往扒犁上搬東西，一面把村裡的新聞，什麼包工頭來過、母牛帕瓦產了犢之類的事統統告訴他，這時候，他才覺得紛亂的心情開始明朗，自怨自艾和羞愧感也漸漸消失了。他一看到伊格納特和馬匹，就有了這種感覺。他穿上為他送來的皮襖、坐進扒犁、裹好身體，扒犁就駛了起來。他一路上考慮著村裡的事，不時望望拉扒犁的馬。這是一匹頓河馬，過去當坐騎，現在衰老了，但仍然很精神。這時列文對自己發生過的事情開始有了截然不同的認識。他覺得自己還是原來的自己，不想成為另外一種人。他只希望變得比過去更好些。首先，他決心從今天起不再指望結婚給自己帶來不尋常的幸福，因而他也不再蔑視現實生活。其次，他將永遠不再沉湎於卑鄙的情欲，回想起求婚的事他很苦惱。接著他想起了尼古拉哥哥，暗自下定決心永遠不忘記他，要密切注意他的動靜，萬一情況不好就去說服他。列文覺得，離這一天也為時不遠了。然後他又想起哥哥曾跟他談到共產主義，當時他並不在意，現在這番談話倒引起了他的沉思。他認為改造經濟條件雖屬無稽之談，但是拿自己的富裕生活與民眾的貧窮相比，確實存在著不公平。儘管他一向勤儉持家，決心今後更加勤勞和力戒奢侈，如此於心才安。他覺得做到這些並不困難，所以一路上他心情舒暢，浮想聯翩。晚上八點多鐘，他懷著對美好新生活的憧憬，精神振奮地回到了自己的家。

老保姆兼女管家阿加菲雅・米哈伊洛夫娜房間窗戶的燈光照在屋前場地的積雪上，她還沒有睡。被她叫起來的庫茲馬，睡眼惺忪地赤腳跑到臺階上。獵犬拉斯卡也跳起來尖叫著，差點把庫茲馬絆倒。牠在他膝蓋上蹭來蹭去，又用後腿直立起來，想把前爪搭到他的胸口，卻又不敢。

「老爺，這麼快就回來了。」阿加菲雅・米哈伊洛夫娜說。

「想家了，阿加菲雅・米哈伊洛夫娜。做客雖好，還是比不上家裡。」他回答她，走進了書房。

書房被拿進來的蠟燭慢慢照亮。房間裡熟悉的東西一件件顯露出來：鹿角、書架、通氣孔早該修理的壁爐、壁爐上的鏡子、父親坐的沙發，還有那張大桌子，上面擺著本打開的書、一個缺角的菸灰缸和一本他寫了字的練習簿。看到這一切，他心中瞬間有些疑慮，不知自己是否能安排好一路上幻想的那種新生活。彷彿這些生活陳跡攫住了他，在對他說：「不，你離不開我們，你不會變成另一種人，你還像過去一樣：疑慮重重、自怨自艾、本性難移、自甘沉淪，終生期待幸福而得不到幸福，也不可能得到它。」

這是他的物品在對他說話。但是他心中另一個聲音卻在說：不能因循守舊，對自己沒有辦不到的事。他聽從這個聲音，走到書房一角，拿起放在那裡的兩個一普特重啞鈴，開始做啞鈴操，借此振作一下精神。這時門外響起了腳步聲。他連忙把啞鈴放下。

男管家進來告訴他，上帝保佑，一切順利，但是他又稟報說，蕎麥在新式烤房裡烤焦了。這消息使列文感到惱火。列文修建的這座新式烤房，部分是他自己設計的。管家一直反對使用這種烤房，現在他宣稱蕎麥烤焦了，心裡暗暗得意。列文確信，蕎麥烤焦的原因是沒有採取他一再吩咐過的那些措施。他很懊惱，把管家訓斥了一頓。唯一的大喜事是，帕瓦產了犢，這可是從展覽會上買來的名貴良種母牛。

「庫茲馬，拿皮襖來。您去找盞燈，我要去看一看。」他對管家說。

良種牛的牛圈就在屋後。列文穿過院子，經過丁香樹旁的雪堆，來到牛圈前。他推開凍住的圈門，聞到一股冒著熱氣的牛糞味。幾頭母牛在不習慣的燈光下受了驚，在新鮮的乾草上騷動起來。黑白相間的荷蘭母牛那寬大光滑的脊背在燈光下閃現了一下。戴著鼻環、名叫金雕的公牛，在有人經過時想站起來，卻又改變主意，只打了兩個響鼻。帕瓦是頭漂亮的紅色母牛，像河馬一樣壯碩，看見有人進來，就轉過屁股擋住來人，護著小牛，在牠身上嗅個不停。

列文走進單牛欄，察看了帕瓦，把紅色花斑小牛扶起來，讓牠用細長的腿搖搖晃晃地站著。帕瓦頓時不安起來，就要哞哞大叫，列文趕忙把小牛推到牠跟前，牠才安靜下來，深深喘了口氣，用粗糙的舌頭去舔牠的犢子。小牛把鼻子伸到母親懷裡尋找乳頭，一撞一撞地吮著乳汁，搖擺著小尾巴。

「朝這邊照，費奧多爾，把燈拿過來，」列文打量著小牛說。「牠還是像娘！儘管毛色像牠爹。真漂亮。身體長，下腹大。瓦西里·費奧多羅維奇，牠很漂亮，是吧？」他對管家說。由於看到小牛心裡高興，他對管家在蕎麥一事上的不快也就一筆勾銷了。

「怎麼會難看呢？哦，您走的第二天，包工頭謝苗就來了。您要跟他講講價錢，康斯坦丁·德米特里奇，」管家說，「機器的事我已經向您稟報過了。」

管家一提這件事，就把列文帶進了他那大家大業的瑣碎事務中。他從牛圈來到帳房，跟管家和包工頭謝苗談了一陣，然後回去，直接上樓進到客廳裡。

二十七

這套宅子大而古老，列文雖然一人獨居，卻占用了整個屋子，而且都生上了火。他知道這樣做很蠢，甚至抵觸、不利於他目前的新計畫，然而，這座屋子就是他列文的整個世界。他的父母就曾生活和老死在這個世界裡。列文覺得父母過的那種生活就是他的完美理想，他幻想著和自己的妻子、自己的家庭重新去過那樣的生活。

列文對母親的記憶很模糊。母親是他神聖的回憶。他想像中未來的妻子也應該是他母親那樣神聖完美的理想女性。

他不可能離開婚姻去愛女人，而且他首先想到的是家庭，然後才是給予他家庭的女人。因此他的結婚觀念不同於他的大多數朋友，他們把結婚看成生活中的尋常事，對他來說，結婚則是決定終身幸福的人生大事。可是現在他只得放棄它了！

他走進平時喝茶的小客廳，拿起一本書坐在安樂椅上，阿加菲雅·米哈伊洛夫娜給他端來一杯茶，說了句她常說的話：「老爺，我坐在這兒了，」就在窗戶邊的椅子上坐下。這時他感到，他並未拋棄自己的夢想，不管這有多麼奇怪，離開這些夢想他就無法生活。和她在一起，或是和別的女人在一起，都會是這樣。他一邊看書，一邊思考著書中的意思，有時停下來聽聽阿加菲雅沒完沒了的嘮叨；與此同時，日常事務以及未來家庭生活的種種景象交錯地浮現在他腦際。他感到內心深處有一種東西在逐漸確立、定型及納入軌道。

他聽阿加菲雅說，普羅霍爾忘記了上帝，把列文給他買馬的錢拿去拚命喝酒，還把老婆揍得半死。他聽著她嘮叨，繼續看書，追循著書本啟迪的思路。他在看一本廷德爾[27]談熱學的書。他想起他曾批評廷德爾只滿足於熟練地做實驗而缺乏哲學觀點。他忽然又有了個欣喜的想法：「再過兩年，我的牛群裡就會有兩頭荷蘭母牛，那時帕瓦還活著，金雕生的十二個小女兒再加上這三頭牛，那可妙極了！」他又拿起書來。

「好吧，就算電和熱是同一回事，可是，能不能在解方程式時把一個數換成另一個數呢？不行。那又怎麼樣呢？一切自然力之間的聯繫原可以憑本能感覺到……帕瓦的女兒是紅色花斑牛，這特別讓人高興，整個牛群再加上這三頭……真是太好了！我要帶妻子和客人們出來看牛群……妻子會說：我和科斯佳就像照顧孩子一樣照顧這頭小牛犢。客人問：您怎麼對這種事也感興趣？妻子回答：凡是他感興趣的，我都感興趣。可是，妻子是誰呢？」他又想起了在莫斯科發生的那些事……「有什麼辦法呢？並不是我的錯。現在一切又要重新開始。說什麼生活不容許這樣、過去的事不容許這樣，全是無稽之談。一定要努力奮鬥，把生活過得更好，大大超過以前……」他仰起頭，沉思起來。老狗拉斯卡因為主人回來了的高興勁還沒有過去，在外面跑著叫了一陣，搖搖尾巴帶著一股新鮮空氣回到屋裡。牠跑到主人跟前，把腦袋伸到他手底下，可憐巴巴地輕聲尖叫著，要求主人撫摸。

「牠只是不會說話，」阿加菲雅說，「這隻狗……牠也知道主人回來了，主人心裡寂寞。」

「我怎麼會寂寞呢？」

「老爺，這我還看不出來？我這把年紀還不知道嗎？我是從小在老爺家長大的。沒關係，老爺。只要身體健康，良心清白就好。」

列文留神地望著她，感到很驚奇，她居然看穿了他的心思。

「那麼，給您再端杯茶吧？」說罷她拿起杯子走了出去。

拉斯卡一個勁把腦袋伸到他手下面。他摸了牠一會兒，牠立刻在他腳邊蜷作一團，把頭枕在一隻伸出的後爪上。現在總算一切舒服穩當，於是牠稍稍張開嘴巴、咂咂嘴唇，用黏糊糊的嘴唇擋好衰老的牙齒，心滿意足地安靜下來。列文對牠最後一個動作觀察得十分仔細。

「我也正是這樣！」他自語道，「我也正是這樣！沒什麼……一切都很好。」

27 廷德爾（一八二〇—一八九三），英國物理學家。

二十八

舞會第二天大清早，安娜·阿爾卡季耶夫娜給丈夫發了封電報，說她當天離開莫斯科。

「不行，我得走，得走，」她向嫂子說明改變主意的理由，聽她的語氣，似乎她想起了還有許多許多事情要辦。「不，最好今天就走！」

斯捷潘·阿爾卡季奇沒在家吃飯，但答應七點鐘來送妹妹。

吉媞也沒有來，派人送來便條說是頭疼。多莉、安娜就跟孩子們和英國女教師一起吃飯。孩子們也許是善變，也許是特別敏感，他們感到安娜姑姑今天一點也不像他們那天喜歡她的樣子，現在她不想跟他們玩了。孩子們不再和姑姑嬉戲，也就不再喜歡她，自然也不在乎她今天走不走了。安娜整個早晨都在為啟程做準備。她給莫斯科的一些熟人寫便函，記下花銷帳目，整理行裝。多莉總覺得安娜心緒不寧，這種憂慮的心態多莉自己也很有體會，它不會無緣無故地來，而且大抵是掩藏著對自己的不滿。吃過飯，安娜回房間換裝，多莉也跟著來了。

「今天妳真是奇怪！」多莉對她說。

「我嗎？妳這樣認為？我不是奇怪，是犯傻。時常會這樣。我老想哭。這很蠢，不過會好的，」安娜很快地說，把飛紅了的臉俯向一個小手提包，往裡面裝她的睡帽和一些麻紗手帕。她的眼睛淚盈盈的顯得特別有光。「離開彼得堡時我不想走，現在又捨不得離開這裡。」

「妳這次來做了一件好事。」多莉審視著她說。

安娜用濕潤的淚眼望望她。

「別這樣說，多莉。我什麼都沒做，也做不了。我時常感到奇怪，為什麼大家商量好了來寵壞我。我做了什麼，我能夠做什麼呀？妳自己心裡充滿了愛，所以妳能原諒……」

「若不是妳，天曉得會出什麼事！妳是幸福的人，安娜！」多莉說。「妳內心的一切都是那麼明朗和美好。」

「英國人說，人人心裡有祕密[28]。」

「妳能有什麼祕密？妳很光明磊落。」

「我有！」安娜突然說，在流過眼淚之後，出乎意料地在她的唇間浮起了一個狡黠、嘲弄的微笑。

「那麼，妳那些祕密都是可笑的，而不是痛苦的。」多莉笑著說。

「不，是痛苦的。我要今天走而不等到明天，妳知道是為什麼嗎？我心裡憋著話，想對妳說明白。」

安娜毅然決然地往安樂椅上一靠，兩眼直瞪瞪望著多莉。

多莉驚奇地看到，安娜的臉刷地紅到了耳根，一直紅到了脖子上那一圈圈烏黑鬈髮的髮根。

「是啊，」安娜接著說。「妳知道吉娣為什麼不來吃飯嗎？她在吃我的醋。我破壞了……因為我的緣故，這次舞會給她帶來了痛苦而非快樂。其實，其實也不是我的錯，或者說，我只有一點點錯。」她說「一點點」這幾個字時聲音很細，拖得很長。

---

28 原文為英文。

「呵，妳說這話多麼像斯季瓦！」多莉笑著說。

安娜感到委屈了。

「不，不對！我可不是斯季瓦，」她皺起眉頭說。「所以我要告訴妳，我不允許自己對自己有片刻的懷疑。」安娜說。

可是，當她說出這句話時，她立刻感到這不是真話。她不僅懷疑自己，而且一想到渥倫斯基就心情激動，她違心地要提前回去，就是為了不再和他見面。

「是的，斯季瓦告訴我，妳和渥倫斯基跳了瑪祖卡，而且他……」

「想不到事情弄得這麼可笑。我原本想撮合他們，結果卻適得其反。也許我是不由自主……」

她漲紅了臉，沒往下說。

「哦，這點他們立刻就感覺到了！」多莉說。

「如果她在這件事上認真的話，我會非常難受，」安娜打斷她說。「我相信這一切都會淡忘的，吉媞也一定不會恨我。」

「不過，安娜，說句真話，我並不十分贊成吉媞這門婚事。要是渥倫斯基能在一天內愛上妳，讓這門婚事吹掉，豈不更好。」

「哎呀，我的上帝，那可就太愚蠢了！」安娜說。聽到自己的心思被人一語道破，她臉上又得意地泛起一片濃重的紅暈。「妳瞧，我這次回去，倒把我喜愛的吉媞變成了敵人。她多可愛！妳能挽回這件事，是吧，多莉？」

多莉強忍著不露出笑容。她愛安娜，但發現她也有弱點，倒覺得可樂。

「變成敵人？這不可能。」

「我真希望你們大家都愛我，就像我愛你們一樣。現在我更加愛你們了，」她含著眼淚說，「唉，今天我真傻！」

她用手帕擦了擦臉，開始換衣服。

安娜馬上就要動身了，斯捷潘·阿爾卡季奇才姍姍來遲，他興高采烈、紅光滿面，帶著一身酒氣和雪茄菸味。

安娜的動情也感染了多莉，她最後一次擁抱小姑時，悄聲對她說：

「安娜，妳記住：我永遠不會忘記妳為我所做的事。妳還要記住，妳是我最好的朋友，我過去愛妳，將來也永遠愛妳！」

「我不明白，為什麼值得妳這樣。」安娜忍住眼淚，吻著她說。

「因為妳理解了我，現在也理解我。再見吧，我親愛的！」

二十九

「好了，一切結束，感謝上帝！」當第三遍鈴響，安娜和一直站在車廂通道上的哥哥作最後告別時，她的第一個念頭就是這句話。她挨著安努什卡在沙發上坐下，在昏暗的光線裡看了看臥鋪車廂。「感謝上帝，明天就能見到謝廖沙和阿列克謝・亞歷山德羅維奇，照老樣子過我習慣的安寧生活了。」

一天來憂心忡忡的安娜，終於懷著暢快的心情踏上歸途。她用靈巧的小手打開紅色提包，拿出一個小墊枕，鎖好提包，把墊枕放在膝上，又把腿部蓋好，這才安安心心坐下來。那位有病的太太已經在準備睡覺了。另外兩位太太跟她攀談起來，其中胖老太婆一面蓋著腳，一面對車廂的供暖提出意見。安娜與她們敷衍了幾句，發現談話不會有什麼趣味，就叫安努什卡拿出小提燈，掛在座位的扶手上，她又從提包裡取出一把裁書頁的小刀和一本英國小說。開始時她靜不下心來看書。先是人來人往，聲音嘈雜，火車開動後，又不禁要去聽隆隆的車聲；然後看見雪片拍打左邊的車窗，黏在玻璃上；看見列車員從旁邊走過，他那裹得緊緊的衣服上半邊落滿了雪花；還聽見人們在談論外面的暴風雪如何猛烈，這些情況都分散了她的注意力。後來就是老一套的重複：車身搖晃、車輪震響，熱蒸氣變冷又變熱，車窗上的積雪，昏暗中閃現的同樣人臉，同樣一些人的說話聲。安娜開始看書，漸漸入神。安努什卡在打盹，戴著手套的一雙大手在膝蓋上捧著那只紅提包，手套有一只已經劃破了。安娜雖在看書，理解書中的意思，但她並不滿足於看書，也就是不滿足於追隨書中所反映的他人生活。她渴望親自去體驗它們。她看到小說女主角看護病人，就想親自在病房裡悄悄走動；她看到一位議員發表演說，就想自己去講這番話；她看到梅麗夫人騎馬獵鳥、戲弄嫂子，以其勇敢讓眾人吃驚，就想自己去做這些事。無奈她一無可為，只好用她那雙小手玩著光滑的裁紙刀，耐著性子看小說。

小說男主人翁已得到他那英國式的幸福，有了男爵爵位和領地。安娜想和他一起到這片領地去，這時她忽然感到他應該羞愧，而她也為那個人感到羞愧。不過，為什麼他該羞愧呢？「我又為什麼該羞愧呢？」她感到奇怪和委屈，這樣問自己。她放下小說，靠在椅背上，兩手緊緊攥著裁紙刀。沒有什麼好羞愧的。她回憶在莫斯科的前前後後，所有的回憶都美好而愉悅。她想起了舞會，想起渥倫斯基和他那副流露出愛情的溫順面容，想起和他的全部互動：沒有任何值得羞愧之處。然而當她回憶到這裡，羞愧感就逐漸加強。似乎在她想起渥倫斯基的當兒，有個聲音在心裡對她說：「溫暖，很溫暖，發燙了。」「那又怎麼樣呢？」她在沙發上重新坐好，語氣堅決地對自己說。「這是什麼意思？難道我不敢正視這件事嗎？那又怎麼樣呢？莫非我和這個大孩子軍官之間，還有什麼不同於一般朋友的別種關係嗎？」她輕蔑地笑笑，重又拿起書來，但她已經一個字也看不進去了。她用裁紙刀在窗玻璃上刮了一下，把光滑冰冷的刀面貼到臉頰上，感到一陣莫名的喜悅，差一點笑出聲來。她覺得自己的神經像琴弦一樣在弦柱上愈綳愈緊。她覺得自己的眼睛睜得愈來愈大，手指和腳趾都在抽搐，心中有個東西壓得她喘不過氣來，而昏暗顛簸中，一切形象和聲音忽然都變得異常明晰和響亮，讓她感到吃驚。她老是覺得一陣陣迷糊，不知道火車在前進還是後退，或是完全停了下來。坐在身旁的是安努什卡還是別人？「那邊扶手上是什麼，是皮襖還是野獸？這邊是我自己嗎？是我還是別人？」她害怕進入這種迷惘狀態，但是有一種力量在吸引她，而她尚可根據自己的願望進入或抵制這種狀態。她站起來想清醒清醒，取下圍巾，把厚襖上的短斗篷也解開。有一瞬間她覺得清醒，知道走進來的那個身穿南京土布長外套、衣服上掉了幾個鈕子的瘦莊稼漢原來是車上的鍋爐工。他進來看溫度計，一陣風雪隨著他颳進了車廂；接下去一切又變得模糊不清了……那個長腰身的莊稼漢在用嘴在咬壁上的什麼東西；老太婆伸直雙腿，直抵車廂的板壁，黑糊糊的把地方都占滿了；後來聽到一種可怕的軋軋聲和咚咚聲，像是在折磨什麼人；接著亮起一道耀眼的通紅火光，最後像是有一堵高牆把一切都遮沒了。安娜感到她的身子在下沉，但她並不害怕，反而覺得快樂。這時她耳邊響起了那個裹緊衣服、滿身是雪花的人的喊叫聲。她站起身，清醒過來，明白火車到了站，那個大聲說話的人是列車員。她叫安努什卡把脫下來的短斗篷和頭巾拿給她，她披戴好，就向門口走去。

「您要出去嗎？」安努什卡問。

「是的，我想透透氣。這裡太熱了。」

她剛打開門，暴風雪就迎面撲來，與她拉扯，要把門關上，她覺得好玩。她開了門，走了出去。風似乎正等著她，發出歡快的呼嘯聲，想把她提起來帶走。她抓住冰冷的門柱、按著衣服，走到月臺上，來到車廂背後。踏級邊風很大，車廂後面的月臺上倒是很平靜。她舒暢地、深深地吸著風雪中嚴寒的空氣，站在車廂旁邊觀看月臺和燈火通明的車站。

三十

暴風雪從車站的屋角那邊撲來，越過一排排柱子，在列車車輪間奔走呼嘯。車廂、柱子、人，凡能看到的一切，都是半邊蓋滿了雪花，而且愈積愈厚。暴風雪在片刻間稍稍平息，隨後又更猛烈地一陣陣襲來，簡直勢不可擋。這時看到一些人在跑來跑去，歡快地搭著話，踩得月臺的鋪板軋軋作響，並不停地開關那些很大的站門。一個彎腰的人影從她腳邊閃過，傳來了錘子敲擊鋼鐵的聲音。「拿電報來！」從車廂的另一側、風雪交加的黑暗中，傳來一個人生氣的說話聲。「請到這邊來！二十八號！」又聽到另一些人在喊叫。有幾個衣帽裹得很嚴實、身上落滿雪花的人跑了過去。兩個嘴上亮著香菸火光的先生從她身旁經過。她噓了口氣，想再深深地吸一口新鮮空氣，同時從手筒中抽出手，準備抓住門柱回到車廂裡。就在這當兒，一個穿軍大衣的人突然出現在她身邊，擋住了車廂上搖曳不定的燈光。她回頭一看，立刻認出是渥倫斯基。他舉手行了個軍禮，又一鞠躬，問她是否需要什麼，他可否為她效勞？她久久沒有回答一句話，只是凝視著他。雖然他站在暗處，她也能看見，或者她彷彿看見了他臉部和眼睛的表情。這就是昨天曾使她激動的那種喜悅和恭順表情。這些天來直至剛才，她一再對自己說，渥倫斯基是那種隨處可見、千人一面的年輕人當中的一個，她永遠也不該去想他。但是這會兒，在同他相遇的最初一瞬，一種喜悅和驕傲的心情就攫住了她。她無需問他為何會在這裡。她心裡十分明白，就好比他親口對她說：他到這裡來，就因為她在這裡。

「我不知道您也坐這班車。您為什麼乘這班車？」她垂下正要去抓門柱的手，問道。臉上露出抑制不住的喜悅和興奮。

「我為什麼嗎？」他直視著她的眼睛反問道。「告訴您，我坐這趟車的目的是：您在哪裡，我就到哪裡，」他說，「我別無他法。」

這時候，風好像越過了什麼障礙，把車廂頂上的積雪吹灑下來，吹得一塊脫開的鐵皮劈啪作響。前方傳來機車汽笛淒怨低沉的嗚聲。現在她覺得這場可怕的風雪顯得更壯觀了。他說出的話，正是她心靈所渴望而理智所害怕的。她沒有作任何回答。他從她臉上看到了內心的掙扎。

「要是我說的話讓您不愉快，請您原諒我。」他恭順地說。

他這話說得彬彬有禮，但語氣非常堅決固執，使她好一陣無言以對。

「您這樣說很不好。您要是個好人，就請忘掉您說的話，我也會把它忘掉。」她最後說。

「您的每一句話，您的每一個動作，我永遠不會忘記，也無法……」

「夠了，夠了！」她嚷了一句，陡然想裝出一副嚴厲的臉色，而他正貪婪地凝視著她的臉。她一手抓住冰冷的門柱，登上踏級，快步走進車廂的過道間。她在這小小過道間裡站住，思量著剛才發生的事情。她不去想自己和他都說過什麼話，而是憑感覺就明白，這次短暫的交談使他們可怕地接近了。她為此感到恐懼，但也感到幸福。她站了一小會兒，走進車廂，回到自己的座位上。原來使她痛苦的那種緊張心情重又向她襲來，而且更加強烈，令她緊張得害怕，彷彿她心裡有個拉得太緊的東西隨時都可能綳斷。她徹夜未眠。然而在這緊張的狀態和滿腦袋的幻想中，她並沒有絲毫的不快和苦惱，相反，卻有一種歡樂、興奮、火辣辣的感覺。拂曉時安娜在座椅上打了個盹。她醒來時已是滿眼白光，天色大亮，火車快要到彼得堡了。她頓時想起了家庭、丈夫、兒子，還有今天和以後的一大堆操心事。

火車在彼得堡車站剛剛停下，她走出車廂，第一張引起她注意的臉，就是她的丈夫。「哎呀，我的天！他的耳朵怎麼會這樣豎起來？」她望著他那儀表堂堂的身軀，尤其是使她吃驚的那一對豎起來、碰到圓禮帽邊沿的耳朵，這樣想道。他看見了她，就迎面走過來，嘴上浮起平素那副嘲弄的微笑，一雙疲憊的大眼睛直勾勾地望著她。她看到這固執和疲倦的目光，心中突然揪緊，感到一陣不快，似乎她想看到的他應當是別的樣子。與他相遇時她生出一種對自己不滿的感覺，這使她特別吃驚。這原是她熟悉的、由來已久的感覺，好像她對丈夫的關係裡存在著虛情假意。從前她不曾注意到這種感覺，現在她則清楚而痛苦地意識到了。

「妳瞧，多麼體貼的丈夫，就像結婚才一年那麼體貼，巴不得早早見到妳，」他用慢條斯理的尖細嗓音說。他幾乎總是用這副腔調和她說話，像在嘲笑那種果真會這樣對妻子說話的人。

「謝廖沙身體好嗎？」她問。

「這算是對我的全部報答嗎？」他說，「對我的熱情的報答?他身體好，好……」

三十一

這一夜渥倫斯基也不打算睡。他坐在自己的座位上，時而兩眼直視前方，時而打量著進進出出的旅客。他那鎮定自若的模樣雖使陌生人感到驚慌，現在的他顯得更加傲慢自負。他看人就像看一件東西。坐在他對面的年輕人是個區法院職員，有些神經質，恨透了他這副模樣。這個年輕人向他借火點菸、跟他攀談，甚至推推他，讓他明白他不是一件東西而是一個活人，但渥倫斯基仍舊像望著一盞燈那樣望著他。年輕人臉上做出怪相，對別人不把他當人看簡直受不了。

渥倫斯基現在是目空一切，既不見人也不見物。他感到自己像個沙皇。倒不是因為他相信給安娜留下了深刻印象——這一點他還不敢相信，而是因為安娜留給他的印象使他感到幸福和驕傲。

這一切會有什麼結果，他不知道，也不去想它。他只覺得，他以前所有馳心旁騖的精力現在終於集中起來，拚命追求一個美妙的目標。他為此感到幸福。他只知道，他對她說了真話，她在哪裡他就奔向哪裡，他一生的幸福、生活的唯一真諦就是看到她，聽到她的聲音。他在博洛戈夫車站下車去喝溫泉水時看到了安娜，不由自主說出的第一句話，就向她表白了他的心意。他很高興對她說了這話，現在她已經知道他的意思，並且在想這事。他一夜未眠。他回到車廂後，不斷回想見到她的各種場合，回憶她說過的每一句話，腦海中馳過的一幅幅未來生活的幻象使他心醉了。

在彼得堡下車時，雖然一夜沒合眼，他覺得自己神清氣爽，像洗了個冷水澡。他站在車廂邊，等著看她下車。「還能再看她一眼，」他不覺微笑著自語道，「看到她走路的姿態，看到她的臉。也許她還會說幾句話，回過頭來望望我、笑一笑。」但是，他還沒看見她，卻先看到她丈夫由站長畢恭畢敬陪著從人群裡走過來。「啊，對了！是丈夫！」此時渥倫斯基才頭一次清楚地意識到，她是和丈夫在一起的。他也知道她有丈夫，但不願相信真有其人，現在親眼看見了這個有腦袋、有肩膀、穿黑褲子的人，特別是看見這個丈夫以占有者的姿態，從容地拉住她的手時，他才完全相信了。

阿列克謝．亞歷山德羅維奇有張彼得堡式、刮得精光的臉，體態十分莊重，頭戴圓禮帽，略有些駝背。渥倫斯基親眼看到了他這個人，頓覺不愉快，就好像一個人口渴難忍，好容易來到泉水邊，卻看見泉水裡有一條狗、一隻羊或一頭豬，牠喝了水也罷，還把水弄得混濁不堪。阿列克謝．亞歷山德羅維奇走路時臀部擺動，腿腳不靈，這種步態很讓渥倫斯基看不慣。他認為只有自己才擁有愛她的絕對權利。安娜則依舊是那樣，她的神態還是那樣吸引他，使他的身體充滿活力而振奮，內心洋溢著幸福。這時他的德國僕人從二等車廂跑了過來，他命僕人拿上行李先走，自己則來到安娜近旁。他看見夫妻重逢的初次見面，憑著一個墮入情網者的洞察力，發現她和丈夫說話有些不自然。「不，她不愛他，不可能愛他。」他暗自這樣斷定。

他從後面向她走去時，就欣喜地發現，她已經感覺到他在接近她。她本想回頭望一眼，但知道一定是他，就又去和丈夫說話了。

「昨晚您過得好嗎？」他說，並向她和她丈夫合鞠一躬，讓阿列克謝．亞歷山德羅維奇認為是在向他致意，至於他是否認得他渥倫斯基，倒無所謂。

「謝謝您，非常好。」她回答。

她臉上有些倦容。那時時從微笑中和眼神裡流露出來的生氣不見了。不過，在她向他的一瞥中，她的眼睛裡有一種火光，這火光馬上就熄滅了，但這一瞬間卻使他感到幸福。她望望丈夫，想知道他是否認識渥倫斯基。阿列克謝・亞歷山德羅維奇不高興地望著渥倫斯基，心不在焉地回憶他是誰。渥倫斯基的沉著自信在這裡碰上了阿列克謝・亞歷山德羅維奇的冰冷自信，就像鐮刀碰在石頭上。

「這位是渥倫斯基伯爵。」安娜說。

「啊！我們好像認識，」阿列克謝・亞歷山德羅維奇冷淡地說，向他伸出手。「和母親同車去，和兒子同車回，」他清清楚楚地說出這句話的每一個字。「您是度假回來吧？」他說完，沒等對方回答，又用玩笑的口吻對妻子說：「怎麼樣，離開莫斯科時掉了不少眼淚吧？」

他這樣對妻子說話，是想讓渥倫斯基覺察他要單獨和她待在這裡。他轉身向渥倫斯基舉手、碰了碰帽子。渥倫斯基卻對安娜說：

「希望有幸到府上拜訪。」他說。

阿列克謝・亞歷山德羅維奇用疲憊的目光望了望渥倫斯基。

「歡迎，」他冷冷地說，「我們每逢星期一接待客人。」接著他就完全不理會渥倫斯基，對妻子說：「好在我恰巧有半小時的空檔來接妳，向妳表示一下我的體貼。」他仍然用玩笑的口氣說。

「我可不敢多誇你，你也太強調你那份體貼了。」她用同樣的玩笑語氣說，同時不由自主地聽著跟在他們後面的渥倫斯基的腳步聲。「這與我何干？」她這樣想，接著就問丈夫，她不在家時謝廖沙是怎麼過的。

「哦，好極了！瑪麗埃特說他很可愛，而且……我要掃妳的興了……他可不像妳丈夫這樣想念妳。不過我要再次謝謝，我的朋友，妳給了我這一天。我們親愛的『茶炊』也會非常高興的。（這是他給著名的利季雅·伊萬諾夫娜伯爵夫人起的外號，因為她不論遇到什麼事都會激動不安、生氣發火。）她一直問起妳。老實說，我真想建議妳今天就上她那兒去一趟。她是樣樣事情都熱心。現在她除了自己的許多操心事之外，還關心奧勃朗斯基夫婦是否重歸舊好。」

利季雅·伊萬諾夫娜伯爵夫人是丈夫的朋友，是彼得堡上流社會一個小圈子的核心人物，安娜因為丈夫的關係與她過從最密。

「我給她寫過信了。」

「可是她要瞭解詳情。妳不太累的話，就去一趟吧，我的朋友。孔德拉季會給妳備車，我還要到委員會去。現在我又不至於單獨一個人吃飯了，」阿列克謝·亞歷山德羅維奇已經不是用玩笑口吻在說了。「妳都不會相信，我習慣了……」

他久久握著她的手，帶著一種特別的微笑扶她上馬車。

三十二

家裡第一個出來迎接安娜的是她兒子。他狂喜地喊著：「媽媽，媽媽！」也不管女家庭教師的吆喝，就從樓梯上衝下來，奔到她跟前，掛在她脖子上。

「我對您說了，是媽媽！」他向家庭教師喊道。「我知道的！」

兒子也像丈夫一樣，使安娜有一種近似失望的感覺。她想像中的兒子比現實中的要好。她應該回到現實，滿足於欣賞原本模樣的兒子。兒子原本可愛：淡黃的鬈髮，淺藍的眼睛，勻稱的、胖乎乎的小腿上緊繃繃地穿著一雙長筒襪。兒子在身邊跟她撒嬌，她覺得渾身舒服。她看見兒子用天真無邪、充滿信賴和愛的目光望著她，聽著兒子提出那些幼稚的問題，又感到一種精神上的安寧。安娜拿出多莉的孩子們送給兒子的禮物，對他說莫斯科有個叫塔尼雅的小姑娘，她自己會讀書還能教別的孩子。

「那我不如她嗎？」謝廖沙問。

「我認為你是世上最好的。」

「這我知道。」謝廖沙笑著說。

安娜沒來得及喝完咖啡，就聽僕人稟報利季雅·伊萬諾夫娜伯爵夫人到。伯爵夫人又高又胖，臉色發黃像有病，卻長著一對目光深沉的美麗黑眼睛。安娜喜歡她，但今天似乎頭一次發現她的各種缺點。

「怎麼樣，我的朋友，橄欖枝送到了嗎？」利季雅·伊萬諾夫娜伯爵夫人一進房間就問道。

「是呀，都結束了。事情不像我們想像的那麼嚴重，」安娜答道，「總之，我嫂子也太剛強了。」

愛管閒事的伯爵夫人有個習慣，就是從來不注意聽她所關心的事。她打斷安娜的話說：

「是啊，世上有許多苦難和罪惡，今天可把我累苦了。」

「怎麼回事呀？」安娜竭力忍住笑問道。

「我為真理磨嘴皮都磨累了，有時候都完全洩氣了。姐妹會（這是一個宗教愛國慈善機構）本來可以很好地辦起來，但是和這班先生簡直辦不成任何事情，」伯爵夫人用聽天由命的譏諷口吻說。「他們抓住一個想法、歪曲它，然後就淨討論些雞毛蒜皮的問題。只有兩、三個人，包括妳丈夫，算是明白這種事業的整體意義，其餘的人全都馬虎了事。昨天普拉夫金寫信給我說……」

普拉夫金是一位僑居國外、著名的泛斯拉夫主義者。伯爵夫人講述了他那封信的內容。

後來伯爵夫人又說了些不愉快的事情，提到有人陰謀反對教會聯合事業，就匆忙地走了，因為她今天還得出席一個社團會議，再去斯拉夫委員會一趟。

「這些情況過去也都有，為什麼我就不曾發覺呢？」安娜自語道。「是不是她今天特別生氣？其實也很可笑：她的目的是提倡美德，自己又是基督徒，可她老是愛生氣、四面樹敵，而且都是基督教和提倡美德方面的敵人。」

利季雅．伊萬諾夫娜伯爵夫人走後，又來了一位女友，是議長太太，她講了城裡的種種新聞。三點鐘時她也走了，但答應來吃晚飯。阿列克謝．亞歷山得羅維奇還在部裡沒回來。只剩下安娜一個人，她把晚飯前的時間用來看兒子吃晚飯（兒子單獨用餐）、整理自己的東西，看完桌上的一大堆便條和信件並寫回信。

她在旅途中感到的那種莫名其妙的羞愧和激動情緒完全消失了。在習慣的生活氛圍裡，她重又感到自己的意志堅定、完美無瑕。

回想起昨天的狀態她覺得驚奇。「出了什麼事嗎？沒有。渥倫斯基說了蠢話，也就到此為止，而且我的回答也很妥當。這件事不必也不能告訴丈夫。告訴他豈不是小題大做。」她想起有一次她告訴丈夫，在彼得堡他的一個年輕下屬幾乎向她表白了愛情，可是阿列克謝・亞歷山德羅維奇卻回答說，社交界任何一個女人都會碰上這種事，而他完全相信她能夠掌握分寸，他不會讓嫉妒來貶低她和自己。「這樣看來，沒有必要說了？是的，感謝上帝，沒有什麼可說的。」她自語道。

三十三

四點鐘，阿列克謝・亞歷山德羅維奇從部裡回到家，不過他來不及馬上到房裡去見安娜，這在他是常有之事。他要到書房接見等候在那裡的來訪者，還要簽署管事拿來的一些檔案。來吃晚飯的人（通常有三、四個人來卡列寧家吃晚飯）到了，有阿列克謝・亞歷山德羅維奇的老堂姊、一位廳長和他的夫人，一個被推薦到阿列克謝・亞歷山德羅維奇手下任職的年輕人。安娜到客廳招待客人。五點整，彼得一世的青銅大鐘剛要敲第五下，身穿燕尾服、打著白領結、佩戴兩枚金星勳章的阿列克謝・亞歷山德羅維奇走進客廳。他這樣打扮是因為一吃過飯就要出門洽公。他生活裡的每一分鐘都有事情要做，而且是預先安排好的。為了完成每天必做的工作，他極嚴格地守時。他的座右銘是：「不慌忙，不休息。」他走進客廳，向每位客人點頭致意，立刻就坐下來，微笑著對妻子說：「是啊，我的孤獨生活結束了。妳都不會相信，一個人吃飯真不自在（他強調了『不自在』三個字）。」吃飯時他和妻子談了些莫斯科的事，帶著嘲弄的微笑問到斯捷潘・阿爾卡季奇。不過席間所談的大都是共同的話題，有關彼得堡官場上和社會上的情況。飯後他陪客人坐了半小時，然後又笑嘻嘻地握握妻子的手，就坐車到委員會去了。這一晚，安娜沒有上別特西・特韋爾卡雅公爵夫人家去，雖然她一聽說安娜回來，就請她晚上去做客；也沒有到訂了包廂的劇院去看戲。她不出門主要是因為她等著穿的衣服還沒有做好。總之，在客人走後，安娜打扮了一下，並對自己的裝束很不滿意。她一向很擅長穿著不太貴重的服裝。去莫斯科前，她曾叫女時裝師替她改製三件衣服，要求改得完全看不出改製的痕跡。這些衣服三天前就該做好了。但至今還有兩件根本沒有做。改好的那一件也不合安娜的意。時裝師前來解釋，硬說她改的式樣更好，安娜則發了一頓脾氣，過後回想起來都不好意思了。為了讓心情完全平靜下來，她來到兒子的房間，和兒子一起待了整整一晚上，並親自照料他睡下，為他畫了十字、蓋好被子。她很高興沒有出門，這一晚過得很愉快。她心情輕鬆而平靜。她很清楚，她在火車上覺得不平凡的那件事，不過是交際場上微不足道的一樁小事，她不必為自己及對別人感到羞愧。她拿起一本英國小說坐到壁爐邊，等待丈夫回來。九點半，她聽到了他的鈴聲，他走進房裡。

「你可回來了！」她向他伸出手說。

他吻吻她的手，坐到她身邊。

「我看，可以這麼說，妳這次旅行很順利。」他對她說。

「是呀，非常順利，」她答道，接著便一五一十地從頭講起：她如何跟渥倫斯卡雅同車旅行、到達莫斯科時如何如何，車站上又發生了什麼事。然後又講到她起初覺得哥哥可憐，後來又同情多莉。

「我不認為這個人可以原諒，雖然他是妳哥哥。」阿列克謝・亞歷山德羅維奇嚴厲地說。

安娜笑了笑。她知道，他這樣說是為了表明自己敢於不徇親情、直抒己見。她瞭解丈夫的這種性格，喜歡他這一點。

「我很高興這一切都順利結束，妳也回家來了。」他接著說。「哦，關於我讓委員會通過的那個新法案，那邊有什麼議論嗎？」

安娜對關於這個法案的議論一無所聞，她把他這麼重要的事情輕易地置之腦後，感到有些不好意思。

「這邊的情況正相反，弄得輿論譁然。」他得意地笑著說。

她看出來，阿列克謝．亞歷山德羅維奇想就這件事告訴她一些愉快的消息，她就向他提出各種問題，有意讓他說出口。他仍然帶著得意的微笑，講述了法案通過後他受到歡呼的情景。

「我是非常、非常之高興。這證明了，我們終於對這種事業開始確立明確而堅定的觀點。」

阿列克謝．亞歷山得羅維奇就著乳脂和麵包喝完了第二杯茶，便起身去到書房裡。

「今晚妳哪兒也沒去，一定覺得無聊吧？」他說。

「噢，不！」她回答，也跟著他站起來，陪他從客廳向書房走去。「最近你在讀什麼書呀？」她問。

「最近我在讀利爾公爵的《地獄詩篇》，」他答道，「這本書太妙了。」

安娜莞爾一笑，就像人們看見親愛之人的弱點便露出這種微笑。她挽住他的手，把他一直送到書房門口。她知道他有夜讀的習慣，這已成為他的一種必需。她知道，儘管他公務纏身，幾乎沒有一點餘暇，他仍然視為己任地關心知識界的一切優秀成果。她也知道，他真正感興趣的是政治、哲學和神學書籍，藝術就他的本性來說是格格不入的，但儘管如此，或者毋寧說正因為如此，阿列克謝．亞歷山德羅維奇不放過藝術界任何有影響的大事。他認為博覽群籍是他責無旁貸之事。她還知道，阿列克謝．亞歷山德羅維奇在政治、哲學和神學方面常常產生疑問，或者說，他有所探索，但是對於他一竅不通的藝術、詩歌，尤其是音樂方面的問題，他的見解卻非常明確而堅定。他喜歡談莎士比亞、拉斐爾、貝多芬，談詩歌和音樂的各種新流派，把它們都一一作了明確的分類。

「好了，上帝保佑你，」她在書房門口說，看見房裡的安樂椅邊已經為他準備好帶罩的蠟燭和一瓶水。「我要給莫斯科那邊寫封信。」

他握握她的手，又吻了吻。

「他終究是個好人，正直、善良，事業上很成功，」安娜回到房裡，自言自語道，彷彿在什麼人面前為他辯護，因為那個人在指摘他並說他不值得愛。「可是，他的耳朵為什麼那麼奇怪地凸出來呢？是不是他把頭髮剃短了？」

十二點整，安娜還坐在寫字臺邊，快要寫完給多莉的信，聽見了他穿著便鞋的均勻腳步聲。阿列克謝・亞歷山德羅維奇已經梳洗完畢，夾著書本走到她跟前。

「該睡了，該睡了。」他說罷，帶著特別的微笑走進臥室。

「他有什麼權利那樣看著他呢？」安娜記起渥倫斯基看她丈夫的目光，心裡想。

她脫下外衣，走進臥室。現在她的臉上不僅沒有了她在莫斯科時、從眼睛裡和微笑中迸發出來的那種生氣，相反，她心中的火花彷彿已經熄滅，或者隱藏到遙遠的什麼地方去了。

三十四

渥倫斯基離開彼得堡時，把他在莫爾斯卡雅大街的一大套住宅留給他的朋友和要好的同事彼得里茨基照管。

彼得里茨基是個年輕的中尉，出身並不十分顯貴，非但不富裕，而且債臺高築，晚上總是喝醉酒，時常因為荒唐可笑的醜行被關禁閉，但是同事和上級都喜歡他。十一點多鐘，渥倫斯基下火車回到宅邸，看見大門口停著一輛他熟悉的出租馬車。他拉門鈴時，就聽見屋裡有男人在大笑，女人在喃喃地說話，還有彼得里茨基在喊叫：「要是哪個壞蛋來，就別讓他進門！」渥倫斯基不讓勤務兵通報，悄悄走進了第一個房間。彼得里茨基的女友希爾頓男爵夫人正坐在圓桌邊煮咖啡。她穿著閃閃發亮的紫色緞子衣服，臉色紅潤，長著淡黃色頭髮，整個房間裡只聽見她那金絲雀般嘰嘰喳喳的巴黎口音。穿著外套的彼得里茨基和全副戎裝、大概是剛剛下班的騎兵大尉卡梅羅夫斯基坐在她的兩邊。

「好傢伙！渥倫斯基！」彼得里茨基跳起來喊道，弄得椅子乒乒作響。「屋子的主人來了！男爵夫人，給他用新咖啡壺煮咖啡。真沒想到！希望你對書房裡這個裝飾品感到滿意，」他指著男爵夫人說。「你們不是熟人嗎？」

「當然是！」渥倫斯基笑嘻嘻地握著男爵夫人的小手說。「那還用說！是我的老朋友。」

「您旅行剛回來，」男爵夫人說，「那我走了。啊喲，要是我妨礙你們，我馬上就走。」

「男爵夫人，您待在這裡，這裡就是您的家，」渥倫斯基說，「你好，卡梅羅夫斯基，」他又說了一句，冷冷地握了握卡梅羅夫斯基的手。

「瞧您，從來就不會說這種動聽的話。」男爵夫人對彼得里茨基說。

「不對，我怎麼不會呀？吃過晚飯後我就說好聽的。」

「晚飯後不用您效勞了！哎，我給您準備好咖啡，您去洗洗臉，收拾一下吧，」男爵夫人說著又坐下來，小心地擰著新咖啡壺上的螺栓。「皮埃爾，把咖啡拿來，我再加一點，」她對彼得里茨基說，按姓氏稱呼他「皮埃爾」，並不掩飾與他的關係。

「您會弄糟的。」

「不，不會弄糟！哎，您的妻子呢？」男爵夫人忽然打斷渥倫斯基跟他同事的談話，問道。「我們在這裡讓您去招了親。您把妻子帶來了嗎？」

「沒有，男爵夫人。我生來是吉卜賽人，到死也是吉卜賽人。」

「那更好，那更好。把手伸給我。」

男爵夫人抓住渥倫斯基不放手，一邊開玩笑，一邊告訴他自己最近的生活打算，徵求他的意見。

「他就是不願跟我離婚！叫我怎麼辦呢？（他是指她丈夫。）現在我想打官司。您給我出出主意好嗎？卡梅羅夫斯基，當心咖啡，灑出來了。您看，我這兒有事吶！我想打官司，因為我要我的那份財產。他竟然說我對他不忠，您知道這有多蠢嗎？」她鄙夷地說，「就為這個他要占有我的財產。」

渥倫斯基懷著滿意的心情聽這個漂亮女人快樂地囉唆，不時附和幾句，半真半假地給她出些主意，總之，他馬上就換上同這類女人打交道慣用的腔調來說話了。在他的彼得堡交際圈子裡，所有的人劃分為截然對立的兩類。一類人是格調低的：庸俗、愚蠢而可笑，相信一夫一妻的生活，娶妻從一而終，姑娘要有貞操，婦人要懂廉恥，男人則必須英勇堅強、行為檢點，還要生兒育女、養家活口、借債還錢，做諸如此類的種種傻事。這都是些古板而可笑的人。還有另外一類人，是真正的人，渥倫斯基他們都屬於這一類，主要特點是：優雅、英俊、慷慨、勇敢、樂觀，毫無愧色地窮奢極欲，對一切事情都玩世不恭。

渥倫斯基從莫斯科另一個天地帶回來的印象，使他乍一見家裡的情景簡直驚呆了。但是他馬上又覺得，彷彿他把腳伸進了一雙舊鞋子，又回到了過去那個快快活活的世界裡。

咖啡非但沒有煮好，反而濺了大家一身，這正好又引起他們一陣笑鬧，還淋髒了貴重的地毯和男爵夫人的衣裳。

「好了，現在再見吧，不然您永遠也洗不成臉：一個正派人的主要罪過就是不愛乾淨，這會讓我良心不安的。您說要我拿刀子對準他的喉嚨嗎？」

「就這麼辦，讓您的小手離他的嘴唇近些。他吻了您的小手，一切就能圓滿解決。」渥倫斯基回答說。

「那麼回頭在法蘭西劇院見！」她說完，就衣裙窸窣地走了。

卡梅羅夫斯基也站起身，渥倫斯基沒等他走就向他伸出手去，然後逕自到了盥洗室。他洗臉的時候，彼得里茨基向他大致講述了自己的處境，講他走後他如何每況愈下。現在他身無分文。父親說不再給他錢，也不替他還債了。裁縫想控告他，讓他坐牢，還有某個人也這樣威脅他。團長宣稱，如果再不停止這種醜聞，他就得離開軍隊。男爵夫人已經讓他厭煩，她就像個辣蘿蔔，還老是要給他錢花。現在另外有個尤物，真是美人兒，他要帶來給渥倫斯基瞧瞧，真正的東方風味，「女奴列別卡[29]的類型，你明白吧。」昨天他跟別爾科舍夫也吵翻了，對方想派決鬥證人來，這自然不會有什麼結果。總之，一切上上大吉，其樂無窮。彼得里茨基不想讓同事詳細瞭解他的境況，就開始告訴他各種趣聞。渥倫斯基在這套住了三年的宅子裡，在如此熟悉的氣氛中聽彼得里茨基講他那些耳熟能詳的故事，他愉快地感到，他又回到了自己過慣了的、無憂無慮的彼得堡生活當中。

「這不可能！」他沖洗過他那紅潤健康的脖子，鬆開盥洗池的踏板，這樣喊道。「這決不可能！」他聽說洛拉搭上了米列耶夫、蹬掉了費爾京戈夫，驚奇得叫起來。「他還是那樣又蠢又自負嗎？那麼，布祖盧科夫怎麼樣？」

「哎呀，布祖盧科夫鬧了個笑話，簡直是妙透了！」彼得里茨基大聲說。「他是個舞會迷，決不放過任何一次宮廷舞會。有一天，他戴著新式盔形軍帽去參加一個盛大舞會——你見過新式軍帽嗎？很漂亮，比較輕——只是他站在那裡……不，你聽我說。」

「我在聽。」渥倫斯基用毛巾使勁擦著身子說。

「親王夫人陪著什麼國家的大使恰好經過他身邊，活該他倒楣，他們談論起新式軍盔來。親王夫人想讓大使見識一下新式軍盔……看見我們這位老兄站在一旁。（彼得里茨基學他手拿軍盔站在那裡的樣子。）親王夫人請他把軍盔拿給她，他不肯。這是怎麼回事？旁邊的人對他使眼色、點頭、皺眉，示意他遞過去。可他還是不給。光站在那兒發愣。你想想看……後來那個……他叫什麼來著……想從他手裡把軍盔拿過去……他硬是不給！……那人一把奪了過去，呈給親王夫人。『這就是新式軍盔，』親王夫人說。她把軍盔翻過來，你真想不到，從軍盔裡嘩啦啦掉下了一大堆東西！一個梨子，還有糖果，足足兩磅的糖果！……這是他偷偷收集起來的，這個老兄啊！」

渥倫斯基笑得前仰後合。後來他們已經談起別的事情，他一想到軍盔，還忍不住好一陣開懷大笑，露出他那整齊堅實的一排牙齒。

渥倫斯基聽過了各種新聞，由僕人幫著穿上制服，就去報到了。報到完，他打算去看哥哥和別特西，再拜訪一些人，希望進入他可能遇見卡列尼娜的社交圈子。按他在彼得堡的常規，他出門後要到深夜才會回來。

29 列別卡（一譯利百加），是《聖經》中亞伯拉罕的兒子以撒的妻子，貌極俊美。事見《舊約．創世記》第廿四章。

第二部

一

暮冬，謝爾巴茨基家請醫生會診，要確定吉媞得了什麼病，用什麼辦法能使她愈來愈虛弱的身體恢復健康。病懨懨的她，隨著春天的臨近情況益發不佳。家庭醫生給她用了魚肝油，後來用含鐵劑，後來用硝酸銀，三種藥物都不見效，只得建議她春天出國去療養，因此之故，家裡又延請了一位名醫。名醫是個年歲不高、相貌英俊的男子，他要求對病人作一次檢查。他似乎得意洋洋地堅持一種觀點，認為處女的羞澀乃是野蠻時代的殘餘，讓一個不太老的男人觸摸裸體少女乃是極自然的事。他天天都在這樣做，對此習以為常，並不覺得也不認為有何不妥。在他看來，姑娘怕難為情不僅是野蠻時代的殘餘，而且還是對他這位醫生的侮辱。

看來只好從命。儘管所有的醫生都在一種學校裡學習、讀的是同一類書、懂的是同一門科學，儘管有人說這位名醫實乃庸醫，但在公爵夫人家裡及她交往的人當中，不知何故大家都認為，只有這位名醫身懷奇術，能救吉媞一命。名醫對羞得驚恐失色、無地自容的女病人作了仔細檢查和叩診，認真地洗過手，站在客廳裡跟公爵說話。公爵皺著眉頭聽醫生講，不時咳嗽一、兩聲。公爵是個有閱歷的人，頭腦不笨，也沒有生過病，他不相信醫學，打心眼裡對這場把戲感到惱火。特別是，他可能是唯一瞭解吉媞病因的人。「真是條空吠的狗。」他聽著名醫嘮嘮叨叨講述女兒的症狀，暗自用獵人的行話給他起了個雅號。醫生卻盡力克制著不對這位闊老爺表露輕蔑，勉為其難地遷就他的理解水準。他知道和老頭子沒有什麼可談，病人的母親才是一家之長。他打算對她阿諛奉承一番。這時公爵夫人和家庭醫生走進客廳。公爵趁機走開了，他不想讓人發現他對這場把戲持嘲笑態度。公爵夫人茫然不知所措。她覺得對不起吉娓。

「那麼，醫生，您來決定我們的命運吧！」公爵夫人說。「把實話都告訴我吧。」她想問：「還有沒有救？」但嘴唇發顫，這話說不出口。「怎麼樣啊，醫生？……」

「公爵夫人，我要和這位同行談談，然後向您稟報我的意見。」

「讓你們單獨留下嗎？」

「您請便吧。」

公爵夫人歎了口氣，走了出去。

兩位醫生單獨留下後，家庭醫生怯聲怯氣地說出自己的意見，認為病人患有初期肺結核，不過……等等。名醫聽到一半，看了看他那只挺大的金懷錶。

「唔，」他說，「不過……」

家庭醫生話說到一半，就恭敬地不語了。

「您看，我們還不能診斷為肺結核初期。在出現空洞之前是無法斷定的。但是我們可以推測。病人有營養不良、煩躁不安等等症狀。現在問題在於：如果懷疑是結核病，應該怎樣增加營養？」

「可是您知道，害這種病總是含有某些精神方面、心理方面的原因。」家庭醫生露出微妙的笑容，斗膽插進來說。

「唔，這是不言可喻的，」名醫說著又看看錶。「對不起，請問亞烏斯基橋修好了沒有？是不是還要繞道行駛？」他問。「哦！修好了。那麼，我還可以待二十分鐘。我們剛才講到，問題是在於：增加營養和調理神經系統。兩者互有關聯，必須雙管齊下。」

「那麼，是否要出國療養呢？」家庭醫生問。

「我是反對出國療養的。請您注意，既然我們不能確診為初期結核病，那麼出國療養也是無濟於事。現在需要一種藥物，它既可增加營養而又對人體無害。」

於是名醫說出了他的蘇打水治療方案，其主要出發點是蘇打水不會危害人體。

家庭醫生洗耳恭聽。

「不過，我想，出國療養可以改變一下生活習慣，換個環境、擺脫不愉快的往事。況且，病人的母親也這樣想。」他說。

「哦！既然如此，就讓她們去吧。不過，那班德國巫醫會害人的……得讓她們聽從……好吧，讓她們去吧。」

他又看了看錶。

「啊！我得走了。」他向門口走去。

名醫對公爵夫人說（他是出於禮貌），他還要看一下病人。

「怎麼！還要檢查一次！」母親驚呼道。

「哦，不，公爵夫人，我只需要問一些細節。」

「那請吧。」

母親和醫生一同走進客廳去看吉媞。吉媞站在房間中央，她形容消瘦、面帶紅暈，眼睛裡因著害羞閃耀異樣的光。醫生走進房來，她刷地漲紅了臉，眼裡充滿了淚水。她覺得她的這場病和治療真是荒唐可笑！她覺得給她治病，好比要把打碎的花瓶拼接起來一樣可笑。她的心已經碎了，他們幹麼還要用藥丸和藥粉來醫治她呢？但她又不能傷母親的心，母親已經很內疚了。

「勞駕您坐下來，公爵小姐。」名醫說。

他笑嘻嘻地坐到她對面，給她號上脈，又開始了枯燥乏味的提問。她在回答問題時忍不住勃然大怒，站了起來。

「對不起，醫生，這實在毫無意義。同一個問題您都問過我三遍了。」

名醫並不生氣。

「病態的煩躁，」吉媞走出去後，他對公爵夫人說。「不過，我問完了……」

醫生把公爵夫人當作非常聰明的女人，從科學上向她說明了公爵小姐的病，最後囑咐她如何如何服用那種沒有用處的水。關於出國療養問題，醫生作了反覆深入的考慮，似乎在解決一個難題，最後他作出決定：可以去，但不能聽信巫醫，一切問題要找他解決。

醫生走後，家裡彷彿遇到了大喜事。母親高高興興回到吉媞房裡，吉媞也裝作開心的樣子。現在她不得不經常地、甚至無時無刻地裝模作樣。

「真的，媽媽，我沒有病。不過，要是妳想出國，那我們就去吧！」她這樣說，想表示她對這次旅行很感興趣，接著就談起了行前需要做哪些準備工作。

二

醫生走後，多莉就來了。她知道今天家裡有醫生會診，所以儘管她產後起床未久（冬末她又生了個女孩），儘管她自己有許多傷心事和操心事，她仍然丟下吃奶的嬰兒和另一個生病的女兒，回家來看看吉娣的命運今天將作何決定。

「哎，怎麼樣？」她走進客廳，連帽子也沒摘就問道。「看妳們都高高興興的。好消息，是吧？」

大家想把醫生的話都告訴她，可是那醫生頭頭是道講了好半天，現在要把他的話再傳達一下卻很難。只有決定出國旅行這一點是清楚明白的。

多莉不禁歎了口氣。她的好朋友、好妹妹要走了。而她自己的日子過得不開心。她與斯捷潘・阿爾卡季奇和解後的關係使她感到屈辱。安娜的彌合並不牢固，和諧的家庭在原有的裂痕上重又破裂。明顯的衝突倒也不曾有過，但斯捷潘・阿爾卡季奇幾乎總是不在家，錢也老是不夠用。懷疑丈夫不忠是多莉經常的苦惱，她盡量排除這種念頭，害怕再去體驗嫉妒的痛苦。第一次妒意的發作已經熬過了，那種感受不會再回來，即使再發現丈夫不忠，大約也不致像第一次對她的打擊那樣大。今後發現此類事，只會讓她失去習慣的家庭生活，她只得受他的欺騙；她鄙視他，而她更鄙視自己如此軟弱。除此之外，一個大家庭的瑣事還不斷地折磨她：不是嬰兒沒有餵飽，就是保姆走掉了，要不就像現在，一個孩子病了。

「哎，妳的幾個孩子怎麼樣？」母親問道。

「唉，媽媽，你們自己的苦惱也夠多了。莉莉病了，我怕她是猩紅熱。我先來瞭解一下情況。要是猩紅熱的話——但願不是——真是那樣的話，我只能待在家裡不出門了。」

老公爵等醫生走後，也從書房裡出來了。他讓多莉吻了吻臉，和她說了會兒話，就對妻子說：

「作出什麼決定了？出國嗎？妳們打算把我怎麼辦呀？」

「我想你該留在家裡，亞歷山大。」妻子說。

「隨妳們便。」

「媽媽，為什麼爸爸不跟我們一起去呢？」吉媞說。「一起去他高興，我們也高興。」

老公爵站起來，撫摸了一下吉媞的頭髮。她揚起臉，強作笑容望著他。她總覺得，全家唯有父親最理解她，雖然他很少談她的事。她是小女兒，是父親的寶貝。她想，正是這種父愛使他能明察秋毫。當她的目光碰到他那雙諦視著她的慈祥藍眼睛時，她覺得父親把她看透了，覺察了她心中一切不好的念頭。她漲紅了臉，朝他湊過去，等他親吻，但他只是拍拍她的頭髮說：

「這些假髮髻真討厭！叫人摸不到自己女兒，卻摸到哪個死婆子的頭髮。哎，多琳卡[30]，」他對大女兒說，「妳那位堂堂男子在忙什麼呀？」

「不忙什麼，爸爸，」多莉回答，知道父親是在說她丈夫。「老是出門，我幾乎見不到他人，」她不禁露出嘲弄的微笑，加上一句。

「怎麼，他還沒有到鄉下去賣樹林嗎？」

「沒有，他一直準備去。」

「原來如此！」公爵說。「這麼說，我也得準備去了？我聽妳的吩咐，」他對妻子說，坐了下來。「妳呀，卡佳，」他又對小女兒說，「等妳哪天早上醒來，對自己說：我完全康復了，我很快活，我要和爸爸大冷天一清早就去散步。好嗎？」

父親這話聽來很平常，但吉媞一聽就感到心慌意亂，像是罪犯被抓到了罪證。「沒錯，他全都知道、全都明白，他這話是告訴我，雖然丟了臉，也要挺過去。」她鼓不起勇氣回答父親，剛想張嘴，卻哇的一聲哭了，從房裡跑出去。

「看你開什麼玩笑！」公爵夫人責怪丈夫。「你老是……」她絮絮叨叨地數落起來。

公爵聽著妻子的責備，好久不吭聲，臉色愈來愈陰沉。

「她真可憐，不幸的孩子，真可憐，你不知道，只要稍稍暗示一下那個病因，就會觸到她的痛處。唉！算我認錯了人！」公爵夫人說。聽她口氣的變化，多莉和公爵知道她指的是渥倫斯基。「我真不明白，怎麼就沒有法律來懲罰這種卑鄙無恥的人。」

「唉，我真不想聽了！」公爵悶悶不樂地說，從安樂椅上站起來像是要走，但到了門口又停下來。「法律是有的，做母親的，既然妳逼我說，我就告訴妳這都是誰的錯：是妳，都是妳。懲罰這種紈褲子弟的法律過去有，現在也有！哼，要不是發生了不該發生的事情，我這老頭子會找他，找那個花花公子去決鬥的。哼，現在又來治什麼病，把這些巫醫弄到家裡來。」

公爵好像還有許多話要說，可是公爵夫人一聽到他平時談論嚴肅問題的這種口氣，立刻就軟弱下來、後悔了。

---

30 多莉的暱稱。

「亞歷山大，亞歷山大。」她向他走過去，哭了起來。

她這一哭，公爵馬上不響了。他走到她跟前。

「哎，好了，好了！我知道妳也很難過。有什麼辦法呢？也不是什麼大不了的事。上帝仁慈……多謝……」他手上感覺到公爵夫人和著淚水的吻，一面回吻她，一面不知所云地說，然後走出了房間。

還在吉媞哭著跑出房去的時候，多莉憑她做母親和家庭主婦的經驗，立刻便看出來，接下來都是女人的事了，她準備擔起這些責任。她摘下帽子，心想，她要捋起袖子、動手去做。當母親對父親發火時，她想盡一個女兒所能做的，去阻止母親。後來父親發脾氣時她沒有作聲，她為母親害臊。父親很快又恢復了平時的和藹，她覺得他是那樣可親。父親一走，她就準備去做她必須要做的最重要一件事——到吉媞房裡去安慰她。

「媽媽，我早就想告訴你們，列文上次到這裡來是想向吉媞求婚；這事妳們知道嗎？他告訴斯季瓦了。」

「那又怎麼樣呢？我不明白……」

「也許吉媞拒絕了他？……她沒對你們說嗎？」

「沒有，那兩個人她都沒有說起過。她太倔強了。但我知道，全都是因為那一個……」

「對，你們想一想，既然她拒絕了列文——她本可以不拒絕他，如果不是那個人，我知道……可是後來那個人又要命地欺騙了她。」

公爵夫人想到她這樣對不起女兒，覺得無地自容，因此惱羞成怒。

「哼，我真弄不懂！如今大家什麼事都要自作主張，也不對做母親的說一聲，結果，妳瞧……」

「媽媽，我去看看她。」

「去吧，我還會攔著妳嗎？」母親說。

三

吉媞的小書房挺漂亮，粉紅的色調，擺設著一些古老的薩克森瓷器玩物，兩個月前吉媞自己也像這樣煥發著粉紅的光彩和青春的快樂。多莉走進書房，想起去年她倆收拾這個小房間時，是那樣滿懷歡樂和愛惜之情。現在她看見吉媞坐在近門的一把矮椅子上，兩眼呆呆地盯著地毯的一角，心裡不由得一陣發涼。吉媞看了姊姊一眼，臉上那冷漠而帶幾分嚴厲的表情並沒有改變。

「這次我回去以後，就待在家裡出不來了，妳也不能去看我，」達里雅・亞歷山德羅夫娜在她身旁坐下來說，「我想跟妳談談。」

「談什麼？」吉媞驚恐地抬起頭，急忙問道。

「談妳的傷心事，還有什麼呀？」

「我沒有傷心事。」

「行了，吉媞。難道妳真以為我不知道嗎？我全都知道。相信我吧，這件事微不足道……我們大家都是過來人。」

吉媞不作聲，臉色很嚴肅。

「妳不值得為他痛苦。」多莉單刀直入地說。

「是呀，就因為他瞧不起我，」吉媞聲音發顫地說，「妳別說了！請妳別說了！」

「這是誰對妳說的？誰也沒有這樣說過。我相信當時他愛上了妳，現在仍然愛妳，但是……」

「啊，我最受不了這種同情心！」吉媞忽然發起火來，尖聲叫道。她在椅子上一扭身，漲紅了臉，手指急速地抖動，忽而用左手忽而用右手捏著腰帶的扣環。多莉知道妹妹發脾氣時有這個習慣動作，知道她在氣頭上會忘乎所以、講出許多不該講的難聽話；她想安慰妹妹，但已經來不及了。

「什麼，妳以為我有什麼感想？什麼？」吉媞急急地說。「是不是我愛上了一個對我不屑一顧的人、愛得都快要死了，是嗎？這就是我親姊姊對我說的，妳以為……以為……以為妳是在同情我！……我不要這種憐憫和虛情假意！」

「吉媞，妳這話不公平。」

「妳為什麼來折磨我？」

「我嗎，正相反……我見妳受了委屈……」

吉媞在氣頭上，哪裡聽得進去。

「我沒有什麼傷心不傷心的。我是有骨氣的人，決不會愛一個不愛我的人。」

「我也並不是說……有一件事，妳要對我說實話，」多莉握住她的手說，「告訴我，列文向妳提過嗎？……」

一提到列文，似乎讓吉媞失去了最後的自制力。她從椅子上霍地站起身，把扣環往地上一摔，急急地做著手勢說：

「又提列文做什麼？我不懂妳為什麼要折磨我？我說過了，再說一遍，我是有骨氣的人，絕對、絕對不會做妳現在所做的事——和一個背叛妳、愛上另一個女人的人言歸於好。我不明白，不明白這一點！妳能辦到，但是我不能！」

她說完這些話，望了姊姊一眼，只見多莉難過地垂著頭，一言不發。吉媞本想從房裡走出去，卻在門邊坐下來，用手帕捂著臉，低下了頭。

沉默持續了兩、三分鐘。多莉在想自己的事。她一直耿耿於懷的屈辱感，現在經過妹妹的提醒，更加刺痛了她的心。她沒料到妹妹竟如此冷酷，因此很生她的氣。她忽然聽見一陣衣服的窸窣聲和抑制不住的痛哭聲，感到有一雙手從下面摟住她的脖子。原來吉媞跪在她面前。

「多琳卡，我真是、真是太可悲了！」她歉疚地悄聲說。

她把滿是淚水的可愛臉蛋埋在多莉的裙子裡。

彷彿眼淚是必不可少的潤滑劑，否則姊妹倆彼此溝通的機器就無法運轉。哭過一場之後，她倆丟開傷心事不談，說說題外話，倒也相互諒解了。吉媞明白，她氣頭上說的丈夫不忠和忍辱求全那些話，深深刺痛了可憐姊姊的心，但是姊姊原諒了她。多莉則弄清楚了她想知道的一切。她相信自己的推測沒有錯，吉媞所傷心的，傷透了心的，就在於她拒絕了列文的求婚而渥倫斯基卻欺騙了她，今後她準備去愛列文，恨渥倫斯基。這些想法吉媞隻字未提，她只談自己的心情。

「我沒有什麼悲傷，」她平靜下來說，「不知妳是不是理解，現在我覺得一切都那麼討厭、可惡、粗俗，首先是我自己。妳真想不到，我對一切事情都存有壞念頭。」

「妳還能有什麼壞念頭？」多莉笑著說。

「最壞最拙劣的念頭沒法告訴妳。不是憂傷，不是寂寞，要壞得多。好像我心中的良知都消失了，只剩下最壞的東西。嗯，怎麼對妳說呢？」她看見姊姊困惑的眼神，繼續說。「爸爸最近跟我講……我覺得他只考慮到我該出嫁了。媽媽帶我參加舞會。我覺得，她的目的就是盡快把我嫁出去，好擺脫我。我知道這不是真的，但我趕不走這些念頭。看到那班所謂求婚者我就受不了。他們就像來給我量尺寸似的。以前我穿舞會的裝束出去，總是非常得意，孤芳自賞，現在卻感到害臊、彆扭。唉，還要怎麼樣呢！醫生……嗯……」

吉媞遲疑了一下。接下去她想說，自從她有了這個轉變，就特別討厭斯捷潘・阿爾卡季奇，看到他總會想到那些醜惡和粗俗不堪的東西。

「是呀，我覺得一切都粗俗可惡極了，」她接著說，「這是我的病態。也許，會好的……」

「妳別去想……」

「我做不到。只有在妳家裡、和孩子們一起，我才感到舒服。」

「可惜妳不能到我那兒去。」

「不，我一定要去。我得過猩紅熱了，我會求媽媽答應的。」

吉媞固執己見，搬到了姊姊家。孩子們果然得了猩紅熱，整個生病期間吉媞都在照料他們。姊妹倆順利地把六個孩子看護到痊癒，但吉媞的健康卻沒有起色。大齋節裡，謝爾巴茨基一家出國旅行去了。

四

彼得堡的上流社會其實是一個整體，大家相互認識，彼此來往。但這個大圈子裡還有若干個小圈子。安娜・阿爾卡季耶夫娜・卡列尼娜在三個不同的小圈子裡都有朋友，都有密切的來往。第一個是她丈夫的官場應酬圈子，成員都是他的同僚和下屬，這些人的社會關係錯綜複雜，十分微妙。安娜模糊地記得，最初她是怎樣對這班人產生了一種近乎虔敬的感情。現在她認識所有這些人，就像在同一個小縣城裡那樣廝熟。她知道誰有什麼習慣和弱點、誰的哪隻靴子夾腳；知道他們彼此間及與核心人物之間的關係如何；知道誰支持誰及如何維護自己的地位、誰和誰在哪些事情上意見一致，在哪些事情上意見分歧。但是，對這個政府人士和男人們熱中的社交圈，無論利季雅・伊萬諾夫娜伯爵夫人怎麼勸說，安娜實在不感興趣，總是遠而避之。

和安娜關係密切的另一個圈子，就是阿列克謝・亞歷山德羅維奇藉以飛黃騰達的社交圈。其中心人物是利季雅・伊萬諾夫娜伯爵夫人。這個圈子裡淨是品德高尚、信仰虔誠、其貌不揚的老婦人和聰明、博學、虛榮心重的男人。屬於這個圈子的一位聰明人把它叫做「彼得堡社會的良心」。阿列克謝・亞歷山德羅維奇十分珍視這個社交圈。安娜善於同各種人相處，所以在彼得堡生活初期她在這個圈子裡找到了朋友。但是現在，從莫斯科回來之後，這些人簡直讓她受不了。她覺得她自己和他們全都在裝腔作勢。她在這個圈子裡感到乏味和彆扭，因此她盡可能少到利季雅・伊萬諾夫娜伯爵夫人家裡去。

安娜交往的第三個圈子是真正的社交界。這裡崇尚舞會、宴會和華麗的衣著打扮。這個社交圈以宮廷為依傍，以免滑落到「半上流社會」[31]的地位。圈子裡的人自以為瞧不起「半上流社會」，其實雙方的趣味不僅相似，簡直就完全一樣。安娜透過別特西公爵夫人和這個圈子保持聯繫。別特西是安娜的表嫂，她每年有十二萬盧布的收入。安娜剛進入社交界，別特西公爵夫人就特別喜歡她，處處照應她，把她拉進自己的圈子裡，同時嘲笑利季雅・伊萬諾夫娜伯爵夫人那個社交圈。

「等我老了、變醜了，我會像她一樣，」別特西說，「可是您這麼年輕漂亮的女人，進她那個養老院還太早呢。」

安娜最初盡量回避別特西公爵夫人的社交圈，因為那裡的開銷超過了她的財力，而且她心裡也更傾向於前一個圈子。但是去過莫斯科之後，情況變得截然相反了。她避而不見那些精神上的朋友，轉而出入於盛大的交際場合。在那裡她能遇到渥倫斯基，見面時的喜悅使她激動。在別特西家，她和渥倫斯基更是經常見面。別特西娘家也姓渥倫斯基，她是他的堂姊。凡是能遇到安娜的地方，就有渥倫斯基的蹤跡，他抓住一切機會向她表達愛慕之意。安娜絲毫沒有給過他追逐的理由，但每次見到他，心裡都會燃起第一次在火車上相遇時、她體驗過的那種激情。她自己也感覺到，只要見到他，她眼睛裡就會閃出欣喜的光，嘴唇上就會浮起微笑；她抑制不住這種歡悅的表情。

起初，安娜確信自己對渥倫斯基的放肆追求感到不滿。但是，從莫斯科回來後不久，她去參加晚會以為能見到他、而他卻不在場時，她便悵然若失，因此她終於明白，她一直在欺騙自己，他的追求不但沒有

31「半上流社會」，指資產階級社會中不屬於上流社會，但模仿上流社會生活的婦女。

使她不快，反而成了她全部的生活樂趣。

著名女歌星在作第二次演唱。今天整個社交界的人都雲集在劇院裡。渥倫斯基從第一排座位上看見了他堂姊，也不等幕間休息，就來到她的包廂。

「您怎麼沒來吃晚飯呢？」她問他。「情人們這樣未卜先知，真叫我驚奇，」她又微笑著悄悄加上一句，只讓他一個人聽見：「她沒來。等歌劇散場後，您來吧。」

渥倫斯基疑問地望望她。她把頭一低。他微微一笑算是謝過她，在她旁邊坐了下來。

「您嘲笑別人的樣子，我可記得一清二楚！」別特西公爵夫人接著說，她時刻注意情場上的進展，這對她是一大樂事。「如今這些全都到哪兒去了？您被俘虜了，我親愛的。」

「我正想當俘虜呢，」渥倫斯基不慌不忙，溫和地微笑著說。「老實說，如果我要抱怨，就只怨我俘虜當得還不夠。我快要喪失希望了。」

「您能抱什麼希望呢？我們彼此瞭解……」別特西替朋友感到委屈，但是她眼睛裡閃動的火花表明，她和他一樣很清楚他抱有什麼希望。

「不抱希望，」渥倫斯基笑著露出一排整齊的牙齒。「對不起，」他說著，從她手裡拿過望遠鏡，從她裸露的肩膀上方觀察對面那排包廂。「我擔心我會招人笑話。」

其實他很清楚，他在別特西及所有社交界人士的心目中並無可笑之嫌。他很明白，在這班人眼裡，做某個姑娘或者一般自由女人的倒楣情人可能落下笑柄，但若是有人追求一位有夫之婦、不顧一切地拚命勾引她私通，此人的角色非但決不可笑，反而會帶上風流豪邁的色彩。想到這裡，他的小鬍子下面露出快樂而驕傲的微笑。他放下望遠鏡，望了望堂姊。

「那您為什麼不來吃晚飯呢?」她說,一面在欣賞他。

「這個我要告訴您:當時我有事。什麼事?讓您猜一百次、一千次……您也猜不著。我為一個丈夫和欺侮他妻子的人當調解人。是的,確實!」

「怎麼樣,調解好了嗎?」

「差不多了。」

「您要把這事對我講一講,」她說著站了起來。「幕間休息您過來吧。」

「不行,我得上法蘭西劇院去。」

「去聽尼爾松演唱嗎?」別特西驚奇萬分地問道,她無論如何也不認為尼爾松比一個普通合唱隊員唱得好些。

「有什麼辦法呢?我在那邊有約會,都是為了我這份調解的差事。」

「勸人和好能得福,他們的靈魂能得救,」別特西說,她記得像是聽誰講過類似的話。「那麼您坐下來,說說是怎麼一回事?」

她又坐下了。

五

「這事不大體面，但太有趣了，我很想說給您聽聽，」渥倫斯基笑咪咪地望著她，「我不指名道姓。」

「讓我來猜，這樣更有趣。」

「您聽好：有兩個快樂的年輕人，乘一輛車……」

「自然是貴團的軍官，對吧？」

「我沒說是軍官，只是兩個吃過了早飯的年輕人……」

「您要換一種說法：喝過酒的。」

「也許吧。他倆上一位同事家去吃飯，心情非常快活。他們看見有個漂亮女子乘馬車超過他們。女子回頭望望，朝他們又笑又點頭，至少他們認為是這樣。不用說，兩人跟在女子後面，拚命驅車追趕。使他們驚奇的是，美人兒的車就在他們要去的那一家門口停下來。美人兒向樓上跑去。他倆只看見她那露在短面紗下面的櫻唇和一雙漂亮的小腿。」

「您講起來這麼動情，我看您就是其中的一個。」

「可您剛才對我是怎麼說的？好，兩個年輕人走進同事家，同事為他們設席餞行。沒錯，他們喝了酒，也許就像通常在餞行席上那樣多喝了幾杯。席間他們打聽樓上住著什麼人。誰也不知道。只有主人家的僕人，聽他們問是不是浪蕩女人住在上面，就回答說，這地方浪蕩女人多得很。吃過飯，兩個年輕人到主人書房裡給素不相識的女人寫信。兩人寫得熱情洋溢，傾吐了愛情，又親自上樓送信，想把信裡沒說明白的意思當面再解釋一下。」

「為什麼您把這種不要臉的事講給我聽呢？後來呢？」

「他們拉門鈴。出來一個女僕。他們把信交給她，一再對她說，他倆愛那個女人已不能自持，馬上就要死在房門口了。女僕弄得莫名其妙，就和他們爭辯。這時忽然來了一位落腮鬍像小香腸似的先生，面孔紅得像隻龍蝦。他聲明這屋裡除了他妻子沒有任何別的人住，就把他倆趕走了。」

「您怎麼會知道，他的落腮鬍像您說的那樣，像小香腸呢？」

「您聽我說。今天我去給他們調解了。」

「結果怎麼樣？」

「這就是最有趣的地方。原來，這一對幸福夫妻是九等文官和他的夫人。九等文官提出申訴，我就當上了和事老——可不是一般的和事老！請您相信，連塔列蘭[32]也望塵莫及呢。」

「這事有什麼難辦的呢？」

「您往下聽……我們認真賠禮道歉說：『我們實在沒有辦法，這是一次不幸的誤會，我們請求您原諒。』香腸鬍子的九等文官開始軟化，但他想表示一下他的憤慨，一開口便又發起火來，講了好些粗話，我只得再次施展我的外交才幹。『您說他們行為不端，這我同意，但請您注意，這是一場誤會，他們年輕幼稚，而且剛剛吃過早飯。這您是明白的。他們現在追悔莫及，務請寬恕他們的過錯。』九等文官又軟化了：

32 塔列蘭（一七五四—一八三八），法國外交家。

『我同意，伯爵，我可以原諒，但您要明白，我妻子，我妻子，一個清白的女人遭到兩個壞小子的追逐和非禮對待……』您知道，壞小子可就在我們那裡，我要讓他們和解。我又運用了外交手腕，可是事情剛要結束，我們那位九等文官又發起火來，氣得滿臉通紅，香腸鬍子倒豎，我只好再一次運用外交家的三寸不爛之舌。」

「啊，這個故事要講給您聽聽！」別特西笑著對走進她包廂的一位太太說。「他可把我笑死了。」

「哦，祝您成功，」她又說了一句，把不握扇子的那個手指伸給渥倫斯基親吻，又扭扭肩膀，讓皺起來的束胸滑下去一點，使雙肩和胸部充分袒露在腳燈燈光、汽燈燈光和眾目睽睽之下。

渥倫斯基坐車上法蘭西劇院去。他確實要去會見他那位從不錯過法蘭西劇院每一場演出的團長。他要和團長談談他忙了三天又覺得挺好玩的這樁調解案。這次事件的兩名當事人，一個是渥倫斯基喜歡的彼得里茨基，另一個是剛到團裡不久的年輕的克德羅夫公爵，也是個好小夥子、好同事。主要是，這件事關係到團隊的聲譽。

兩名當事人都是渥倫斯基騎兵連的。九等文官文堅跑來找團長，指控其手下的兩名軍官侮辱了他妻子。他那年輕的妻子（文堅說他們結婚才半年）和她母親在教堂做祈禱時，由於有孕在身，突然感到不舒服、站立不住，便就近叫了輛馬車先回家。這時候兩名軍官對她緊追不捨，她嚇壞了，身體更加不舒服，一到家就跑上了樓。文堅已從機關回來，聽見門鈴和說話聲，出來察看，只見兩個喝醉酒的軍官手裡拿著一封信，就把他倆推了出去。他請求嚴懲肇事者。

「不行，不管您怎麼看，」團長請渥倫斯基坐到身邊來，對他說，「彼得里茨基簡直太不像話，沒有哪個星期他不鬧事的。這位官員豈肯甘休，他會把官司打下去的。」

渥倫斯基知道此事很不體面，又不可能用決鬥來解決，只有盡力勸這位九等文官消消氣，使大事化小。團長把渥倫斯基叫來，知道他高尚又聰明，特別是他一向愛護團隊的榮譽。他倆商定，由渥倫斯基陪彼得里茨基和克德羅夫去向九等文官賠禮道歉。團長和渥倫斯基兩人都明白，渥倫斯基的名聲和他的侍從武官身分，對勸解九等文官會很有幫助。兩者確實也幫上了忙，但據渥倫斯基說，調解結果如何還很難說。

渥倫斯基又來到法蘭西劇院，和團長走進休息室，向他報告了調解的結果與失敗。團長考慮各方面情況，最後決定對這個案子不予受理。後來他為了消遣，向渥倫斯基詢問這次會晤的詳情。渥倫斯基說，九等文官剛剛消了點氣，但一想到事情的經過便又生起氣來；他勸解到最後，靈機一動，就把彼得里茨基往前一推，自己溜掉了。團長聽到這裡忍不住哈哈大笑。

「這是件醜事，但也挺好笑的。克德羅夫總不能和那位先生打架吧！那人氣壞了吧？」團長笑著問。「今天克勒會是什麼樣子呢？真是個尤物！」他又談起了新來的法國女演員。「無論你看多少次，她天天都是新樣子。只有法國人才會有這一手。」

六

別特西公爵夫人沒等最後一幕結束，就離開劇院回家。她剛走進梳妝室，往她那張蒼白的長臉上撲些粉、擦擦勻，又抿了抿頭髮，就吩咐僕人在大客廳裡備茶，而這時候馬車已經一輛接著一輛駛到莫爾斯卡雅大街上她那套很大的寓所門前。客人們在寬敞的大門口下了車。為了教育行人而每天早晨在玻璃門外面讀報的胖子門房輕輕地打開巨大的玻璃門，把客人們從身邊讓進去。

油頭粉面、容光煥發的女主人和客人們幾乎在同一時間、分別從兩扇門走進了大客廳。客廳四壁為暗色調，鋪著毛茸茸的地毯，桌子上方燈火通明，雪白的臺布、銀製的茶炊和晶瑩的瓷茶具都在燭光下閃閃發亮。

女主人在茶炊邊坐下，脫去手套。參加聚會的眾人，在毫不引人矚目的僕人幫助下移動著椅子，分成兩組坐定。一組人圍著茶炊，和女主人在一起。另一組人在客廳另一頭，以漂亮的公使夫人為中心。她穿一身黑絲絨衣服，長著兩道線條清晰的黑眉毛。兩組人的談話，開始時照例有些不著邊際，不時被招呼、寒暄、遞茶所打斷，好像在摸索、確定話題。

「她是個非常漂亮的演員，她一定研究過考爾巴赫[33]，」公使夫人小組的一位外交官說，「你們注意她跌倒的姿勢……」

「哎呀，求您了，我們別談尼爾松了！提起她淨是老生常談，」一個身體肥胖、臉色通紅、頭髮淡黃、沒有眉毛、不戴假髮髻、身穿老式絲綢衣服的太太說。這是米亞赫卡雅公爵夫人，她以為人直爽、對人粗魯而出名，綽號頑童。米亞赫卡雅公爵夫人坐在兩組人之間傾聽大家談話，時而參加這一組，時而介入那一組。「今天有三個人對我提到考爾巴赫，講的是同一句話，就像事先商量好的。我不懂他們怎麼就這樣喜歡這句話。」

談話被這個意見打斷了，需要再想新話題。

「您給我們講點有趣的事吧，但不要刻毒。」極擅清談即英語所謂聊天的公使夫人，對此刻也不知道從何談起的外交官說。

「據說這很難辦到，因為只有刻毒的話才會有趣，」他微笑說。「不過我可以試試。請出個題目。一切取決於題目。有了題目就好做文章。我時常想，上個世紀著名的談話家到今天怕也難出妙語。妙語都聽膩了……」

「早都說完了。」公使夫人笑著打斷他。

文雅的談話開始了，唯其過於文雅，不久又停止了。於是只有採取屢試不爽的可靠辦法——挖苦人。

「你們是否認為，圖什克維奇有些路易十五的派頭呢？」外交官用眼睛示意站在桌邊的淡黃頭髮年輕美男子說。

「可不！他跟這個客廳顯得很和諧，所以他是這裡的常客。」

談話熱烈起來，因為話語間暗示著一樁不能在這個客廳裡談論的事，即圖什克維奇與女主人的關係。

---

33 考爾巴赫（一八〇五—一八七四），德國畫家，曾為歌德和席勒的作品繪製插圖。

圍著茶炊和女主人的談話，也是在不可避免的三個話題，即社會新聞、劇院和家長里短上兜了一陣圈子，而且最後也是在第三個話題，即挖苦人上統一起來的。

「你們聽說了吧，瑪律蒂謝娃，不是女兒而是母親，她給自己做了一件鮮豔的玫瑰紅色外衣。」

「這不可能！哦，那倒是妙極了！」

「我很奇怪，她有頭腦，確實不笨，怎麼就不知道她有多麼可笑。」

每個人都來指責和訕笑倒楣的瑪律蒂謝娃，七嘴八舌的談話，就像篝火劈劈啪啪地燒了起來。

別特西公爵夫人的丈夫是個肥胖的好好先生，熱中於版畫收藏，知道妻子有客人，就在去俱樂部之前到客廳裡來看看。他在柔軟的地毯上不聲不響地走到米亞赫卡雅公爵夫人跟前。

「您喜歡尼爾松嗎？」他問。

「啊喲，哪能這樣偷偷摸摸走過來呢？您嚇了我一跳，」她說。「請您別跟我談歌劇，您對音樂一竅不通。還是讓我遷就您，跟您談談您的烏釉陶器和版畫吧。最近您在舊貨市場買了些什麼寶貝呀？」

「要我拿給您看看嗎？您又不懂這行。」

「看看吧。我學過一手，跟這個叫什麼來著……哦，銀行家……他們有許多精美的版畫，拿給我看過。」

「什麼，您去過舒茨布爾格家？」女主人從茶炊那邊轉過頭來問道。

「去過，親愛的。他請我和丈夫去吃飯，對我說，這頓飯的調味汁要值一千盧布，」米亞赫卡雅公爵夫人大聲說，知道大夥都在聽她講，「那調味汁是一種發綠的東西，難吃極了。我們得回請人家呀。我就做了一種只值八十五戈比的調味汁，大家吃了都很滿意。我可做不出一千盧布的調味汁。」

「她真是獨一無二！」女主人說。

「了不起！」又有誰說了一句。

米亞赫卡雅公爵夫人說話總能產生這樣的效果，其奧祕在於，雖然她說話常常像現在這樣不很得體，但她所說的都是多少有些意義的普通事。在她的社交圈子裡，像這樣說話反而能帶來俏皮笑話的效果。米亞赫卡雅公爵夫人不明白何以如此，但她知道這很管用，便利用了這一點。

大家都在聽米亞赫卡雅公爵夫人說話，公使夫人這邊的談話因此暫時停了下來。女主人想把大夥合併到一處，就對公使夫人說：

「你們真的不想喝茶嗎？都到我們這邊來吧。」

「不，我們在這邊很好，」公使夫人微笑著回答，一面叫人把開了頭的談話繼續下去。

他們談興很濃，正在談論卡列寧夫婦。

「安娜去過莫斯科以後變化很大。她有些怪怪的。」安娜的一個女友說。

「主要的變化是，她把渥倫斯基的影子隨身帶回來了。」公使夫人說。

「那有什麼關係？格林兄弟有篇神話說：有個人沒有影子，丟了影子，這是因為什麼事情受到的懲罰。我怎麼也不明白，這算什麼懲罰呢。不過，女人要是不帶個影子，恐怕不大舒服。」

「是呀，不過帶影子的女人一般都沒有好下場。」安娜的女友說。

「你們這些嚼舌頭的，」米亞赫卡雅公爵夫人聽見這番話，突然插嘴道。「卡列尼娜是個出色的女人。我不喜歡她丈夫，可我很喜歡她。」

「您為何不喜歡她丈夫？他可是位了不起的人物，」公使夫人說。「我丈夫說，像他這樣的棟樑之才全歐洲也少有。」

「我丈夫也這麼說，但我不相信，」米亞赫卡雅公爵夫人說。「做丈夫的不說這話，我們倒能夠瞭解真相。依我看，阿列克謝・亞歷山德羅維奇簡直就很蠢。這話我只能悄悄對你們說……事情都明擺著，不是嗎？過去人家讓我把他當成聰明人，而我看不出他聰明在哪裡，就只好認為是我自己太蠢。剛才我說他蠢，是悄悄說的。現在一切都明白了，不是嗎？」

「現在您也夠刻毒的！」

「一點也不。我是沒有辦法。我和他總有一個人是蠢的。你們也知道，誰都不會說自己蠢。」

「人人皆嫌財產少，個個都誇智慧多。」外交官念出兩句法國詩。

「不錯，不錯，」米亞赫卡雅公爵夫人連忙對他說，「但我決不讓你們說安娜的壞話。她人那麼好，那麼可愛。大家都愛上了她，影子似的跟著她，她又有什麼辦法呢？」

「其實我也不想指摘她。」安娜的女友辯解道。

「即使沒有人像影子似的跟在我們後邊，也不能證明我們就有指摘別人的權利。」

米亞赫卡雅公爵夫人把安娜的女友狠狠教訓一頓，就站起來和公使夫人一同走到桌子邊，參加那裡大夥對普魯士國王的議論。

「你們那邊在說什麼壞話呀？」別特西問。

「說到卡列寧夫婦。公爵夫人給阿列克謝・亞歷山德羅維奇下了評語，」公使夫人笑吟吟地坐到桌邊說。

「可惜我們沒有聽到，」女主人說話時朝門口張望著。「啊，您到底來了！」她微笑著對走進門來的渥倫斯基說。

渥倫斯基不但認識所有這些人，而且天天見到他們，所以他進來時態度十分從容，就像從這裡剛出去不久似的。

「問我從哪兒來嗎？」他回答公使夫人的問話。「沒辦法，只好實說了。我從滑稽歌劇院來。那地方我去過上百次了，可是回回覺得新鮮。真是妙極！我知道這事不登大雅，可是聽歌劇我愛打瞌睡，看滑稽歌劇卻能一直坐到散場，覺得很開心。今天……」

他提到一個法國女演員的名字，想講講她的情況，但公使夫人故作害怕的樣子打斷了他：

「請您別講那種可怕的東西了。」

「好吧，不說了，其實那些可怕的東西你們都很明白。」

「要是它能像歌劇那麼時興，大家就都會去看了。」米亞赫卡雅公爵夫人跟著說。

七

門外傳來了腳步聲，別特西公爵夫人知道是卡列尼娜，就瞥了渥倫斯基一眼。他正望著門口，臉上出現一種奇怪的表情。他欣喜地、怯生生地凝視著走進來的安娜，慢慢欠起身子。安娜走進客廳。她身子照舊挺得筆直、步伐輕快穩健，不同於社交界其他婦女走路的樣子，目不斜視地幾步跨到女主人面前，同她握手，莞爾一笑，帶著這個笑容望了望渥倫斯基。渥倫斯基深深鞠了一躬，為她移過一把椅子。她低了低頭作為回答，臉上一紅，皺起了眉頭。但馬上又忙著和熟人們點頭招呼，握握伸給她的手，對女主人說：

「我在利季雅伯爵夫人家，本想早些過來，可是坐住了。約翰爵士在她那兒。他這個人真有意思。」

「哦，就是那個傳教士嗎？」

「是的，他講他在印度的生活，很有趣。」

談話因為安娜的到來而中斷，猶如風吹的燈焰，又變得搖曳不定起來。

「約翰爵士！對，是約翰爵士。我見過他。他能說會道。弗拉西耶娃完全傾心於他了。」

「最小的那個弗拉西耶娃要嫁給托波夫，這是真的嗎？」

「是真的，聽說已經定下來了。」

「我真佩服他們的父母。據說這門婚事純粹是感情的結合。」

「感情？您真有反傳統思想！今天還有誰談感情啊？」公使夫人說。

「有什麼辦法呢？這愚蠢的舊習氣並沒有過時。」渥倫斯基說。

「有這種習氣的人可要倒楣了。我知道的一些幸福婚姻都是理性的結合。」

「可是，一旦被人漠視的感情甦醒了，理性婚姻的幸福就會煙消雲散。」

「雙方都胡鬧夠了再結婚，這就是我們所謂的理性婚姻。就像害猩紅熱一樣，人人都要經過的。」

「那麼，愛情就像牛痘一樣，要預先人工接種了。」

「我年輕時愛上過一個教堂執事，不知道這對我有沒有幫助。」米亞赫卡雅公爵夫人說。

「不，說正經的，我認為要懂得愛情，先得犯一下錯誤，然後再改正，」別特西公爵夫人說。

「婚後也得這樣嗎？」公使夫人打趣道。

「後悔永遠來得及。」外交官講了一句英國諺語。

「正是這樣，」別特西跟著說，「先犯錯誤再改正。這一點您以為如何？」她問安娜。安娜正默默地聽著這場談話，嘴唇上停留著些微可察的笑意。

「我想，」安娜玩弄著一隻脫下來的手套，說，「我想……如果說，有多少顆腦袋就有多少種想法，那麼，有多少顆心就有多少種愛情。」

渥倫斯基望著安娜，萬分緊張地等著她說話；聽見她說出這番話來，就像度過一場危險似的舒了口氣。

安娜忽然對他說：

「我接到莫斯科來信。他們告訴我，吉媞·謝爾巴茨卡雅病得很重。」

「真的嗎？」渥倫斯基皺起眉頭說。

安娜嚴厲地瞪了他一眼。

「您對這個不感興趣吧？」

「不，很感興趣。要是我可以知道的話，信裡都說了些什麼？」

安娜站起來，走到別特西那邊去。

「請給我杯茶。」她站在別特西的椅子背後說。

別特西公爵夫人倒茶的當兒，渥倫斯基來到安娜身邊。

「信裡說些什麼呀？」

「我時常想，男人們不懂得什麼是不高尚的行為，而只會嘴上夸夸其談，」安娜並不回答他的問題，

「我早就想告訴您這一點，」她又加上一句，走了幾步，在角落裡放紀念冊的桌子旁邊坐下來。

「我不大明白您這話的意思。」他把茶杯遞給她。

她瞥了一眼旁邊的沙發，他馬上在那裡坐下。

「是的，我想告訴您，」她說，眼睛並不看他。「您的行為不光彩，不光彩，很不光彩。」

「難道我不知道自己做得不光彩嗎？可是，是誰使得我這樣做的呢？」

「您為什麼對我說這話？」她嚴厲地瞪著他說。

「您知道為什麼。」他兩眼直勾勾地迎住她的目光，大膽而高興地回答。

不是他，而是她窘住了。

「這只能證明您沒有心肝。」她這樣說，但她的眼神卻表明，她知道他是有心肝的人，正因為這個緣故，她害怕他。

「您剛才說的那件事只是個錯誤，而不是愛情。」

「您該記得，我禁止過您說這個字眼，這個可惡的字眼，」安娜哆嗦了一下說，但她馬上感到，她用禁止這個詞，表示她承認自己對他擁有某種權利，而這正好鼓勵他訴說愛情。「這話我早就想對您說了，」她繼續說，毅然決然地看著他的眼睛，臉上飛起一片火辣辣的紅暈，「今天我特意來，知道會遇見您。我是來告訴您，這事該結束了。我從沒有在任何人面前臉紅過，而您卻迫使我問心有愧。」

他望著她，她臉上流露的一種新的精神美使他驚呆了。

「您要我做什麼？」他認真、乾脆地問道。

「我要您到莫斯科去，請求吉媞原諒。」她說。

「您並不希望我這樣做。」他說。

他看出她在勉強自己說出不想說的話。

「要是您愛我，像您所說的那樣，」她悄聲說，「那您就這樣做，好讓我安心。」

他頓時喜形於色。

「您還不知道嗎，您就是我全部的生命。我無法平靜，也不能給您帶來平靜。把整個的我，愛情……是的。我不能把您和我分開來想。在我看來，您和我是一個整體。我看今後我和您都不可能得到平靜。可能只會有絕望和不幸……也可能會有幸福，真正的幸福！……難道就沒有幸福的可能嗎？」他聲音小得只是動了動嘴唇，但她聽見了。

她費盡心思想說出應該說的話，結果卻只是含情脈脈地凝視著他，無言以對。

「原來如此！」他喜出望外地想。「我已經快要失望了，好像不會有結果了，可是——原來如此！她愛我。她承認這一點。」

「請您為了我去做吧，永遠別對我說這種話，讓我們做好朋友吧，」她嘴裡這樣說，可眼神卻表示了完全不同的意思。

「我們不是做朋友，這您自己也知道。我們要做天下最幸福的人，或者成為最不幸的人，這得由您來決定。」

她想說話，然而他打斷了她。

「其實我只有一個請求：請您給我希望的權利，痛苦的權利，就像現在這樣。如果連這也不可能，您叫我走，我一定走。如果我在您面前使您難受，我就再也不讓您見到我。」

「我並不想趕您走。」

「請您不要作任何改變。讓一切保持現狀吧，」他聲音發顫地說，「瞧，您丈夫來了。」

果然，這當兒阿列克謝·亞歷山德羅維奇邁著他那四平八穩的笨拙步伐走進客廳。

他打量了妻子和渥倫斯基一眼，走到女主人跟前，坐下來喝茶，用他那不急不慢、清晰的嗓音和平素的玩笑口吻揶揄起人來。

「您的蘭姆布利耶[34]人士都到齊了，」他環視一下在場的人說，「全都是美女和繆斯啊。」

別特西公爵夫人受不了他這種她稱之為譏笑[35]的腔調。聰明的女主人馬上引導他去談論普遍兵役制這個嚴肅話題。阿列克謝·亞歷山德羅維奇頓時興致勃發，就一項新頒布的命令與攻擊它的別特西公爵夫人鬥起嘴來。

渥倫斯基和安娜仍然坐在小桌旁邊。

「這真有點不成體統。」一位太太用眼光指指渥倫斯基、安娜和她丈夫，低聲說。

「記得我怎麼對您說的？」安娜的女友說。

不止這兩位太太，客廳裡幾乎所有的人，甚至包括米亞赫卡雅公爵夫人和別特西本人，都向離群獨處的兩人瞟了好幾眼，好像這種場面礙著了大家似的。唯獨阿列克謝·亞歷山德羅維奇沒有朝那邊望一眼，依然興致勃勃地談著話。

別特西公爵夫人察覺到大家的不快，就悄悄拉了個人頂替她聽阿列克謝·亞歷山德羅維奇講話，自己抽身來到安娜跟前。

「我一向佩服您丈夫的表達能力，他講得既明白又準確，」她說。「最玄妙的道理經他一講我就懂了。」

「哦，是的！」安娜說，臉上洋溢著幸福的微笑，別特西說的話她其實一個字也沒有聽進去。她來到大桌子這邊，加入大夥的談話。

阿列克謝·亞歷山德羅維奇坐了半小時，走到妻子面前，提議一同回家，安娜看都不看他，就說要留下來吃晚飯。阿列克謝·亞歷山德羅維奇鞠了一躬，走出客廳。

卡列尼娜的車夫、身穿發亮皮外套的韃靼胖老頭，費勁地勒住左邊那匹在門口凍得前蹄亂跳的灰馬。僕人打開車門，侍立一旁。看門人站在大門邊，手拉著門。安娜用她靈巧的小手解開鉤在皮襖上的袖口花邊，低下頭，喜不自勝地傾聽渥倫斯基送她出來時對她說的話。

「您什麼也沒有說。就算我也沒有什麼要求吧，」他說，「但是您要知道，我需要的不是友誼，我生

---

34 指舊時蘭姆布利耶公爵夫人（一五八八—一六五五）所組織的文藝沙龍。

35 原文為英文。

活中只能有一種幸福，就是您很不喜歡的那個字眼……是的，愛情……」

「愛情……」她若有所思地慢慢重複道。在她把袖口花邊從皮襖上解下來的那一剎那，她突然說：「我不喜歡這個字眼，因為它對我意味著太多的東西，比您瞭解的要多得多，」她盯住他的臉看了一下。「再見！」

她和他握握手，然後邁著輕盈敏捷的步子從看門人身邊走過，坐進了馬車。

她的目光，她手的接觸，像火一樣灼燒著他。他吻了吻手掌上她握過的地方，然後坐車回家去。他幸福地意識到，這一晚他向目標邁進的程度，要比兩個月來的進展更快。

八

阿列克謝·亞歷山德羅維奇並不認為，他妻子和渥倫斯基單獨坐在一張桌子邊暢談是什麼異乎尋常和有傷大雅的事。但他發現客廳裡其他人覺得此事有些異常和有失體統，所以他也感到不大像話了。他決定把這事告訴妻子。

回到家後，阿列克謝·亞歷山德羅維奇照例先來到書房，坐在安樂椅上，把那本談教皇統治的書翻到用裁紙刀夾著的地方，照例要讀上一小時，不過他偶爾揉一下他那高高的額頭，搖搖腦袋，像要驅趕掉什麼念頭似的。他在規定的時間掩卷起身，臨睡前盥洗了一下。安娜還沒有回來。他夾著書上樓。今天晚上他腦袋裡並不像平時那樣考慮公務，而是老在想妻子和她出的那件不愉快的事。他一反常規，沒有上床睡覺，而是背著雙手交叉在身後，來來回回在幾個房間裡踱步。他沒法睡覺，他感到先要考慮一下新出現的情況。

阿列克謝·亞歷山德羅維奇起初決定找妻子談一談，覺得這是輕而易舉的事。可是現在，他開始考慮這一新情況時，又覺得它非常複雜而棘手。

阿列克謝·亞歷山德羅維奇不是個愛吃醋的人。他確信嫉妒是對妻子的侮辱，應當信任妻子。至於為什麼要信任，為什麼要充分信賴年輕的妻子會永遠愛他，這一點他沒有問過自己。只是他從未對她有過不信任，他只知道信任她，並對自己說應該信任她。可是現在，儘管他依然堅信嫉妒是可恥的情感，夫妻需要信任，卻感到他正直接面對著一種不合邏輯的混亂情況並不知所措。阿列克謝・亞歷山德羅維奇直接面對的是生活現實，是他的妻子可能另有所愛，這使他感到渾茫不可理解，但這恰恰是生活的真實。阿列克謝・亞歷山德羅維奇一輩子都是在官場上度日和工作，他接觸到的只是生活現象的反映。每當他碰到實際生活問題時，他就避之而去。而現在他心中的感受，就像一個人在橫架深淵的橋上安步而過，忽然發現這座橋梁已被拆空，下面就是無底深淵。這深淵就是生活本身，這橋梁則是他置身其間的人為的生活環境。他腦海中第一次出現了妻子有可能愛上別人的問題，這使他大吃一驚。

他沒有脫衣服，邁著均勻的步子踱來踱去。他走進點著一盞燈的餐廳，踩得鑲木地板吱吱作響。他在客廳的地毯上走著，那兒光線幽暗，沙發上方掛著不久前畫好的他的巨幅肖像，畫面映照著燈光。他穿過她的書房，那裡點著兩根蠟燭，燭光照在她親友的畫像和放在寫字臺上、他早就很熟悉的那些小擺設上。他從書房走到臥室門口，又返身往回走。

每踱一圈，大抵是當他走到燈光明亮的餐廳裡時，他總要在鑲木地板上停下來，自言自語道：「對，這件事要解決、要制止，要說出我的看法和決定。」於是他又往回走。「可是說什麼呢？是什麼樣的決定呢？」他在客廳裡問自己，卻找不出答案。「歸根到底，」他在轉身去書房時對自己說，「究竟出了什麼事了？什麼事也沒有。她和他談話談久了。那又怎麼樣？交際場上女人跟男人談話的還少嗎？何況嫉妒就等於貶低我自己也貶低了她，」他走進她的書房時這樣自語。然而，曾幾何時他很服膺的這個道理，此刻卻完全失掉了分量和意義。他又從臥室門口轉身朝客廳走去。一回到幽暗的客廳裡，彷彿就有個聲音在他耳邊說，事情並不那麼簡單，既然別人都注意到了，其中就必有蹊蹺。他在餐廳裡又對自己說：「對，這件事要解決、要制止，要講出我的看法……」但是從客廳往回走時，他又問自己：怎樣解決呢？接著又問：出了什麼事？他回答自己，什麼事也沒有，同時想起了嫉妒是會使妻子蒙受侮辱的一種情感。後來走到客廳裡，他又確信妻子出了問題。他的思想也像他的身體一樣，在反覆兜圈，碰不到任何新東西。他覺察到這一點，擦了擦前額，在她書房裡坐了下來。

他望著她的寫字臺，臺上擺著個石綠色的信箋夾，有一張沒有寫完的便函，這時他的思路忽然一變。他開始思考她這個人，她有哪些想法和感情。他頭一回生動地想像她的個人生活，她的思想和意願。一想到她可以、也應該有屬於她自己的生活，他感到一陣恐懼，連忙把這個念頭驅開。這正是他看也不敢看一眼的無底深淵。從思想感情上為別人考慮，是與阿列克謝·亞歷山德羅維奇格格不入的一種心理狀態。他認為這是一種有害而危險的臆想。

「最糟糕的是，」他想，「就在我的事業快要大功告成（他想到他正在設計的一項施政方案）、需要專心致志的時候，忽然碰上這種無聊的糟心事。怎麼辦呢？我可不是那種只會擔驚受怕，不敢正視問題的人。」

「我要考慮好，作決定，擺脫它。」他說出聲來。

「至於她的情感問題，她心裡想些什麼，這不關我的事，這屬於她的良心和宗教信仰的範圍，」他這樣對自己說，意識到他已經把新情況劃定在合理的範圍內，於是鬆了口氣。

「對了，」阿列克謝·亞歷山德羅維奇自語道，「她感情之類的問題是她自己的良心問題，與我不相干。我的義務很明確。作為一家之主，我是指導她的人，因此我也是負有責任的人。我必須向她指出我發現的危險、警告她，甚至不惜使用權力。我必須對她說出我的意見。」

阿列克謝·亞歷山德羅維奇把就要對妻子說的話都打好了腹稿。他在考慮這些話時，想到為了家事不知不覺耗費了時間、傷透了腦筋，實在有些可惜。但儘管如此，他腦子裡就像在起草公文似的，已經清清楚楚地擬好了這篇講話的形式和順序。「我要對她說，從以下幾方面告訴她：第一，說明社會輿論和體面的意義；第二，從宗教上解釋婚姻的意義；第三，如有必要，指出可能對兒子造成的不幸；第四，指明她自身的不幸。」阿列克謝・亞歷山德羅維奇把兩手的指頭交叉在一起，掌心向下使勁一伸胳膊，手指的關節就哢哢地響起來。

這個動作，這個交叉手指弄出響聲的壞習慣總能使他平靜下來，調整好他的情緒，而這正是他眼下所需要的。大門口傳來馬車駛近的聲音。阿列克謝・亞歷山德羅維奇在客廳中央站住了。

傳來女人上樓的腳步聲。阿列克謝・亞歷山德羅維奇站在那裡，已考慮好自己要說的話；他又攥攥把手指叉在一起，看能不能再弄出響聲來。有個關節響了一聲。

聽見樓梯上輕快的腳步聲，他知道她已經走近。雖然他對準備好的話感到滿意，但想到馬上要對妻子明說，又有些害怕……

九

安娜一邊走，一邊低頭玩弄著圍巾帽上的穗子。她顯得容光照人，這容光不是歡樂之光，倒像是黑夜失火的可怕火光。安娜看見丈夫，抬起頭來，如夢初醒似的朝他微微一笑。

「你還沒睡？這真稀罕！」她說著，把圍巾帽一扔，不停步地一直向梳妝室走去。「該睡了，阿列克謝．亞歷山德羅維奇。」她在梳妝室裡說。

「安娜，我要和妳談談。」

「和我嗎？」她詫異地說，從梳妝室出來，望望他。「這是怎麼回事？談什麼呀？」她坐下來問道。「好吧，既然要談，那就談談吧。不過最好還是睡覺。」

安娜信口說著，她自己聽著這話，對自己說謊的本領感到吃驚。這話多平常、多自然，多像她真的想去睡了！她覺得自己穿上了一副刺不透的謊言鎧甲。她感到冥冥中有一股力量在幫助支持她。

「安娜，我要警告妳。」他說。

「警告？」她說。「警告什麼呀？」

她這麼坦然，這麼樂呵呵地望著他，要不是做丈夫的瞭解她，別人是不可能在她的話音和意思裡發現什麼破綻的。他很瞭解她，知道平時他晚睡五分鐘她都要問問為什麼，知道她一向把自己的喜悅、快樂和悲傷都立刻告訴他。可是現在他看到，她既不理會他的心境，也不願意談她自己，這裡面是大有文章了。

他發現，她從前一直向他敞開的心扉，現在對他關閉了。不僅如此，從她的語調可以聽出，她對此滿不在乎，彷彿在乾脆對他說：是的，關閉了，必須關閉，往後也將是如此。此時此刻他的心情，就像一個人回到家發現家門上了鎖。「也許鑰匙還能找到，」阿列克謝・亞歷山德羅維奇心裡想。

「我要警告妳的是，」他低聲說，「不慎和輕率，可能會讓妳在社交界給人留下話柄。今晚妳和渥倫斯基伯爵（他以堅決的口氣，一字一頓、不慌不忙地道出這個名字）過分熱烈的交談，引起眾人的注意了。」

他說話時望著她那雙笑咪咪的、他現在捉摸不透而使他害怕的眼睛，感到自己所說的話全是徒勞，甚至是無聊的。

「你總是這樣，」她回答，彷彿一點不明白他的意思，只是故意抓住了他最後那句話。「見我寂寞你不高興，見我開心你也不高興。今晚我不感到寂寞，這又讓你生氣了嗎？」

阿列克謝・亞歷山德羅維奇身子顫抖了一下，他又彎起手指想弄出響聲。

「啊，請你別扳手指了，我不喜歡這樣。」她說。

「安娜，妳怎麼變成這樣了？」阿列克謝・亞歷山德羅維奇低聲說，竭力控制住自己，停止了扳手指的動作。

「究竟是怎麼回事？」她露出坦誠的，甚至有些滑稽的驚奇表情說。「你到底要我怎麼樣呀？」

阿列克謝・亞歷山德羅維奇沉默了一會兒，揉了揉額頭和眼睛。他發現，他本想警告妻子不要在社交場上出錯，結果卻不禁為她良心方面的問題擔憂，跟他想像中的障礙展開了拉扯。

「我想告訴妳，是這樣的，」他冷淡而鎮定地接著說，「請妳聽我把話說完。妳知道，我一向認為嫉妒是一種委屈人和貶低人的情感，而我決不會被這種情感所左右。但是，有一些禮法，誰違反了它就會受到懲罰。今天並不是我發現妳的表現有些出乎人的意料，而是從妳給眾人的印象來看，大家全都發現了這一點。」

「這真是莫名其妙，」安娜聳聳肩膀說。她想：他本人倒無所謂，使他不安的是在場的人發現了。「今天你身體不好吧，阿列克謝．亞歷山德羅維奇，」她又說，站起來打算走到門口去。他跨前一步，似乎想攔住她。

他臉色陰沉難看，安娜從未見過他這樣。她停住腳，斜仰著腦袋，一隻手敏捷地在頭髮裡拔取髮夾。「好吧，我聽著，你還有什麼話，」她泰然地、嘲弄地說，「我洗耳恭聽，倒要弄個明白，這究竟是怎麼一回事。」

她說話的語氣從容鎮定，不顯得做作，措辭也很得體，連她自己都感到驚訝。

「我無權詳細過問妳的感情，我總認為這不但無益，甚至還有害，」阿列克謝．亞歷山德羅維奇開始講，「我們在深刻反省的時候，常常從內心發掘出沒有被注意過的情感。妳的情感屬於妳的良心。不過我必須在妳、我和上帝面前指出妳的責任。我倆的生活結合在一起，不是什麼人，而是上帝把我倆結合起來的。破壞這個結合就是犯罪，要受到嚴厲的懲罰。」

「我一點也不懂。唉，天啊，偏偏我又瞌睡死了！」她說著，急急地用手扒拉頭髮，尋找留在裡面的髮夾。

「安娜，看在上帝分上，別這樣說話，」他柔聲說，「或許是我搞錯了，但妳要相信，我說這些既為了我自己，也是為了妳。我是妳丈夫，我愛妳。」

她的臉在一剎那間沉了下來，眼光裡嘲弄的火星也熄滅了。但「我愛你」這句話使她很反感。她想：「他愛我嗎？難道他也能愛嗎？要不是他聽人說有愛這麼回事，他恐怕永遠也不會使用這個字眼。他根本不懂什麼是愛。」

「阿列克謝·亞歷山德羅維奇，我真的不明白，」她說。「你有什麼想法就明說吧……」

「妳讓我把話說完。我愛妳。但我不是在談自己。這裡主要關係到兩個人，一個是我們的兒子，另一個是妳本人。我再說一遍，很可能我的話完全是徒勞和不恰當的，可能是出於我的一時糊塗。如果是這樣，就請妳原諒我。但如果妳感到哪怕有一點點道理，那就請妳想一想，把妳心裡的想法告訴我……」

阿列克謝·亞歷山德羅維奇自己也沒有覺察到，他所講的完全不是他事先準備好的那些話。

「我沒有什麼可說的。而且……」她急急地說，使勁忍住微笑，「真的，該睡覺了。」

阿列克謝·亞歷山德羅維奇歎了口氣，再也沒有說話，向臥室走去。

安娜走進臥室時，他已經躺下了。他嘴唇緊閉，眼睛也不看她。安娜在自己的床上躺下，一直等著他再次開口跟她說話。她既怕他講，又希望他講。但他默不作聲。她一動不動等了許久，後來把他忘了。她想著另一個人，她看見了他。一想到他，她就覺得心旌搖曳，充滿一種帶犯罪的喜悅。她忽然聽見一陣均勻從容的鼾聲。起先，阿列克謝·亞歷山德羅維奇像是被自己的鼾聲驚醒，停了一會兒，但呼吸了兩下之後，重又發出那樣的聲音來。

「晚了，晚了，已經太晚了，」她微笑著悄聲自語。她一動不動地躺著，久久不能合眼，彷彿看見自己的眼睛在黑暗中閃光。

從這天晚上起，阿列克謝・亞歷山德羅維奇和他妻子都開始了一種新生活。倒也沒有發生什麼特別情況。安娜依舊出入交際場所，最常去的地方是別特西公爵夫人家，處處都和渥倫斯基見面。阿列克謝・亞歷山德羅維奇看在眼裡也毫無辦法。他千方百計要她作出解釋，她卻總是裝出一副樂呵呵的困惑不解模樣，在他面前築起一道穿不透的高牆。他倆的關係表面上一如既往，骨子裡卻已發生了根本變化。阿列克謝・亞歷山德羅維奇這位經邦濟世的人物，在這件事情上感到自己無能為力。他就像一頭俯首貼耳的公牛，在等著那根舉在牠頭頂上的木棒隨時打下來。每當他想到這裡，他都感到必須再作一次努力，可望用善心、溫情和規勸來挽救她，使她幡然醒悟，所以他每天都準備和她談一次。但是，只要他一開始和她談話，他就覺得那個主宰著她的邪惡和欺騙魔鬼也開始來擺布他，使他談話的內容以至於語氣都一反初衷。他不由自主又操起了他慣常揶揄說話者本人的那種腔調來。而使用這種腔調，是不可能對她說出他要說的話的。

十一

整整一年來，渥倫斯基生活中有個唯一的願望，取代了他往日全部的欲望；對安娜來說，這是一個不可能實現、可怕，然而卻十分誘人的幸福理想；現在他倆終於如願以償了。他臉色蒼白，下頷發顫，俯身站在她面前，懇求她鎮靜些，但卻不知道為什麼和怎樣才能使她鎮靜。

「安娜！安娜！」他顫聲說。「安娜，看在上帝分上！……」

但是，他愈是提高嗓音，她那曾幾何時驕傲而快樂地高昂的頭，現在卻羞於抬起，垂得愈來愈低了。她全身瑟縮著，從沙發上滑向地面，滑向他的腳邊，若不是他扶住她，她會跌倒在地毯上。

「上帝啊，饒恕我吧！」她嗚嗚咽咽地說，把他的雙手緊緊按在自己的胸口。

她感到自己罪孽深重，只能屈辱地請求寬恕，而她現在的生活中，除他而外已沒有別人，因此只能向他求饒。她望著他，充滿了屈辱感，再也說不出話來。而他則覺得自己像個兇手，在望著一具被他奪去了生命的屍體。這具被他殘殺的屍體就是他們的愛情，他們初期的愛情。想起為了辦成這種事而付出奇恥大辱的代價，真令人可怕而又可憎。靈魂赤裸裸的暴露使她羞愧難當。這感覺也傳染給了他。然而，面對被害者的屍體，兇手儘管感到恐懼，他還是得將它撕成碎塊、掩藏起來，慢慢享用這殺戮得來的獵物。

兇手惡狠狠地，彷彿帶著狂熱撲向屍體，又撕又咬，他就這樣在她的臉上和肩膀上狂吻不已。她抓住他的手一動也不動。是啊，這些吻是用羞恥換來的。是啊！這隻手，這隻永遠屬於我的手，是我同謀者的手。她托起這隻手親吻。他跪下來想看她的臉，她卻把臉藏起來，不說一句話。最後，她勉強控制住自己，站起身，把他推開。她的臉依然那樣美麗，因此也更惹人憐惜。

「一切都完了，」她說，「除了你，我已一無所有。你要記住這一點。」

「我不會不記住成為我生命的東西。就為這幸福的瞬間……」

「什麼幸福！」她厭惡而恐懼地說，這恐懼不禁也傳給了他。「看在上帝分上，別再說了，什麼都別說了。」

她迅速站起來，避開了他。

「什麼都別再說了。」她重複道，帶著使他詫異的冷淡和絕望神情與他分別。她覺得，此刻沒有言語可以表達她即將進入新生活時那羞愧、歡樂和恐懼的心情，她不願意說出這種感覺，不願意用不準確的語言把這種心情庸俗化。但此後到第二天、第三天，她不僅找不到合適的語言表達這複雜的心緒，甚至不能集中意念、獨自思考一番內心的變化。

她對自己說：「不成，現在我不能考慮這件事，之後等我平靜些再說吧。」但她的內心再也不曾平靜下來。每當她想到自己所做的事、自己的未來，想到自己該怎麼辦，她就感到一陣恐懼，連忙把這些念頭驅趕開。

「以後，以後，」她自語道，「等我平靜些再說吧。」

但是在睡夢中，她的思緒失去了控制，她那荒唐難堪的處境就赤裸裸地展現在她面前。有一個夢幾乎每夜都來困擾她。她夢見兩個人一起當她的丈夫，極親熱地一起愛撫她。阿列克謝・亞歷山德羅維奇哭著吻她的手說：「現在多麼好啊！」阿列克謝・渥倫斯基也在這裡，他也是她的丈夫。她很奇怪，為什麼過去以為這種事情不可能發生，而現在，她笑嘻嘻地對他們說，這樣就簡單多了，這樣他們兩個人都心滿意足。這像是一場噩夢，不斷地折磨著她，每一次她都從恐怖中醒來。

十二

列文剛從莫斯科回來時，只要一想到求婚被拒絕的恥辱，就會面紅耳赤、渾身哆嗦。於是他對自己說：「當年我物理考了一分、在二年級留級，認為一切都完了，也這樣哆嗦和臉紅過。我把姊姊交代的事情搞砸了，也認為自己完蛋了。後來怎麼樣呢？好多年過去，回想起來都覺得奇怪，這種事情當時竟然會使我傷心。這一次的傷心事也會如此，過些時候我就會淡然處之。」

但是，三個月過去了，他並未淡然處之，還是像當初一樣，想起來就感到痛苦。他心裡難以平靜，因為他早就憧憬家庭生活，覺得自己到了成家年紀，可至今還是光棍一個，而且距離結婚的目標比過去更遙遠了。他也像自己周圍所有的人一樣，痛切地感到，他這樣年紀的人鰥居獨處不是件好事。餵牲口的尼古拉是個老實的莊稼漢，列文喜歡和他聊天，他記得臨去莫斯科前有一天對他說：「怎麼樣，尼古拉！我要結婚了。」尼古拉就像講一件不容置疑的事情那樣，連忙回答說：「早就該辦了，康斯坦丁·德米特里奇。」然而，結婚一事比以前更加渺茫起來。有人占據著他心中的位置。他在想像中把所認識的姑娘一一安排到這個位置上，總覺得她們無論哪一個都絕無可能。此外，回想起求婚被拒絕及他當時扮演的角色，他就羞得無地自容。儘管他再三告訴自己，這件事絲毫也不能怪他，但回想起來，就像想到其他類似的丟人事一樣，他總會面紅耳赤、渾身哆嗦。從前他和別人一樣，也有過他自認為惡劣的行徑，因此受到過良心的折磨。但是回憶那些劣行，遠遠不如這件微不足道然而令人羞愧的事讓他苦惱。這些傷口總是不能癒合。只要一回憶過去，就會同時想起求婚遭到拒，以及那天晚上他在眾人面前的狼狽處境。然而，時光和勞動畢竟幫上了忙。痛苦的回憶逐漸被鄉村生活中那些瑣碎卻必要的事情淹沒了。時間過了一星期又一星期，他漸漸不大想念吉娣。他只迫切等待著她已經出嫁或馬上要出嫁的消息傳來，希望那能像拔牙那樣一下子治好他的心病。

春天來了。這是一個明媚的春天，不需要慢慢等待，也沒有偽裝的假象。這是植物、動物和人類皆大歡喜的那種難得一遇的春天。這美妙的春天更加激勵了列文，使他決心擺脫往事的煩惱，堅定自主地安排好他的獨身生活。雖然他帶回鄉下的好多計畫未能付諸實行，但是他能遵守最重要的一條——過純潔的生活。他不再體驗到失敗後羞恥心的折磨，而可以大膽正視別人的眼睛。二月裡他就接到瑪麗亞・尼古拉耶夫娜的來信，說尼古拉哥哥健康惡化，但他不肯治療。列文為此去莫斯科看望了哥哥，總算說服他去看醫生，然後出國到溫泉療養。他說服了哥哥，借給他旅費，又沒有惹他生氣，列文對這件事辦得很滿意。春天農場需要特別悉心照料，還要抽時間讀書，除了這些，列文從冬天起就在寫一篇關於農業的論文，主要內容是：農業之勞力性質也像氣候、土壤一樣，是一種絕對因素，故農業科學原理之確立，不能只依據土壤和氣候，而應當依據土壤、氣候再加上農業勞動力的穩定性這幾個方面。這樣，儘管列文幽居獨處，或者說，正因為他幽居獨處，他的生活變得非常充實。偶感不足的是，除了阿加菲雅・米哈伊洛夫娜之外，他找不到人談談縈回在他腦中的許多想法。他倒時常和她談論物理學、農業理論，尤其是哲學。阿加菲雅・米哈伊洛夫娜最喜歡的話題就是哲學。

春意久久未濃。齋期[36]的最後幾個星期，天氣晴冷。白天冰雪在太陽下融化，夜晚氣溫又降到零下七度。雪地上的冰層還很厚實，馬車在無路的地方也能行駛。到復活節時雪還沒有融完。節後第二天，忽然颳來一陣暖風，烏雲布滿天空，一場暖和的暴雨足足下了三天三夜。星期四風停了，接著就是灰濛濛一片濃霧瀰漫，像要掩蓋自然界變化的祕密。濃霧中，春潮湧動，冰塊發出碎裂的響聲開始漂移，泛著泡沫的混濁河水流得更湍急了。復活節後的星期天，從傍晚起，濃霧消退，烏雲團團四散，天氣放晴了，真正的春天開始了。早晨，耀眼的陽光很快就吞噬掉水面上的薄冰。溫暖的空氣，因為瀰漫著大地甦醒後蒸騰的水汽，彷彿在顫抖。經冬草和嫩草尖都開始發綠，莢蒾、醋栗和樹汁發黏，帶著酒香味的樺樹都吐出了嫩芽。綴滿金黃色花蕾的枝條上，越冬的蜜蜂在嗡嗡飛舞。看不見的雲雀在綠茸茸的草木和冰凍的茬地上空嚦嚦啼囀。鳳頭麥雞在積水呈暗褐色的窪地和沼澤上空哀鳴。仙鶴和大雁發出春天的歡叫聲高高飛過天際。脫毛還沒有換齊的牲畜開始在牧場上吼叫。彎腿的羊羔在落了毛的咩咩叫的母羊身邊歡蹦亂跳。留著許多光腳板印跡的村道變得乾爽了，小孩子們在上面跑得飛快。池塘邊傳來浣衣的村婦們嘰嘰喳喳說話聲。家家庭院裡響起了農夫修理犁耙的斧子聲。真正的春天來到了。

36 指復活節前的四十天，又稱大齋期。

十三

列文穿上大靴子，第一次脫掉皮大衣，換了件呢短襖，出去察看農場。他涉過在陽光下閃亮刺眼的溪流，穿行在冰上和泥淖中間。

一年之計在於春。列文來到戶外，他就像一棵春天的樹，飽含漿汁的芽蕾中孕育著它的新枝幼葉，可它還不知道該怎樣生長和朝哪邊伸展。他心愛的農場需要辦哪些事業，現在還不很清楚，但他覺得他有許多美好的計畫和設想。他先過來看看牲口。母牛已經放到圍場裡，牠們都長出了油光發亮的新毛，在太陽底下曬暖了身子，哞哞叫著要到田野上去。列文欣賞了一會兒他熟悉透了的母牛，叫人把牠們趕到田野上，再把小牛放進圍場。牧人歡歡喜喜地跑去準備野牧。餵牲口的農婦們撩起裙子，拿著樹枝，還沒有被太陽曬黑的光腳板踩著泥水，把那些因為春天到來而歡蹦亂叫的小牛都趕到外面來。

列文又看了看今年新產的牛犢，一個個長得都很好。生得早的那些小牛已有一般農家母牛那般大。帕瓦的女兒才三個月，個頭卻趕上了一歲的牛。列文叫人把料槽搬出來，在圍場裡餵乾草。圍場閒置了一冬，秋天做的柵欄都壞了。他派人去叫木匠。按包工規定，木匠現在應該要做打穀機了，可是他還在修理本當在謝肉節[37]前就該修好的耙具。這使列文很惱火。他惱火還因為，農事上老是這麼隨隨便便，他好幾年費大力氣來糾正，就是改不過來。經他瞭解，柵欄冬天用不著，搬到拉車馬的馬廄裡，在那裡弄壞了，因為柵欄本是圍小牛用的，做得不牢靠。此外，冬天他就吩咐檢修耙和所有的農具，還特意雇了三名木匠，結果也都沒有修好，等到眼看就要耙地了，這會兒總算才來修耙。列文派人去叫管家，隨即他又親自去找。管家滿面春風，就像這一天萬物都生輝那樣。他穿著羔皮鑲邊的皮襖從打穀場那邊走過來，邊走邊在手裡折著根草莖。

「為什麼木匠不在做打穀機？」

「我昨天就要稟報您，現在得修理耙具，馬上就要耕地了。」

「冬天為什麼不修？」

「您的意思，要木匠怎麼做？」

「小牛圍場的柵欄在什麼地方？」

「我吩咐他們擺到老地方。您拿這些人毫無辦法！」管家擺擺手說。

「不是拿這些人，而是拿您這管家毫無辦法！」列文冒火了。「我雇您來幹什麼？」他喊了起來。但一想這樣也無濟於事，話說到一半就打住，只是歎了口氣。「怎麼樣，可以播種了嗎？」他沉默了一會兒問道。

「圖爾金那邊的地，明後天可以了。」

「那麼三葉草呢？」

「我派瓦西里和米什卡去了。他倆正在播種。不知道能不能辦好。地裡爛糟糟的。」

「播幾俄畝？」

---

37 大齋前的一個星期。基督教傳入之前，這是斯拉夫民族的春天節日。

「六俄畝。」

「為什麼不全播上？」列文大聲問。

三葉草只播了六俄畝，而不是十二俄畝，這更讓他惱火。根據農業理論和他自己的經驗，三葉草只有盡早下種，甚至趕在融雪之前，才會有好收成。但列文從來也沒做到過這一點。

「沒有人手。您拿這些人有什麼辦法啊！三個人沒有來。那個謝苗……」

「您最好把乾草的活擱一擱。」

「我已經擱下了。」

「人都上哪兒去了呢？」

「五個人在做蜜餞（他的意思是在堆肥[38]）。四個人在翻燕麥，唯恐發黴，康斯坦丁・德米特里奇。」

列文很清楚，所謂「唯恐發黴」，就是說英國燕麥種已經黴爛。他吩咐的事情又沒有照辦。

「齋期的時候我就說過，要裝通風管！……」他嚷道。

「您請放心，我們會及時做好一切。」

列文生氣地揮揮手，到穀倉去看了看燕麥，返身又來到馬廄。燕麥沒有壞掉。幾名雇工在用鏟子翻動它，其實可以直接把它倒進下邊的穀倉。列文安排好他們這樣做，又抽出兩名雇工去播種三葉草，這才不再生管家的氣。再說，天氣這樣好，又何必找氣生呢。

「伊格納特！」車夫正捲起袖子在井邊沖洗馬車，列文喊了他一聲。「給我備馬……」

「您要哪一匹？」

「就騎科爾皮克吧。」

「遵命。」

列文趁人備馬的時候，把故意在旁邊忙來忙去的管家叫過來，跟他言歸於好，並把開春後的農活及農場計畫告訴了他。

運送糞肥要趁早，趕在刈頭遍草之前全部結束；翻耕遠處那塊地不能停犁，要把它作為秋耕休閒地；刈草一律雇工付工錢，不採取對半分成。

管家認真地聽著，顯然竭力想表示贊同主人的打算，但還是擺出了一副列文早已熟悉、總要為之惱火的無可奈何喪氣模樣，意思是說：這些雖然都很好，但還是得聽天由命。

列文最受不了這種態度。但他雇用過的管家無不如此。他們對待他的計畫全都是這樣，他已不再為此生氣，而只是感到難過，感到更加激奮地要和這種總是與他作對、他卻無以名之而姑且稱之「聽天由命」的習慣勢力拉扯。

「要看是否來得及，康斯坦丁．德米特里奇。」管家說。

「為什麼來不及？」

「至少還得雇十五名工人。人家不願意來。今天雇到的幾個，幹一個夏天每人要七十盧布。」

列文不語。習慣勢力又來作對了。他知道不管他們怎麼努力，照現在的價錢至多能雇到三十七、八個人，就算能雇到四十人，再多也不行了。所以，他還是要拉扯。

「要是沒有人來，那就派人到蘇雷和切菲羅夫卡去。去找人呀。」

38「蜜餞」、「堆肥」二詞，俄語一音之差，此處恐係說話人口誤。

「人我會派的，」瓦西里·費奧多羅維奇沮喪地說，「不過馬匹都不行了。」

「可以再買幾匹。我很清楚，」列文笑著說，「您總是這個不行那個不夠。今年我可不許您來您那一套。一切由我親自來管。」

「可您本來就睡得很少。東家親自來照應，我們求之不得哩……」

「您說他們在樺樹谷那邊種三葉草嗎？我過去看看，」說著他跨上車夫牽過來的淺黃色小馬科爾皮克。

「小溪那邊過不去，康斯坦丁·德米特里奇。」車夫喊道。

「好，我從林子裡走。」

列文騎著這匹閒了一冬的小駿馬，牠在水窪上打著響鼻，開心地又蹦又跳，以輕快的溜蹄步踩著圍欄中的泥水，出了門，直向田野奔去。

列文察看了畜欄和糧倉，心裡挺高興，現在來到田野上，心情更加歡暢了。小駿馬跑著溜蹄步，有節奏地左右搖晃著他的身體。他吸著溫暖清新的空氣、感受著雪的氣息，踏著留有模糊足跡的鬆散殘雪穿過樹林，興致勃勃地欣賞著他的每一棵樹，看那樹皮上返活的青苔和枝條上暴出的嫩芽。他出了樹林，在他面前絲絨毯似的展開了一片平坦的綠原，看不到露出的泥土和澇地，只有窪地裡殘留著星星點點的融雪。他看見農家的馬和馬駒在踐踏他的田地，就吩咐迎面過來的一個農夫把牠們趕開。他遇到農夫伊派特，問他：「喂，伊派特，快播種了吧？」伊派特說：「先得把地耕好呀，康斯坦丁·德米特里奇。」馬踏田地也好，伊派特以嘲笑的口氣說的蠢話也罷，都沒有使列文生氣。愈往前走他心裡愈高興，腦海裡湧現出許多農業計畫，一個比一個高明。他想把自己的田地全部沿南北線插上柳樹，以免那裡的積雪長久不融化；把田地劃分為九塊，六塊施廄肥、三塊休耕種牧草；在遠處地頭上造飼養場；挖水塘；為了施肥方便，再做一個流動畜欄。這樣，三百俄畝種小麥、一百俄畝種馬鈴薯、一百五十俄畝種三葉草，就不會有一畝貧瘠的土地了。

列文裝著一腦袋幻想，小心翼翼讓馬在田埂上走，免得踏壞青苗，來到正在播種三葉草的幾名雇工跟前。他看見裝種子的大車就停在地裡，而不在田邊上，冬小麥被車輪翻起來，讓馬踩壞了。兩個雇工坐在田埂上，像是在合抽一袋菸。大車上裝著拌好泥土的種子，泥團沒有弄碎，都壓成了硬塊，或者凍成疙瘩。瓦西里見主人來了，就向大車走去，米什卡也動手播種。這真不像話，但列文一向不大對雇工發脾氣。瓦西里走過來，列文叫他把馬牽到田邊。

「不礙事，老爺，麥子能長出來的。」瓦西里說。

「勞駕，別囉唆了，」列文說，「照我說的辦吧。」

「是，您啊，」瓦西里答應著，就去抓馬籠頭。「您瞧我們播的種，康斯坦丁・德米特里奇，」他討好地說，「頭等的活計。就是地太難走了！每只草鞋足足有一普特重。」

「為什麼你們沒篩土呢？」列文問。

「我們會把土捏碎的。」瓦西里說著抓起一把種子，用兩手搓著泥團。

這事不能怪瓦西里，是別人把沒過篩的土給他裝了車，但畢竟也叫人生氣。

列文每每用一種好辦法來平息自己的怒火，把一切看起來糟糕的事情變成好事。現在他又用上這個辦法了。他看了看米什卡怎樣播種，只見米什卡腳上黏著大泥塊，一步步朝前走，他就跳下馬，從瓦西里手裡拿過笸斗，親自播起種來。

「你播到什麼地方了？」

瓦西里用腳趾指一個標記，列文就開始往地裡撒種子。地像沼澤一樣，舉步維艱。列文播完一行身上就出汗了。他停下來，把笆斗還給瓦西里。

「哎，老爺，到夏天您可別指著這一行罵我喲！」瓦西里說。

「怎麼啦？」列文快活地說，感到他的好辦法奏效了。

「到夏天您再瞧吧。可不一樣啦。您看看我去年春天播的種，就像裁齊了似的！康斯坦丁・德米特里奇，我這個人幹起活來，就像幫自己父親做事那樣賣力。我自己不會馬虎，也不讓別人馬虎。東家高興了，咱們也高興嘛。瞧瞧那邊，」瓦西里指著田野說，「真叫人開心哩！」

「今年春天真不錯，瓦西里。」

「老人說，這樣好的春天從沒遇到過。我回過家一趟，老爹也播了大半俄畝小麥。他說小麥和黑麥簡直就分不清。」

「你們早就開始種小麥了？」

「是您前年教會我們的。您給了我兩斗麥種。我們賣掉四分之一，餘下的播了大半俄畝地。」

「哎，你要注意，把泥塊弄弄碎，」列文說著向馬走去，「還要督促米什卡。麥子長好了，每俄畝獎給你五十戈比。」

「多謝老爺！您待我們夠好的了。」

列文騎上馬，向去年種上三葉草的那片地走去，他還要看看犁好了準備播春小麥的那塊地。

留茬地上的三葉草長勢喜人，全部活了棵，從去年殘留的麥稈中間泛出一片青翠。馬腿齊膝陷進泥裡，從半解凍的泥土裡拔出來，發出咕唧咕唧的聲音。犁過的地裡根本無法通行，只有結冰的地方還能立足，在化了凍的壟溝裡，馬腿陷到膝蓋以上。田地翻耕得很好，過兩天就可以耙地和播種了。一切都這麼美好，一切都叫人快樂。列文回家時從小溪上走，他希望溪水已退下去。他果然涉過了小溪，還驚起兩隻野鴨。「丘鷸也該出來了。」他想。在到家轉彎的路上他遇見了看林人。看林人也說丘鷸該出來了。

列文放馬一路小跑回家，想趕緊吃好飯，準備好獵槍，黃昏時去打獵。

十四

列文興致勃勃地跑近家門時，聽見大門口有馬車的鈴聲。

「唔，這是從火車站來的，」他想，「現在正好是莫斯科來的火車到達時間……這會是誰呢？說不定是尼古拉哥哥？他說過的：『也許到溫泉療養，也許就上你那兒。』」最初一剎那間，他感到害怕和不快，擔心尼古拉哥哥到這裡來，會擾亂他在春天的歡樂心情。但他為這種想法害臊。他立即敞開了心扉，滿懷親切和喜悅，衷心希望來的人就是他哥哥。他策馬轉過老槐樹，看見一輛從火車站來的三套馬雪橇和一位穿毛皮大衣的先生。這人不是他哥哥。「啊，但願是個有趣的人，跟他好好聊聊，」他想。

「啊！」列文高舉雙手，快樂地叫起來。「真是貴客臨門！啊，見到你太高興了！」他認出是斯捷潘・阿爾卡季奇，就嚷道。

「我肯定能打聽到，她有沒有出嫁，或者什麼時候出嫁。」他想。

在這美妙的春日，他感到，即使回想起她來也絲毫沒有痛苦。

「怎麼樣，沒想到吧？」斯捷潘・阿爾卡季奇從雪橇上下來說。他的鼻梁、臉頰和眉毛上都濺了泥土，但仍然是春風滿面，精神抖擻。「我這次來，一是為了看看你，」他說，一面擁抱和親吻列文，「二是來打打丘鷸，三是要賣掉葉爾古紹沃那片林子。」

「好極了！今年春天不錯吧？你怎麼坐雪橇來啊？」

「坐馬車更難走，康斯坦丁．德米特里奇。」列文認識的那個車夫說。

「哎，看到你真是非常、非常高興。」列文露出孩子般天真快樂的微笑說。

列文把客人領到專門招待來人的房間裡，他的行李——一個旅行包、一把裝在套子裡的獵槍，還有一袋雪茄都拿了進去，讓他在那裡梳洗更衣，自己則趁空來到帳房裡吩咐耕地和三葉草的事。阿加菲雅．米哈伊洛夫娜一向很顧及家族的體面，她在前廳裡遇到列文，問他怎樣準備晚飯。

「您看著辦吧，就是要快一點。」他說著就去找管家。

列文回來時，斯捷潘．阿爾卡季奇已梳洗完畢，笑容滿面地從房裡出來。兩人一起上樓。

「啊，好不容易到了你這兒，我真高興！現在我明白你在這裡的神祕活動是怎麼回事了。說實話，真羨慕你！瞧這房子，這一切多漂亮！明朗，歡快，」斯捷潘．阿爾卡季奇說這話，像是忘記了並非永遠是春天，永遠有這樣晴朗的日子。「連你的老保姆都這麼可愛！要是再有個穿圍裙的漂亮侍女，那就更好了。不過，對你這個過著嚴格修士生活的人來說，這樣就很不錯了。」

斯捷潘．阿爾卡季奇講了許多有趣的新聞。其中列文特別感興趣的是，謝爾蓋哥哥打算今年夏天到鄉下來看他。

關於吉媞和謝爾巴茨基一家的情況，斯捷潘．阿爾卡季奇隻字未提。他只轉達了他妻子的問候。列文感激他這樣知道分寸，非常歡迎他來作客。列文在離群索居的日子裡，總是有許多想法和感觸無人訴說。現在他可以向斯捷潘．阿爾卡季奇盡情地傾吐。他向他傾訴詩意盎然的春之歡樂、他在農業上的失敗和計畫、他對所讀書籍的想法和意見，特別是他那篇著作的構思——他自己還沒有注意到，他的立足點竟是批判一切舊的農學著作。斯捷潘．阿爾卡季奇一向和藹可親，善解人意。他這次來更顯得可愛可親。列文發現他對自己還很尊敬，像是懷有一份溫情，感到很愉快。

阿加菲雅・米哈伊洛夫娜和廚師盡力要把飯菜做得特別可口，但是兩位饑腸轆轆的朋友一坐下來，沒等到上正菜，就大嚼牛油麵包、鹹雞和醃蘑菇。廚師本想露一手他的烤餡餅讓客人歎賞，可是列文竟等不及餡餅做好就叫上湯。儘管斯捷潘・阿爾卡季奇吃慣了珍饈美饌，也覺得這裡的飯菜味道好極了。草浸酒、麵包、牛油，尤其是鹹雞，還有蘑菇、野芝麻湯、白汁雞、克里米亞白葡萄酒，所有這些都鮮美無比，妙不可言。

「太好了，太好了，」吃過一道烤菜之後，他點起一根雪茄菸說。「我到你這裡來，好比從一條轟轟作響、又顛又簸的輪船上來到了寧靜的海岸。那麼，你說要研究勞動者這個因素，農場經營方式的選擇就取決於它；在這方面我可是外行，不過我覺得，一種理論和該理論的應用，都會影響到勞動者。」

「是的，不過你等等，我說的可不是政治經濟學，我說的是農業科學。它作為一種自然科學，應該觀察各種現象，諸如勞動者的經濟狀況和民族特性……」

這時候，阿加菲雅・米哈伊洛夫娜端著蜜餞走進來。

「啊，阿加菲雅・米哈伊洛夫娜，」斯捷潘・阿爾卡季奇吮著自己胖胖的手指尖，對她說，「您的鹹雞，您的草浸酒太好吃了！……怎麼樣，科斯佳，該走了吧？」他問列文。

列文望了望窗外：夕陽漸漸落下光禿的樹梢。

「該走了，該走了，」他說。「庫茲馬，套車！」說著就跑下樓去。

斯捷潘・阿爾卡季奇也下了樓，小心翼翼地取下帆布套，打開漆得油光光的槍匣，動手裝配他那把貴重的新式獵槍。庫茲馬預感到會有不少酒錢，就緊跟著斯捷潘・阿爾卡季奇，幫他穿襪提靴，而那一位也樂得讓他效勞。

「科斯佳，我叫商人李亞比寧今天到這裡來，你吩咐一下，要是他到了，就讓他進來稍等片刻……」

「怎麼，你要把樹林賣給李亞比寧嗎？」

「是的，莫非你認識他？」

「當然認識。我跟他打過幾次『一言為定』的交道。」

斯捷潘．阿爾卡季奇笑了。「一言為定」是李亞比寧的口頭禪。

「是的，他說話太可笑了。」列文拍拍拉斯卡的頭，那狗輕聲尖叫著，在他身邊轉來轉去，一會兒舔他的手，一會兒舔他的靴子和獵槍。「牠知道主人要上哪兒去哩！」列文說。

他們從屋裡出來時，敞篷馬車已經停在臺階邊。

「我叫他們套了車，其實路也不遠。要不，我們步行過去好嗎？」

「算了，還是坐車去吧，」斯捷潘．阿爾卡季奇說著走到馬車旁。他坐上去，用虎皮毯子裹好腿，點著了雪茄菸。「你怎麼不抽菸！雪茄可不是普通的享受，它象徵著一種至高無上；這才是生活！多麼美好！我多麼想過這種生活！」

「有誰礙著你了？」列文笑著說。

「不，你才是個幸運兒。喜歡什麼就有什麼。你喜歡馬就有馬，你喜歡狗就有狗，你喜歡獵具就有獵具，你喜歡農場就有農場。」

「也許是因為，我滿足於我擁有的東西，對於得不到的東西也不苦惱吧，」列文說。他想起了吉媞。

斯捷潘．阿爾卡季奇明白他的意思，望了他一眼，沒說什麼。

奧勃朗斯基素知分寸，見列文怕談謝爾巴茨基家的事，就隻字不提，這使列文很感激。但現在列文倒很想知道那件使他苦惱的事，只是難以啟齒。

「那麼，你的事情怎麼樣？」列文問對方，他覺得光是考慮自己的問題也不大好。

斯捷潘·阿爾卡季奇眼睛裡閃出快樂的光。

「你認為一個人有一份口糧吃飽肚子，就不該再貪戀奶油麵包，否則就是罪過。可是我認為沒有愛情就沒有生活，」他按照自己的意思理解列文的問話，說道，「有什麼辦法呢，我生來就是這樣的人。其實，這對別人無大害，對自己卻樂無窮……」

「怎麼，你又有了新情況？」列文問。

「有了，老弟！你瞧，你知道奧西安[39]吟唱的那種女人……那是夢裡才能見到的……可是，現實生活中就有這樣的女人……她們很可怕。女人這東西無論你怎麼研究，她都是新鮮玩意兒。」

「那還是不要研究的好。」

「不。有一位數學家說過，樂趣不在於發現真理，而在於探索真理。」

列文默默地聽著，不論他怎樣努力，也無法體會他朋友的心思、理解他的感情，領略他研究那種女人的妙趣。

十五

獵丘鷸的地點在離河不遠的小楊樹林裡。車到樹林邊，列文下來，把奧勃朗斯基帶到一塊融雪泥濘、長滿青苔的空地邊上，自己來到另一頭的一棵連理白樺樹旁。他把獵槍靠在下面的枯枝杈口上，脫去長袍，緊了緊腰帶，活動一下雙臂。

緊跟在他身後的白毛老狗拉斯卡小心翼翼地在他面前蹲下來，豎起了耳朵。太陽漸漸落到大森林後面。夾雜在楊樹林中的白樺樹在餘暉裡勾畫出它那芽苞欲綻的垂枝。密林中還有積雪，從那裡隱約傳來蜿蜒細流的潺潺水聲。間或有啾鳴的小鳥，從這棵樹飛到那棵樹上。在一片寂靜中，聽得見去年的落葉由於泥土解凍和春草萌生而發出的沙沙聲。

「多麼奇妙！能夠同時聽見和看見小草生長！」列文發現嫩草旁邊有一片灰白色、濕漉漉的楊樹葉子在移動，自言自語道。他佇立傾聽，時而俯視青苔叢生的濕土地，時而瞅瞅豎起耳朵聽動靜的拉斯卡，時而遠眺山腳下那一片樹梢光禿的林海，時而仰望布滿一道道白雲、逐漸昏暗下來的天空。一隻鷂鷹緩緩搧動翅膀，在遠處森林上空高高飛過。另一隻也同樣飛往那個方向，從視野中消失。樹林裡的鳥鳴愈來愈喧鬧。貓頭鷹也在不遠的地方叫起來。拉斯卡身子一抖，輕輕走了幾步，側耳細聽。小河對岸傳來布穀鳥的

---

39 傳說中西元三世紀的克爾特族武士兼行吟詩人。

啼聲。牠照例先叫了兩聲「布—穀！」接著就嘶啞地亂啼起來。

「聽啊！布穀鳥都叫了！」斯捷潘・阿爾卡季奇從灌木叢裡走出來說。

「是的，我聽見，」列文答道，很不樂意自己那討厭的聲音攪擾了林中的寂靜。「現在快了。」

斯捷潘・阿爾卡季奇又隱入灌木叢。列文只看見火柴一亮，接著是香菸頭的紅點和一縷青煙。

咔！咔！——斯捷潘・阿爾卡季奇扳開了槍機。

「聽！這是什麼在叫？」奧勃朗斯基說，他讓列文注意聽一種拖長的咕咕聲，就像馬駒開心蹦跳時發出的尖細嘶鳴。

「哦，這你不知道？這是公兔在叫。別說話了！你聽，飛過來了！」列文幾乎叫出聲來，連忙扳動槍機。

遠遠傳來一聲尖銳的鳥鳴。兩秒鐘後傳來第二聲、第三聲，這是獵人熟悉的節奏。三聲之後那鳥就「霍爾霍爾」地叫了起來。

列文左右張望。在他面前灰藍的天空中，在交織成一片的楊樹林嫩梢上面，出現了一隻飛鳥。那鳥直直向他飛過來。「霍爾」聲愈來愈近，就像有人在你耳邊有節奏地撕扯一塊繃緊的布匹。鳥的長喙和脖子已清晰可見。就在列文瞄準好的一剎那，從奧勃朗斯基埋伏的灌木叢裡閃出一道紅光。那鳥箭一般直落下來，隨即又沖天而起。紅光又一閃，槍聲響處，鳥兒拍打著翅膀，掙扎著想停留在空中；牠只停住了一剎那，就啪的一聲重重地摔進了泥濘中。

「沒打中嗎？」斯捷潘・阿爾卡季奇叫道，他被槍煙遮住了視線，看不清楚。

「瞧，在這兒呢！」列文指著拉斯卡說。那狗正豎起一隻耳朵，搖著牠翹得高高的毛茸茸尾巴、邁著輕緩的步子，似乎想多得意一會兒，而且彷彿帶著笑容，把死鳥銜給主人。「你得手了，我真高興，」列文說，同時也因為這隻丘鷸不是自己打下來的而有點妒意。

「右筒那一槍打得太糟了，」斯捷潘·阿爾卡季奇一邊裝彈一邊說，「噓……飛過來了。」

果然又傳來接二連三的尖叫聲。兩隻丘鷸追逐嬉戲著，只是尖叫，並不發出「霍爾」聲，一直飛到了獵人們頭頂上方。聽見四聲槍響。丘鷸像燕子一樣打了個急轉彎，便看不見了。

打獵收穫很豐盛。斯捷潘·阿爾卡季奇又打下了兩隻。列文也打了兩隻，其中一隻沒有找到。天黑下來了。銀燦燦的金星已經低懸在西方天際，從白樺樹的枝幹後射出柔和的光芒。昏暗的大角星在東方高空上閃著火紅的亮光。列文在頭頂上方找到了北斗星，後來又看不見了。丘鷸不再飛來，但列文決意再等一會兒，等金星昇上來超過他面前的樺樹枝，等四面都能看清楚北斗七星。金星已超過了樹枝的高度。北斗星的斗身和斗柄在暗藍的夜空已清晰可見。然而列文還是不走。

「該回去了吧？」斯捷潘·阿爾卡季奇說。

樹林裡一片沉寂，沒有任何鳥雀的動靜。

「再待一會兒吧。」列文回答。

「隨你的便。」

他倆站在那裡，相隔十四、五步。

「斯季瓦！」列文突如其來地說，「你幹麼不告訴我，你的小姨子是否出嫁了，或者打算什麼時候出嫁？」

列文覺得自己十分從容鎮定，無論聽到怎樣的回答也不會激動。但斯捷潘·阿爾卡季奇的回答卻是他萬萬沒料到的。

「她沒想過嫁人，現在也不想。她病得很重。醫生讓她出國療養去了。甚至怕她性命難保呢。」

「你說什麼！」列文叫了起來。「病得很重？她出了什麼事？她怎麼……」

他們這樣說話的時候，拉斯卡豎起耳朵，望望天上，又責備似的望望他倆。

「他們真會找時間聊天，」拉斯卡好像在想。「鳥飛過來了……看，真的飛過來了。他們錯過機會了……」

就在這一瞬間，兩人忽然聽見尖厲刺耳的一聲鳥叫，兩人同時抓起獵槍，兩道火光同時噴出，在同一剎那發出兩聲槍響。一隻高高飛過的丘鷸，一斂翅栽進了樹叢，把嫩樹枝都壓彎了。

「妙極了！兩槍都打中了！」列文叫道，跟拉斯卡一起跑進樹林去找丘鷸。「嗯，剛才說到什麼不愉快的事了？」他回想。「對了，是吉媞病了……有什麼辦法呢，我很難過。」他想。

「啊，找到了！真機靈，」他說著從拉斯卡嘴裡拿下那隻身體還溫熱的丘鷸，把它放進差不多裝滿了的獵物袋裡。「斯季瓦，找到了！」他叫道。

十六

回家的路上，列文詳細詢問吉媞的病情和謝爾巴茨基家的打算。他聽到的消息使他很高興，雖然他不好意思承認這一點。他高興的是事情還有希望。更高興的是，她使他備受痛苦，自己也嘗到了這種滋味。可是，當斯捷潘・阿爾卡季奇講起吉媞的病因並提到渥倫斯基的名字時，列文打斷了他：

「我無權瞭解別人的家事，老實說，也毫無興趣。」

斯捷潘・阿爾卡季奇微微一笑。他覺察到列文臉上熟悉的那種瞬間表情變化。列文剛才還那麼快活，現在一下子又變得陰鬱了。

「賣樹林的事，你和李亞比寧都講好了嗎？」列文問。

「是的，講定了。價錢好，三萬八千盧布。先付八千，餘下的六年內付清。為這事我忙了好久，沒人願意出更高的價。」

「你這是把樹林白白送人。」列文悶悶不樂地說。

「怎麼說是白送呢？」斯捷潘・阿爾卡季奇和顏悅色地微笑著說，他知道此刻列文對什麼事情都看不順眼。

「因為每俄畝樹林至少要值五百盧布，」列文回答。

「唉，你們這些土東家啊！」斯捷潘・阿爾卡季奇打趣說。「聽你們這口氣是瞧不起我們城裡人！……

要說辦事，我們一向都行。老實說，我仔細算過，」他接著說，「林子賣得很合算，我還擔心對方不肯呢。這又不是材木林，」斯捷潘・阿爾卡季奇想用材木林這個詞證明列文過慮了，「多半是些柴木，而且每俄畝不超過三十沙繩[40]，他卻給了我每俄畝兩百盧布。」

列文輕蔑地笑笑。他想：「我知道，不光是他，所有城市居民都有這種作風。他們十年難得下兩次鄉，學會幾句鄉下話就信口亂說，滿以為自己事事通。什麼『材木林』啦，『三十沙繩』啦，嘴巴上儘管說，其實什麼也不懂。」

「我不想教你怎樣寫公文，」他說，「一旦需要，這事我還得請教你。可是，你滿以為對樹林的知識很精通。這門知識難著呢。你數過樹嗎？」

「樹怎麼數得過來？」斯捷潘・阿爾卡季奇笑著說，一直想讓朋友擺脫惡劣的心緒。「數沙粒、數行星的光芒，只有聰明絕頂的人能辦到……」

「李亞比寧就是聰明絕頂的人。商人買樹，沒有一個不數的，除非像你這樣白白送給他。你那片林子我知道。每年我都到那兒去打獵。那片林子每俄畝值五百盧布現金，而他只給你兩百盧布分期付款。你等於白送了他三萬盧布。」

「好了，別異想天開了，」斯捷潘・阿爾卡季奇無奈地說，「為什麼別人都不肯出這個價呢？」

「因為他和別的商人串通好了。他付給他們補償金。我跟那班人打過交道，很瞭解他們。這些人不是正經商人，而是二流販子。要是只有百分之十、十五的利潤，李亞比寧才不會肯呢。他要用二十戈比買進價值一盧布的東西。」

「唉，算了吧！我看你心情不好。」

「沒有的事。」列文悶悶不樂地說。這時他們已回到家門口。

門廊臺階旁停了一輛包著鐵皮和皮革的馬車，駕車的是一匹用寬闊軛索緊緊繫住、餵得肥肥的馬。車上坐著個臉色紅潤、腰帶束緊的夥計，他也是李亞比寧的車夫。李亞比寧已經進屋，在前廳裡迎接這兩位朋友。這是個高高瘦瘦的中年人，留著小鬍子，突出的下巴刮得精光，兩隻暴眼渾濁無神。他穿一件長襟的藍色常禮服，鈕釦釘到了腹部以下。腳下的長筒皮靴在踝部皺起，小腿部分上下一般粗細。皮靴外面套了雙大套鞋。他用手帕把整個臉抹了一把，掩了掩整整齊齊的禮服，笑容可掬地迎接走進來的兩位，向斯捷潘．阿爾卡季奇伸出手去，像是要捉住什麼東西似的。

「啊，您也到了，」斯捷潘．阿爾卡季奇說著也向他伸出手去。「太好了。」

「我對閣下的命令可不敢馬虎，顧不得道路這樣糟。簡直是一路步行過來，還是準時到了。康斯坦丁．德米特里奇，向您請安啦，」他對列文說，想捉住列文的手。列文皺起眉頭，裝作沒看見，只顧把丘鷸從獵物袋裡取出來。「兩位打獵消遣來著？這是什麼鳥哇？」李亞比寧輕蔑地望著丘鷸說，「大概味道不錯吧。」又不以為然地搖搖頭，像是非常懷疑打這種鳥有什麼意思。

「想到書房裡去嗎？」列文不高興地皺著眉，用法語對斯捷潘．阿爾卡季奇說。「你們去書房談吧。」

「完全可以，上哪兒都行。」李亞比寧以不屑而得意的口氣說，似乎想讓對方感到，別人可能難以應付的交道，對於他是決不會有任何困難的。

李亞比寧走進書房，習慣地四下張望，像是在尋找聖像，但找到了聖像卻又不畫十字。他打量了一下

40 即俄丈，一沙繩等於二．一三四公尺。

書櫥和書架，就像對待丘鷸那樣，輕蔑地笑笑，不以為然地搖搖頭，認為置辦這些書櫥和書實在是多此一舉。

「怎麼樣，錢帶來了嗎？」奧勃朗斯基問道。「請坐。」

「錢我們是不會吝惜的。我是來跟您當面商量一下。」

「商量什麼？哎，您坐呀。」

「行，」李亞比寧說著坐下來，很彆扭地把胳膊肘撐在椅背上。「公爵，您得讓點步。不然的話，真是罪過。錢都準備好了，一文也不少。付款從來不拖欠。」

列文把獵槍放進櫃子裡，正要走出去，聽見商人說這話，就站住了。

「您簡直白拿了人家一座樹林，」他說，「他到我這兒來太晚了，不然我會為他定個價錢。」

李亞比寧站起來，默默微笑著從頭到腳打量了列文一遍。

「康斯坦丁・德米特里奇太小氣了，」他笑嘻嘻地對斯捷潘・阿爾卡季奇說，「你從他手裡什麼東西也買不到。我買小麥，出的可是好價錢。」

「為什麼我要把自己的東西白送給您？我又不是從地上撿來或偷來的。」

「哪能呢，當今之世偷竊可是萬萬不行。當今之世全都得依法辦事，如今一切都是光明正大，可不敢去偷呀。我們說話老老實實。那座林子太貴了，實在不合算。我請求多少再讓一點價。」

「你們的交易說定了沒有？如果說定了，就不必再討價還價，要是還沒有說定，那座林子我買。」列文說。

李亞比寧臉上的笑容馬上消失，露出了鷂鷹般凶狠的表情。他用瘦骨嶙峋的手指匆匆解開禮服的鈕子，敞出沒有塞進褲子的襯衫，露出馬夾上的銅鈕釦和懷錶鏈子，並迅速掏出一個鼓鼓的舊皮夾來。

「請收下錢，樹林是我的，」他連忙畫個十字說，把手伸出去。「錢拿去吧，樹林是我的。我李亞比寧就是這樣做生意，從不斤斤計較，」他揮揮皮夾，愁眉苦臉地說。

「我要是你就不這樣著急。」列文說。

「哪能呢，我都已經答應了。」奧勃朗斯基詫異地說。

列文走出房間，砰地帶上門。李亞比寧望著門，微笑著搖搖頭。

「少年氣盛，終究是孩子氣。說實話，我買這片林子只是圖個好名聲。是我李亞比寧，而不是別的人買下了奧勃朗斯基家的樹林。賺不賺錢聽天由命。相信上帝吧。請您寫個契約……」

一小時後，商人仔細掩好長袍、扣上常禮服，兜裡揣著地契，坐進他那遮蓋得嚴嚴實實的馬車，回家去了。

「哎呀，這些老爺，全是一個樣！」他對夥計說。

「可不是，」夥計說著，把韁繩遞給他，去扣緊擋泥土的皮圍子。「買賣怎麼樣了，米哈伊爾·伊格納季奇？」

「唔，唔……」

十七

斯捷潘・阿爾卡季奇衣袋鼓鼓地揣著商人的三個月預付款，走上樓去。樹林成交了，鈔票拿到了，打獵也很有斬獲，斯捷潘・阿爾卡季奇樂不可支，因此他特別想驅散列文的惡劣心緒。他希望晚餐時能愉快地結束這一天，就像早晨開始時一樣。

列文確實心情不好。儘管他想對可愛的客人表示親切和殷勤，卻控制不住自己的情緒。吉媞沒有出嫁的消息搞得他有些頭腦發暈。

吉媞沒有結婚而且還病了，因為愛上一個輕賤她的人。這種輕賤彷彿也刺痛了他。渥倫斯基輕賤她，而她輕賤他列文。從而渥倫斯基也有權輕賤他，因此渥倫斯基就是他的敵人。列文倒沒有想得這麼多。他只是模糊感覺到，這裡面有什麼東西使他受了侮辱。他現在不是因為心煩意亂而生氣，他簡直看什麼都不順眼。愚蠢的樹林交易，奧勃朗斯基受騙上當，這騙局又是在他家裡實現的，能不叫他冒火嗎？

「辦完了嗎？」他迎著走上樓來的斯捷潘・阿爾卡季奇說。「想吃晚飯了嗎？」

「好的，我不反對。我在鄉下胃口真好，怪！你幹麼不請李亞比寧吃晚飯？」

「去他的吧！」

「你對待他真夠無情的！」奧勃朗斯基說。「連手都不願伸給他。為什麼不跟他握手呢？」

「因為我決不跟奴才握手；奴才還比他好一百倍。」

「你真是頑固分子！你不贊成各階級的融合？」奧勃朗斯基說。

「誰高興誰儘管去融合，我可感到噁心。」

「我看你真是頑固不化。」

「老實說，我從來沒想過我是何許人。我是康斯坦丁·列文，如此而已。」

「還是心情很壞的康斯坦丁·列文，」斯捷潘·阿爾卡季奇微笑著說。

「是的，我心情不好，你知道因為什麼嗎？恕我直言，就因為你做了一筆愚蠢的交易……」

斯捷潘·阿爾卡季奇皺起眉頭，他那副厚道的樣子，就像受了人家的冤枉氣，感到掃興似的。

「唉，別說了！」他說。「向來都是這樣，有人賣掉什麼，別人馬上就對他說，『這東西值更多的錢』。可是賣的時候，誰也不出更高的價……是的，我看你是記恨這個倒楣的李亞比寧。」

「也許是。你知道為什麼嗎？——你又要說我是頑固分子，或者還有什麼嚇人的稱呼——可是我看到，我們貴族階層正在全面走向衰落，心裡感到懊喪和難過。不管怎麼打破等級界限，我還是樂意當貴族。如果是由於奢侈而破落，倒也無可厚非，因為貴族老爺就是要過闊綽生活，只有貴族才會這樣過日子。如今我們周圍的農民都在買田置地，我並不難過。老爺無所事事，農民整天幹活，把遊手好閒的人擠走，也是理所當然的。我替農民高興。可是，貴族由於——我不知道怎麼說，由於幼稚無知而破落，叫人看著不是滋味。這裡就有個波蘭佃戶，用半價向住在尼斯的貴婦人買下了她那塊絕好的田產。這裡還有人把每俄畝該租十盧布的土地，按一盧布租給了商人。現在又有個你，竟然平白無故地送給那個騙子三萬盧布。」

「應該怎麼辦？一棵棵地去數樹嗎？」

「一定要數。你沒數，李亞比寧可數過了。他的子女今後就有生活費和教育費，你的子女恐怕就沒有了！」

「恕我直言，這樣數樹也未免太瑣碎了。我們有我們的事，他們有他們的，就是要賺點錢嘛。何況這件事情已經辦完，結束了。啊，煎雞蛋來了，這可是我最愛吃的。阿加菲雅・米哈伊洛夫娜還要給我們喝美味的草浸酒……」

斯捷潘・阿爾卡季奇在桌邊就座，和阿加菲雅・米哈伊洛夫娜說起笑話來，再三向她表示，像這樣的午飯和晚飯他好久都沒有吃到過了。

「您倒還誇獎兩句，」阿加菲雅・米哈伊洛夫娜說，「可是康斯坦丁・德米特里奇呢，不管你給他吃什麼，哪怕是麵包皮，他吃完就走。」

列文雖然盡力克制自己，但還是顯得鬱鬱不樂，寡言少語。他想向斯捷潘・阿爾卡季奇提一個問題，可是下不了決心，也不知道該怎麼問、什麼時候問。斯捷潘・阿爾卡季奇已經下樓回到自己的房間，脫去衣服，洗了臉，換上皺紋布的睡衣，上床躺下了。可是列文還磨磨蹭蹭不肯走，扯些雞毛蒜皮的瑣事，就是沒有勇氣問他想問的事。

「這肥皂做得多漂亮，」他把一塊香皂打開來端詳道。這是阿加菲雅・米哈伊洛夫娜為客人準備的，但奧勃朗斯基沒有用它。「你瞧，真是件藝術品哩。」

「是呀，現在什麼東西都精益求精，」斯捷潘・阿爾卡季奇說，一面愜意地打著哈欠，眼睛濕潤潤的。「譬如劇院啦，還有那些供人娛樂的……啊——啊！」他打著哈欠。「到處有電燈……啊——啊！」

「是的，電燈，」列文說，「是的。不過，如今渥倫斯基在什麼地方？」他忽然放下肥皂問道。

「渥倫斯基嗎？」斯捷潘・阿爾卡季奇止住哈欠說，「他在彼得堡。你走後不久他就走了，再也沒有來過莫斯科。聽我說，科斯佳，我老實告訴你，」他接著說，並把胳膊肘撐在桌上，一隻手托住他那紅撲撲的漂亮臉蛋，溫情脈脈的惺忪睡眼朗星似的閃閃發亮。「是你自己不好。你讓情敵嚇壞了。我當時就對你說過，我不知道你們倆誰占優勢。你為什麼不奮勇力爭呢？當時我對你說……」他沒有張嘴，光用頷骨打了個哈欠。

「他是否知道我求過婚呢？」列文望著他，心想。「他臉上有一種外交家的狡黠神氣。」他感到自己臉紅了，默默地直視著斯捷潘．阿爾卡季奇的眼睛。

「如果說她當時有所動心，那也是被他的外貌給吸引，」奧勃朗斯基接著說。「他那十足的貴族派頭，還有他在上流社會未來的地位——倒不是對她，而是對她的母親很有影響力。」

列文皺起眉頭。他求婚遭拒的侮辱，重又像新受的創傷一樣灼痛了他的心。好在他是在自己家裡，可以稍安。

「等一等、等一等，」他打斷奧勃朗斯基的話，「你提到貴族派頭。請問，渥倫斯基或者別的什麼人，居然如此輕賤我，他們這種貴族派頭是怎麼回事？你把渥倫斯基當成貴族，我可不然。此人的父親靠鑽營起家，母親天曉得跟多少人發生過關係……不，對不起，我認為我自己和像我這樣的人才是貴族，我們祖上三、四代都是清白世家，受過高等教育（才智稟賦是另一回事），從不卑躬屈節、趨炎附勢，就像我父親和祖父那樣。我知道許多像我們這樣的人。你鄙視我數樹林裡的樹，卻白送給李亞比寧三萬盧布；你有地租和別的什麼收入，而我沒有，所以我珍惜祖產和勞動所得……我們是貴族，而不是那種靠權貴們的施捨、用幾個小錢就能收買的人。」

「你這是在罵誰呀？我跟你看法相同，」斯捷潘．阿爾卡季奇用樂呵呵的、誠懇的語氣說，雖然他覺得列文所講的幾個小錢就能收買的人，也暗指他在內。列文活躍起來，這使他由衷地感到高興。「你這是在罵誰呀？關於渥倫斯基，有許多話你說得不對，這個暫且不談。我乾脆對你說吧，我要是你，就跟我一起到莫斯科去，然後……」

「不，不管你知道不知道，我告訴你吧，我求過婚，被拒絕了。如今對我來說，卡捷琳娜・亞歷山德羅夫娜只是一個痛苦屈辱的回憶。」

「為什麼？真是胡說！」

「我們別談這個吧。要是我對你失禮了，請你原諒我，」列文說。他已一吐為快，這時的心情又像早晨那樣好了。「斯季瓦，你不生我的氣吧？請你別生氣，」他說著，笑嘻嘻地握住他的手。

「不，一點也不，沒有理由生氣。我很高興，我倆都說出了心裡話。聽我說，清早打獵也滿有意思。去不去？我寧願不睡覺，打過獵直接上火車站。」

「那好極了。」

十八

渥倫斯基的內心世界雖然充滿了激情，但他的日常生活仍然沿著原來的社交圈子和團隊活動的常軌不可阻擋地前進。團隊的利益在渥倫斯基生活中占有重要位置，因為他愛團，尤其因為全團的人都喜愛他。渥倫斯基在團裡不僅受人愛戴，也為同僚敬重、引以為榮，因為他非常有錢，極有教養，才華橫溢，功名利祿前程似錦，而他卻全然不把這些放在眼裡，只知道一心維護團隊和同事們的利益。渥倫斯基知道同事對他的看法。他除了喜歡這裡的生活之外，還感到必須保持他在同事們心目中的印象。

當然，他沒有跟任何任何同事談到過他的戀情，即使在酗酒胡鬧的場合也不曾洩露天機（他從不喝醉到喪失自制力的程度），遇有冒失的同僚暗示他的私情時，他還要堵住對方的嘴。儘管他的緋聞已鬧得滿城風雨，大家多少猜到了他和卡列尼娜的關係，多數青年還是特別羨慕他在戀愛中遇到的最大麻煩，即卡列寧的崇高地位，也就是羨慕這段私情在社交界引發特別轟動的效應。

多數嫉妒安娜的年輕婦女，早已厭膩人家把她叫做正直的女人，她們幸災樂禍地期待著，一旦社會輿論形成，就把全部的輕蔑和侮慢一股腦兒向她潑過去。她們已在準備泥塊，時機一到就朝她身上拋擲。多數上了年紀的人和上層人士，對於正在醞釀中的這種社會醜聞感到不滿。

渥倫斯基的母親知道兒子的私情後，起初頗為得意。一是因為，照她看來，上流社會的風流韻事最能替一個傑出青年增光生色。再是因為，她那麼喜歡的卡列尼娜，一路上曾大談她自己的兒子，其實也跟她渥倫斯基伯爵夫人心目中所有美麗的正經女人沒有什麼兩樣。但是，最近她聽說兒子拒絕擔任某個前程遠大的職務，就是為了繼續留在團裡，好跟卡列尼娜見面；據說上層人士因此對他不滿——她這才改變原先的看法。還有令她不快的是，據她從各方面聽到的消息，兒子的戀情並不是她贊許的那種上流社會風流韻事，而據說是一種可能導致他幹蠢事的少年維特[41]式的狂戀。自從他突然離開莫斯科，她就再也沒見到過他。她讓大兒子一定要叫他回來見她。

兄長對弟弟也不滿意。他倒不考究這是一種什麼樣的戀愛，高尚的還是猥瑣的、熱烈的還是不熱烈的、道德的還是不道德的（他自己已有幾個孩子，還養個舞女姘頭，故對這種事持寬容態度），但是他知道，這次戀愛是弟弟必須討好的人士所不喜歡的，因此他不贊成弟弟的行為。

除了軍務和社交之外，渥倫斯基還愛好騎馬。他是個賽馬迷。

今年預定要舉行一次軍官障礙賽馬。渥倫斯基已報名參賽。他買了一匹英國純種牝馬。雖然他沉浸愛河，對這次比賽仍心嚮往之，儘管有所克制，熱情還是很高……

這兩種熱情互不干擾。相反的，他正需要一種獨立於愛情之外的活動和愛好，藉以振作一下精神，擺脫過分激動人心的印象，以便稍事休息。

十九

在紅村賽馬的那天，渥倫斯基比平時提早來到團部食堂吃牛排。他無需過於節制飲食，因為體重正好四普特半，沒有超過標準，但也不能再胖了，所以他不吃麵食和甜食。他穿著敞開的常禮服，裡面露出白色背心，雙臂肘部撐在桌面上。面前盤子裡放著一本法國小說，他邊看書邊等著上牛排。眼睛望著書，就可避免和進進出出的軍官們交談，而想他自已的事。

他在想，安娜答應今天賽馬後跟他見面。他已經三天沒見到她了。她丈夫已從國外回來，他不知道今天能否見上面，也不知道怎樣才能打聽到消息。他和她最近一次見面是在別特西堂姊的別墅裡。他盡可能避免去卡列寧家的別墅。但現在他想去一次，正在考慮怎麼去。

「當然，我會說別特西派我來問一聲，安娜是否去看賽馬。當然，我一定要去一趟。」他拿定主意，從書本上抬起頭來，真切地想像著和她見面的幸福，不禁喜形於色。

「派個人去告訴我家裡，趕快備好三套馬車。」跑堂用銀盤子端來熱騰騰的牛排時，渥倫斯基對他說，一邊把盤子移到面前，吃了起來。

從隔壁彈子房裡傳來擊球聲和說笑聲。這時門口走進來兩名軍官。一個年紀輕輕，面容清癯且氣色不

41 德國作家歌德所著《少年維特的煩惱》中的主人公。

佳，是不久前才從貴胄軍官學校來到團裡的；另一個年紀已長，身體肥胖，腕上戴著手鐲，長著一對眼泡浮腫的小眼睛。

渥倫斯基望了他們一眼，皺起眉頭，裝作沒看見，斜眼望著書本，邊吃邊看書。

「怎麼？出發之前來吃一點？」胖軍官在他旁邊坐下來說。

「可不是，」渥倫斯基皺著眉說，一邊擦嘴，眼睛並不看他。

「你就不怕發胖嗎？」那軍官說，一面幫年輕軍官挪過一張椅子。

「什麼？」渥倫斯基氣惱地說，做著厭惡的鬼臉，露出了他那整齊的牙齒。

「你不怕發胖？」

「來人，雪麗酒[42]！」渥倫斯基喚了一聲，並不回答胖軍官，把小說放到另一側，仍舊看他的書。

胖軍官拿起酒單，對年輕軍官說：

「我們喝什麼，你自己點。」他把酒單遞過去，望著他說。

「是不是來點萊茵葡萄酒。」年輕軍官說，膽怯地瞟瞟渥倫斯基，竭力用手指頭去揪那剛剛長出來一點的小鬍子。他見渥倫斯基並不轉身，就站起來。

「我們去彈子房吧。」他說。

胖軍官順從地起身，兩人向門口走去。

這當兒，身材高大勻稱的亞什溫騎兵大尉走進來。他向這兩個軍官不屑地一揚頭，直接走到渥倫斯基跟前。

「啊！你在這兒！」他叫道，大手在渥倫斯基肩章上重重地一拍。渥倫斯基惱火地回過頭來，臉色頓時一亮，恢復了他平素那種泰然可親的表情。

「真聰明，阿廖沙，」騎兵大尉用洪亮的男中音說，「現在你得吃一點，喝一小杯。」

「真不想吃。」

「瞧那形影不離的一對，」亞什溫以嘲笑的目光望著走出去的那兩名軍官。他收攏他緊裹著馬褲的奇長雙腿，高高地聳起了膝蓋，在渥倫斯基身邊坐下來。「昨天你怎麼沒上克拉斯寧斯基劇院去？努梅羅娃長得真夠漂亮的。你到哪兒去了？」

「我在特韋爾卡雅家待久了。」渥倫斯基說。

「哦！」亞什溫應道。

亞什溫是個賭徒兼酒鬼，放蕩不羈，行為乖常不倫，是渥倫斯基在團裡最要好的朋友。渥倫斯基喜歡他，因為他體力過人，能豪飲不醉、通宵不眠而不失常態，還因為他意志堅強，博得長官和同事的敬畏，賭博起來則動輒巨萬，不管喝多少酒仍然精明沉著，在英國俱樂部裡被譽為頭號賭家。渥倫斯基喜歡並尊重亞什溫，特別是他覺得，亞什溫喜歡他並非由於他的名聲和財富，而是喜歡他這個人。在所有的人當中，渥倫斯基只願跟他一個人談談自己的愛情。他覺得，儘管亞什溫彷彿蔑視一切感情，然而唯有他能理解現在充滿他整個生命的強烈激情。此外，他確信亞什溫決不會以蜚短流長、揭人隱私而幸災樂禍，而是能正確理解他的感情，知道並相信這種愛不是兒戲，不是尋歡作樂，而是比較嚴肅、重大的事情。

渥倫斯基沒有跟他說過自己的愛情，但是知道他全瞭解，全明白，他從他的眼神裡就能看出來，並對

42 一種白葡萄酒。

此感到高興。

「啊，對了！」他說，意思是指渥倫斯基在特韋爾卡雅家裡待過。他黑眼睛一亮，捻起左邊的鬍子，按照他的怪癖把鬍鬚塞進嘴裡。

「昨天你做什麼了？贏了嗎？」渥倫斯基問。

「贏了八千。有三千不能算數，未必肯付給我。」

「那麼你可以在我身上輸掉。」渥倫斯基笑著說。（賽馬這件事，亞什溫在渥倫斯基身上下了大注。）

「無論如何不會輸。只有馬霍京有點危險。」

話題轉到今天賽馬的預測上。渥倫斯基現在所想的唯有這件事。

「我們走吧，我吃完了。」渥倫斯基說著站起身，向門口走去。亞什溫也站起來，伸直了他那粗長的腿和頎長的背。

「我吃飯還早，先得喝一杯。我馬上就來。喂，拿酒來！」他用發口令出了名的、震得窗玻璃打顫的渾厚嗓音喊道。「不，不要了，」他隨即又吼道。「你回家，我還是跟你一道走吧。」

他和渥倫斯基一道離開了。

二十

渥倫斯基住在一幢隔成兩半、寬敞清潔的芬蘭式木屋裡。彼得里茨基在兵營裡也跟他住在一起。渥倫斯基和亞什溫走進木屋時，彼得里茨基還在睡。

「起來，你也睡夠了，」亞什溫走到隔板後面，見彼得里茨基蓬頭亂髮，把鼻子埋在枕頭裡，就推推他的肩膀說。

彼得里茨基霍地跳起來跪在床上，朝四下望望。

「你哥哥來過這裡，」他對渥倫斯基說，「把我叫醒了，見他的鬼。他說還要來。」說完又拉上毯子，倒在枕頭上。「別鬧了，亞什溫，」他生氣地對扯他毯子的亞什溫說。「別鬧！」他轉過身來，睜開了眼睛。「你還是告訴我喝點什麼好，嘴巴裡難受得都……」

「來點伏特加最好，」亞什溫聲音隆隆地打斷他。「捷列先科！給你老爺拿點伏特加和黃瓜來，」他吼道，顯然很喜歡聽自己的嗓音。

「你說來點伏特加？是嗎？」彼得里茨基愁眉苦臉地揉揉眼睛。「你也喝嗎？一塊兒喝，就喝一點！渥倫斯基，你喝嗎？」彼得里茨基說罷爬了起來，順手拿虎皮毯子裹住身體。

他走到外屋，舉起雙手，用法語唱道：「從前屠勒國有個國——王。渥倫斯基，你喝嗎？」

「去你的。」渥倫斯基正在穿僕人遞上來的常禮服。

「你上哪兒去呀?」亞什溫問他。「瞧,三套馬車也來了。」他看見一輛馬車正駛過來,又說。

「上馬廄去,我還得找布良斯基談一下馬的事。」渥倫斯基說。

渥倫斯基答應過到距離彼得戈夫十俄里遠的布良斯基家去,把買馬的錢送給他,確實想趕到那兒去一趟;但同事們立刻明白,他不光是去那邊。

彼得里茨基不住地唱,一隻眼眨,噘起嘴唇,彷彿在說:「我們知道是個什麼布良斯基。」

「你可別遲到了!」亞什溫只說了一句。但為了改變話題,他又說:「我那匹黑鬃褐色馬怎麼樣,好使喚嗎?」他眼望著窗外,問起他賣給渥倫斯基的那匹轅馬。

「等一等!」彼得里茨基對已經要走的渥倫斯基喊道。「你哥哥給你留了封信和一張字條。等一等,放在哪兒了?」

渥倫斯基站住了。

「哦,在哪兒?」

「放在哪兒?這倒是個問題!」彼得里茨基豎起食指,指著鼻子上方,煞有介事地說。

「你快說呀,別裝傻了!」渥倫斯基笑著說。

「壁爐我沒生過。好像就在這裡的。」

「好了,別胡扯了!信到底在哪兒?」

「不,我真的忘記了。別是我夢見信了?等等,等等!何必動氣呢!你要是像我,昨天一人喝了四瓶伏特加,就不記得睡在哪兒了。等等,我能想起來!」

彼得里茨基走進隔間,躺在自己床上。

「等等！當時我這樣躺著，他那樣站著。對，對，對了……就在這裡！」彼得里茨基從床墊下面掏出一封信，原來他把它藏在那兒了。

渥倫斯基接過信和哥哥的字條。不出他所料，母親在信中責備他不去看她，而哥哥在便條中說要和他談談。渥倫斯基知道他們都是為了那件事。「關他們什麼事呀！」渥倫斯基心想，把信一團，塞在禮服的鈕釦之間，打算在路上細看。他在木屋的過道間遇見兩個軍官，一個是本團的，另一個是別團的。

渥倫斯基的宿舍一向是所有軍官都常來的聚會點。

「你上哪兒？」

「有事，上彼得戈夫去。」

「馬從皇村送過來了嗎？」

「送來了，我還沒見到呢。」

「聽說馬霍京的那匹角鬥士腳跛了。」

「別瞎扯！不過，這種爛泥地怎麼好賽馬呢？」另一個軍官說。

「瞧，我的救星到了！」彼得里茨基看見進來的人就叫起來，這時勤務兵用托盤端著酒和醃黃瓜站在他面前。「亞什溫叫我喝酒提神哩。」

「嗜，你們昨天可把我們折騰慘了，」來人中有一個說，「整整一夜不讓人睡覺。」

「不，結果可真有意思！」彼得里茨基說，「沃爾科夫爬到屋頂上，說他很悲傷。我就說，來點音樂吧，葬禮進行曲！沃爾科夫聽著葬禮進行曲，就在屋頂上睡著了。」

「喝點，一定得喝點伏特加，然後來點溫泉水，再多吃些檸檬，」亞什溫站在彼得里茨基身邊，像母親強迫孩子吃藥那樣對他說，「最後還得稍微喝一點香檳，就一小瓶。」

「有道理。你等等，渥倫斯基，一塊兒喝吧。」

「不了，先生們再見，我今天不喝酒。」

「怎麼，怕增加體重嗎？算了，我們自己喝。把溫泉水和檸檬拿來。」

「渥倫斯基！」有人叫了他一聲，這時他已走進了過道間。

「什麼事？」

「你把頭髮剃短些，頭髮在你的禿頂上太沉重了。」渥倫斯基確實過早開始謝頂。他開心地笑起來，露出一排整齊的牙齒，拉了拉帽子遮住禿頂，出門上了馬車。

「去馬廄！」他說。他想拿出信來看完它，但又改變了主意，不願在看馬之前分心。「以後再看吧……」

二十一

臨時馬廄的木板棚就搭在賽馬場旁邊。他的馬昨天就該牽到這裡了。他還沒見到過牠。近些日子他沒有親自遛馬，把牠交給了馴馬師，因此一點也不清楚牠的狀況。他剛下車，馬倌（跟班），即所謂童僕，老遠認出是他的馬車，就把馴馬師叫了出來。馴馬師是個精瘦的英國人，穿著長筒靴、短上衣，留一撮頷鬚，邁著騎手的笨拙步伐、支開兩肘，搖搖擺擺地迎面走來。

「喂，弗魯—弗魯怎麼樣？」渥倫斯基用英語問道。

「很好，先生。[43]很好，先生，」英國人用一種喉音說，「您最好別進去，」他一面舉帽致意，一面又說。「我給馬戴上了籠頭，牠有點煩躁。最好別去驚動牠。」

「不，我要進去。我想看看牠。」

「那麼來吧，」英國人皺著眉，仍然不張嘴巴地說，一面擺動兩肘，搖搖晃晃地走在前頭。

他們走進馬棚前面的小院子。值班員是個穿短上衣的小夥子，衣著整齊，人挺精神，拿著根掃帚，走過來迎接他們，然後跟在他們後面。馬棚裡的五匹馬分欄餵養。渥倫斯基知道，他的勁敵，馬霍京那匹身長二俄尺五俄寸的紅棕色駿馬角鬥士，今天也該送到這裡。那匹馬他不曾見過，現在渥倫斯基比看自己

43 原文為英文。

的馬更想看看角鬥士。但渥倫斯基知道，按照賽馬的規矩，他不僅不能去看這匹馬，就連打聽一下也是不禮貌的。他經過走廊時，小夥子打開了左邊第二欄的門，渥倫斯基看見一匹高大的棕紅色馬及其雪白的馬腿。他知道這就是角鬥士，他像回避一封拆開了的私人信件那樣扭過身去，直接走到弗魯—弗魯的欄邊。

「這匹馬是馬克……馬克……這個名字我總是說不上來。」英國人扭頭說，用他那指甲很髒的大拇指指了指角鬥士的欄。

「你說是馬霍京的嗎？是的，這可是我的一名勁敵。」渥倫斯基說。

「如果這馬的騎手是您，我就下您的注。」英國人說。

「弗魯—弗魯性子烈些，但更強壯。」渥倫斯基聽到誇獎他的騎術，微笑著說。

「障礙賽馬全靠騎術和膽量[44]，」英國人說。

說到膽量，也就是毅力和勇氣，渥倫斯基覺得自己是足夠的，尤其是，他確信天下無人比他更有膽量。

「您確實認為不需要再訓練了？」

「不需要，」英國人回答，「請不要大聲說話。馬容易受驚嚇，」他又說，向面前那間門著的馬欄點點頭，欄裡傳來馬蹄踩在乾草上的聲音。

他打開欄門。渥倫斯基走進只有一個小窗洞透入微弱光線的單間馬欄。欄裡拴著一匹戴籠頭的深褐色馬，在新鮮的乾草上倒換著蹄子。渥倫斯基掃視一眼幽暗的馬欄，不禁又從上到下打量著他愛駒的體態。弗魯—弗魯是匹中等個頭的馬，體形上不是沒有缺點；牠骨架瘦窄，雖然胸骨充分突出，胸部卻嫌狹小。馬的臀部有些下垂，前腿和後腿，尤其是後腿，有明顯的羅圈。前後腿的肌肉雖不十分發達，但前肚卻特別寬闊，這一部分的承受力加上筋肉強健的瘦削後腹，現在看起來格外令人驚喜。膝蓋以下的腿骨，正面看去不過手指粗細，但從側面看卻非常寬大。馬的全身，除了肋骨部分，像是從兩側夾扁、向前後拉長一般。這匹馬具有的極大優點——就是牠的純種——足以彌補牠所有的不足。照英國人的說法，這純種的血統是會表現出來的。在緞子般薄而光滑的皮膚下，肌肉從網狀的血管下凸出，顯得像骨頭一般結實；瘦削的腦袋上長著一對亮閃閃、快樂的鼓眼睛，鼻子下部變寬、鼻孔突出，露出裡面充血的鼻膜。牠的全身、特別是頭部，有一種強勁而又溫柔的神態。牠就像某些靈性的動物，就差能開口說話，只因嘴的構造不允許罷了。

至少渥倫斯基覺得，他望著牠時，心裡的感受牠全都明白了。

渥倫斯基剛一進來，牠就深深吸了口氣，斜起鼓出的眼睛，使眼白都充血了。牠望著對面走進來的人，擺動著籠頭，以富有彈性的動作倒換著蹄子。

「您瞧，牠被驚動了。」英國人說。

「啊，寶貝！啊！」渥倫斯基向馬跟前走去，安撫著牠說。

他愈走近，牠愈是不安。直到他走到牠的頭旁邊，牠才一下子安靜下來。牠的肌肉在薄而柔韌的毛皮下面抖動著。渥倫斯基撫摸牠結實的脖子，把尖尖的脖梗上戧在一邊的一綹鬣毛整理好。他把臉湊近牠像蝙蝠兩翼一樣薄薄的鼻孔。牠用緊張的鼻孔聲音很響地吸氣與噴氣，打了個哆嗦，抿起尖耳朵，向渥倫斯基伸出厚實的黑嘴唇，似乎想咬他的袖子。牠想起嘴上套著籠頭，就甩了甩嘴，又開始倒換牠那尖細的蹄子。

---

44 原文為英文。

「安靜點，寶貝，安靜點！」他說著，又撫摸了一下牠的臀部。他看到馬的情況這麼好，就滿心歡喜地走出了馬欄。

馬的躁動情緒也感染了渥倫斯基。他感到血液直向心房湧流，他也像馬一樣，想活動，想撕咬，這使他又喜又怕。

「好，那就拜託您了，」他對英國人說，「六點半鐘到場。」

「毫無問題，」英國人說，「您現在上哪兒去呀，閣下？」他忽然用了「閣下」這個稱呼，這幾乎從來不曾有過。

渥倫斯基驚奇地仰起頭，對著英國人的前額，而不是他的眼睛望了望，奇怪他怎麼敢提出這個問題。但他明白了，英國人這樣問，是把他當作騎手而非東家，於是回答說：

「我要去找一下布良斯基，一小時後回家。」

「這個問題今天問過我多少次了！」他在心裡說，臉上一紅，這在他也不常見。英國人盯著他看了看，彷彿知道他要上哪兒，又說：

「比賽前第一要保持平靜，不能有壞心情，一點也不能煩躁。」

「好的[45]，」渥倫斯基笑著說，跳上馬車，吩咐前往彼得戈夫。

他沒有走多遠，打早晨起就帶著雨意的烏雲這時聚合在一處，下起了傾盆大雨。

「糟糕！」渥倫斯基想，一面升起車篷。「本來就泥濘不堪，這下子要變成沼澤了。」他獨自坐在車篷下，拿出母親的信和哥哥的便條，看了一遍。

是啊，這都是同一套。他的母親，他的兄長，大家都認為有必要干涉他感情上的事。這罕見地激發了他的仇恨心。「關他們什麼事？為什麼人人都覺得有責任關心我？他們幹麼要纏著我？因為他們發現這件事有些不可理解。如果這是上流社會中一般的偷雞摸狗，他們就不會來打攪我。他們感到這事有點異乎尋常、非同兒戲，這個女人對於我比生命還要寶貴。這一點他們恰恰不能理解，所以他們感到不高興。不管我們的命運眼下和將來會怎麼樣，我們自作自受，不會抱怨。」他自語著，用我們這個詞把自己和安娜結合在一起。「不，他們要來教訓我們該怎樣生活。可他們根本就不懂得什麼是幸福。他們哪裡知道，如果失去這種愛，對我們也就無所謂幸福和不幸，因為生命不存在了，」他想。

他對所有人的干涉都很生氣，正因為他內心覺得，他們所有這些人都是對的。他知道，把他和安娜結合在一起的這種愛並非一時的迷戀，不是上流社會那種過眼雲煙的風流韻事，除了愉快或不愉快的回憶，在雙方生活中不會留下任何痕跡；他覺得他和她的處境都十分痛苦，在上流社會的眾目睽睽下很難撒謊、欺騙、隱瞞他們的愛情。當他們沉湎於熱戀中而忘乎一切時，他們怎麼能去撒謊、欺騙、使計，經常考慮到別人呢？

他真切地回想起自己一次次違心地欺哄別人的情景。特別清晰地想到她因為不得不說謊欺騙、不止一次流露出來的羞愧感。自從和安娜發生了關係後，他有時會產生一種奇怪的感覺。這是一種說不出來的厭惡感。是對阿列克謝·亞歷山德羅維奇，還是對自己，抑或是對整個上流社會，他不十分清楚。他一直在盡量擺脫這種感覺。這會兒，他甩甩頭振作一下，繼續沿著他的思路想下去。

「是的，以前她不幸福，但她驕傲而平靜。現在她失去了平靜，也沒有了自尊，儘管她不願表露這一

---

45 原文為英文。

點。是的，這種狀態該結束了。」他暗自下定決心。

他腦子裡第一次有了明確的想法：務必停止這種虛假的生活，而且愈快愈好。「我和她拋棄一切，隱居到某個地方，去過我倆的愛情生活吧，」他自語道。

二十二

暴雨下得時間不長。轅馬帶著兩匹韁繩鬆開的驂馬在泥濘中小跑步。渥倫斯基驅車到達時太陽又出來了，別墅的屋頂及大街兩旁花園裡，古老的椴樹都濕漉漉地閃著光芒，樹枝歡快地滴著水珠，房頂上還有雨水流淌。他沒有去想這場大雨會沖壞跑馬場，卻很高興多虧了這場雨，他一定能在她家裡單獨見到她；他知道阿列克謝·亞歷山德羅維奇不久前才從溫泉回來，現在人還在彼得堡。

為了單獨見她，渥倫斯基盡量不引起別人的注意，照例在過小橋之前就下車步行。他不走大街上的正門，而是從旁邊直接進入院子。

「老爺回來了嗎？」他問園丁。

「沒有。太太在家。您走正門吧，那兒有人開門。」

「不了，我打花園裡過去。」

他確信只有她一人在家，想出其不意來到她面前，因為他並沒有說今天要來，而她肯定也想不到他在臨賽馬前還會來。他按住軍刀，順著一條花草夾道的砂石小徑，小心翼翼地向正對著花園的露臺走去。此時渥倫斯基已全然忘卻他一路上所考慮的處境艱難。他只想著一件事，就是馬上能見到她，不是思念中的，而是現實中、活生生的她。他走進花園，悄悄地大步踏上露臺平緩的臺階，這時才猛然想起他每每忽略的、他們關係中最使人痛苦的一面，那就是她的兒子。他覺得那孩子總是用疑問、敵意的目光望著他。

這孩子是他倆關係中最經常的障礙。有他在場時，他倆都不願說那種不可為外人知道的話，甚至不願暗示什麼孩子聽不懂的事。這一點他倆沒有事先商量，而是自然形成的默契。他們認為欺騙這孩子就等於侮辱他們自己。在他面前他們就像兩個熟人在談話。但儘管他們小心謹慎，渥倫斯基還是常常發現這孩子用疑惑的眼光盯著他，對他流露出一種奇怪的羞怯，情緒很不穩定，時而親切，時而冷淡，時而靦腆。彷彿這孩子能感覺到，這個人和他母親之間有一種重要的關係，只是他還弄不懂究竟是什麼。

孩子確實感到他不能理解。他竭力想明白然而最終還是徒然：他應該怎樣對待這個人？憑著小孩子對感情流露的敏感，他明明看到父親、家庭教師和保姆都不喜歡渥倫斯基，向其投以厭惡和恐懼的目光，雖然他們從來不談他這個人，但是母親卻像看待好朋友那樣看待他。

「這是怎麼一回事？他是什麼人？應該怎樣愛他？我搞不懂，是我錯了，還是我太笨，是個壞孩子呢？」孩子這樣想。為了這個緣故，他臉上表露出試探、詢問、帶點敵視的神情，以及常令渥倫斯基侷促不安的那種羞怯和情緒波動。只要有這個孩子在場，渥倫斯基必定會生出一種莫名的厭惡感，這是他近來常有的奇怪感覺。孩子在場使渥倫斯基和安娜覺得，他倆彷彿在海上航行，從羅盤上發現自己迅速遠離正確航向，卻無法停止前進，他們一分鐘比一分鐘更加偏離正確方向，而要承認自己偏航，就等於是承認毀滅。

天真爛漫地看待生活的孩子，就好比一個羅盤，指示著他們偏航的程度，而他們明知道正確的方向，卻不願正視它。

這一次謝廖沙不在家，只有她獨自一人坐在露臺上，等待去遊玩遇雨的兒子回來。她派了下人隨女僕去找兒子，自己坐在家中等候。她穿一件寬繡花邊的白衣裳，坐在露臺一角的花叢後面，沒有聽見他走過來。她低著黑色鬈髮的頭，把前額貼在欄杆上一把冰涼的噴壺上。美麗的雙手戴著他很熟悉的戒指，扶著那把噴壺。她整個的體態，她的頭、脖子和雙手是那樣優美，每一次見到時都如意外相逢一般令他銷魂。他站住了，如醉如癡地望著她。他剛想邁步走近她，她已經感覺到他的接近，推開噴壺，把熱辣辣的臉朝他轉過來。

「您怎麼了？您身體不舒服嗎？」他向她走去，用法語說。他真想朝她奔過去，但想到可能有旁人在場，望了一下露臺的門，漲紅了臉。每一次他覺得應當有所顧忌、應當注意有無旁人時，他都會這樣臉紅。

「不，我很好，」她說著站起來，緊緊握住他伸過來的手。「我沒想到……是你。」

「天啊！這手多涼！」他說。

「你嚇死我了，」她說，「我一個人在等謝廖沙，他出去玩了。他們要從這邊回來。」

她強作鎮定，嘴唇卻在抖動。

「請原諒我來這裡；我一天不看到您就度日如年，」他仍然操著法語說，照例盡量避免使用俄語中那個冷冰冰的您，和親暱得含有危險的你。

「原諒什麼？我真高興！」

「您身體不舒服，或者有什麼苦惱，」他接著說，並不放開她的手，向她俯下身去。「您在想什麼？」

「老是想一件事。」她微笑說。

她說的是真話。無論何時問她在想什麼，她總是肯定地回答：在想一件事，想自己的幸福和不幸。剛才他一見到她時，她正在想：為什麼這種事在別人，譬如別特西（她知道別特西與圖什克維奇的私情，但社交界還不知道）身上，算不了一回事，而在她卻如此痛苦呢？今天這個念頭看來特別使她苦惱。她問他有關賽馬的事。他回答時見她情緒激動，就想盡量排解她的愁悶，開始平心靜氣地告訴她賽馬前的各項準備工作。

「要不要告訴他？」她望著他那雙平靜可親的眼睛，心想。「瞧他這樣幸福，這樣專心於他的賽馬，他不會真正理解這件事，不會理解這件事對我倆的全部意義。」

「您還沒有告訴我，我來的時候您正在想什麼，」他中止了講賽馬的事，說，「請您告訴我！」

她沒有回答，略略低下頭，蹙起額頭，用那雙在長睫毛下閃閃發亮的眼睛詢問似的瞅著他。她手裡正玩弄著一片摘下來的葉子，那手在發抖。他看到這情景，臉上露出了恭順的表情和那種博得她喜歡的奴隸般的忠誠。

「我看，是出什麼事了。我知道您心裡有苦，卻不能為您分擔，這叫我如何能有片刻的安寧？看在上帝分上您告訴我吧！」他又懇求道。

「是的，他要是不理解這件事的全部意義，我不會原諒他。還是不說為好，何必去考驗他呢？」她這樣想，仍然瞅著他，感到拿葉子的手抖得愈來愈厲害。

「看在上帝分上！」他握住她的手，又說。

「告訴你嗎？」

「對，對，對……」

「我懷孕了。」她低聲地、慢慢地吐出這幾個字。

葉子在她手裡抖得更厲害了。她一直瞅著他，要看看他怎樣接受這個消息。他臉色發白、欲言又止，鬆開她的手，垂下了頭。「是的，他明白這件事的全部意義，」她想道，感激地攥緊了他的手。

她以為他也像她、一個女人那樣明白這個消息的意義，然而她錯了。聽到這個消息後，他猛然強烈地感到，那種奇怪的、對什麼人的厭惡感又襲上他的心頭。同時他明白他所期盼的轉捩點即將到來，此後再也不能瞞著她的丈夫，這種不正常的局面無論如何必須盡快結束。此外，她的激動也傳給了他的身體。他用憐憫恭順的眼光望望她，吻一下她的手，起身默默無言地在露臺上走了一圈。

「是的，」他斷然走到她身邊說。「您和我都沒有把我們的關係視同兒戲，現在我們的命運已經決定了。必須結束……」他說著四下張望了一下，「結束我們這種虛假的生活。」

「結束？怎麼結束呀，阿列克謝？」她輕聲說。這時她已恢復平靜，臉上漾著溫柔的微笑。

「離開丈夫，我們一起生活。」

「已經是一起了。」她回答的聲音輕得幾乎聽不見。

「是的，不過要完完全全的結合。」

「可是應該怎麼做，阿列克謝，教教我，怎麼做呀？」她說。她對自己進退維谷的處境報以淒苦的嘲笑。「難道有什麼辦法擺脫這種處境嗎？難道我不是我丈夫的妻子嗎？」

「任何困境都有出路可尋。需要當機立斷，」他說。「無論如何也比妳目前的處境好。我看到，現在妳為著一切痛苦：上流社會、兒子、丈夫。」

「就是不為丈夫，」她坦然地冷笑說，「我不瞭解他，我也不想他。他不存在。」

「妳說的不是真心話。我瞭解妳。妳也為他痛苦。」

「他還蒙在鼓裡呢，」說罷她臉上突然泛起了紅暈，從面頰直紅到前額和頸部，眼睛裡湧出羞愧的淚水，「我們不要談他了。」

二十三

渥倫斯基希望安娜跟他商量她的處境問題，幾次嘗試中，儘管態度不像今天這樣堅決，但每一次她對他引出的話題，都像剛才那樣回答得輕描淡寫、不得要領。彷彿這裡有著某種她弄不明白或者不願明白的東西；彷彿她一談到這事，真正的安娜就隱藏起來，出現了另一個奇怪陌生、他不愛而且害怕的女人，向他發動反擊。但今天渥倫斯基決心把一切和盤托出。

「他知道也罷，不知道也罷，」渥倫斯基用他平時堅定沉著的語氣說，「他知不知道，都不關我們的事。我們不能……您不能就這樣過下去，尤其是現在。」

「照您看該怎麼辦？」她仍舊用那種微帶嘲弄的口吻問道。她起先擔心他不重視她懷孕這件事，現在他認為必須對此採取行動，這又使她有些煩惱。

「把一切都告訴他，然後離開他。」

「好極了。假定我就照這樣辦，」她說。「您知道，這會帶來什麼後果嗎？我來預先告訴您，」她那雙剛才還很溫柔的眼睛閃出了凶光。「『啊，您愛上了別人，和他發生了罪惡的關係？（她模仿丈夫的腔調，強調**罪惡的**三個字。）我警告過您，要考慮宗教、民事和家庭幾方面的後果。您沒有聽我的話。現在，我決不讓我的名譽……和兒子的名譽……』」她本想這樣說，但她不能拿兒子開玩笑，就沒有提兒子，「『讓我的名譽蒙受恥辱』，以及諸如此類的話，」她補充道。「總之，他會以國家大人物的方式明確無誤地告訴我，他不可能放我走，他會主動採取措施制止這件醜聞。他也一定會冷靜而認真地實行他所說的話。結果就是這樣。他不是人，他是一部機器，而且生起氣來還是一部凶狠的機器。」她說這些話時，細細回想起阿列克謝．亞歷山德羅維奇的體態、他的說話腔調及性格，把她所能發現的、他身上的一切缺點均歸咎於他，即使她對他造下了可怕的罪孽也毫不原諒他。

「可是安娜，」渥倫斯基溫和而懇切地說，想讓她鎮靜下來，「無論如何必須告訴他，然後根據他採取的措施再決定對策。」

「怎麼，私奔嗎？」

「為什麼不能私奔？我看不能再照這樣下去了。倒不是為了我自己，我知道您很痛苦。」

「是呀，私奔，要我當您的情婦嗎？」她惡狠狠地說。

「安娜！」他用柔和的責備口吻說。

「是啊，」她接著說，「當您的情婦，毀掉一切……」

她又想說：毀掉兒子。但她說不出口。

渥倫斯基不明白，像她這樣個性好強而又誠實的人，怎能忍受這種自欺欺人的處境而不願擺脫它。他並未意識到，其中主要的原因就在於她說不出口的那個詞——兒子。當她想到兒子，想到他將來怎樣面對拋棄了他父親的母親時，她就對自己的所作所為感到恐懼，也因此不願認真地考慮問題，而只像一般女人那樣用不切實際的推測和話語安慰自己，希望一切都保持原狀，可以忘掉那個有關兒子未來的可怕問題。

「我求你，懇求你，」她忽然用一種完全不同的懇切溫柔語調說，同時拉住他的手，「再也別和我談這件事了！」

「可是，安娜……」

「再也別談了。別管我了。我的處境多麼屈辱可怕，我全知道。但事情不像你設想的那麼容易解決。別管我了，聽我一句吧。再也別和我談這件事。你答應我嗎？……不，不，你要答應我！……」

「我什麼都可以答應妳，但我於心不安，特別是在妳說了這件事以後。妳心裡不能平靜，我又怎麼能安心呢……」

「我啊！」她又說。「是的，有時候我感到痛苦，但這會過去的，只要你以後再也不和我談這件事。你和我談起這事就會使我痛苦。」

「我不明白。」他說。

「我知道，」她打斷他，「你天性誠實，恥於說謊，我替你難過。我時常想，你是為我毀掉了自己的生活。」

「剛才我也在這樣想，」他說，「妳怎麼可以因為我而犧牲一切呢？我不能原諒自己給妳帶來了不幸。」

「我不幸嗎？」她挨近他，帶著充滿了愛的欣喜笑容，望著他說，「我就像一個飢餓的人，他得到了食物。也許他感到寒冷、身上的衣服被扯碎了，他覺得羞恥，然而他並非不幸。我不幸嗎？不，這就是我的幸福啊……」

這時，她聽見了兒子回來的說話聲，飛快地掃了一眼露臺，猛地站起來。她的目光裡又燃起了他熟悉的火花；她迅速伸出那雙戴著戒指的美麗的手，捧住他的頭，注視了他好一陣子，隨後將臉湊過去，用張開的笑盈盈嘴唇很快地吻了吻他的嘴和眼睛，就把他推開。她要走，他拉住她。

「什麼時候？」他熱辣辣地望著她，悄聲說。

「今夜一點。」她低語道，沉重地歎了口氣，就邁著輕快的步子朝兒子走去。

謝廖沙在大花園裡遇上雨，就和保姆坐在亭子裡躲了一陣。

「再見吧，」她對渥倫斯基說，「馬上要去看賽馬了。別特西說好來接我的。」

渥倫斯基看了看錶，匆匆離去了。

二十四

渥倫斯基在卡列寧家露臺上看錶時，情緒激動、心事重重，眼睛望著錶上的指針，卻不知道是幾點鐘。他走上馬路，小心地踩著泥水，向自己的馬車走去。他完全沉浸在對安娜的關懷中，哪裡還想到時間以及是否來得及到布良斯基家去。現在他的腦袋只剩下記憶的表層功能，指示他做完某事後再做某事（人們時常會這樣）。車夫在椴樹的濃蔭裡坐在馭座上打盹，陽光下的樹影已經偏斜。肥壯的馬匹上面，蚋群如同柱子般麇集旋舞，渥倫斯基走到車夫跟前，望了望這景象，叫醒了車夫。他跳上馬車，吩咐上布良斯基家。車走了六、七俄里，他才醒悟過來，想起來看看錶；知道已經五點半鐘，他要遲到了。

今天有好幾場賽馬：護衛騎兵賽馬、軍官兩俄里賽馬、四俄里賽馬和渥倫斯基參加的那場賽馬。他能趕上自己的那場比賽，但如果去一趟布良斯基家，回頭再趕到賽場，宮廷裡的人都要到齊了。這樣不大好。但他既然答應過布良斯基去他家裡，就決定繼續趕路，吩咐車夫加鞭，不必惜馬。

他到了布良斯基家，只待了五分鐘，就又往回趕。這樣驅車疾馳倒使他的心平靜下來。他和安娜關係中的一切苦惱、他們談話後留下的迷茫之感，現在都從他腦袋裡消失了。他得意洋洋、興奮地想著賽馬的事，想到他畢竟能趕上比賽，只是偶爾在他的腦海中，火花般閃過對今夜幸福幽會的渴念。

他的車超越一輛輛從別墅和彼得堡前來看賽馬的人的車，愈來愈進入賽馬的氛圍中，即將投身比賽的心情也隨之愈發強烈了。

他的宿舍已空無一人。大家都去看賽馬了，只有他的僕人在大門口等著他。更衣的時候僕人告訴他，第二場比賽已經開始，有好多位先生來打聽他，馬倌也從馬廄來過兩次。

渥倫斯基不慌不忙換好衣服（他從不慌忙，從不失去自制力），吩咐驅車到馬棚去。從馬棚那邊就看到賽場周圍人山人海：馬車、行人、士兵，還有亭子裡攢聚的人群。看來第二場比賽已在進行，他走進馬棚時聽見了鈴聲。快到馬棚時，恰好遇到馬霍京那匹踢雪紅駒角鬥士，披著藍邊橘黃色馬衣，豎起兩隻看上去很大的青色耳朵，被牽到賽場上去。

「科爾德在哪兒？」他問馬夫。

「在馬棚裡備鞍。」

在打開的單間馬欄裡，弗魯—弗魯已經備好鞍，正準備牽出來。

「我來晚了嗎？」

「好的！好的！一切正常，一切正常，」英國人說，「不必擔心。」

渥倫斯基又打量了一眼愛駒的美妙體態，那馬全身顫慄著，他戀戀不捨地走出馬棚。他在最恰當的時間驅車來到亭子邊，沒有引起任何人的注意。兩俄里比賽已接近尾聲，所有人都盯著領先的近衛重騎兵軍官和緊隨其後的近衛驃騎兵軍官，只見他倆拚出最後的力氣飛騎向終點杆衝去。人群從賽馬場中間和週邊湧向終點杆。一群近衛重騎兵官兵同聲高呼，為他們的同僚和長官必定獲勝而歡欣鼓舞。渥倫斯基悄悄走進人群，恰好終賽鈴響，那位高個子近衛重騎兵軍官，身上濺滿泥水，第一個衝過終點，他伏在馬鞍上，放鬆了韁繩，那匹灰色公馬氣喘吁吁，淋漓的大汗把身體都變成了深灰色。

公馬用力收住步子，使牠那高大的身軀減慢速度。近衛重騎兵軍官恍如昏睡方醒，他望望四周，吃力地笑了笑。一群人，有自己人也有別的人，把他團團圍住。

渥倫斯基故意避開那一群在亭子前面溫文爾雅地倘佯和交談的上流社會人士。他知道卡列尼娜、別特西和他嫂子都在那邊，有意不走近她們，以免賽前分心。但是迎面不斷遇見熟人，他們攔住他，告訴他剛才兩場賽事的詳情，還問他何以姍姍來遲。

當騎手們被叫到亭子裡領獎，人群的視線都轉向那邊時，渥倫斯基的哥哥亞歷山大走了過來。他佩著上校金邊肩章，個頭不高，像阿列克謝一樣壯實，但比弟弟更漂亮，面色更紅潤些。他鼻子通紅，開朗的臉上帶著醉意。

「收到我的便條了嗎？」他說。「老是找不到你。」

亞歷山大・渥倫斯基雖然生活放蕩，酗酒出名，卻是一位貨真價實的宮廷人士。

現在他要和弟弟談一件對弟弟來說不愉快的事，他知道許多人的眼睛會盯住他們，因此便裝出一副笑臉，彷彿哥倆在笑談一件無關緊要的事。

「便條我收到了，可是我真不明白你操心什麼。」阿列克謝說。

「剛才有人告訴我，總是看不到你人，而且禮拜一有人在彼得戈夫碰見你。我擔心的就是這個。」

「有些事只有當事人才該討論，你操心的這事就是……」

「不錯，可那不是公務時間，不是……」

「求你別干涉我的私事，不就完了。」

阿列克謝・渥倫斯基陰沉的臉刷地白了，突出的下頜少有地抖了一下。他心地善良，很少生氣，但生起氣來、下頜顫抖的時候，亞歷山大知道連他都惹不起。亞歷山大・渥倫斯基只得賠個快樂的笑臉。

「我不過想把母親的信轉交給你。給她寫封回信吧，比賽之前別鬧情緒。祝你成功，」他笑嘻嘻地說，從他身邊走開了。

哥哥剛走，又有朋友過來招呼，把渥倫斯基攔住。

「連朋友都不認啦！你好呀，親愛的！」斯捷潘．阿爾卡季奇說，他在這彼得堡的珠光寶氣中也像在莫斯科一樣容光煥發，面色依舊那樣紅潤，梳理整齊的頰鬚油光可鑒。「我是昨天到的，很高興一睹你馬到成功。我們什麼時候再見面？」

「明天到食堂來找我吧。」渥倫斯基說，攥了攥他的大衣袖子，道了聲歉，向賽馬場中央走去，這時參加障礙大賽的馬匹正陸續牽到那裡。

跑完比賽的馬滿身汗水，筋疲力盡地被馬夫牽回去。即將參賽的馬又一匹匹出現在賽場上，牠們精神抖擻，多半是英國馬，戴著風帽，勒緊肚帶，像一隻隻奇異的大鳥。

瘦削強健的小美人弗魯－弗魯從右邊牽上場來。牠那腕骨很長、富有彈性的細腿，邁著輕盈的步子，就像踩在彈簧上一樣。離牠不遠，正在卸馬衣的，是長著一對招風耳朵的角鬥士。這匹公馬高大勻稱的漂亮體形、健美的臀部和很短的蹄腕骨不禁引起了渥倫斯基的注意。他正想過去看自己的馬，卻又被一個熟人攔住。

「瞧，那是卡列寧！」一個和他聊過天的熟人對他說。「在找他的妻子呢，而她坐在亭子中央。您沒看見她嗎？」

「是的，沒看見。」渥倫斯基回答。熟人向他指著亭子裡的卡列尼娜，他沒有朝那邊望一眼，直接向自己的馬走去。

他剛剛看了一下馬鞍，想吩咐些什麼，就聽見傳呼騎手們到亭子邊抽號碼和跑道。十七名軍官，個個臉色嚴峻，不少人臉色發白，集中到亭子前抽簽。渥倫斯基抽到七號。只聽見一聲令下：「上馬！」

渥倫斯基覺得他和另外幾名騎手成了眾目睽睽的焦點，心裡有些緊張，但他遇到這種情況一向不慌不忙。他沉著地走到他的馬跟前。科爾德為了參加賽馬盛會，穿上了最講究的服裝：扣鈕釦的黑色常禮服、漿得筆挺的貼頰襯領，黑色圓禮帽和長筒皮靴。他像平常一樣沉著而傲慢，親自握著兩條韁繩，站在馬前面。弗魯－弗魯仍舊像發瘧子似的哆嗦著，火辣辣的眼睛瞟著走近的渥倫斯基。渥倫斯基把手指伸到肚帶下檢查鬆緊。馬更留神地睨著他，齜了齜牙，貼緊耳朵。英國人抿抿嘴唇，對人家檢查他的備鞍情況報以一笑。

「您騎上去，就不會那樣緊張了。」

渥倫斯基最後一次掃視一眼他的對手們。他知道，比賽的時候就看不清他們了。兩名騎手帶頭向出發點馳去。他的朋友加利欽，也是他最危險的對手之一，這時正圍著那匹不讓他著鞍的棗紅公馬打轉。那個頭矮小的近衛驃騎兵軍官，穿著緊身馬褲，摹仿英國人的姿勢像貓一樣伏在馬的臀部，疾馳而去。庫佐夫列夫公爵面色蒼白，騎在他從格拉博夫育馬場買來的那匹純種母馬上，由一個英國人拽著轡頭。渥倫斯基和同僚們都瞭解庫佐夫列夫，知道他神經特別「脆弱」，自尊心又特別強，知道他膽小怕事，怕騎戰馬。今天的比賽很危險，可能有人摔斷脖子，因此每道障礙物邊都站著醫生和護士，停著一輛綴有紅十字的救護車，他這才決意參加比賽。他倆目光相遇，渥倫斯基親切而贊許地向他擠擠眼。只有一個人他沒看到，就是他的主要對手，騎角鬥士的馬霍京。

「您別性急，」科爾德對渥倫斯基說，「要記住一點：越障礙的時候不要勒馬，也不要催馬，聽其自然。」

「好的，好的。」渥倫斯基抓住韁繩說。

「可能的話，跑在前頭，即使落後了，也要堅持到最後一分鐘。」

渥倫斯基不等馬身移動，就以柔韌有力的動作踏上有鋸齒的鋼馬鐙，把他那結實的身軀穩穩坐到嘎吱作響的皮馬鞍上。右腳伸進馬鐙後，他習慣地在手指間理齊兩股韁繩，這時科爾德鬆開了手。弗魯—弗魯似乎不知道該用哪條腿起步，伸著長脖子拽緊韁繩，像在彈簧上一顛一顛地走起來，騎手在牠柔軟的背上便左右搖晃不已。科爾德加快步子，跟在後面。激動不安的馬來回不住地向兩側拽緊韁繩，想騙過騎手。渥倫斯基又是吆喝又用手拍，想使牠安靜，但沒有用。

他們已經快到一條築起攔水壩的小河，正朝著出發點走去。前前後後都有許多騎手。這當兒，渥倫斯基忽然聽見背後有馬在泥濘地上奔跑的聲音：馬霍京騎著招風耳的白蹄角鬥士趕上了他。馬霍京露出長牙齒朝他笑笑，渥倫斯基生氣地瞅了他一眼。他一向不喜歡馬霍京，現在則將其視為最危險的對手，很惱火他從旁邊奔過，驚了自己的馬。弗魯—弗魯一邁左蹄就要大跑，牠向前跳了兩下，對勒緊的韁繩很生氣，就變成搖擺不定的快步，把騎手顛得厲害。科爾德也皺起眉頭，跟在渥倫斯基後面，幾乎像馬一樣跑起了遛蹄步。

二十五

參賽的軍官共有十七名。比賽在亭子前面的四俄里橢圓形大跑場上進行。場上設有九道障礙：一條小河，亭子跟前一道兩俄尺高、堵滿空隙的大柵欄，一條乾溝、一條水溝、一個斜坡、一道愛爾蘭式土壩（最難跨越的障礙之一，壩上插滿了枯樹枝，壩後還有一條馬看不見的水溝，馬須接連越過兩道障礙，否則就會摔傷），然後再是兩條水溝和一條乾溝，比賽終點就設在亭子對面。但比賽的起點並不在場內，而在一百俄丈開外處，這段距離上設置了第一道障礙——一條築有攔水壩的三俄尺寬小河，騎手們可以跨越，也可以涉水。

騎手們排了三次隊，但每次都有馬搶跑，只好重新站位。發令老手謝斯特林上校都有點惱火了。直到第四次，他終於喊了聲：「跑！」騎手們才一齊出動。

騎手們站位的時候，場上所有的眼睛和望遠鏡都集中在他們這五光十色的一群人身上。

「起跑了！跑起來了！」一陣期待的沉默之後，突然喊聲四起。

為了看得清楚些，觀眾們或成群結隊，或三三兩兩在場上跑來跑去。擠作一團的騎手們起跑之後立刻拉開距離，只見他們或三三兩兩，或一個緊隨一個地漸漸接近河邊。觀眾覺得他們似乎都跑在一起，但對騎手來說，幾秒鐘的差距意義重大。

由於過分緊張亢奮，弗魯—弗魯起跑時稍一遲疑，被好幾匹馬搶了先，但沒等到達河邊，渥倫斯基就拚力勒住轠繩，輕易地超過了三匹馬。他眼前只有馬霍京的棕紅色角鬥士，在均勻而輕快地顛動著臀部。跑在最前面的是馱著那半死不活庫佐夫列夫的、名叫狄安娜的那匹駿馬。

在最初幾分鐘裡，渥倫斯基還不能控制好自己和坐騎。到達第一道障礙小河之前，他還難以控制住馬的動作。

角鬥士和狄安娜一同馳近小河，幾乎在同一瞬間雙雙縱身一躍，飛到了對岸。弗魯─弗魯不覺飛也似的隨後騰空而起，但就在渥倫斯基感到自己凌空時，他忽然看見幾乎就在他的馬蹄下方，庫佐夫列夫和狄安娜在河對岸地上掙扎（庫佐夫列夫在跳躍後鬆了轠繩，連人帶馬栽了個跟頭）。詳細情況渥倫斯基是事後才知道的，此刻他只看到，弗魯─弗魯在對岸的落腳點可能恰好是狄安娜的腿上或頭部。但是，弗魯─弗魯像隻從高處落下來的貓，在跳躍中奮力擺動腿和背部、閃開那匹倒在地上的馬，向前疾馳而去。

「啊，乖乖！」渥倫斯基想。

過河以後，渥倫斯基已完全控制住馬，他開始稍稍勒轠，打算追隨馬霍京越過大柵欄，然後在約兩百俄丈的無障礙地段超過他。

大柵欄就豎在皇亭對面。皇上、朝廷百官和成群的百姓都在看他們，看著他和領先他一馬身的馬霍京，這時他們已經接近「鬼柵」（堵塞了柵格的柵欄之謂）。渥倫斯基感覺到從四面八方投向他的目光，但除了自己坐騎的耳朵和脖子，除了迎面閃過的泥土地面、依然保持原距離的角鬥士的臀部和牠那節奏很快的白腿之外，他什麼也看不見。角鬥士縱身躍起，絲毫沒有碰撞障礙物，短尾巴一搖，就從渥倫斯基的視線中消失了。

「好啊！」有個聲音喊道。

就在這一剎那，柵欄的板條在渥倫斯基眼皮底下一閃。馬的動作沒有作任何改變，牠就從柵欄邊騰空而起：板條消失了，只聽見身後發出咚的一聲響。他的馬被領先的角鬥士激怒了，因而在柵欄前過早地躍起，一隻後蹄碰到了障礙物。但牠的速度並未改變，渥倫斯基臉上被飛來的泥塊打了一下，他知道又和角鬥士保持原來的距離了。他再度看見前面的馬臀部、短尾巴和未能拉大距離的飛奔白腿。

就在渥倫斯基想要超過馬霍京的一剎那間，弗魯—弗魯彷彿心領神會，不待任何鼓勵，自己加快速度，開始從最有利的方向、即圍繩那一邊接近馬霍京。馬霍京緊靠圍繩不讓。渥倫斯基剛想從外圈超越，弗魯—弗魯早已調整步子，如願超越。弗魯—弗魯汗濕得發黑的肩膀漸漸與角鬥士的臀部相齊。兩匹馬並排奔馳了一程。當他們接近又一道障礙時，渥倫斯基為了避免走大圈子，就開始操縱韁繩，隨即在斜坡上很快超過了馬霍京。他看見馬霍京那張濺滿泥水的臉一掠而過，甚至覺得馬霍京朝他笑了笑。渥倫斯基超過了馬霍京，但立即感到他在後面緊追不捨，不斷聽見背後角鬥士均勻的蹄聲和急促、還相當有力的呼吸聲。

下面兩道障礙，一溝一柵，輕易地越過，但渥倫斯基聽見角鬥士的噴鼻聲和蹄聲接近了。他把馬一催，高興地感到牠靈活地加快了速度，於是角鬥士的蹄聲又像原來一樣離遠了。

渥倫斯基一馬當先。這正是他所希望的，科爾德也正是這樣建議。現在他對獲勝充滿信心。他的興奮和歡喜之情、對弗魯—弗魯的憐愛之心都愈來愈強烈。他想往後瞧一眼，但不敢這樣做，就盡力讓自己平靜下來，也不催馬；他感到角鬥士尚有餘勇可賈，所以要使自己的馬也保持相當的餘力。只剩下最後的、也是最困難的一道障礙了。只要他搶在別人之前越過它，他將首先抵達終點。他漸漸接近愛爾蘭式土壩。他和弗魯—弗魯一起，老遠就看見這道土壩，他和馬同時都猶豫了一下。從馬耳朵的動作他發現牠有些遲疑，就揚起鞭子，但立即感到懷疑是沒有必要的：馬知道該怎麼辦。只見牠加快速度，到達壩邊，正如他所預期的那樣，以平穩正確的姿勢縱身躍起，後蹄一蹬地面、奮力一衝，就遠遠地飛過了水溝。弗魯—弗魯保持原來的步伐節奏，毫不費力地繼續奔馳。

「好啊，渥倫斯基！」他聽到人群的歡呼聲，知道這是站在障礙邊的本團同事和朋友們，其中他聽出了亞什溫的嗓門，但沒有看見他人。

「啊，我的乖乖！」他想著弗魯—弗魯，一面聆聽身後的動靜。「牠也跳過來了！」聽見後面角鬥士的蹄聲，他想道。只剩下最後一條兩俄尺寬的水溝了。渥倫斯基根本不看水溝，一心只想遠遠地領先到達，就開始搖輪似的操縱轡繩，使馬頭按奔跑節奏一起一落。他知道馬在使出牠最後的氣力。牠的脖子和肩胛濕漉漉的，連鬣毛、腦袋和尖尖的耳朵上都滲出了汗珠。牠急促地呼吸著。但他知道牠的餘力足夠對付剩下來的兩百俄丈距離。他感到自己身體更加貼近地面，馬的動作更加柔韌，據此知道牠大幅加快了速度。水溝不知不覺一躍而過，其疾如同飛鳥。但就在這時候，渥倫斯基猛然大吃一驚，感到自己沒能跟上馬跑的節奏，莫名其妙做了一個不可饒恕的錯誤動作，一屁股落在了馬鞍上。姿勢突然改變，他知道出了可怕的事。沒等他弄明白究竟，紅棕馬的白蹄就擦身一閃，馬霍京從旁邊飛馳而去。渥倫斯基一隻腳觸到了地面，馬也順著他這隻腳倒下來，他剛剛把腿抽出，馬就一側身栽倒在地。牠沉重地咻咻喘氣，徒然地擺動牠那滿是汗水的細脖子想站起來，在他腳邊的泥土中掙扎著，好像一隻被打下來的鳥。渥倫斯基的笨拙動作使牠的脊骨折斷了。這是他事後好久才知道的。此刻他只看見馬霍京策馬遠去，自己卻搖搖晃晃站在一片靜止不動的泥濘中，弗魯—弗魯沉重地喘著氣躺在他面前，伸過腦袋，用那美麗的眼睛望著他。渥倫斯基仍然不明白發生了什麼事，就去拉轡繩。馬又像一條魚似的開始掙扎，把鞍子弄得啪啪作響，牠伸出前蹄，但是無力抬起臀部，身子亂搖亂晃，終於又摔倒下去。渥倫斯基急得扭歪了臉，面色蒼白，下頜打顫，他用靴跟蹬了蹬馬腹，又去拉韁繩，但馬再也不肯動彈，把鼻子插在泥裡，用牠那會說話的目光望著主人。

「啊——！」渥倫斯基抱著腦袋，發出一聲哀叫。「啊——！瞧我幹的好事！」他喊道。「比賽輸掉了！怪我自己啊，真丟臉，不可原諒！這匹可愛的馬多麼不幸，叫我給毀了！啊——！瞧我幹的好事！」

人群、醫生及其助手，還有本團的軍官們，紛紛向他跑過來。他很懊喪的是，他自己倒是完好無傷。馬脊骨折斷了，決定將牠槍斃。渥倫斯基不能回答問題，無法和任何人談話。他沒有撿起顛掉在地上的帽子，轉身離開賽馬場，漫無目標地走去。他覺得自己真是不幸。他生平第一次體驗到如此深重的不幸，這是他親手造成而且無法彌補的不幸。

亞什溫拿著帽子追上他，送他回到宿舍，半小時後渥倫斯基恢復過來。然而，這次賽馬的回憶長久地留在了他的心中，成為他平生最悲傷最痛苦的一件往事。

二十六

表面上看來，阿列克謝・亞歷山德羅維奇與妻子的關係一如既往。唯一不同的是，他比以前更加忙碌了。和往年一樣，一開春他就到國外溫泉療養，恢復一下年年冬季積勞成疾的身體，照例在七月份回國，又立即精神飽滿地投入他的日常工作。妻子照例回到別墅，而他就留在彼得堡。

自從那晚從特韋爾卡雅公爵夫人家回來的談話以後，他從未向安娜重提他的懷疑和嫉妒。他一向模仿別人說話的那種腔調，如今用於他們夫婦關係中再適合不過。他對妻子比過去稍微冷淡些。由於那晚第一次談話時她採取回避的態度，他彷彿僅僅為此對她小有不滿。他對她的態度中，只不過帶著幾分懊惱罷了。「妳不想對我解釋清楚，」他彷彿在心裡對她說，「這對妳更不好。現在妳要來求我了，而我是不會向妳解釋的。這對妳更不好，」他在心裡說，好像一個人想救火而救不成，對自己的徒勞生起氣來，乾脆說：「你活該！你燒光算了！」

他在公務上是精明能幹的人，竟不明白這樣對待妻子是極不明智的。他不願理解這點，因為他十分害怕正視他的現實處境，索性把他對家庭，即妻兒的感情，深深禁錮在心裡。他是個細心的父親，冬末以來對兒子特別冷淡，跟他說話也像對妻子那樣帶著揶揄的口吻：「啊，年輕人！」他這樣和兒子打招呼。

阿列克謝・亞歷山德羅維奇認為，也對人說，他今年的公務比以往任何一年都忙。他沒有意識到，他今年給自己設想出許多工作，不過是一種手段，藉以把他對妻子和家庭的感情與思慮繼續深鎖在心裡；然而這些思慮埋藏得時間愈久，就會愈加可怕。要是有誰問他對妻子的行為作何想法，這位溫良謙和的阿列克謝・亞歷山德羅維奇不僅無可奉告，還會對發問者大動肝火。因此，每當有人問及他妻子健康如何時，他臉上就露出矜持而嚴肅的表情。阿列克謝・亞歷山德羅維奇根本不願去想妻子的行為和感情，他確實從來也沒有想過。

阿列克謝・亞歷山德羅維奇的長住別墅在彼得戈夫。利季雅・伊萬諾夫娜伯爵夫人通常也在那裡度夏，和安娜比鄰而居，過從甚密。今年利季雅・伊萬諾夫娜不願到彼得戈夫去住，一次也沒去看過安娜，並向阿列克謝・亞歷山德羅維奇暗示說，安娜最好少和別特西及渥倫斯基接近。阿列克謝・亞歷山德羅維奇嚴厲地制止她說下去，並表示他認為他的妻子是無可懷疑的。打那以後他就開始回避利季雅・伊萬諾夫娜伯爵夫人。他不願看到，也沒有看到，社交界許多人對他妻子的側目。他不願瞭解，也不瞭解，為什麼他妻子執意要搬到皇村去，而別特西就住在那裡，渥倫斯基團的營地也離那裡不遠。他不允許自己想這些，也沒有去想。但是，儘管他沒有任何證據和懷疑，儘管他從未對自己承認過，他在內心深處卻十分明白，他是一個被欺騙的丈夫，因此是很不幸的人。

在和妻子度過的八年幸福生活中，看到別人家不忠實的妻子和受騙的丈夫，他不知多少次對自己說：「怎能容忍到這步田地？為什麼不結束這荒唐的局面呢？」然而現在，災難降臨到他自己頭上，他不僅不考慮如何結束這種局面，而且簡直就不想正視它，因為這種局面實在太可怕、太反常了。

阿列克謝・亞歷山德羅維奇回國後，到別墅去過兩次。一次是吃午飯，另一次與客人們待了一晚，照往年的習慣，他從不在別墅過夜。

賽馬那天他事情特別多。他一早安排好當天的活動行程後，仍然決定吃過早中飯後到別墅看望妻子，再從那邊上賽馬場去，因為宮廷的人都去看比賽，他必須到場。他之所以去看妻子，是因為他決定出於禮貌，每星期見她一次。此外，按規矩，每月十五號前他應該把生活費交給妻子。

他一向能控制自己的思路，考慮過對妻子的安排之後，就不再去想其他有關她的事。

這天上午，阿列克謝．亞歷山德羅維奇忙得很。頭天晚上利季雅．伊萬諾夫娜伯爵夫人派人送給他一本小冊子，作者是一位到過中國的著名旅行家，現在彼得堡，她在附函中請他接見這位旅行家，說從各方面看來，這是個很有趣而有用的人。阿列克謝．亞歷山德羅維奇昨晚沒來得及看完小冊子，今天早晨才把它看完。接著就是求見者登門；然後是處理報告、接見、任免，以及獎賞、退休金和薪俸的分配，往來函件等等，這些他所謂的例行公事占去了大量時間。在此之後又是私事。醫生和管家都來了。管家占的時間不多。他只把阿列克謝．亞歷山德羅維奇要的錢送來，並扼要報告了一下財務情況，說今年情況不大好，由於出門次數太多、開銷過大，出現了透支。不過醫生占去了許多時間。這是一位彼得堡名醫，向與阿列克謝．亞歷山德羅維奇交好。他沒料到醫生今天會來，覺得很奇怪。醫生仔細詢問他的身體狀況，聽聽胸部又敲敲、摸摸肝區，這使他愈加驚奇。他不知道，這是他的朋友利季雅．伊萬諾夫娜發現他今年健康欠佳，請醫生前來為他作檢查。「請您為了我去一趟，」利季雅．伊萬諾夫娜伯爵夫人對醫生說。

「為了俄國，我一定去，伯爵夫人。」醫生說。

「他可是極其難得的人才！」利季雅．伊萬諾夫娜伯爵夫人說。

醫生對阿列克謝．亞歷山德羅維奇的身體狀況很不滿意。他發現他肝臟腫大、營養不良，溫泉療養毫不見效，就囑咐他盡量增加體力活動而減少精神緊張，主要是不能有任何憂慮。這種醫囑簡直像叫他不要呼吸一樣，是絕對辦不到的。醫生走後，阿列克謝．亞歷山德羅維奇有一種感覺，像是他得了什麼病，而且是治不好了。

醫生出來時，在臺階上碰見他的故交、阿列克謝·亞歷山德羅維奇的祕書斯柳金。他倆是大學同窗，雖然難得見面，卻是一對互相尊敬的好友，因此醫生沒有向任何別人，卻只向斯柳金坦率說出了他對病人的看法。

「您來看他，我真高興，」斯柳金說，「他身體不好，我看……情況怎麼樣？」

「是這樣，」醫生邊說邊從斯柳金的頭上向馬車夫招手，示意他過來。「是這樣的，」醫生說著，用他那白淨的手捏住鞣皮手套的一根指頭，將它拉直。「弦要是不繃緊，想弄斷它很難。可是，如果把它繃到了極限、用手指頭一壓，它就斷了。他這樣埋頭苦幹，認真工作，弦已經繃到最大限度，何況還有外來的壓力；沉重的壓力，」醫生說完，意味深長地揚了揚眉毛。「您去看賽馬嗎？」他又問了一句，走下臺階，朝馬車走去。「是呀，是呀，當然要費許多工夫，」斯柳金說了句什麼，他沒聽清楚，就漫應道。

占用了許多時間的醫生剛走，那位著名旅行家就接踵而至。交談中，阿列克謝·亞歷山德羅維奇憑著他剛才讀完小冊子，及他過去對此道的瞭解，以其真知灼見令旅行家驚歎不已。

在旅行家來訪的同時，省裡的首席貴族也到了彼得堡，阿列克謝·亞歷山德羅維奇必須和他談一次話。首席貴族之後，要跟祕書辦完全部例行公事，再為一樁要事去見一位大人物。直到五點鐘吃飯時他才回到家裡。與祕書一起進餐後，邀請他同車前往別墅，然後去看賽馬。

阿列克謝·亞歷山德羅維奇自己也不知道為什麼，現在他和妻子見面時總要找個第三者在場。

二十七

安娜站在樓上鏡子前面，由安努什卡幫著往衣服上別最後一個花結。這時她聽見大門口有車輪壓過砂礫的聲音。

「別特西來還早呢，」她想，望了望窗外，看見一輛馬車，一頂黑色禮帽和她熟悉的那一對耳朵正從馬車裡探出來。「真不是時候，難道他來過夜嗎？」她想道。這可能引起可怕的後果，她感到害怕極了，就毫不遲疑、笑容可掬地下樓迎上前去。她覺得那熟悉的說謊欺騙精靈又出現了，就聽從它的擺布，開始講出一些她自己也不知所云的話來。

「啊，真是好極了！」她向丈夫伸過手去說，一面用微笑向家裡人一樣的斯柳金打招呼。「我想你會在這裡過夜吧？」這是欺騙精靈向她提示的第一句話，「現在我們能一起走了。只可惜我答應了別特西，她要來接我。」

聽到別特西的名字，阿列克謝·亞歷山德羅維奇皺起了眉頭。

「哦，我不會拆散難分難捨的人，」他照例用戲謔的口吻說。「我和米哈伊爾·瓦西里耶維奇一起去。醫生叫我多走路。我一路步行過去，就當在作溫泉療養吧。」

「用不著匆忙，」安娜說，「你們想喝茶嗎？」她拉了拉鈴。

「上茶吧，再告訴謝廖沙，說阿列克謝·亞歷山德羅維奇來了。怎麼樣，妳身體好嗎？哦，米哈伊爾·

瓦西里耶維奇，您還沒來過我這兒呢。您瞧，我這露臺上多好。」她同時和好幾個人說著話。

她說話時顯得大方而自然，只是說得太多太快。她自己覺察到這一點，而且，她從米哈伊爾・瓦西里耶維奇瞥她的好奇目光中，發現他似乎在觀察她。

米哈伊爾・瓦西里耶維奇立刻走到露臺上去了。

她在丈夫身邊坐下來。

「你氣色不太好。」她說。

「是啊，」他說，「今天醫生到過我那兒，占去我一個小時。我覺得，像是哪位朋友讓他來的，把我的健康看得太重要了……」

「別這樣說，醫生怎麼講？」

她詢問了他的健康和公務情況，勸他休息一陣，並住到她這邊來。

她說這些話時語氣高興，節奏很快，眼睛裡閃出異樣的光。但阿列克謝・亞歷山德羅維奇並不感到她的語調有什麼特別。他聽出來的只是這些話字面上的含義。所以他的回答也是平平常常的，儘管是用戲謔的口吻。這次交談自始至終沒有任何特別之處，但事後安娜每每回想起當時這短暫的一幕，就羞愧得無地自容。

謝廖沙跟著女家庭教師走進來。如果阿列克謝・亞歷山德羅維奇留心觀察一下，他就會發現，謝廖沙先望了望父親，又望望母親，孩子的眼神是那樣膽怯和慌張。可是他什麼也不想看見，什麼也沒看見。

「啊，年輕人！他長高了。真的完全是個男子漢了。你好，年輕人。」

他向嚇壞了的謝廖沙伸出手去。

謝廖沙一向有些怕父親。現在阿列克謝．亞歷山德羅維奇又開始叫他年輕人，加之他腦子裡多了一個不知道是敵還是友的渥倫斯基這個謎，他對父親的態度就愈加隔閡了。他求援似的回頭望望母親。唯有和母親在一起他才感到自在。這時阿列克謝．亞歷山德羅維奇在和家庭教師談話，將一隻手搭在兒子肩膀上，謝廖沙窘態畢露，安娜看他簡直就要哭出來了。

兒子進來時安娜刷地漲紅了臉。這時她發現謝廖沙侷促不安的樣子，就連忙站起來，把阿列克謝．亞歷山德羅維奇的手從兒子肩膀上拿開，吻了吻兒子，將他帶到露臺上去，自己立即返回來。

「時間已經到了，」她看了看錶說，「別特西怎麼還不來呀！……」

「是啊，」阿列克謝．亞歷山德羅維奇說著站起來，一扳手指，弄出啪啪的響聲。「我還給妳帶些錢來了，光用寓言是餵不飽夜鶯的，」他說，「我想，妳需要錢了吧。」

「不，不需要……是的，需要，」她說，眼睛不看他，臉紅到了髮根，「我想，你看完賽馬再順路到這兒來。」

「哦，是的！」阿列克謝．亞歷山德羅維奇答道。「瞧，彼得戈夫的美人，特韋爾卡雅公爵夫人駕到，」他說著，望了望窗外一輛駛近的馬車，那是一輛英國式輕便馬車，使用皮套具，小巧的車廂架得特別高。「真是豪華！真是漂亮！好了，我們也走吧。」

別特西公爵夫人沒有下車。只見一個穿中筒靴、短斗篷和戴黑帽子的僕人在大門口跳下來。

「我走了，再見！」安娜說，吻了吻兒子，走到阿列克謝．亞歷山德羅維奇面前，把手伸給他。「你特地跑來，你太好了。」

他吻了吻她的手。

「那就再見吧。你再回來喝茶，那就好極了！」她說罷，容光煥發、高高興興地走了出去。等到她看不見他時，她馬上想到手上被他嘴唇接觸過的地方，厭惡得打了個哆嗦。

二十八

阿列克謝·亞歷山德羅維奇來到賽馬場時，安娜已經挨著別特西坐在上流人士咸集的那個亭子裡。她打老遠就看見了丈夫。丈夫和情人，這兩個人成了她生活的兩個中心，不需要借助外部感官，她就能感覺到他們在她近旁。她從遠處感到丈夫漸漸走近，不由自主地注視著他在人流中的行動。她看見他朝亭子這邊走來，忽而大度地回答諂媚的鞠躬，忽而友好地與平輩人隨便打個招呼，忽而摘下他那頂壓住耳梢的大圓禮帽，恭候權貴們看他一眼。她熟悉他這一套，對之十分反感。「沽名釣譽，步步高升，他心裡裝的只有這些，」她想，「什麼高尚思想呀，熱愛教育呀，宗教呀，無非都是他向上爬的工具。」

他在向女士們集中的亭子這邊張望（視線正對著她，但在輕紗、彩帶、羽毛、陽傘和鮮花的海洋中認不出妻子），她知道他在找她，故意裝作沒看見。

「阿列克謝·亞歷山德羅維奇！」別特西公爵夫人向他喊道，「您大概沒看見您妻子，她在這兒！」

他冷冷地一笑。

「這裡真是五光十色，叫人目不暇接，」他說著向亭子走來。他給妻子一個微笑，是剛剛見過妻子的丈夫現在又遇到她時應該做出的那副笑臉。他和公爵夫人及其他熟人打過招呼，面面俱到地和太太們說句笑話、與男人們寒暄數語。一位侍從武官站在亭子下面，此人以才智和教養出名，阿列克謝·亞歷山德羅維奇素來敬重他，就跟他攀談起來。

兩場比賽之間有一段休息，談話可以不受影響地進行。侍從武官對賽馬持譴責態度。阿列克謝・亞歷山德羅維奇不以為然，為賽馬辯護。安娜聽著他那尖細平穩的嗓音，字字聽得真切，覺得他的每一句話都那樣虛偽，那樣刺耳。

四俄里障礙賽馬開始時，她探出身子，目不轉睛地望著渥倫斯基怎樣走到馬跟前、怎樣上馬，同時聽見丈夫喋喋不休、令人討厭的說話聲。她為渥倫斯基擔驚受怕，更受不了丈夫那熟悉的腔調和聽起來沒完沒了的尖細嗓音。

「我是個壞女人，我是個墮落的女人，」她想，「但是我不喜歡撒謊，謊言讓我受不了，而謊言卻是他（丈夫）的家常便飯。他全都知道，全都看在眼裡，居然還能這樣若無其事地聊天，他還能有什麼感情呢？假如他殺了我、殺了渥倫斯基，我倒會尊敬他。可是他不會的，他需要的只是謊言和面子，」安娜自語道。她沒有去想，她究竟要求丈夫怎麼樣，要求他是怎樣一個人。她也不知道，阿列克謝・亞歷山德羅維奇今天如此令她惱火的饒舌，其實是他內心憂慮不安的表現。好比一個摔傷的孩子，會蹦蹦跳跳活動肌肉以減輕疼痛，他也需要用腦力活動來排斥有關妻子的種種念頭。現在妻子在場、渥倫斯基在場，耳邊不斷有人提到渥倫斯基的名字，使得那些念頭老是來困擾他。小孩子自然要蹦跳，他自然要說些聰明得體的話。於是他說：

「軍人、騎兵賽馬必須具有危險性，這是一個條件。如果英國人在軍事史上可以炫耀他們的騎兵業績，那只是因為它歷史性地發揚了動物和人類在這方面的力量。我認為體育運動具有深遠的意義，而我們往往卻只看到最表面的東西。」

「不是表面的東西，」別特西公爵夫人說，「聽說有個軍官摔斷了兩根肋骨呢。」

阿列克謝・亞歷山德羅維奇微微一笑。他的所謂微笑就是露出牙齒，僅此而已。

「公爵夫人，就算不是表面的東西，而是內在的東西。但問題並不在此，」他又轉身對那位他一本正經與之談話的將軍說，「請別忘記，參加賽馬的都是選中這一行的軍人，還得承認，任何職業都有它的另一面。這一行可是軍人的天職。不倫不類的拳擊和西班牙鬥牛運動是野蠻的標誌。而職業化的體育運動卻是文明的特徵。」

「不，下次我再也不來了。這使我太緊張了，」別特西公爵夫人說，「妳說是嗎，安娜？」

「使人緊張，但又捨不得走，」另一位太太說，「我要是個古羅馬女人，每一場競技是必看的。」

安娜沒有說話，始終舉著望遠鏡，望著一個地方。

這時，一位高個子將軍穿過亭子裡。阿列克謝・亞歷山德羅維奇中斷了談話，匆匆忙忙然而不失莊重地站起來，向走過身邊的這位軍人低低鞠了一躬。

「您不參加賽馬嗎？」將軍同他打趣說。

「我參加的賽馬難度更大。」阿列克謝・亞歷山德羅維奇恭恭敬敬地答道。

這回答雖然沒有什麼意義，將軍卻做出一副從聰明人嘴裡聽到一句聰明話的樣子，表示完全領會了其中的俏皮之處。

「事情有兩方面，」阿列克謝・亞歷山德羅維奇又接著說，「表演者和觀看者。對後者來說，迷戀這種場面確實是趣味低俗的標誌，這個我同意，但是……」

「公爵夫人，來打賭吧！」下面傳來斯捷潘・阿爾卡季奇對別特西的說話聲。「您賭誰贏呀？」

「我和安娜賭庫佐夫列夫公爵。」別特西說。

「我賭渥倫斯基。一副手套。」

「行！」

「多漂亮啊，你說是嗎？」

因為身邊有人說話，阿列克謝·亞歷山德羅維奇沉默了一會兒，但立刻又談了起來。

「這個我同意，但是勇敢的比賽……」他剛要接著講下去。

這時候騎手們出發了，所有的談話都中斷。阿列克謝·亞歷山德羅維奇也閉上了嘴。大家都站起來，望著小河那邊。阿列克謝·亞歷山德羅維奇對賽馬不感興趣，他沒有看騎手們，卻心不在焉地用那雙疲憊的眼睛掃視著觀眾。他的目光停在了安娜身上。

安娜臉色蒼白而嚴肅。除了一個人之外，她顯然沒有看見任何人和任何物。她一手緊握扇子，手在不住地抖動，連呼吸都停止了。阿列克謝·亞歷山德羅維奇望了她一眼，連忙轉過身去看別人的臉。

「瞧這位太太和另外幾位也都非常激動，這很自然，」阿列克謝·亞歷山德羅維奇自言自語。他想不去看她，但他的視線不由自主地被她所吸引。他又審視起她的臉，盡量不去理會她那明顯的表情，然而他又違心地、滿懷恐懼地在她臉上端詳著他不想看到的那種神情。

庫佐夫列夫第一個在河邊摔倒，大家都緊張起來。但是阿列克謝·亞歷山德羅維奇從安娜得意洋洋的蒼白臉上清楚看到，她望著的那個人並沒有摔下來。馬霍京和渥倫斯基越過了大柵欄，隨後的一名軍官卻在那裡摔得人仰馬翻，失去知覺，這時觀眾發出了一陣低沉的驚呼。阿列克謝·亞歷山德羅維奇看到，安娜對此竟全然不察，她好容易才弄明白周圍人在說些什麼。他的眼睛愈來愈離不開安娜，愈發緊緊地盯住她。安娜全神貫注地在看渥倫斯基比賽，同時也感覺到丈夫從旁邊投過來的冷冷目光。

她回過頭，詢問似的望了他一眼，微微一皺眉，又轉過頭去。

「哼，我反正無所謂了。」她彷彿這樣對他說，再也不回頭去看他。

這場賽馬弄得很慘，十七名騎手中落馬摔傷者過半。比賽臨近尾聲時，大家心情都很緊張；雪上加霜的是，皇上對比賽也不滿意。

二十九

人們都大聲地表示不滿。大家都反覆提起某人說的一句話：「就差競技場裡鬥獅子了！」觀眾都覺得場面可怕，因此渥倫斯基栽倒時，安娜驚叫一聲，並沒有什麼可奇怪的。但是隨後安娜的臉色大變，有失體統。她張惶失措，像一隻被捉住的鳥兒在掙扎：忽而站起來要走，忽而又找別特西說話。

「我們走吧，我們走吧。」安娜說。

別特西沒有聽見，這時她正彎下身子與走到她跟前的一位將軍說話。

阿列克謝·亞歷山德羅維奇走到安娜身邊，彬彬有禮地把手臂伸給她。

「要是您願意的話，我們走吧。」他用法語說，但安娜正留神聽那位將軍說話，沒有在意丈夫。

「聽說他也摔斷了腿，」將軍說。「這真是不像話。」

安娜沒有理睬丈夫，舉起望遠鏡，朝渥倫斯基摔倒的地方望去。但距離太遠，那邊又擠滿了人，她什麼也看不清楚。她放下望遠鏡，又想走。這當兒一名軍官騎馬奔過來，向皇上報告情況。安娜探身向前，想聽他說什麼。

「斯季瓦！斯季瓦！」她喊她哥哥。

哥哥沒聽見她呼叫，她於是又要往外走。

「我再次請您挽住我的手臂，要是您願意走的話。」阿列克謝·亞歷山德羅維奇碰碰她的手說。

她厭惡地避開他，不看他的臉，答道：

「不，不，別管我，我不走。」

這時她看見從渥倫斯基摔倒的地方，有名軍官穿過賽馬場朝亭子跑過來。別特西向他揮舞手帕。軍官帶來的消息是，騎手沒有摔傷，但是馬的脊骨折斷了。

聽到這個消息，安娜跌坐在位子上，拿扇子遮住臉。阿列克謝·亞歷山德羅維奇看見她在哭，她不但止不住眼淚，而且痛哭失聲，直哭得胸脯一起一伏。阿列克謝·亞歷山德羅維奇用身體擋住她，好讓她有時間平靜下來。

「我第三次向您伸出我的手臂。」過了一會兒，他對她說。安娜望著他，不知道說什麼好。別特西公爵夫人連忙過來幫她。

「不，阿列克謝·亞歷山德羅維奇，是我把安娜帶來的，我還答應送她回去。」別特西插進來說。

「請原諒，公爵夫人，」他彬彬有禮、逼視著她的眼睛說，「我看安娜身體不太舒服，想讓她跟我一道走。」

安娜驚恐地回頭張望，順從地站起來，把手搭在丈夫的手臂上。

「我派人去他那兒，打聽到消息捎給妳。」別特西悄悄對她說。

走出亭子的時候，阿列克謝·亞歷山德羅維奇照例要跟照面的人說話，安娜也照例要回禮和答話，她失魂落魄，挽著丈夫的手臂，夢遊似的跟著他走。

「他摔傷了嗎？這是真的嗎？他會不會來？今天我能見到他嗎？」她想。

她默默地坐進阿列克謝·亞歷山德羅維奇的馬車，默默地從許多馬車之間駛了出去。他把一切都看在眼裡，但仍然不願去考慮妻子目前的處境。他只看見一些表面現象。看見她舉止有失體面，認為有責任告訴她這一點。但他又很難做到只說這件事而不及其餘。他想告訴她，她舉止如何失態，可是一張嘴竟不由自主說出了毫不相干的另一回事。

「其實，我們大家都偏愛這種殘酷的場面，」他說，「我發現……」

「什麼？我不明白。」安娜鄙夷地說。

他感到懊惱，立刻講出他想講的話。

「我必須告訴您。」他說。

「瞧，他要明說了，」她想，心裡覺得害怕。

「我必須告訴您，您今天舉止失態。」他用法語對她說。

「我怎麼失態啦？」她大聲說，很快向他轉過頭來，直視著他的眼睛，這時她的神態裡已完全沒有原先那種隱祕的歡悅，而是在決然的表情下竭力掩蓋著內心的恐懼。

「注意，」他指指車夫背後打開著的車窗，對她說。

他欠起身，拉上窗玻璃。

「您發現什麼地方有失體統呀？」她又問。

「您在一個騎手摔倒時掩飾不住自己的絕望情緒。」

他等著她分辯，可是她眼望前方，默不作聲。

「我曾請求您在社交場合要舉止得體，以免別人對您惡言中傷。我曾經與您談過內心方面的問題，現在我不談這個。現在我說的是外部行為。您的行為有失檢點，我希望以後不要再發生這樣的事。」

他的話她沒有聽到一半。她對他感到恐懼，同時在想，渥倫斯基真的沒有摔傷嗎？他們說人沒有受傷，馬斷了脊骨，指的就是他嗎？他說完時，她裝出嘲弄的樣子微微一笑，不作任何回答，因為她沒有聽見他說的話。阿列克謝・亞歷山德羅維奇開始時說得果斷，可是等他清楚地意識到自己在說些什麼時，就被她的恐懼情緒所感染。他看見她這副笑容，感到一陣莫名其妙的迷惘。

「她對我的懷疑報以譏笑。對，她馬上就會對我說上一次說過的話，說我的猜疑沒有根據，是可笑的。」

此刻，當他面臨徹底攤牌之際，他最大的願望就是她仍然像上次那樣嘲弄地回答他，他的懷疑可笑、沒有根據。他瞭解到的事情太可怕了，因此現在他什麼事都可以相信。而她的臉上充滿著驚恐和憂鬱，表明她現在也不想欺騙他。

「也許是我弄錯了，」他說，「那我就請您原諒。」

「不，您沒有弄錯，」她橫下心，望了望他那冷漠的臉，慢慢地說。「您沒有弄錯。我確實嚇壞了，我無法控制自己。我聽您說話時心裡卻想著他。我愛他，我是他的情婦。您使我無法忍受、使我害怕，我恨您……任憑您怎樣發落我吧。」

她向座位角落裡一靠，用手捂著臉，放聲哭了起來。阿列克謝・亞歷山德羅維奇一動不動，眼睛仍然直視前方，整個一張臉忽然變得像死人一樣凜然不動，直到馬車抵達別墅，他的表情始終沒有變化。快到家時，他就帶著這種表情向她轉過頭去。

「好吧！不過我要求您保持外表上的體面，直到……」他的聲音在發抖。「直到我採取措施保全我的名譽並且通知您。」

他先下車，再把她扶下來。當著僕人的面默默地握了握她的手，然後又坐上車，駛往彼得堡。
他剛走，別特西公爵夫人的僕人就給安娜送來一張便條：
「我派人見阿列克謝，問他健康情況，他回信說身體正常，沒有受傷，但是心裡難受極了。」
「就是說，他會來！」她想。「我把一切都告訴了他，我做對了。」
她看了看錶。還有三個小時。回想起最近一次見面的詳細情景，她感到熱血沸騰。
「我的上帝啊，多麼痛快！這真可怕，可是我愛看他的臉，我愛這奇異的人間……丈夫！哼……謝天謝地，我和他一切都結束了。」

三十

謝爾巴茨基一家人去療養的那個德國小溫泉，也像大凡人群聚集之地，出現了一種社會結晶現象，其中每一個成員都必定會各得其所。就像小水滴在嚴寒中一定會變成具有一定形狀的雪花那樣，每個新到溫泉來的人，馬上就會安排到適合於他的位置上。

謝爾巴茨基公爵及其妻子、女兒[46]，根據他們租用的寓所、他們的聲望及朋輩往來，馬上就在這一結晶過程中找到了他們預定的合適位置。

今年，因為有一位真正的德國公爵夫人在溫泉療養，社會結晶行為就顯得愈加活躍。謝爾巴茨基公爵夫人一心要女兒拜謁這位德國公爵夫人，所以他們在到達溫泉的第二天就作了禮節性造訪。吉娓穿著一身從巴黎訂製、非常樸素，也就是非常漂亮的夏裝，向公爵夫人行了個低低的、姿態優美的屈膝禮。公爵夫人說：「我想，這張漂亮的小臉上很快就會玫瑰重開的。」從這時起，謝爾巴茨基一家的生活軌道也確定下來，不可偏離了。他們還結識了一位英國貴婦的家庭、一位德國伯爵夫人及其在上次戰爭中負傷的兒子、一位瑞典學者，還有康納特兄妹。不過，與謝爾巴茨基一家過從最密的是以下一些人：莫斯科的瑪麗亞·葉夫根尼耶夫娜·勒季謝娃夫人和她的女兒（吉娓不喜歡她，因為她一樣也是失戀生病），以及一位

46 原文為德語音譯。

莫斯科的上校。吉媞從小就認識這位上校，那時他穿軍服戴肩章，現在卻敞著領口、繫一條花領帶，睜著一對小眼睛，樣子非常可笑，而且老愛糾纏別人，令人討厭得很。當生活形成了這種秩序之後，吉媞又開始感到無聊，而公爵又到卡爾斯巴德去了，只剩下了她們母女倆。她對已經認識的人不感興趣，覺得他們不再有新意。現在她在溫泉最大的興致，就是觀察和揣測那些她不熟識的人。以吉媞的天性，她總愛推測人們最美好的品質，對素不相識的人尤其如此。她猜測那些人的身分、他們的相互關係、他們是什麼樣的人，想像著他們崇高可敬的品格，並在觀察中加以驗證。

在這些人中，吉媞對一個俄國姑娘最感興趣。她是隨同一位患病的俄國太太，大家稱之為斯塔爾夫人，來到溫泉的。斯塔爾夫人是上流社會人士，她病得不輕，不能行走，只有在難得的好天氣才坐輪椅到溫泉上來。斯塔爾夫人不跟任何俄國人交往，據公爵夫人說，這主要倒不是因為她的病，而是由於傲氣。這個俄國姑娘不僅照顧斯塔爾夫人，吉媞發現她和溫泉上為數很多的重病人都合得來，真心實意地服侍他們。據吉媞觀察，這個俄國姑娘與斯塔爾夫人非親非故，也不是她雇來的幫手。斯塔爾夫人叫她瓦蓮卡，別人則稱呼她瓦蓮卡小姐。吉媞不光想觀察這個姑娘與斯塔爾夫人及其他熟人的關係，她還對瓦蓮卡小姐有一種說不上來的好感。她倆目光相遇時，吉媞覺得瓦蓮卡也喜歡她。

這位瓦蓮卡小姐已非青春年少，她彷彿就不曾有過青春：看上去可以說十九歲，也可以說三十歲。細看她的五官相貌，雖然面帶病容，但長得不算難看。她身材不錯，只可惜太瘦，按中等個子來說，頭也顯得太大。她對男人不會有什麼吸引力。她像一朵美而不鮮的花，花瓣沒有脫落，卻已經失掉了香氣。她之所以失去對男人的吸引力，還因為她缺少那種在吉媞身上特別充沛的東西——被抑制著的生命之火及對自身魅力的意識。

她好像總在專心致志地忙一件事，對別的事情毫不關心。她的這種自我反差格外吸引著吉媞。吉媞覺得在她身上和她的生活方式中，能找到自己苦苦尋覓的事物。那就是超脫可厭世俗男女關係之上的生活情致和生活真諦，而不是現在她想像的、如同可恥地展示商品、等待買主的那種姑娘對男子的關係。愈是觀察這位不曾結識的朋友，吉媞愈是相信，這個姑娘正是她心目中的完人，因而她愈加急切地要和她相識。

兩個姑娘每天要打好幾次照面。每次遇見時吉媞的眼睛彷彿在說：「您是什麼人？您在做什麼？您是我心目中的完人，是嗎？不過您千萬別以為我強求與您結識。我只是欣賞您、喜歡您。」陌生姑娘的眼神這樣回答：「我也喜歡您，您非常非常可愛。如果我有時間的話，我會更喜歡您。」吉媞見她確實很忙，不是把一個俄國人家的孩子們從溫泉領回家，就是為哪個女病人送去毛毯並給她蓋好，再不就是勸一個發火的病人消消氣，或替什麼人選購喝咖啡時吃的餅乾。

謝爾巴茨基一家來後不久，一天早晨在溫泉療養地又出現了兩個人，引起了大夥兒的不快。一個是個子很高、背有些駝的男人，他有一雙特大的手，穿著嫌短的舊外套，烏黑的眼睛裡露出天真而又可怕的神色。另一個是長相俊俏、有些麻點的女人，衣著粗俗不堪。吉媞認為他們是俄國人，就在想像中為他倆編撰美麗動人的故事。公爵夫人從療養名冊[47]上查到，他們原來是尼古拉．列文和瑪麗亞．尼古拉耶夫娜，就告訴吉媞，這個列文為人如何惡劣，於是吉媞關於他倆的幻想也隨之破滅。吉媞頓覺兩人十分討厭，倒不是因為母親的一番話，主要因為他是康斯坦丁．列文的哥哥。尼古拉那個扭動腦袋的壞習慣，更是引起了吉媞難以抑制的憎惡感。

---

47 原文為德文。

她覺得，他那雙可怕的大眼睛在死死盯著她，眼中流露出仇恨和嘲弄的意味，因此對他總避之唯恐不及。

三十一

這是一個陰雨天，整個早晨雨都沒有停過，病人們拿著傘，擠在遊廊裡。吉媞和母親，還有莫斯科上校，在一起漫步。上校穿著從法蘭克福買來的成品西禮服，顯得洋洋得意。他們靠著遊廊的一邊走，盡量避開沿著另一邊散步的尼古拉．列文。瓦蓮卡穿著深色衣裳，戴一頂捲下簷的黑帽子，和一位法國盲婦從遊廊一頭走到另一頭。每當她和吉媞相遇，兩人總要交換一下友好的眼色。

「媽媽，我可以跟她攀談嗎？」吉媞注視著陌生的朋友，見她朝泉水口走去，預計會在那裡遇上她，說道。

「既然妳這麼想結識她，我就先瞭解一下她的情況，再親自去找她，」母親回答。「妳發現她有什麼與眾不同嗎？大概是跟病人做伴的。妳願意的話，我去認識一下斯塔爾夫人。我和她嫂子是熟人。」公爵夫人又說，並驕傲地揚起了頭。

吉媞知道母親有些生氣，因為斯塔爾夫人似乎不想認識她，就沒有執意讓母親去。

「奇怪，她竟是這樣可愛！」她望著瓦蓮卡說，這時瓦蓮卡正把一個杯子遞給法國女人。「您看，她多麼平易可親。」

「妳如此的傾慕，真令我好笑，」公爵夫人說，「不，我們還是往回走吧。」她又說。這時她發現尼古拉帶著那女人和德國醫生一道迎面走過來，尼古拉生氣地對醫生大聲說著話。

她們剛轉身往回走，就聽見後面已經不是大聲說話，而是在喊叫了。尼古拉停住腳步，大叫大嚷，醫生也發起火來。人群聚集在他們周圍。公爵夫人和吉媞慌忙離去。上校擠進人群，瞭解事由。

幾分鐘後，上校趕上了她們。

「那邊是怎麼回事？」公爵夫人問。

「丟人現眼！」上校答道。「在國外可別遇上俄國人。那位高個子先生和醫生吵了起來，說了許多無禮的話，怪醫生不會給他治病，揮舞手杖要打人。真丟臉！」

「嘖，這真可惡！」公爵夫人說。「結果怎樣了？」

「多虧那位……那位戴蘑菇帽的女子，大概是俄國人，她過來勸架。」上校說。

「是瓦蓮卡小姐吧？」吉媞高興地問道。

「對，對，是她最先站出來，她挽住那位先生的胳膊，把他拉走了。」

「您瞧呀，媽媽，」吉媞對母親說，「我讚賞她，您還覺得奇怪呢。」

從第二天起，留心陌生朋友一舉一動的吉媞發現，瓦蓮卡小姐和尼古拉及其女人的關係，已經像她對待她的其餘被保護人一樣。她接近他們、與他們談話，為那個不懂外語的女人當翻譯。

吉媞愈加懇求母親讓她結識瓦蓮卡。公爵夫人雖然不高興首先表示出結交那位相當傲氣的斯塔爾夫人的願望，但她還是去打聽了瓦蓮卡的情況，瞭解她的底細；得出的結論是：結識此人沒有什麼壞處，但也未見有多大好處。她於是主動去找瓦蓮卡，與她認識。

公爵夫人趁著女兒去泉口、瓦蓮卡站在麵包鋪對面的機會，走到她跟前。

「請允許我跟您認識一下，」她莊重地微笑道，「我女兒對您很是傾慕，」她說。「您大概不認識我吧。我是……」

「真不好意思，您這樣主動，公爵夫人。」瓦蓮卡連忙答話。

「昨天您對我們那位可憐的同胞做了件好事！」公爵夫人說。

瓦蓮卡臉紅了。

「我不記得了。我好像沒有做過什麼。」她說。

「怎麼沒有，您讓那個列文避免了一場不快。」

「哦，是他的女伴叫我去的。我盡力勸他安靜下來，因為他病得很重，對醫生又很不滿意。我習慣於照顧這樣的病人。」

「哦，我聽說您和您的姑媽，是斯塔爾夫人吧，一起住在芒通。我認識她嫂子。」

「不，她不是我姑媽。我喊她媽媽，但也不是她的親戚。我是她撫養長大的。」瓦蓮卡回答，臉又紅了。

她的話如此樸實無華，臉上的表情如此坦誠而可親，公爵夫人明白她的吉媞為什麼喜歡這個瓦蓮卡了。

「那個列文又是怎麼回事？」公爵夫人問。

「他就要走了。」瓦蓮卡說。

這時，吉媞從泉水那邊走過來，見母親認識了她的陌生朋友，不禁喜形於色。

「好了，吉媞，妳那麼想認識這位小姐……」

「瓦蓮卡，」瓦蓮卡微笑著說，「大夥兒都這麼叫我。」

吉媞高興得漲紅了臉，久久地、默默地握著這位新朋友的手，對方的手沒有回握，只是一動不動地讓她握著。瓦蓮卡小姐的手雖然沒有反應，但她的臉上漾起了溫和、歡喜而略帶憂鬱的微笑，露出了一排雖然嫌大卻整齊漂亮的牙齒。

「我也早就想認識您了。」她說。

「可是您太忙了……」

「哎，正相反，我一點也不忙。」瓦蓮卡回答，但她不得不馬上離開兩位新結識的人，因為這會兒有兩個俄國女孩向她跑來，她倆是一位病人的女兒。

「瓦蓮卡，媽媽叫妳！」女孩喊道。

瓦蓮卡跟她們走了。

三十二

關於瓦蓮卡的身世，以及她跟斯塔爾夫人的關係，公爵夫人瞭解到的詳情如下。

斯塔爾夫人是個疾病纏身、性情亢奮的女人。有人說她折磨丈夫，有人說她被放蕩無行的丈夫折磨。她生下第一個孩子時已跟丈夫離婚，孩子一出生就死了。斯塔爾夫人的親屬知道她感情脆弱，怕她受不了這個打擊，就拿當晚在彼得堡同一寓所裡出生的一個宮廷廚師的女兒去頂替。這孩子就是瓦蓮卡。斯塔爾夫人後來知道瓦蓮卡不是她女兒，但依舊養育她，何況不久後，瓦蓮卡自己的親人也都不在人世了。

斯塔爾夫人十多年來一直旅居國外南方地區，臥病在床，深居簡出。有人說，斯塔爾夫人以樂善好施和篤信宗教為自己謀得了社會地位。也有人說，她從心靈深處就是品德極高的人，畢生捨己為人、表裡如一。誰也不知道她信什麼教，是天主教、新教還是東正教。但有一點毫無疑問，那就是她與各種教會及教派的上層人士都有交情。

瓦蓮卡隨她長期住在國外，凡是認識斯塔爾夫人的人，都認識瓦蓮卡小姐——大家這樣稱呼她、喜歡她。

公爵夫人瞭解到這些底細，認為女兒結交瓦蓮卡絲毫無礙體面，更何況瓦蓮卡言行舉止極有教養。她的法語和英語都說得很好。尤其是，她轉達了斯塔爾夫人的話，說因為抱病不能結識公爵夫人，甚感遺憾。

吉娣結識了瓦蓮卡，對這個朋友愈來愈著迷，每天都能在她身上發現新的優點。

公爵夫人聽人說瓦蓮卡歌唱得好，就請她晚上過來唱歌。

「吉媞彈琴，我們那兒有架鋼琴，確實不怎麼好，但您一定會給我們帶來很大的享受，」公爵夫人臉上帶著做作的微笑說，這笑容使吉媞老大不快，因為她看出來瓦蓮卡並不想唱歌。不過瓦蓮卡晚上還是帶著樂譜來了。公爵夫人也邀請了瑪麗亞・葉夫根尼耶夫娜母女和上校。

瓦蓮卡毫不介意有陌生人在場，立刻走到鋼琴邊。她不會自彈自唱，但照譜唱得很好。擅長鋼琴的吉媞就為她伴奏。

「您才華出眾。」瓦蓮卡第一支歌唱得很動聽，公爵夫人這樣對她說。

瑪麗亞・葉夫根尼耶夫娜母女也向她致謝，稱讚她。

「您看，」上校望著窗外說，「來了多少聽眾啊！」窗外確實聚集了一大群人。

「我很高興能使你們滿意。」瓦蓮卡淡然地說。

吉媞以得意的眼光望著她的朋友。吉媞讚賞她的歌藝、她的嗓子、她的相貌，尤其欣賞她的風度。瓦蓮卡根本不考慮歌唱得好壞，對別人的讚揚也淡然處之，她彷彿只想問一聲：還要再唱嗎？聽夠了嗎？

「假如是我的話，」吉媞自忖著，「我會多麼自豪啊！看到窗外這些聽眾，我會多麼高興啊！而她卻全然無所謂。她的唯一動機就是不拒絕媽媽的請求、讓她高興。她心裡裝著什麼呢？是什麼賦予她這種淡泊一切、寧靜自處的力量呢？我真想瞭解個究竟，學習她這一點，」吉媞望著她平靜的面容，這樣想。公爵夫人請瓦蓮卡再歌一曲。瓦蓮卡便又唱了一首歌，唱得徐緩、清晰而動聽。她挺直身子站在鋼琴邊，用那隻皮膚黝黑、瘦瘦的手在琴上打著拍子。

曲譜裡的下一首是義大利歌曲。吉媞彈完前奏，望了望瓦蓮卡。

「這首別唱了。」瓦蓮卡說，臉一紅。

吉媞吃了一驚，疑問地審視著瓦蓮卡的臉。

「哦，那就唱別的吧。」吉媞連忙說，一面翻過譜頁，頓時明白了，這首歌曲一定與什麼事情有關。

「算了，」瓦蓮卡一手按住樂譜，笑著說，「算了，就唱這首吧。」她同樣從容、淡然而悅耳地唱了這首歌。

瓦蓮卡唱完歌，大家又向她道了謝，就去喝茶。吉媞和她走到屋外的小花園裡。

「那首歌勾起了您一段回憶，是吧？」吉媞說。「您不必告訴我，」她連忙補充道，「您只要說，是不是？」

「不，為什麼？我可以告訴妳，」瓦蓮卡滿不在乎地說，不等對方回話就接著說下去，「是的，這裡有一段往事，曾經使我痛苦。我愛過一個人，為他唱過這首歌。」

吉媞睜大了眼睛，默默地、感動地望著瓦蓮卡。

「我愛他，他也愛我，但是他母親不允許，他就娶了別人。現在他的住處就離我們不遠，有時我還能看到他。您沒想到我也會有戀愛史吧？」她說這話時，美麗的臉上閃現出熱情的火花，吉媞覺得，這火花曾照亮過她的全身。

「怎麼沒想到？我要是個男人，一旦認識您，就不會愛任何別人。我只是不明白，他怎能為了討好母親而忘了您，使您成為不幸者。他真是無情無義。」

「不，他是個很好的人，我也不是不幸者，相反的，我很幸福。那麼，今晚我們不再唱了嗎？」她說著向屋子走去。

「您真好，您真好！」吉媞大聲說，攔住並吻了吻她。「我要能有一點像您就好了！」

「您為什麼要像別人呢？您自己就很好。」瓦蓮卡露出溫柔、疲倦的笑容，說。

「不，我一點也不好。請您告訴我……等一等，我們再坐一會兒，」吉媞說罷，又讓她挨著自己在長凳上坐下來。「告訴我，人家漠視您的愛，不願意……想起來您不覺得委屈嗎？」

「他並不漠視。我相信他是愛我的，但他又是個孝子……」

「那麼，如果不是母親之命，而是他自己的意思呢？……」吉媞說，感到自己祕密敗露，而那一臉的羞赧早就揭穿了她的心事。

「那是他自己行為不端，我就不會同情他了。」瓦蓮卡回答，顯然她知道現在已經不是在談她，而是在談吉媞。

「那麼委屈呢？」吉媞說。「委屈是忘不了的，忘不了的。」她想起了上次舞會上，音樂停止時她那委屈的目光。

「有什麼可委屈呢？又不是您行為不端，是吧？」

「比行為不端還要糟，是丟盡了臉。」

瓦蓮卡搖搖頭，把一隻手搭在吉媞的手上。

「有什麼丟臉的？」她說。「您總不能對一個完全漠視您的人說您愛他吧？」

「當然不能。我從來沒對他說過一句這樣的話，但是他知道。不，不，是從眼神中、從舉止上。我活到一百歲也不會忘記的。」

「那又怎麼樣呢？我不明白。問題在於，您現在還愛不愛他，」瓦蓮卡直截了當地說。

「我恨他。我也不能原諒自己。」

「那又為什麼？」

「丟臉，委屈。」

「唉，要是人人都像您這樣多愁善感，那怎麼行呢？」瓦蓮卡說。「每個姑娘都經歷過這種事。這些都不重要。」

「那麼，什麼才重要呢？」吉媞驚奇地注視著她的臉，問道。

「哦，重要的事情很多。」瓦蓮卡微笑說。

「到底是什麼呢？」

「啊，有好些事比這個更重要。」瓦蓮卡回答，一時不知道說什麼好。這時候屋裡傳來了公爵夫人的聲音。

「吉媞，天涼了！把披肩拿去，要不就回屋裡來。」

「哦，我真該走了！」瓦蓮卡說著站起來。「我還得到貝爾特夫人那裡去，她說過要我去的。」

吉媞拉著她的手，用熱切、好奇和懇求的目光望著她，彷彿在問：「是什麼，是什麼最重要的東西，使您的心情這樣平靜呢？您知道，您告訴我吧。」然而瓦蓮卡甚至不明白吉媞何以那樣看著她。她只記得今晚還要去看貝爾特夫人，然後在十二點鐘媽媽喝茶以前趕回家。她進了屋，收拾好樂譜，向大家告別，就準備離去。

「請允許我送送您。」上校說。

「現在這樣晚了，一個人怎麼走呢？」公爵夫人附和道。「我叫帕拉莎送您吧。」

吉媞看見，瓦蓮卡聽說要送她回去時忍不住微微一笑。

「不必了，我總是一個人走路，從來沒出過事。」她拿起帽子說，又吻了吻吉媞，來不及告訴她什麼是重要的事，就夾著樂譜，邁著矯健的步子，消失在夏夜的幽暗中，把那個祕密——什麼事情重要，以及什麼力量賦予她如此令人羨慕的平靜和自尊——也帶走了。

三十三

吉媞認識了斯塔爾夫人。這一結識，還有跟瓦蓮卡的友誼，不但對她產生了強烈影響，也在她悲傷的時候撫慰了她。她得到慰藉是因為透過與她倆的交往，在她面前展現出一個嶄新的世界。這是完全不同於她既往的世界，從這個崇高美好的世界，可以平靜地審視以往發生的事情。在她面前，除了七情六欲的本能生活，又出現了一種精神生活。這種生活是由宗教所揭示，但又絲毫不同於吉媞從小熟悉的那種宗教：和熟人們一起在寡婦收容所做彌撒和通宵禮拜、與牧師一同背誦斯拉夫經文……這是一種跟美好的思想感情有關聯的、崇高而神祕的宗教。這種宗教不但必須信仰，而且值得珍愛。

吉媞並不是從別人的話語中瞭解到這一切的。斯塔爾夫人和吉媞談話時，把她當作可愛的小孩，像回憶自己的青春那樣欣賞她。只有一次斯塔爾夫人提到，在人類的苦難中，唯有愛和信仰能帶來慰藉，基督無微不至地憐憫我們的痛苦，但說到這裡她立刻轉變了話題。然而，吉媞從她的每個動作、每一句話，從她那吉媞稱之為天國般的眼神中，特別是瓦蓮卡告訴她的斯塔爾夫人的整個身世中，總之，從各個方面懂得了「什麼是重要的事情」，而這一點是她從前不知道的。

但是，儘管斯塔爾夫人品格高尚、身世感人，言談高雅溫和，吉媞卻無意中在她身上發現了某些令人費解的地方。她注意到，斯塔爾夫人問到她的親屬時，曾輕蔑地微微一笑，這有悖於基督教的忠厚之道。她還發現，有一次斯塔爾夫人住處來了一位天主教神父，斯塔爾夫人盡量把臉藏到燈罩的陰影裡，並且異樣地微笑著。這些雖說是細微末節的發現，卻使吉娣困惑不解，對斯塔爾夫人產生了疑竇。然而瓦蓮卡孑然一身，沒有親友，沒有欲望和遺憾，帶著她那份惆悵和無奈，卻成了吉娣理想中的完人。她從瓦蓮卡身上領悟到：只要做到忘我和愛人，就能夠心安理得、幸福美滿。吉娣想成為這樣的人。現在她明白了什麼事是最重要的，就不想只停留在口頭上的讚美，而要全心全意地投入到展現在面前的新生活中去。根據瓦蓮卡所講的斯塔爾夫人，以及其他一些她提到名字的人在做的事情，吉娣也有了自己未來生活的打算。瓦蓮卡對她講過許多關於斯塔爾夫人的侄女阿林的事，吉娣也將照她那樣，無論住在哪裡，都要去尋找不幸者，盡力幫助他們、發給他們福音書，向病人、犯人和臨終的人誦讀福音書。她想效法阿林為犯人們唸福音書，這個想法特別使她著迷。這些祕密願望吉娣既沒有對母親，也沒有向瓦蓮卡透露過。

吉娣一方面等待時機大展宏圖，另一方面，眼下在溫泉就有不少病人和不幸者，她很容易找到機會仿效瓦蓮卡，實施自己的新原則。

起初，公爵夫人只發現吉娣處在一種強烈的影響下，她稱之為對斯塔爾夫人、特別是對瓦蓮卡的傾慕。她看到吉娣不僅模仿瓦蓮卡的行為，而且不自覺地學她說話走路的姿態和眨眼睛的樣子。後來公爵夫人才注意到，女兒並不僅僅是仰慕別人，在她自己身上也發生著某種精神上的重大轉折。

公爵夫人發現，吉娣每晚都讀斯塔爾夫人送給她的法文福音書，這是從前沒有過的；還發現她回避社交界的熟人，卻與瓦蓮卡關照的那些病人，特別是患病的窮畫家彼得羅夫一家人來往。吉娣在這個家庭裡履行護士職責，顯然以此為榮。這些淨是好事，公爵夫人都不反對，何況彼得羅夫的妻子又是個正派女人，而且那位德國公爵夫人看到吉娣做這些事，也稱讚她是撫慰天使。這一切本來都很好，要是做得不過分的話。但公爵夫人發現女兒有些走極端，於是就向她指出。

「無論何時何事都不宜走極端。」她對女兒說。

女兒沒有回答，她只在心裡想，基督教事業是沒有什麼過分可言的。有人打你左臉，你把右臉也伸過去；有人剝你的外衣，你把內衣也送給他。遵循這種教義，還說什麼過分二字呢？但公爵夫人不喜歡這樣的過分行為，她覺得吉媞現在不願意跟她推心置腹，這更加使她不快。吉媞確實對母親隱瞞自己的觀點和感情。這倒並非因為她不再敬愛母親，而只是因為她是她的母親。她情願告訴任何別人，而不願告訴母親。

「安娜・帕夫洛夫娜好些日子沒到我們家來了，」公爵夫人有一次提起彼得羅娃說。「我請過她。她好像有點不高興。」

「不，媽媽，我沒有發現她不高興。」吉媞臉一紅，說。

「妳好久沒上他們家去了嗎？」

「我們準備明天去遊山。」吉媞回答。

「好嘛，你們去吧。」公爵夫人說，注視著女兒窘迫的臉色，猜想她發窘的原因。

當天，瓦蓮卡來吃午飯時告訴她們，安娜・帕夫洛夫娜改變主意，明天不遊山了。公爵夫人看見吉媞的臉又紅了。

「吉媞，妳和彼得羅夫一家有什麼不愉快的事嗎？」只剩下母女倆時，公爵夫人問道。「為什麼她不再派孩子來，自己也不上我們這兒來了呢？」

吉媞回答說，她們之間沒有任何芥蒂，她真不明白安娜・帕夫洛夫娜為何對她不滿。吉媞說的全是實話。她的確不知道安娜・帕夫洛夫娜對她改變態度的原因，不過卻也猜到了幾分。她的猜測既不能告訴母親，也不曾對自己訴說過，這種事只能心裡知道，甚至對自己也說不出口，因為倘若是誤會，就太可怕、太丟臉了。

她一再回想自己和這一家人的關係。她想到跟安娜·帕夫洛夫娜見面時，她那和善的圓臉龐上流露出來的喜悅；想到她倆暗地裡商量要使病人丟下有害健康的工作、帶他出去散步；想到那家最小的男孩子叫她「我的吉媞」，非得她在旁邊才肯躺下來睡覺。這一切是多麼美好啊！然後她又想起了彼得羅夫穿著褐色常禮服的羸弱身體、細長的脖子、稀疏的鬈髮、最初使吉媞感到害怕的淺藍色眼睛，還有他在她面前強打精神的吃力樣子。她想到自己初見他時，竭力克制著大凡見到肺癆病人都會產生的嫌惡心理，挖空心思找出些話來對他說。她想起他用怯生生的感動目光望著她，她既同情他，又有些難為情，又意識到自己是在行善，產生了一種奇異的感覺。這一切是多麼美好！但這些都是開始時的情形。現在，也就是幾天前，事情一下子變糟了。安娜·帕夫洛夫娜假裝殷勤地接待吉媞，卻在時刻觀察著她和丈夫。

難道說，她接近他時，他露出由衷的喜悅，這就是安娜·帕夫洛夫娜冷落她的原因嗎？

「對了，」吉媞想了起來，「難怪前天她有些不自然，完全不像她那善良的性格，不高興地對我說：『您瞧，他一直在等您，您不來他就不肯喝咖啡，也不看看自己虛弱成什麼樣子了。』」

「可能就是這樣。我遞給他毛毯，她也不高興。這本是平常小事，可是他顯得那樣侷促不安，謝了好半天，弄得我也難為情起來。還有我的那幅肖像，他畫得真好。但主要還是他的眼神，靦腆而溫柔！對，對，是這樣的！」吉媞害怕地連連對自己說。「不，不能這樣，這不可能！他太可憐了！」她接著又這樣對自己說。

這場猜疑使她美好的新生活蒙上了陰影。

三十四

謝爾巴茨基公爵到過卡爾斯巴德之後，又去巴登和基辛根拜訪了俄國朋友；據他說，是去呼吸一下俄羅斯空氣。直到溫泉療程快要結束時，他才回到家人身邊。

公爵和公爵夫人對國外生活持截然相反的觀點。公爵夫人認為國外樣樣都好，儘管她在俄國有穩固的社會地位，在國外卻一心想裝得像一位歐洲太太，因為她還不像，她只是一位俄國官太太，所以就裝模作樣，弄得自己也有點不自然。公爵則相反，認為國外樣樣都糟。他討厭歐洲生活，保持著自己的俄國習慣，在國外故意顯得比原來更不像一個歐洲人。

公爵回來時人瘦了，臉頰的皮肉下垂了，但情緒極好。他看見吉娣完全康復的樣子，更加高興。但聽說吉娣跟斯塔爾夫人及瓦蓮卡交上了朋友，公爵夫人又說她觀察到吉娣身上發生了某種變化，公爵就不安起來，照例又產生了疑忌和恐懼，生怕女兒背著他受人誘惑、離開他的呵護而誤入歧途。好在公爵一向心寬似海，從卡爾斯巴德溫泉回來後更顯得寬厚樂觀，這些不愉快的消息也就在他心中消融了。

回來後的第二天，公爵穿上長大衣，漿硬的領子撐著他微腫的面頰，臉上帶著他那俄國式的皺紋，興高采烈地跟女兒一起去溫泉。

這是一個晴好的早晨。這些帶小花園的整潔明亮房屋，這些臉色紅潤、胳膊發紅的德國侍女，她們喝足了啤酒開心工作的樣子，還有這燦爛的陽光，都使人心曠神怡。但是，他們愈走近溫泉，遇見的病人就愈多，在如此舒適的德國日常生活中，這些病人的模樣顯得更加可憐。這種反差已不再使吉媞感到驚訝。在她看來，燦爛的太陽、草木明亮的閃光，還有一陣陣音樂，正是一幅天然的背景，襯托出所有這些熟悉的面孔以及她總在觀察著的他們健康狀況的好轉與惡化。但是在公爵眼裡，這六月的晨光，樂隊正在演奏的時髦華爾滋歡樂舞曲，尤其是這班健壯的德國侍女的模樣，對比這些來自歐洲各地的行屍走肉，實在有傷大雅、不成體統。

與愛女挽臂而行，他感到自豪，彷彿回到了青春時代。但是現在他又因為自己步伐矯健、肢體肥碩而侷促不安，甚至有些害臊。他覺得自己就像赤身露體展示於稠人廣眾之前。

「給我介紹介紹妳的那班新朋友吧，」他用胳膊肘夾夾女兒的手臂說。「現在我也喜歡上了這個討厭的索登溫泉，因為它治好了妳的病。只是你們這兒太憋悶了。這是誰呀？」

他們遇到一個個熟悉的和不熟悉的人，吉媞向他一一說出他們的姓名。在花園入口處，他們遇見了失明的貝爾特夫人和她的引路侍女。法國老婦人一聽見吉媞的聲音，臉上就露出親切的表情，這使公爵很高興。她馬上以法國人那種過分殷勤的勁兒和公爵攀談起來，誇獎他有這樣一個好女兒，當面把吉媞捧上了天，又是叫她珍珠寶貝，又是稱她撫慰天使。

「哦，那她是第二號天使了，」公爵笑著說，「她把瓦蓮卡小姐叫做第一號天使呢。」

「哦！瓦蓮卡小姐真正是一位天使，沒說的。」貝爾特夫人跟著說。

他們在遊廊裡遇見了瓦蓮卡。她拿著很雅致的紅色手提包，匆匆迎面走來。

「瞧，我爸爸也來了！」吉媞對她說。

瓦蓮卡做了個介於鞠躬和屈膝之間的動作，做得簡單而自然，像她所有的動作那樣。她也像對所有人一樣，馬上落落大方地和公爵交談起來。

「不用說，久仰大名，真是久仰，」公爵笑著對她說，吉媞高興地看出，父親喜歡她的這位朋友。

「這樣急急忙忙，您上哪兒去呀？」

「媽媽在這兒，」她對吉媞說。「她一夜沒睡覺，醫生勸她到戶外來。我替她拿來點針線活。」

「這就是第一號天使囉！」瓦蓮卡走後，公爵說。

吉媞看出來他想取笑一下瓦蓮卡，但他沒有做到，因為他挺喜歡這個瓦蓮卡。

「這下子我們能見到妳所有的朋友了，」他又說，「還有斯塔爾夫人，如果她肯賞臉見我的話。」

「難道你認識她，爸爸？」吉媞驚駭地問道，她發現在提到斯塔爾夫人時，公爵眼睛裡閃出嘲笑的火花。

「我認識她丈夫，跟她也算認識，那還在她加入虔誠教派以前。」

「什麼是虔誠教派啊，爸爸？」吉媞問道，她很驚駭，斯塔爾夫人身上令她崇敬的東西居然還有個名稱。

「我自己也不很清楚。只曉得她凡事都要感謝上帝，包括所有的不幸，甚至丈夫死了她也感謝上帝。結果弄得很可笑，因為他們生活得很糟。」

「那人是誰呀？瞧他一副可憐相！」他問，看見長凳上坐著一個身材不高的病人，穿著褐色外套和白色褲子，那褲子在瘦骨嶙峋的腿上皺起一些怪樣的褶子。

那位先生舉了舉頭上的草帽，露出稀疏的鬈髮和被帽子扣出的、不健康紅色的高高前額。

「那是畫家彼得羅夫，」吉媞漲紅了臉回答。「那一位是他妻子，」她指了指安娜．帕夫洛夫娜，補充道。他們剛要走近前去，安娜．帕夫洛夫娜故意走開了，去追趕那個跑到小路上去的孩子。

「他真可憐，但他的臉很可愛！」公爵說。「妳怎麼不過去？他想跟妳說話吧？」

「好，我們過去，」吉媞說，毅然轉身走去。「今天您身體怎麼樣？」她問彼得羅夫。

彼得羅夫拄著手杖站起來，怯生生地望了望公爵。

「她是我女兒，」公爵說，「有幸認識您。」

畫家鞠了一躬，笑了笑，露出一排異常白亮的牙齒。

「昨天我們等候您，公爵小姐。」他對吉媞說。

他說話時身子晃了一下，接著又晃了一下，竭力表明他這個動作是故意的。

「我本想去的，可是瓦蓮卡說，安娜‧帕夫洛夫娜讓她來告訴我，你們不去遊山了。」

「怎麼會不去呀？」彼得羅夫說，臉一紅，頓時咳嗽起來，四下張望找他妻子。「阿涅塔，阿涅塔！」他喊道，又細又白的脖子上暴起了繩子似的一道道青筋。

安娜‧帕夫洛夫娜走了過來。

「妳怎麼叫人告訴公爵小姐，說我們不去了！」他嗓音發啞，氣沖沖地低聲對她說。

「您好呀，公爵小姐！」安娜‧帕夫洛夫娜佯笑著說，完全不像她平時對人說話的樣子。「很高興認識您，」她又對公爵說。「這邊早就在盼望您了，公爵。」

「妳怎麼叫人告訴公爵小姐，說我們不去了呢？」畫家又一次啞聲低語道，火氣更大了，而嗓子卻不聽使喚，無法表達出他想表達的情緒，他顯然因此愈加惱火。

「哎呀，我的天！我原以為我們不去了呢。」妻子懊喪地回答。

「當然囉，既然……」他又咳起來，揮了揮手。

公爵舉了舉帽子，和女兒走開了。

「唉，唉！」他深深歎息道，「唉，不幸的人！」

「是的，爸爸，」吉媞說。「知道吧，他們有三個孩子，沒有用傭人，幾乎身無分文。他只能從美術學院得到一點救濟。」吉媞講得很起勁，想借此克制住安娜．帕夫洛夫娜對她改變態度所引起的情緒波動。

「瞧，那就是斯塔爾夫人。」吉媞指著一輛輪椅說。輪椅裡用灰色和藍色褥子裹著一團東西，四周塞滿了墊枕，那東西還撐著一把陽傘。

這正是斯塔爾夫人。在她身後站著一名臉色陰沉的德國壯漢，是替她推車的工人。旁邊站著一位淡黃頭髮的瑞典伯爵，吉媞知道他的名字。幾個病人在輪椅旁駐足，像看一件稀罕東西似的看這位夫人。

公爵走到她跟前。吉媞立刻在他眼睛裡又看到了那使她困惑不解的嘲笑火花。他來到斯塔爾夫人面前，彬彬有禮、和顏悅色，用如今只有少數人能講的精熟法語跟她攀談起來。

「不知道您是否還記得我，為了感謝您對小女的雅意，我只好提醒您一下我是誰，」他說罷脫下帽子，沒有再戴上。

「亞歷山大．謝爾巴茨基公爵，」斯塔爾夫人說，向他抬起她那天國般的眼睛，吉媞在其中看到了不悅的神色。「見到您我很高興。我很喜歡您的女兒。」

「您還是身體欠安嗎？」

「我已經習慣了。」斯塔爾夫人說罷，給公爵和瑞典伯爵作了介紹。

「可您的樣子倒沒怎麼變，」公爵對她說。「我有十年還是十一年沒見到您了。」

「是啊，上帝給人十字架，也給人背它的力量。我時常覺得奇怪，為什麼還要這樣苟延殘喘……蓋那一邊！」她沒好氣地對瓦蓮卡說，見她用毛毯替她蓋腿蓋得不對。

「總是為了行善積德吧。」公爵眼睛裡含著笑說。

「這事不該我們來判斷，」斯塔爾夫人說，她看出了公爵臉上微妙的表情。「那麼，親愛的伯爵，您會把那本書給我送過來嗎？非常感謝。」她對年輕的瑞典人說。

「啊！」公爵看見莫斯科來的上校也站在旁邊，就大聲招呼他，然後向斯塔爾夫人鞠了一躬，帶著女兒和跟他們結伴的莫斯科上校走開了。

「這就是我們的貴族啊，公爵！」莫斯科上校有意顯出嘲笑的樣子說，他因為斯塔爾夫人不願與他認識而耿耿於懷。

「她總是這副樣子。」公爵說。

「您在她得病前就認識她，公爵，也就是說，在她臥床不起以前囉？」

「不錯。我親眼目睹她是怎樣倒下的。」公爵說。

「聽說她有十年沒起床了。」

「她不起床，因為她是個短腿女人。她的體形非常難看……」

「爸爸，這不可能！」吉媞叫了起來。

「饒舌的人都這樣說，我親愛的。妳那位瓦蓮卡真是夠受的，」他又說。「唉，這些鬧病的太太們啊！」

「不，爸爸！」吉媞起勁地分辯道。「瓦蓮卡崇拜她。再說，她廣行善事！隨便妳問誰都行！誰都知道她和阿林。」

「也許吧，」他用胳膊肘夾夾她的手臂說。「既然是行善，問誰誰也不知道，豈不更好。」

吉媞不說話了，倒不是因為她無話可說，而是即使在父親面前，她也不願披露內心的祕密。然而奇怪的是，儘管她不想附和父親的見解，不想讓他進入她心中的聖地，她還是感覺到，整整一個月來珍藏在她心中的斯塔爾夫人的神聖形象，已經一去不復返地消失了。好比用一件舊衣裳裝成的人形，等你看明白是怎麼回事，就不會把它當真了。現在她頭腦裡只剩下一個由於體形醜陋而臥床不起的短腿女人，這個女人僅僅因為任勞任怨的瓦蓮卡沒有蓋好毛毯就折磨她。不管吉媞怎樣努力想像，也無法恢復她心目中斯塔爾夫人的原本形象了。

三十五

公爵的快樂情緒感染了家人和朋友，甚至是他們那位德國居停主人。

公爵和吉媞從溫泉回來後，邀請上校、瑪麗亞・葉夫根尼耶夫娜和瓦蓮卡一起喝咖啡。他吩咐把桌椅搬到小花園的栗樹底下，在那裡擺早餐。在他快樂情緒的影響下，連房東和僕人都變得活躍起來。他們知道他的慷慨。半小時後，住在樓上那位生病的漢堡醫生，以羨慕的眼光從窗戶裡望著栗樹下面這一群健康快樂的俄國人。在一圈圈搖曳不定的樹葉陰影下，鋪著白桌布的餐桌上擺滿了咖啡壺、麵包、牛油、乾酪和野味冷盤。公爵夫人紮著一條紫帶子抹額，坐在桌邊給大家分發咖啡和麵包片。公爵坐在桌子另一頭，一面開懷大嚼，一面高聲談笑。他把買來的東西都攤放在身邊，有雕花木匣、小玩具和各種各樣的裁紙小刀。這些東西是他從各個溫泉療養地買來分贈眾人的，其中也包括德國侍女利斯亨和房東。他用蹩腳可笑的德語跟房東打趣說，治好吉媞病的不是溫泉水，而是房東的美味伙食，特別是那道黑李子乾做的湯。公爵夫人取笑丈夫的俄國老習慣，她今天顯得快樂而興奮，這是她到溫泉以來從未有過的。上校聽公爵講笑話時照例面帶微笑，但是關於歐洲問題，他自認為有悉心的研究，並贊同公爵夫人的觀點。好心眼的瑪麗亞・葉夫根尼耶夫娜聽公爵說笑話，直笑得前仰後合。就連瓦蓮卡也被公爵的笑話逗得幾乎笑癱，她的笑聲不大但頗有感染力，吉媞還不曾見過。

這一切都使吉媞高興，但心裡卻始終無法釋懷。父親對她的朋友及她如此熱愛的生活所持的樂觀態度，無意中給她出了一道無法解答的難題。這道題裡還加上她和彼得羅夫一家人關係的變化——今天已經明明顯而不愉快地表現出來了——大家都很快樂，而吉媞沒有，這樣她就愈加痛苦。她感到就像童年時那樣，她被關在自己的房間裡受罰，卻聽見姊姊們在外面有說有笑。

「哎，你買這麼一大堆東西幹什麼？」公爵夫人說，笑嘻嘻地把一杯咖啡遞給丈夫。

「出去散步的時候，走到小鋪子邊，人家就請你買東西，說：『大人，閣下，殿下[48]。』唉，他們一叫我『殿下』，我就忍不住了，三十馬克就沒有了。」

「你只是因為無聊。」公爵夫人說。

「當然是無聊。真無聊啊，媽媽，都不知道怎樣打發日子。」

「怎麼會無聊呢，公爵？現在德國有這麼多有趣的東西，」瑪麗亞·葉夫根尼耶夫娜說。

「有趣的東西我全知道。什麼黑李子乾湯、豌豆灌腸，我全都知道。」

「不，不管您怎麼說，公爵，他們的制度還有些意思，」上校說。

「有什麼意思？他們全都得意洋洋，像一個個銅幣，全是一個樣。他們把誰都打敗了。哼，我有什麼好得意的呢？我沒有打敗任何人，只好自己脫靴子、自己把它放到門外邊去。早晨一起床，馬上就得穿好衣服，到客廳裡去喝那口難喝得要命的茶。在家裡可完全不同啦！你可以慢吞吞地醒過來，耍耍脾氣、發個牢騷，然後好好定一下神，把各種事情都考慮好，不慌也不忙。」

「時間就是金錢，您忘記這一條了。」上校說。

48 原文為德語音譯。

「什麼時間！還有另外一種時間，你可以拿一個月換取半盧布，也可以把半小時當成無價之寶。你說對不對，卡堅卡？妳是怎麼了，沒精打采的樣子？」

「我沒什麼。」

「您上哪兒去？再坐一會兒吧。」他對瓦蓮卡說。

「我該回家了。」瓦蓮卡說著站起來，又笑個不停。

笑完後，她道了別，進屋去拿帽子。吉娣跟著她進去。現在她覺得瓦蓮卡也不是原來的樣子了。她沒有變壞，但是跟吉娣想像中原來的她不一樣。

「啊喲，我好久沒這麼笑過了！」瓦蓮卡收拾起陽傘和手提包說。「您爸爸他真可愛！」

吉娣不作聲。

「我們什麼時候再見面？」瓦蓮卡問。

「媽媽想到彼得羅夫家去。您不去嗎？」吉娣試探地問瓦蓮卡。

「我去，」瓦蓮卡答道，「他們準備走了，我答應幫他們收拾行李。」

「那我也去吧。」

「不，您幹麼要去？」

「為什麼不能去？為什麼？為什麼？」吉娣睜大眼睛說，抓住瓦蓮卡的傘不讓她走。「不，您等等，為什麼我不能去？」

「是這樣，您爸爸他回來了。再說，他們也不大好意思見您。」

「不，您告訴我，為什麼您不願意我常到彼得羅夫家去？是您不願意嗎？為什麼？」

「我沒說不願意。」瓦蓮卡平靜地說。

「不，請您告訴我！」

「要我全告訴您嗎？」瓦蓮卡問。

「全告訴我，全告訴我！」吉媞緊接著說。

「其實也沒有什麼特別的事，只是米哈伊爾・阿列克謝耶維奇（大家這樣稱呼畫家）原先想早點回去，可是現在他不想走了。」瓦蓮卡微笑著說。

「說下去！說下去！」吉媞悶悶地望著瓦蓮卡，催她講。

「嗯，不知為什麼，安娜・帕夫洛夫娜說，他不想走是因為您在這裡。當然，這樣說不大合適，不過為了這事，為了您他們吵架了。您也知道，這些病人脾氣可大了。」

吉媞一言不發，眉頭鎖得愈來愈緊。只有瓦蓮卡一人在說話，竭力勸慰吉媞，她看見吉媞馬上就要發作，只是不知道她的方式，是用眼淚還是言語。

「所以您還是不去為好……您要理解，您別生氣……」

「是我活該！是我活該！」吉媞急急地說，把傘從瓦蓮卡手裡抓過來，眼睛卻沒有看她。

見朋友這副孩子氣的憤怒模樣，瓦蓮卡想笑，又怕傷了她的自尊心。

「怎麼是活該，我不明白。」她說。

「我活該，因為這一切都是做作出來的，都是想當然，而不是出於內心。別人的事與我有何相干？結果我倒成了人家吵架的原因，我做了誰也沒有請我去做的事情。就因為這一切都是做作！做作！做作！……」

「為什麼要做作呢？」瓦蓮卡低聲說。

「唉，真是愚蠢而可惡！我完全沒有必要……全都是做作！」她說，把陽傘打開又合上。

「到底為了什麼呢？」

「為了在別人和自己面前，為了在上帝面前顯得更好些，為了欺騙大家。不，現在我決不照這樣做了！寧可當個壞女人，至少也不是說假話的女騙子！」

「誰是騙子呢？」瓦蓮卡用責備的口吻說。「您的意思是說……」

吉媞正在氣頭上，哪裡讓她把話說完。

「我不是說您，根本不是說您。您是完美的人。對，對，我知道，您向來完美無缺。我是惡劣的人，有什麼辦法呢？如果我不惡劣，就不會發生這種事了。讓我還回到我本來的樣子，不要再做作了。安娜・帕夫洛夫娜與我有何相干！他們過他們的日子，我過我的。我不可能是別的樣子……這些都不對，不對！……」

「什麼事不對呀？」瓦蓮卡摸不著頭腦地問。

「一切都不對。我只能憑良心過日子，可您要按規矩過日子。我只是喜歡您，可您是為了拯救我和開導我！」

「您這樣說不公平。」瓦蓮卡說。

「我不是說別人，只說我自己。」

「吉媞！」傳來了母親的喊聲，「妳過來，把妳的珊瑚項鍊讓爸爸看一下。」

吉媞沒有跟朋友和解，一臉傲氣地從桌上拿起項鍊盒，到母親那裡去了。

「妳怎麼了？臉色為什麼這樣紅？」父母異口同聲地問。

「沒事兒，」她回答，「我馬上就來，」說罷她又跑回去。

「她還在這裡！」她想。「天啊，我可對她說什麼好！我幹的好事，我說的什麼話呀！為什麼我要傷她的心？我怎麼辦？對她說什麼好呢？」吉媞想著，在門口站住了。

瓦蓮卡戴著帽子，手裡拿著陽傘坐在桌邊，察看被吉媞弄斷的彈簧。她抬起頭來。

「瓦蓮卡，請原諒我，原諒我吧！」吉媞走到她跟前，低聲說。「我不記得我都說了些什麼。我……」

「我真的並不想害妳難過，」瓦蓮卡微笑著說。

她們和解了。自從父親回來以後，吉媞生活的那個天地完全變了樣。她並不擯棄她所瞭解到的一切，但是她懂了，她原以為自己想做怎樣的人就會成為那樣的人，其實，那是自我欺騙。她如夢初醒，覺得要保持她想達到的那種崇高境界而又不做作、誇耀，那是多麼困難。她還感到，她生活的這個世界充滿了悲傷、疾病和垂死的人們，是多麼難耐。她為了愛這個世界所作的努力又是多麼令她痛苦。她真是想快些回到新鮮的空氣裡，回到俄國，回到葉爾古紹沃去——她接到信，知道姊姊多莉帶著孩子們搬到那裡去了。

然而她對瓦蓮卡的友愛一如既往。告別時，吉媞一再要她到俄國去看他們。

「等您出嫁的時候，我一定去。」瓦蓮卡說。

「我永遠不出嫁。」

「那我就永遠不去。」

「好吧，那我就為了這個去嫁人。您可千萬要記住您的諾言！」吉媞說。

醫生的預言應驗了。吉媞恢復了健康，回到俄國家中。她不像過去那樣無憂無慮、歡天喜地，但她的心情很寧靜。她在莫斯科的那些傷心事已經成為過去。

第三部

一

謝爾蓋．伊萬諾維奇．科茲內舍夫在動腦之後想休息一下。他沒有像往常那樣去國外旅行，卻在五月底來到鄉下他弟弟家裡。照他的看法，最美好的生活是鄉村生活。他現在到弟弟這兒來享受這種生活。康斯坦丁．列文見到哥哥來很高興，特別是因為他預料今年夏天哥哥尼古拉不會來了。儘管康斯坦丁．列文敬重謝爾蓋．伊萬諾維奇，但是在鄉下和哥哥一起生活，他卻覺得不自在。他感到彆扭，甚至不愉快，是由哥哥對鄉村的那種態度所引起的。對康斯坦丁．列文來說，鄉村是生活之地，也就是歡樂、苦難與勞動之地；對謝爾蓋．伊萬諾維奇來說，鄉村既是勞動後的休息之地，又是一種能有效地清洗汙濁環境的消毒劑，他相信它的效力、樂於接受它。對康斯坦丁．列文來說，鄉村好，是因為它是從事絕對有益的勞動的地方；對謝爾蓋．伊萬諾維奇來說，鄉村特別好，卻是因為在那兒可以而且應該閒著不幹事。此外，謝爾蓋．伊萬諾維奇對待農民的態度也使康斯坦丁有點反感。謝爾蓋．伊萬諾維奇說，他愛農民，而且瞭解他們，並經常與莊稼漢聊天。他還說，他善於與他們交談，不裝腔作勢、不弄虛作假，從每次談話中他都能得出有利於農民的結論，這證實了他是瞭解他們的。康斯坦丁．列文不喜歡這種對待農民的態度。對他來說，農民只是共同勞動的主要參與者。雖然他尊敬莊稼漢，對他們懷著一種血脈相通的感情——據他自己說，他具有這種感情大概是由於他吃過農家出身的奶媽的奶，雖然他和他們一起參加勞動，有時讚賞他們的力量、溫順和公正，但是當共同勞動需要其他特質時，他卻常常又會因為農民的馬虎、懶散、酗酒和說謊而惱火。要是別人問他愛不愛農民，康斯坦丁·列文肯定不知道該怎麼回答。他對農民像對其他人一樣，又愛又不愛。他心地善良，自然，對人們的愛多於不愛，對農民也是如此。但是他無法把農民作為特別的人們來愛或者不愛，因為他不僅和農民生活在一起，不僅與他們的利益攸關，而且他自認也是農民的一分子，看不出自己有任何特別的優點或缺點，無法拿自己和農民相比較。此外，儘管他作為主人和調解人，特別是作為出主意的人（莊稼漢都相信他，經常走上四十俄里的路來向他求教），與莊稼漢們關係密切地生活了這麼多年，卻對農民沒有任何固定的看法。要是有人問他是否瞭解農民，他會像問他是否愛農民一樣感到難以回答。說他瞭解農民，對他來說就等於說他瞭解所有的人。他經常觀察和探究各種各樣的人，其中包括他認為善良而有趣的農民，他在他們身上不斷地發現新的特點，改變了過去對他們的看法，並且不斷地形成新的觀點。謝爾蓋·伊萬諾維奇則相反，他把自己所不喜愛的生活和鄉村生活相比較，因而就喜歡、讚美鄉村生活。同樣，他把自己所不喜歡的那個階級與農民作比較，因而也就喜歡農民，並認為農民和一般的人根本不同。在他有條不紊的頭腦裡清楚地形成了對農民生活的固定看法，這部分來自農民生活本身，但是大部分是由於與別的生活相比較而成。他從來沒有改變過自己對農民的看法，始終對他們抱著同情的態度。

在弟兄倆由於對農民的看法相左而發生爭論時，謝爾蓋·伊萬諾維奇之所以能擊敗弟弟，正是因為他對農民、對農民的性格、特點和趣味有明確的看法；而康斯坦丁·列文則沒有任何固定不變的見解，因此在他們爭論時，康斯坦丁總是處於自相矛盾的困境中。

謝爾蓋·伊萬諾維奇認為他的弟弟是名好青年，他的心放在正中（像他用法語所表達的）；但是他的頭腦儘管相當靈敏，卻容易為一時的印象所左右，所以他的看法往往前後矛盾。謝爾蓋·伊萬諾維奇有時用兄長的寬容口氣向他解釋事物的意義，卻又感到跟他爭論很乏味，因為擊敗他太容易了。

康斯坦丁·列文把哥哥看成是一個才智卓越、學識淵博、品德極其高尚的人，認為他具有從事公益事業的特殊才能。但是，列文隨著年歲的增長和對哥哥的深入瞭解，他內心深處日漸感到，這種他自己完全缺乏的、從事公益事業的才能，也許不是特長，恰恰相反，而是一種缺乏——不是缺乏善良、真誠、高尚的願望和趣味，而是缺乏活力，缺乏所謂情致這種東西，缺乏那種促使一個人從面臨的無數條人生道路中作出唯一的選擇、鍥而不捨地堅持這一選擇的熱烈心願。他對哥哥瞭解得愈深，愈是發現謝爾蓋·伊萬諾維奇和許多其他從事公益事業的人都不是全心全意地熱愛公益事業，而只是從理智上作出判斷，認為從事這項事業是正當的，因而就認真地去做罷了。列文的這種看法很堅定，因為他發現，他的哥哥對公益事業和靈魂不滅問題並不比對一盤棋局或者一台新機器的精巧構造更關心。

此外，康斯坦丁·列文在鄉村與哥哥在一起感到不自在，還因為在鄉村，特別是在夏天，列文總是忙於農活，儘管夏日很長，但要完成所有該做的事，時間還是不夠，而謝爾蓋·伊萬諾維奇卻在這兒休息。不過，他雖來這兒休息，也就是說，他沒有寫作，可他習慣於腦力活動，喜歡把出現在他腦海裡的思想用簡明生動的語言表達出來，並且喜歡有人聽他敘說。他最經常和最自然的聽眾便是自己的弟弟。所以，雖然他們的關係十分親密、不拘禮節，可康斯坦丁覺得丟下他獨自待著總有點過意不去。謝爾蓋·伊萬諾維奇喜歡躺在草地上曬太陽，一邊沐浴著溫暖的陽光，一邊懶洋洋地聊天。

「你不會相信，」他對弟弟說，「這種烏克蘭式的懶散對我來說是一種何等的享受。腦袋裡什麼念頭也沒有，一片空白。」

然而，康斯坦丁·列文坐著聽他說話覺得無聊，特別是他知道，要是他不在場，農民會把肥料運到沒有耕過的地裡；要是自己不在旁邊看著，鬼知道他們會把它堆在哪裡；而且犁鏵也不會擰緊，隨它們脫落，然後就說，新式犁不好使，老式木犁才管用。等等。

「這麼熱的天，你跑得也夠了。」謝爾蓋・伊萬諾維奇說。

「不，我得去一下帳房。」列文說完，就朝田野裡跑去。

二

六月初發生了一件事，保姆兼女管家阿加菲雅·米哈伊洛夫娜拿著一罐她剛剛醃好的蘑菇送進地窖的時候，不小心腳下一滑、摔倒在地上，手腕摔傷了。地方自治會的醫生，一個大學剛畢業、愛饒舌的年輕人來為她治病。他檢查了手腕，說保姆的手沒有脫臼，就給她敷上壓布。他留下吃午飯，顯然很高興有機會能與著名的謝爾蓋·伊萬諾維奇交談。為了表示自己對事物持有開明的觀點，醫生便將當地的一切流言蜚語都告訴了他，同時還抱怨地方自治會的狀況很糟。謝爾蓋·伊萬諾維奇仔細聽著，不時提出問題，因為有了新的聽眾，他感到興奮，滔滔不絕地談著，發表了一些中肯、有價值的、使年輕醫生欽佩的意見，從而陷入他弟弟所熟知的興奮狀態——往往出現在一場精彩、熱烈的談話之後。醫生走後，謝爾蓋·伊萬諾維奇想去河邊釣魚。他愛好釣魚，似乎還為愛好這種無聊的玩意兒而感到得意。

康斯坦丁·列文要去耕地和牧場，便提議駕輕便馬車順路把哥哥帶去。

這是一年中夏季收割和播種的交接時節。今年的豐收已成定局，人們開始考慮明年的播種，而且眼看得動手割草了。此時，黑麥已經抽穗，但還沒有灌滿漿，灰綠色的麥穗在風的吹拂下微微波動；綠色的燕麥和一簇簇夾在其中的黃草參差不齊地生長在晚播的田野上；早種的蕎麥長勢良好，已把地面全都遮蓋了；被牲口踩踏得像石頭一樣堅硬的休閒地已經翻耕了一半，只留下幾處未耕的過道；傍晚，運到田裡的乾糞堆散發混合著青草的蜜香氣味；在窪地上，頭年未割的草地裡夾雜著酸模的莖稈，像一片海洋伸展著，正等待收割。

在需要農民全力以赴的收穫季節之前，這是農村中一年一度的短暫休閒時光。眼前豐收在望，白天晴朗炎熱，夜晚短促多露。

兄弟倆到草地上去要穿過樹林。謝爾蓋・伊萬諾維奇一路上欣賞著枝葉繁茂的樹林美景，向弟弟時而指指陰面發黑、綴滿黃色托葉、含苞待放的老菩提樹，時而指指今年新生的樹上那些像綠寶石一樣閃亮的嫩芽。康斯坦丁・列文不喜歡說，也不喜歡聽讚美大自然的話。他認為語言破壞了他所看見的自然美景。他隨聲附和著哥哥，心裡卻不由自主地想著別的事情。他們出了樹林，這時他全神貫注於高地上休閒地的景象：那兒有的地方野草正在發黃；有的地方被踐踏成一個個方塊；有的地方堆積著一堆堆肥料；有的地方已經耕過了。一隊大車行駛在田野上。列文數著大車，看到一切需要的東西都被運了出來，心裡感到滿意。他看到草地，思緒便轉到割草問題上去了。在割草時他總是覺得特別有勁兒。來到草地邊，列文勒住了馬。

晨露還殘留在茂密的下層矮草上，為了不沾濕腳，謝爾蓋・伊萬諾維奇要求弟弟驅車駛過草地，把他送到可以釣到鱸魚的爆竹柳叢旁。儘管康斯坦丁・列文捨不得輾壞自己的草地，還是將車駛了進去。長得高高的草柔軟地纏繞著車輪和馬腿，把自己的種子沾在濕漉漉的車輻和車轂上。

哥哥整理好釣竿，然後坐在灌木叢下，而列文把馬牽到一旁拴好，走進密不透風、遼闊得像海洋一樣的灰綠色草地。在積水處，柔軟如絲的草草長齊腰，上面結著即將成熟的種子。

康斯坦丁・列文橫越過草地，走上大路，遇見一個一隻眼睛浮腫、肩上扛著一只蜂箱的老頭兒。

「怎麼？捕到蜂了吧，福米奇？」

「根本沒捕著，康斯坦丁．米特里奇！保住自己的就不錯了。這已是第二次離窩了……幸虧小夥子們騎馬追回來。他們正在為您耕地，解下馬，騎上去就追……」

「哦，福米奇，你說，現在就動手割草，還是再等等呢？」

「可以割了！我們通常要到聖彼得節[49]才割。可是您割草的時間總是早一些。行啦，上帝保佑，草長得很好。夠牲口吃的了。」

「你看，天氣會怎麼樣？」

「那得聽天由命。也許，天氣會好下去。」

列文走到哥哥跟前。謝爾蓋．伊萬諾維奇什麼都沒有釣到，但他並不感到厭倦，而且看上去興致勃勃。列文發現與醫生的那番交談已激起哥哥的談興，所以他還想再與人聊聊天。可是列文卻相反，只想盡快回家，安排明天割草的人，解決他非常關心的割草問題。

「行了，我們走吧，」他說。

「急什麼呢？我們再坐一會兒。真是的，你怎麼濕成這副模樣！雖然沒有釣著什麼魚，可我還是挺高興的。釣魚、打獵有好處，可以接觸大自然。這銀灰色的水有多美呀！」他說。「這長滿青草的河岸，」他繼續說道，「總是讓我想起一個謎語——你知道嗎？草對水說：讓我們搖晃吧，搖晃吧。」

「我不知道這個謎語，」列文無精打采地回答。

49 東正教會節日，俄曆六月廿九日。這日送春歸去，農作物長勢好壞見端倪。

三

「你知道，我在想你的事，」謝爾蓋・伊萬諾維奇說。「照那位醫生對我說的話來看，你們縣裡的情況太不像話了；他是個相當聰明的年輕人。我過去對你說過，現在還要對你說：你不去開會、根本不參與地方自治會的事務，這樣不好。如果正派人都袖手旁觀，所有的事自然都會搞得很糟。我們出錢付了工資，可是沒有學校、沒有醫生、沒有接生婆、沒有藥房，什麼也沒有。」

「要知道，我試過了，」列文不高興地輕聲回答，「我不行！有什麼法子！」

「你怎麼不行？說真的，我不明白。不關心、沒能力，我認為都不是；難道僅僅是由於怠惰？」

「什麼都不是。我試過了，發現我什麼都辦不了。」列文說。

他不太在意哥哥說的話。他望著河對岸的耕地，看到一個黑糊糊的東西，但是無法辨清：那是一匹馬呢，或是馬上還坐著管家。

「你究竟為什麼辦不了？你試過，但照你的說法，沒有成功，於是你就認輸了。你怎麼這樣沒有自尊心？」

「自尊心嘛，」列文說，哥哥的話觸痛了他的心，「我不明白。要是在大學裡有人對我說，別人懂微積分，而我不懂，那才談得上自尊心的問題。但是現在問題是首先得肯定，辦這種事需要有相當的才幹，尤其要確信，所有這些事都很重要。」

「怎麼！難道我談的事不重要？」謝爾蓋．伊萬諾維奇說，他感到自尊心受到傷害，因為弟弟認為他關心的事不重要；特別使他傷心的是，弟弟看來幾乎沒有在聽他說話。

「我並不認為重要，也不感興趣，你想怎麼辦呢？……」列文回答，他已看清，他剛才看到的是管家，大概管家讓農民離開了耕地。他們把犁翻了過來。「難道已經耕完了？」他心想。

「不過，你聽我說，」哥哥那漂亮、聰明的臉上露出鬱鬱不樂的神色，「所有的事都得有個限度。一個人有獨特的個性，忠厚老實、不矯揉造作，那很好，這我全都知道；但是，你說的話要麼毫無意思，要麼太不合情理。你愛農民，怎麼會認為替農民辦事不重要，你還肯定……」

「我從來沒肯定過。」康斯坦丁．列文心想。

「……難道要見死不救嗎？無知的農婦讓孩子活活死掉，農民愚昧無知、聽憑鄉村文書的使喚，你有辦法幫助他們，卻不去幫助，因為依你的看法，這種事並不重要。」

謝爾蓋．伊萬諾維奇認為弟弟之所以會如此，不外乎兩個原因：要麼智力不夠，無法看出自己能做到的一切；要麼不願放棄自己安寧的生活，不願擺脫虛榮心。但他不知道究竟是哪一種。

康斯坦丁．列文感到，他只好屈服或者承認對公益事業缺乏熱情。這使他覺得委屈和傷心。

「兩者都有，」他斷然說，「我看不出，有可能……」

「怎麼？合理分配資金、提供醫療救護，這不可能嗎？」

「我認為，不可能……我們這個縣面積四千平方俄里，冰雪融化時路不好走，暴風雪不斷，農活又忙，我看不可能提供普遍的醫療救護。而且我根本就不相信醫藥。」

「唉，對不起，這話不對……我可以向你舉出數千個例子……那麼學校呢？」

「要學校幹什麼？」

「你在說什麼？難道可以懷疑教育的作用？如果它對你有好處，那對任何人也一樣。」

康斯坦丁・列文覺得自己在道義上被逼到了絕境，便發起急來，不由自主地說出自己不關心公益事業是主要原因。

「也許這一切都很好；但是我為什麼要費心建立我永遠不享用的醫療站，創辦我不會、農民也不願意將自己的孩子送去的那種學校？而且我無法堅信，有必要把孩子們送進學校，」他說。

這個出乎意料的想法使謝爾蓋・伊萬諾維奇吃了一驚，但是他馬上想出了新的攻擊計畫。

他沉默了一會兒，提起一根釣竿，又拋進水裡，然後微笑著對弟弟說：

「哦，對不起……首先，醫療站是需要的。瞧，我們為阿加菲雅・米哈伊洛夫娜請來了地方自治會的醫生。」

「哼，我看她的手只能一直彎曲了。」

「這還難講……再說，能讀會寫的莊稼漢、雇工你更需要，更難得。」

「不，你隨便去問誰，」康斯坦丁・列文斬釘截鐵地說，「有文化的雇工更糟糕。再說路是修不好的；而橋一造好，材料就被偷走。」

「不過，」謝爾蓋・伊萬諾維奇皺起了眉頭，他不喜歡人家說話前後矛盾，特別是不斷地轉變論點，毫無關聯地引出種種新的論據，使人無從回答。「不過，問題不在這裡。等一下，你是否承認教育有益於人民？」

「我承認，」列文隨口答道，但馬上想到，說的不是心裡話。他覺得，如果他承認這一點，結果將被證明他說的都是毫無意義的廢話；他不知道哥哥會怎麼向他證明，但他知道，哥哥會從邏輯上著手，於是他等待著。

論證比康斯坦丁．列文預期的要簡單得多。

「如果你承認這是有益的，」謝爾蓋．伊萬諾維奇說，「那你，作為一個正直的人，就不可能不熱愛、不同情這項事業，因此也不可能不樂意為它工作。」

「但是我還沒有承認這是好事。」康斯坦丁．列文說，他臉紅了。

「怎麼？你剛才還說過……」

「那就是說，我沒有承認這是好事，也沒有承認有可能辦到。」

「你不作出努力，就不可能瞭解它。」

「好，就算是吧，」列文說，儘管他根本不這麼認為，「就算是這樣，可我還是不明白，我為什麼要為這種事操心。」

「這是什麼話？」

「不，既然我們談開了，那你就從哲學的觀點上向我解釋一下，」列文說。

「我不明白，幹麼要扯到哲學上去。」謝爾蓋．伊萬諾維奇說。列文覺得哥哥的口氣好像不承認他有權談論哲學似的，這使他惱怒。

「我告訴你！」他激昂地說。「我認為，我們一切行為的動力畢竟是個人的幸福。我是一個貴族，在地方自治機關裡，我沒有看到任何可以增添我福利的事物。道路沒有改善，也不可能改善，我的馬還是馱著我在坑坑窪窪的路上行走。醫生和醫療站我不需要，調解法官也不需要，我從來不去找他，將來也不會找。學校我不但不需要，而且，我已經對你說過，它甚至有害。對我來說，地方自治機關只是讓人承擔義務——每俄畝地要交十八戈比，還得坐車進城，和臭蟲一起過夜，聽各種胡言亂語，而沒有個人利益激勵我。」

「對不起，」謝爾蓋・伊萬諾維奇微笑著打斷他的話，「個人利益並沒有激勵我們去解放農民，而我們卻為它努力過。」

「不！」康斯坦丁更加激昂地插言道。「解放農民是另一件事。這裡帶有個人利益。我們都想擺脫纏住我們這些善良人們的那種羈絆。但是作為一個地方自治會的議員，就得討論需要多少清廁所、清汙水坑的工人，討論怎麼鋪設城裡的下水道，而我又不生活在城裡；作為一個陪審員得去審訊一個偷了一塊火腿的農夫，一連六小時聽著辯護人和公訴人的各種胡說八道，聽審判長向老傻瓜阿廖什卡發問：『被告，您是否承認偷火腿這一事實？』『啊，什麼？』」

康斯坦丁・列文已忘乎所以，開始模仿審判長和老傻瓜阿廖什卡的腔調；他覺得這些話都與正事有關。

但是謝爾蓋・伊萬諾維奇聳了聳肩膀。

「喂，你究竟想說什麼？」

「我只想說，那些涉及我……涉及我利益的權利，我將永遠竭盡全力去維護；在憲兵來搜查我們大學生的信件時，我就準備竭盡全力去維護這些權利，維護我受教育和自由的權利。我懂得服兵役的意義，因為它關係到我的孩子、弟兄和我本人的命運；我樂於討論那些涉及我的事；但是決定怎麼支配地方自治會的四萬盧布，或者審判老傻瓜阿廖什卡，我可不懂，我辦不了。」

康斯坦丁・列文好像言語的堤壩被衝開了，滔滔不絕地說著。謝爾蓋・伊萬諾維奇微微笑了笑。

「也許明天你就要受審：難道你倒樂意在舊的刑事法庭受審嗎？」

「我不會受審。我從來沒殺過人，所以我不會受審。怎麼會呢！」他繼續說，突然又轉到別的話題上，「我們的地方自治機關和所有這一套，就像三一節我們插在地上的樺樹枝，希望它們長成跟歐洲當地的樺樹林一樣，可我卻不情願給它們澆水，也不相信這些樺樹枝會成林！」

謝爾蓋．伊萬諾維奇只是聳聳肩，表示詫異，他們的爭論怎麼會一下子扯到樺樹枝，雖然他立刻就明白他弟弟說這話的意思。

「對不起，你知道，這樣辯論下去是不行的。」他說。

康斯坦丁．列文明知道自己對公益事業不關心的這項缺點，但他還是想為自己辯護，於是繼續說下去。

「我想，」康斯坦丁說，「任何活動如果不以個人利益作為基礎，那就不可能持久。這是普通的哲學原理，」他說，用堅定的語氣說起哲學這個詞，彷彿想表示，他跟任何人一樣，也有資格談論哲學。

謝爾蓋．伊萬諾維奇又微微一笑。「他也有一套適合自己意向的哲學呢，」他想。

「哦，你還是別談哲學吧，」他說，「自古以來，哲學的主要任務就在於找出個人利益與社會利益之間的必然關聯。但是現在不去說它，我只是要指出你的比喻錯誤。樺樹不是插上去的，而是栽種的、種植的，必須細心地照料它們。一個民族只有敏銳地認識到他們制度中重要而有價值的東西，並且加以珍視，才有前途，才有歷史意義。」

謝爾蓋．伊萬諾維奇把問題引向康斯坦丁．列文搞不懂的歷史哲學範疇，並向他指出他觀點的所有錯誤。

「至於你不喜歡公益事業，不客氣地說，那是由於我們俄羅斯人的懶惰和貴族老爺的習氣，而我相信，你這是一時糊塗，很快會明白過來的。」

康斯坦丁不吭聲了。他感覺到自己已被全面擊潰，同時又覺得他的哥哥並沒有理解他的話。他只是不明白哥哥不理解的原因：是因為他沒能將自己的意思表達清楚，還是因為哥哥不願意、因此沒有理解他。不過，他沒有深入思考這個問題，也不去反駁哥哥，而是思索起另外一件完全無關的私事。

謝爾蓋・伊萬諾維奇收起最後一根釣竿，解下馬，他們一起走了。

四

列文在與哥哥交談時想到的那件私事是這樣的：去年，有一次他去割草場，對管家很生氣，他便使用起自己平息怒氣的方法——拿過農民的鐮刀，割起草來。

他喜歡割草，親自割過好幾次。他割了房前的整整一片草地，而今年一開春便為自己制定了計畫，打算和農民一起割上幾天草。自從哥哥來了以後，他一直猶豫：要不要去割草？他不忍心整天把哥哥一人丟下不管，還怕哥哥為這事取笑他。但是他走過草地，回想起割草時的印象，他幾乎當機立斷，還是要去割草。與哥哥做了那場激烈的爭辯之後，他又想起這個打算。

「我需要體力勞動，否則我的性情肯定會變壞，」他想了想，決定去割草，不管他在哥哥和農民面前將會感到多麼窘迫。

傍晚，康斯坦丁·列文來到帳房，安排好工作，派人去各村召集明天割草的人，要他們一起去割那塊最大最好的卡利諾夫草地。

「把我的鐮刀給季特送去，讓他把刀刃打直，明天送來，我也許要親自去割草，」他說，竭力裝出坦然的樣子。

管家微微一笑，說道：

「好，老爺。」

晚上喝茶時，列文告訴了哥哥。

「看樣子，天氣不會變壞了，」他說，「明天我要開始割草。」

「我很喜歡這種勞動，」謝爾蓋·伊萬諾維奇說。

「我非常喜歡。我有時和農民們一起割，明天想割上一整天。」

謝爾蓋·伊萬諾維奇抬起頭，奇怪地看看弟弟。

「什麼？和農民一樣，割一整天？」

「是的，這是很愉快的事，」列文說。

「作為一種運動，這很不錯，不過你未必能支撐得了，」謝爾蓋·伊萬諾維奇毫無嘲笑之意地說。

「我試過了。一開始感到很累，後來漸漸習慣了。我想，我不會掉隊的……」

「哦，真沒想到！可是你說說，農民們對這事有什麼看法？大概他們會笑老爺是怪人。」

「不，我想不會；這是一種愉快而又辛苦的勞動，大家沒有時間想事情。」

「那你和他們一起怎麼吃午飯？送紅葡萄酒和烤火雞去給你可不合適。」

「不，我只要在他們休息的時候回家一趟就行了。」

第二天早晨，康斯坦丁·列文比平時起得早，但是安排農活耽擱了一會兒，當他來到草場時，大家已經在割第二行草了。

還在山上的時候，他就看到山下背陰的、已割過草的那部分草場，看到一行行被割下的灰草和一堆堆黑糊糊的衣服，那是割草人在開始割草的地方脫下的。

他漸漸馳近，看到割草的農民們一個接一個，連成一串，揮動著鐮刀，姿勢各不相同。他們有的穿著長外衣，有的只穿一件襯衣。他數了一下，共有四十二人。

他們在不平坦的低窪草地上慢慢地移動，那裡曾經築過一道攔河土堤。列文認出幾個熟人：有葉爾米爾老漢，他穿著很長的白襯衣，弓身揮動鐮刀；有替列文當過馬車夫的小夥子瓦西卡，他正甩開膀子割著一行行草。季特也在那裡，他是列文的割草師傅，一個瘦小的農民。他走在最前面，沒有彎下腰，彷彿在擺弄鐮刀似的割下寬寬的一行草。

列文下了馬，把牠繫在路旁，走近季特。季特從灌木叢中取出另一把鐮刀，遞給他。

「準備好了，老爺；它像剃刀一樣快，你不用使勁，草一碰到它就會斷掉，」季特說，微笑著摘下帽子，把鐮刀遞給列文。

列文接過鐮刀，試了一下。割草的農民們割完了一行，他們滿頭大汗，樂呵呵地一個接一個走到大路上，笑著與老爺打招呼。大家望著他，誰也不吭聲，直到一個皺紋滿面，不留鬍子，身穿羊皮短襖的高個子老頭對他說話，大家這才開口。

「當心，老爺，既然上手了，就不能落在後面啊！」他說。列文聽見割草的農民中間發出拘謹的笑聲。

「我盡量不落在後面。」他說著，便站在季特身後，等待開始。

「當心。」老頭重複道。

季特騰出位置，於是列文跟在他後面。草很短，又長在路邊，好久沒割草的列文在眾人的注視下感到窘迫不安，一開始他雖然使勁揮動鐮刀，但割得很糟。他聽到身後的議論聲：

「鐮刀沒安好，柄太長，瞧，他的腰彎成那樣。」一個人說。

「手勁兒得使在靠近安柄的地方。」另一個說。

「沒關係，會好起來的，」老頭繼續說，「瞧，他行了……你割得太寬，會累壞的……東家，這樣不行，他在為自己賣力氣啊！不過，地邊的草沒有割乾淨！要是我們割成這樣，那就會挨罵。」

草開始柔軟了，列文聽他們議論，但並不搭腔，他跟在季特後面，竭力想割得好些。他們前進了大約一百步。季特不停地往前割，毫無疲倦的樣子，列文著急了，生怕自己堅持不下去；他累極了。

他覺得自己使盡了最後一點力氣，於是決定叫季特停下來。正在這時，季特自己停了，他彎腰抓起一把草，擦乾淨鐮刀，著手磨了起來。列文挺直身子，舒了一口氣，向四周張望。一個農民跟在他後面，看樣子也累了，因為他沒有走到列文跟前就停下，磨起刀來。季特磨快了自己和列文的鐮刀，他們又繼續往前割。

第二次也是如此。季特接連不斷地揮動鐮刀，一刻也不停，也不覺得累。列文跟在他後面竭力不落後，然而他感到愈來愈吃力，終於覺得自己一點力氣也沒有了，但就在這時，季特又停下來磨刀。

他們就這樣割完了第一行。這長長的一行列文割得特別費力；但是一割完，季特就把鐮刀往肩上一扛，沿著他留在直割道上的腳印慢慢地往回走。列文也沿著自己的足跡往回走。儘管他滿臉是汗，汗水從鼻子上滴下來，背也濕透了，像在水裡浸過似的，但是他感覺很好。他感到特別高興的是，現在他知道能堅持下去。

使他掃興的是他割的那行不好看。「我得少揮動胳膊，多動身子，」他心想，同時把季特割的、像直線似的一行，與旁邊自己割的滿地是草、高低不齊的一行作比較。

列文發現，第一行季特割得特別快，大概想試試老爺的力氣，而且碰巧這一行又很長。往後幾行就容易對付一些了，不過，列文仍然得使出全身力氣，方才沒有落在其他農民後面。

他什麼也不想，什麼也不企求，只指望不落在農民們後面，盡量做得好一些。他耳朵裡只聽到鐮刀割草的嚓嚓聲，眼睛只看見季特逐漸遠去的筆直身子、割過草的半圓形草地、在鐮刀刀口下像波浪似慢慢倒下的青草和花序，以及前方這一行的盡頭——割到那兒就可以休息了。

活兒幹到一半，他那熱汗淋漓的雙肩上突然感到一種舒適的涼意，他不知道這是怎麼回事，是怎麼發生的。他在磨刀時朝天上看看。飄來一片低垂的烏雲，接著下起大顆雨點。有些農民走去拿起衣服穿上；另一些農民像列文一樣，只是愉快地聳聳肩膀，享受著舒適的涼意。

他們割了一行又一行。有的行長，有的行短，有的草好，有的草差。列文完全失去了時間概念，根本不知道現在是早還是晚。勞動使他開始改變，感到十分愉快。在勞動過程中，他有時竟忘了自己在做什麼，只覺得輕鬆愉快，在這種時候他割的那一行草幾乎和季特割的一樣整齊、一樣好。但是只要一想起自己在割草，並努力想割得好一些，他就立刻感到吃力，這一行也就割壞了。

他又割完一行，想換一行，但季特停了下來，走到一個老頭跟前，輕輕地對他說了些什麼。他倆看看太陽。「他們在說什麼，為什麼他不再割下去了？」列文心想，他不知道農民們已經連續割了四個小時，該吃早飯了。

「該吃早飯了，老爺。」老頭說。

「到時間了嗎?好吧，吃早飯。」

列文把鐮刀遞給季特，然後跟那些到放衣服的地方取麵包的農民一起，走過大片被雨稍稍淋濕的割過的草地，朝馬走去。這時他才知道，沒有看準天氣，雨水淋濕了他的草。

「乾草要糟蹋掉了。」他說。

「沒關係，老爺，雨天割草晴天收！」老頭說。

列文解下韁繩，騎上馬，回家去喝咖啡。

謝爾蓋・伊萬諾維奇剛起床。列文喝完咖啡，又去割草，這時候，謝爾蓋・伊萬諾維奇還沒有穿好衣服進餐廳。

五

早飯後，列文在割草的行列中已經不是原先的位置，而是處在一個愛開玩笑、請求與他為鄰的老頭，和一個年輕農民的中間，這個年輕人去年秋天剛成家，今年夏天第一次來割草。

老頭直著身子，一雙外八的腳跨著穩健的大步走在前面，他的動作準確而協調，看上去並不費力，就像平日走路時擺動手臂那樣。他玩耍似的把草堆成高高的、整齊的一排。好像不是他，而是鋒利的鐮刀自動在多汁的草叢中割草。

小夥子米什卡割在列文身後。他那張年輕、可愛的臉因使勁而抽動著，頭髮用新鮮的草辮紮住；但是每當有人看他，他總是微笑，看來，他寧死也不會承認，他感到吃力。

列文是在他們中間。最熱的時候，他倒覺得割草並不那麼艱苦。渾身的汗使他感到涼爽，火辣辣的太陽烤著他的後背、腦袋和衣袖捲至肘部的雙臂，反而增添了他勞動的毅力和不屈不撓的精神，他愈來愈頻繁地處於那種無意識的狀態，竟會忘記自己在做什麼。鐮刀自動地割著草。這是幸福的時刻。更使他高興的是，老頭割到盡頭，走到河邊，在濕潤茂密的草叢中擦擦鐮刀，把刀刃放在清淨的河水裡洗涮，又用放磨刀石的小匣子舀了一點水，請列文喝。

「喝點，我的克瓦斯！怎麼樣，好喝嗎？」他眨眨眼說。

確實，列文從來也沒有喝過這種溫水裡漂浮著綠藻、含有磨刀石匣子的鐵鏽味的飲料。喝過水後，列文手持鐮刀，怡然自得地踱著步，這時，他可以擦去淌下的汗水、深深地吸一口氣，望望連成一長排的割草人，欣賞一番周圍樹林及田野的景色。

列文割的時間愈長，就愈是頻繁地處於忘我的狀態中，彷彿覺得不是自己的手在揮動鐮刀，而是鐮刀本身變成了充滿意識和生命的肉體在動作；而且，彷彿施了魔法似的，用不著思索，活兒就會有條不紊、乾淨俐落地自動完成。這是最幸福的時刻。

只有在他必須中止這種無意識的動作、必須思索時，在他遇到土墩，或者難對付的酸模時，他才感到艱難。碰到這種活兒，老頭卻做得很輕鬆。他遇到土墩，便改變動作，時而用刀刃，時而用刀尖，快速地從兩側割去土墩上的草。他在割的時候，一直注意觀察前方；一會兒摘下一枚野果，放在嘴裡吃掉，或者請列文吃，一會兒用鐮刀尖砍下一根樹枝；有時看看鵪鶉窩，雌鵪鶉便從鐮刀下飛走了；有時他又在路上捉住一條蛇，用鐮刀把牠挑起來、給列文看看，然後扔掉。

對他身後的列文和那個年輕小夥子來說，要這樣改變動作非常困難。他倆重複著一種緊張的動作，焦急地割著草，沒有辦法靈活變換，同時觀察他們的前方。

列文沒注意到時間是怎麼過去的。如果有人問他，他割了多長時間，他會說，割了半小時，而實際上已到吃午飯的時候了。當他們割到盡頭，轉身準備重新開始時，老頭讓列文注意那些沿著大路和高草地、從四面八方向他們走來的男孩女孩，他們的身子幾乎被高高的草叢遮住，小手吃力地提著一袋袋麵包和一罐罐用破布塞住罐口的克瓦斯。

「瞧，這些小傢伙來了！」他指著他們說，然後手搭涼棚，望望太陽。

他們又割了兩行，老頭停下來。

「我說，老爺，吃午飯了！」他斷然地說，割草的人們走到河邊，經過被割過的草地朝放衣服的地方走去，來送午飯的孩子們坐在那兒等他們。農民們聚在一起——遠處的聚在大車旁，近處的聚在鋪著青草的爆竹柳樹下。

列文坐在他們旁邊，他不想走了。

大夥兒在老爺面前拘束的感覺早已蕩然無存，農民們準備吃午飯了。有的洗臉，年輕的小夥子們在河裡洗澡，另外一些人在安排休息的地方。他們解開麵包袋，打開裝克瓦斯的罐子。老頭把麵包弄碎，放在碗裡，用羹匙柄搗爛，從磨刀石匣裡倒上些水，再掰一些麵包進去，又撒了一點鹽，然後開始向東方禱告。

「給，老爺，嘗嘗我的麵包湯。」他跪在碗旁邊說。

麵包湯是那樣可口，列文竟不想回去吃午飯了。他和老頭一起吃午飯，一起聊家常，他興致勃勃，並且把自己的事和所有可能使老頭感興趣的情況都告訴了他。他覺得對待老頭比對待哥哥還親，並且因為自己會對這個老頭產生這種溫情，不由得微笑起來。老頭又站起來，做了禱告，接著，他抓把草當枕頭，在樹叢旁躺下。列文也照樣做了，他不顧陽光下糾纏不清的蒼蠅、小蟲子弄得他汗津津的臉和身體發癢，立刻就睡著了，一直睡到太陽移到樹叢的另一邊、照在他身上時才醒過來。老頭早就起身了，坐在那裡給年輕小夥子們磨鐮刀。

列文環顧四周，竟認不出這塊地方了：所有的一切都變了。一大片割過的草地，排列著一行行散發出陣陣清香的青草；在夕陽的斜輝裡，閃耀著一種特別新奇的光澤。河邊被割過草的樹叢，原先看不見、而此刻在彎曲處泛出灰白色光芒的河流；站起來走動的農民，沒有割完的草地上高高隆起的草牆，在割過的草場上空盤旋的鷹——所有這一切全都如此新奇。列文清醒過來後，開始計算今天已經割了多少，還能割多少。

四十二個人幹的活兒已經非常多了。在農奴制時代，這整整一大片草地、三十把鐮刀得割兩天，現在已割完了。只剩下邊角上短短的幾行。列文希望今天盡可能多割一些，可太陽卻很快就落下去，他心裡感到懊喪。他一點兒也不覺得累，只想割得快些，盡可能多幹點活兒。

「我們把馬什卡高地的草也割了吧，你看怎麼樣？」他對老頭說。

「要看上帝的意思啦，太陽不高了。給小夥子喝點伏特加嗎？」

下午吃點心時，大家又坐下來，吸菸的人點著了菸，這時老頭向小夥子們宣布：「割完馬什卡高地——會有伏特加喝！」

「嘿，割吧！走，季特！我們趕快割吧！晚上喝個夠。走吧！」大夥兒紛紛喊道。割草人還沒吃完麵包，就又開始幹活了。

「喂，小夥子們，跟緊了！」季特說，幾乎像跑步似的衝在前頭。

「割吧，割吧！」老頭跟在他後面說，輕鬆地追趕著他，「我要超過你了，當心呀！」

無論是小夥子還是老頭子，大家都你追我趕地拚命割。他們無論割得多快，都沒有糟蹋草，一行行草放得整整齊齊。剩下的邊角一塊只花了五分鐘就割完了。最後幾個人剛割完他們的幾行草，前面的人已抓起衣服搭在肩上，穿過大路朝馬什卡高地走去。

當他們拿著叮噹作響的磨石匣子，走進馬什卡高地那林中的峽谷時，太陽已經落到樹林後面去了。谷地中央的草長得齊腰高，而且細嫩、柔軟，葉子很寬，樹林裡有的地方點綴著色彩繽紛的蝴蝶花。

大夥兒簡單商量了一下，是直割還是橫割，然後，普羅霍爾・葉爾米林，也是有名的割草能手，一名身材高大、皮膚黝黑的農民，打頭陣。他朝前割了一行，又轉回身割了起來，接著，大夥兒便跟在他後面，順著谷地朝山坡下割，然後又沿著樹林的邊緣割到山上。太陽落到了樹林後面。已經下露水了，割草人只有在山上才照得到太陽，而在霧靄騰起的山下，在小山的背面，則是涼爽、落滿露珠的蔭處。大家充滿幹勁地割草。

被嚓嚓割倒、散發出香味的青草高高地一行一行排列著。從四面八方擁到短短幾行草地上的割草人把磨刀石匣子碰得叮噹作響，耳邊時而是鐮刀的碰撞聲，時而是刷刷的磨刀聲，時而又是歡樂的叫喊聲。大家你追我趕地割著草。

列文依舊夾在小夥子和老頭子中間。穿上羊皮襖的老頭還是那麼快活，那麼愛說笑話，動作仍然十分迅速。在樹林裡，割草人的鐮刀不斷遇到那些雜生在多汁青草叢中的肥大樺樹菌。然而老頭一遇到樺樹菌，便彎下身子、撿起來，揣在懷裡。「又是送給老婆子的一件小禮物。」他說。

儘管割潮濕、柔軟的青草並不困難，但是沿著谷地陡峭的斜坡上上下下卻很吃力。老頭倒是無所謂。他照樣揮動著鐮刀，那雙穿著大草鞋的腳邁著穩健的小步慢慢地登上斜坡，儘管他的整個身子和拖在襯衫下面的短褲在不停晃動，但是一路上他沒有放過一莖小草、一塊樺樹菌，而且依舊不停地跟農民們和列文開著玩笑。列文跟在他後面，常常感到手拿鐮刀爬那種即使空手也難爬上的陡坡定會摔倒；但是他終於爬上去了，而且草也割得很好。他覺得有一種外部力量在推動著他。

六

農民們割完了馬什卡高地的最後幾行草，穿上衣服，高高興興地走回家去。列文騎上馬，依依不捨地與農民們告別，然後往自己家走去。他從高地上回頭望了一眼，農民們已消失在從谷地升起的一片霧靄中，他只聽到歡快而粗野的說話聲、哈哈大笑聲和鐮刀的碰撞聲。

謝爾蓋·伊萬諾維奇早已吃完飯，在自己的房間裡一邊喝放冰塊的檸檬茶，一邊翻閱郵局剛送來的報紙和雜誌。就在這時候，列文興高采烈地說著話，闖進他的房間，蓬亂的頭髮黏在額頭上，曬得黑黑的後背和前胸也是汗水淋淋。

「嘿，我們把整片草地都割完了！真是好極了，太好了！你過得怎麼樣？」列文問道，完全忘記昨天那場不愉快的談話。

「老天爺，你像個什麼樣子！」謝爾蓋·伊萬諾維奇一開始不滿地望望弟弟說。「門，快把門關上！」他叫起來。「肯定放進十隻蒼蠅了。」

謝爾蓋·伊萬諾維奇見了蒼蠅就受不了，他房間的窗戶只有夜裡才打開，而門總是嚴嚴地關著。

「我保證沒放進一隻蒼蠅。要是放進來，我就把牠捉住。你不會相信，今天我有多快活！你今天過得怎麼樣？」

「我過得很好。難道你割了整整一天草？我想，你一定餓得像條狼。庫茲馬已為你準備好了一切。」

「不，我不想吃。我在那兒吃過了。我這就去洗個臉。」

「好，去吧，去吧，我馬上就去找你，」謝爾蓋．伊萬諾維奇望著弟弟，搖搖頭說。「快去吧，」他笑著又說了一句，然後收起自己的書報，準備走。他突然高興起來，不想離開弟弟。「哦，下雨的時候，你在什麼地方？」

「什麼雨？只下了幾滴小雨。我馬上就來。那麼你今天也過得很好吧？啊，太好了，」列文說完，便去換衣服。

過了五分鐘，弟兄倆在餐廳裡相遇了。列文不感到餓，他在飯桌邊坐下來吃飯，為的是不讓庫茲馬掃興，但是他一開始吃，卻又覺得這頓飯非常可口。謝爾蓋．伊萬諾維奇笑咪咪地看著他。

「對了，有你一封信，」他說，「庫茲馬，請把信拿來，在樓下。當心，把門關上。」

信是奧勃朗斯基寄來的。列文大聲地讀著信。信是奧勃朗斯基從彼得堡寫來的：「我收到多莉的來信，她在葉爾古紹沃，一切都不盡如人意。請你到她那兒去一趟，幫助出出主意，你什麼事情都知道。她看到你會很高興。她孤零零一個人，怪可憐的。我岳母一家人仍在國外。」

「這太好了！我一定去看他們，」列文說，「要不，我們一起去。她是個非常好的人。不是嗎？」

「離這兒遠嗎？」

「三十俄里左右。也許有四十俄里。不過路挺好走。我們一起去，太棒了。」

「很高興。」謝爾蓋．伊萬諾維奇一直微笑著，回答。

弟弟的模樣自然使他感到高興。

「嘿，你的胃口挺好啊！」他看著弟弟俯在盤子上曬得又紅又黑的臉和脖子說。

「好極了！你不會相信，這是消除任何傻念頭的一種有效方法。我想為醫學增添一個新的術語：勞動療法[50]。」

「哦，我看，你不需要這樣。」

「嗯，各種神經有病的人卻需要。」

「不錯，這應該體驗一下。我本想去草地看看你，但天氣熱得難以忍受，所以到了樹林我就沒再往前走。我坐了一會兒，便穿過樹林朝村子走去，遇見你的奶媽，向她詢問了農民們對你的看法。據我瞭解，他們不贊成你這樣做。她說：『這不是老爺幹的事。』總之，我覺得，在農民的概念中，所謂『老爺』的活動，有著明確的規定。他們不允許老爺超越他們心中所規定的範圍。」

「也許吧，但是這種樂趣我一生中從未感受過。而且你也知道，這沒有什麼不好。難道不是嗎？」列文說。「如果他們不喜歡，那我也沒辦法。不過我認為沒有什麼不好。對嗎？」

「總之，」謝爾蓋・伊萬諾維奇繼續說，「依我看，你今天過得挺滿意。」

「非常滿意。我們割完了整塊草地。在那裡我還和一個老頭交上了朋友！你無法想像，這是多麼有趣！」

「哦，你今天過得很滿意。我也是。首先，我解決了兩個象棋方面的難題，其中一個問題妙極了——一開始就走卒子。我會走給你看的。後來我想起了我們昨天的談話。」

「什麼？想起昨天的談話？」列文說，他心滿意足地瞇起眼睛，大聲地打著飽嗝，完全回憶不起昨天說了什麼。

「我想，你的看法也有點道理。我們的分歧是：你將個人利益作為動力，而我認為每個有一定教養的人都應該關心公益。也許，你說得對，與物質利益有關的活動更符合人的心願。總之，你的性格，就像法國人說的那樣，太容易憑一時的衝動行事；你要麼滿腔熱情、精力充沛地行動，要麼什麼也不做。」

列文聽著哥哥講話，卻一點都聽不明白，也不想聽明白。他只是擔心哥哥向他提問題，這樣就會使哥哥看出，他什麼也沒聽進去。

「就是這樣，朋友，」謝爾蓋．伊萬諾維奇拍拍他的肩膀說。

「是的，當然囉。那有什麼辦法！我並不固執己見，」列文流露出一副孩子氣的模樣，抱歉地微笑著說。「我跟他爭論過什麼啦？」他心想。「當然我是對的，他也是對的，一切都沒錯。得去帳房安排一下。」他微笑著，站起身來，伸了個懶腰。

謝爾蓋．伊萬諾維奇也報以微笑。

「你要出去，我們一起走吧，」他說，他不想離開精力充沛、生氣勃勃的弟弟。「如果你要去帳房，那我們一起去吧。」

「哎喲，老天爺！」列文大聲叫了起來，謝爾蓋．伊萬諾維奇吃了一驚。

「怎麼啦？你怎麼啦？」

「阿加菲雅．米哈伊洛夫娜的手怎麼樣了？」列文拍拍自己的腦袋，說。「我把她給忘了。」

「好多了。」

「哦，我還是得去看看她。不等你戴上帽子，我就回來。」

他靴後跟啪啪響著跑下樓去。

---

50 原文為德文。

七

斯捷潘・阿爾卡季奇為了完成一項正常而又重要的公務去了彼得堡，儘管局外人並不理解這項公務，但所有官場中人卻很清楚，他不完成這項公務就無法在官場任職，無法使部裡想到他。在履行這項公務時，他身上幾乎帶著家裡所有的錢，快快活活、愜愜意意地在賽馬場和別墅裡消磨時光。就在這時候，多莉卻帶著孩子搬到鄉下去住，為的是盡量減少開支。她來到了葉爾古紹沃村，這塊地產原是她的陪嫁，今年春天賣掉的就是這兒的一片樹林。葉爾古紹沃村離列文住的波克羅夫斯克村有五十俄里。

葉爾古紹沃村那幢很大的舊宅早已拆毀。原先，老公爵對廂房加以整修擴建。二十年前，多莉還是個孩子時，廂房寬敞舒適，儘管它和一般廂房一樣位於馬車道的一側，方向也不朝南。如今廂房已經破舊。今年春天，斯捷潘・阿爾卡季奇來賣樹林的時候，多莉就要他看看房子，讓人做些必要的整修。斯捷潘・阿爾卡季奇跟所有做了虧心事的丈夫一樣，很關心妻子的舒適，親自察看房子，並且對所有他認為必要的事作了安排。他認為應該用緹花裝飾布給所有的傢俱重新修飾，掛上窗簾、清理花園，在小池塘上架一座小橋、栽上花草，但是他忘記了許多其他必要的事情，後來使達里雅・亞歷山德羅夫娜吃足了苦頭。

儘管斯捷潘・阿爾卡季奇想做一個關懷備至的父親和丈夫，但是他怎麼也記不住他有妻室和孩子。他愛好獨身，只按這種方式生活。回到莫斯科後，他得意洋洋地對妻子說，一切已準備就緒，房子整修得很漂亮，他一再勸她去鄉下。斯捷潘・阿爾卡季奇認為，從各方面來說，妻子去鄉下都有好處：有利於孩子的健康、節省開支，自己可以自由一些。達里雅．亞歷山德羅夫娜認為搬到鄉下度夏對孩子們很有必要，尤其是對那個患過猩紅熱、尚未康復的小女兒，而且還可以避免各種屈辱，逃避那些使她苦惱不安的木柴商、魚販和鞋匠的小額債務。除此之外，下鄉使她感到高興的原因還有：她想讓她妹妹吉媞到鄉下自己家來住一陣，吉媞今年仲夏回國，醫生囑咐她進行水浴治療。吉媞從溫泉療養地寫信來說，到充滿她倆童年回憶的葉爾古紹沃和多莉一起度夏，她覺得沒有比這更值得高興的事了。

頭幾天的鄉村生活對多莉來說非常艱苦。童年時她在鄉下住過，留在她頭腦中的印象是，鄉村是躲避各種城市煩惱的地方，這裡的生活儘管不那麼多姿多彩（對這一點多莉毫不計較），但是開支省而且舒服：各樣東西都有，都很便宜，都可以弄到，而且對孩子們有好處。可現在，她作為主婦來到鄉下，發現一切完全不像她想像的那樣。

他們來到鄉下的第二天就遇上一場傾盆大雨，夜裡雨漏進了走廊和兒童室，結果只得把小床搬到客廳裡。廚娘也沒有。據女飼養員說，九頭母牛中有幾頭懷孕了，有幾頭剛生下頭胎，另外幾頭太老了，還有幾頭乳大奶少。沒有奶油，甚至連給孩子們喝的牛奶都不夠。雞蛋也沒有。母雞弄不到，只好用那些淺紫色的、嚼不爛的老公雞煮湯和油炸。找不到擦地板的農婦，她們都到馬鈴薯地裡去了。無法坐車外出遊玩，因為一匹馬性情暴躁，不聽駕馭。無處洗澡，整個河岸都被牲口踐踏壞了，而且就在大路旁，很顯眼。甚至無法去散步，因為牲口穿過損壞的柵欄、闖進庭院，其中有一頭可怕的公牛大聲吼叫，看樣子嚇人。沒有衣櫃。原先的衣櫃關不住，就是關住了，人從旁邊走過時，櫃門也會自動打開。沒有鐵鍋和瓦罐，洗衣房裡沒有鍋爐，在女僕的房裡甚至連一塊燙衣板都沒有。

一開始，達里雅．亞歷山德羅夫娜得不到安寧和休息，遇到這些在她看來極為可怕的災難，她感到絕望。她竭盡全力地張羅著，仍然感到走投無路，無時無刻眼淚不在眼眶裡打轉。管家原是一個騎兵司務長，由於他外貌英俊、對人彬彬有禮，斯捷潘·阿爾卡季奇很喜歡他，就把他從看門人提升為管家，可是這位管家對達里雅·亞歷山德羅夫娜的艱難毫無同情的表示，一點也沒有幫她的忙，只是彬彬有禮地說：「沒法子想啊，農民就是這麼可惡。」

處境艱難。但是奧勃朗斯基家，就像所有別的家庭一樣，有一個平平常常、但卻重要而又有用的人物——馬特廖娜·菲利莫諾夫娜。她安慰女主人，向她保證說，一切都會順利解決的（這是她的口頭禪，馬特維就是從她那兒學來的），於是她便一個人不慌不忙、不急不躁地忙起來。

她立刻與管家的妻子交上了朋友，第二天就與她和管家一起在金合歡樹下喝茶，商量各種事情。不久，金合歡樹下便成立了馬特廖娜·菲利莫諾夫娜的俱樂部，由管家的妻子、領班和管賬的組成。借助這個俱樂部，生活上的困難逐步得到克服，一星期後，所有的問題真的順利解決了。房頂修好了，廚娘找到了，她是領班的乾親；母雞也買來了，母牛開始產奶，庭院也圍上了柵欄，木匠做了一個用以壓平衣服和床單等物的軋平機；衣櫃裝上了搭鉤，櫃門不會再自動打開，一塊包著士兵呢的燙衣板放在沙發扶手和抽屜櫃上，於是女僕房裡散發出熨斗的氣味。

「瞧！您原先還覺得毫無希望呢。」馬特廖娜·菲利莫諾夫娜指著燙衣板說。

他們甚至還搭建了一個用麥秸籬笆圍著的洗澡棚。莉莉開始在那裡洗澡，達里雅·亞歷山德羅夫娜實現了她的一部分願望，過上了儘管不安寧，但至少是舒適的鄉村生活。達里雅·亞歷山德羅夫娜帶著六個孩子是得不到安寧的。往往一個孩子病了，另一個孩子也可能生病，第三個孩子缺少點什麼，第四個孩子顯露出壞脾氣的徵兆，等等、等等。很少有一個短暫的安寧時期。但是，這種忙碌和不安寧對達里雅·亞歷山德羅夫娜來說，卻是唯一可能獲得的幸福。如果沒有這些事，那她就會孤獨地考慮丈夫不愛她的那些事。雖然，擔心孩子們生病、眼看他們病倒，發覺他們身上壞脾氣的徵兆，並為此發愁，這一切對做母親的來說都相當難受，但是現在孩子們已經給了她小小的歡樂來補償她的苦惱。這些歡樂是那麼微小，就像沙裡的金子一樣不易察覺，在情緒不好的時候，她看到的只是痛苦，只是沙子；但是在心情舒暢的時候，她卻只看到歡樂，看到金子。

現在，在鄉村冷清的生活中，她愈來愈經常地感覺到這些歡樂。她常常望著他們，竭力說服自己，她不對，她作為一個母親，偏愛自己的孩子，然而她還是無法不對自己說，她的孩子個個都非常可愛，六個孩子各有不同，但都是難得的好孩子，她為他們感到幸福，為他們感到驕傲。

八

五月底，所有的一切大致上都已安排妥當，她收到了丈夫的回信，她曾向他訴說鄉間混亂的狀況。他在回信中請求她原諒自己對事情考慮欠周，還答應一有機會就來鄉下看望他們。這一機會沒有來到，直至六月初，達里雅・亞歷山德羅夫娜還是單身住在鄉下。

在聖彼得節前齋戒期的星期日，達里雅・亞歷山德羅夫娜帶著所有的孩子去教堂領聖餐。達里雅・亞歷山德羅夫娜在與妹妹、母親、朋友們真誠坦率、涉及哲理的談話中，她那否定宗教的自由思想經常使她們感到驚訝。她有著奇怪的靈魂轉生信仰，篤信這種宗教而很少關心教會的信條。但是在家裡，她不僅為了做出榜樣，而是真心誠意地嚴格遵守一切教規。孩子們大約有一年沒有參加聖餐儀式，她為此深感不安，於是在馬特廖娜・菲利莫諾夫娜的完全贊同和支持下，她決定今年夏天去參加這種儀式。

達里雅・亞歷山德羅夫娜提前幾天就在考慮給孩子們穿什麼衣服。現在有的衣服縫製完工，有的衣服改好並已洗過，有的衣服的折衣邊和皺邊也已放長，鈕釦釘上了，絲帶也準備妥當。不過，達里雅・亞歷山德羅夫娜為英國女教師給塔尼雅改製的一件衣服非常生氣。英國女教師把衣服改壞了，衣縫裁錯地方，袖口開太大，幾乎把這件衣服給毀了。這件衣服在塔尼雅身上，肩部顯得太窄，叫人看了很不舒服。但是馬特廖娜・菲利莫諾夫娜想了一個辦法，拼上幾塊三角布，又縫上一個小披肩。衣服總算改好了，雖然達里雅・亞歷山德羅夫娜差點兒與英國女教師吵起來。然而，第二天早上，一切都安排妥當，九點不到——

他們要求牧師等到九點鐘才做日禱——穿戴得漂漂亮亮的孩子們，興高采烈地站在臺階旁的馬車前等候著母親。

靠了馬特廖娜・菲利莫諾夫娜的張羅，他們沒有套上不聽駕馭的黑馬，而套上了管家的棕色馬。達里雅・亞歷山德羅夫娜由於梳妝打扮而耽誤了一陣，臨了，她穿著白色的薄紗連衣裙，走出來，坐上了馬車。

達里雅・亞歷山德羅夫娜懷著激動的心情，用心地梳妝打扮了一番。以前，她打扮是為了自己，使自己美麗動人；後來，隨著年齡的增長，她就愈來愈不喜歡打扮；她明白自己的姿色已衰退。今天她又愉快而興奮地打扮起來，但不是為了自己的美貌，而是因為她，作為這些可愛小天使的母親，不能損害人們對她一家的整體印象。她最後一次照鏡子，對自己感到滿意。她很美，儘管並不像她過去常在舞會上所嚮往的那種美貌，而是合乎她現在地位的要求。

教堂裡，除了農民、僕人以及他們的家眷外，沒有別的人。但是，達里雅・亞歷山德羅夫娜看到，或者彷彿看到，她和孩子們引起了眾人的讚賞。孩子們不僅長相、衣著漂亮，舉止也令人喜愛。阿廖沙雖說站相不很好，老是回頭想看看自己上衣的背面，但仍然異常可愛。塔尼雅像大人那樣站著照看弟弟妹妹。但是最小的莉莉對任何事物都顯出一副天真、好奇的神態，十分令人喜愛，她領了聖餐後，說道：「請再給一點吧。[51]」惹得大家忍俊不禁。

在回家的路上，孩子們感到，他們完成了某件莊嚴的事情，因此，大家都很溫順。

到了家裡，一切也都順利，但是吃早飯時格里沙吹起口哨，更糟糕的是，他不聽英國女教師的勸阻，因

51 原文為英文。

此受到處罰，不准吃甜餡餅。達里雅·亞歷山德羅夫娜要是在場的話，是不會在今天這樣的日子裡讓孩子接受懲罰的；但是她必須尊重英國女教師的命令，同意不給格里沙吃甜餡餅。這多少有點影響大家的情緒。

格里沙哭著說，尼科連科也吹過口哨，卻沒有受到處罰，而他哭並不是為了餡餅，這他無所謂，而是因為他受到不公正的待遇。這事太叫人難過了，達里雅·亞歷山德羅夫娜決定和英國女教師商量一下，原諒格里沙，於是就去找她。但是就在她走過客廳時，看到了使她心裡充滿喜悅的場面，她眼眶裡滾出了眼淚，於是她自己就原諒了這個犯了錯的孩子。

被處罰的格里沙坐在客廳角落的窗臺上，塔尼雅端著盤子站在他旁邊。她藉口要餵洋娃娃吃飯，請求英國女教師允許她把自己的一份餡餅拿到兒童室去，其實卻是端來給弟弟吃的。格里沙仍在為他受到不公正的處罰而哭泣，他一邊吃著姊姊端來的餡餅，一邊嗚咽著說：「妳也吃吧，我們一起吃……一起吃……」

塔尼雅起先由於同情格里沙，後來又由於意識到自己的高尚行為而感動，眼睛裡充滿了淚水；不過她沒有拒絕，自己也吃了起來。

姊弟倆看到母親，嚇壞了，但是定睛望望她的臉色，明白他們做得對，兩人便笑了起來。他倆嘴裡塞滿了餡餅，雙手擦著洋溢著微笑的嘴唇，歡快的臉上沾滿了淚水和果醬。

「哎呀！雪白的新衣服！塔尼雅！格里沙！」母親說，竭力想保住衣服，但是眼睛裡卻含著淚水，臉上露出幸福歡樂的笑容。

孩子們的新衣服都脫下來了，女孩子們穿上短衫，男孩子們穿上了舊上衣，馬車已備好——使管家懊惱的是，他那匹棕色馬又被套上了車——孩子們要去採蘑菇和洗澡。兒童室裡響起一陣陣歡樂的尖叫聲，直到他們出發時才停止。

他們採了滿滿一籃蘑菇，連莉莉也找到一只樺樹菌。過去經常是古莉小姐先找到，然後指給她看；但是今天她自己找到了一只大的，因此，大家都歡呼起來：「莉莉找到一只蘑菇啦！」

隨後孩子們乘車來到了河邊，把馬留在樺樹下，就去洗澡。車夫捷連季把不停地擺動尾巴、趕著牛虻的馬拴在樹上，自己則躺在樺樹蔭下的青草地上，抽著劣等菸草，孩子們一陣陣歡樂的尖叫聲從浴場傳到他耳邊。

照管這些孩子、阻止他們淘氣不是件省力的事，要記住並且分清各人的長襪、褲子和鞋，要解開又繫上帶子和扣上鈕釦也不是件容易的事，但是達里雅·亞歷山德羅夫娜本人一直喜歡洗澡，她認為洗澡有利於孩子的健康，沒有比和孩子們一起洗澡更愉快的事了。逐一撫摸孩子們胖乎乎的腿、替他們穿上長襪、抱著這些赤裸裸的小身子浸入水中，聽著時而歡快、時而恐懼的尖叫聲，看著自己這些水淋淋、氣喘吁吁的小天使睜大一雙雙又驚又喜的眼睛，她感到莫大的喜悅。

當一半孩子已經穿好衣服的時候，有些穿得漂漂亮亮、出來採藥草的農婦走到洗澡的地方，怯生生地停下腳步。馬特廖娜·菲利莫諾夫娜叫住了其中一人，讓她把掉進水裡的一塊浴巾和一件襯衣拿去晾乾，而後達里雅·亞歷山德羅夫娜便與這些農婦攀談起來。起先農婦們沒有聽懂她的話，只是用手捂著嘴笑，但很快膽子就大了，開始與她交談，她們對孩子們真誠的讚歎立刻博得了達里雅·亞歷山德羅夫娜的好感。

「呵，真是個小美人，像砂糖一樣白，」一個農婦讚賞著塔涅奇卡，搖搖頭又說，「就是瘦……」

「是呀，她生過病。」

「噢喲，也給你洗過澡了。」另一個農婦望著嬰兒說。

「沒有，他才三個月呢，」達里雅·亞歷山德羅夫娜得意洋洋地說。

「真有你的！」

「妳有孩子嗎？」

「生過四個，現在剩下兩個，一個男孩和一個女孩。女孩就在上個開齋期斷的奶。」

「她幾歲了？」

「兩歲。」

「妳為什麼給她餵這麼長時間的奶？」

「我們習慣要餵三個齋期……」

接著就談起達里雅·亞歷山德羅夫娜最感興趣的事：生孩子的情況如何？孩子得過什麼病？丈夫在哪兒？是否經常回家？

達里雅·亞歷山德羅夫娜都不想離開農婦們了，跟她們談話是那麼有趣，她和她們的興趣又是那麼一致。達里雅·亞歷山德羅夫娜感到最高興的是，她清楚地看到，這些農婦們非常羨慕她有這麼多孩子，而且個個都長得漂亮。農婦們逗樂了達里雅·亞歷山德羅夫娜，卻得罪了英國女教師，因為她成了農婦們哄笑的對象，而她對此卻感到莫名其妙。一個年輕農婦盯著最後一個穿衣服的英國女教師看，當她穿第三條裙子時，這個年輕的農婦忍不住評論道：「哎喲，裹了一條又一條，還裹不完！」她的話音剛落，大家就哈哈大笑起來。

九

達里雅・亞歷山德羅夫娜頭上裹著頭巾，身邊圍坐著剛洗過澡、頭髮還濕淋淋的孩子們。車快到家的時候，車夫說：

「來了一位老爺，好像是波克羅夫斯克村的老爺。」

達里雅・亞歷山德羅夫娜朝前一望，看見列文熟悉的身影，他頭戴灰帽、身穿灰大衣，正迎面朝他們走來，她心裡感到高興。她什麼時候看到他都覺得高興，而今天，在她心裡感到得意的時候與他相逢，她更是特別高興。任何人也不能比列文更賞識她高尚的人品了。

一看到她，列文眼前就浮現出一副自己想像中未來家庭生活的光景。

「您真像抱窩的母雞，達里雅・亞歷山德羅夫娜。」

「啊，見到您我多高興呀！」她一邊說，一邊向他伸出手來。

「您看到我感到高興，卻不讓我知道您來了。我哥哥住在我那兒。我收到斯季瓦的信，才知道您住在這裡。」

「斯季瓦的信？」達里雅・亞歷山德羅夫娜驚奇地問。

「是的，他寫信說您搬到這裡來了，他認為您會允許我來幫點忙，」列文說，之後，突然感到尷尬，於是停住不說，默默地走在馬車旁邊，又摘下椴樹的嫩芽，放在嘴裡嚼著。他感到尷尬，因為他猜想到，達里雅・亞歷山德羅夫娜不會高興外人幫助她做那些本該由她丈夫做的事。達里雅・亞歷山德羅夫娜確實不喜歡斯捷潘・阿爾卡季奇把自己的家務事硬推給別人的這種做法。而且她立刻明白，列文理解這一點。正是因為列文有這種敏銳的理解力，有這種細膩的情感，達里雅・亞歷山德羅夫娜才喜歡列文。

「我自然明白，」列文說，「這只說明您想看看我，這使我很高興。當然，我想像得出，您這個城裡的女主人，會覺得這裡冷僻，如果需要什麼的話，我會全力為您效勞。」

「噢，不！」多莉說。「剛開始時有點不方便，多虧我的老保姆，現在一切都安排得妥妥當當了，」她指著馬特廖娜・菲利莫諾夫娜說。老保姆知道在說她，高興而友好地朝列文微笑著。她認識他，並且知道這是小姐的理想意中人。她希望這樁婚事能夠成功。

「請上車坐吧，我們往這裡擠一擠，」她對列文說。

「不了，我走一走吧。孩子們，誰和我一起跟馬賽跑？」

孩子們不太認識列文，也不記得什麼時候見過他，但是對他沒有表現出畏縮或厭惡的奇怪情緒；他們對那些裝腔作勢的大人往往如此，並且為此而經常受到嚴厲的處罰。裝腔作勢不論在什麼情況下只可能欺騙最精明、最敏銳的大人，卻騙不過最不機靈的孩子，即使你掩飾得再巧妙，也會被識破、被排斥。不管列文身上有什麼缺點，但他一點也不做作，因此孩子們對他表現出友善——他們在母親的臉上也看到了——的態度。在他的邀請下，兩個大孩子立即跳下車，跟他一起奔跑，自然得就像是和保姆、古莉小姐或者母親一起。莉莉也要跟著他，於是母親把她遞給列文；列文讓她騎在肩上，馱著她跑。

「別怕，別怕，達里雅・亞歷山德羅夫娜！」他歡快地朝她笑著說，「我不會跌倒，也不會讓她摔下來的。」

她望著他敏捷、有力、小心翼翼、十分賣力的動作，便放下心來，一面注視著他，一面快樂並贊許地微笑。

在這裡，在鄉村，跟孩子們和他喜歡的達里雅·亞歷山德羅夫娜在一起，列文常常會生出一種孩子般的快樂，達里雅·亞歷山德羅夫娜特別喜歡他的這種心情。他和孩子們一邊跑，一邊教他們體操，又用自己蹩腳的英語逗得古莉小姐哈哈大笑，還向達里雅·亞歷山德羅夫娜述說自己在鄉下的事務。

午飯後，達里雅·亞歷山德羅夫娜獨自和他坐在涼臺上，談起吉媞的情況。

「您知道嗎？吉媞要到這兒來，和我一起過夏天。」

「真的嗎？」他漲紅了臉說。為了改變話題，立刻接著說：「那麼，給您送兩頭奶牛來好嗎？如果您硬要算錢，就每月付給我五個盧布吧，只要您好意思這樣做。」

「不，謝謝。我們全安排好了。」

「好吧，那我去看看您的奶牛，如果您允許的話，我會指點您怎樣餵牛。關鍵在於飼料。」

列文為了轉移話題，便對達里雅·亞歷山德羅夫娜講述了一套養牛的理論，指出母牛只是一台把飼料加工成牛奶的機器，等等。

他嘴裡說著這些話，內心卻極想聽關於吉媞的詳情，可是又怕聽到。他害怕的是，他的心勉強才平靜下來，這下又要波動了。

「是的，但是所有這一切都需要照料；叫誰來照料呢？」達里雅·亞歷山德羅夫娜勉強地回答。

她依靠馬特廖娜·菲利莫諾夫娜的幫助，現在已將家務事安排就緒，不想再作任何改變，而且她也不相信列文在農業方面的知識。她懷疑所謂母牛是生產牛奶的機器的說法。她覺得這種說法只會搞亂家務安排。她認為一切要簡單得多：只需要像馬特廖娜・菲利莫諾夫娜說的那樣，給花斑牛和白肚牛多餵些飼料和餿水，別讓廚子把廚房裡的廚餘拿去餵洗衣婦家的母牛。這是很明白的道理。至於麵粉飼料和草類飼料的說法那是有問題、含糊不清的。不過她更想說說的是吉媞的情況。

十

「吉媞寫信給我說，她什麼也不想，只想單獨一人過平靜地生活，」多莉沉默了一陣，說道。

「怎麼，她的身體好些了嗎？」列文激動地問。

「謝天謝地，她完全康復了。我一直不相信，她會得肺病。」

「啊，我很高興！」他說，然後默默地瞧著她，多莉覺得他的臉上流露出一種無可奈何、令人感動的神情。

「哎，康斯坦丁．德米特里奇，」達里雅．亞歷山德羅夫娜說，臉上浮現出善意的、帶點嘲弄意味的笑容。「您幹麼生吉媞的氣？」

「我？我沒有生氣。」列文說。

「不，您生氣了。您在莫斯科的時候，為什麼不來我們家，也不去她們家？」

「達里雅．亞歷山德羅夫娜，」他說，臉紅到髮根，「我真感到奇怪，您心腸好，怎麼對這事沒有反應。您怎麼一點不同情我，當您知道……」

「我知道什麼？」

「您知道，我去求過婚，遭到拒絕。」列文說，剛剛對吉媞產生的柔情因受了侮辱而變成憤恨。

「您怎麼會認為，我知道這件事？」

「因為大家都知道。」

「這您就錯了，我不知道這件事，雖然我猜想過。」

「噢，那麼您現在知道了。」

「我只知道發生了一件使她感到非常痛苦的事，而且她求我永遠別提它。既然她沒有告訴我，那她也不會對其他人說。你們之間究竟發生了什麼事?告訴我吧。」

「我已經對您說過了。」

「這事什麼時候發生的?」

「我最後一次上你們家去的時候。」

「您知道吧，我要對您說什麼，」達里雅·亞歷山德羅夫娜說，「我非常非常可憐她。您痛苦，只是因為自尊心受到傷害……」

「也許吧，」列文說，「但是……」

她打斷他的話：

「但是她是個可憐的人，我非常非常同情她。現在我全明白了。」

「那麼，達里雅·亞歷山德羅夫娜，請您原諒我，」他站起來說。「我走了!達里雅·亞歷山德羅夫娜，再見。」

「不，等一下，」她抓住他的袖子說。「等等，坐下來。」

「我請求您，請求您不要談這個了。」他坐下來說，同時感到自己原以為被埋葬的希望正在心裡升騰起來。

「如果我過去不喜歡您，」達里雅．亞歷山德羅夫娜說，淚水湧上了眼眶，「如果我過去不像現在這樣瞭解您……」

原以為失去的感情現在逐漸復活、高漲起來，控制了列文的心。

「是的，現在我一切都明白了，」達里雅．亞歷山德羅夫娜繼續說，「這一點您是不會明白的。你們男人自由自在，可以任意挑選，心裡總是很明白，自己愛的是誰。但是一個待嫁的姑娘總有一種少女的害羞心理，她們只能從遠處望著你們男人，完全信賴人家嘴上說的；姑娘們往往會感到，自己不知道說什麼好。」

「是的，如果心裡沒準兒的話……」

「不，不是心裡沒準兒，您可得想一下：你們男人看上了哪個姑娘，就會上她家去，接近她、觀察她，等上一段時間，看她是不是您的意中人，等您確信您愛她時，便向她求婚……」

「得了吧，不都是這樣。」

「反正你們的愛情成熟了，或者在兩個意中人中選定了一個，你們就會去求婚。可人家不會去問一個姑娘。即使想讓她自己選擇，她也不會選擇，只會回答：行或不行。」

「是啊，在我和渥倫斯基中間作了選擇，」列文想，他心中原已復活的希望又破滅了，這使他感到痛苦、心情沉重。

「達里雅．亞歷山德羅夫娜，」他說，「選擇衣服或者別的商品可以這樣，可是選擇愛情卻不能。選定了就好了……不能翻來覆去。」

「唉，自尊心，又是自尊心！」達里雅．亞歷山德羅夫娜說，彷彿很輕視這種感情，因為比起只有女人才理解的其他感情來，它就不值一提了。「當你向吉媞求婚時，她正好處在無法回答您的情況中。她動搖不定。是選擇您還是渥倫斯基。她每天見到他，卻很久沒有見到您。要是她年紀再大一些，例如我處在她的地位，就不會動搖不定了。我一直不喜歡他，而結果就是這樣。」

列文想起了吉媞的答覆，當時她說，「不，這是不可能的……」

「達里雅·亞歷山德羅夫娜，」他冷冰冰地說，「我珍視您對我的信賴；我認為，您想錯了。不過，無論我對還是不對，正是您那麼輕視的自尊心使我不可能去想卡捷琳娜·亞歷山德羅夫娜。您知道，這完全不可能。」

「我只想再說一點：您知道我說的是我妹妹，我愛她就像愛我自己的孩子。我不說她愛過您，但是我還要說一句，她當初拒絕並不能證明任何事。」

「我不知道！」列文跳起來說道。「但願您知道，您是怎麼刺痛我的！事情好比您的一個孩子死了，人家卻對您說：要是他怎樣怎樣，他就可以活著，您看到他會多麼高興。可他已經死了，死了，死了……」

「您多麼可笑，」達里雅·亞歷山德羅夫娜不顧列文的激動，苦笑著說。「是的，我現在愈來愈明白了，」她繼續若有所思地說。「那麼，吉媞來了，您不會來看我們嗎？」

「是的，我不會來。當然，我不會回避卡捷琳娜·亞歷山德羅夫娜，但是我要盡可能避免由於我的在場而使她感到不愉快。」

「您非常非常可笑，」達里雅·亞歷山德羅夫娜親切地端詳著他的臉，重複說。「那，好吧，就當我們根本沒談過這件事。妳來幹什麼，塔尼雅？」達里雅·亞歷山德羅夫娜用法語問進來的女孩。

「我的鏟子在哪兒，媽媽？」

「我說法語，妳也要說法語。」

女孩想說，但是忘記了鏟子的法語該怎麼說；母親提示她，然後又用法語告訴她，在哪裡可以找到鏟子。這使列文感到不快。

現在他覺得達里雅·亞歷山德羅夫娜的家和她的孩子們，完全不像以前那麼可愛了。

「她為什麼跟孩子們說法語？」他想。「這多不自然，多麼做作！孩子們也感覺到這一點。學會了法語，丟棄了真誠，」他心裡想，卻不知道達里雅·亞歷山德羅夫娜對這一點已經翻來覆去考慮過許多次，縱然要犧牲真誠，她還是得用這種方法教育孩子。

「您還要去哪裡？再坐一會兒吧。」

列文留下來喝茶，但是他心緒不佳，感到很不自在。

喝完茶，他走到門廳，吩咐套車。當他回來時，看到達里雅·亞歷山德羅夫娜激動不安，滿臉不高興，眼睛裡含著淚水。原來剛才在列文出去時，發生了一件事，把她今天感到的幸福和為孩子而自豪的心情一下子給破壞了。格利沙和塔尼雅為了一顆球竟然打起架來。達里雅·亞歷山德羅夫娜聽到從兒童室傳來的喊叫聲，便跑了過去，看到他們一副可怕的樣子。塔尼雅抓住格里沙的頭髮，格里沙怒氣沖沖，臉色十分可怕，揮著拳頭朝她身上亂捶。看到這個場景，達里雅·亞歷山德羅夫娜心都要碎了。彷彿她的生活蒙上了陰影，她知道，她引以為傲的孩子們不僅極其平凡，甚至十分差勁，沒有教養、脾氣粗暴，是凶狠的壞孩子。

她無法說，也無法考慮別的事情，不能不把自己的不幸告訴列文。

列文看見她很傷心，便極力安慰她說，這件事並不證明有什麼不好，所有的孩子都會打架，但是列文嘴上這麼說，心裡卻在想：「不，我不會裝模作樣和自己的孩子們說法語，然而我將來也不會有這樣的孩子，只要不溺愛他們，不讓他們沾染壞習氣，他們會討人喜愛的。是的，將來我的孩子不會像這樣。」

他告辭後坐車走了，她也沒有挽留他。

十一

七月中旬，離波克羅夫斯克村二十俄里路、列文姊姊地產所在地的村長來找列文，報告那裡的事務和草場的情況。姊姊地產的主要收入來自浸水的草場。往年的草場是以每俄畝二十盧布賣給農民割的，當列文掌管這塊地產時，他察看了草場，認為價格應該高些，於是定下每畝賣二十五盧布。農民們不肯出這個價錢，而且列文猜想，他們還擋住了其他買主。於是列文親自去那兒作了安排，決定採用一部分雇工，一部分按收成分成的辦法割草。農民們千方百計阻撓這種新方法，但事情還是照樣進行，結果，第一年草場的收入幾乎是增加了一倍。前年和去年農民們繼續反對，但仍然按同樣的辦法處理。今年農民們按三分之一分成的辦法割草，現在，村長來報告說，草已割完了，他擔心下雨，請來管賬的，當著他的面把草分了，並且已把老爺的乾草堆成了十一垛。列文問，那塊主要的草地共割了多少乾草，那個匆匆忙忙擅自分草的村長回答得含糊其辭，列文從他口氣中聽出，這次分草有問題，便決定親自去檢查一下。

在吃午飯時，列文來到村裡，把馬留在他的一個年老的朋友，他哥哥奶媽的丈夫家裡，然後去蜂場找這個老頭兒，想從他那兒打聽割草的詳細情況。帕爾梅內奇老頭相貌端正，十分健談，他熱情地接待列文，讓他看了自己所有的產業，詳詳細細地介紹了自己的蜜蜂和今年蜜蜂分箱的情況；但是對列文提出有關割草的問題卻吞吞吐吐、模稜兩可。這使列文更加肯定自己的猜測。他來到草場，檢查草垛。每個草垛不可能裝五十車，為了揭穿農民們的花招，列文吩咐馬上把運乾草的大車拉來，裝一垛草到板棚裡去。結果一垛草只能裝三十二車。儘管村長極力辯解說，乾草原來是鬆軟的，裝上車就壓實了，他還對天發誓，一切都做得很公道，可是列文始終不讓步，指出沒有他的命令就分掉乾草，所以他不能接受每垛乾草作為五十車來計算。他們爭論了許久，結果決定，這十一垛草按每垛五十車計算分給農民們，而主人的一份重新分配。談判和分乾草的事一直延續到下午。最後一批乾草分配完畢，列文把餘下的監督工作交給了管賬的，自己坐在以柳枝作了標記的草垛上，欣賞著農民們熙來攘往的草地。

在他前面，在沼澤地後邊的河灣處，有一群穿得花花綠綠的農婦魚貫而行，攤開的乾草迅速在嫩綠的草場上形成彎彎曲曲的一排灰色草堆。農婦們後面走著手拿草叉的農民，他們把草堆垛成一個個又大又高的鬆軟草垛。左邊，大車轆轆地駛過割過的草地，乾草被一大叉一大叉地拋上大車，草垛一個一個消失，取而代之的是一車車散發著清香的乾草，車上的草裝得滿滿的，一直垂到馬的臀部。

「趁好天氣收割吧！定會有好乾草的！」蹲在列文旁邊的老頭說。「是茶葉，簡直不像乾草！瞧他們摟乾草，就像鴨子撿麥粒一般！」他指著裝上車的乾草垛，補充說。「午飯後已經拉走足足一半了。」

「最後一車，是嗎？」他朝一個站在大車前座上，抖動著韁繩，從他身邊駛過的小夥子大聲問道。

「最後一車，老爺！」小夥子輕輕勒住馬，大聲回答，同時微笑著回頭望了望一個坐在大車上，也在微笑、面色緋紅的農婦，接著又趕著車往前走。

「這是誰？你的兒子？」列文問。

「我的小兒子。」老頭說，臉上露出親切的笑容。

「多好的小夥子！」

「這小子還不錯。」

「娶媳婦了嗎？」

「娶啦，到今年耶誕節前的齋日已有兩年了。」

「有孩子了吧？」

「有什麼孩子！整整一年什麼事也不懂，還害羞呢，」老頭回答。「看，這乾草！像真正的茶葉！」他想改變話題，重複說。

列文仔細地打量著伊萬·帕爾梅諾夫和他的妻子。他們在離他不遠的地方裝草。伊萬·帕爾梅諾夫站在大車上，接住、鋪平，並且踩實大束大束的乾草，他那個年輕美貌的妻子先是一抱一抱地遞給他，後來用草叉靈巧地叉給他。年輕的農婦做起來輕鬆、愉快又靈巧。大堆壓緊的乾草不容易叉上叉子。她先把它們耙鬆、插進叉子，以平穩有力和迅速的動作將全身的重量壓在叉子上，然後立即把束著紅色寬帶子的脊背一彎，再直起身子，挺起她那白圍裙裡面豐滿的胸部，熟練地握住叉子，把一叉乾草高高地拋到車上。伊萬顯然想盡量讓她省些力氣，急忙大大地張開雙臂，接住她叉上來的乾草，再把乾草在車上鋪平。年輕的農婦用草耙把最後一些乾草耙攏、拋到車上，然後拍掉落在脖子上的草屑，整理了一下滑到未被曬黑的白皙前額上的紅頭巾，接著鑽到大車下面捆車。伊萬教她怎麼把繩子繫在橫木上，聽到她說了句什麼，便哈哈大笑起來。在他們倆的表情上可以看到一種強烈的、剛剛被喚醒的，充滿青春活力的愛情。

十二

草車捆紮好了。伊萬跳下來，牽著那匹肥壯的駿馬。年輕的農婦把草耙往車上一扔，擺動雙臂、邁著有力的步子，向成群結隊的農婦們走去。伊萬把車趕上大路，加入了其他大車的行列。農婦們扛著草耙，晃動著鮮豔的衣服，嘰嘰喳喳地說笑著，歡快地跟在大車後面。一個農婦用粗野的嗓子唱起歌來，唱到歌詞反覆處，五十個粗細不一、但都有力的嗓子便齊聲從頭唱起這首歌。

農婦們唱著歌走近列文，他覺得彷彿一片烏雲發出歡樂的雷鳴向他逼近。烏雲愈來愈近，終於籠罩住他。他躺著的草垛，還有別的草垛、一輛輛大車、整片草場直至遙遠的田野，一切都隨著這夾雜著呼喊、口哨和打嗝聲的粗野歡快節拍抖動、搖晃。列文羨慕這種健康與歡樂，他很想參與抒發這種生活的歡樂。但是他什麼也不能做，只好躺在這兒眼觀耳聽。當人群和歌聲從視線和聽覺中消失之際，列文心中生出一腔因孤獨、無所事事和厭世所引起的沉重憂鬱。

有幾個農民曾為了乾草與他爭論得很凶，有的受過他責備，有的想欺騙他，就是這些農民，此刻卻愉快地向他點頭致意，顯然一點也沒有記恨，對他們想欺騙他這一點，不僅不感到後悔，甚至忘得一乾二淨。那一切都湮滅於歡樂的共同勞動海洋中。上帝賜予了時間，上帝賜予了力量。時間和力量獻給了勞動，而酬報就在勞動本身。而為誰勞動？勞動的成果是什麼？這些都無關緊要、微不足道。

列文經常欣賞這種生活，往往對過這種生活的人感到羨慕，但是今天，列文第一次，特別是在看到伊萬．帕爾梅諾夫對他年輕妻子的態度而深有感觸之後，第一次清楚地想到：要把他原先過的那種十分乏味、無聊、矯揉造作的獨身生活變成這種勤勞、純潔、與伴侶共度的美好生活，關鍵在於他本人。

原來坐在他身邊的老頭早回家去了；農民們都已四散。路近的回家去，路遠的準備直接在草場上吃晚飯、過夜。列文沒被人發現，仍躺在草垛上觀察著、傾聽著、思考著。留宿在草地上的農民在短短的夏夜裡幾乎沒有睡覺。起先可以聽見大夥兒一起吃晚飯時歡快的說笑聲，後來又聽到歌聲和笑聲。

除了歡樂，漫長的一整天勞動沒有在他們身上留下別的痕跡。黎明之前，一切都寂靜下來。只聽見沼澤地裡不停的蛙鳴和晨霧騰起的草地上、馬打響鼻的聲音。列文清醒了，從草垛上爬起來，抬頭望望星星，他知道黑夜即將過去。

「那麼，我做什麼好呢？我該怎樣做？」他自言自語，竭力想表達出自己在這短短一夜裡所反覆思考和感受到的一切。這其中有三個想法：一是拋棄自己的舊生活、拋棄自己毫無用處的知識和教育；這麼做會帶給他快樂，做起來也輕鬆簡單。另一個想法和想像與他現在所嚮往的生活有關。他清楚地感覺到這種生活的質樸、純潔與合理，而且確信，他將在這種生活中找到他痛感缺乏的滿足、安寧和尊嚴。但是第三個想法卻圍繞著怎樣使舊生活轉變成新生活的這個問題打轉。在這方面，他頭腦中沒有任何明確的主意。「娶一個妻子嗎？找一份工作？有去工作的必要性嗎？離開波克羅夫斯克村嗎？買土地嗎？加入村社嗎？娶一個農家女嗎？我究竟該怎麼做？」他又問自己，但找不到答案。「雖然我整夜沒睡，但找不到明確的答案，」他自言自語。「以後我會明白的。有一點很明確，這一夜決定了我的命運。我原先對家庭生活的一切憧憬全是不現實的，不是那麼回事，」他對自己說。「實際上，所有這一切都簡單得多，好得多……」

「多美呀！」他仰望著頭頂上空那酷似奇異珍珠貝殼般的朵朵白雲，心裡想道。「在這美好的夜晚，一切是多麼美好呀！這珍珠貝殼是什麼時候形成的？不久前我望著天空，天上什麼也沒有，只有兩長條白帶。是啊，我對人生的看法也就是這樣不知不覺地改變了！」

他走出草地，沿著大路朝村子走去。微風習習，天空變得灰暗起來。黎明即將來臨，在光明完全戰勝黑暗之前，通常有一個這樣陰沉沉的時刻。

列文冷得渾身打戰，他望著地面，匆匆地走著。「這是什麼？有人乘車來了，」他聽到鈴鐺聲，抬起頭，心想。在離他四十步遠的地方，一輛車頂上載著大皮箱的四套馬車沿著他走的那條長滿草的大路迎面駛來。轅馬緊靠著轅杆，避開車轍，但斜坐在馭手座位上的熟練車夫卻讓轅杆對準車轍，這樣，車輪就可以在平坦的地方滾動了。

列文只注意到這一些，卻沒去想誰會來這兒，他心不在焉地朝馬車望了一眼。

馬車裡，一個老婦人坐在角落裡打瞌睡。而在窗邊，坐著一個年輕姑娘，顯然剛剛睡醒，兩手抓住白帽子的帶子。她神采奕奕，流露出若有所思的神情，內心充滿列文所陌生的微妙和複雜思緒；她望著曙光，沒有看見列文。

就在這景象消失的一剎那間，姑娘那雙誠實的眼睛望了他一眼。她認出了他，一陣驚喜使她容光煥發。

他不會看錯的。世上只有一雙這樣的眼睛。世上只有一個人身上凝聚著他生活的全部光明和意義。這就是她。這就是吉娓。他明白她是從鐵路車站去葉爾古紹沃。於是，在這不眠之夜所有使列文激動的一切、他作出的種種決定，轉眼全都煙消雲散了。他厭惡地回憶起自己想娶農家姑娘的夢想。只有在那裡，在迅速離開、朝道路另一個方向駛去的馬車裡，只有在那裡，才有解決最近使他如此苦惱的生活之謎的可能性。

她沒有再往外張望。馬車座位的彈簧聲聽不見了，只能隱隱約約聽見鈴鐺的聲音。狗的吠叫聲說明，馬車已駛過村子，周圍只是一片空曠的田野，前面是村子，而他孤零零的一個人走在荒涼的大路上。

他望望天空，希望看到剛才他欣賞的那片、象徵著夜裡他全部思想和感情的珍珠貝殼般雲彩。天空上再找不著了。在那裡，深不可測的高空，已經發生了神祕的變化。沒有一點珍珠貝殼的痕跡，半邊天空彷彿鋪上一尾愈來愈小的雲朵。天空漸漸變得蔚藍、明亮，並帶著同樣柔和而又同樣深不可測的情態，回答他疑惑的目光。

「不，」他對自己說，「不管這種樸實和勤勞的生活多麼美好，但是我不能再過這種生活了。我愛她。」

十三

除了和阿列克謝·亞歷山德羅維奇最接近的人以外，誰也不知道這個表面極其冷靜、極有理智的人有著一個與他整個性格相抵觸的弱點。阿列克謝·亞歷山德羅維奇聽到孩子哭泣或者看到女人流淚就不能無動於衷。一見到眼淚他就會不知所措，完全失去思考能力。他的辦公室主任和祕書瞭解這一點，因此他們預先告訴來求助的女人，要是不想壞事的話，絕對不能哭。「他一生氣，就不會再聽你們說話了，」他們說。確實，在這種場合，眼淚會破壞阿列克謝·亞歷山德羅維奇的情緒，使他突然發起火來。「我不能，我無能為力。請走吧！」在這種情況下，他往往會這樣大聲喊叫。

安娜從賽馬場歸來的路上，向他明說了自己與渥倫斯基的關係，接著就雙手摀住臉哭了起來。阿列克謝·亞歷山德羅維奇雖然心中怨恨她，但同時也感受到眼淚往往會在他身上引起的那種情緒波動。他意識到這一點，意識到在這時他流露出這種感情並不合適，於是他極力克制，不讓自己的情緒外露；他一動不動，也不朝她看一眼。因此他的臉上表現出一種古怪、僵死的表情，使安娜感到吃驚。

他們到了家，他扶她下了馬車，努力控制住自己，照例以彬彬有禮的態度同她道別，說了一句不用他承擔責任的話；他說，明天會把自己的決定告訴她。

妻子的話證實了他最壞的猜測，使阿列克謝·亞歷山德羅維奇感到一陣難以忍受的痛楚。而由她的眼淚引起的、他對她不可思議的憐憫，則加劇了這種痛楚。但是，當阿列克謝·亞歷山德羅維奇獨自坐在馬車上時，他覺得自己完全擺脫了這種憐憫和近來一直折磨他的猜疑和嫉妒痛苦，這使他又驚又喜。

他覺得彷彿拔掉了一顆痛了很久的病齒。在經受了可怕的痛苦，並且感到從牙床上拔去了一個比腦袋還大的東西以後，病人突然發覺長期毒害他生活、占據他全部注意力的東西已不復存在，他又可以生活、思考，無須只關心自己的一顆牙齒了。他簡直不相信自己會這樣幸運。阿列克謝·亞歷山德羅維奇體會到的正是這種感覺。過去那種古怪和可怕的疼痛，現在已經消失；他覺得，他又可以正常生活，用不著只考慮妻子的事了。

「寡廉鮮恥，沒有心肝，沒有宗教信仰，一個墮落的女人！這我一向知道，一向明白，雖然我憐惜她，極力欺騙自己，」他心裡想。他確實覺得，他一直明白這一點。他回憶起他們過去生活的細節，過去他並不覺得有什麼不好，現在這些細節卻清楚地證實，她向來是個墮落的女人。「我把自己的生活同她結合在一起，是一個錯誤；但這不能怪我，所以我不應該受罪。罪過不在我，」他自言自語說道，「而在她。我與她無關。她對我來說已不存在了……」

他已不再關心她和兒子將來的命運，他對待兒子的感情，就像對待她一樣，起了變化。現在他關心的只是一個問題，如何用對自己最好、最體面、最合適，因此也是最正確的方式去除掉由於她的墮落而濺在他身上的汙泥，從而繼續沿著自己那條積極、誠實和有益的生活道路前進。

「我不能因為一個犯了罪、可恥的女人而承受不幸；我只需要擺脫她使我陷入的困境。我一定能找到一個辦法，」他思忖，眉頭皺得愈來愈緊。「我不是第一個，也不是最後一個。」美麗的海倫[52]將墨涅拉

52 海倫，希臘神話中的美女，斯巴達王墨涅拉俄斯的妻子，特洛伊王子帕里斯趁墨涅拉俄斯外出時，把她誘走，從而引起了持續十年之久的特洛伊戰爭。

俄斯整得至今眾人記憶猶新，諸如此類的歷史事例暫且不說，光是當代上流社會妻子對丈夫不忠的例子，在阿列克謝・亞歷山德羅維奇的心中就多不勝數。「達里亞洛夫、波爾塔夫斯基、加里巴諾夫公爵、帕斯庫金伯爵、德拉姆……對，還有德拉姆……多麼正直、能幹的人……謝苗諾夫、恰金、西戈甯，」阿列克謝・亞歷山德羅維奇回想著。「即使他們受到不合理的嘲笑，但我可從來以為這只是不幸，一直同情他們，」阿列克謝・亞歷山德羅維奇對自己說，儘管這不是事實。他從來也沒有同情過這種不幸，聽到妻子背叛丈夫的事例愈多，他愈是看重自己。「這種不幸可能會落到任何人頭上。現在我也遇上了。問題在於，怎麼以最好的辦法擺脫這種困境。」接著他開始逐一想起處於和他同樣處境的人所採取的辦法。

「達里亞洛夫要求決鬥……」

決鬥在阿列克謝・亞歷山德羅維奇年輕時之所以特別引起他的興趣，正是因為他天生膽怯，而他本人也很明白這點。阿列克謝・亞歷山德羅維奇一想到有把手槍對準自己，就不可能不感到恐懼萬分，因此一生中從未使用過任何武器。這種恐懼從年輕時起就經常迫使他想到決鬥，設想他不得不讓自己的生命置於危險境地的情景。在生活中獲得了成功和牢固的地位後，他早就忘了這種感覺；但是，這種習慣性的感覺現在又抬頭了，為自己的膽怯而感到恐懼的心理現在也顯得如此強烈，使得阿列克謝・亞歷山德羅維奇從各方面久久地考慮著決鬥的問題，聊以自慰，雖說他事先就知道，自己是無論如何也不會去決鬥的。

「毫無疑義，我們的社會還很野蠻（不像英國），許多人——對其中有些人的意見，阿列克謝・亞歷山德羅維奇特別重視——從好的一面看待決鬥；但是後果將會如何？比如說，我去找對方決鬥，」阿列克謝・亞歷山德羅維奇繼續思忖著，生動地想像自己挑戰後將度過的那個夜晚，想像起那把對準他的手槍，不禁打了個哆嗦，並且明白他永遠也不會這麼做。「比如說，我找對方決鬥。假如他們教會我怎樣射擊，」他繼續想，「怎樣站立；我扣下扳機，」他閉上眼睛，自言自語，「結果把他打死了。」阿列克謝．亞歷山德羅維奇對自己說，然後搖搖頭，想驅除這些愚蠢的念頭。「殺死那個人，對於確定自己與有罪的妻子和兒子的關係，又有什麼意義呢？而且我還得作出決定，應當怎麼處置她。但是更可能的是，我會被打死或者打傷。我是無辜的，是個受害者，卻被打死或者打傷。這就更沒有意思了。況且由我提出決鬥不是一種高尚的行為。難道我事先不知道，我的朋友決不會讓我去決鬥，決不會讓一個俄羅斯必需的政治家去冒生命危險嗎？結果會怎樣呢？結果是，我事先知道事情決不會發展到危險的地步，而只想以這種挑戰為自己爭得一點虛榮。這是不高尚的、虛偽的，是自欺欺人。決鬥沒有意義，誰也不希望我要求決鬥。我的目的是保持自己的聲譽，而聲譽是我順利地繼續事業所必需的。」公務事業過去在阿列克謝．亞歷山德羅維奇的心目中具有重要的意義，現在他認為它更加重要了。

阿列克謝．亞歷山德羅維奇經過考慮，放棄了決鬥的念頭，他又想到另一個辦法——離婚，這是他記憶中某些被欺騙的丈夫所採用的辦法。阿列克謝．亞歷山德羅維奇逐一回憶起所有他知道的離婚案件（這在他熟悉的上流社會裡也是多不勝數），卻沒有發現一個與他抱有相同目的的離婚案例。在所有這些案件中，丈夫或是出讓，或者出賣不忠的妻子，而她因為犯了罪，無權再結婚，便與新的伴侶建立非正式的、不合法的婚姻關係。就自己的情況來說，阿列克謝．亞歷山德羅維奇看出，合法的離婚，就是只把有罪的妻子休掉，是不可能的。他看出，他所處的那種複雜生活環境不允許提供法律所需、用以揭露妻子罪行的醜惡證據；他看出，即使有這些證據，他們的身分也不允許把它們揭示出來；要是這麼做，就會貶低他在社會輿論中的地位，使他受到比她更為嚴重的傷害。

離婚的嘗試只能導致出醜的訴訟，這是敵人求之不得的，他們可以借此誹謗他並貶低他在上流社會的崇高地位。他的主要目的是盡可能不打亂現狀，求得麻煩最少的處境。離婚是達不到此一目的的。此外，如果離婚，或者試圖離婚，妻子顯然就會與丈夫斷絕關係、投入情人的懷抱。阿列克謝・亞歷山德羅維奇現在雖然覺得自己十分蔑視妻子，對她很冷漠，內心卻對她還有一種念頭，就是不願讓她毫無阻礙地與渥倫斯基結合，讓她犯了罪反而如願以償。這個念頭使阿列克謝・亞歷山德羅維奇感到惱火，一思及此，他內心就痛苦得呻吟起來，於是他欠起身子，在馬車上挪了挪位子，此後久久地皺著眉頭，用厚厚的毛毯裹住自己那雙怕冷、皮包骨的腿。

「除了正式離婚，也可以像加里巴諾夫、帕斯庫金和那個善良的德拉姆那樣，這就是與妻子分居，」他平靜後繼續想，但這種方法也會丟人現眼，而且主要是，分居就和正式離婚一樣，讓自己的妻子投入渥倫斯基的懷抱。「不，這辦不到，辦不到！」他把毯子翻過來，大聲說道。「我不能倒楣，她和他也休想過好日子。」

在情況不明期間折磨他的那種嫉妒心，經過妻子的話挑明了真相以後，就像忍痛拔去了一顆病齒，已經消失了。但取而代之的是另一種想法：他希望她不僅不能稱心如意，還因為自己的罪行而得到報應。他不承認自己有這種想法，在內心深處他卻希望，妻子要為破壞他的安寧和名譽而承受痛苦。他又逐一分析了決鬥、離婚、分居等方法，再次把它們拋棄，最後阿列克謝・亞歷山德羅維奇確信，解決的方法只有一個——隱瞞事實，千方百計使他們斷絕關係，把她留在自己身邊。主要的是——這一點他自己並不承認——要懲罰她。「我應當把自己的決定告訴她：在仔細考慮了她對家庭造成的困境之後，我認為，任何其他辦法對雙方都比表面上維持原狀[53]更糟；我同意維持原狀，條件是她必須嚴格執行我的意志，即與情人斷絕關係。」為了證明他最終的這個決定正確，阿列克謝・亞歷山德羅維奇又想出另一個重要依據。

「我只有按照這個決定做，才合乎宗教教義，」他對自己說，「只有按照這個決定做，我才不會把犯罪的妻子拒之門外，而給她一個悔改的機會，甚至——無論我將多麼痛苦——用自己的一份力量挽救她、幫助她悔改。」雖然阿列克謝．亞歷山德羅維奇知道，他不可能對妻子產生道德上的影響，而幫助她悔改的企圖，除了虛偽之外，不會產生什麼結果；雖然在他經受如此痛苦的時候，一次也沒有想到在宗教中尋求指導；但是現在，當他覺得自己的決定符合宗教教義時，這種獲得宗教認可的決定使他十分高興，心中得到了某種安慰。他高興地想到，在如此重要的生活大事中，誰也不會說他的行為不符合宗教教規，在普遍的冷淡和漠不關心的狀況下，他始終高舉起宗教的旗幟。詳細地考慮了今後的生活，阿列克謝．亞歷山德羅維奇甚至不明白，為什麼他和妻子的關係不能跟從前一樣。毫無疑問，他不會再尊敬她；但沒有、也不可能有任何理由，要為她這個不忠實的壞妻子而打亂自己的生活，使自己受到痛苦的煎熬。「對，時間會過去的，時間會把一切安排妥當，以前的關係會恢復過來，」阿列克謝．亞歷山德羅維奇對自己說，「恢復到那種程度，使我不會感覺到自己在生活中遭遇挫折。她應該受罪，但是我沒有過錯，因此我不能受罪。」

53 原文為拉丁文。

十四

接近彼得堡時，阿列克謝·亞歷山德羅維奇不僅完全肯定了這番決定，還考慮好他將寫給妻子的信件腹稿。走進房門，阿列克謝·亞歷山德羅維奇看了看部裡的來信和公文，吩咐隨後送到書房裡去。

「去把馬卸下來，我誰也不接見，」他回答門房的問話，特別強調「誰也不接見」這幾個字，語氣中帶點得意的意味，以此表明他情緒不錯。

阿列克謝·亞歷山德羅維奇在書房裡來回踱了兩次，在放著僕人事先點燃的六支蠟燭的大寫字臺前站住，嗶嗶地扳響手指關節，接著坐下來，擺好文具。他把兩肘支撐在桌上，側著腦袋，考慮了一會兒，接著就毫不停頓地寫起信來。在信上他對她沒有寫稱呼，而是用法語中「您」這個代詞，它不像俄語裡的「您」那樣，使人感到有一種冷淡的意味。

在我們最後一次談話時，我向您表示過，關於這次談話的問題我會把自己的決定通知您。我仔細考慮了所有情況，現在為了履行自己的諾言，便寫信給您。我的決定如下：無論您的行為如何，我不認為自己有權割斷上帝把我們聯結在一起的紐帶。家庭不能因任性、專斷或者因為夫妻中一方犯了罪而遭到破壞，因此我們的生活應該像先前那樣繼續下去。這對我、對您，對我們的兒子都是必要的。我完全相信，您已經為引起我寫這封信的事件感到後悔，您會協助我根除我們不和的原因，並使我忘記過去。要不然，您自己一定會預料到，您和您兒子的前途將會如何。所有這一切，我希望我們見面時詳談。避暑季節即將結束，所以我請您盡快回到彼得堡，不要遲於星期二。我會做好您回來的一切準備。請您注意，我特別希望我的這個要求能夠實現。

阿・卡列寧

隨信附上您可能需要的錢，又及

他把信讀了一遍，感到挺滿意，特別是因為自己想到隨信附上了錢；信中沒有刻薄的語言，沒有指責，也沒有姑息。最主要的是，為她歸來搭起了一座金橋。他折好信，用沉甸甸的象牙裁紙刀將它壓平，然後連同錢一起塞進信封裡。他帶著每當他使用自己那擺得整整齊齊的文具時所產生的那種滿意心情，拉了一下鈴。

「把這交給信差，讓他明天送到別墅，交給安娜・阿爾卡季耶夫娜。」他說著站起身來。

「是，大人。茶要送到書房裡來嗎？」

阿列克謝・亞歷山德羅維奇吩咐把茶送到書房裡來，手中玩弄著那把沉甸甸的刀子，一面朝圈椅走去。圈椅旁放好了一盞燈和一本他已開始閱讀的、關於埃及象形文字的法文書。圈椅上方掛著一個橢圓形的金邊鏡框，裡面是一位著名畫家為安娜畫的一張出色肖像。阿列克謝・亞歷山德羅維奇望了望畫像。一雙深沉的眼睛嘲弄又傲慢地看著他，他們最後一次談話的那個晚上，她也是這麼看著他的。畫家惟妙惟肖地畫出了頭上紮著的黑色花邊絲帶、烏黑的頭髮、白皙纖美的雙手、無名指上戴滿的寶石戒指——這幅肖像上那種傲慢和挑戰的神態使阿列克謝・亞歷山德羅維奇難以忍受。阿列克謝・亞歷山德羅維奇朝畫像望了一會兒，打了個哆嗦，嘴唇發抖，發出「布林爾」的聲音，然後轉過身去。他急忙坐在圈椅上，打開了書。他試圖看書，可是怎麼也無法恢復原先那種對埃及象形文字的強烈興趣。他望著書，腦子裡卻在想別的事。他想的不是妻子，而是最近發生在他公務上的一個複雜事件，這是他近來最關心的一件事。他覺得自己比以往更深刻地瞭解其中的複雜性，並在腦海中產生了一個並非聊以自慰的好主意，能弄清整起事件、提高他在官場上的地位、擊敗敵人，從而給國家帶來極大的利益。僕人剛把茶放好，走出房間，阿列克謝・亞歷山德羅維奇就站起來，走到寫字臺旁。他把公事包移到檯子中央，帶著隱約可見的滿意微笑從筆架上取下一枝鉛筆，開始埋頭閱讀他要求到手的複雜案卷——與當前的那件麻煩事有關。事情就是如此複雜。作為一個治國之才，阿列克謝・亞歷山德羅維奇有一個特點，這不僅是他所固有的、也是每個步步高升的官員所共有的，並和他的強烈功名心、穩健作風、正直態度以及自信心一起造就了他的功名：就是蔑視官樣文章、減少公文往來，盡可能地直接接觸現實事件，以節約開支。可是碰巧，那個著名的六月二日委員會提出了有關紮賴斯克省的土地灌溉工程問題，而阿列克謝・亞歷山德羅維奇轄下的部曾經手此事，是浪費財力和玩官樣文章的一個明顯例子。阿列克謝・亞歷山德羅維奇知道，這是事實。紮賴斯克省的灌溉工程是阿列克謝・亞歷山德羅維奇前任的前任創辦的。確實，這項工程已經花費了、而且還在花費大量錢財，然而卻毫無成效，整項工程顯然不會看見任何結果。阿列克謝・亞歷山德羅維奇一上任就瞭解到這點，並想插手這件事，只是最初他覺得自己的地位還不穩固，知道這樣做定會觸犯許多人的利益，是不明智的；後來他又忙於其他事務，乾脆把這件事給忘記了。這項工程和其他所有事情一樣按習慣自行發展（許多人靠這項工程為生，特別是一個很有道德的音樂之家。每一個女兒都會彈奏絃樂器。阿列克謝・亞歷山德羅維奇認識這個家庭，並為一個大女兒當過主婚人）。提出這問題是一個同他作對的部，阿列克謝・亞歷山德羅維奇認為對方居心不良，因為每個部裡都有類似的、或者更嚴重的問題，但是由於眾所周知的官場禮節，沒有人去揭露。現在既然有人向他挑戰，那他就勇敢地應戰，要求指派一個特別委員會，審查紮賴斯克省土地灌溉委員會的工作；同時他也不放過那些先生們。他要求再組織一個特別委員會，處理異族人的事務。處理異族人事務的問題是在六月二日委員會會議上、偶然被人提出來的，並得到阿列克謝・亞歷山德羅維奇的堅決支持，因為異族人的淒慘狀況亟待解決。會議上，幾個部為這件事爭吵起來。反對阿列克謝・亞歷山德羅維奇的那個部證明，異族人正處於蓬勃發展的狀況，提出改革將會破壞他們的繁榮，如果有什麼不好的地方，那只是由於阿列克謝・亞歷山德羅維奇所在的部沒有落實法律規定的措施。現在，阿列克謝・亞歷山德羅維奇打算提出如下的要求：第一，組建新的委員會，實地調查異族人的狀況；第二，如果異族人的境況確實像委員會所掌握的官方材料中所記載的，那麼，再任命一個新的學術委員會，從（一）政治上，（二）行政上，（三）經濟上，（四）人種學上，（五）物質上，（六）宗教上，調查異族人處於淒慘狀況的原因；第三，要求敵對的部報告近十年來、該部為了防止異族人陷入當前所處之不利狀況而採取了哪些措施；第四，最後，要求該部作出說明，為什麼按照送交委員會的一八六三年十二月五日的第一七〇一五號報告、和一八六四年六月七日的第一八三〇八號報告來看，它的活動完全違反……根本法與建制法……第十八條及第三十六條附款的精神。阿列克謝・亞歷山德羅維奇迅速記下這些想法的要點，臉上泛起興奮的紅暈。他寫滿了一張紙，站起來，拉了拉鈴，讓僕人把一張便條送給辦公室主任，要他去搜集一些他所需要的資料。他在房間裡踱來踱去，又望了望那張肖像，皺了皺眉頭，鄙夷地冷笑了一下。阿列克謝・亞歷山德羅維奇又讀了一會兒那本有關埃及象形文字的書，恢復了對這本書的興趣，到了十一點鐘他才上床睡覺。他躺在床上，想起了他與妻子之間發生的那件事，已經覺得事情完全不那麼令人沮喪了。

十五

儘管渥倫斯基說安娜的處境難以忍受、勸她向丈夫坦白一切，而安娜固執又惱火地反駁了他，可在她內心深處卻認為自己的處境很虛偽、不光明正大，她衷心希望改變這種處境。和丈夫一起從賽馬場回來時，她一時衝動把自己的一切都告訴了他；當時她雖然感到痛苦，但還是覺得一吐為快。丈夫離去之後，她對自己說，她心裡高興，現在一切都已明確，至少不會有虛偽和欺騙了。她覺得，毫無疑問，現在她的處境永遠明確了。這個新的處境也許很糟糕，但它很明確、不再有含糊和虛偽。她想，她說出這些話、給自己和丈夫帶來痛苦，但是現在一切都明確下來，這種痛苦也就因此得到了補償。就在當天晚上，她與渥倫斯基見了面，但是沒把自己和丈夫之間發生的事告訴他，雖然為了確定自己的處境，應該要這麼做。

第二天早上，她醒來以後首先想到的是她對丈夫說的那些話。她覺得這些話是那麼可怕，現在她無法明白，自己怎麼會說出那樣奇怪、刺耳的話來，無法想像這將會導致什麼樣的後果。但是話已出口，而且阿列克謝・亞歷山德羅維奇什麼也沒說就走了。「我見到渥倫斯基，沒有告訴他。他走的時候，我想叫住他、告訴他，但是我改變了主意，因為那會顯得奇怪：為什麼一開始我不告訴他呢？為什麼我想告訴他卻沒有告訴他呢？」一想到這個問題時，她臉上泛起熱辣辣的羞愧紅暈。她明白，是什麼原因使她沒有說；她明白，因為她感到羞愧。她昨天晚上還覺得很明朗的處境，現在突然變得不僅不明朗，而且令人絕望。她為以前從未考慮到的羞恥而感到害怕。她一想到丈夫將會採取什麼措施，心裡便十分恐懼。她想，管家馬上會把她趕出家門，她的恥辱將會傳遍全世界。她問自己，要是被趕出家門，她能去什麼地方？她沒有找到答案。

她想到渥倫斯基，彷彿覺得他不再愛她了，覺得他已經開始視她為累贅，她覺得自己不能獻身於他，對他產生了一種敵意。她彷彿覺得，她把對丈夫說的那些話、在她腦袋裡不停重複的那些話，已經告訴了所有的人，大家都聽到了。她不敢看一眼與她一起生活的家人。她不敢叫使女，更不敢下樓去看兒子和女家庭教師。

使女已經站在她門口聽了好久，便自己走進房間。安娜以詢問的目光望了望她的眼睛，害怕得漲紅了臉。使女請求安娜原諒，說她好像聽見有人拉鈴。她拿來了衣服和一張便條。便條是別特西寫來的。別特西提醒她，今天早上麗莎·梅爾卡洛娃和施托爾茨男爵夫人將帶著她們的崇拜者卡盧日斯基和斯特列莫夫老頭到她家去玩槌球。「您來看看吧，就算是來研究風俗。我等您，」她在結尾寫道。

安娜看了便條，沉重地歎了口氣。

「沒有什麼事，什麼也不需要，」她對正在整理梳粧檯上香水瓶和刷子的安努什卡說。「去吧，我馬上穿好衣服出來。沒什麼事，什麼也不需要。」

安努什卡走出去了，但是安娜沒有動手穿衣服，而是像原先那樣耷拉著腦袋，垂著雙手，有時全身打個哆嗦，彷彿想做個什麼動作、說句什麼話，然後又呆然不動了。她不停地念叨：「我的上帝！我的上帝！」但是無論「上帝」，還是「我的」對她都沒有任何意義。儘管她從未懷疑過把她教養大的宗教，但是她不會想到向宗教求援，就像不會向阿列克謝·亞歷山德羅維奇本人求援一樣。她知道，求援於宗教只能以拋棄構成她全部生活意義的東西為條件。她不僅感到痛苦，而且開始對一種新的、從未經歷過的精神狀態感到害怕。她覺得內心的一切都變得模糊不清，就像疲倦的眼睛有時看東西那樣。她有時不知道自己害怕什麼、希望什麼。她害怕和希望的是過去的事，還是將要發生的事？她到底希望什麼？她也不知道。

「唉，我在做什麼呀！」她自言自語，突然覺得兩邊太陽穴疼痛。等冷靜下來，她發現自己的雙手正抓住兩鬢的頭髮，緊按著。她跳起來，開始來回走動。

「咖啡準備好了，家庭教師和謝廖沙在等您。」安努什卡又走回來說，發現安娜還是原先的樣子。

「謝廖沙？謝廖沙怎麼啦？」安娜突然興奮起來，問道。整個早晨她第一次想起兒子。

「他好像闖禍了。」安努什卡帶著微笑回答。

「闖什麼禍？」

「您放在拐角房間裡的桃子，他好像偷偷吃了一個。」

一提到兒子，安娜突然從她所處的困境中解脫出來。她想起近幾年來自己所扮演的、一個為兒子而活的母親角色，儘管這個角色被大大地誇張了，但總是有真誠成分；她感到欣喜，她雖處困境，卻有一個不以她與丈夫和渥倫斯基的關係而動搖的支柱。就是兒子。她無論處在什麼境地，都不會撇下兒子不管。即使丈夫羞辱她、把她趕出家門，即使渥倫斯基對她冷淡，又去過他獨往獨來的生活（她又惱火、責怪地想到他），她都不能丟下兒子。她有自己的生活目的。為了保持自己與兒子的這種關係，為了不讓別人從她身邊搶走兒子，她必須採取行動。趁兒子還沒有從她身邊被搶走，她必須趕緊、盡快採取行動。必須帶著兒子離開，這就是她當前要做的事。她必須平靜下來，擺脫這痛苦的處境。想到與兒子直接有關的事、想到馬上就要和他一起到別的地方去，她的心平靜下來了。

她匆匆地穿好衣服，下了樓，邁著堅定的步子走進客廳，謝廖沙和家庭女教師和往常一樣正在那兒等她來喝咖啡。謝廖沙穿著一身白衣裳，站在鏡子下的桌邊，弓著背、低著頭，專心致志地在玩他拿來的花；他那副神態安娜很熟悉，跟他的父親一個樣。

家庭女教師的神情特別嚴肅。謝廖沙像往常一樣尖叫起來：「啊，媽媽！」接著就停住了，他猶豫不決：是放下花、趕上前去跟媽媽打招呼，還是把花環做好，拿著花去迎接媽媽。

家庭女教師向她道過早安以後，開始詳詳細細彙報謝廖沙的表現，但是安娜沒有聽她說話；她在考慮，要不要把她也帶走。「不，不能帶，」她打定主意，「我一個人帶著兒子走。」

「是的，這樣做很不好，」她抓住兒子的肩膀說，用並不嚴厲，而是膽怯的目光看了看兒子，這目光使兒子感到困惑和歡喜；接著，她又吻了一下兒子。「讓我來處置他吧，」她對驚奇不已的家庭女教師說，抓住兒子的手，在擺著咖啡的桌子旁邊坐下來。

「媽媽！我……我……沒有……」他說，極力想從她的表情中弄明白，為了那個桃子，等待著他的將是什麼。

「謝廖沙，」家庭女教師一走出房門，她就說，「這樣做不好，你以後不會再這樣做了吧？你愛我嗎？」

她感覺到，淚水湧上了眼眶。「難道我能不愛他嗎？」她對自己說，同時注視著他那又驚又喜的目光。「難道他會和他父親一起來譴責我嗎？難道他不同情我嗎？」眼淚已經順著臉頰淌下來，為了掩飾淚水，她猛地站起來，幾乎像跑步似的來到涼臺上。

下了幾天雷雨之後，天氣變得晴朗而寒冷。儘管從被雨水沖刷乾淨的樹葉之間灑下燦爛的陽光，室外還是挺冷的。

由於天氣寒冷和內心恐懼，她全身哆嗦了一下，在空氣清新的室外，這種寒冷和恐懼的感覺反而更加強烈。

「去，到瑪麗埃特那兒去，」她對跟在她身後出來的謝廖沙說，然後在涼臺的草毯上踱步。「難道他們不肯原諒我？難道他們不明白，這一切都是出於無奈嗎？」她問自己。

山楊樹的葉子已被雨水沖刷乾淨，在沒有熱力的陽光下閃閃發亮。她停下腳步，朝被風吹得搖曳不定的山楊樹梢看了一眼。她明白，他們不會原諒她，就像這天空、這綠樹一樣，現在一切事物和所有的人都將對她毫不留情。她重新感覺到，她內心的一切又開始變得模糊。「不要，不要想了，」她對自己說。「該準備了。去哪兒？什麼時候去？帶誰去？對，去莫斯科。坐晚上的火車。帶上安努什卡和謝廖沙，再帶些生活必需品。但先得寫信給他們兩人。」她疾步走進屋子，走進書房，坐到桌邊給丈夫寫信：

「自從事情發生以後，我無法再待在您的家裡。我要帶著兒子離開。我不懂法律，所以不知道兒子該跟父母的哪一方，但是我要帶上他，因為沒有他，我就活不下去。請您寬宏大量，把兒子留給我吧。」

她迅速而自然地寫到這兒，但是當寫到請求他寬宏大量——她不認為他會——考慮該用什麼感人的語言結束這封信時，她停住了筆。

「我不能說我的過錯和悔恨，因為……」

她又停下筆。她的思路亂了。「不，」她對自己說，「什麼也不用寫。」接著便把信撕掉，重新下筆，沒提到請他寬宏大量，就把信封了起來。

另外還要寫一封信給渥倫斯基。「我已向丈夫坦白了，」她寫道，然後久久地坐著，再也無法繼續寫下去。這樣太粗俗了，不像個女人。「我能再給他寫些什麼呢？」她問自己。她的臉上又泛起羞愧的紅暈，回想起他的鎮靜，她感到惱恨，於是她把寫了一句話的紙撕成碎片。「什麼也不必寫了，」她心想，然後收起信箋夾，上了樓，告訴家庭女教師和僕人們，今天她要去莫斯科，接著便開始收拾行李。

十六

掃院子的人、花匠和僕人在別墅的各個房間來回奔忙，往外搬行李，衣櫃和五斗櫥都被打開；僕人兩次跑到小鋪裡去買細繩；報紙亂扔在地板上。兩個箱子、幾個行李袋和捆在一起的毛毯已搬到了前廳。一輛四輪轎式馬車和兩輛出租馬車停在門口。安娜忙著整理行李，忘記了內心的不安，她站在自己書房的桌前整理旅行包，這時候安努什卡要她注意聽，有一輛車子正向這兒駛來。安娜朝窗外瞧了瞧，發現阿列克謝·亞歷山德羅維奇的信差站在門口拉門鈴。

「去看看有什麼事，」她兩手放在膝蓋上，在圈椅裡坐下，鎮定地說。她已做好應付一切的準備。僕人拿來阿列克謝·亞歷山德羅維奇親筆寫的一封厚厚的信。

「信差奉命要等候回音。」他說。

「好，」她說。等僕人一出去，她就用發抖的手指拆開了信。從裡面掉出一疊沒有折過的紙幣。她展開信，從結尾讀了起來。我會做好您回來的一切準備，我特別希望我的這個要求能夠實現，她飛快地往下讀，讀完了全信，然後又從頭到尾讀了一遍。她讀完信後，感到全身發冷，感到一場她料想不到的可怕災難降臨她的頭上。

早上，她為自己對丈夫所說的那番話感到後悔，真希望她沒有說過它們。現在收到的這封信倒是認為，她的那些話就等於沒有說過，這倒遂了她的心願。但是現在她覺得這封信比她能想像的任何事物都可怕。

「他是對的！他是對的！」她說。「當然，他永遠是對的，他是基督徒，他是寬宏大量的人！哼，他是個卑鄙下流的人！除了我，誰也不瞭解，今後也不會瞭解這一點，我又無法說明。大家說他是個篤信宗教、道德高尚、正直又聰明的人；可他們看不到我看到的東西。他們不知道，他八年來如何摧殘我的生命、摧殘我身上的活力，他從來也沒有想到我是一個需要愛的、活生生的女人。他們不知道，他處處傷害我，還自鳴得意。我不是努力過、盡全力去尋找自己生活的意義嗎？我不是試圖愛他、而當我無法愛丈夫的時候，我沒有盡力愛兒子嗎？但是隨著時間流逝，我明白，我不能夠再欺騙自己：我是一個活生生的人，我沒有罪，上帝把我造就成這麼一個人；我需要愛，需要生活。現在怎麼樣呢？讓上帝殺死我吧，或者殺死他吧，一切我都能忍受，我都可以原諒，但是不，他……

「我怎麼沒料到他會這樣做呢？他這樣做是出於他卑劣的本性。他將依舊是對的，我已經毀了，而他還要使我變得更悲慘、更下賤……」您自己一定會預料到您和您兒子前途將會如何，她回憶起他信中的話。「這是威脅，他要奪走兒子，根據他們愚蠢的法律，他大概可以這樣做。但是我會不知道他為什麼要說這些話嗎？他連我對兒子的愛也不相信，或者輕視（正如他嘲笑的那樣），輕視我的這種感情；可是他知道，我不會放棄兒子，也不可能放棄兒子，要是失去兒子，即使跟我所愛的人在一起，我也不能生活下去；他也知道，丟下兒子、棄他而去，我的行為就和最下賤、最卑鄙的女人一樣，他知道，而且知道我不會這麼做。」

我們的生活應該像先前那樣繼續下去，她想起信中的另一句話。「這種生活過去已經很痛苦，近來變得更可怕了。今後該怎麼辦呢？他知道一切，知道我不會因為要呼吸、要戀愛而後悔；他知道，除了謊言和欺騙，再也不會有什麼結果；但是他需要繼續折磨我。我瞭解他，我知道，他會如魚得水似的暢遊在虛偽之中。可是不行，我不能讓他得到這種享受，我要衝破他這張把我纏住的虛偽之網。該怎樣就怎樣吧，不論什麼都比虛偽和欺騙好。

「但是怎麼辦呢？我的上帝呀！我的上帝！什麼時候有過像我這麼不幸的女人？」

「不行，我一定要衝破，一定要衝破！」她忍住淚水，跳起來喊道。接著她走到寫字臺旁邊，想給他另寫一封信。但是她的內心深處感到，她什麼也無法衝破，她無法擺脫先前的處境，無論它有多麼虛偽、可恥。

她在寫字臺邊坐下來，但沒有動筆，而是把手擱在檯子上，腦袋伏在上面，哭了起來。她哽咽著，整個胸脯不停地起伏，像孩子哭似的。她哭是因為她希望自己的處境能明朗化、能確定下來的幻想永遠破滅了。她知道，往後一切都會像過去一樣，甚至比過去更糟糕。她感覺到，她在上流社會享有的、今天早上還認為無足輕重的地位對她來說卻很寶貴，她無法將它換成一個拋棄丈夫和兒子、與情人苟合的女人的可恥地位，無論她怎麼努力，都無法超越自我。她永遠感受不到戀愛的自由，永遠淪為一個有罪的妻子，生活在恐懼之中，時時害怕自己的罪行被揭露，永遠是一個為了和另一個無法與她共同生活的、不受約束的男人保持可恥關係而欺騙自己丈夫的妻子。她知道，事情只會是這樣，這實在太可怕了，她甚至不能想像這事會怎樣了結。她忍不住像個受罰的孩子那樣哭泣著。

僕人的腳步聲使她清醒過來，她不讓他看到自己的臉，假裝在寫信。

「信差在等回音。」僕人報告說。

「回音？對，」安娜說，「讓他等一會兒。我會打鈴的。」

「我能寫什麼呢？」她想。「我一個人能作出什麼決定呢？我知道什麼？我希望什麼？我愛什麼？」

她又一次覺得自己的內心變得模糊。她又一次被這種感覺嚇壞，便抓住她最先想到的那個、可能會把思緒從自己身上引開的行動藉口。「我得去看阿列克謝（她在心裡這麼稱呼渥倫斯基），只有他才能告訴我該怎麼做；我要去別特西家，也許能在那兒見到他，」她對自己說，完全忘了自己昨天還對他說過，不去特韋爾卡雅公爵夫人那兒，而他說，既是這樣，他也不去了。她走到寫字臺旁，給丈夫寫道：「您的來信我收到了。安。」接著她拉了一下鈴，把它交給僕人。

「我們不走了。」她對進來的安努什卡說。

「都不會離開了？」

「不，行李放到明天，別解開，讓馬車等著。我到公爵夫人那兒去。」

「給您拿哪件衣服來？」

十七

特韋爾卡雅公爵夫人邀請安娜來觀看的那場槌球賽，主角是兩位女士和他們的愛慕者。這兩位女士是彼得堡社交界一個新團體的主要代表，該團體仿效他人的辦法，起名為世界七大奇蹟。這兩位太太固然屬於上流社會，但是與安娜經常出入的團體是敵對的。此外，斯特列莫夫老頭、彼得堡權威人士之一、麗莎·梅爾卡洛娃的崇拜者，在官場上是阿列克謝·亞歷山德羅維奇的對手。考慮到所有這些原因，安娜本來不想去，而特韋爾卡雅公爵夫人擔心她會拒絕，便在條子上作了暗示。現在安娜希望見到渥倫斯基，倒想去她家了。

安娜比其他客人都早到特韋爾卡雅公爵夫人家。

她正要進去的時候，渥倫斯基那個落腮鬍梳理得整整齊齊、像個宮廷低級侍從的僕人也要往裡走。他在門口停住，脫下帽子，讓她先走。安娜認出了他，這時才想起，渥倫斯基昨天說過他不來。大概他是為這事派僕人送條子來的。

她在前廳脫外套的時候，聽到僕人講話連發捲舌音「P」也像宮廷低級侍從，他說：「伯爵給公爵夫人的。」接著把條子遞過去。

她想問，他家老爺在哪兒？她想回去，給他送一封信，讓他到她那兒去，或者她去找他。但是她什麼也做不成：通報她來到的鈴聲已經響過，而且公爵夫人的僕人已經側著身子，在敞開的門邊等候她進裡屋。

「公爵夫人在花園裡，馬上去通報。您想去花園嗎？」另一個僕人在另一個房間裡問。

安娜像在家裡一樣，仍處於一種心神不定、不知如何是好的精神狀態，甚至比在家裡更糟，因為她什麼也不能做，見不到渥倫斯基，卻必須留在這裡，留在與她的情緒不相投合的外人中間。不過，她穿著一套她知道很合身的衣服，而且她不孤獨，四周是她熟悉的、豪華的悠閒氛圍，她覺得比在家輕鬆一些，她不必考慮自己該怎麼做。一切順其自然。穿著一身雪白衣服、雅致得令安娜吃驚的別特西迎面朝她走來，安娜像往常一樣向她微微一笑。特韋爾卡雅公爵夫人和圖什克維奇及一位小姐——她的親戚一起走著，小姐能在有名望的公爵夫人家過夏天，使她在外省的父母感到非常榮幸。

大概是安娜的神色有些異樣，別特西一下子就察覺到了。

「昨天晚上我沒睡好，」安娜說，同時打量著正向她們迎面走來的僕人，她推測，僕人是來送渥倫斯基的字條的。

「您能來，我很高興，」別特西說。「我累了，趁他們還沒到，正想喝一杯茶。您去吧，」她轉身對圖什克維奇說，「您和瑪莎一起去試試槌球場，就是草已修剪過的那塊地。我們一邊喝茶、一邊談心；我們好好聊聊，[54]好不好？」她握著安娜拿傘的那隻手，微笑著對她說。

「好，特別是因為我不能在您這兒久留，我還得到弗列達小姐那兒去。我答應去看她已經有一百年了，」安娜說。撒謊原來與她的本性並不相容，但是在社交場合，撒謊不僅變得簡單自然，甚至還給她帶來快樂。

54 原文為英文。

她為什麼會說出一秒鐘前她還沒想到的這些話，她自己也無法解釋。她說這些只是因為想到渥倫斯基不來了，而她得保證自己的行動自由，無論如何得設法見到他。但是為什麼她提到的偏偏是老處女弗列達，這她無法解釋，因為她也可以去看望許多別的人，不一定要是這位老處女。不過她覺得，要見到渥倫斯基，除了這個巧妙的辦法外，再也想不出什麼更好的辦法了。

「不，我無論如何也不會放妳走的，」別特西注視著安娜的臉說。「說真的，要不是我喜歡您，我一定會很生氣。您好像擔心，我的朋友們會敗壞您的名譽。請把茶送到小客廳，」她像往常一樣，瞇著眼睛吩咐僕人說。她從僕人手中接過字條，看了起來。「阿列克謝對我們撒起謊來了，」她用法語說，「他字條上說他不能來，」她用很自然的口氣補充道，彷彿她從來也沒想到過，渥倫斯基對安娜來說，具有比槌球愛好者更重要的意義。

安娜心中明白，別特西什麼都知道，可是她聽別特西當她的面談論渥倫斯基時，自己常常會一時間相信，別特西什麼都不知情。

「哦！」安娜彷彿對這事不感興趣，冷冷地應了一聲，然後又面帶微笑說：「您的朋友怎麼會敗壞別人的名譽呢？」像對所有女人那樣，這種語言遊戲、這種掩飾祕密的做法，對安娜來說充滿很大的誘惑。吸引她的既不是其中的必要性，也不是裡頭的目的，而是過程本身。「我不可能比教皇對天主教更虔誠，」她說。「斯特列莫夫和麗莎・梅爾卡洛娃是社會的精英。再說，她們到處受歡迎，而我呢，」她把我這字說得特別重，「我從來也不是一個心胸狹隘、偏執的人。實在是沒有空呀。」

「不對，也許您是不想見到斯特列莫夫？即使他與阿列克謝・亞歷山德羅維奇在委員會裡彼此競爭，這也與我們無關。但是在社交界，他是我所知最和藹、可親的人，還是個槌球迷。您會看到的。他這麼大年紀還迷戀著麗莎，這種處境很可笑，您得看看他是怎樣應付這種可笑處境的！他很討人喜歡。薩福·施托爾茨您不認識吧？這是個新的——全新的典型人物。」

別特西說著這些，與此同時，安娜從她那快活、聰明的眼神中察覺，別特西多多少少有些瞭解她的處境，並且正在作什麼安排。這時她們是在小書房裡。

「我還是要寫封信給阿列克謝，」別特西坐在桌邊，在紙上寫了幾行字，把它裝進信封裡。「我寫信，讓他來吃午飯。我說，我這兒有一位太太留下吃午飯，缺少一位男伴。您看有沒有說服力？對不起，我出去一會兒。請您把信封好，派人送去，」她走到門口說，「我得做一些安排。」

安娜不假思索，拿著別特西的信坐到桌旁，看也不看就在底下加了幾句話：「我必須見到您。到弗列達家的花園來。我六點鐘在那兒等。」她封好信，別特西回來後，當著她的面把信交給了送信人。

僕人給她們送來的茶已放在涼快的小客廳的茶几上，兩個女人確實在客人們到來之前、像特韋爾卡雅公爵夫人所說的那樣談起心來。她們評論著尚未到達的客人，後來談到了麗莎·梅爾卡洛娃。

「她很可愛，我一直喜歡她。」安娜說。

「您應該喜歡她。她總是念叨您。昨天賽馬結束後她走到我跟前，為了沒見到您而感到非常掃興。她說，您是小說中真正的女主角，還說，要是她是個男人，肯定會為您做出許許多多蠢事。斯特列莫夫對她說，她是已經做了。」

「請您說說，我始終不明白，」安娜沉默了一會兒說，她的口氣清楚地表明，她要提的並不是無聊的問題，對她來說極為重要。「請您說說，她和那個被叫做米什卡的卡盧日斯基公爵，是什麼關係？我很少遇到他們。究竟是什麼關係？」

別特西的眼睛裡露出笑意，仔細地望了望安娜。

「新派作風，」她說，「他們全都選擇了這種作風。他們把包髮帽拋到磨坊外面。只是拋法各有不同。」

「是的，但是她和卡盧日斯基的關係究竟如何呢？」

別特西突然忍不住快活地笑起來，在她身上可難得一見。

「您這是侵犯了米亞赫卡雅公爵夫人的領域。簡直是小孩子提出的問題。」別特西顯然想忍住笑，但是忍不住，竟哈哈大笑起來，只有那些難得笑的人才會爆發出如此富有感染力的笑。「應該去問他們，」她含著笑出來的眼淚說。

「不，您笑吧，」安娜說著，不由得也笑起來，「我怎麼也弄不明白。我不明白丈夫的角色。」

「丈夫嗎？麗莎・梅爾卡洛娃的丈夫給她拿厚毛披肩、隨時聽她使喚。至於實際情況，誰也不想知道。您知道，在上流社會，大家從不談論梳妝打扮這類小事，甚至連想都不想。這事情也一樣。」

「您去參加羅蘭達基的慶祝晚會嗎？」安娜想改變話題，問道。

「不想去，」別特西回答，眼睛沒有望女友，開始小心翼翼地把芳香的茶水斟入小小的透明茶杯。她把茶杯移到安娜跟前，然後取出一支細菸捲，插進銀質菸嘴裡，點著菸抽起來。

「您知道，我的處境很幸福，」她端起茶杯，一本正經地說。「我瞭解您，也瞭解麗莎。麗莎很天真，像孩子似的不懂得好壞。至少她年輕時不懂事。現在她知道，不懂事很適合她。現在她也許故意裝出一副不懂事的樣子，」別特西露出一絲微妙的笑意說。「但這畢竟是適合她的。您知道，同一件事可以用悲觀的眼光看，為此弄得很痛苦，但也可以看得很隨便，甚至很樂觀。而您看事物可能太悲觀了。」

「我多麼希望像瞭解自己那樣，瞭解別人，」安娜認真地、若有所思地說。「我比別人壞，還是好？我想我比別人壞。」

「太孩子氣了，太孩子氣了，」別特西說了兩遍。「瞧，他們來了。」

十八

傳來了腳步聲和男人的說話聲，然後是女人的說笑聲；緊接著，等待中的客人們進來了。這是薩福・施托爾茨和一個叫瓦西卡的年輕人。瓦西卡身體健康、容光煥發，顯得很精力充沛。顯然是享用帶血的牛排、地菇和布林岡紅酒給他帶來的好處。瓦西卡向兩位太太鞠躬，朝她們望了一眼，不過很短促。他跟著薩福走進客廳，在客廳裡，他又彷彿黏在她身上似的跟著她走來走去，他那一雙炯炯發亮的眼睛一直盯著她，好像要把她吃掉似的。薩福・施托爾茨是個黑眼睛的金髮女人。她穿著一雙高跟鞋，邁著輕快的碎步走過來，像男人那樣有勁地握握太太們的手。

安娜還從未見過社交界這個新貴，並為她的美貌、過分的時髦打扮和大膽的舉止感到驚訝。她頭上柔軟的金髮（其中摻雜著假髮）梳成像鷹架一樣高高的一大堆，使她的頭看上去和高挺袒露的胸脯一樣大小。她的動作是那樣敏捷，每走一步，她的膝蓋和大腿輪廓就會從連衣裙下面顯露出來，使人不由得產生一個疑問：從背後看去，在撐得很大、晃動不定的裙子裡，她那上面如此袒露、而背部與下半身又掩蓋得如此嚴實的苗條身子，究竟到哪兒為止呢？

別特西急忙把她介紹給安娜。

「您要知道，我們差點兒壓死兩個士兵，」她眨著眼睛，馬上笑嘻嘻地說，同時往後拉了拉被她一下子弄得歪到一邊的裙裾。「我和瓦西卡一起坐車……哦，你們還不認識。」她說出他的姓，介紹了這個年輕人，隨後漲紅臉哈哈大笑起來，因為自己太冒失，竟當著陌生女人的面喊他瓦西卡。

瓦西卡又向安娜鞠了一躬，但是什麼話也沒有對她說。他告訴薩福：

「您輸了。我們到得早。付錢吧。」他微笑著說。

薩福笑得更開心了。

「現在不付。」她說。

「反正一樣，過後我會來取的。」

「好，好。哎呀！」她突然對女主人說，「我這人真行……竟忘了……我給您帶來一位客人。就是他。」

薩福帶來、又被她忘記的這位意外的年輕客人，可是個重要人物，雖然他還年輕，但兩位太太都起身歡迎他。

這是薩福的最新崇拜者。此刻他也像瓦西卡一樣，寸步不離地跟在她後面。

不久，卡盧日斯基公爵和麗莎·梅爾卡洛娃及斯特列莫夫也到了。麗莎·梅爾卡洛娃是個瘦削的黑髮女人，長著一張東方人無精打采的臉和一雙美麗的、如眾人所說難以捉摸的眼睛。她那身深色衣服的風格（安娜立刻發現了這點，並且十分欣賞）與她的美貌完全相稱。麗莎柔弱和嬌慣的程度，與薩福的強硬與瀟灑程度一個樣。

但是從安娜的審美觀點看，麗莎要動人得多。剛才別特西對安娜說，她裝成一副不懂事的小孩模樣，但是當安娜看到她，她覺得，情況並非如此。她確實不懂事、被嬌慣壞了，但卻是一個可愛、馴服的女人。確實，她的風度與薩福相同；她跟薩福一樣，也有兩個崇拜者，一個是年輕人，另一個是老頭，他們跟著她，寸步不離，並且貪婪地盯著她；但是她身上有一種超出她周圍人們的東西、有種金剛石在玻璃器具中閃出的光輝。這光輝來自她那雙美麗的、確實是難以捉摸的眼睛。那雙眼圈發黑的眼睛裡流露出來，慵倦而又熱情的目光，以其一片真誠使人動心。看到這雙眼睛，誰都會覺得自己瞭解她的一切；瞭解了她，就不能不愛她。麗莎一看到安娜，臉上突然現出喜悅的笑容。

「啊，見到您真高興！」她走到安娜面前說。「昨天在賽馬場，我正準備去看您，您卻走了。昨天我特別想見到您。那光景太可怕了，是不是？」她用彷彿把整個心靈都袒露無遺的目光望著安娜說。

「是的，我怎麼也沒想到，這會那樣地使人激動。」安娜紅著臉說。

這時，大家站起身來，準備到花園去。

「我不去，」麗莎微笑著說，挨著安娜坐下。「您也不去吧？玩槌球有什麼意思！」

「不，我喜歡。」安娜說。

「您怎麼會不覺得無聊呢？看看您，總是挺快樂的，您自由自在地生活，而我感到無聊。」

「您怎麼會感到無聊呢？你們是彼得堡最快樂的人。」安娜說。

「也許，除了我們這個圈子裡的人以外，還有人比我們感到更無聊；但是我們，準確地說是我，並不快樂；我感到無聊得很，無聊極了。」

薩福點起一根菸，然後跟兩個年輕人一起到花園裡去了。別特西和斯特列莫夫留下來喝茶。

「怎麼，您感到無聊？」別特西說。「薩福說，昨天他們在您那兒很快活。」

「唉，一切都叫人生厭！」麗莎・梅爾卡洛娃說。「賽馬結束後，大家都到我家去了。還是那些人，還是那些人！還是老一套。整個晚上大家都閒躺在沙發上。有什麼快樂可言？那麼，您怎麼做才會不覺得無聊呢？」她又問安娜。「只要看您一眼，就會看出，眼前這個女人可能是幸福的女人，也可能不幸，但她不會感到無聊。教教我，您是怎麼辦到的？」

「我什麼也沒做。」安娜回答。她被這些問題糾纏得臉都紅了。

「這就是最好的方法。」斯特列莫夫插嘴說。

斯特列莫夫約莫五十歲左右，頭髮斑白，人還精神，長得很醜，但他的臉卻顯得聰明、有特色。麗莎·梅爾卡洛娃是他妻子的侄女，他一有空就跟她待在一起。他在官場上是阿列克謝·亞歷山德羅維奇的對頭，只是遇到安娜·卡列尼娜，這個上流社會的聰明人便極力對她——自己對頭的妻子——獻殷勤。

「『什麼也不做，』」他含蓄地微微一笑，「這是最好的方法。我早就對您說過，」他轉向麗莎·梅爾卡洛娃，「為了不感到無聊，就不要去想您可能會感到無聊。這好比你怕失眠，就不應該擔心你會睡不著。這正是安娜·阿爾卡季耶夫娜對您說的意思。」

「我要是說過這些話，我倒是太高興了，因為這些話不僅說得聰明，而且很正確。」

「不，您說說，為什麼會睡不著？為什麼不能不感到無聊呢？」

「為了能睡著，就必須工作，為了能快活，也必須工作。」

「如果我的工作對誰都沒有用處，為什麼還要工作？我不會也不想裝模作樣。」

「您無可救藥。」斯特列莫夫眼睛沒有望她，說道，然後又對安娜開口。

他很少遇到安娜，除了些平常的應酬話以外，對她也說不出什麼。但是他說這些平常的話，比如她何時去彼得堡、利季雅·伊萬諾夫娜伯爵夫人多麼喜歡她等等，卻都帶著那麼一種表情，使人覺得他一心一意想討好她、想對她表示尊敬，甚至還不只是尊敬。

圖什克維奇走進來說，大家都在等他們去打槌球。

「不，請不要走。」麗莎·梅爾卡洛娃知道安娜要走，便請求道。斯特列莫夫也幫著她說話。

「跟我們這些人在一起，過後再到弗列達那兒去，」他說道，「那感覺就截然不同。何況您會給予她誹謗的機會，而您在這裡只會使人產生最美好的、與誹謗完全相反的感情。」他對她說。

安娜猶豫不決地思索了一會兒。這個聰明人的恭維話、麗莎·梅爾卡洛娃對她表露孩子般天真的好感，以及這種她熟悉的上流社會氛圍，這一切都使她感到輕鬆，而等待她的事卻是那麼艱難，所以她一時間拿不定主意：要不要留下來？是不是把向渥倫斯基解釋的艱難時刻再推遲一會兒？但是一想到，如果她不作出決定、獨自一人回到家，等待她的將是什麼；一想到她雙手揪住頭髮、那種她想起來就覺得可怕的模樣，她便告別大夥兒，離開了。

十九

儘管從表面上看，渥倫斯基過著輕浮的上流社會生活，他卻是個痛恨辦事雜亂無章的人。當他還年輕，在中等武備學校讀書時，一次因手頭拮据，向人借錢而遭到拒絕；自從遭受這次屈辱以後，他再也沒有使自己陷入這種窘境。

為了使自己的事情進行得有條有理，他審時度勢，或多或少，每年約有五次，獨自一人待在屋裡，清理自己的一切事務。他稱這叫結算，或者清理。

賽馬後的第二天，渥倫斯基很晚才醒來。他沒有刮臉，也沒有洗澡，穿上制服上衣，接著把錢、帳單、信件放在桌上，開始工作。彼得里茨基知道，在這種情況下渥倫斯基很容易發火，因此他醒來後，看到同伴坐在寫字臺邊，便悄悄地穿上衣服，沒有打擾他，就走了出去。

任何人遇到複雜、麻煩的私事，都不由得認為，這些事情的複雜性以及處理它們的艱難程度，只是他個人偶然碰到的特殊情況，怎麼也不會想到其他人同樣會像他那樣，被自己的這些麻煩私事所包圍。渥倫斯基就是這樣想的。他的內心不無自豪感，並且也非毫無理由地認為，任何別人要是處在這種困難的境地，早就亂了套，而且會被迫做出一些不好的事情來。渥倫斯基感到，為了避免失度，現在正需要把自己的經濟情況清查一下、弄個明白。

渥倫斯基首先著手處理的是件最容易的事，即金錢問題。他用自己那細小的筆跡在一張信紙上記下了所有他應償還的債務，合計下來，發現他應償還的有一萬七千多盧布；為了計算方便，他把幾百盧布的零頭去掉。他計算了一下現金和銀行存款，發現只剩下一千八百盧布，而新年前預計不會有收入了。渥倫斯基重新看了一遍債務清單，把欠債分成三類記下來。第一類是必須馬上償還的，或者至少必須準備好現款，以便債主上門時能立即清償。這些債款約有四千盧布：買馬的一千五百盧布、為年輕同事維涅夫斯基作保金的兩千五百盧布：維涅夫斯基當著渥倫斯基的面輸給一個騙子的——當時渥倫斯基就想把錢付掉（他那時身上有錢），但維涅夫斯基和亞什溫堅持他們以後自己付，不讓沒賭錢的渥倫斯基承擔。這樣固然好，然而渥倫斯基知道，雖說他與這件事的關係只有為維涅夫斯基作了口頭擔保，但他必須備有兩千五百盧布，以便擲給那個騙子，今後不再與之有任何瓜葛。這樣，為了這最重要的第一類，他就得有四千盧布。第二類是比較次要的債務，計有八千盧布。這些債款大多是欠賽馬場馬房、燕麥和乾草供應商、英國馴馬師、馬具匠等等的。這些債款中也必須先付大約兩千盧布，才能完全安下心來。最後一類債款是欠商店、旅館和裁縫的，這倒用不著考慮。這樣，當前至少得有六千盧布開銷，而他只有一千八百盧布。對渥倫斯基、一個被人們斷定每年有十萬盧布收入的人來說，償還這些債務看來並不困難，問題在於他的收入遠沒有十萬。父親的大筆遺產，單這一項每年就有二十萬的收入，但兄弟之間並未分割。他的哥哥和沒有財產的十二月黨人之女瓦里雅・奇爾科娃公爵小姐結了婚，欠下一大堆債，阿列克謝當時便把父親領地的全部收入都讓給了哥哥，自己每年只拿兩萬五千盧布。那時阿列克謝對哥哥說，在他結婚前這些錢對他就夠了，而他大概永遠也不會結婚。他的哥哥正在指揮一個最奢華的團隊，又剛剛結婚，不得不接受這份禮物。母親也有一份產業，除了上面提到的兩萬五千盧布，她每年另外給阿列克謝約兩萬盧布，而阿列克謝把這些錢全都花光了。最近，母親因為他的戀愛關係和離開莫斯科兩件事與他發生爭執，不再寄錢給他。

渥倫斯基過慣每年開銷四萬五千盧布的生活，而今年他的收入只有兩萬五千盧布，因此現在他的生活便陷入困境。他不能靠向母親要錢來解決。昨天他收到母親的一封來信，特別使他惱火；信中暗示，她願意幫助他，使他在社交界和事業上獲得成功，但不願幫助他過使上流社會難堪的生活。母親想要收買他的這種企圖使他的內心受到極大的傷害，他對她更加冷淡了。然而，他又不能背棄已經出口的慷慨諾言，雖然他現在模模糊糊地預見到，自己與卡列尼娜的關係會發生一些意想不到的情況，覺得這個慷慨的諾言說得太輕率，他這個沒有結婚的人也可能需要十萬盧布的收入。但是背棄諾言是不可能的。他只要想到嫂子，想到那個可親可愛的瓦里雅一遇到合適的機會就對他說，她牢記他的慷慨、珍視這種情誼，他就明白不可能收回那份饋贈。這就跟毆打女人、偷竊和撒謊一樣不可能。只能採取、也必須採取一個辦法，渥倫斯基對此毫不猶豫拿定了主意：向高利貸者借一萬盧布。這不難做到，同時減少自己一般的開支，並賣掉幾匹跑馬。他決定後，立刻寫了一張字條給多次派人來要跟他買馬的羅蘭達基。然後，他又派人去請英國馴馬師和高利貸者，接著按帳單分配好他身邊所有的現錢。辦完這些事以後，他給母親寫了一封語氣冷淡、尖刻的回信。接著，他從錢夾裡取出安娜寫來的三張字條，讀了一遍就燒掉了。他回想起昨天和她的談話，又陷入沉思。

二十

渥倫斯基的生活特別幸福，這是因為他有自己的一套準則，非常明確地規定了什麼事應該做、什麼事不應該做。這套準則所涉及的範圍很小，卻不容置疑，渥倫斯基從來也沒有越出過此一範圍，一直都是毫不猶豫地做他該做的事。它們非常明確地規定：必須付清賭棍的賭債，而裁縫的工錢可以不付；不能對男人撒謊，但對女人可以；不能欺騙任何人，但可以欺騙丈夫；不能原諒別人的侮辱，但可以侮辱別人，諸如此類。這些準則也許並不合理、不正確，可是不容懷疑。渥倫斯基在遵守這些準則的時候感到心安理得，而且可以昂首挺胸。只是到了最近，由於自己與安娜的關係，渥倫斯基才開始感到自己的準則並不適用所有事情，而且將來還會出現困難和疑惑；他找不到擺脫這些困難和疑惑的指南。

現在他覺得，他與安娜、與她丈夫的關係簡單而又明確。在他遵守的一套準則裡，清楚明確地規定了這種關係。

她是一個正派的女人，向他獻出了自己的愛情，他也愛她，所以他認為她應該得到與合法妻子一樣或者更多的尊敬。他寧願砍斷自己的一隻手，也不允許自己用語言和暗示去侮辱她，甚至不允許自己不向她表達一種只有女人才能指望得到的尊敬。

他對社交界的態度也很明確。這件事大家可能知道，也可能猜想到，但是誰也不應該把它說出口。否則，他會讓那個多嘴的人閉上嘴，要他尊重他所愛的女人不復存在的名譽。

他對她丈夫的態度更是明確不過。自從安娜愛上渥倫斯基以來，渥倫斯基便認為不能與別人分享自己對她的權利。她的丈夫只是一個多餘、礙事的人。毫無疑問，他的處境挺可憐，但是有什麼辦法呢？她丈夫只有一個權利，那就是拿起武器、要求決鬥，而對此渥倫斯基從一開始就有準備。

但是近來，他和她之間出現了一種新的內在關係，其不明確性使渥倫斯基感到害怕。直到昨天她才告訴他，她懷孕了。他覺得這個消息和她對他的期望，在要求他採取某種超越自己在生活中遵守的那套準則的行動。他確實感到措手不及，在她把自己懷孕的事告訴他的最初一刻，他的心暗示他，要求她離開丈夫。他說過這話，但現在仔細想想，清楚地意識到，最好是避免這樣做；同時，當他對自己這麼說的時候，心裡又覺得害怕——這麼做是否不好？

「如果說我讓她離開丈夫，那就意味著要與我結合。我對這事有沒有準備？現在我身上沒有錢，叫我怎麼把她帶走呢？即使我能設法安排……但是我在服軍役期間，怎麼能把她帶走？既然我說了這話，那麼應該對這事有所準備，也就是籌款、退伍。」

他又沉思起來。退伍與否的問題把他引到另一種幾乎是主要的、深藏在心裡的、隱蔽得只有他本人知道的他的生活趣味上。

早從青少年時代開始，他就渴望取得功名。這種渴望他自己並不承認，但卻是那樣強烈，因此在今日與他的愛情有了衝突。他踏進社交界和軍界的最初幾步很成功，不過兩年前他犯了一個不應該犯的錯：他想顯示自己獨立不羈的性格和自己的進取心，拒絕了人家提供給他的一個職位，以為這樣會提高他的身價——結果卻顯得他太放肆了，從此他就被擱在一邊。他只得裝出一副獨立不羈的模樣，表現得非常機靈和聰明，好像他不生任何人的氣、不覺受到任何委屈，而只希望別人不要打擾他，讓他就這樣安安靜靜、快快活活。實際上，去年他去過莫斯科以後，就不再這樣想了。他覺得一個本來可以有所作為、但又無所求之人的這種獨立不羈狀態已經不惹人注目，許多人開始認為，他什麼事也做不了，只是個誠實、善良的年輕人罷了。他與卡列尼娜的關係引起轟動，社會上議論紛紛，這倒給他增添了新的光彩，使那折磨他心靈的功名心暫時平息下來，但是一星期前，它又以新的力量活躍起來。他幼年時代的夥伴、與他同屬一社會圈子、中等武備學校同屆畢業，在課業、操練、胡鬧和熱中功名方面與他不相上下的謝爾普霍夫斯科伊，日前從中亞細亞回來，在那裡連升兩級，取得了年輕將官難以得到的獎章。

他一到彼得堡，人們就把他當作正在升起的一顆頭等明星談論著。和渥倫斯基同年、又是同學的他已是一名將軍，等待著他的是一個能夠影響政局的任命，而渥倫斯基儘管獨立不羈、十分出色，並且得到了絕色女人的愛情，但他只是一個自由自在的騎兵大尉。「當然，我不嫉妒、也不會嫉妒謝爾普霍夫斯科伊，但是他的飛黃騰達卻告訴我，只要等待時機，像我這樣的人也能很快得到升遷。三年前他的地位和我一樣。我如果退伍，就會斷送前途。如果留在軍界，那就什麼也不會喪失。她自己對我說過，她不想改變現狀。而我擁有她的愛情，就不能羨慕謝爾普霍夫斯科伊。」接著，他慢慢地捻著鬍子，從桌旁站起來，在房間裡踱來踱去。他的兩眼閃爍著特別明亮的光輝，他覺得自己情緒穩定、心情平靜而愉快，每當他明確了自己的處境之後都會出現這種心理狀況。就跟以前每次清理帳目之後一樣，一切都是那麼清楚、明白。他刮了鬍子、洗了個冷水澡、穿上衣服，出門去了。

二十一

「我來接你。今天你清理了好長時間，」彼得里茨基說。「怎麼，結束了嗎？」

「結束了，」渥倫斯基回答說，眼睛裡露出笑意。他小心翼翼地捻著鬍尖，彷彿在事務被他安排得井然有序之後，一切粗魯和急切的舉動都會擾亂秩序。

「你每次安排好這種事務之後，就像洗了個澡似的，」彼得里茨基說，「我從格里茨基（他們那樣稱呼團長）那兒來，大家都在等你。」

渥倫斯基沒有作聲，眼睛望著同伴，心裡卻在想別的事。

「噢，這是從他那兒傳來的音樂嗎？」他問，傾聽著傳入他耳裡那些熟悉的低音號聲，波爾卡舞曲和華爾滋舞曲。「有什麼喜事啊？」

「謝爾普霍夫斯科伊來了。」

「啊！」渥倫斯基說，「我還不知道呢。」

他眼睛裡閃現出更明亮的笑意。

他既然已經決定，既然愛情給了他幸福，為了愛情，他情願放棄功名，至少他決心這樣做。渥倫斯基不會嫉妒謝爾普霍夫斯科伊，也不會因為他回到團裡、不先來看自己就感到氣惱。謝爾普霍夫斯科伊是他的好友，渥倫斯基很高興他回來了。

「啊，我很高興。」

團長傑明占用了地主的一座大房子。所有的來客都聚在樓下寬敞的涼臺上。院子裡，首先映入渥倫斯基眼簾的是一些身穿制服、站在酒桶旁邊的歌手，以及身體健壯、興高采烈、被軍官簇擁著的團長；團長走到涼臺的第一級臺階上，對站在一旁的士兵們揮動著手，在吩咐什麼，聲音大得蓋過了正在演奏的奧芬巴赫[55]的卡德里爾舞曲。幾名士兵、一名騎兵司務長和幾個軍士與渥倫斯基一起走到涼臺旁。團長回到桌邊，拿了杯酒，又走到臺階上，舉杯祝酒道：「為我們的老朋友、勇敢的將軍謝爾普霍夫斯科伊公爵的健康乾杯。烏拉！」

繼團長之後，謝爾普霍夫斯科伊手裡端著酒杯，微笑著走出來。

「你愈來愈年輕了，邦達連科。」他對站在自己正對面、兩頰紅潤的司務長說，司務長雖然在服第二期兵役，但仍是那麼英姿勃勃。

渥倫斯基有三年沒有看見謝爾普霍夫斯科伊了。謝爾普霍夫斯科伊留著連鬢鬍，顯得老成，但風采依舊；他的相貌和身材與其說是英武動人，不如說是溫柔而高貴。渥倫斯基發現他身上唯一的變化是他臉上始終煥發出一種沉靜的容光，常見於那些獲得成功並確信博得眾人讚揚的人。渥倫斯基熟悉這種容光，所以立刻在謝爾普霍夫斯科伊的臉上察覺到了。

謝爾普霍夫斯科伊走下臺階，看到了渥倫斯基。喜悅的微笑使謝爾普霍夫斯科伊容光煥發。他抬抬頭，舉杯向渥倫斯基打招呼，並且用這一動作表示他不能不先去應酬一下已經挺直身子、噘著嘴唇等待親吻的司務長。

「瞧，他來了！」團長喊道。「亞什溫告訴我說，你心情不好。」

謝爾普霍夫斯科伊吻了一下英姿勃勃的司務長濕潤、鮮紅的嘴唇，用手帕擦了擦嘴，然後走到渥倫斯基跟前。

「嘿，我多高興啊！」他說，同時握著他的手，把他拉到一邊。

「您招待他一下！」團長指著渥倫斯基對亞什溫大聲說，然後下了臺階朝士兵們走去。

「你昨天為什麼沒去賽馬場？我以為在那裡可以見到你。」渥倫斯基打量著謝爾普霍夫斯科伊說。

「我去了，但遲到了。真抱歉，」他補充了一句，並轉身對副官說，「請吩咐以我的名義分發給大家。」說完，他急忙從錢包裡取出三張一百盧布的紙幣，臉微微紅了一下。

「渥倫斯基！吃點什麼還是喝點什麼？」亞什溫問。「喂，拿點東西來給伯爵吃！現在就喝這個吧。」

團長家的酒宴持續了很長時間。

大家喝了許多酒。謝爾普霍夫斯科伊好幾次被抬起來，往上拋。團長也被抬起來，往上拋。接著，團長親自和彼得里茨基在歌手們面前跳起了舞。後來團長有點累了，坐在院子裡的長凳上，開始向亞什溫證明俄羅斯比普魯士優越，特別是在騎兵進攻方面，於是，歡鬧暫停片刻。謝爾普霍夫斯科伊走進屋子，去盥洗室洗手，在那裡遇到渥倫斯基。渥倫斯基在用水沖頭。他脫下了制服，把毛茸茸、紅通通的脖子伸到打開的水龍頭下面，用手擦著脖子和頭。洗完後，渥倫斯基就在謝爾普霍夫斯科伊旁邊坐下來。他倆坐在長沙發上，開始彼此都很感興趣的談話。

「我經常從妻子那兒聽說你的情況，」謝爾普霍夫斯科伊說，「我很高興，你們能經常見到面。」

55 奧芬巴赫（一八一九—一八八〇），法國作曲家。

「她和瓦里雅很要好；她們是我在彼得堡最樂於看到的、僅有的兩位婦女，」渥倫斯基微笑著回答。他笑是因為他已經預料到，他們將要談到他喜歡的這個話題。

「僅有的？」謝爾普霍夫斯科伊微笑著反問。

「是的，我也瞭解你的情況，但不單單是透過你的妻子，」渥倫斯基說，臉上露出嚴肅的表情，以此來制止對方的暗示。「我為你的成就開心，但是一點也不感到驚奇。我原希望你得到更大的成就呢。」

謝爾普霍夫斯科伊微微一笑。顯然他很高興聽到對自己的這種評價，而且認為沒有必要掩飾這種心情。

「我呢，正相反，說老實話，我的期望沒這麼高。但是我很高興，很高興。我貪圖功名，這是我的弱點，這個我承認。」

「你如果沒有獲得成就，也許就不會承認了。」渥倫斯基說。

「不一定，」謝爾普霍夫斯科伊又微笑著說。「我不是說，沒有成就就活不下去，但是會感到無聊。當然，也許我錯了，但是我覺得我對自己選擇的工作還是有點才能的，而且任何權力到了我手裡，總比落在許多我所認識的人的手裡好些，」謝爾普霍夫斯科伊因意識到自己的成就而喜氣洋洋。「所以我愈有權，就愈覺得高興。」

「也許你是這樣，但不見得所有的人都是如此。我過去也這麼想過，現在卻認為，不值得光為這個活著。」渥倫斯基說。

「正是這話！正是這話！」謝爾普霍夫斯科伊笑了起來。「我開頭就說過，我聽到你的情況、聽到你的拒絕……當然，我贊許你的行為。但是做任何事都要有一定的方式。我認為，你的行為本身是好的，但不該採取那樣的方式。」

「做過的事就算了，你也知道，我從來不後悔自己的決定。再說，我現在的狀況也很好。」

「很好，那是暫時的。你不會就此滿足。我對你哥哥不會這麼說。他是個可愛的小子，就像我們這位主人一樣。瞧，他來了！」他傾聽著「烏拉」的喊叫聲，補充說，「他總是快快活活，而你是不會就此滿足的。」

「我沒有說，我就此滿足了。」

「不僅如此。我們需要像你這樣的人。」

「誰？」

「誰？社會。俄羅斯需要人才，需要一個政黨，否則，一切都會陷於混亂之中。」

「你這是什麼意思？是指反對俄國共產黨的別爾捷涅夫政黨嗎？」

「不，」謝爾普霍夫斯科伊因別人猜疑他有這種愚蠢的想法而惱火，皺起眉頭說。「這一切都是胡扯。這種胡扯永遠存在。根本就沒有什麼共產黨人。但是耍陰謀的人必須捏造一個有害、危險的政黨。這是慣用的伎倆。不，需要一個像你我這樣獨立自主的人組成的執政黨。」

「這是為什麼呢？」渥倫斯基說出了幾位當權者的名字，「為什麼他們不算獨立的人呢？」

「只是因為他們沒有、或者生來就沒有獨立自主的財產，沒有高貴的門第，也不像我們這樣天生就親近太陽。他們會被金錢或者恩惠收買。他們為了維持自己的地位，必須想出一套方針。他們提出某一種想法，某種連他們自己也不相信的、有害的方針；而這種方針不過是一種獲取官邸和薪俸的手段。你瞧一眼他們手中的牌，這一切並不那麼巧妙。也許，我不如他們、比他們愚蠢，儘管我不明白，我為什麼會不如他們；但是我無疑有一種很重要的優越性，那就是，我們不容易被收買。而現在比任何時候都需要這樣的人。」

渥倫斯基聽得很專心，但是使他感興趣的，與其說是謝爾普霍夫斯科伊講的內容，倒不如說是他對事業的態度。謝爾普霍夫斯科伊已經在考慮同當權者競技，並具有愛恨分明的立場，可是他渥倫斯基在公務上只關心騎兵連。渥倫斯基也明白，謝爾普霍夫斯科伊是憑著他不容置疑的思考和理解事物的能力，憑著在他渥倫斯基生活的那個環境中難得遇到的出眾智慧和口才，才成為一個強者。不管這多麼使他汗顏，他不能不嫉妒謝爾普霍夫斯科伊。

「在這方面我畢竟缺乏一種主要的特質，」他回答，「就是對權力的渴望。過去曾有過，但現在已經沒有了。」

「對不起，這不是實情。」謝爾普霍夫斯科伊微笑著說。

「不，是實情，實情！……現在是這樣，」渥倫斯基為了表示自己的真誠，補充道。

「對，現在是實情，這是另一碼事，但是這是現在，而非永遠。」

「也許吧。」渥倫斯基回答。

「你說，也許，」謝爾普霍夫斯科伊彷彿猜透他的心思，繼續說，「可我對你說，一定。正因為如此，我才想到來看望你。你的行為很正當。這點我明白，但你不應該執拗。我只向你要求行動自由。我並非要保護你……不過我為什麼不能呢？你保護我多少次啦！我希望，我們的友誼高於這一切。是的，」他像女人那樣溫柔地對渥倫斯基微笑道。「給我行動自由，離開你的團；我會提拔你，不讓別人察覺。」

「但是，你要明白，我什麼也不需要，」渥倫斯基說，「只願一切照舊。」

謝爾普霍夫斯科伊站起來，面對著他。

「你說，只願一切照舊。我明白這是什麼意思。不過聽我說：我們年紀相同，也許你認識的女人比我多，」謝爾普霍夫斯科伊的微笑和姿勢表示，渥倫斯基不必擔心，他會細心、謹慎地觸到他的痛處。「但我是個結過婚的人。相信我吧，只要瞭解你所愛的妻子（正如某本書中寫的那樣），你就會比認識幾千個女人更瞭解女人。」

「我們馬上就來！」渥倫斯基對那個朝房間裡張望、招呼他們到團長那兒去的軍官說。

渥倫斯基此刻很想繼續聽下去，瞭解謝爾普霍夫斯科伊還要說什麼。

「這就是我要給你的意見。女人──這是男人事業上的主要障礙。愛上一個女人，同時又要闖出一番事業，這是很困難的。要安心地愛一個女人而又不受干擾，只有一個辦法，那就是結婚。怎麼，怎麼向你表達我的想法呢？」喜歡打比方的謝爾普霍夫斯科伊說，「等等，等等！對了，就像拖著重物，還要騰出雙手做事，只有把重物綁在背上才行，這就是結婚。我結婚後就有這種感覺。我的手突然騰出來了。但是不結婚，拖著這個重物，兩隻手就騰不出來，你就什麼事也幹不了。你看看馬贊科夫、克魯波夫吧。他們都是因為女人而斷送了自己的前程。」

「那算什麼女人啊！」渥倫斯基想起跟那兩個人有不正當關係的法國女人和女演員。

「女人在上流社會的地位愈牢固，事情就愈糟糕。這已經不像用手去拖重物，而是把它從別人那兒奪過來。」

「你從來沒有戀愛過，」渥倫斯基望著前方，心裡想著安娜，輕聲說道。

「也許吧。但是你要記住我告訴你的話。還有，女人比男人們更重視物質。我們男人把愛情看得很高尚，而她們卻是一直講究實際。」

「立刻就來，立刻就來！」他對進來的僕人說。然而僕人不是像他所想的那樣又來請他們。僕人遞給渥倫斯基一封信。

「有人給您送來特韋爾卡雅公爵夫人的信。」

渥倫斯基拆開信，臉一下子紅了。

「我頭痛，得回家了。」他對謝爾普霍夫斯科伊說。

「好，那麼，再見了。你給我行動自由？」

「我們以後再談吧。到彼得堡我會去找你的。」

二十二

已經是五點多了，為了及時趕到，同時不用眾人都認得的自己的馬，渥倫斯基坐上亞什溫的出租馬車，吩咐盡可能讓馬跑得快些。這輛老式、有四個座位的出租馬車很寬敞。他坐在角落裡，把腳伸在前面座位上，陷入了沉思。

他模模糊糊地意識到他的事務已經處理好，模模糊糊地回憶起誇獎他是有用之材的謝爾普霍夫斯科伊的友誼和奉承，更主要的是對眼前約會的期待，所有這一切融合成一個感覺：人生是歡樂的。這種感覺是如此強烈，使他不由得微笑起來。他放下兩條腿，把一條腿擱在另一條腿的膝蓋上，用手抱住，撫摸著昨天從馬上跌下碰傷的、有彈性的小腿肚，然後把身子往後靠，深深地舒了幾口氣。

「好，很好！」他對自己說。他過去經常對自己的身體有種滿意的感覺，但是從來沒有像現在這樣喜愛自己，喜愛自己的身體。他那強有力的小腿上輕微的疼痛使他覺得愉快，他呼吸時胸部肌肉的抽動也給他一種快感。那晴朗、略有涼意的八月天令安娜陷入絕望，卻激起他的生命活力，使他被冷水洗得發熱的臉和脖子也感到爽快。在這清新的空氣中，他的小鬍子散發出來的潤髮膏香氣聞起來特別舒服。他看到馬車車窗外的一切，在稍涼的清新空氣中的一切，在夕陽淡淡的霞光裡，也像他本人那樣，是那麼清新、快樂，那麼強勁有力。在落日餘暉下閃爍的房頂，圍牆和屋角清晰的輪廓，偶爾遇到的行人和輕便馬車的影子，靜止不動的碧綠的樹木和草地，壟溝整齊的馬鈴薯地和房屋、樹叢以及馬鈴薯壟溝投下的斜影，都是這樣。一切都是那樣的美，就像一幅剛剛畫完、上了漆的美麗風景畫。

「快點，快點！」他從窗口探出頭去對車夫喊道，然後從口袋裡取出一張三盧布的紙幣，塞給回頭看的車夫。馬車夫的手在車燈旁摸索著什麼，接著，就傳來鞭子的呼嘯聲。馬車在平坦的公路上疾馳起來。

「除了這幸福，別的我都不需要，」他望著車窗之間骨製的鈴鈕，想像著他最近一次見到安娜時的模樣。「我愈來愈愛她了。這就是弗列達官邸別墅的花園。她在哪兒？在哪兒？她為什麼要指定在這兒會面？又為什麼在別特西的信上附一筆呢？」直到現在他才想到這個問題，但沒有時間細想了。還沒到林蔭道，他便吩咐馬車夫停車，接著推開車門，從尚未停穩的車上跳下來，朝通往房子的林蔭道走去。林蔭道上一個人也沒有，他向左邊看了看，瞧見了她。她的臉上蒙著面紗，他喜悅地打量她獨特的步態、微傾的肩膀和頭部的姿勢，頓時彷彿有一股電流通過了他全身。他重又強烈地從兩腿富有彈性的動作到肺部的呼吸中感覺到自己的存在，好像有什麼東西輕輕地觸動他的嘴唇。

她走到他面前，緊緊握住他的手。

「我叫你來，你不會生氣吧？我必須見你一面。」她說。他透過面紗看到她唇邊流露出嚴肅、沉鬱的神情，他的情緒頓時跟著改變。

「我，生氣？可是妳怎麼到這兒來？去哪兒呢？」

「這無所謂，」她把自己的手放在他手上，說：「我們走吧，我需要跟你談談。」

他明白一定發生了什麼事情，這次約會不可能愉快。在她面前，他沒有了主意。他不知道她驚慌的原因，但是已感覺到，這驚慌的情緒不知不覺地感染了他。

「怎麼？出了什麼事？」他問，並且用胳膊緊緊夾住她的手，極力想從她的臉上看出她的心事。

她默默地走了幾步，鼓起勇氣，突然停下腳步。

「我昨天沒告訴你，」她急促地喘著粗氣，開口說道，「我和阿列克謝・亞歷山德羅維奇一起回家，把一切都告訴了他……我說，我不能再做他的妻子，還說……我什麼都說了。」

他聽著她說話，不由自主地把整個身子傾向她，彷彿想以此來減輕她處境的痛苦。但是當她剛剛說完這些，他頓時挺直身子，臉上顯露出一副高傲和嚴厲的神情。

「對，對，這樣更好，好上一千倍！我明白，這對妳有多麼痛苦，」他說。

她並不聽他說，只是從他的臉部表情猜測他的心思。她猜不到，渥倫斯基的臉部表情起因於他頭腦裡產生的第一個念頭：現在，一場決鬥無法避免了。她心中從來沒有想到過決鬥，所以對他臉上出現的短暫表情另作了解釋。

收到丈夫的信後，她內心深處已經明白，一切都將如常，她無法不顧自己的處境，丟下兒子、與情人結合。在特韋爾卡雅公爵夫人家度過的早晨更堅定了她的想法。但是這次約會對她還是十分重要。她期待這次約會能夠改變他們的狀況，能夠拯救她。如果聽到這個消息，他就滿懷激情，果斷地、毫不遲疑地對她說：「拋棄一切，跟我走！」那麼，她會丟下兒子，跟他走的。但是這個消息並沒有在他身上引起她所期望的變化，他好像只是受到某種侮辱。

「我一點也不感到痛苦。這是必然的結果，」她氣憤地說，「你瞧瞧……」她從手套裡抽出丈夫的信。

「我明白，明白，」他打斷她的話，接過信，但是沒有看，而是竭力想安慰她，「我只有一個希望；我只有一個要求，就是結束這種狀況，為妳的幸福獻出我的一生。」

「你為什麼對我說這話？」她說。「難道我會懷疑這一點嗎？如果我懷疑的話……」

「誰來了?」渥倫斯基突然指著迎面走來的兩位太太。「也許,她們認識我們。」說完,他急忙拉著她朝旁邊的一條小路走去。

「唉,我無所謂!」她說。她的雙唇顫抖起來。他覺得,她正用異常的憤恨目光透過面紗看著他。「我說,問題不在這裡,我不會懷疑這一點。你瞧瞧,他給我寫了些什麼。你看看吧。」她又停下腳步。

渥倫斯基又像先前聽到她與丈夫決裂的消息時那樣,一邊看信,一邊不由自主地沉浸在他與受到侮辱的丈夫之間,在他心中引起的一種自然感受當中。此刻,他手裡拿著信,情不自禁地想像:今天或者明天,他就會在自己家裡收到挑戰書,想像那種決鬥的場面;在決鬥中,他臉上的表情會像現在這樣冷漠而高傲,他會朝天開槍,然後面對受辱丈夫的槍口。就在此刻,他的腦子裡閃過一個想法,即剛才謝爾普霍夫斯科伊對他說的話,和他本人早晨的想法——最好不要把自己束縛住。然而他知道,不能把這個想法告訴她。

他讀著信,抬起眼睛看了看她,目光裡並沒有堅定的神色。她一下子就明白,他本人早就考慮過這件事了。她明白,無論他對她說什麼,都不會把他所想的一切全告訴她。她也明白,她最後的一線希望破滅了。這是她所沒有想到的。

「你瞧,他算是什麼人,」她聲音顫抖地說,「他……」

「原諒我,這樣倒使我感到高興,」渥倫斯基打斷她的話。「看在上帝分上,讓我把話說完,」他補充說,目光要求她給他說明的機會。「我感到高興,因為事情不可能,無論如何不可能像他所想的那樣,一切照舊。」

「為什麼不可能?」安娜忍著眼淚說,顯然她已經不認為他要說的話有什麼意義。她覺得,她的命運已經決定了。

渥倫斯基想說，經過一場他認為是不可避免的決鬥之後，現在這種狀況不會再繼續下去，但他卻說了別的話。

「不可能繼續下去。我希望，現在妳就離開他。我希望，」他有些發窘，臉紅了，「妳允許我安排一下，考慮好我們的生活。明天……」他剛開了個頭。

她沒讓他說完。

「那麼兒子呢？」她喊了起來。「你看到他信上寫什麼嗎？他要留下兒子，可我不能夠也不願意這麼做。」

「看在上帝分上，究竟該怎麼辦才好？放棄兒子，還是繼續維持這種屈辱的狀況？」

「對誰屈辱？」

「對所有的人，尤其是對妳。」

「你說屈辱……別這麼說。這些話對我沒有什麼意義了，」她聲音顫抖地說。她現在不想聽他說假話。她心中只有他的愛情，而她也想愛他。「你要明白，自從我愛上你的那一天起，一切都改變了。對我來說，人間只有一樣東西，獨一無二的東西，那就是你的愛情。只要有了你的愛，我就覺得很高尚、很堅強，任何事都不會令我感到屈辱。我為自己的處境自豪，因為……我自豪的是……自豪……」她沒有說出自己自豪的是什麼。羞愧和絕望的眼淚哽住了她的喉嚨。她站住，失聲痛哭起來。

他也感到，有什麼堵住了他的喉嚨，使他的鼻子發酸，他生平第一次感到想哭。他說不出究竟是什麼事使他如此感動。他可憐她，又覺得對她愛莫能助，同時，他知道自己是她不幸的原因，他做了件錯事。

「難道不能離婚嗎？」他聲音微弱地說。她沒有回答，只是搖搖頭。「難道不能帶上兒子離開他嗎？」

「是啊。但是這全取決於他。現在我就得去找他，」她冷漠地說。一切照舊的預感沒有錯。

「星期二我要去彼得堡，那時候一切都能解決。」

「是的，」她說。「但我們別再談這件事了。」

安娜吩咐再來弗列達家花園籬笆旁接她的馬車已經到了。安娜跟他道別後，就坐上車回家了。

二十三

星期一，六月二日委員會召開例會。阿列克謝·亞歷山德羅維奇走進會議廳，像往常一樣與委員們、主席打過招呼，便坐到自己的位子上，一隻手按著他面前的文件。這些檔案裡有他需要的證明材料和他打算發表的聲明提綱。其實，他並不需要證明材料。他把一切都記住了，也認為不需要反覆去背他將要說的話。他明白，到時候，看到對手在自己面前極力裝出表情淡漠的樣子，他自然會侃侃而談，比他現在能夠準備的還要好。他覺得他演說的內容是那麼重要，以至每句話都有重要意義。然而，在聽例行報告時，他表現出一副天真無邪的神態。望著他那青筋暴出的白淨的手，長長的手指輕輕地撫摸著放在他面前的白紙兩端，望著他那疲倦地側向一邊的腦袋，誰也不會想到，從他嘴裡立刻將滔滔不絕地說出那些會即刻引起可怕騷動的話語，使得委員們爭先恐後地大喊大叫、迫使主席不得不要求大家遵守秩序。例行報告結束以後，阿列克謝·亞歷山德羅維奇便用平靜、尖細的聲音宣布，他有幾點關於異族人安排問題的意見要發表。大家的注意力便集中到他身上。阿列克謝·亞歷山德羅維奇清了清嗓子，眼睛不朝自己的對手看，而是像他往常演說時那樣，望著坐在他面前的第一個人——一個在委員會裡從不發表任何意見的溫順小老頭——開始表述自己的意見。問題涉及基本法和建制法的時候，他的對手便跳起來反駁。也是委員會成員的斯特列莫夫同樣被觸怒了，開始申辯。總之，會上掀起了一場激烈的辯論，但是阿列克謝·亞歷山德羅維奇勝利了，他的建議被採納，成立了三個委員會。第二天，在彼得堡那個圈子裡，人們對這次會議紛紛議論。阿列克謝・亞歷山德羅維奇的成功甚至比他預料的還要大。

第二天早晨，星期二，阿列克謝・亞歷山德羅維奇醒來後，得意地回想起昨日的勝利。辦公室主任想討好他，把自己聽到有關委員會情況的傳聞告訴他；阿列克謝・亞歷山德羅維奇雖然想裝出一副漠然置之的樣子，卻還是忍不住微笑起來。

阿列克謝・亞歷山德羅維奇和辦公室主任一起忙於公事，完全忘了今天是星期二，是他規定安娜・阿爾卡季耶夫娜回家的日子，所以當僕人來向他報告安娜回來了，他既驚訝又不滿。

安娜一大早就回到了彼得堡。接到她的電報便派出馬車去接她，所以阿列克謝・亞歷山德羅維奇應該知道她要回來。但是她到家時，他沒有出來接她。僕人們告訴她，他還沒有出門，正和辦公室主任忙著公事。她吩咐僕人告訴丈夫，她已經回來了，隨後走進自己的房間，開始整理自己的東西，同時等待他來。一個小時過去，他還沒有出現。她藉口安排什麼事，走進餐廳，故意大聲說話，希望他到這兒來。他還是沒有出來，儘管她聽到他到書房門口送辦公室主任。她知道他照例馬上就要去上班，而她想在這之前見到他，以便確定他們之間的關係。

她走過大廳，斷然朝他那兒走去。她走進他的書房，他已穿上文官制服，顯然準備出門。這時候，他坐在小桌旁，胳膊肘支在桌子上，悶悶不樂地望著前方。她先看到他，她明白，他在想她的事。

他一看到她，本想站起身，但又改變主意；隨即，他的臉漲得通紅，這是她過去從來沒有見過的。接著，他匆匆站起來，迎著她走去，沒有看她的眼睛，而是看著眼睛上面的前額和頭髮。他走到她跟前，拉住她的手，請她坐下。

「您回來，我十分高興。」他坐到她身旁說。他顯然還想說些什麼，但訥訥不出於口。他幾次想開口說話，卻都停住了……儘管她對這次會面做過準備，告誡自己要蔑視他、指責他，現在竟不知該對他說些什麼，甚至憐憫起他。就這樣，沉默了很長時間。「謝廖沙身體好嗎？」他說，不等回答，又補充道：「今天我不在家吃午飯，我馬上得走了。」

「我想去莫斯科。」她說。

「不，您回來了，您做得很好，很好。」他說，接著又不作聲了。

見他開不了口，她就先說了。

「阿列克謝·亞歷山德羅維奇，」她說，同時望著他，面對他凝視她頭髮的目光，她並沒有垂下眼睛。「我是個有罪的女人，是個壞女人，但我還是和過去一樣，和那天對您說過的一樣；我來就是要告訴您，我什麼都無法改變。」

「我並沒有問您這件事，」他突然用堅決、憎恨的目光直視著她的眼睛說，「我本來就預料到會是如此。」在憤怒的影響下，他顯然又完全掌握了自己的全部力量。「但是，正像那天我對您說過、和信上寫的那樣，」他用尖細的聲音說，「現在我再說一遍：我不必知道這個。我對這事不予理會。不是所有的女人都像您這麼善良，會急於把這麼使人高興的消息告訴自己的丈夫。」他特別強調了「使人高興」這幾個字。「在社會上還不知道這件事之前，在我的名譽沒有受到損害之前，我不會理會這件事。因此，我只是預先警告您，我們的關係必須維持原狀，只有在您自己敗壞自己名聲的情況下，我才會採取措施，保護我自己的名譽。」

「但是，我們的關係不可能維持原狀。」安娜害怕地望著他，用怯生生的聲音說。

她又看到他這種平靜的姿態，聽到那孩子般尖細的嘲弄聲音，這時她對他的厭惡摧毀了剛才對他的憐憫，她只感到害怕。但是不管怎麼樣，她依然想弄清楚自己的地位。

「我不能再做您的妻子，既然我……」她開口道。

他惡狠狠地冷笑起來。

「大概您所選擇的那種生活影響到您的觀念。我是那麼尊敬，又那麼蔑視，兩者兼而有之……我尊敬您的過去，蔑視您的現在……您對我的話的理解遠非我的本意。」

安娜歎了口氣，然後垂下頭。

「不過，我不懂，您具有如此獨立的性格，」他激動地繼續說，「在毫不掩飾地對丈夫坦白自己的不貞行為時，絲毫不認為應當受到指摘，好像認為對丈夫履行義務的妻子倒應該受到指摘。」

「阿列克謝．亞歷山德羅維奇！您要我怎麼樣呢？」

「我不想在這裡見到那個人。我要您注意自己的行為，免得上流社會和僕人們指責您……要您不要和他見面。好像這要求不算過分。這樣，您雖不履行妻子的義務，卻可以享受一個忠實妻子的權利。這就是我要對您說的一切。現在我該走了。我不在家吃午飯。」

他站起身，朝門口走去。安娜也站起來。他默默地低下頭，讓她先走。

二十四

在草垛上度過的一夜，對列文來說並沒有白過：他經營的農業令他厭煩、失去了所有的興趣。儘管莊稼豐收，但是今年遭到那麼多的挫折，他和農民之間發生那麼多的糾紛，都是以前從未有過的，至少他覺得如此，而遭遇這些挫折和產生敵對情緒的原因，現在他已經完全明白了。他在勞動中感受到的樂趣、透過勞動與農民們接近，他對他們、對他們生活的羨慕、希望那樣生活的願望（在那天夜晚這已不光是他的夢想，而是他的打算，他把實踐的詳細辦法都考慮過了），所有這一切都大大改變了他對自己經營農業的看法，使他已無法在其中找到原先的那種興趣，也無法不看到自己與那些作為全部事業基礎的雇工們之間的不愉快關係。像帕瓦那樣的良種母牛群，所有犁過的、施了肥的土地，九塊用柳條籬笆圍住的平整土地，九十俄畝施足了廄肥且已深耕過的田地，幾架條播機，等等，這一切如果都由他本人，或者由他與他的夥伴、與支持他的人們一起完成的，那當然很好。但是現在他清楚地看到（他寫了一部有關農業方面的書，書中闡明，農業的主要因素應是勞動者。這部書現在對他很有幫助），他經營的農業是他和雇工們之間一場激烈而頑強的對抗——他這一方始終不渝地、努力想把一切改造成他所希望的那樣好，而另一方則讓一切聽其自然。在這場對抗中，他還看到，他這一方盡了最大的努力，而另一方卻毫不出力，甚至沒有這樣的打算，結果事業進行得對誰都不利，只是白白地損壞了很好的農具、糟蹋了良種牲口和上等的土地。最主要的是，不僅徹底浪費了花在這方面的精力，而且，現在，當他明白了他這一事業的意義時，他不能不感覺到，他花費精力追求的是最沒有價值的目標。從本質上說，這場對抗是為了什麼呢？他為取得每一文小錢而努力(他不能不努力，因為只要一放鬆，他就沒有足夠的錢支付給雇工)，而雇工們只希望照他們所習慣的那樣，省力、自在地勞動。按照他的需要，每個雇工應該盡力多做一些，而且要處處留神，不能弄壞揚穀器、馬拉耙、脫粒機，應該用心考慮自己在做的活兒；雇工們則希望工作盡可能愜意些、休息的時間多一些，主要的是要無憂無慮、不動腦筋。今年夏天，列文處處都能看到這種情況。他挑選了幾畝長著野草和艾蒿、不能留種用的壞地，派些人到那裡去割三葉草做飼料；可是這些人卻盡割那些留種用的上等三葉草，還辯解說，是管家要他們這麼做的，並且安慰他說，這樣的飼料一定是最好的。然而他知道，這只是因為這些草地上的草割起來省力。他派了一架翻草機去翻乾草，可它只翻了幾排草就壞了，因為那個莊稼漢坐在擺動式翼片下方的位子上覺得無聊。他們對他說：「別擔心，婆娘們很快就會把草翻好。」幾張犁不好用，因為雇工沒有想到把提起的犁鏵放下來，而是硬讓犁鏵轉向，這麼做既累壞了馬，又毀了地；可是他們還要他放心。馬隨意進入麥田，因為沒有一個雇工肯當守夜人；雇工們不聽命令，還是輪流守夜，結果萬卡工作了整整一天，在守夜時睡著了。他認錯說：「隨您發落吧。」三頭最好的牛犢脹死了，因為牠們被放進再生的三葉草地裡，又喝不到水，而雇工們卻怎麼也不願相信，牛犢是三葉草吃得太多才脹死的。他們還安慰他說：「鄰居家三天內死了一百一十二頭牲口呢。」發生的所有這些事並不是因為有人仇恨列文或者有意破壞他的產業；相反，他知道大家都喜愛他，認為他是個厚道的老爺(這是最高的讚揚)。農民們這麼做只是因為，他們想快快活活、無憂無慮地工作，而他的利益不僅與他們毫無關係、不被他們理解，而且不可避免地與他們最正當的利益相對立。列文早就不滿意自己對農業的態度。他看到，他的小船在漏水，但是他找不到漏洞，也沒有去找，也許是在故意欺騙自己。但是，現在他不能再這樣了。他對自己所經營的農業不僅不感興趣，而且覺得厭煩，他再也做不下去了。

再說，吉媞．謝爾巴茨卡雅現在離開他只有三十俄里路，他想見到她，但又無法如願。達里雅．亞歷山德羅夫娜在他去拜訪她的時候曾邀請他再去，去向她的妹妹重新求婚，並向他暗示，吉媞現在會答應。列文自從那次看到吉媞．謝爾巴茨卡雅後，自己也明白，他還是愛她的；但是他不能到奧勃朗斯基家去，因為他知道，吉媞在那兒。他向她求過婚，被她拒絕了，這件事在他倆之間設置了一道不可逾越的障礙。「我不可能因為她不能成為她所鍾情男人的妻子，就要求她嫁給我，」他對自己說。想到這點，他就對她冷漠無情，懷有敵意。「以後我對她說話，不可能不帶有責備的口氣，看到她不可能不產生怨恨，想必她也只會更加討厭我。況且，達里雅．亞歷山德羅夫娜對我說過那番話以後，現在我怎麼能再去找她們？難道我能不表露出我知道她對我說的情況？而我去，就要寬宏大量地原諒她、饒恕她。我得在她面前扮演一個寬恕她、把自己的愛恩賜給她的角色！為什麼達里雅．亞歷山德羅夫娜要對我說這些？我若是無意之中見到她，那麼事情就會自然而然地發展，可是現在是不可能了，不可能了！」

達里雅．亞歷山德羅夫娜派人給他送來一封信，請他借一副女式馬鞍給吉媞。「我聽說，您有馬鞍，」她在信中寫道。「希望您親自把它送來。」

這就使他無法忍受了。一個通情達理、處事得體的女人，怎麼能這麼貶低自己的妹妹！他寫了十次字條，全都撕了，索性就不回信，派人送去了馬鞍。寫信說他過後去，不行，因為他不可能去；說他不能去，因為有事脫不了身，或者他要外出，這又更糟。他沒有寫回信便託人送去馬鞍，這樣他又覺得好像做了一件不體面的事，於是第二天，他把所有令人厭煩的事務託付給了管家，就到遙遠的一個縣去看自己的朋友斯維亞日斯基。這位朋友家附近有一片大鷸棲息的美麗沼澤地，朋友不久前寫信給他，讓他履行早就許下的、去他那兒的諾言。蘇羅夫斯克縣大鷸棲息的沼澤地早就吸引了列文，但是他因忙於農活一直沒有去。現在他很樂意遠離謝爾巴茨基家，主要的是能擺脫農活去打獵，在他感到愁苦之際，打獵對他是最好的慰藉。

二十五

蘇羅夫斯克縣不通鐵路，也不通驛車，於是列文坐自家的四輪馬車前去。

半路上，他在一個富裕的農民家停下來餵馬。為他開門的是一個禿頂、氣色很好、蓄著兩頰處已發白的棕紅色大鬍子的老頭，他靠在門框上，讓三套馬車進入院子。這是一個新修的、收拾得乾乾淨淨的大院子，裡面放著幾張焦黑的木犁，老頭朝車夫指指棚屋，然後請列文進上房。一個衣服整潔、赤腳穿著套鞋的少婦，正彎腰擦洗穿堂的地板。她被緊跟列文進來的狗嚇得一聲尖叫，但是看到這狗不會傷人，馬上就不好意思地笑了。她用挽著衣袖的手指指上房的門，接著又彎下腰，藏起她那秀美的臉，繼續擦洗地板。

「要茶炊嗎？」她問。

「好的，謝謝。」

上房寬大，有一個荷蘭式的火爐，還有隔板。聖像下面放著一張漆有花紋的桌子、一條長凳和兩把椅子。門口放著一個小碗櫥。百葉窗關著，很少看到蒼蠅，房子裡乾淨得使列文擔心起一路跑來、還在水窪裡打過滾的拉斯卡會踩髒地板，於是他讓牠待在門旁的角落裡。列文環視了一下上房，然後走到後院。那個穿著套鞋、面貌和善的少婦，顫悠悠地挑著一副空桶，在他前面跑著去井邊打水。

「跑快點！」老頭快活地朝她喊道，接著走到列文面前。「怎麼，老爺，您去尼古拉・伊萬諾維奇・斯維亞日斯基家嗎？他也常來我們這兒，」他把胳膊肘支在臺階的欄杆上，主動和列文閒聊起來。

老頭說著他與斯維亞日斯基的交情，這時，大門又嘎吱嘎吱響了起來，幾個從地裡忙回來的雇工扛著犁耙走進院子。拉犁耙的馬肥壯高大。幹活的顯然是家裡人：兩個年輕小夥子穿著印花布襯衫、頭戴便帽，另外兩人是雇工，一老一少，穿著粗麻布襯衫。老頭走下臺階，來到馬跟前，動手卸套。

「他們在耕什麼地？」列文問。

「馬鈴薯地。我們家算是有那麼一小塊地。費多特，你別把那匹騸馬放出去，把牠牽到水槽前，我們另套一匹馬。」

「怎麼樣，爸爸，我要的犁拿來了沒有？」一個健壯高大的小夥子問道，顯然是老頭的兒子。

「在……雪橇上，」老頭一邊回答，一邊把解下的韁繩繞了幾圈，扔在地上。「趁他們吃午飯的時候，你把它裝好。」

面貌和善的少婦肩上挑著滿滿的兩桶水走進穿堂。不知從哪兒又冒出幾個婆娘。有年輕美貌的少婦，有長相難看的中老年婦女，有的帶著孩子，有的沒帶。

茶炊開始發出　　的響聲；雇工和家人安頓好馬，去吃午飯了。列文從自己的馬車上取下食物，請老頭和自己一起喝茶。

「哦，今天我們已經喝過茶了，」老頭說，顯然很高興接受這個邀請。「不過我陪你喝吧。」

喝茶時，列文瞭解到這個老頭經營農業的全部歷史。十年前，老頭從一個女地主那兒租了一百二十俄畝地，去年把這些地買下，又從鄰近的一個地主那兒租了三百俄畝。他把最差的一小部分地租了出去，自家人和兩個雇工種了四十俄畝。老頭抱怨說，自家的景況不好。但是列文明白，他的抱怨只是出於客套，實際上他的家業很興旺。要是情況不好的話，他不會以每俄畝一百零五盧布的價錢買下土地，也不可能為三個兒子和一個侄子娶親，更不可能在遭火災之後兩次重蓋房子，還蓋得愈來愈好。儘管老頭嘴上在抱怨，但可以看出，他是在為自家的豐衣足食，為自己的兒子、侄子、兒媳婦、馬匹、母牛，尤其是為他經營的整個家業感到由衷的自豪。從與老頭的交談中，列文瞭解到老頭不反對採用新方法。他種了許多馬鈴薯，列文在坐車來的路上看到，他的馬鈴薯已經開過花，在結馬鈴薯了，而列文地裡的馬鈴薯才正在開花。他從地主那兒借來一張新式犁耕馬鈴薯地。他也種小麥。老頭給黑麥間苗，用間下的苗餵馬，這件小事給列文留下深刻的印象。有多少次，列文看到這種間下來的好飼料，總想把它收集起來，但總是辦不到。而這個老農民卻辦到了，他無法不對這種飼料大加讚賞。

「娘兒們做些什麼呢？她們把一堆堆青飼料送到路邊，再用大車拉走。」

「唉，我們這些地主和雇工們打交道，一切都弄得很糟糕。」列文說著遞給他一杯茶。

「謝謝，」老頭接過茶杯說，但他指著自己咬剩的一塊糖，謝絕在茶裡放糖。「雇工哪能幹得好活？」他說。「只會把事情搞糟。就拿斯維亞日斯基家來說吧，我們知道，他家的地多麼好，是肥沃的黑土，可是收成卻沒什麼可誇耀的。都是因為沒照管好呀！」

「你不是也雇工嗎？」

「我們大家都是莊稼漢。所有的活兒我們都能幹。雇工不好，就讓他走；我們自己幹得了。」

「爸爸，菲諾根要柏油。」穿套鞋的少婦進來說。

「事情就是這樣，老爺！」老頭站起來說，他連續畫了好幾次十字，謝過列文之後，就出去了。

列文走進後房去叫自己的車夫，看到全家的男人坐在桌旁。婆娘們站在旁邊侍候。年輕健壮的兒子嘴裡含著麥粥，正在說笑話。大家聽了哈哈大笑，特別是那個穿套鞋、往碗裡倒菜湯的少婦笑得最開心。

這個農民家庭給列文留下美好的印象，很可能與這位穿套鞋的少婦那張和善的臉有很大關係。這個印象是那麼強烈，使列文怎麼也無法忘懷。從老頭家到斯維亞日斯基家的路上，他不時想起這戶農家，彷彿在留下的印象裡有什麼東西特別吸引他的注意。

二十六

斯維亞日斯基是本縣的首席貴族。他比列文年長五歲，早就成家了。他年輕的小姨子住在他家，列文對這個姑娘很有好感。列文也知道，斯維亞日斯基夫婦希望把這位姑娘嫁給他。他和所有達到結婚年齡的年輕人一樣，對這種事肯定是明白的，儘管他從來也不敢向誰提起這件事。他還明白，雖然他想成家，雖然從各方面來看，這位討人喜愛的姑娘一定會是個好妻子，但是跟她結婚就像要他飛上天一樣，是不太可能的，即使他沒愛上吉媞·謝爾巴茨卡雅。意識到這一點，他原先希望從訪問斯維亞日斯基中獲得的那種樂趣也就減弱了。

收到斯維亞日斯基邀請他去打獵的信後，列文馬上就想到這個問題。儘管如此，他還是認為斯維亞日斯基對他有這種意思只是他自己毫無根據的猜想，所以他仍然出發了。此外，內心深處他還想試一試，再看看這位姑娘跟他究竟是否相配。斯維亞日斯基的家庭生活十分愉快，斯維亞日斯基本人是列文所知最好的地方自治會活躍分子，列文向來很喜歡他。

斯維亞日斯基在列文心目中是個奇特的人物，他這類人的議論非常合乎邏輯，雖說從來不是獨創的，但也能自圓其說。他們的生活則遵循特別明確、固定不變的方向，完全不以他們的議論而轉移，並且幾乎總是背道而馳。斯維亞日斯基是個極端的自由派。他蔑視貴族，認為大部分貴族是些隱蔽的農奴制擁護者，只是由於膽怯而沒有公開表露。他認為俄羅斯像土耳其一樣，是個衰亡的國家，認為俄羅斯政府糟糕透頂，其舉措甚至不值得自己的認真批評；同時，他卻又在為這個政府辦事，是名模範首席貴族，出門時總要戴上一頂飾有帽徽和紅帽圈的制帽。他認為只有在國外才能真正過上人的生活，因此一有機會他就往國外跑，然而他又在俄羅斯經營非常複雜、先進的農業，並且懷著極大的興趣觀察、瞭解俄羅斯所發生的一切事情。他認為俄羅斯農民處在從猿向人進化的過渡階段，然而在地方自治會的選舉會上，他比所有的人都樂意與農民握手，聽取他們的意見。他毫不迷信，不理會任何吉兆或凶兆，卻很關心改善牧師的日常生活和維持他們收入的問題，而且竭力設法保存本村的教堂。

在婦女問題上，他站在激進派一方，主張婦女徹底自由，特別是應該享有勞動權，然而他和妻子卻過著這樣一種雖然沒有孩子，但十分融洽、使人羨慕的家庭生活，他的妻子除了與丈夫一起關心怎樣更愜意、更快樂地消磨時間外，什麼事也不做，也不會做。

要是列文不是生性喜好從最好的一面去理解一個人的行為，就不會覺得要瞭解斯維亞日斯基的性格有什麼困難或問題；他會對自己說：不是傻瓜，就是壞蛋，那麼一切就會明明白白了。但是他不可能說他是個傻瓜，因為，斯維亞日斯基無疑不僅是個非常聰明的人，還很有教養、十分謙和。他見多識廣，但只在萬不得已的情況下才顯露自己的學識。列文更不可能說他是個壞蛋，因為斯維亞日斯基無疑是個正直、善良、聰明的人，他愉快、熱心又經常地做出那些飽受他周圍人們高度讚揚的事情，肯定從來不會有意去做壞事，也不可能做什麼壞事。

列文極力想瞭解他，但總是無法如願以償，始終視他及他的生活是一個真正的謎。

他和列文很要好，因此列文敢於去試探斯維亞日斯基，竭力想弄清他對人生的根本看法，但總是枉然。每當列文想從斯維亞日斯基對任何人都打開的心房之門、進一步登堂入室，他總是發現，斯維亞日斯基顯然有點窘迫，目光裡流露出勉強能察覺到的恐懼，彷彿害怕列文看穿他，於是便和顏悅色地予以拒絕。

在對農業感到失望之後，現在列文特別樂意去斯維亞日斯基家。姑且不談看到這對對己對人均感滿意的幸福夫婦，他們那舒適的家，總是引起他愉快的感覺。現在，當他對自己的生活深感不滿意時，他更想弄清楚使斯維亞日斯基的生活如此開朗、堅定和歡樂的奧祕。此外，列文知道，在斯維亞日斯基家，他將會遇到一些鄰近的地主，他現在特別想談談、聽聽有關收穫、雇工等農事方面的話題。列文知道，這種談話照例被視作庸俗，但對現在的列文來說卻顯得格外重要。「在農奴制時代，如果在英國，這也許並不重要。在上述兩種情況下，條件都已經確定。但是現在在我國，一切都翻了個身，一切都剛剛開始安排，所以如何確定在俄國的這些條件是一個重要問題，」列文心裡想。

打獵的結果比列文預料的差。沼澤乾了，大鷸已經沒有了。他走了整整一天，只帶回三隻，但是像往常打獵歸來時一樣，胃口大開，情緒很好，同時由於劇烈的體力活動，他的精神也十分振奮。在打獵過程中，他彷彿什麼也不想，不過偶爾又想起那個老頭和他的家庭，他們留在他心中的印象彷彿不僅要求他注意，而且要求他解決與他有關的問題。

晚上，喝茶的時候，有兩名來辦一些託管事務的地主在座，一場列文所期盼的最有意義談話便開始了。

列文緊挨著女主人坐在茶桌旁，不得不跟她和坐在他對面的那個小姨子談話。女主人長著一張圓圓的臉，淡黃色的頭髮，個子不高，臉上現出微笑和一對酒窩，顯得容光煥發。列文竭力想透過她探聽出他極為重視、有關她丈夫的謎底；但是他無法完全自由地思索，因為他感到十分尷尬：那位小姨子就坐在他對面，身上穿著一件他覺得好像是特地為他穿上的、領口開成梯形的衣服，露出雪白的胸部。她的胸部很白，或者恰恰是因為她的皮膚很白的緣故，這個敞胸的大領口使列文喪失了自由思索的能力。他（也許是錯誤地）設想，這個領口開得與他有關，認為自己無權去看它，因而竭力不去看。他覺得，單憑領口開成這樣，他就有過錯。列文覺得他好像是在欺騙某個人，他應該解釋一番，但是這又解釋不清楚，因此他只能一直紅著臉，既不安又尷尬。他的心情也傳染給了美麗的小姨子。女主人好像沒有覺察，老是故意拉她加入談話。

「您說，」女主人繼續已經開了頭的談話，「所有俄國的事物都無法引起我丈夫的興趣。相反的，他喜歡待在國外，但又從來沒有像在家裡這樣快活。在這裡，他覺得生活在自己人的圈子裡。他有那麼多的事情要做，他天生興趣廣泛。哦，您去過我們的學校嗎？」

「我見過……是不是那間長滿常春藤的小屋子？」

「是的，那是娜斯佳的事業。」她指著妹妹說。

「您親自教課嗎？」列文問，極力不看她的領口，又覺得無論自己往哪裡看，都會看到它。

「是的，我自己一直在那裡教書，不過我們學校有一個出色的女教師。我們還教體操。」

「不，謝謝，我不要茶了，」列文說，他覺得這樣做有些失禮，可又無法繼續這場談話，便紅著臉站了起來。「我聽到他們那邊談話很有趣，」他補上一句，然後走到桌子的另一頭，主人和兩個地主就坐在那裡。斯維亞日斯基側著身子坐在桌旁，一隻胳膊支在桌上，手裡轉動著茶杯，另一隻手握住自己的鬍子，把它拉到鼻子下邊，然後又放開，彷彿在聞鬍子。他那雙發亮的黑眼睛直盯著那位留著灰白鬍子、神情激昂的地主，顯然覺得他的話很有趣。這個地主在埋怨農民。列文很清楚，斯維亞日斯基知道怎麼回答地主的埋怨，他可以馬上把地主的全部論點駁倒；但礙於自己的地位，他並不開口回答，只是不無興趣地聽著地主那種可笑的話語。

這位蓄著灰白鬍子的地主顯然是頑固的農奴制維護者、農村的老古董、狂熱的農業主——從他一身老式的、與地主身分不相配的舊衣裳，聰明、憂鬱的眼神，流暢的俄語，顯然長期慣用的命令式口氣，以及他無名指上戴著老式訂婚戒指、被太陽曬黑的好看大手的果斷動作上，列文看出了他的特點。

二十七

「要不是捨不得放棄已開始經營的事……花了那麼多心血……我就不幹了，把它賣掉，像尼古拉・伊萬諾維奇那樣一走了之……去聽聽海倫，」那個地主說，他那張聰明、蒼老的臉漾出愉快的笑容。

「可您還是沒有放棄，」尼古拉・伊萬諾維奇・斯維亞日斯基說，「可見，還是有好處的。」

「只有一個好處，就是住在自己家裡，不受雇於人，也不受人管。再說，總希望農民會明白事理。可實際上，您可相信，他們就只知道酗酒、放蕩！他們不斷地分家，既沒有一匹馬，也沒有一頭牛。他們都快餓死了，而您去雇他們幹活，他們就想法跟您搗亂，還去調解法官那兒告您。」

「您也可以去調解法官那兒告他嘛。」斯維亞日斯基說。

「我去告？那我無論如何也不幹！這樣馬上就會流言四起，叫你後悔不迭！例如在養畜場，他們拿了預支的工錢就溜了。調解法官又有什麼辦法？宣告他們無罪了事。只有鄉法院和鄉長才能對付他們。按照老辦法鞭打他們。要不是那樣，你就得拋棄一切！跑到天涯海角去！」

顯然，地主是在逗斯維亞日斯基玩，但是他不僅沒有生氣，還覺得很有趣。

「我們經營自己的農業根本不用這些方法，」他微笑著說，「我、列文和他都是一樣。」

他指指另一個地主。

「是的，米哈伊爾・彼得羅維奇也在經營，您問問他怎麼樣？難道這是合理的經營嗎？」地主問，顯然他是在炫耀「合理」這個詞兒。

「我的經營方法很簡單，」米哈伊爾．彼得羅維奇說，「感謝上帝。我的經營方法就是在秋季交稅前準備好一筆錢。農民們跑來找我說：老爺，恩人，救救我們吧！唉，他們都是鄰近的農民，怪可憐的。好吧，我給他們墊付三分之一的稅款，但對他們說：記住，夥計們，我幫了你們，等到我需要，如種燕麥、割草、收莊稼的時候，你們也得幫我。同時還得說好，每一戶出多少勞力。他們中間也有一些沒良心的人，這是事實。」

列文早就知道這些宗法制的方法，他與斯維亞日斯基交換了一下眼神，便打斷米哈伊爾．彼得羅維奇，跟留灰白鬍子的地主說起話來。

「您怎麼想？」他問，「現在究竟應該怎樣經營農業？」

「就像米哈伊爾．彼得羅維奇那樣：要麼收成平分，要麼把土地租給農民。這樣做未嘗不可，但是這麼一來，國家的總財富就會蒙受損失。我的土地靠農奴的勞力和良好的經營方法，可以有九倍於種子的收穫，平分的話就只有三倍；農奴解放把俄國給毀了！」

斯維亞日斯基看了看列文，眼裡露出笑意，甚至帶點勉強能察覺的嘲諷；但是列文不認為地主的話有什麼可笑，而且比斯維亞日斯基的說法容易理解。地主又繼續說了許多話來證明，為什麼說農奴解放毀了俄國，列文甚至覺得他的話很正確、充滿新意，令人無法反駁。地主說的顯然是他個人的想法，這很難得，它們不是為了要讓空閒的頭腦動一動才產生的，而是從他的生活條件中發展出來，是他在偏僻的鄉間長期思索、反覆考慮的結果。

「請注意，問題在於一切進步只是靠權力推行，」他說，顯然想表示他並不缺乏教養。「就看彼得大帝、葉卡捷琳娜女皇和亞歷山大皇帝的改革吧。再看看歐洲的歷史吧。尤其是農業方面的改進。例如馬鈴薯——在我們這兒也是強制推廣。木犁也不是一開始就使用。也許是在封建時代輸入的，而且大概也是強制推廣。現在、在我們這個時代，我們這些地主在農奴制時就採用改良的農具來經營農業，比方烘乾器、簸穀機、肥料運送車和其他農具，所有這一切都是我們運用自己的權力強行加以推廣，農民們一開始反對，後來就學我們的樣子。現在，廢除了農奴制，我們的權力被剝奪了，我們已達到高水準的農業如今又該落到最野蠻、最原始的狀態。我是這麼想的。」

「為什麼呢？如果是合理的，那你們還是可以雇人經營農業，」斯維亞日斯基說。

「沒有權力了。請問，我靠誰來經營？」

「就是這問題——勞動力是農業的主要因素。」列文心想。

「靠雇工。」

「雇工不想好好做，不想用好的農具。我們的雇工只知道酗酒，醉得像頭豬，把你給他的東西全都毀壞掉。他拚命給馬喝水，弄得馬受傷；把很好的輓具拉斷，將裝好輪胎的輪子拿去換酒喝，把輪軸放在打穀機裡弄斷。凡是不合他心意的東西，他看了就討厭。整個農業水準因此而下降。土地荒蕪了，長滿了蒿草，或者給農民們瓜分了，於是以前能收一百萬俄石的土地，現在只能收幾十萬，總財富於是減少。做同樣一件事，我們要盤算，要有利可圖……」

接著他開始闡述他的解放農奴計畫，按他的方法，可以避免這些缺陷。

列文對此不感興趣。等他說完，列文又談起自己最初的論調；他轉向斯維亞日斯基，極力想引他發表自己真實的意見。

「農業水準在下降，而且就我們和雇工目前的關係，要用一種可以營利、合理的方法經營農業是不可能的，這完全是事實。」列文說。

「我不這麼認為，」斯維亞日斯基已經認真地反駁，「我只看到，我們不善於經營農業，而我們在農奴制時代所經營的農業水準不是太高，而是相反，太低。我們沒有機器、沒有良好的役畜、沒有真正的管理方法，我不會算帳。你去問問當家人，他也不知道，怎麼做對他有利，怎麼做不利。」

「義大利式簿記，」那個地主譏諷地說，「無論你怎麼算，要是他們把一切都給你弄壞，還是一點利潤也得不到。」

「為什麼會弄壞呢？你們蹩腳的脫粒機、俄國式畜力簡易機器會弄壞，而我的蒸汽機是弄不壞的。俄羅斯本地馬，怎麼說呢？駑馬，得揪住牠們的尾巴才肯走，這種馬會被糟蹋；但是您如果養貝雪重輓馬[56]，或者就養比秋格馬[57]吧，牠們就不會被糟蹋。事情就是這樣。我們必須提高農業水準。」

「那也得有本錢才行，尼古拉．伊萬內奇！您過得不錯，可我有一個兒子在大學讀書，而小的幾個還在念中學，所以我買不了貝雪重輓馬。」

「我們有銀行，可以貸款嘛。」

「要我們把最後一點東西都拍賣掉嗎？不，謝謝啦！」

「說農業水準有進一步提高的必要和可能，這我不同意，」列文說。「我正在做這件事。我有資金，可

56 法國諾曼第馬，通常為青毛。
57 產於頓河支流比秋格河流域，馬身高大，善拉重載。

什麼也辦不成。我不知道銀行對誰有利。至少我在農業上花的錢全都虧了本：牲畜虧了本，機器虧了本。」

「這話很對。」蓄著灰白鬍子的老頭附和道，甚至高興地笑了起來。

「也不止我一個，」列文繼續說，「我和所有合理經營農業的地主們一樣，除了少數幾個例外，全都虧本。對啦，請您告訴我們，您經營的農業獲利嗎？」列文說，於是他立即在斯維亞日斯基的目光中察覺到每當他要從斯維亞日斯基的心房之門登堂入室時、會見到的那種剎那間的恐懼。

再說，列文提出這個問題並不十分認真。女主人在喝茶時剛對他說過，今年夏天他們從莫斯科請來一位德國簿記專家，他以五百盧布的報酬替他們核算了經濟狀況，發現他們虧損了三千多盧布。究竟三千零多少，女主人已經記不清，但是德國人好像分文不差地都算出來了。

在提到斯維亞日斯基的經濟利益時，地主露出了笑容，顯然，他知道這位當首席貴族的鄰居得到了多少利益。

「也許，沒有獲利，」斯維亞日斯基說。「這只能證明，要麼我是個糟糕的當家人，要麼我把資金花在提高地租上了。」

「啊，地租！」列文驚訝地喊了起來。「也許在歐洲可以有地租，在那裡，土地因勞力的投放而變好，但是在我們這裡，土地卻因勞力的投放而變糟，也就是說，地愈種愈薄，因此，談不到地租。」

「怎麼談不到地租？這是法規。」

「那我們超越了法規：地租對我們說明不了什麼，相反，只會把我們搞糊塗。不，您說，地租的理論管什麼用……」

「你們想喝酸牛奶嗎？瑪莎，叫人給我們拿點酸牛奶或馬林果來，」他對妻子說。「今年馬林果熟得很晚。」

此刻斯維亞日斯基心情很好，他站起身來，走開了，顯然認為談話已經結束，儘管列文覺得才要開始。

列文失去了一個交談者，只得繼續與那個蓄著灰白小鬍子的地主交談，極力向他證明，所有困難都出於我們不想瞭解我們雇工的特點和習慣。然而，那位地主像所有離群索居、想法獨特的人一樣，難以理解別人的想法，非常固執己見。他堅持說，俄國農民是豬，喜歡過豬一般的生活，要使他們脫離豬一般的生活，需要權力，而現在卻沒有權力；需要棍棒，而我們卻變成了十足的自由派，突然以什麼律師和監獄來代替使用了一千年的棍棒，在監獄裡給那些不中用的臭農民們喝很好的湯，並為他們計算出應有多少立方英尺的空氣。

「您為什麼認為，」列文極力想回到實質性的問題上來，「要找到那樣一種與勞動者的關係、使勞動取得成效，是不可能的事？」

「與俄國農民休想建立這種關係！我們沒有權力。」那個地主回答說。

「怎麼才能找到新的條件呢？」斯維亞日斯基喝了酸牛奶，點上一根菸，走到兩個爭論者面前說。「與勞動者可能確立的各種關係都已經確定下來，並且作了研究，」他說道。「野蠻時代的殘餘——施行連環保制度的原始公社自行瓦解了，農奴制已被消滅，剩下的只是自由勞動，它的形式明確、現成，必須採用：雇農、短工、佃農——不外乎這些。」

「但是歐洲對這些形式並不滿意。」

「是不滿意，並且正在尋找新的形式。大概會找到。」

「我說的正是這件事，」列文說，「為什麼我們不從自己這方面出發去尋找呢？」

「因為這樣做無異於重新去研究建設鐵路的方法。其實方法是現成的，早就設計好了。」

「但是，假如它們對我們來說不適用，假如它們並不高明呢？」列文說。

他又發現斯維亞日斯基眼裡的恐懼神色。

「哎呀，那我們就妄自尊大了：我們找到了歐洲正在尋找的東西啦！這套話我很熟悉，但是，對不起，歐洲在關於勞動組織問題上所做的一切，您知道嗎？」

「不，不大清楚。」

「現在歐洲的優秀人士對這個問題很感興趣。舒爾采—德里奇[58]派……後來則有最具自由思想的拉薩爾[59]派論勞動問題的一大批著作……米爾豪森體制——這都是事實，您大概是知道的。」

「我有點概念，但很模糊。」

「不，您只是說說而已，您對這一切的瞭解大概並不比我差。當然，我不是社會學的教授，但我對這感興趣，真的；假如您也有興趣的話，那就去研究吧。」

「但是他們得出了什麼結論呢？」

「對不起……」

兩個地主站起來告別，斯維亞日斯基又制止了列文那種愛窺測他內心世界、令人不快的習慣，走出去送客人。

二十八

這天晚上，列文和太太們待在一起，感到萬般無聊。他想到，自己現在對農業經營感到不滿，這並不是他個人的特殊情況，而是俄國農業的普遍狀況。他想到，要作出某種安排，使勞動者與勞動的關係像他在半路上遇到的那個農民家那樣，這並不是幻想，而是一個必須解決的問題。這些想法使他比任何時候都要激動。他認為這個問題是可以解決的，而且必須試著去解決。

列文與太太們道了晚安，答應明天再待上一整天，一起騎馬去公家的樹林看一處有趣的塌陷地。臨睡前他走進主人的書房，去拿斯維亞日斯基推薦給他的幾本有關勞動問題的書。斯維亞日斯基的書房很大，周圍擺滿書櫥，還有兩張桌子——一張是放在書房中央、笨重的寫字臺，另一張是圓桌，上頭有一盞檯燈，周圍呈星形擺放各種文字的最新報刊雜誌。寫字臺旁邊放著一個櫃子，抽屜上貼著金字標籤，裡面是各類文件。

斯維亞日斯基取出書，在搖椅上坐下。

「您在看什麼？」他對站在圓桌旁流覽雜誌的列文說。

---

58 舒爾采—德里奇（一八〇八—一八八三），德國政治活動家和經濟學家。

59 拉薩爾（一八二五—一八六四），德國小資產階級社會主義者，全德工人聯合會的組織者和領導人。

「對啦，這裡有一篇很有意思的文章，」斯維亞日斯基指著列文手裡拿著的那本雜誌說。「原來，」他興致勃勃地補充，「瓜分波蘭的完全不是弗里德里希[60]。原來……」

接著，他照例清楚簡潔地敘述了這些重要而有趣的新發現。雖然列文現在想的多半是農業問題，但他在聽主人說話的同時，自問道：「瞧他頭腦裡裝著什麼東西啊？為什麼，為什麼他對波蘭瓜分問題感興趣？」斯維亞日斯基說完以後，列文下意識地問道：「那又怎麼啦？」但是沒有任何回答。斯維亞日斯基感興趣的只是「原來」如何。但是，斯維亞日斯基沒有解釋，也覺得沒必要解釋，他為什麼對此感興趣。

「哦，我對那個愛生氣的地主很感興趣，」列文歎了口氣，說。「他聰明，並且說了許多實話。」

「哎喲，得了吧！他是個冥頑不靈、隱藏的農奴制擁護者，他們這些人都一個樣！」斯維亞日斯基說。

「您是他們的領袖呀……」

「是的，只是我把他們朝另一個方向領。」斯維亞日斯基笑著說。

「使我感興趣的是，」列文說，「他說得對，我們的事業——也就是合理經營農業——無法進行，只能像那位文靜的地主那樣採用放高利貸的辦法。要不然，就用最簡單的辦法。這是誰的錯呢？」

「當然，是我們自己。不過，說它進行不了是不對的。瓦西里奇科夫家就在這麼辦。」

「工廠……」

「但我還是不明白，為什麼您會感到奇怪。農民在物質和精神方面都處在很低的發展水準，顯然，他們對一切陌生的事物都會反彈。在歐洲，農業能合理經營是因為農民受過教育，因此，我們必須讓農民受教育，問題就在這裡。」

「怎麼讓農民受教育？」

「讓農民受教育需要三樣東西：學校、學校，還是學校。」

「可是您自己說過，農民的物質發展水準很低。學校在這方面能有什麼幫助呢？」

「您知道，您使我想起了一個有關勸告病人的笑話：『您試用一下瀉藥。』『試過了，情況更糟。』『試用一下醫蛭療法。』『試過了，情況更糟。』『那麼，只有向上帝禱告了。』『試過了，情況更糟。』我和您也一樣。我說政治經濟學，您說情況更糟。我說社會主義，您說情況更糟。我說教育，您說情況更糟。」

「那麼，學校在這方面，究竟有什麼幫助呢？」

「使他們產生其他的需求。」

「這點我怎麼也不明白，」列文激動地反駁說。「學校怎樣改善農民的物質狀況呢？您說，學校、教育會使他們產生新的需求。那就更糟了，因為他們的需求無法得到滿足。加減法和教義問答如何改善他們的物質狀況，這我永遠也無法明白。前天傍晚，我遇到一個抱著吃奶嬰兒的農婦，我問她去哪兒。她說：

『去找巫婆，孩子突然得了啼哭不停的怪病，我抱他去治一下。』我問，巫婆怎麼能治好孩子的哭病呢。

『她把孩子放在雞棚上，嘴裡再念咒。』」

「瞧，您自己就在說明問題！要她不把孩子放在雞棚上，這就需要……」斯維亞日斯基快活地微笑著說。

「噢，不！」列文氣惱地說，「我認為這種治療法就跟用學校治療農民一個樣。農民貧窮，無知無識，這我們看得沒錯，就像巫婆知道孩子得了哭病，因為孩子正在啼哭。但是學校怎樣幫助農民擺脫貧窮和無知，那就不明白了，就像不明白雞棚為什麼能治好哭病一樣。應該設法消除農民貧困的原因。」

---

60 此處約指弗里德里希二世（一七一二—一七八六），普魯士國王，曾參加瓜分波蘭的戰爭。

「嗯，至少在這一點上，您和您不那麼喜歡的斯賓塞是一致的。他也說，教育可能是生活富裕和舒適的結果，像他所說的，是經常洗滌的結果，但不是能讀會算的結果……」

「總之，說我和斯賓塞一致，我感到很高興，又或許相反，我感到很不高興；不過這一點我早知道。學校是沒有用的，有用的是那種能使農民富裕一些、空閒一些的經濟結構；等到農民富裕、空閒了，學校自然會產生。」

「然而，現在整個歐洲的學校都是義務的。」

「可是在這點上，您怎麼和斯賓塞一致呢？」列文問道。

這時候，在斯維亞日斯基眼睛裡閃過一絲恐懼的神色。接著，他微笑著說：

「不，這個治哭病的故事非常妙！難道是您親耳聽到的？」

列文明白，他無法發現這個人的生活和他思想之間的聯繫。顯然，他並不在乎他的議論會導向什麼結果，他需要的只是過程。當他的議論過程把他引進死胡同時，他就不高興了。他不喜歡這樣。為了擺脫困境，他就把話題轉到別的有趣事情上。

在半路上遇到的農民給他留下的印象，似乎成了這一天全部印象和思維的基礎，隨之而來的種種印象使他激動不已。這個可愛的斯維亞日斯基抱有的思想只是為了應付社會之用，顯然，他具有其他一些不為列文所知的生活原則，而他與老百姓在一起時，卻以那些與他觀點不同的思想來指導社會輿論。還有那個氣沖沖的地主，出於對生活的苦惱而發表的議論完全正確，但是他對整個階級、俄國最優秀階級的怨憤卻不然。同時，列文不滿意自己的活動，模模糊糊地希望找到糾正的方法。所有這一切都融合成一種內心焦急不安、期望盡快解決的情感。

列文待在為他準備的房間裡，躺在手腳一動就會突然往上彈的床墊上，久久不能入睡。斯維亞日斯基儘管發表了許多高深的言論，但是列文對他每次說的話都不感興趣，而那位地主的言論倒值得討論。列文不禁回想起他所有的話，並在想像裡修正自己的回答。

「是的，我應該對他說：您說我們的事業無法進行，是因為農民憎恨一切改良，要進行改良就不得不運用權力。如果農業不實行改良就無法進行，那麼，您的話是正確的。但是，只要雇工們按照自己的習慣，就像我半路上遇到的老頭家那樣，農業依然可以發展。我們對農業的普遍不滿說明，錯誤不是在我們身上，就是在雇工身上。我們早就按自己的方式、按歐洲的方式隨意行事，也不問問勞動力的性質如何。我們得承認勞動力不是理想的勞動力，而是具有獨特天性的俄國農民，我們應根據這種特點來經營農業。『要知道，』我應該對他說，『您應該像那個老農那樣經營農業，設法讓雇工們關心勞動的成果，並且找到他們能接受的改良方法。這樣，您就不會使土地貧瘠，收成也會比過去增加一倍或兩倍。您把收成對半分，一半給雇工們，您自己留下的比過去多，雇工們得到的也多一些。要做到這點，必須降低農業發展水準，使雇工對農業的收成發生興趣。怎樣做到這點，這是個細緻的問題，但無疑是辦得到的。』」

這個想法使列文十分興奮。他半夜沒睡著，一直在考慮如何實現這一想法。他原來不準備第二天走的，但是現在決定，明天一大早就坐車回家。此外，這個穿袒胸連衣裙的小姨子，令他產生一種像做了壞事後、羞愧又後悔的感覺。主要的是，他必須一刻也不耽誤地立刻回去，應該趕在越冬作物播種之前向農民們提出新方案，從而用新辦法播種。他決定全面改變過去的經營方法。

二十九

列文在實行自己的計畫時碰到許多困難，但是他盡了最大的努力；儘管沒有達到預期的成效，不過他沒有失望，他相信這項工作是值得做的。其中一個主要的困難是，農事已在進行，不能把一切都停下來，從頭開始，只能在運轉過程中將機器加以調整。

回家當晚，他就把自己的計畫告訴了管家。管家欣然同意他的一部分意見，即他以前所做的一切都很荒謬、無利可圖。管家說，這點他早就說過了，但是列文不聽。至於列文提出自己作為股東、和雇工們合夥經營農業，管家聽了顯出一副沮喪的神情，沒有表示任何明確的看法，卻立即談到，明天必須把餘下的黑麥捆運走，同時派人耕第二遍地，於是列文覺得，現在不是談他計畫的時候。

列文向農民們談起這件事，建議按新的條件向他們出租土地，也同樣遇到困難：農民們忙於眼前的農活，沒有時間考慮他的計畫是否有利。

單純的農民飼養員伊萬，似乎非常瞭解列文提出的、讓他全家分享飼養場利益的建議，完全支持這項計畫。但是當列文向他暗示將來的利益時，伊萬臉上卻流露出一種不安與抱歉的神色，表示他沒空再聽下去，趕忙找一件刻不容緩的事情：或者拿起叉子把乾草從牲口棚叉出來，或者給牲口倒水，或者清除廄肥。

另一個困難是農民絕對不相信，地主除了想盡量剝削他們之外，還會有其他目的。他們堅信，不管他嘴上對他們說什麼，他也永遠不會告訴他們真正的目的。他們自己也一樣，說了許多話來表明自己的見解，但從來也不會說出他們真正的心聲。此外（列文覺得，那個肝火很旺的地主說得對），農民認為，任何協定不可更改的第一個條件，就是不要強迫他們採用新的經營方式和使用新式農具。他們承認，新式犁耕地較好，快速犁效率也比較高，但是他們能找出成千上萬條理由來證明他們為什麼不能使用這兩種工具。雖然列文確信必須降低農業水準，但他捨不得放棄改良措施，因為它們的好處十分明顯。不過，儘管有這些困難，他還是達到了自己的目的，到秋天新計畫就開始實行，至少他是這樣認為的。

起初，列文想按照新的合作條件把自己整個產業租給農民、雇工和管家，接著他很快就確定，這是不可能的，於是決定把產業分成幾部分：飼養場、果園、菜園、若干塊草場和耕地，分別計算收支帳目。列文覺得，單純的飼養員伊萬比誰都理解他的計畫，他成立了一個主要由家裡人組成的合作組，參與經營飼養場。遠處一塊荒廢了八年的耕地，由六戶農民在聰明的木匠費奧多爾．列祖諾夫的幫助下，按新的合作條件承包，農民舒拉耶夫依同樣的條件承包了所有的菜園。其他產業仍用老辦法經營，這三個承包組是實現新辦法的第一步，列文在這上面傾注了全部精力。

事實上，飼養場的狀況至今不比以前好些，伊萬竭力反對讓母牛待在溫暖的牛棚裡，反對從鮮奶中提出奶油。他認為牛在寒冷處飼料吃得少、做優酪乳油可以獲得更多的利潤。他要求像過去一樣領工資。現在，他領到的錢不是工資，而是將來利潤的部分預支，對此他一點也不感興趣。

事實上，費奧多爾．列祖諾夫的合作組沒有按合約上規定的那樣耕兩遍地，他們為自己辯解說，時間短促，無法辦到。事實上，這個合作組的農民們儘管商定按新的規定經營，但沒有把這土地看成是共有的，而是對分制的租地。這個合作組的農民們和列祖諾夫本人不止一次地對列文說：「如果收地租的話，您可以省心一些，我們也隨便一些。」此外，這些農民找出各種藉口，把契約上規定的就地建飼養場和乾草棚的事一直拖延到冬天才辦。

事實上，舒拉耶夫想把他承包的菜園分成幾小塊轉租給農民。顯然，他完全曲解，而且似乎是故意曲解把土地租借給他的條件。

事實上，列文在與農民們談話、向他們說明新計畫的一切好處時，經常覺得農民們只是在聽他說話的聲音，心裡卻打定主意，不論他說什麼，都決不受他的騙。他和最聰明的農民列祖諾夫談話時，這個感覺尤其強烈，他發覺列祖諾夫眼神的變化，清楚表明他在嘲笑列文，同時懷著一種堅定的信心：即使有人受騙，無論如何也不會是他列祖諾夫。

儘管如此，列文還是認為，他的計畫可以實行，如果嚴格進行核算、堅持自己的主張，那麼，他將來總會使他們相信這種辦法的好處，事情也就會自然而然地順利發展。

這些事情，連同農業方面的其他事務，以及書房裡的寫作占用了他整整一個夏天，他幾乎沒有時間去打獵。八月底，他從送馬鞍來的人口中得知，奧勃朗斯基全家去莫斯科了。他覺得，由於自己的無禮，沒有給達里雅·亞歷山德羅夫娜寫回信，現在一想起這件事就愧疚得不能不臉紅。他已無法挽回，再也不能去他們家了。他對斯維亞日斯基也同樣無禮，不告而別，同樣不能再去拜訪了。現在他對這些事已經感到無所謂。新的農業計畫占據了他整副心思，有生以來他從來也沒有對任何事情如此投入過。他反覆閱讀了斯維亞日斯基借給他的書、抄下他手頭缺少的資料，翻閱有關這方面的政治經濟學書籍和社會主義著作；然而，真像他預料的那樣，找不到與他正在進行之事有關的論述。他時刻希望在政治經濟學書籍中，例如，他一開始熱中研究的穆勒[61]著作中，找到使他感興趣的問題的答案，卻只找到從歐洲經濟狀況中得出的規律。他怎麼也不明白，為什麼這些對俄國不適用的規律一定有普遍意義。在社會主義的著作裡他也看到同樣的情況：無論是過去他在大學時代曾迷戀過的美好、但又不切實際的空想，還是改良和彌補歐洲面臨的農業問題的辦法，都和俄國的農業沒有共通之處。政治經濟學說，歐洲財富過去和現在發展的規律是普遍的、無庸置疑的；社會主義著作說，按照這些規律發展必然導致毀滅。兩者不僅都沒有給予答覆，還沒有給予一點兒暗示，他列文和所有的俄國農民及地主，為了提高生產和增加公共福利，該怎麼對待千百萬雙手和千百萬畝土地。

他既然已著手研究此一問題，就得仔細認真地閱讀所有和這問題有關的書籍，並打算秋天去國外再實地考察，為的是在這一問題上不再發生他研究其他問題時所經常碰上的情況。常常是這樣的：他剛理解交談者的想法、開始述說自己的意見，交談者便突然對他說：「那麼考夫曼、鐘斯、杜布瓦、米契裡是怎麼說的？您沒有讀過他們的著作。讀讀吧，他們深入研究過這個問題。」

現在他清楚地看到，考夫曼和米契裡的東西什麼也沒有告訴他。他明白自己想要什麼。他知道俄國擁有極好的土地、極優秀的勞動者，在某些場合，例如他在途中遇到的那個農民一家，勞動者和土地提供了很多產品；而在大多數情況下，也就是按歐洲方式投放資本，產量就很少，這只是因為唯有按照勞動者自己特有的方式，他們才願意做事，而且做得好；這種對立並非偶然，而是一貫的、由民眾的特性決定的。他認為，俄國人民具有這樣一種意向，自覺地播種和耕作一大批閒置的田地，直到所有土地都不再閒置為止，為此，他們堅持採用這些必要的經營方式，而它們完全不像人們通常認為的那樣糟。他想在他的著作中、從理論上說明這點，並在自己經營實踐中加以證實。

---

61 穆勒（一七七三—一八三六），英國哲學家，經濟學家，社會活動家。

三十

九月底，為了在出租給合作組的土地上建造牲口棚，運來了一些木材，還賣掉了牛油，分了利潤。農業在實踐上辦得很出色，至少列文是這麼認為。為了從理論上闡明問題、完成自己的著作——列文夢想這部著作不僅應該在政治經濟學方面引起一場變革，而且要根本取消這門學科，奠定農民與土地關係新學科的基礎——必須去國外走一趟，實地研究國外在這方面所做的一切，並且找到確鑿的證據，證明在那裡辦的一切都是不必要的。列文只等小麥賣掉，拿到錢後，就去國外。但是，天下起雨來，地裡的穀物和馬鈴薯無法收穫，一切活兒都停下來，甚至小麥也無法賣出去。道路泥濘不堪，不能通行；兩座磨坊被洪水沖毀，天氣愈來愈糟。

九月三十日，太陽一大早就出來了，列文以為是個好天氣，便決定做啟程的準備工作。他吩咐裝運麥子，派管家到商人那兒收錢，自己則去農場作臨行前的最後安排。

列文辦完所有的事情之後，全身濕透，雨水沿著不透水的大衣流到他的脖子裡，灌進他的皮靴，但是傍晚回家時他卻精神抖擻、興致勃勃。天氣愈來愈糟，雪糝子抽打著渾身濕透、耳朵和腦袋抖動不停的馬，使牠只得側著身子走，戴著風雪帽的列文卻心情很好，他快活地環顧四周，時而望望沿著車轍流淌的水，時而望望光禿樹枝上掛著的水滴，時而望望橋面上點點滴滴沒有融化的白色雪糝，時而望望赤裸的榆樹周圍堆積成厚厚一層、顏色仍呈暗綠的落葉。雖然周圍的自然景物是陰鬱的，他卻覺得自己特別振奮。

在遠地村子裡同農民的一番談話表明，他們已經開始習慣新的合作關係。他在一個看門老頭家烤過衣服，老頭顯然贊成他的計畫，表示願意合夥購買牲口。

「只要堅定地朝目標前進，我一定能達到自己的目的，」列文心想，「而勞動和工作也就有了動力。這不是我個人的事，而是公共福利的問題。整個農業，主要是所有農民的狀況，應該徹底改變。用共同富裕來代替貧窮；以利益的一致來代替互相敵視。總之，這是一場不流血的革命，然而是極其偉大的革命，先從我們一個縣的小範圍開始，然後擴展到全省、全俄羅斯，最後擴展到全世界。一種正確的思想不會沒有成果。是的，這是一個值得為之努力工作的目標。至於我，科斯佳·列文，曾繫著黑領帶去參加舞會、求婚遭到謝爾巴茨卡雅小姐的拒絕，覺得自己是那麼可憐又不中用——這一切都無關緊要。我相信，富蘭克林[62]想到自己的往昔，也同樣會覺得自己不中用，同樣不相信自己。這都無所謂。他一定也有個可以與之暢談自己計畫的阿加菲雅·米哈伊洛夫娜。」

思緒滾滾的列文回到家時，天已經黑了。去商人那兒的管家回來了，帶回一部分小麥的錢。和看門老頭的合約也簽訂好了。管家路上看到其他各處的穀物都堆在地裡，所以比起別人家的損失，自己還沒來得及收上來的一百六十堆麥子算不了什麼。

吃過飯以後，列文照例拿起一本書坐在圈椅上，他一邊看書，一邊繼續思考與自己著作有關的、眼前這趟出國旅行。今天，他特別清楚地認識到他工作的全部意義，於是腦袋裡自然而然形成了表明他思想實

62 富蘭克林（一七〇六—一七九〇），美國啟蒙思想家，國務活動家，科學家，美國獨立宣言（一七七六）和一七八七年憲法的起草人之一。

質的整段整段文句。「這些應該寫下來，」他想，「它們應該成為一篇簡短的引言。過去我還認為引言不必要呢。」他起身向寫字臺走去，躺在他腳旁的拉斯卡伸伸懶腰，也站起來，朝他望望，彷彿在問他去哪兒。但他沒來得及寫下來，因為幾個帶頭的農民來請他安排農活，列文只得去前廳接見他們。

他接見了幾個帶頭的農民，安排好明天的工作，又接待了幾個有事來找他的農民，之後就回到書房，坐下來寫作。拉斯卡躺在桌子下邊；阿加菲雅・米哈伊洛夫娜坐在自己的位子上織襪子。

列文寫了一會兒，突然異常興奮地回想起吉媞——她的拒絕以及他們最後一次的相遇——他站起來，在房間裡踱步。

「沒什麼好煩惱的，」阿加菲雅・米哈伊洛夫娜對他說。「對了，您為什麼一直待在家裡？去溫泉多好，況且您也準備好了。」

「我要走也得到後天，阿加菲雅・米哈伊洛夫娜。必須把事情辦完。」

「得啦，您哪有什麼事！難道您給莊稼漢的報酬還少嗎？人們已經在說：你們老爺這樣做，會得到皇上的恩賜。真奇怪，您幹麼為農民操心呀？」

「我不是為他們操心，我是為自己而做。」

阿加菲雅・米哈伊洛夫娜對列文的農業計畫知道得很詳細。列文經常把自己的想法向她和盤托出，不時地與她爭論，不同意她的解釋。但是，現在她完全誤解了他對她說的話。

「人自然應該首先考慮自己的靈魂，」她歎了口氣說。「就拿帕爾芬・傑尼瑟奇來說吧，儘管他不識字，卻死得堂堂正正，但願上帝保佑大家都能這樣，」她談到了不久前死去的一個僕人。「給他授了聖餐禮和塗了聖油。」

「我說的不是這個，」他說，「我是說，我做這是為了自己的利益。要是農民們做得更好一些，我的收益就多一些。」

「無論您怎麼做，如果他是個懶漢，那辦什麼事都會馬馬虎虎、磨磨蹭蹭；要是他有良心，那就會好好的做，沒有良心，您也毫無辦法。」

「不過，您自己也說，伊萬照料牲口比過去費心。」

「我只說一句話，」阿加菲雅．米哈伊洛夫娜顯然不是隨口說說，而是吐出了認真、始終一貫的想法，「您該成家了，就是這事！」

阿加菲雅．米哈伊洛夫娜提到的，也正是列文剛才想過的事，它使列文感到痛心和委屈。列文皺起眉頭，沒有回答她的話，坐下來又開始寫作，反覆思考這項工作的意義。偶爾，在一片寂靜中，他聽到阿加菲雅．米哈伊洛夫娜織針發出的聲響，於是就想起他不願想起的事情，眉頭也皺了起來。

九點鐘，他聽到鈴鐺和馬車在泥濘中駛過的低沉響聲。

「啊，有客人來看您，您不會煩悶了。」阿加菲雅．米哈伊洛夫娜說著站起身朝門口走去。但是列文趕在她前面。現在他的寫作進行不下去了，因為任何客人的來到都會使他高興。

三十一

樓梯跑到一半，列文便聽到從前廳傳來熟悉的咳嗽聲；在自己的腳步聲干擾中，他聽得不很清楚，還希望是自己聽錯了；接著他看到了一個個子高高、瘦骨嶙峋的熟悉身影，想這不會是錯覺，但他依然希望自己看錯了，希望這個脫下皮大衣、咳嗽了一陣的高個子男人不是哥哥尼古拉。

列文愛自己的哥哥，但是和他待在一起總感到難受。尤其是現在，由於受到他突然想起的那樁心事和阿加菲雅・米哈伊洛夫娜的暗示影響，列文正心神不定，覺得與哥哥見面特別苦惱。他希望來客是某個快活、健康的外人，在他心緒不定時陪他解悶；現在他得會見的是對自己瞭若指掌，會喚起他內心深處的思緒、迫使他徹底坦白一切真情的哥哥，他可就不願意了。

列文為自己竟有這種卑劣的想法而生氣。他跑往前廳。才剛走近、看到了哥哥，那種失望的心情頓時就煙消雲散，取代它的是憐憫。尼古拉哥哥過去就瘦削、虛弱得可怕，現在，他顯得更瘦弱、更疲憊不堪了。他簡直成了一副包著一層皮的骨頭架子。

他站在前廳，扭動著細長的脖子，摘下圍巾，不同尋常地苦笑著。看到這種溫順的笑，列文感到喉嚨發緊，憋得喘不過氣來。

「瞧，我到你這兒來了，」尼古拉聲音嘶啞地說，眼睛一直凝視著弟弟的臉。「我早就想來，但身體一直不好。現在我算是好多了。」他說，一邊用枯瘦的大手摸摸鬍子。

「對，對！」列文回答。他吻了哥哥，自己的嘴唇感覺到哥哥臉上皮膚乾枯，又貼近地看到哥哥那雙閃著異樣光輝的大眼睛，心裡感到更害怕了。

幾個星期前，列文寫信給哥哥，告訴他家中剩下的那小部分未分的財產已經賣掉，哥哥大約可得到兩千盧布。

尼古拉告訴他，他現在就是來拿這筆錢的，而主要的是回老家待上一陣，像勇士那樣接觸故鄉的泥土，重新積聚力量，以便應付面臨的工作。儘管他的背更駝了、個高的他更瘦了，但是他的動作還是像往常那樣敏捷、急速。列文把他領進書房。

哥哥特別認真地換了衣服——過去他不是這樣的——梳了梳自己稀疏平直的頭髮，然後微笑著走上樓去。

他態度溫存、心情愉快，列文想起童年時期的哥哥常常就是這樣。他甚至在提到謝爾蓋．伊萬諾維奇時也毫無怨言。看到了阿加菲雅．米哈伊洛夫娜，他同她說了幾句笑話，並且詢問了一些老僕人的情況。得知帕爾芬．傑尼瑟奇已經去世，他感到很難過。他的臉上露出恐懼的神色，不過立刻又恢復了常態。

「他是老了，」他說，然後改變話題。「我在你這兒住一、兩個月，再去莫斯科。你知道，米亞赫科夫答應幫我找個職位，我要去任職。現在我得完全改變自己的生活，」他繼續說，「你知道，我把那個女人攆走了。」

「是瑪麗亞．尼古拉耶夫娜嗎？這是為什麼呢？」

「嗯，她是個討厭的女人！給我增添了許多麻煩。」但他沒說是什麼麻煩。他不能說，他攆走瑪麗亞．尼古拉耶夫娜是因為茶泡得太淡，更主要是因為，她照顧他就像照顧病人一樣。「而且，現在我要完全改變生活。當然，我和大家一樣，做過一些蠢事，但是，財產是小事，我並不吝惜。只要有健康的身體就行，感謝上帝，我已經恢復健康了。」

列文邊聽邊想，可想不出該說些什麼好。尼古拉大概也有同樣的感覺。他開始向弟弟詢問他各方面的情況；列文樂於講述自己的事，這樣他就可以不用裝假。他把自己的計畫和工作情況告訴了哥哥。

哥哥聽著，但顯然對此不感興趣。

這對兄弟彼此是那麼親近，在他們之間，即使再小的動作、說話的語調，都比言語更能表達內心的想法。

現在，他們兩人腦袋裡只有一件事，那就是尼古拉的病和死亡的逼近，這件事壓倒了一切。但是無論哥哥還是弟弟，都不敢說出口來。既然他們無論說什麼都不能流露出盤旋在腦際的這件事，因此兩人的話都是虛假的。黃昏過去了，到了睡覺的時候，列文從來沒有為此感到這麼高興過。過去無論和什麼外人在一起，無論什麼禮節性的訪問，他都沒有像今天這樣不自然、這麼虛偽。意識到這種不自然，並且為此而懊悔，使他感到更不自然。他真想對著自己心愛的、迎接死神的哥哥痛哭一場，卻只能聽著哥哥說他今後的生活打算，還得附和，不令談話中斷。

屋子潮濕，只有一個房間生火，列文就讓哥哥睡在自己的臥室裡，中間只隔著一道間壁。

哥哥躺在床上，不管是否入睡，身為病人他總是輾轉反側、老是咳嗽，咳不出的時候，嘴裡就咕噥著什麼。有時候，他呼吸困難，他便說：「哎喲，我的上帝呀！」有時候，痰堵得他出不來氣，他便惱火地罵道：「哼，見鬼！」列文聽著哥哥發出的聲響，很久沒有睡著，他思緒萬千，歸根結底是一個詞兒：死亡。

死亡是萬物不可避免的結局，它首次以無法抗拒的力量呈現在他面前。死亡就在這裡，就在這個半睡不醒中呻吟著、習慣成自然地時而呼叫上帝、時而詛咒魔鬼的心愛的哥哥身上，它根本就不像他以前所想像的那樣遙遠。它也在他自己身上，這一點他感覺得到。不是今天，就是明天，不是明天，就是三十年後，難道不都是一回事嗎？這無可避免的死亡究竟是什麼，他不僅不知道，別說從來沒有想過，也不會、不敢去想。

「我在工作、想闖出點什麼，卻忘記了一切都會結束，都會歸於死亡。」

黑暗中，他坐在床上，身子蜷縮成一團，雙手抱住膝蓋、屏住氣息，緊張地思索著。他愈是緊張地思考，心裡就愈清楚：事實無疑就是這樣，他確實忘記了，忽略了生活中一個小小的情況，那就是：死亡總會來臨。一切都會結束，沒有一件事值得動手去辦，這是毫無辦法的事。是的，這很可怕，但事實就是如此。

「不過，我還活著。現在究竟該怎麼辦，怎麼辦呢？」他絕望地說。他點亮蠟燭，小心翼翼地下了床，走到鏡子前面，看看自己的臉和頭髮。是啊，鬢角已經花白。他張開嘴。臼齒開始變壞了。他露出肌肉發達的胳膊。是啊，力氣挺大。但是現在靠殘肺呼吸的尼科連科過去身體也很健壯。他突然記起了他們小時候的情景：兩人一起躺下睡覺，等到費奧多爾·波格丹內奇一走出房門，他們就互相扔枕頭、哈哈大笑，不可遏止地笑，甚至對費奧多爾·波格丹內奇的恐懼也不能抑制迸湧而出的、生命的幸福感。「可現在只剩下這個凹陷的胸膛……而我也不知道自己將會如何……」

「咳！咳！真見鬼！你在忙些什麼，怎麼不睡覺？」哥哥在問他。

「沒什麼，我不知怎麼睡不著。」

「我睡得很好。現在我已不出汗了。你瞧瞧，摸摸我的襯衫。沒有出汗吧？」

列文摸了一下，走到間壁後面，吹熄蠟燭，還是久久不能入睡。他對怎樣生活的問題剛有點明白，突然又冒出一個難以解答的新問題——死亡。

「唉，他就要死去，不到春天就會死亡。唉，該怎麼救他呢？我能對他說什麼？這種事我知道什麼？我甚至忘了有這麼一回事。」

三十二

列文早就注意到：人們過於溫良、謙讓時，同他們待在一起往往不會感到自在，但是當他們很快就變得過於苛求和吹毛求疵時，那就會讓你受不了。他覺得，這種情況也出現在哥哥身上。確實，尼古拉哥哥的溫和態度沒有維持多久。第二天早晨，他就變得急躁易怒，竭力找弟弟的碴，觸及他的痛處。

列文覺得自己錯了，但又無法改正。他覺得，如果兩人都不裝傻，而是說了所謂的真心話，也就是把他們真正的想法和感覺說出來，那他們只能是互相對視，康斯坦丁只能說：「你快死了，你快死了，你快死了！」而尼古拉只能回答：「我知道我要死了，但是我害怕，害怕，害怕！」如果他們只談真心話，那就再也沒有什麼別的話好說了。這樣就不能生活，因此，康斯坦丁試圖做他一生想做而又不會做的事——依他的觀察，許多人都很擅長做這種事，而且少了它就無法生活——他試著說一些違心的話，又老是覺得這麼做顯得很虛偽，他哥哥會發現並因此感到惱怒。

第三天，尼古拉又叫弟弟把自己的計畫告訴他，他不僅開始指責它，還故意把它與共產主義混為一談。

「你只是利用別人的思想，但是你歪曲了它，想把它應用到不能應用的地方。」

「可我告訴你，這裡毫無共同之處。他們否認財產、資本、遺產的合理性，我並不否定這項重要的刺激因素（列文討厭自己使用這些字眼，但是從他專心致志於自己的著作那一刻起，就不由自主地開始愈來愈頻繁地使用外來語），只是想調整一下勞動。」

「問題就在這裡。你利用了別人的思想、去掉了它有力的地方，想讓別人相信這是一種新思想，」尼古拉生氣地扭動著繫著領帶的脖子說。

「我的思想與別人的毫無共同之處……」

「別人的思想，」尼古拉冷笑著說，目光流露出憤恨的神情，「怎麼說好呢，別人的思想至少有一種幾何學的魅力——明確、清楚。也許這是空想。但是，假定可以把一切往事變成一塊白板[63]：沒有私有財產、沒有家庭，那麼勞動自然就會得到調整。可你什麼也沒有……」

「你幹麼要混為一談呢？我從來就不是共產主義者。」

「我過去倒是，雖然我發現這為時過早，卻非常合理，像早期的基督教一樣很有前途。」

「我只是認為，應該以自然科學家的觀點來看待勞動力，即研究它、承認它的特點以及……」

「完全沒有必要。勞動力本身會根據自己的發展程度找到某種活動形式。起先到處是奴隸，後來是收益分成佃農[64]；現在我們有對分制、有地租、有雇農的勞動，你還要找什麼呢？」

聽了這些，列文突然發起火來，因為他內心深處害怕自己真的是想在共產主義和現存的生產方式之間尋求平衡，而這未必做得到。

「我正在尋找對自己和勞動者都有利的勞動方式。我想組織……」他急躁地回答。

「你什麼也不想組織；你一貫只想標新立異，想表示你不只是在剝削農民，而且還抱有某種理想。」

「好吧，你既然這麼想，那就請你別管了！」列文說，同時覺得左邊臉頰上的肌肉在抑制不住地抖動。

「你過去沒有、現在也沒有信念，你只是在滿足你的自尊心。」

「得啦，那很好，你別管我！」

「我才不管你呢！早就該走了，見鬼去吧，滾開！我很後悔到這兒來！」

無論列文過後怎麼安慰哥哥，尼古拉什麼也不想聽。他說，還是分開的好。康斯坦丁明白，這只是因為生活對哥哥來說無法忍受。

康斯坦丁又來到哥哥面前，不自然地說，如果有冒犯他的地方，請哥哥原諒，然而尼古拉已收拾好行李，準備走了。

「噢，多麼寬宏大量！」尼古拉說，微微一笑。「如果你希望聽到你是正確的，那我讓你得到滿足。你是正確的，可我反正得走！」

直到臨別最後一刻，尼古拉吻了一下列文，突然異樣嚴肅地望著弟弟：

「不管怎樣，別記恨我，科斯佳！」他的聲音發抖了。

這是他唯一的真心話。列文明白，這句話的意思是：「你看到也知道我身體很糟，我們也許再也見不著面了。」列文明白這意思，眼淚奪眶而出。他又吻了吻哥哥，什麼話也說不出來。

哥哥走後第三天，列文出國了。他在火車站遇到吉媞的堂兄謝爾巴茨基，他很訝異列文竟滿臉愁容。

「你怎麼了？」謝爾巴茨基問他。

「噢，沒什麼，世界上叫人快樂的事本來就很少。」

「怎麼很少？我們一起到巴黎去吧，別去什麼米盧斯了。去看看，那兒有多快樂！」

---

63 原文為拉丁文。此處意為抹去一切往事。

64 原文為英文。

「不，我完蛋了，我快死了。」

「原來是這麼回事！」謝爾巴茨基笑著說。「我的生活才剛剛開始呢。」

「不久前，我也是這麼想，但現在我知道，我很快就要死了。」

列文說出了他最近的真實想法。他處處看見死亡和死亡逼近。不過，他打算從事的事業愈來愈占據他的心。在死亡到來以前，無論如何總得活下去。他感到黑暗籠罩一切，而正是因為如此，他才覺得自己的事業是這黑暗中唯一的引路線索，因此他要竭盡全力，抓住它不放。

第四部

卡列寧夫婦繼續住在同一幢屋子裡，雖然每天見面，但彼此完全像陌生人一樣。阿列克謝．亞歷山德羅維奇給自己定下一條規矩：每天與妻子見面，以免僕人們猜測，但不在家吃飯。渥倫斯基從不到阿列克謝．亞歷山德羅維奇家來，安娜只在外面與他碰面，這點丈夫也知道。

這種狀況對三個人來說都很痛苦，要不是希望它會改變，希望這種可悲的困境只是暫時的、會過去的，那麼，他們中間沒有一個人能夠過一天這樣的日子。阿列克謝．亞歷山德羅維奇希望，妻子這種熾烈的愛情會像其他一切事情一樣，事過境遷，大家都會忘記這件事，也不會玷辱他的名聲。安娜能忍受這種處境——是她造成的，她比誰都痛苦——因為她不僅希望，而且堅信，這一切很快就會獲得解決，事情就會明朗化。她根本不知道靠什麼來解決這種狀況，但她堅信，解決的辦法馬上就會出現。渥倫斯基不由自主地順從她，也希望會出現某種不依賴於他的辦法來擺脫困境。

仲冬，渥倫斯基很無聊地過了一個星期。他被指定接待一位來彼得堡訪問的外國親王，並陪同參觀彼得堡的名勝古蹟。渥倫斯基本人儀表堂堂、舉止莊重而彬彬有禮，習慣跟這種人物打交道，因此被派去當接待。但是，他覺得這項工作十分費力。這位親王不想放過任何一件他回國後人家會向他問起的事物，他本人也想盡情地享受俄國的種種樂趣。渥倫斯基必須在這兩方面都當他的嚮導。每天上午他們去參觀名勝古蹟，晚上則參加俄國式的娛樂。親王的身體狀況極佳，這在親王裡也算非比尋常。他做體操健身、悉心保養身體，精力十分旺盛，因此，儘管他因沉湎於玩樂而消耗過多的精力，氣色卻仍然很好，就像那新鮮碧綠、有光澤的荷蘭黃瓜。親王遊覽過很多地方，認為目前交通方便的一個主要好處就是可以讓人享受到有民族特色的娛樂。他到過西班牙，在那裡唱過小夜曲，並且與一個彈曼陀鈴的西班牙女人相好；在瑞士，他殺過一頭岩羚羊；在英國，他穿著紅燕尾服騎馬越過障礙、打賭射死過兩百隻野雞；在土耳其，他去過後宮；在印度，他騎過大象。而現在，在俄國，他就想享受俄國獨有的各種玩樂。

渥倫斯基彷彿成了他的典禮官，為了安排各種人物向親王推薦的所有俄國娛樂，他花了很大的力氣。有賽馬、吃油煎薄餅、獵熊、乘三套馬車、和吉卜賽人玩樂、摔盆砸碗的俄國式狂飲。親王輕而易舉地掌握了俄羅斯精神：他砸碎了放著碗碟的盤子、讓吉卜賽女人坐在膝頭，似乎還在問：還有什麼，難道俄羅斯精神只有這些？

實際上，在所有俄國的娛樂活動中，親王最喜歡的是法國女演員、芭蕾舞女和白封的香檳。渥倫斯基慣於接待親王，但不知是因為他近來本人變了，還是因為與這位親王太接近，他覺得這個星期非常難挨。整整一星期裡，他一直覺得自己彷彿是被派去照顧一個會傷人的瘋子，他害怕對方，同時還害怕因為接近瘋子，自己也會失常。渥倫斯基總覺得，必須每秒鐘都嚴格保持一本正經而又彬彬有禮的態度，以免自己受到侮辱。有些人煞費苦心地向親王提供俄國式的娛樂，渥倫斯基為此感到驚奇，而親王對這些人卻很蔑視。他對他想研究的俄國女人的各種評論，不止一次使渥倫斯基氣得滿臉通紅。渥倫斯基對親王之所以特別不能容忍，是因為他在親王身上不由自主地看到了自己的影子。他在這面鏡子裡看到的事情並沒有使他的自尊心得到滿足。這是一個很愚蠢、自信、健壯、整潔的人，僅此而已。他是個紳士，這是事實，渥倫斯基無法否定。他平等地對待上司，不阿諛奉承，對待同僚態度隨便、直率，對待下級則既輕視又寬容。

渥倫斯基本人也是這樣，並且認為這是很大的優點；但是對於這位親王來說，他是下級，親王對他那種既輕視又寬容的態度使他憤怒。

「笨牛！難道我也是這樣的嗎？」他心想。

不管怎樣，第七天，當他與動身去莫斯科的親王告別、接受了親王的謝意之後，他就為了擺脫這種尷尬的處境和這面令人討厭的鏡子而感到幸運。他們通宵獵熊，表現出俄國式的勇敢；在獵熊回來的路上，兩人才在火車站分道揚鑣。

二

回家後，渥倫斯基看到安娜寫來的便條。她寫道：「我病了，心裡很難受。我不能出門，但又不能長時間見不到您。晚上來吧。阿列克謝・亞歷山德羅維奇七點鐘去開會，要到十點鐘才回來。」渥倫斯基想了想，覺得有點奇怪，她怎麼會不顧丈夫的警告，要他直接去她家，但他還是決定去一次。

渥倫斯基今年冬天晉升為上校，從團裡搬出來單獨居住。吃過早飯，他立刻躺在沙發上；五分鐘以後，最近一段時間裡他所目睹的各種醜惡景象、安娜的形象，以及那個在獵熊中扮演要角的農民形象，在他腦海裡糾結成一團；接著，渥倫斯基睡著了。他醒來時，天色已暗，他嚇得渾身發抖，急忙點燃了蠟燭。「什麼事？什麼事？我夢見什麼可怕的事了？對，對，那個個子矮小、骯髒不堪、鬍子蓬亂的打獵農民彎著腰在做什麼，突然他用法語說了一些奇怪的話。對，其他什麼也沒有夢見，」他心裡想。「但為什麼會這麼可怕？」他又清清楚楚地想起那個農民和他說的那些莫名其妙的法文，不由得毛骨悚然。

「多麼荒唐！」渥倫斯基心想，看了看手錶。

已經八點半了。他打鈴喚來僕人，急匆匆地穿上衣服，走到臺階上，完全忘記了剛才做的夢，只是擔心遲到。他來到卡列寧家門口，看了看手錶，差十分鐘就九點了。門口停著一輛套著兩匹灰馬、又高又窄的四輪轎式馬車。他認出這是安娜的車。「她準備到我那兒去，」渥倫斯基心想，「這樣倒好。我不願進這幢屋子。但是進去也沒關係，我不能老是躲著，」他對自己說。接著，他帶著一種從小就養成的從容自信、無拘無束的態度跳下雪橇，朝大門走去。門打開了，一個手上拿著毯子的看門人在召喚馬車。對一切細節一向不在意的渥倫斯基，此刻卻發現看門人看他時流露出一種驚奇的神情。就在大門口，渥倫斯基幾乎與阿列克謝．亞歷山德羅維奇迎面相撞。瓦斯燈直接照亮了黑色大禮帽下那張沒有血色、消瘦的臉，和海狸皮領子下白得耀眼的領結。卡列寧那雙呆滯、混濁的眼睛直盯著渥倫斯基的臉。渥倫斯基行了個禮，卡列寧咬了一下嘴唇，將一隻手舉到帽檐邊，走了過去。渥倫斯基看到，他頭也不回地坐到車上，從車窗接過毯子和望遠鏡，然後就消失了。渥倫斯基走進前廳。他的雙眉緊皺，眼睛裡閃現出憤怒和傲慢的光芒。

「這是什麼樣的處境啊！」他心想。「如果他要決鬥、維護自己的名譽，那我倒可以採取行動，表示自己的感情。可是他是這麼怯懦或者卑鄙……他讓我處在騙子的地位上，而我從來也不願意當騙子。」

自從和安娜在弗列達家的花園談話以後，渥倫斯基的想法有了很大的變化。安娜完全委身於他，並且一個心眼地等待他決定她的命運、聽從他的任何安排。可是他卻不由自主地順從了她的軟弱，早就不再像他過去想的那樣，以為他們的這種關係可以結束。他那謀求功名的計畫又退到次要地位，於是他覺得自己脫離了那個決定他前途的活動圈子，全心全意地沉浸在對安娜的感情之中，任由它愈來愈牢固地把他們縛在一起。

還在前廳，他就聽到她遠去的腳步聲。他明白，她剛才在等他，細心聽著動靜，現在回到客廳去了。

「不！」她看到他便大聲喊叫起來，眼淚隨著她的聲音奪眶而出，「不，要是再這樣繼續下去，事情還會發生得更快，更快！」

「什麼事，我親愛的？」

「什麼事？我在等，我在受罪，一個小時、兩個小時……不，我不能！……我不能跟你吵架。你一定也是無能為力。不，我不能！」

她把雙手搭在他肩上，用深情、興奮，同時又是探詢的目光久久地望著他。她仔細地打量他的臉，以彌補她沒有見到他那段時間的損失。她像每次見面時那樣，把自己想像中的他（無比優美、不存在於現實中的他）與實際上的他融合在一起。

三

「你碰到他了嗎？」當他們坐在桌旁燈下時，她問道。「這就是對你遲到的懲罰。」

「是的，但怎麼會這樣？他應該在開會呀？」

「他開完會回來了，現在又不知上哪兒去。但沒關係。不談這個。你到哪兒去了？還在陪那個親王嗎？」

她知道他生活的一切細節。他想說，他一夜沒睡，所以睡著了，但是望著她那興奮幸福的臉，他感到慚愧，於是他說，親王走了，他得向上級報告。

「那麼現在一切都結束了？他走了嗎？」

「謝天謝地，一切都結束了。妳不會相信，這種事，我真受不了。」

「為什麼？這不是你們年輕男子常過的生活嗎？」她皺著雙眉說，然後拿起放在桌上的編織物，眼睛不看渥倫斯基，從編織物中抽出鉤針。

「我早就放棄這種生活了，」他說，同時對她臉上的表情變化感到驚奇，極力想看透背後的含義。「說真的，」他微笑著說，露出一口整齊的白牙，「這整個星期，我看這種生活就像照鏡子似的，心裡不是滋味。」

她手裡拿著編織物，但是沒有編織，而是用一種古怪、閃爍又不友好的目光望著他。

「今天早上麗莎到我這兒來過，她們可不怕利季雅・伊萬諾夫娜伯爵夫人，敢於上我這兒，」她插了一句，「她談到了你們狂歡放蕩的夜宴。多麼可惡呀！」

「我剛想說……」

她打斷他的話。

「你過去認識的泰麗莎也在嗎？」

「我剛想說……」

「你們男人多可惡呀！你們無法想像，女人是永遠不會忘記這種事的，」她愈說愈氣憤，她的話向他公開了自己氣憤的原因。「尤其是無法知道你生活的女人。我現在知道什麼呢？我過去又知道什麼？」她說。「我只知道你告訴我的事。我怎麼知道你對我說的是不是真話……」

「安娜！妳這樣說對我不公平。難道妳不相信我嗎？難道我不曾對妳說過，我沒有什麼想法瞞著妳嗎？」

「是的，是的，」她說，顯然在極力驅除嫉妒的念頭。「但是你要知道，我的心情是多麼痛苦！我相信你、相信你……那麼你要說什麼？」

他無法立即記起他想說的話。最近，她愈來愈頻繁發作的醋勁大發使他非常害怕，而且，不管他如何掩飾，他都為此對她冷淡了，儘管他知道她吃醋是因為愛他。他曾多少次對自己說，得到她的愛是一種幸福；現在她愛他，一如把愛情看得重於生活的所有其他幸福女人那樣，可是比起從莫斯科一路跟蹤她的時候，他離幸福遠得多了。當時他認為自己很不幸，但是幸福就在前面；現在他卻覺得最大的幸福已經過去。她再也不像他最初見到的那個女人。她在精神和肉體上都今非昔比。她整個身體變寬了，當她談論女演員時，臉上有一種使她的臉變得難看的憤恨表情。他望著她，就像一個人望著被他摘下來的一朵蔫了的花，這人是因為花朵美麗才把它摘下來，卻也把它給毀了，現在他已難看出它的美。儘管如此，他覺得，當初在他的愛情比較強烈的時候，如果他真的願意的話，他是能夠把這份愛從自己心裡抹去的；但是現在，就像此時此刻、他似乎感覺不到對她的愛的時候，他知道，他與她的關係是不可能割斷的。

「得啦，得啦，關於那個親王，你想告訴我什麼？我趕走了，趕走了惡魔，」她接著說。惡魔是他們對嫉妒的稱呼。「對了，你不是一開始就講親王的嗎？你為什麼會受不了呢？」

「唉，真忍受不了！」他極力抓住被打亂的思緒。「他不是能從親密的交往中贏得尊敬的人。如果給他下評語的話，他是一頭被飼養得很好的牲口，在展覽會上一定會得頭獎，僅此而已，」他用一種惱火的、想使她感興趣的口吻說。

「不，怎麼這樣說？」她反駁道。「他畢竟是個見多識廣、有教養的人吧？」

「這完全是另一種教養——他們的教養。顯然，他受教養只是為了有權蔑視教養，就像他們除了肉體上的滿足以外，也蔑視一切那樣。」

「你們大家還不是都喜歡這種肉體上的滿足，」她說，於是他又在回避他的目光中，發現了那種憂鬱的眼神。

「妳怎麼這樣為他辯護？」他微笑著說。

「我不是辯護，這跟我完全無關。但是，我認為，如果你本人不喜歡這種滿足，你本來可以拒絕的。可是你看光著身子的泰麗莎就感到滿足……」

「又來了，魔鬼又來了！」渥倫斯基抓住她擱在桌上的一隻手吻了吻，說道。

「是的，但是我無法忍受！你不知道，我等你的時候有多麼痛苦！我認為我不是吃醋。我不是。當你在這兒、和我在一起的時候，我相信你；但是，當你一個人在別的地方、過一種我不瞭解的生活的時候……」

她側身避開他，終於把鉤針從編織物裡抽了出來，在食指的幫助下迅速地一針一針鉤著在燈光下閃爍的白毛線，她那纖細的手腕在繡花的袖口裡迅速而神經質地轉動著。

「哦，怎麼樣？你在什麼地方遇到阿列克謝・亞歷山德羅維奇的？」她突然不自然地說。

「我們是在大門口碰見的。」

「他是這樣向你行禮的嗎？」

她拉長臉，半閉起眼睛，迅速地改變臉上的表情，放下手裡的活兒，於是渥倫斯基在她美麗的臉上突然看到了阿列克謝・亞歷山德羅維奇向他行禮時的那種表情。他微微一笑，而她卻用那種可愛的低音快活地笑起來——這是她主要的魅力之一。

「我一點兒也不明白，」渥倫斯基說。「如果妳在別墅向他說明白，而他跟妳從此決裂的話；倘若他要求我決鬥的話……但現在他這麼做，我就不明白了。他怎麼能忍受這種情況呢？他很痛苦，這顯而易見。」

「他？」她帶著冷笑說。「他滿足得很呢。」

「既然一切都可以處理得很好，我們大家何必像現在這樣痛苦呢？」

「只有他不痛苦。難道我還不瞭解他，不瞭解他徹頭徹尾的虛偽嗎？……一個有點感情的人，難道能像他和我那樣生活下去嗎？他什麼也不瞭解，什麼也感覺不到。難道一個有點感情的人，能夠與自己有罪的妻子同住在一個屋簷下嗎？難道能與她說話嗎？能對她稱妳嗎？」

接著，她又不由自主地學起他來。「妳，親愛的，妳，安娜！」

「他不是男子漢，不是人，是塊木頭！誰也不瞭解他，但是我瞭解。哼，要是我處在他的位置，我早就把像我這樣的妻子殺死了，把她撕成碎塊，而決不會說：妳，親愛的，安娜。他不是人，是一架官僚機器。他不懂我是你的妻子，他是外人、是多餘的人……我們不要，不要說了！……」

「妳不公正。不公正，親愛的，」渥倫斯基極力想安慰她。「不過，反正無所謂，我們不要談他吧。告訴我，妳最近在做什麼？發生了什麼事？妳的病怎麼樣，醫生說了些什麼？」

她用含著嘲笑意味的快樂眼神望著他。顯然她又想起丈夫身上那些可笑、醜陋的方面，等待時機，把它們說出來。

他繼續說：

「我猜，妳這不是病，妳懷孕了。產期是什麼時候？」

嘲笑的神情在她眼裡消失，而另一種微笑，由於意識到某種他所不瞭解的事情和內心的憂鬱而引發的笑，取代了她先前的表情。

「快了，快了。你說過，我們的處境很痛苦，應該把它給結束。但願你能知道，這種處境讓我有多痛苦，而為了能自由自在、無拘無束地愛你，我付出了什麼樣的代價！我不想讓自己的嫉妒來折磨自己、折磨你……這事快了，但不像我們所料想的那樣。」

想到將來，她感到自己很可憐，於是眼淚湧上了眼眶，她說不下去了。她把手放在他的袖口，手上的戒指和潔白的皮膚在燈光下閃爍著。

「這不會像我們預料的那樣。這話我本不想對你說，是你逼我說的。快了，很快一切都會了結，那時我們大家都會平靜下來，不用再受折磨。」

「我不懂。」他說，心裡卻明白她的意思。

「你問什麼時候？快了。我熬不過這一關。別打斷我！」她急忙說。「我知道，而且清楚得很。我很高興，我要死了，你可以自由了，我也解脫了。」

淚水從她的眼裡滾落，他彎下身子吻她的手，極力想掩飾自己這沒來由卻又無法克制的激動。

「就這樣，這樣更好，」她說著，緊緊握住他的手。「就這一條出路，我們唯一的出路。」

他冷靜下來，抬起了頭。

「真荒唐！妳說的真是毫無意義的荒唐話！」

「不，這是真的。」

「什麼，什麼真的？」

「我快死了。我做了一個夢。」

「夢？」渥倫斯基重複她的話，頓時想起自己夢見的那個農民。

「是的，夢，」她說。「我早就做過這種夢。我夢見跑進自己的臥室，到裡面去拿什麼東西，尋找什麼；你知道，夢裡常常會有的事，」她恐懼地瞪著眼睛說，「在臥室角落裡站著一個東西。」

「哎喲，真荒唐！怎麼能相信呢……」

她不讓他打斷自己的話，她說的話對她太重要了。

「那個東西轉過身來，於是我看到，是個鬍子蓬亂、矮小可怕的男人。我想逃跑，而他朝一個袋子彎下身，兩隻手在裡面掏著什麼……」

她做出那人在口袋裡掏東西的樣子，臉上露出恐懼的神色。於是渥倫斯基想起自己做的夢，感到自己心中也充滿同樣的恐懼。

「他掏著口袋，嘴裡很快說著法語：『要把這塊鐵打平、敲碎，揉壓成形……』我嚇得想醒過來——我好像醒過來了……但醒來還是在夢裡。我問自己，這夢意味著什麼。科爾涅伊對我說：『您會在生產時死去，在生產時，太太……』這時我才真的醒過來了……」

「多荒唐，多荒唐！」渥倫斯基說，但自己也感到這話沒有任何說服力。

「我們不說了。你打一下鈴，我讓人送茶來。對了，你等著吧，我不久就會……」

她突然住了口。她臉上的表情一下子變了。恐懼和激動突然被平靜、認真和幸福的神情所取代。他無法明白這種變化的意義。她感覺到一個新生命在她體內蠕動。

四

阿列克謝・亞歷山德羅維奇在家門口的臺階上遇到渥倫斯基後，仍按原來的打算去看義大利歌劇。他坐在那裡看了兩幕，並看到了他要見的人。回到家後，他仔細地看了掛衣架，發現軍大衣不在了，便照常走到自己的房裡。他沒有像平時那樣躺下睡覺，而是在自己的書房裡來回踱步，直到半夜三點。他對妻子大為惱火，心裡久久不能平靜；她不顧體面、不履行他對她提出的唯一條件——不要在家裡接待情人。她不執行他的要求，所以他應該懲罰她，將自己對她的警告付諸實施——提出離婚、奪走兒子。他知道這麼做有許多困難，但是他說過，他要這麼做，那麼，現在他就應該實行自己的警告。利季雅・伊萬諾夫娜伯爵夫人暗示他，這是擺脫他目前處境的最好方法，而且最近辦離婚手續大有改進，阿列克謝・亞歷山德羅維奇感到這些表面上的困難不是不可以克服。再說，禍不單行，有關異族人的安置問題和紮賴斯克省的農田灌溉問題給阿列克謝・亞歷山德羅維奇帶來了那麼多公務上的麻煩，使得他近來的心情十分惡劣。

他徹夜未眠，火氣愈來愈大，天亮時已達到頂點。他匆匆穿好衣服，彷彿端著一隻充滿怒氣的杯子，生怕隨著怒氣溢出，他會失去與妻子談判所需要的力量，因此一聽到她起床的動靜，他便走進她的房間。

安娜自以為很瞭解丈夫，但是他進她房間時的那副神態使她大吃一驚。他雙眉緊皺，兩眼避開她的目光，陰鬱地看著自己的前方，嘴巴堅決而又輕蔑地緊閉著。在他的步態、動作和聲音中表現出妻子從來沒有在他身上看到過的那種堅定和果斷。他進了房間，沒有和她打招呼，直接走到她的寫字臺前、拿起鑰匙，打開抽屜。

「您要什麼？！」她喊道。

「您情人的信。」他說。

「這裡沒有，」她關上抽屜，說。根據她這個動作，他明白，自己猜對了，便粗暴地推開她的手，迅速地抓起他知道她放最重要信件的資料夾。她想奪回資料夾，但是他推開了她。

「坐下！我需要和您談談，」他說，把資料夾夾在腋下，用胳膊肘緊緊地將它夾住，這樣，他的一邊肩膀便聳了起來。

她驚奇而又膽怯地默默瞧著他。

「我對您說過，不允許您在家裡接待您的情人。」

「我需要見他，因為……」

她住口了，沒有找到任何理由。

「我不想詳細瞭解一個女人需要見到自己情人的原因。」

「我想，我只是……」她漲紅了臉說。他這種粗暴態度激怒了她，使她增添了勇氣。「難道您沒有感覺到，您是在輕易地侮辱我？」她說。

「對清白之人和貞潔的妻子才談得上侮辱，但是對小偷說他是小偷，只是確定事實罷了。」

「我以前還真沒發現您這殘酷的一面。」

「丈夫讓妻子自由，只要她顧及體面，就保全她清白的名聲，而您稱之為殘酷。難道這是殘酷嗎？」

「這比殘酷更糟。要是您想知道的話，這是卑鄙！」安娜憤怒地喊道，然後站起來，想走出去。

「不行！」他用比平時更尖細的聲音吼道，然後用自己粗大的手使勁地抓住她的手腕，被他緊按住的手鐲在她手上留下了紅印。他強迫她在原來的位子上坐下。「卑鄙？如果您想使用這個詞，那麼，告訴您，為了情人而拋棄丈夫和兒子，卻又吃著丈夫的麵包，那才叫卑鄙！」

她低下了頭。她不僅沒有說昨天對情人說的話，沒有說他是她的丈夫、而形式上的丈夫是多餘的；她甚至沒有想到這些。她感到對方說得沒錯，於是低聲說：

「我的處境，您再怎麼形容，都沒有我本人所體驗到的那麼糟；但是您為什麼要說這些話呢？」

「我為什麼要？為什麼？」他還是那麼氣憤地繼續說。「為了讓您知道，因為您沒有執行我的意願、不顧全面子，我就得採取措施，結束這種狀況。」

「快了，它就快結束了，」她說，想到她現在渴望而又臨近的死亡，眼淚又奪眶而出。

「這種狀況會結束得比您和您的情人所想像的快！你們需要的是滿足肉體上的慾望……」

「阿列克謝・亞歷山德羅維奇！落井下石，我不說不厚道，但要說不正派。」

「是的，您只想到自己，而對別人的痛苦，對您丈夫的痛苦，您卻毫不在意。他的一生被毀了，他疼……疼……疼苦，您全然不顧。」

阿列克謝・亞歷山德羅維奇說得那麼快，結巴起來，怎麼也說不出「痛苦」這個詞兒，結果說成了疼苦。她感到好笑，但又立刻感到羞愧，因為在這種時刻她還覺得有什麼事可笑。霎時間，她第一次同情起他，設身處地地替他想了想，開始可憐他來了。但是她還能說什麼或者做什麼呢？她低下頭，不再作聲了。他也沉默了一會兒，然後用不像剛才那樣尖細的聲音冷冷地說起來，隨意在一些毫無特殊意義的字眼上加重語氣。

「我來告訴您……」他說。

她望了他一眼。「不，這是我的錯覺，」她心想，回想起他在說疼苦這兩個字時的臉部表情，「不，難道一個目光那麼遲鈍、神情那麼泰然自得的人，會有什麼感情嗎？」

「我什麼都不能改變。」她低聲說。

「我來告訴您，我明天去莫斯科，再也不回這座房子，而您將透過我委託辦理離婚手續的律師得知我的決定。我的兒子要去我姊姊家，」阿列克謝·亞歷山德羅維奇說。他好不容易才想起自己要說的、關於兒子的話。

「您帶走謝廖沙是為了使我痛苦，」她惱怒地望著他說。「您並不愛他……留下謝廖沙吧！」

「是的，我甚至失去了對兒子的愛，因為我對您的厭惡。但我還是要帶走他。再見！」

他說完就想走，這時她卻攔住了他。

「阿列克謝·亞歷山德羅維奇，留下謝廖沙吧！」她又低聲說道。「我再也沒有什麼別的話可說了。把謝廖沙留在我身邊，直到……我馬上要生產了，留下他吧！」

阿列克謝·亞歷山德羅維奇漲紅了臉，掙脫她的手，默默地走出她的房間。

五

阿列克謝・亞歷山德羅維奇走進彼得堡著名律師的接待室時，裡面已坐滿了人。有三位太太：一位老的，一位年輕的，還有一位商人的妻子；三位先生：一位是手指上戴著戒指的德國銀行家，另一位是大鬍子商人，第三位是穿著文官制服、頸子上掛著十字架，一臉怒氣的官員，顯然他們已經等了很久。兩位助手伏在桌上寫東西，筆尖發出沙沙響聲。文具極佳，一向講究文具的阿列克謝・亞歷山德羅維奇不能不注意到這點。其中一個助手，沒有站起來，稍稍瞇縫起眼睛，氣沖沖地對阿列克謝・亞歷山德羅維奇說道：

「您有什麼事？」

「我有事找律師。」

「律師正忙著，」助手用筆指著等候的人們，嚴厲地說，然後又繼續寫東西。

「他能不能擠出點時間？」阿列克謝・亞歷山德羅維奇說。

「他沒有空檔。他一直很忙。請您等著。」

「那麼麻煩您把我的名片交給他，」阿列克謝・亞歷山德羅維奇帶著自尊說，知道不得不說出自己的真實姓名了。

助手接過名片，顯然對上頭的內容不感興趣，直接朝門裡走去。

阿列克謝・亞歷山德羅維奇原則上贊同公開審判，但是由於他熟悉上層社會的種種內情，因此並不完全贊同俄國公開審判的一些具體做法，而且最高當局核准的規章愈是許可，他就愈是反對。他的一生都是在行政活動中度過的，因此，當他不贊同某件事時，他會承認錯誤是在所難免，而且可以得到糾正，這樣一來，他的不贊同態度就會緩和。他不贊成新的審判制度中有關使用律師的條款。他至今沒有與律師打過交道，所以只是在理論上不贊同使用律師；而現在，他在律師接待室得到的不愉快印象，則加強了他的不滿。

「馬上就出來，」助手說。果然，過了兩分鐘，門口出現了剛與律師商談過的高個子老法學家和律師本人。

律師矮墩墩的身材，禿頂，留著深褐色的大鬍子，長有兩道淺色的長眉毛和突出的前額。他穿著入時，從領帶、雙重錶鏈到漆皮靴都很漂亮，像個新郎。他那張臉機靈而粗魯，服裝時髦，但是俗氣。

「請進，」律師對阿列克謝．亞歷山德羅維奇說。接著，他悶悶不樂地把卡列寧讓進屋裡，隨後關上了門。

「請坐！」他指指寫字臺旁的圈椅說。寫字臺上放著檔案。自己則在主位上坐下，然後把腦袋歪向一邊，搓著短短手指上長著白色汗毛的小手。他剛按這樣的姿勢坐定，就有一隻飛蛾在寫字臺上飛過。律師以出人意料的速度伸出雙手、抓住了蛾，然後又恢復原先的姿勢。

「在講我的事情之前，」阿列克謝．亞歷山德羅維奇說，詫異地注視著律師的動作，「我得指出，我要跟您談的事必須保密。」

隱約可見的微笑使律師那兩撇下垂的褐色小鬍子往兩邊分開。

「要是我不能保守當事人告訴我的祕密，那我就不是律師。要是您需要證明……」

阿列克謝・亞歷山德羅維奇看了看對方的臉，看到他那雙灰色、聰明的眼睛在笑，彷彿什麼都明白似的。

「您知道我的姓嗎？」阿列克謝・亞歷山德羅維奇繼續說。

「我知道您和您從事的有益活動。」他又抓住一隻飛蛾。「所有俄國人都知道。」律師躬著身子說。

阿列克謝・亞歷山德羅維奇歎了口氣，鼓起勇氣來。既然決心已下，他就用自己那尖細的聲音繼續說下去。他沒有膽怯，也沒有口吃，並且在幾個字上加重了語氣。

「我真不幸，」阿列克謝・亞歷山德羅維奇開始說，「成了受騙的丈夫。我希望根據法律中斷我和妻子的關係，也就是離婚，條件是兒子不能留在母親身邊。」

律師那對灰色的眼睛極力克制住笑意，但是由於止不住的興奮而轉動著；阿列克謝・亞歷山德羅維奇看出，這不只是一個接到一筆賺錢生意的人的快樂，這裡還有勝利和狂熱，一種他在妻子眼睛裡看到的可怕的閃光。

「您要我協助辦理離婚的事嗎？」

「是的，正是如此，不過我必須事先告訴您，我恐怕會浪費您的精力。我來只是先同您商量一下。我想離婚，但是離婚的形式對我來說很重要。如果形式不符合我的要求，我很可能不採用法律手段。」

「噢，這沒問題，」律師說，「這總是由您決定。」

律師低下眼睛望著阿列克謝・亞歷山德羅維奇的腳，他覺得自己那克制不住興奮的模樣可能會得罪當事人。他望了望從自己鼻子前飛過的飛蛾，揮了一下手，出於對阿列克謝・亞歷山德羅維奇地位的尊重，他沒有把牠抓住。

「雖然法律上有關這方面的規定我也大致明瞭，」阿列克謝．亞歷山德羅維奇繼續說，「但我希望瞭解在實際操作中，辦理這類事情所必須的程序。」

「您要我，」律師沒有抬起眼睛回答，不無得意地仿效自己當事人說話的腔調，「向您陳述那些可能實現您願望的辦法吧？」

看到阿列克謝．亞歷山德羅維奇點頭同意，他便繼續說下去，只是偶爾看一眼阿列克謝．亞歷山德羅維奇那現出紅斑的臉。

「根據我國的法律，離婚，」他用一種不很贊成俄國法律的口吻說，「像您瞭解的那樣，只有在下列情況下才可能……等一等！」他對把頭探進門來的助手說，然而他還是站起身、說了幾句話，又坐到原來的座位上。「在下列情況下：夫妻生理上有缺陷，分離五年不通音訊，」他彎起一根長滿汗毛的短手指說，「再就是通姦（他說這個詞時顯然帶著滿足的神情）。可以再分成這樣（他繼續彎起其餘幾根短粗的手指，雖說這些情況和『再分成這樣』顯然是歸不到一類）：丈夫或者妻子一方生理上有缺陷，再就是丈夫或者妻子一方與別人通姦。」五個手指都彎了起來，於是他把手指都伸直，繼續說：「這是理論上的看法，但是我認為，您是來向我瞭解實際運用之情況的，這使我感到非常榮幸。因此，根據先例，我應當向您報告，所有的離婚案件實際上都可以歸入下述情況：據我推測，總不會是生理上的缺陷，也不是因分離而音訊不通吧？……」

阿列克謝．亞歷山德羅維奇肯定地點點頭。

「那就要歸入下列情況：夫婦中有一方與別人通姦，而且一方犯罪的罪證經雙方承認——或者未經雙方承認，是被偶然發現的。應該說，後一種情況在實際中很少碰到，」律師說，同時匆匆地瞥了阿列克謝·亞歷山德羅維奇一眼，然後就不作聲了，就像一個賣槍的人，描述了某種武器的好處之後，等待顧客作出選擇。但是，阿列克謝·亞歷山德羅維奇默不作聲。因此，律師繼續說：「我認為，最通常和最簡單的合理做法是雙方都承認通姦的事實。要是跟一個智力不發達的人談話，我是不會讓自己這樣說的，」律師說，「但是我認為，對我們來說，這是可以理解的。」

然而，阿列克謝·亞歷山德羅維奇心煩意亂，未能馬上明白雙方承認通姦是否合理，因此他的目光裡流露出不解的神色，這時律師立即就向他解釋：

「夫妻兩人不可能再共同生活，這就是事實。要是雙方都同意這點，那麼細節和手續就無關緊要了。而且這是最簡單和最可靠的方法。」

阿列克謝·亞歷山德羅維奇現在完全明白了。但是，他有一些宗教上的需求，妨礙他採用這種方法。

「對我的情況而言，這是辦不到的，」他說。「現在只有一個辦法可以採取：我手中掌握著一些信件，可以作為偶然被發現的罪證。」

提到信件，律師緊閉雙唇，發出一種尖細的、深表同情而又輕蔑的聲音。

「請注意，」他開始說，「正如您所知，這類事情是由宗教部門解決的；大司祭們對這類事情喜歡追根究底，」他帶著一種對大司祭們的興趣表示同感的笑容說。「毫無疑問，信件可以作為部分證明，但是罪證應該由直接途徑獲得，也就是要有證人。總之，要是我有幸得到您的信任，那就讓我選擇應該採用的方法。誰要想達到目的，那他就得採用各種手段。」

「如果是這樣……」阿列克謝·亞歷山德羅維奇突然臉色發白；話剛開了頭，不料律師竟站起身來，又走到門口，朝打斷他們談話的助手走去。

「告訴她，我們不是在賣廉價商品！」他說，然後又回到阿列克謝．亞歷山德羅維奇身邊。回到自己的座位上，他又悄悄地抓了一隻飛蛾。「到夏天，我就會有上好的料子做窗簾了！」他皺起眉頭，心裡想。

「那麼，您剛才說……」他說。

「我將把我的決定以書面通知您，」阿列克謝．亞歷山德羅維奇站起身說，同時扶住桌子。他默默地站了一會兒，繼續說：「從您的話裡我可以得出結論：離婚是辦得到的。我請求您把您的條件告訴我。」

「要是您給我完全的行動自由，這完全可以辦到，」律師答非所問，「我什麼時候能得到您的消息呢？」律師問，同時朝門走去，他的雙眼和腳上的漆皮靴子閃閃發亮。

「一個星期後。關於您是否願意辦理這件事以及有哪些條件，請勞神給我一個答覆。」

「很好。」

律師恭恭敬敬地鞠了一躬，把當事人送到門外，然後獨自沉浸在愉快的心情之中。他甚至快樂到破例對那個討價還價的婦人讓了步，也不再抓飛蛾，最後還決定在下一個冬天到來之前必須用絲絨重新包釘傢俱，就像西戈寧家那樣。

六

阿列克謝・亞歷山德羅維奇在八月十七日委員會的會議上獲得了輝煌的勝利，結果卻使他大傷元氣。在阿列克謝・亞歷山德羅維奇的推動下，旨在全面調查異族人生活狀況的新委員會，以異常迅速和十足的動能組織起來，並被派往目的地。過了三個月，提交了一份調查報告。異族人的狀況已分政治、行政、經濟、人種、物質和宗教等方面作了全面調查。報告中對所有問題都作了圓滿、不容置疑的答覆，因為它們不是易犯錯誤的人類思想產物，而是官方活動的結果。這些答覆都是根據省長和主教提供的官方資料作出的，而他們的資料依據又是縣官和監督司祭的報告，而縣官和監督司祭的報告則取材於鄉公所和教區神父的報告，所以這些答覆是不容置疑的。所有的問題，例如，為什麼歉收、為什麼農民們堅持自己的信仰，等等，如果沒有官方機構提供的方便，那麼永遠也不可能得到解決，而現在卻得到了明確、毫無疑問的解答。而它支持了阿列克謝・亞歷山德羅維奇的意見。在上次會議上，自尊心受了冒犯的斯特列莫夫在接到委員會的報告後，採取了出乎阿列克謝・亞歷山德羅維奇意料的策略。斯特列莫夫拉攏另外一些委員，突然站到了阿列克謝・亞歷山德羅維奇一邊，不僅熱烈支持他提出的措施，還根據這種精神再提出一些極端的措施。這些違背阿列克謝・亞歷山德羅維奇基本思想的極端措施通過了，這時，斯特列莫夫的陰謀就暴露出來。這些極端措施頓時顯得那麼愚蠢，同時遭到國家官員、社會輿論、聰明的貴婦人和報刊的攻訐，他們憤慨地反對這些措施、反對被公認為這些措施的倡議者阿列克謝・亞歷山德羅維奇。斯特列莫夫則推卸責任，裝出一副他只是盲目追隨卡列寧計畫的樣子，現在也對事情的結果感到驚奇又憤慨。這使阿列克謝·亞歷山德羅維奇遭到很大的打擊。但是，阿列克謝·亞歷山德羅維奇不顧衰弱的身體和家庭生活的痛苦，沒有屈服。委員會因此分裂。以斯特列莫夫為首的一些委員為自己的錯誤辯解，說他們輕信了阿列克謝·亞歷山德羅維奇領導的調查委員會的報告，還說該委員會的報告一派胡言，是廢紙一張。阿列克謝·亞歷山德羅維奇和他這一派的人看到對公文這種突變態度的危險性，繼續支持調查委員會所呈之報告。結果，在統治階層，甚至在社會上，造成一片混亂，雖然大家都十分關心這件事，但是誰也無法弄明白，異族人是真的趨向貧窮和死亡，還是正在興盛起來。由於這件事，某種程度上也由於妻子的不貞而使他遭到的蔑視，開始大大影響他穩固的地位。在這種情況下，阿列克謝·亞歷山德羅維奇作出了一項重要決定：他宣布，他將要求親自實地調查此事，讓委員會大感吃驚。請求獲准之後，阿列克謝·亞歷山德羅維奇便出發到遙遠的省分去了。

阿列克謝·亞歷山德羅維奇的遠行引發眾多議論，尤其是他在出發前，正式以書面形式退還撥給他去指定地點的十二匹馬的驛馬費。

「我覺得，他這番行動很高尚，」別特西對米亞赫卡雅公爵夫人說，「大家都知道，現在各地都有鐵路，為什麼要付驛馬費呢？」

但是，米亞赫卡雅公爵夫人不同意別特西的意見，甚至感到惱怒。

「您錢多得數不清，」她說道，「您當然可以說漂亮話，可我很高興丈夫夏天去視察。出去旅行一下對他的健康有益，也是一件愉快的事，而我還計畫用這筆錢買輛馬車和雇一個車夫。」

去遙遠的外省途中，阿列克謝·亞歷山德羅維奇在莫斯科停留了三天。

抵達莫斯科的第二天，他去拜會總督，在車水馬龍的報館巷旁邊、十字路口，阿列克謝・亞歷山德羅維奇突然聽到有人用歡樂的大嗓門在喊他的名字，因此他不能不回過頭去看一下。神情愉快、容光煥發、年輕的斯捷潘・阿爾卡季奇，身上穿著時髦的短大衣，頭上歪戴著時髦的低頂禮帽，正站在人行道的角落裡，面帶微笑，露出鮮紅的嘴唇間雪白的牙齒，堅決而執拗地喊他，要他停下來。他一隻手抓住一輛停在角落裡的馬車窗子，微笑著，用手勢招呼妹夫到他跟前來。從車窗裡探出一個戴著絲絨帽子的女人和兩個孩子的頭。那位太太善意地微笑著，也在向阿列克謝・亞歷山德羅維奇招手。這是多莉和她的孩子們。

阿列克謝・亞歷山德羅維奇不想在莫斯科見到任何人，更不願見到自己妻子的哥哥。他抬了抬帽子，想讓馬車駛過去，但是，斯捷潘・阿爾卡季奇吩咐他的車夫停車，踏著雪向他跑去。

「你也不通知一聲，太不應該了！來很久了嗎？我昨天在久索旅館看到牌子上寫著『卡列寧』——真沒想到，這是你！」斯捷潘・阿爾卡季奇從車窗探進頭來說。「要不然，我就去看你了。見到你我多高興呀！」他說，雙腳互碰著，把鞋上的雪磕掉。「真不該瞞著我們！」他又抱怨了一次。

「我沒有時間，我很忙，」阿列克謝・亞歷山德羅維奇冷冷地回答。

「去看看我妻子吧，她多麼想見到你。」

阿列克謝・亞歷山德羅維奇把裹住他兩條怕冷雙腿的毯子掀開，下了馬車，踏著雪朝達里雅・亞歷山德羅夫娜走去。

「這究竟是怎麼回事，阿列克謝・亞歷山德羅維奇，您為什麼避開我們？」多莉微笑著問。

「我很忙。很高興見到您，」他用一種顯然不快的語調說。「您身體可好？」

「哦，我親愛的安娜可好？」

阿列克謝・亞歷山德羅維奇含糊地說了句什麼，就想離去，但是斯捷潘・阿爾卡季奇攔住了他。

「這樣吧，我們明天這麼安排：多莉，請他明天來吃飯！叫科茲內舍夫和佩斯佐夫也來，讓他欣賞一下莫斯科的知識分子。」

「對，您來吧，」多莉說，「要是您高興，我們在五、六點鐘等您。那麼，我親愛的安娜怎麼樣？好久……」

「她很好，」阿列克謝・亞歷山德羅維奇皺起眉頭，含糊不清地說。「我很高興！」說完，就朝自己的馬車走去。

「您來嗎？」多莉大聲問。

阿列克謝・亞歷山德羅維奇嘀咕了句什麼。在起動的馬車嘈雜聲中，多莉沒聽清他的話。

「我明天去看你！」斯捷潘・阿爾卡季奇大聲對他說。

阿列克謝・亞歷山德羅維奇坐進馬車，身子縮在最裡面，使自己看不到人，也不被人看見。

「怪人！」斯捷潘・阿爾卡季奇對妻子說，看了一下錶，然後抬手做了個手勢，以示對妻子和孩子的愛撫，接著就英姿勃勃地沿著人行道走去。

「斯季瓦！斯季瓦！」多莉漲紅了臉喊道。

他回過頭來。

「我得給格里沙和塔尼雅買大衣。給我點錢吧！」

「沒關係，妳就說，我以後會付。」他說，快活地朝一個坐車路過的熟人點點頭，便消失不見了。

七

第二天是星期日。斯捷潘·阿爾卡季奇到大劇院去看芭蕾舞排演，把昨晚答應給他最近捧場的美麗芭蕾舞演員瑪莎·奇比索娃的珊瑚項鍊送去，而且在白天也昏暗的劇院後臺匆匆地吻了一下她那張因得到他禮物而喜笑顏開的漂亮臉蛋。除了送她禮物，他還約她在排演結束後見面。他向她解釋道，芭蕾舞第一幕開演時，他不能來，但答應最後一幕一定到場，並請她吃晚飯。從劇院出來，斯捷潘·阿爾卡季奇到獵物市場去，親自挑選了準備宴請用的魚和蘆筍。十二點鐘他來到久索旅館，碰巧在這同一間旅館裡住著他要見的三個人：不久前從國外回來的列文、一位來莫斯科視察的新任上司，以及一定得邀到家裡吃飯的妹夫卡列寧。

斯捷潘·阿爾卡季奇喜歡吃喝，但更喜歡請客，雖不是大宴，但在菜肴、飲料和客人的挑選上卻極講究。他對今天宴請的安排很滿意：新鮮的鱸魚、蘆筍和主菜——美味，但很普通的煎牛排，還有各種合適的酒。這是吃的和喝的。客人中有吉媞和列文，而為了不引人矚目，也請來一位堂妹和年輕的謝爾巴茨基；客人中的主菜是謝爾蓋·科茲內舍夫和阿列克謝·亞歷山德羅維奇。謝爾蓋·科茲內舍夫是莫斯科人、哲學家，阿列克謝·亞歷山德羅維奇則是彼得堡人，政治家。應邀的還有出名熱心的怪人佩斯佐夫，他是個自由派、健談家、音樂家、歷史學家，同時還是位十分可愛的五十歲老青年，他將成為科茲內舍夫和卡列寧的「調味汁」及「配菜」。他會刺激他們、挑逗他們彼此爭辯。

出售樹林後，從商人處拿到的第二期付款還沒有用完。最近多莉很溫柔，做事周到，這次請客的安排在各方面都使斯捷潘・阿爾卡季奇高興。他心情很愉快；唯有兩件事使他不大高興，不過都淹沒在他內心歡樂的海洋裡了，它們分別是：昨天他在大街上遇到阿列克謝・亞歷山德羅維奇，發現對方對他態度冷淡、生硬，阿列克謝・亞歷山德羅維奇臉上的這副表情，加上他沒去他們家、到了此地也不通知他們，再加上那些有關安娜和渥倫斯基的傳聞，斯捷潘・阿爾卡季奇猜測，他們夫婦間發生了不愉快的事。

這是其一。另一件不大愉快的事是，新來的長官就像所有新上任的長官一樣，是個出名的厲害人物，他每天早上六點起床，工作起來像匹馬，並且要求下屬也如此工作。此外，這位新長官在對人的態度方面還享有像熊一般粗暴的名聲，據傳聞，他屬於與他的前任完全對立的那一派，至今為止，斯捷潘・阿爾卡季奇自己就屬於前任長官那一派。昨天，斯捷潘・阿爾卡季奇穿著制服去辦公，新長官對他非常客氣，並且像熟人那樣跟他聊天；因此斯捷潘・阿爾卡季奇認為自己有必要穿常禮服去拜訪他一次。新長官可能會不大友好地接待他——這一想法是另一個不愉快的情況。但是斯捷潘・阿爾卡季奇下意識地感覺到一切都會順利解決。「大家都是人，都像我們一樣，是有罪的人。為什麼要生氣和爭吵呢？」他走進旅館時，心裡想道。

「你好，瓦西里，」他對自己認識的一個茶房說，歪戴著帽子沿走廊走去，「你留起連鬢鬍子了？列文住在七號房間，是嗎？請帶我去吧。還請你去問一下，阿尼奇金伯爵（這是新任長官）是否見客？」

「是，老爺，」瓦西里微笑著說。「您好久沒來我們這兒了。」

「我昨天來過，不過從另一扇大門進來的。這是七號房嗎？」

斯捷潘・阿爾卡季奇走進客房，這時，列文和特維爾的一個農民正站在房間中央，在用尺量熊皮。

「怎麼，是你們打死的嗎？」斯捷潘·阿爾卡季奇喊了起來。「真不錯呀！是母熊嗎？你好，阿爾希普！」

他握握農民的手，在椅子上坐下，不脫外衣也不摘帽子。

「把衣服脫掉，坐一會兒吧！」列文替他摘掉帽子，說道。

「不，我沒時間，我只待一會兒，」斯捷潘·阿爾卡季奇回答。他敞開外衣，接著還是把它脫了，坐了整整一小時，與列文談起打獵的事，還談了一些知心話。

「那麼，你說說，你在國外幹了些什麼？到過什麼地方？」農民出去後，斯捷潘·阿爾卡季奇問。

「我到過德國、普魯士、法國、英國，但是沒去過首都，只是去了工業城市，看到了許多新東西。我很高興在國外待了一陣。」

「對，我知道你想解決工人問題。」

「完全不對，俄國不會有工人問題。在俄國，是農民與土地的關係問題；國外也有，但在那兒這只是修補缺陷的問題，而在我們這兒……」

斯捷潘·阿爾卡季奇仔細地聽列文說話。

「是的，是的！」他說。「很可能，你是對的，」他說，「我很高興，你精神飽滿，又獵熊，又工作，興致勃勃。可是謝爾巴茨基對我說，他見到過你，說你很憂鬱，總是談到死……」

「那有什麼辦法，我還是會想到死，」列文說，「真的，是到死的時候了。這一切都沒意思。實話告訴你，我非常珍惜自己的想法和工作，但是，實際上你只要想一想，我們這個世界不過是長在小小行星上的一小塊黴斑而已。可我們還以為我們這兒挺了不起，什麼思想呀、事業呀！這一切其實都微不足道。」

「可是，老弟，這是老生常談了！」

「老生常談，可你知道，等你領悟其中的含義，那麼一切都將變得無足輕重。當你知道你一、兩天內就要死去，而且什麼也不會留下，那麼一切都無足輕重了！我認為自己的理想很重要，可是它即使實現了，也同樣是不值一提，就像圍獵那頭熊一樣。因此，打獵、工作只是消磨時間，打發日子，為的只是不想到死。」

斯捷潘·阿爾卡季奇聽著列文的話，臉上浮現出微妙、親切的微笑。

「嗯，當然！現在你轉到我這邊來了。你還記得嗎，你曾攻擊我，說我生活上追求享受？

「『噢，道德說教者，不要這麼嚴厲！……』」

「不，生活中畢竟有美好的事物……」列文的思路紊亂了。「不過，我不知道。我只知道，我們很快就要死了。」

「為什麼很快？」

「你知道，當你想到死的時候，生活的樂趣是少了，心裡卻會感到平靜一些。」

「正好相反，在生命快結束的時候，更會感覺到生活的樂趣。好了，我真的該走了，」斯捷潘·阿爾卡季奇說，他已第十次站起來。

「不，你再坐一會兒！」列文挽留說。「我們什麼時候再見面？我明天就要走了。」

「哎呀，我這人可真行！我來是為了……今天你一定要上我家吃飯。你哥哥來，我的妹夫卡列寧也來。」

「難道他在這裡？」列文說，並想打聽吉媞的消息。他聽說，今年冬天她在彼得堡那個嫁給外交官的姊姊家裡，列文不知道她是不是回來了。他轉而一想，又不想打聽了，「回不回來——反正一樣。」

「那你來嗎？」

「那當然。」

「那麼，五點鐘來，穿上常禮服。」

接著，斯捷潘・阿爾卡季奇站起身，下樓去見新長官。直覺沒有欺騙斯捷潘・阿爾卡季奇。那位厲害的新長官原來是一個很和氣的人，斯捷潘・阿爾卡季奇跟他一起吃了便餐，又坐了很久，直到三點多鐘才來到阿列克謝・亞歷山德羅維奇住的房間裡。

八

阿列克謝・亞歷山德羅維奇做完彌撒回來後，在房裡待了一個上午。他上午需要辦兩件事：首先，接見那個將去彼得堡，而現正在莫斯科的異族人代表團，對他們作指示；其次，按照約定，給律師寫信。代表團雖然是根據阿列克謝・亞歷山德羅維奇的建議派來的，卻面臨到許多困難，甚至危險，而阿列克謝・亞歷山德羅維奇在莫斯科碰到了代表團，心裡感到很高興。代表團的成員們一點也不清楚自己的作用和職責。他們天真地確信，他們的任務是陳述自己的貧困和目前的實際情況、請求政府援助，根本就不明白他們的某些陳述和要求支持了反對派，從而會斷送整個事業。阿列克謝・亞歷山德羅維奇為他們花了很多工夫，替他們擬了他們必須共同遵守的原則；在打發他們走以後，又寫信去彼得堡請人對代表團給予關照。這件事的主要幫手是利季雅・伊萬諾夫娜伯爵夫人。她在代表團的事務上相當內行，任何人都不能像她那樣善於渲染，並給予代表團以真正的指導。寫完這封信，阿列克謝・亞歷山德羅維奇又給律師寫信。他毫不猶豫地允許他酌情處理。隨信還寄去渥倫斯基給安娜的三封信，那是他在搶來的資料夾裡找到的。

自從阿列克謝・亞歷山德羅維奇離家出走，拿定主意不再回家，又去找了律師，單獨告訴他自己的意圖，特別是他把生活裡的問題寫在紙上以來，他愈來愈習慣於自己的意圖，現在則清楚地意識到實現這意圖的可能性。

當他聽到斯捷潘・阿爾卡季奇的大嗓門時，他正在把給律師的信封上。斯捷潘・阿爾卡季奇與阿列克謝・亞歷山德羅維奇的僕人爭吵起來，他堅決要僕人去通報。

「無所謂，」阿列克謝・亞歷山德羅維奇心想，「這樣更好：我現在就把我對他妹妹的態度告訴他，並向他說明我不能去他家吃飯的原因。」

「請進！」他大聲說，同時收拾好檔案，把它們放進信箋夾裡。

「你在胡說，瞧，他在家！」傳來斯捷潘・阿爾卡季奇對不讓他進去的僕人說話的聲音。他邊走邊脫外套，接著就踏進了房間。「咳，見到你，我真高興！我多麼希望……」斯捷潘・阿爾卡季奇興沖沖地說。

「我不能去，」阿列克謝・亞歷山德羅維奇站著，冷冷地說道，也不請客人坐下。

阿列克謝・亞歷山德羅維奇已展開與妻子的離婚訴訟，理當對妻舅冷淡以對，他也正想立即就採取這種態度；但是他沒有料到，斯捷潘・阿爾卡季奇的心裡竟洋溢著深厚的情誼。

斯捷潘・阿爾卡季奇睜大了他那雙閃閃發亮的眼睛。

「為什麼你不能來？你這是什麼意思？」他困惑地用法語說。「不行，你答應過的。我們全家人都盼望你來。」

「我現在告訴你，我不能上你家去，因為我們的親戚關係要終止了。」

「怎麼？怎麼會呢？為什麼？」斯捷潘・阿爾卡季奇帶著微笑問。

「因為我正在辦理跟您妹妹，也就是我妻子的離婚手續。我不得不……」

阿列克謝・亞歷山德羅維奇還沒有把話說完，斯捷潘・阿爾卡季奇就做出了完全出乎他意料的舉動：斯捷潘・阿爾卡季奇歎息了一聲，跌坐在圈椅裡。

「不，阿列克謝・亞歷山德羅維奇，你在說什麼呀！」奧勃朗斯基喊道，臉上也現出痛苦的神情。

「事實就是如此。」

「請原諒我，我不能，不能相信……」

阿列克謝·亞歷山德羅維奇坐了下來，覺得他這番話的影響不如預期，他必須做番解釋；而且，不管他如何解釋，他對內兄的態度都不會改變。

「確實，我是在萬般無奈的情況下才要求離婚的，」他說。

「我只說一點，阿列克謝·亞歷山德羅維奇。我瞭解你，你是個好人，正派人；我瞭解安娜——對不起，我不能改變對她的看法——她是個非常好、賢慧的女人。因此，對不起，我無法相信這點。其中一定有誤會，」他說。

「哦，但願是誤會就好了……」

「對不起，我明白，」斯捷潘·阿爾卡季奇打斷他的話。「但是，當然……有一點：不要倉促行事。不要，不要倉促行事！」

「我沒有倉促行事，」阿列克謝·亞歷山德羅維奇冷漠地說，「這種事又不能跟誰商量。我已下定決心。」

「這太可怕了！」斯捷潘·阿爾卡季奇說，長長地歎了一口氣。「我只要求你做一件事，阿列克謝·亞歷山德羅維奇。我懇求你，這樣做吧！」他說。「我明白，訴訟還沒開始。在你辦手續前，請和我的妻子見見面，和她商量一下。她愛安娜就像愛自己的妹妹一樣；她也愛你，她是個了不起的女人。看在上帝分上，和她談談吧！就給我這個面子吧，我懇求你！」

阿列克謝·亞歷山德羅維奇陷入沉思，而斯捷潘·阿爾卡季奇同情地望著他，沒有打破他的沉默。

「你來看她嗎？」

「我不知道。我沒有去看你們，因為我以為，我們的關係應該改變了。」

「為什麼？我不明白這一點。對不起，我想，除了我們的親戚關係之外，我對你一直很友好，你對我至少也有情誼吧……我真心地尊重你，」斯捷潘・阿爾卡季奇握著他的手說。「即使你最壞的猜測無誤，我也不會、而且永遠不會對你們當中的任何一方妄加評論；我不明白，為什麼我們關係應該改變。但是，現在你得去看看我的妻子。」

「嗯，我們對這件事的看法不同，」阿列克謝・亞歷山德羅維奇冷漠地說。「不過，我們別再談這事了。」

「不，你究竟為什麼不來？就來吃頓飯吧？我妻子在等你。來一趟吧。主要是跟她談談。她是個了不起的女人。看在上帝分上，我跪下來求你了！」

「既然您這麼希望我去，我就去吧，」阿列克謝・亞歷山德羅維奇歎了口氣，說道。

他想改變話題，於是問起他們兩人都感興趣的事——關於斯捷潘・阿爾卡季奇的新長官，一個年紀還不老、卻得到這麼高職位的人。

阿列克謝・亞歷山德羅維奇原先就不喜歡阿尼奇金伯爵，老是與他意見相左，現在他身為一個公務的失勢者，則無法克制對一個加官晉爵者那種、官場中人所能理解的憎恨心情。

「怎麼，你見到他了？」阿列克謝・亞歷山德羅維奇惡毒地冷笑著說。

「那還用說，他昨天在我們這兒辦公了。他看上去很專業，執行力也很強。」

「是啊，可他的執行力用在哪兒？」阿列克謝・亞歷山德羅維奇說。「是用在落實工作，還是用在改變別人已完成的工作？我們國家的不幸就在於官僚主義的行政官員，而他就是貨真價實的代表。」

「我確實不知道，他有什麼可受指責的地方。我不瞭解他的方針，但是我知道，他是個極好的人，」斯捷潘．阿爾卡季奇說。「我剛才在他那兒，他真是個極好的人。我們一起吃了早飯，你知道，我還教他怎樣做甜橙酒。這種飲料很爽口。真奇怪，他連這個也不知道。他很喜歡這種酒。是的，他確實是個很不錯的傢伙。」

斯捷潘．阿爾卡季奇看了看手錶。

「哎喲，老兄，已經四點多了，我還要上多爾戈武申那兒去！那麼，請來吃飯吧。你可以想像，要是你不來，我和我的妻子會多麼難受。」

阿列克謝．亞歷山德羅維奇送內兄出去，態度已完全不像剛才見到他時那樣了。

「我答應了，就一定會到。」他悶悶不樂地說。

「相信我，我很感激，也希望你不要後悔，」斯捷潘．阿爾卡季奇微笑著回答。

他邊走邊穿上外套，伸手拍拍僕人的腦袋，笑著走出去了。

「五點鐘，穿常禮服來！」他回到門口，又大聲喊道。

九

主人回到家時，已是五點多鐘，有些客人已經來了。他和同時抵達大門口的謝爾蓋・伊萬諾維奇・科茲內舍夫及佩斯佐夫一起走進門來。正如奧勃朗斯基所說，這兩位是莫斯科知識分子的主要代表。這兩個人在性格和才智方面都受人尊敬。他們也互相尊重，儘管兩人幾乎對一切問題的看法都迥然不同、無法調和。這倒不是因為他們屬於對立的派別，而正是因為他們屬於同一陣營（他們的敵人就把他們混為一談），但是，在這個陣營裡他們各有自己的特色。沒有任何事情比在半抽象問題上的觀點不同更難協調的了，因此，他們不僅在看法上從來沒有一致過，而且早就習慣於互相嘲笑對方難以改變的謬誤而不生氣。

他們談論著天氣，走進大門，這時斯捷潘・阿爾卡季奇趕上了他們。客廳裡已經坐著奧勃朗斯基的岳父亞歷山大・德米特里耶維奇公爵、小謝爾巴茨基、圖羅夫岑、吉媞和卡列寧。

斯捷潘・阿爾卡季奇立刻發現，他不在客廳時情況不太妙。達里雅・亞歷山德羅夫娜身穿一條華麗的灰綢連衣裙，她正為孩子們必須另外在兒童室吃飯、丈夫又還沒回來擔心：丈夫不在，她無法使客廳的氣氛融洽起來。大家，正如老公爵所說的，都像牧師的女兒做客那樣正襟危坐著，顯然都不明白他們到這兒來幹什麼，可是為了不冷場，又不得不硬想出一些話來。溫厚的圖羅夫岑顯然感到自己處在一個不習慣的環境中，他那厚厚的嘴唇上浮現出微笑，以此迎接斯捷潘・阿爾卡季奇，彷彿在說：「喂，老弟，你迫使我和一些有學問的人坐在一起了！到花宮去喝一杯，那才合我的意。」老公爵默默坐著，一雙炯炯有神的小眼睛不時從側面打量著卡列寧，於是斯捷潘·阿爾卡季奇明白，老公爵已經想出一個詞來形容這位政治活動家：宴席上被請來款待客人的鱘魚。吉媞打起精神望著門口，竭力使自己在康斯坦丁·列文進門時不臉紅。小謝爾巴茨基沒有被介紹給列文認識，他竭力裝出一副無所謂的樣子。卡列寧按照彼得堡的習慣，和太太們一起進餐時總是穿燕尾服、繫白領帶，而斯捷潘·阿爾卡季奇據他的臉色看出，他來只是為了履行諾言，坐在這夥人中間是在盡一種令人苦惱的義務。在斯捷潘·阿爾卡季奇到來之前，主要正是由於他在場，客廳裡的氣氛顯得冷冰冰，大家都覺得綁手綁腳。

斯捷潘·阿爾卡季奇走進客廳，一面道歉說，他被某位公爵留住了——那位公爵永遠是他遲到和缺席的代罪羔羊——接著便立刻介紹所有客人彼此認識，又把阿列克謝·亞歷山德羅維奇和謝爾蓋·科茲內舍夫拉到一起，趁機讓他們討論波蘭的俄國化問題，他們和佩斯佐夫立刻抓住了這個話題。他拍拍圖羅夫岑的肩膀，對他低聲說了句笑話，並讓他坐在妻子和公爵旁邊。然後他對吉媞說，她今天嫵媚動人，隨即再把謝爾巴茨基介紹給卡列寧認識。他一下子就把這個社交界的麵團揉勻了，於是客廳裡的氣氛活躍起來，充滿了歡聲笑語。只是康斯坦丁·列文不在場。這樣倒更好，因為斯捷潘·阿爾卡季奇走進客廳時，驚訝地看到波爾圖葡萄酒和核列斯葡萄酒是從德普列酒店，而非從列維酒店買來的，於是他吩咐車夫盡快趕去列維買，自己則又回到了客廳。

他在餐廳門口遇到了康斯坦丁·列文。

「我沒遲到吧？」

「你還能不遲到！」斯捷潘·阿爾卡季奇挽著他的胳膊說。

「客人很多嗎？有些什麼人？」列文用手套拍去帽上的雪，不由得紅著臉問道。

「全是自己人。吉媞也在。來，我把你介紹給卡列寧認識。」

斯捷潘·阿爾卡季奇雖然是個自由派，但他知道與卡列寧相識是份榮幸，因此他要讓這些好朋友一同分享。然而此刻，康斯坦丁·列文無法這麼想。自從遇見渥倫斯基那個使他難忘的夜晚以來，他再沒有再見到過吉媞——如果不算他在大路上見到她的那一瞬間——他在內心深處知道，今天他會在這裡見到她。但是為了讓自己的思想不受束縛，他竭力使自己相信，他並不知道這一點。現在，他聽到她在這裡，他突然感到那麼興奮，又那麼恐懼，連氣都喘不過來，說不出他想說的話。

「她怎麼樣，怎麼樣了？像過去那樣，還是像坐在馬車上的那個樣子？要是達里雅·亞歷山德羅夫娜說的是實話，那可怎麼辦？」他思忖道。

「哦，請給我介紹一下卡列寧吧，」他勉強地說，邁著十分堅定的步子走進客廳，看到了吉媞。

吉媞不像原先那樣，也不像坐在馬車裡那樣；她完全變了。

她驚慌、膽怯、害羞，因此顯得更加動人。列文一進來，吉媞立刻就看到了他。她本來就在等他。她高興極了，高興得窘迫不安，列文走向女主人時又向她瞥了一眼；在這剎那間，她和他，以及把一切都收入眼簾的多莉都覺得，她會忍不住哭出來。她的臉上一陣紅、一陣白，又是一陣紅，然後呆然不動，嘴唇微微顫抖著，等待他過來。他走到她跟前，鞠了一躬，默默地伸出了手。要不是她的嘴唇微微顫抖，眼睛因濕潤而更加發亮，她的微笑可說相當平靜。這時她說：

「我們好久沒見面了！」她毫不猶豫地用自己冷冰冰的手緊握住他的。

「您沒看見我，我可見到過您，」列文說，臉上洋溢著幸福的微笑。「我看見過您，當時您從火車站坐車去葉爾古紹沃。」

「什麼時候？」她驚奇地問。

「您去葉爾古紹沃的時候，」列文說，覺得充滿內心的幸福使他喘不過氣來。「我怎麼能把不純潔的念頭，和這個可愛的人兒聯繫在一起！對，看來，達里雅·亞歷山德羅夫娜說的是真的。」他心裡想。

斯捷潘·阿爾卡季奇拉住他的手，把他領到卡列寧跟前。

「請允許我給你們介紹。」他說出了兩人的名字。

「很高興又見到您。」阿列克謝·亞歷山德羅維奇握住列文的手，冷冰冰地說。

「你們認識？」斯捷潘·阿爾卡季奇驚奇地問。

「我們一起在火車上待了三個小時，」列文微笑著說，「但是，下了火車就像從化裝舞會上出來一樣，仍然覺得好奇。至少我是這樣。」

「原來如此！大家請吧，」斯捷潘·阿爾卡季奇指著餐廳說。

男客們走進餐廳，來到餐桌旁，桌上擺著六種伏特加、六種乾酪，有的乾酪盤子上放著小銀匙，有的沒放；桌上還有魚子醬、鯡魚、各種罐頭食品和盛著法國麵包切片的盤子。

男客們圍著香味濃烈的伏特加和冷盤站著，謝爾蓋·伊萬諾維奇·科茲內舍夫、卡列寧和佩斯佐夫之間有關波蘭俄國化的討論也暫停下來，他們在等待宴會開始。

謝爾蓋·伊萬諾維奇比任何人都擅長於出人意料地用微妙的俏皮話來改變談話雙方的情緒，以此來結束一場最抽象和最嚴肅的爭論，此刻，他也這麼做了。

阿列克謝·亞歷山德羅維奇認為，波蘭的俄國化只有透過俄國當局推出重大的原則才能完成。

佩斯佐夫堅持說，一個民族只有當它人口較多時才能同化另一個民族。

科茲內舍夫同意兩者的意見，但也有所保留。當他們離開客廳時，為了結束談話，科茲內舍夫微笑著說：

「因此，為了實行非俄羅斯人的俄國化，只有一個方法，就是盡可能地多生孩子。我們兄弟倆做得最差。你們這些成了家的人，特別是您，斯捷潘・阿爾卡季奇，才是徹頭徹尾的愛國主義者，您有幾個？」他溫和地笑著對主人說，並且向他舉起小酒杯。

大家都笑了，斯捷潘・阿爾卡季奇笑得特別快活。

「對，這就是最好的辦法！」他說，嘴裡嚼著乾酪，把一種特製的伏特加倒進客人遞過來的酒杯裡。剛才的談話確實在戲言中結束了。

「這乾酪相當不錯。您來一點嗎？」主人說。「難道你又在做體操了？」他對列文說，同時用左手捏捏他的肌肉。列文微笑了一下，用勁彎起手臂，於是斯捷潘・阿爾卡季奇的手指摸到了薄呢禮服下鼓起的一塊、像圓形乾酪那麼堅硬的肌肉。

「多結實的肌肉呀！像參孫[65]一樣！」

「我想，獵熊一定要有很大的力氣。」對打獵概念很模糊的阿列克謝・亞歷山德羅維奇說，同時撕下一片像蛛網似的麵包瓤，塗上乾酪。

列文微微一笑。

「不對。相反的，一個小孩也能打死一頭熊，」他說，同時走到一邊，向跟著女主人一起走到桌旁的女客們微微點頭致意。

「聽說，您打死過一頭熊，對嗎？」吉媞說，她竭力想用叉子叉住一只滑來滑去的蘑菇，這當兒，她袖口上的花邊晃動著，從裡面露出她那白皙的小手。「你們那兒真的有熊嗎？」她向他半側著自己美麗的頭，微笑著補上一句。

她說的話似乎沒有什麼特別之處，他卻覺得她說話時的聲音和她的嘴唇、眼睛、手的每一個動作，都有一種語言難於表達的意義！這裡有請求原諒和對他的信任，有愛撫，溫柔和羞怯的愛撫，有許諾，有希望，有對他的愛情——這愛情使他無法不相信，並且使他幸福得喘不過氣來。

「不，我們是去特維爾省獵熊的。從那兒回來的途中，我在火車上遇到您的姊夫，或者說遇到您姊夫的妹夫，」他微笑著說。「這次見面很有趣。」

於是，他便興致勃勃地講述起他怎麼一夜不睡，穿著短皮襖闖進阿列克謝·亞歷山德羅維奇的包房。

「列車員不顧那句俗話[66]，想憑衣衫把我趕出去；但是我開口不俗，而……您，」他忘掉了卡列寧的名字，轉身對他說，「起先看到短皮襖，也想把我趕走，但是後來又替我說話，我對此十分感激。」

「總而言之，乘客選擇座位的權利很不明確。」阿列克謝·亞歷山德羅維奇一面用手帕擦著自己的手指尖，一面說道。

「我看出來了，您對我的態度猶豫不決，」列文溫厚地微笑著說，「我急忙說了一些聰明話來補救短皮襖引起的誤會。」

謝爾蓋·伊萬諾維奇繼續與女主人交談，一隻耳朵卻在聽弟弟說話，斜著眼睛望他。「他今天怎麼

65《聖經》神話中的古猶太大力士。
66 指「人不可貌相」。

啦？像個勝利者，」他心想。他不知道，列文覺得自己長了一對翅膀。列文知道吉媞聽見了他的話，而且聽得很高興。他感興趣的只有這件事。對他來說，不僅在這個房間裡，而且在整個世界，只有他和她兩個人，他在自己眼裡大大地提高了價值和重要性。他覺得自己處在令人頭暈的高處，而所有這些善良可愛的卡列寧們、奧勃朗斯基們以及整個世界，都處在遙遠的下方。

斯捷潘·阿爾卡季奇不朝列文和吉媞看上一眼，便悄悄地讓他們坐在一起，彷彿這完全是無意識為之，只因為沒有其他空位。

「喂，你就坐在這兒算了。」他對列文說。

菜肴和斯捷潘·阿爾卡季奇喜愛的餐具一樣精美。瑪麗·路易湯十分可口；入口即化的小餡餅盡善盡美。兩個僕人和馬特維繫著白領結，悄沒聲兒地、勤快地斟酒、端食物。宴會在物質方面很成功，在非物質方面也不差：交談時而集中、時而分散，一直沒有停止過，宴會結束時，氣氛仍很活躍，男客們起身離開餐桌時也沒有停止交談，連阿列克謝·亞歷山德羅維奇都有了活力。

十

佩斯佐夫喜歡爭論到底。他不滿意謝爾蓋・伊萬諾維奇的話，特別是他認為對方的意見不正確。

「我決不認為，」他邊喝湯邊對卡列寧說，「光是人口密度問題，與基礎有關，而非幾條原則。」

「我覺得，」阿列克謝・亞歷山德羅維奇慢條斯理、無精打采地回答，「這都是一樣的。依我看，只有高度發展的民族才能影響另一個民族……」

「問題就在這兒，」佩斯佐夫用男低音插話道。他一向急於說話，彷彿要把全部心思傾注在自己的話裡，「高度發展是什麼意思？英國人、法國人、德國人——誰是高度發展？誰能同化另一個民族？我們看到，萊茵河地區法國化了，而德國人的發展程度並不低！」他大聲說。「這裡另有規律！」

「我覺得影響力總是在教育水準真正高的民族一方，」阿列克謝・亞歷山德羅維奇微微揚起眉毛說。

「那麼我們應該認為，什麼是教育水準真正高的標誌呢？」佩斯佐夫說。

「我以為，這些標誌眾所周知，」阿列克謝・亞歷山德羅維奇說。

「大家對這些標誌都知道得很清楚嗎？」謝爾蓋・伊萬諾維奇露出微妙的微笑插嘴。「現在大家承認，真正的教育只能是純粹的古典教育；但是我們看到雙方激烈的爭論，不能否認對方也具有自己的有力論據。」

「您是古典派，謝爾蓋・伊萬諾維奇。您要點紅葡萄酒吧？」斯捷潘・阿爾卡季奇說。

「我並不是在對這種或那種教育發表自己的意見，」謝爾蓋．伊萬諾維奇像對待孩子似的帶著寬容的微笑說，同時把酒杯遞過去。「我只是說，雙方都有有力的論據，」他對阿列克謝．亞歷山德羅維奇繼續說道。「就所受的教育來說，我是古典派，但在這場爭論中，我無所適從。我看不出古典教育優於實科教育的確切論據。」

「自然科學在教育上也充滿啟發，」佩斯佐夫附和道，「比如天文學，比如植物學，再比如具有一系列普遍規律的動物學！」

「我不完全同意這點，」阿列克謝．亞歷山德羅維奇回答。「我認為，我們不能不承認，語言形式的研究過程本身，對精神發展有特別良好的影響。此外，不可否認，古典作家在道德方面的影響力極大。不幸的是，成為我們時代癥結的虛偽、有害的學說，倒與自然科學的教學有關。」

謝爾蓋．伊萬諾維奇想說什麼，但佩斯佐夫用他低沉的聲音打斷了他。他激動地開始論證這種意見不正確。謝爾蓋．伊萬諾維奇平靜地等待機會開口，顯然已準備好得以制勝的反駁。

「但是，」謝爾蓋．伊萬諾維奇微妙地微笑著對卡列寧說，「不能否認，如果古典教育沒有您剛才說的那種道德上的優越性——直截了當地說，反虛無主義作用的優越性——那麼，要權衡各種科學的利弊就是件難事。哪種教育較為可取，這個問題也不能迅速徹底地得出結論。」

「這點毫無疑問。」

「要是古典教育沒有反虛無主義作用此一優越性，那麼我們就會更加考慮、權衡雙方的論據，」謝爾蓋．伊萬諾維奇微妙地笑著說，「就會給予雙方以自由發展的餘地。但是現在我們知道，古典教育這些藥丸有著反虛無主義的療效，我們就大膽地把它們推薦給我們的病人……不過，要是沒有療效，那又怎麼辦呢？」他用微妙的俏皮話作了總結。

謝爾蓋・伊萬諾維奇提到藥丸，大家都笑了起來，圖羅夫岑笑得特別響亮、開心。他一直在聽，希望聽到可笑的話，現在他終於得償所願了。

斯捷潘・阿爾卡季奇請佩斯佐夫來是正確的。有佩斯佐夫在場，聰明的談話一刻也沒有停止過。謝爾蓋・伊萬諾維奇剛用笑話結束談話，佩斯佐夫馬上又提出新的話題。

「我甚至不能同意，」他說，「政府能抱著這種目的。政府顯然是受一般見解的支配，根本不管它採用的措施會產生什麼影響。例如，婦女教育應該被認為是有害的，政府卻創辦了女子學校和女子大學。」

於是，話題即刻又跳到婦女教育這個問題上。

阿列克謝・亞歷山德羅維奇發表意見說，婦女教育通常和婦女自由問題混為一談，所以才被認為有害。

「相反的，我認為這兩個問題是不可分割的一部分，」佩斯佐夫說，「這是惡性循環。婦女們因為缺少教育而被剝奪權利，而她們沒有權利，也就受不到教育。不要忘記，婦女們受奴役是那樣普遍、持久，令我們往往不願看到她們與我們之間存在的那道鴻溝，」他說。

「您說，權利，」謝爾蓋・伊萬諾維奇等佩斯佐夫沉默之後說，「是指當陪審員、地方議員和議長的權利，當政府官員、國會議員的權利嗎……」

「當然。」

「即使只有極個別的婦女可以擔任這些職務，我也認為您用『權利』這個詞並不正確。比較正確的說法是：義務。任何人都會同意，我們擔任陪審員、地方議員、電報局官員的職務，覺得是在盡義務。因此，說得恰當些，婦女尋求義務，這完全合法。她們這種幫助男人、共同出力的願望，我們只能予以支持。」

「完全正確，」阿列克謝・亞歷山德羅維奇肯定地說。「我認為，問題只在於她們是否有能力承擔這個義務。」

「她們一定有能力，」斯捷潘・阿爾卡季奇插話說，「只要她們的教育得以普及。這點我們看得清楚……」

「那句俗話是怎麼講的？」早就在聽他們談話的老公爵開口。他的一雙小眼睛閃現出嘲笑的神色。「可以當著女兒的面說：女人頭髮長……」

「在黑奴得到解放前，人們也是這樣看待他們的！」佩斯佐夫氣憤地說。

「我只是覺得奇怪，婦女們在尋求新的義務，」謝爾蓋・伊萬諾維奇說，「而我們不幸地發現，男人們卻往往在逃避義務。」

「義務伴隨著權利；婦女尋求的是權利、金錢、榮譽，」佩斯佐夫說。

「就像我在尋求當奶媽的權利，可人家付錢給婦女，不想付錢給我，為此我就生氣一樣，」老公爵說。圖羅夫岑哈哈大笑，而謝爾蓋・伊萬諾維奇則遺憾說出這句話的不是自己。連阿列克謝・亞歷山德羅維奇也笑了。

「是的，男人沒辦法餵奶，」佩斯佐夫說，「而婦女……」

「不，有個英國男人曾在船上給自己的小孩餵奶，」老公爵當著女兒們的面放肆地說。

「有多少這種英國男人，就有多少女人可以當官，」謝爾蓋・伊萬諾維奇說。

「是啊，但是一個沒有家的姑娘該怎麼辦呢？」斯捷潘・阿爾卡季奇想起他念念不忘的奇比索娃，插嘴說。他同情佩斯佐夫，並支持他。

「如果仔細分析一下這個姑娘的身世，那您就會知道，這個姑娘拋棄了家庭，或是自己的家，或是她姊姊的家。她本來可以在家裡做女人家的活兒，」達里雅・亞歷山德羅夫娜大概猜到了斯捷潘・阿爾卡季奇指的是哪個姑娘，便突然憤憤地插嘴說。

「但是我們要維護一個原則，一種理想！」佩斯佐夫用深沉的低音反駁道。「婦女希望有獨立和受教育的權利。當她們意識到這沒有可能，就會感到心情沉重、壓抑。」

「可我覺得沉重和壓抑的是，育嬰堂不雇我當奶媽。」老公爵又說，惹得圖羅夫岑哈哈大笑，失手把一大塊蘆筍掉在調味汁裡。

十一

大家都參與這場談話，只有吉媞和列文除外。起先，大家談論一個民族對另一個民族的影響時，列文不禁想到他就這個問題要說幾句；但是這個原先對他很重要的念頭，現在在他腦袋裡卻像做夢似的隱約模糊，引不起他絲毫興趣。他甚至感到奇怪，他們為什麼這樣起勁地談論跟誰都無關的問題。吉媞對大家談論的婦女權利和教育問題本來也該感興趣的。當她回想起自己在國外的朋友瓦蓮卡，回想起瓦蓮卡寄人籬下的痛苦生活時，不知有多少次想到這個問題，又有多少次暗自思量，要是她不嫁人，她的結局又會如何；為此，她與姊姊爭論過多少次啊！但是現在她對這個問題一點也不感興趣。她和列文兩人在單獨談話；甚至不是談話，而是一種神祕的心靈交流，這使他們的關係愈來愈親密，並且使兩人對即將進入的未知境界生出欣喜又恐懼的感覺。

開始，吉媞問他去年怎麼會看到她在馬車裡，列文就把他從割草場沿著大路回家時偶然碰見她的經過告訴她。

「那是一個清晨。您大概剛剛睡醒。您的母親還睡在角落裡。一個美好的早晨。我邊走邊想：誰坐在這輛四套馬車裡？這是一輛飾有鈴鐺、出色的四套馬車；剎那間，您一閃而過，我看到您坐在窗邊，雙手拉著睡帽的帶子，在深思著什麼，」他微笑著說，「我多麼想知道，您當時在想什麼。想重要的事嗎？」

「我當時的頭髮是不是亂蓬蓬的？」她心裡想。但是，看到他在回憶這些細節時臉上洋溢著歡樂的笑容，她覺得，她給他留下的印象很好。她漲紅了臉，高興地笑起來。

「我確實不記得了。」

「圖羅夫岑笑得多開心啊！」列文欣賞著他那雙水汪汪的眼睛和抖動的身子說。

「您早就認識他嗎？」吉媞問。

「誰能不認識他！」

「我看得出，您大概認為他這人不正派吧？」

「不是不正派，而是毫無價值。」

「不對！快別這麼想了！」吉媞說。「我過去對他的評價也很低，其實他是個非常可愛、非常善良的人。他有一顆金子般的心。」

「您怎麼能知道他的心呢？」

「我和他是舊識了。我非常瞭解他。去年冬天，在……您去過我們家以後不久，」她帶著歉疚而又信任的微笑說，「多莉的孩子全都得了猩紅熱，他正巧去看她。您想像一下吧，」她小聲說道，「他是那麼可憐她，結果留下來幫她照顧孩子們。而且在他們家住了三個星期，像保姆一樣照料孩子們。」

「我正在告訴康斯坦丁．德米特里奇，在猩紅熱流行時，圖羅夫岑照顧孩子們的事。」她朝姊姊探過身去，說道。

「是的，他真了不起，太好了！」多莉端詳著已經察覺自己被人談論的圖羅夫岑說，同時朝他笑笑。列文瞥了一眼圖羅夫岑，他覺得奇怪，自己過去怎麼沒發覺這人身上的可愛之處。

「請原諒，請原諒，以後我再也不把人往壞處想了！」他快活地說，誠懇地說出了他此刻的心情。

十二

在已經開始的、有關婦女權利的談話中，涉及在太太們面前不便談論的婚姻權利不平等問題。佩斯佐夫在席間多次觸及這些問題，但是謝爾蓋·伊萬諾維奇和斯捷潘·阿爾卡季奇總是小心地把話頭引開。

等到大家從餐桌旁起身，太太們也離開以後，佩斯佐夫沒有跟她們走，而是朝阿列克謝·亞歷山德羅維奇轉過身去，開始說出這種不平等的主要原因。依他看來，夫妻的不平等，在於妻子的不忠和丈夫的不忠在法律上和社會輿論上所受懲罰的不平等。

斯捷潘·阿爾卡季奇匆匆走到阿列克謝·亞歷山德羅維奇跟前，向他敬菸。

「不，我不抽菸。」阿列克謝·亞歷山德羅維奇平靜地回答。他彷彿有意要表示，自己不怕這個話題。他冷冷地微笑著轉向佩斯佐夫。

「我認為，那種觀點的根據在於事物的實質本身。」他說，想走到客廳去；但就在這時候，圖羅夫岑突然出乎意料地對阿列克謝·亞歷山德羅維奇說起話來。

「您聽說普里亞奇尼科夫的事嗎？」圖羅夫岑說。他喝了香檳，興奮起來，早就等待機會打破使他難受的沉默。「瓦夏·普里亞奇尼科夫，」他那濕潤、鮮紅的嘴唇上浮現出善意的笑容，主要對著首位客人阿列克謝·亞歷山德羅維奇說，「今天，有人告訴我，他在特維爾和克維茨基決鬥，結果把對方打死了。」

彷彿有意似的，人往往最容易觸到別人的痛處，此刻斯捷潘·阿爾卡季奇就覺得，今天每一分鐘不幸的談話都觸到阿列克謝·亞歷山德羅維奇的痛處。他想再把妹夫從這一話題引開，但阿列克謝·亞歷山德羅維奇自己卻好奇地問道：

「普里亞奇尼科夫為什麼決鬥？」

「為了妻子。他的行為像個男子漢！他要求決鬥，並打死了對方！」

「嗯！」阿列克謝·亞歷山德羅維奇冷漠地說，揚起雙眉，走向客廳。

「我多高興，您來了，」多莉在過道客廳遇到他，帶著一種驚慌的微笑對他說，「我必須跟您談一談。就坐在這裡吧。」

阿列克謝·亞歷山德羅維奇依然揚起雙眉，表情冷漠地在達里雅·亞歷山德羅夫娜旁邊坐下，勉強裝出笑容。

「好吧，」他說，「特別是我正想請您原諒：我馬上就要告辭了。明天我得動身。」

達里雅·亞歷山德羅夫娜堅信安娜的無辜，看到這冷淡無情的人毫無愧疚地要傷害她那無辜的好友，她覺得自己氣得臉色蒼白、嘴唇發抖。

「阿列克謝·亞歷山德羅維奇，」她用十分堅定的目光望著他的眼睛。「我向您打聽安娜的情況，您沒有回答我。她怎麼啦？」

「她身體好像不錯，達里雅·亞歷山德羅夫娜。」阿列克謝·亞歷山德羅維奇沒有朝她望，回答道。

「阿列克謝·亞歷山德羅維奇，請原諒，我沒有權利……但是，我像親姊妹一樣愛著安娜，並尊重她；請您告訴我，你們之間出了什麼事？您認為她有什麼過錯？」

阿列克謝·亞歷山德羅維奇皺起雙眉，幾乎閉上眼睛，低下了頭。

「我想您的丈夫告訴過您，為什麼我認為和安娜・阿爾卡季耶夫娜之間的關係必須改變的緣由，」他說，沒有看她的眼睛，卻不樂意地望著正走過客廳的謝爾巴茨基。

「我不信，不信！我無法相信這種事！」多莉說，使勁地把自己瘦骨嶙峋的雙手緊握在胸前。她迅速站起身來，伸出一隻手按住阿列克謝・亞歷山德羅維奇的衣袖。「這裡太多干擾。我們到那邊去吧。」

多莉的激動影響了阿列克謝・亞歷山德羅維奇。他站起來，順從地跟著她走進兒童讀書室。他們坐在桌邊，桌上鋪著一塊被削筆刀劃滿刀痕的漆布。

「我不信，我不信這種事！」多莉說，極力想捕捉他那躲避她的目光。

「不能不相信事實，達里雅・亞歷山德羅夫娜。」他說，特別強調事實這個詞兒。

「她做了什麼事啦？」達里雅・亞歷山德羅夫娜問。「她究竟做了什麼事？」

「她不顧自己的責任，背叛了自己的丈夫。這就是她做的事。」他說。

「不，不，不可能。不，看在上帝分上，您一定是誤會了！」多莉雙手按著太陽穴，閉上眼睛說。

阿列克謝・亞歷山德羅維奇的雙唇上浮現出冷笑，想向她、也向對自己表示，他對此深信不疑；儘管多莉這種激烈的辯護沒有使他動搖，卻觸痛了他的傷口。他開始更加激動地說了起來。

「既然妻子親口把這事告訴丈夫，那就不可能是誤會。她說，八年的生活，養了個兒子，這全是錯誤，她想重新開始生活，」他氣呼呼地說，鼻子裡發出呼哧呼哧的喘息聲。

「安娜和罪惡——我無法這樣想；我無法相信這種事。」

「達里雅・亞歷山德羅夫娜！」他說，此刻他正視了一下多莉那張善良、激動的臉，不由自主地滔滔不絕起來。「我多麼希望，這有可能是種猜疑。當我猜疑時，我心裡很痛苦，但還是比現在好受些。當我猜疑時，我仍存有希望；現在沒有希望了，我倒是懷疑起一切來。我懷疑一切，甚至恨自己的兒子，有時會不相信那是我的兒子。我實在不幸。」

他不需要說這些話。剛才他朝達里雅·亞歷山德羅夫娜的臉看了一眼，她便立刻明白了；她開始可憐他，認為朋友無辜的信念也開始動搖。

「啊！這太可怕了，太可怕了！難道您真的決定離婚嗎？」

「我決定採取最後的措施。再也沒有別的辦法了。」

「沒有辦法，沒有辦法……」她眼裡噙著淚水說。「不，不會沒有辦法！」她說。

「遇到這種災難的可怕之處，就在於無法像遇到其他各種災難——比方失利、死亡——那樣，可以默默地忍受苦難，而是需要採取行動，」他說，彷彿在猜測她的想法。「必須從您所陷入的屈辱處境中掙脫出來：三個人在一起共同生活，是不可能的。」

「我明白，這點我很明白，」多莉說著，垂下了頭。她沉默下來，在思索自己的事，思索自己家庭的痛苦。突然，她猛地抬起頭，雙手合攏，做出懇求的姿勢。「但是，等等看吧！您是個基督教徒。要替她想想！您一旦拋棄了她，她會怎麼樣呢？」

「我想過，達里雅·亞歷山德羅夫娜，我反覆想過，」阿列克謝·亞歷山德羅維奇說。他的臉上泛起紅斑，渾濁的眼睛直視她。此刻，達里雅·亞歷山德羅夫娜由衷地同情他。「當她親口把我所受的屈辱告訴我之後，我是這麼做的；我讓一切保持原狀。我給過她悔改的機會。我竭力想挽救她。可結果呢？她連顧全面子這最微不足道的要求也不肯遵守，」他惱火地說。「能挽救的是自己不想毀滅的人；如果本性敗壞了、墮落了，她覺得毀滅就是得救，那還有什麼辦法呢？」

「什麼都行，只是不要離婚！」達里雅·亞歷山德羅夫娜說。

「什麼都行，是什麼意思？」

「不，這太可怕了。她不再是誰的妻子，她會毀掉的！」

「我又能做什麼呢？」阿列克謝·亞歷山德羅維奇聳聳肩膀，揚起眉毛說道。想到妻子近來的所作所為，他憤怒極了，變得又像談話剛開始時那樣冷漠。「我很感激您的同情，不過我該走了。」他說著，站起身來。

「不，等一等！您不該毀了她。等一等，我把我的事告訴您。我結婚了，可丈夫欺騙了我；在妒恨交加之際，我也曾想拋棄一切，我想一個人……但是我醒悟了；是誰幫了我？是安娜救了我。現在我照舊生活。孩子們在長大、丈夫回到家裡，認識到自己錯了，變得正派，變好了，而我也照舊生活……我寬恕了他，所以您也應該寬恕她啊！」

阿列克謝·亞歷山德羅維奇聽著，但她的話已影響不了他。他的內心又騰起一股決定離婚那天的怒火。他扭動一下身子，用尖細而又響亮的聲音開口道：

「我不能寬恕，也不想寬恕，而且我認為這樣並不公平。我為這個女人已經竭盡全力，然而她把一切都踩進她所習慣的汙泥裡。我不是一個惡毒的人，我從未恨過誰，但是現在我打心眼裡憎恨她；我不可能寬恕她，我恨透了她給我造成的種種苦難！」他說，聲音被憤怒的眼淚哽住。

「愛那些憎恨您的人……」達里雅·亞歷山德羅夫娜怯生生地低語。

阿列克謝·亞歷山德羅維奇輕蔑地冷笑一聲。他早就知道這句話，但對他不適用。

「愛那些憎恨您的人，但不能愛你憎恨的人。對不起，我弄得您很不愉快。每個人自己的痛苦就夠受了！」說完，阿列克謝・亞歷山德羅維奇控制住自己的情緒，平靜地告辭。

十三

客人們起身離開餐桌時，列文本想跟著吉媞去客廳，但他又怕過分明顯地對她獻殷勤可能會使她不快。他只得留在男客中間，參與眾人的談話；儘管他沒有看吉媞一眼，但感覺到她的舉動、她的目光，以及她在客廳裡的位置。

他現在毫不費力地履行了自己對她的諾言——永遠往好處設想所有的人，永遠愛所有的人。談話轉到村社問題上，佩斯佐夫認為村社具有一種特別的、他稱之為「合唱」的原則。列文不同意佩斯佐夫的意見，也不同意哥哥的——哥哥有自己獨到的見解，既承認又不承認俄羅斯村社的意義。列文和他們交談，只是竭力為他們調解、緩和他們的爭辯。他對自己說的話一點也不感興趣，更別說他們說的了；他只有一個希望：他和大家都友好、快活。現在他知道，只有一個人是重要的，這個人起先在客廳裡，後來又走過來，站在門口。他沒有回頭就感覺到針對他的目光和微笑，忍不住扭過頭去。她與謝爾巴茨基一起站在門口，正望著他。

「我還以為您去彈鋼琴呢，」他走到她跟前說，「我們鄉村裡就是缺少音樂。」

「不，我們來找您，謝謝您來看我們，」她說著，同時像贈送禮物似的送給他一個微笑。「何苦爭論呢？要知道，誰也說服不了誰。」

「是的，說得對，」列文說，「在多數情況下，人們激烈地爭論，只是因為怎麼也不明白，對方究竟想證明什麼。」

在一些最聰明的人爭辯時，列文經常發現：爭論者們在作了一番很大的努力，發表了大量巧妙、合乎邏輯的言論之後，最終卻意識到，他們苦苦相互證明了很久的那個問題，從爭論一開始，他們就已經明白了，只是他們喜歡各說各話，不願意直說他們所喜愛的是什麼，以免遭到對方反駁。他還經常體會到，在爭論中，人們明白對手喜愛的是什麼，自己也會突然喜愛它，並立即表示同意，於是所有的論據就像是無用之物，全都失去了意義；有時則相反，你終於說出自己的喜好，並且提出論據，要是你表達得很出色、懇切，那對方就會突然表示同意，並停止爭論。他想說的就是這些。

她皺起眉頭，竭力想弄明白他的意思。但是他剛開始解釋，她就明白了。

「我明白：一定要瞭解清楚他爭論的是什麼、他喜愛的是什麼，這樣才可以……」

她完全猜到並說出了他沒有表達清楚的想法。列文愉快地微笑了一下：從他與佩斯佐夫、哥哥那番糾纏不清的冗長爭論，到幾乎不用語言就簡潔、明白地把最複雜的想法表達出來——這一超越使他大感驚奇。

謝爾巴茨基從他們身邊走開，吉媞走到擺好的牌桌邊，坐下來，拿起粉筆，在新的綠呢桌布上畫著散開的一個個圓圈。

他們又談起飯桌上的話題，關於婦女自由和就業問題。列文同意達里雅・亞歷山德羅夫娜的意見：一個未婚的姑娘應該待在家裡盡女人的職責。他支持她的看法，認為沒有一個家庭可以缺少女幫手，家庭不論貧富，都不能沒有保姆，不管是雇傭的還是親屬。

「不。」吉媞紅著臉，同時用自己那雙真誠的眼睛更大膽地望著他，「一個姑娘可以被這樣安排，但她在進入一個家庭時不可能不受到屈辱，而她本人……」

他明白她話中的含意。

「噢！是的！」他說，「是的，是的，是的，您說得對，您說得對！」

列文看到了吉媞心中有一種處女的恐懼和屈辱，這時才明白佩斯佐夫在飯桌上關於婦女自由所說的一切。他愛她，察覺了這種恐懼和屈辱，於是立刻放棄了自己的論據。

接著是沉默。她一個勁兒地用粉筆在桌上畫著。她的眼睛閃著溫順的光輝。在她的情緒影響下，他覺得自己整個身心充滿了不斷增強的幸福感。

「哎喲！我把整張桌子都塗滿了！」她說，同時放下粉筆，動了一下身子，彷彿打算站起來。

「怎麼能留下我一個人而沒有她呢？」他害怕地想著，然後拿起粉筆。「等等，」他邊說邊坐到桌旁，「我早就想問您一件事。」

他直盯著她那雙溫柔而又驚慌的眼睛。

「您問吧。」

「瞧，」他說，並且寫下一句話裡所有單詞的第一個字母：К，В，М，О：Э，Н，М，Б，З，Л，Э，Н，И，Т？這些字母所代表的意思是：「您曾回答我：這是不可能的，意思是指永遠呢，還是指當時？」列文實在說不準，她能否明白這個複雜的句子；但他望著她的那種樣子，分明在說：他的命運就取決於她是否理解這句話了。

她嚴肅地望著他，然後用一隻手支著蹙起的前額，讀了起來。她間或朝他看上一眼，彷彿用目光問他：「這我想得對嗎？」

「我明白了。」她漲紅了臉說。

「這是哪個詞兒？」列文指著代表永遠一詞的字母H說。

「這個詞是永遠；但這不是實情！」她說。

他立刻擦掉了寫的字母，把粉筆遞給她，便站起身來。她寫了下列字母：Т，Я，Н，М，И，О。多莉看到這兩個人，看到吉媞手中拿著粉筆，帶著羞怯而又幸福的目光抬頭望著列文，而英俊的列文伏在桌上，熱切的眼睛時而望望桌子，時而望望吉媞，這時候，她和阿列克謝·亞歷山德羅維奇的談話所引起的煩惱就得到了寬解。列文突然喜笑顏開：他明白了。這句話的意思是：「當時我不能不這樣回答。」

他用詢問的目光怯生生地望望她。

「只是當時嗎？」

「是的，」她的微笑回答了他。

「那現……那現在呢？」他問。

「那您就念吧。我把我的希望說出來。我衷心希望！」她寫下每個單詞的第一個字母：Ч，В，М，З，И，П，Ч，Б。意思是：「希望您忘記和寬恕過去的事。」

他用緊張得發抖的手指抓住粉筆，把它折斷，然後寫下下列句子每個單詞的第一個字母：「我沒有什麼可忘記、寬恕的，我一直愛著您。」

她始終含笑望著他。

「我明白了。」她小聲說。

他坐下來，又寫了長長的一個句子。她全都明白，沒有問他：是這樣嗎？立刻拿起粉筆，立刻答覆他。

他好久沒看懂，她寫的是什麼意思，不時地望望她的眼睛。他幸福得一時糊塗起來。他怎麼也猜不出她寫的字的含意；但是從她那雙閃爍著幸福光輝的迷人眼睛裡，他看出了他想要知道的一切。於是他寫了三個字母。他還沒有寫完，她就隨著他手的動作讀起來，接著自己把它寫完，並寫下了回答：「是的。」

「你們在玩文字遊戲[67]嗎？」老公爵走到他們面前問道。「如果你想趕上看戲的話，那我們就一起走吧。」

列文站起來，把吉媞送到門口。

在談話中，他們什麼都說了。吉媞說她愛他，還說，她要告訴爸爸媽媽，他明天早上會來。

十四

吉媞離開了，只剩下列文一個。她不在，他覺得那麼不安。他急切盼著明天早上趕快到來，那時他又能看到她，可以跟她永遠地結合。他對與她分離的這十四個小時感到害怕，就像害怕死亡一樣。他必須找個人說說話、消磨時間，以免感到孤單。斯捷潘．阿爾卡季奇本來是最合適的談伴，可是他要走了，說去參加晚會，實際上是去看芭蕾舞。列文只來得及告訴他，自己很幸福，他喜歡他，永遠不會忘記他為他所做的事。斯捷潘．阿爾卡季奇的目光和微笑告訴列文，他很理解這種心情。

「怎麼樣，還不到死的時候吧？」斯捷潘．阿爾卡季奇動情地握住列文的手說。

「是的！」列文說。

達里雅．亞歷山德羅夫娜跟他告別時，也像祝賀他似的說：

「您和吉媞又見面了，我多高興啊！應該珍惜往日的友誼。」

達里雅．亞歷山德羅夫娜的這些話使列文感到不快。她不能明白，這種感情是多麼崇高；她無法體會，連提都不該提它。

列文向他們告辭。為了不獨自一人待著，他湊到哥哥身邊去。

---

67 即根據句子中每個單詞的第一個字母，猜出全句。

「你去哪兒？」

「我去開會。」

「我和你一起去，行嗎？」

「為什麼不行？我們走吧，」謝爾蓋・伊萬諾維奇微笑著說。「你今天是怎麼啦？」

「我怎麼啦？我太幸福了！」列文放下他們所坐的馬車車窗。「你不介意吧？關窗太悶了。我太幸福了！你為什麼一直不結婚？」

謝爾蓋・伊萬諾維奇微笑了一下。

「我很高興，看來她是個好姑娘……」謝爾蓋・伊萬諾維奇說。

「別說，別說，別說！」列文雙手抓住他的皮大衣領子，把他的臉蓋住。「她是個好姑娘」是一句太一般、太平淡的話，和他的感情很不相稱。

謝爾蓋・伊萬諾維奇快活地笑起來，這在他可是難得一見。

「好吧，反正可以說，我對這事感到很高興。」

「這事可以明天再說，明天再說，現在別說了！別說了，別說了，住口吧！」列文說，又用皮大衣領子把他的臉蓋住，然後補上一句：「我很喜歡你！怎麼樣，我能參加會議嗎？」

「當然可以。」

「你們今天談什麼問題？」列文一直微笑著，說道。

他們來到會場。列文聽著祕書結結巴巴地在讀顯然連他本人也不明白的記錄，不過，列文根據這個祕書的面容發覺這是位可愛、善良的好人。這從他讀記錄時那種慌亂、窘迫的神態也可以看出。接著，發言開始了。他們為扣除某宗款項和敷設什麼水管在爭論，謝爾蓋·伊萬諾維奇洋洋得意地發表了長篇大論，刺痛了兩名議員；而另一位議員在紙上寫著什麼，起先有點膽怯，後來卻很辛辣但又客氣地回擊了他。接著，斯維亞日斯基（他也在場）也十分動聽、很有氣度地說了一番。列文聽著他們的話，清楚地看到，什麼扣款和水管問題，實際上並不存在，而且他們也根本沒有生氣；這些都是善良的好人，他們之間處得很好、很和睦。他們誰也不妨礙誰，大家都很愉快。列文感到最妙的是，他今天把所有的人都看得很透澈，從過去一直未發現的細小特徵中，他看到了每個人的心靈，清楚地發現他們都是善良的人。今天大家都特別喜歡他列文。這從大家跟他交談的態度上，從大夥兒、甚至包括陌生人望著他的那種親切友好的眼神，都可以看出來。

「怎麼樣，感到滿意嗎？」謝爾蓋·伊萬諾維奇問。

「很滿意。我從來沒想到，這個會這麼有趣！不錯，好極了！」

斯維亞日斯基走到列文面前，邀請他到他家喝茶。列文怎麼也不明白，怎麼也想不起，自己對斯維亞日斯基有什麼不滿意之處，對他有什麼要求。他是一個聰明而又極其善良的人。

「很高興，」他說，接著問候他的妻子和小姨子。在他的想像裡，斯維亞日斯基的姨妹總是令人聯想到婚姻；由於這奇妙的思路，他認為，再沒有比向斯維亞日斯基的妻子和小姨子訴訴自己的幸福更合適了，於是，他很高興地答應去看她們。

斯維亞日斯基向他詢問鄉下的情況，照例認為在歐洲沒有辦成的事，在俄國也不可能辦成，現在列文聽了這話也絲毫沒有感到不快。相反的，他覺得斯維亞日斯基說得對，他所經營的事業全都毫無意義，而且他還看出斯維亞日斯基在避免明白地說出自己的正確意見時顯得異常和善、寬厚。斯維亞日斯基家的女人們也特別親切可愛。列文覺得，她們已經知道一切，並且贊同他，只是出於禮貌才沒有說出來。他在他們家坐了一小時、兩小時、三小時，談論各種事情，但老是暗示占據他心頭的那件事，竟沒有發覺他已使大家厭煩，他們早就想睡覺了。斯維亞日斯基打著呵欠把他送出前廳，心裡感到奇怪，他朋友的情緒怎麼有點異樣。時間已經一點多了，列文回到旅館，害怕地想到，他孤零零一個人還要度過難熬的十個小時。值班的茶房還沒睡，為他點亮了蠟燭就想走開，可是列文叫住了他。以前列文沒有注意過這個叫葉戈爾的茶房，今天卻發現他是個很聰明的好人，更重要的，他是個心地十分善良的人。

「怎麼樣，葉戈爾，不睡覺很睏吧？」

「有什麼辦法呢！這是我們的責任。在老爺家比較舒服，但在這裡收入多一些。」

原來，葉戈爾家有三個兒子和一個做裁縫的女兒，他想把女兒嫁給馬具店的夥計。

列文趁這個機會對他說出了自己的想法。婚姻的首要條件是愛情，有愛情的婚姻永遠是幸福的，因為幸福全在於自身。

葉戈爾仔細聽著，顯然完全明白列文的意思，但是他在贊同列文意見的同時，卻使列文感到意外地說，他在好的老爺家幹活兒，對老爺總是感到滿意，而對現在的主人則十分滿意，儘管他是個法國人。

「一個心地很善良的人。」列文心想。

「哦，葉戈爾，你成親的時候愛自己的妻子嗎？」

「怎麼不愛，」葉戈爾回答。

列文發覺，葉戈爾心情也很愉快，也想把自己內心的感受全說出來。

「我這一輩子也很怪。我從小……」他開始說，眼睛炯炯發亮，顯然受到列文興奮情緒的感染，就好像人們感染呵欠那樣。

不料這時傳來鈴聲。葉戈爾走了，留下列文獨自一人。他午餐時幾乎一點東西都沒吃，到了斯維亞日斯基家，又謝絕喝茶和吃晚飯，現在他也想不到晚餐這碼事。他昨晚一夜未眠，現在也沒有想到要睡。房間裡很冷，可他覺得悶熱。他打開兩扇通風的小窗，在小窗對面的桌旁坐下。在積雪的屋頂上可以看見繫著鏈子的雕花十字架，它的上方則是高高升起的三角形的御夫星座，其中黃燦燦的是五車二星。他時而看看十字架，時而看看五車二星，呼吸著均勻吹進房間的清新冷空氣。他像在夢境裡似的，追逐著浮現在腦海裡的一個個形象和一件件往事。三點多鐘，他聽到走廊裡有腳步聲，便朝門外張望了一下。原來是他認識的賭棍米亞斯金從俱樂部裡回來了。他咳嗽著，陰鬱地皺著眉走過去。「可憐的人，真倒楣！」列文心想，由於對這人的愛憐，淚水湧上了他的眼眶。列文想和他談談、安慰他一番，但想到自己只穿一件襯衣，便改變主意，又在小窗前坐下，沐浴在嚴寒的空氣中，望著形狀古怪、默不作聲、對他卻意義深廣的十字架和高高升起的那顆黃燦燦的星星。六點多鐘，傳來地板打蠟工的聲音和早禱的鐘聲，列文開始感到渾身發冷。他關上小窗，洗了臉，穿上衣服，上街去了。

十五

街上空無一人。列文朝謝爾巴茨基家走去。大門深鎖，萬籟俱寂。他回到旅館，又走進自己的房間，要了咖啡。日班茶房（已經不是葉戈爾）給他端來。列文想找他說話，但是有人打鈴叫他，他離開了。列文試著喝點咖啡、把麵包塞進嘴裡，但他的嘴完全不知道怎麼對付麵包。他吐出麵包，穿上外衣，又走了出去。他第二次來到謝爾巴茨基家門口的臺階時，已是九點多鐘，房子裡面的人剛剛起床，廚師正出去買菜。他至少還得等兩個小時。

列文不知不覺地度過了整整一夜和整個早晨，覺得自己完全脫離了物質生活條件。他一整天沒吃東西、兩個夜晚沒睡，沒穿外衣在嚴寒中待了幾個小時，不僅覺得從來未曾這麼清醒、健康過，還認為自己完全不受身體的支配：他一舉一動毫不費力、感到自己無所不能。他深信，自己能飛上雲霄或者推動屋角，如果有這需要的話。他不停地看錶，四處張望，在街上度過了餘下的時間。

當時他看到的景象，此後再也不曾見過。他覺得特別動人的是兩個上學去的孩子、幾隻從屋頂飛到人行道上的灰鴿子，被一隻無形的手放到戶外的、撒滿麵粉的麵包。這些麵包、鴿子和兩個男孩都不是塵世之物。一個男孩追趕著鴿子，同時微笑著看了看列文；鴿子拍打著翅膀，在陽光下，從天空中閃爍不定的雪塵間飛過去；從窗裡傳出新鮮烤麵包的香味，幾個麵包被擺了出來。這一切都發生在同一時間，合在一起真是非凡地美好；列文笑起來，竟至歡喜得流出了淚水。他沿著報館巷和基斯洛夫卡大街兜了一個大圈，又回到旅館，把錶放在面前、坐下來，等待十二點鐘的到來。隔壁房間裡的人在談論機器、騙局，同時還發出早晨醒來的咳嗽聲。他們不知道，時針已快到十二點。十二點到了。列文走到臺階上。車夫們顯然知道了一切。他們個個面露喜色，圍住了列文，爭先恐後地要為他效勞。列文盡量不得罪其他的車夫，答應以後再坐他們的雪橇，便叫了一輛，吩咐駛往謝爾巴茨基家。車夫穿著一件白襯衣，領子貼在健壯紅潤的脖子上，從外套裡露出來，顯得很漂亮。這個車夫的雪橇又高又舒適，列文此後再也沒有坐過；馬也不錯，直向前奔馳，穩得卻像在原地不動似的。車夫知道謝爾巴茨基家。他兩手駕車的動作平穩，以示對乘客特別尊敬，嘴裡喊了聲「嘟」，便在大門口勒住馬。謝爾巴茨基家的看門人一定知道內情。這從他眼裡的笑意和說話時的態度可以看出。他說：

「哦，好久沒來了，康斯坦丁．德米特里奇！」

他不僅知道內情，而且顯然很高興，竭力掩飾自己的喜悅。列文看了看他那雙老年人的親切眼睛，甚至明白在自己的幸福裡還有一種新的東西。

「起床了嗎？」

「請進！放在這裡吧。」列文想回過身去拿帽子時，他微笑著說。這包含著某種意思。

「請問，向誰通報？」僕人問道。

這僕人雖然年輕，又是新來的，而且穿著講究，但是個很善良的好人；他也知道一切。

「公爵夫人……公爵……公爵小姐……」列文說。

他見到的第一個人是林農小姐。她走過客廳，鬈髮和臉蛋都閃閃發亮。他剛和她說話，突然聽到門外有裙子的窸窣聲，於是林農小姐便從列文的眼中消失了；幸福即將臨近，他感到一陣歡樂和恐懼。林農小姐留下他一人，急匆匆地朝另一扇門走去。她剛出去，鑲木地板上響起一陣飛快又輕盈的腳步聲，於是他的幸福、他的生命、他本人——比他本人更好的，也就是他久久尋找、期盼的事物就要出現在他面前。她不是走來，而是被某種無形的力量送到他面前。

他看到的只是她那明亮真誠的眼睛，和他的內心一樣洋溢著愛情的歡樂，之中又有幾分驚恐。這雙閃耀著愛情光芒的眼睛愈來愈近，刺得他頭暈目眩。她站在他身邊，碰到了他。她舉起雙手，搭在他的肩上。

她做了她能做的一切——她跑到他跟前，羞怯又高興地把自己的整個身心都交給了他。他擁抱她，把自己的嘴唇緊貼在她那渴求親吻的嘴上。

她也一夜未眠，整個早上都在等他。母親和父親欣然贊同這門親事，並為她的幸福感到高興。她等著他。她要首先向他宣布自己和他的幸福。她想單獨和他見面，並為這個想法感到高興，但又同時感到膽怯和害羞；她自己也不知道該做什麼。她聽到他的腳步聲和說話聲，並在門外等待林農小姐離去。林農小姐走了。她毫不猶豫，也不問問自己該怎麼做，便走到他跟前，做了她剛才做的事。

「我們到媽媽那兒去！」她拉住他的手說。他好久說不出話來，這倒不是害怕語言破壞了自己崇高的感情，而是因為每當他想開口時，便覺得幸福的淚水奪眶而出。他抓住她的手吻了一下。

「難道這是真的嗎？」他終於用低沉的聲音說。「我無法相信妳愛我！」

她為這個「妳」和他那怯生生的眼神莞爾一笑。

「是真的！」她意味深長地慢慢說道。「我多麼幸福啊！」

她沒有放開他的手，就這樣走進客廳。公爵夫人看到他們，呼吸便開始急促，轉瞬哭了起來，接著又破涕為笑，用列文意想不到的有力腳步走到他跟前，摟住他的頭、吻了吻他，淚水弄濕了他的臉頰。

「那就這樣定了！我多高興啊。愛她吧。我高興……吉媞！」

「這麼快就圓滿解決了！」老公爵說，竭力保持鎮靜；但是列文發現，公爵轉身對他說話時，眼睛是濕潤的。

「我早就盼望這樣了！」他抓住列文的手，把他拉到自己跟前說。「當時這個傻ㄚ頭還想要……」

「爸爸！」吉媞驚呼，用手捂住他的嘴。

「好，我不說！」他說。「我很、很……高……唉，我真糊塗……」

老公爵擁抱吉媞，吻她的臉、手，又吻她的臉，然後在她身上畫了十字。

列文看著吉媞久久地、溫情地吻著父親肥胖的手，他對這位以前陌生的老公爵生出一種新的親切感。

經典文學 20

安娜・卡列尼娜（上）

Анна Каренина

作者　列夫・托爾斯泰（Leo Tolstoy）
譯者　高惠群 等
社長　陳蕙慧
副社長　陳瀅如
總編輯　戴偉傑
電腦排版　極翔企業有限公司

出版　木馬文化事業股份有限公司
發行　遠足文化事業股份有限公司（讀書共和國出版集團）
地址　231 新北市新店區民權路 108 之 4 號 8 樓
電話　02-2218-1417 傳真 02-8667-1891
email　service@bookrep.com.tw
郵撥帳號　19588272 木馬文化事業股份有限公司
客服專線　0800221029
法律顧問　華洋法律事務所　蘇文生 律師
印刷　成陽印刷股份有限公司
二版 8 刷　2023 年 9 月
定價　新台幣 360 元
ISBN　978-986-359-211-2

國家圖書館出版品預行編目（CIP）資料

安娜・卡列尼娜 / 列夫・托爾斯泰（Leo Tolstoy）
著；高惠群等譯. -- 二版. -- 新北市：木馬文化
出版：遠足文化發行, 2016.02
　冊；　公分. --（經典文學；20-21）
譯自：Анна Каренина
ISBN 978-986-359-211-2（上冊：平裝）. --
ISBN 978-986-359-212-9（下冊：平裝）
880.57　　105000253